실비아 플라스의 일기

THE JOURNALS OF SYLVIA PLATH

실비아 플라스의 일기

The Journals of Sylvia Plath

1950~1962

실비아 플라스

김선형 옮김

문예출판사

일러두기

1. 본문의 각주 중에서 옮긴이의 해설은 '옮긴이'로 표시했고 그 외는 모두 인명이나 내용의 이해를 돕기 위해 원서의 편집자(프랜시스 매컬로)가 덧붙인 내용이다.
2. 원서의 편집자가 문장의 이해를 돕기 위해 추가한 어휘나 구절은 〔 〕으로 표시했다.

차례

날카로운 사과처럼 삶을 한 입 베어물고,

물고기인 양 삶을 타며 행복했다면,

하늘의 푸르름을 손끝으로 느껴보았다면,

더는 그 무엇을 기다리며 살아가랴?

신들의 황혼은커녕 누런 회색의 벽돌들로 찾아오는

삭막한 새벽, 그리고 전쟁을 외치는 신문팔이 소년들뿐.

— 루이 맥니스 〈새벽연가〉

삶을 비극이라 상정하는 순간, 우리는 비로소 삶을 시작한다.

— W. B. 예이츠

이 순간 이 장소를 단단히 붙들어라. 미래는

남김없이 이곳을 지나쳐 과거로 몸을 던지나니…….

— 제임스 조이스

이 글들은 실비아의 일기장에 적혀 있던 것이다.

delight in life. Ahead is a large array of blind alleys. You are half-deliberately, half-desperately, cutting off your grip on creative life. You are becoming a neuter machine. You cannot love, even if you knew how to begin to love. Every thought is a devil, a hell – if you could do a lot of things over again, oh, how differently you would do them! You want to go home, back to the womb. You watch the world bang door after door in your face, numbly, bitterly. You have forgotten the secret you knew, once, oh, once, of being joyous, of laughing, of opening doors.

[157]

January 10, 1953: Look at that ugly dead mask here and do not forget it. It is a chalk mask with dead dry poison behind it, like the death angel. It is what I was this fall, and what I never want to be again. The pouting disconsolate mouth, the flat, bored, numb, expressionless eyes: symptoms of the foul decay within. Eddie wrote me after my last honest letter saying I had better go to get psychiatric treatment to root out the sources of my terrible problems. I smile, now, thinking: we all like to think we are

1950년 어머니와 남동생과 함께

1953년 여름, 실비아는 《벨 자》를 집필한다.

1954년 여름

예일대학 재학 당시의 리처드 새순

1955년 스미스대학 2학년
재학 당시

1956~1957년 겨울, 케임브리지에서

1956년 요크셔에서 테드 휴스와 함께

1960년 딸 프리다와 즐거운 한때를
보내는 실비아 부부

1960년 런던에서 딸 프리다와 함께

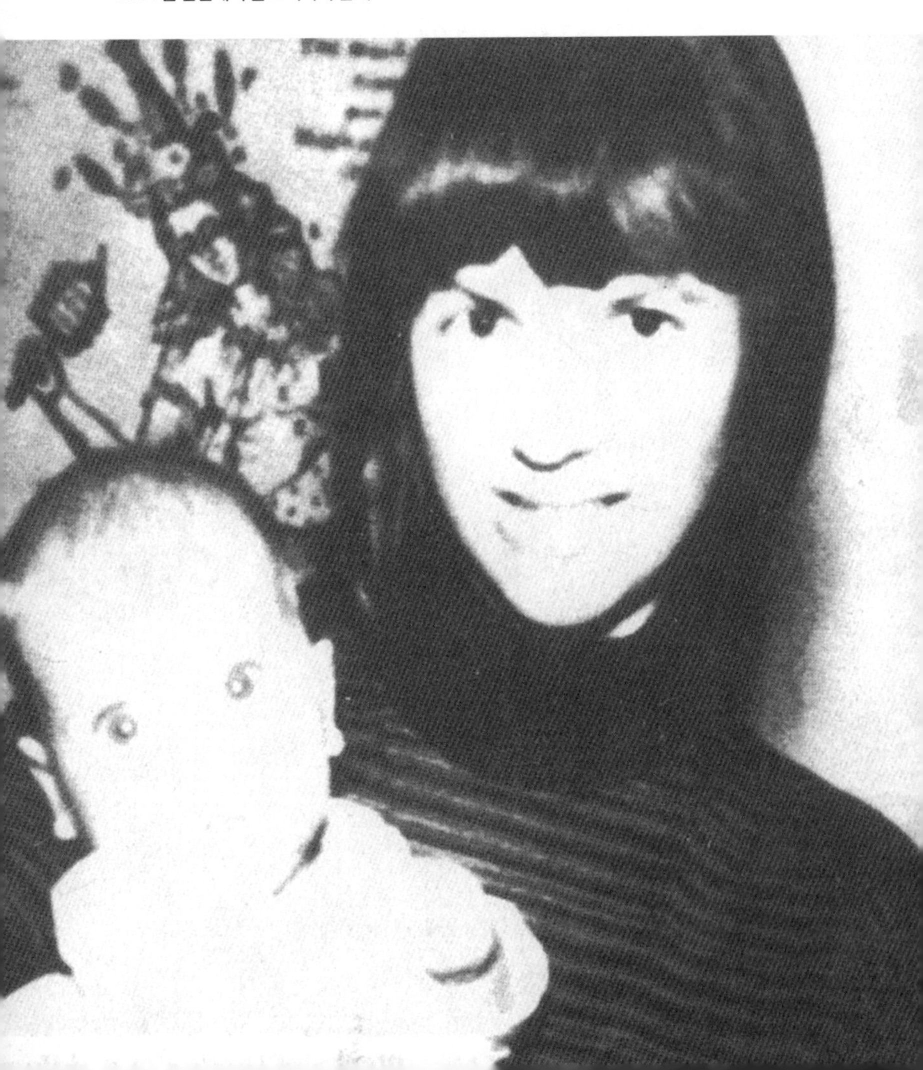

1962년 3월 데번에서. 실비아는 프리다와 니콜라스에게는 다정한 엄마였다.

1962년 12월, 아들 니콜라스와 함께

편집자의 말

실비아 플라스는 어린 시절부터 일기를 쓰기 시작했고 세상을 떠나는 그 순간까지 멈추지 않고 일기를 썼다. 그리고 시들을 제외한다면 이 일기가 플라스에게는 가장 중요한 작품이다. 이 일기는 물론 일기다운 흔하고 평범한 기능들을 지니고 있다. 삶을 기록하고, 추억을 간직하고, 내면의 삶을 공고히 하고, 세상에 자신이 실제로 존재하는지 회의하게 될 때 의심을 쫓아내는……. 하지만 한편으로 이 일기는 그런 기능을 훌쩍 초월하는 어마어마한 의미를 담고 있다. 플라스는 언젠가 이 일기장을 "꿈과 지향점과 절대 명언들의 연도"라고 부른 바 있고, 더 엄밀하게는 자신의 "사르가소 바다"라고 칭하기도 했다. 상상력의 보고寶庫이며, 무의식 속에서 당면한 문제들을 끌어올려 이 일기장에서 처음으로 빛을 보게 하는 곳이라는 뜻에서 한 말이었다. 그러니 여기에는 그녀의 삶뿐만 아니라 — 늘 위태롭게도 짧다고 인식되었던 ("똑딱똑딱… 인생이 흘러가고 있다. 나의 인생이…") — 그녀의 작품 대부분의 씨앗이 배태되어 있었다. 이러한 상호 관계는 특별히 중요한데, 이는 플라스가 철저히 자전적인 디테일을 중심으로 작품 세계를 구축한 작가이기 때문이다. 물론 다른 "고백적" 작가들과 마찬가지로 플라스에게도 자서전의 개념이 꼭 들어맞지는 않지만, 주디스 크롤의 비평적 연구서인《어느 신화의 장들 *Chapters in a Mythology*》에서 두드러지게 드러나는 것처럼 신화적 의미에서 그렇다는 말이다. 훌륭한 전기가 없는 현실에서, 이 일기는 그 어떤 전기에서도 찾아볼 수 없는 소중한 재질을 지니고 있다. 이 일기장을 관통하는 화자의 목소리는 시에서 드러나는 플라스처럼 진실하고 독창적이다.

우리는 이 일기를 편집하면서 몇 가지 원칙에 충실하려고 노력했다. 실비아 플라스의 작품, 내면세계, 자신의 자아와 목소리를 찾아내려는 그녀의 용감한 투쟁에 연관된 것은 하나도 빠짐없이 수록하겠다는 것이었다. 그 말은 고려해야 할 자료의 양이 엄청나게 많았다는 뜻이다. 무수한 스케치들, 습작으로 쓴 시들과 단편들, 등장인물들의 이름을 적은 목록들, 방이며 장소, 사람, 그녀의 작품과 관련된 여타 요소들. 또한 이 책의 기본적인 관심사와 구체적인 관련이 없는 평범한 논평들이 씌어 있는 부분들이 아주 많이 배제된 것도 사실이다. 왜냐하면 그런 기록을 출간하기에는 — 플라스 유족들의 나이를 고려해볼 때 — 아직 때가 이르고, 이 드라마의 등장인물로서 여생을 살아내야 하는 사람들을 특별히 배려해야 했기 때문이다. 생략된 부분 중에는 몹시 불쾌한 부분들이 많다. 플라스의 혀는 몹시 신랄했고, 아무한테나 그 혀를 휘두르는 경향이 있었다. 심지어 그녀가 몹시 좋아하던 사람들마저 예외는 아니었다. (예를 들어 이 책에서 매운 혀의 맛을 좀 보는 폴과 클라리사 로슈는 죽는 그 순간까지 플라스와 절친한 사이였다.) 그래서 충격적이고 파괴적인 논평들은 생략했다. 그리고 이런 부분은 '〔생략〕'이라고 표시함으로써 다른 평범한 논평들을 생략한 것과 구분했다. 그리고 다른 종류의 생략도 조금 있는데 — 그것은 성적인 사생활에 관한 것들로서 — 강렬했던 플라스의 에로티시즘을 약화시키는 경향이 있는 부분들을 배제한 것이다. 스미스대학 부분의 후반과 데번 부분에서는 몇 사람의 실명을 바꾸었다.

논평은 최소한 자제했다. 다만 플라스 자신이 쓴 일기에 나타나는 생략과 괴리 때문에, 이 책이 언제나 일관성 있는 서사의 형식을 유지할 수는 없었기에, 이런 경우 독자의 이해를 돕기 위해 주해를 덧붙였다. 그리고 사건의 앞뒤 맥락을 제공하는 일이 중요하다고 판단될 경우, 좀 긴 주해를 한두 군데 달았다. 이 책은 수천 가닥의 실오라기들과 단서들이 숨어 있는 보물창고로, 이미지들과 아이디어들을 좇아가다 보면 시로 단편으로 소설로 이어진다. 편지들에는 간간이 설명이 달려 있기도 하지만, 대부분의 경우는 전적으로 독자들 나름의 해석에 맡긴다. 실비아의 일기들로 엮은 이 책은 참으로 감동적인 기록이므로, 그 자체로 말하도록 내버려두는 것이 최선의 길이라고 믿는다.

프랜시스 매컬로

서문

실비아 플라스의 일기는 기록이며, 일기는 소설이나 시, 수필, 편지 들과 다르다. 그러므로 이 일기들이 출간되어 유용한 목적에 쓰일 수 있기를 바란다.

플라스는 초창기에 특정한 잡지에 실리고 싶다는 야망을 갖고 있었고 시장市場이 원하는 글을 쓰려고 노력했다. 그 때문에 그녀 작품의 대부분이(물론 당시 출간을 위해 썼던 산문들도 마찬가지다) 부정적인 영향을 받았다. 이런저런 스승들을 사사하고, 자신의 글쓰기를 현실적으로 이윤 추구라는 목적에 맞게 변화시키고 싶다는 충동은 그녀에게 거의 본능과 같은 것이었다. 이 일기들이 보여주듯이, 그녀는 부단한 열정으로, 이와 동시에 불확실성과 자신에 대한 회의에 달떠 이 일에 매달렸다. 이 강퍅한 이상理想들의 캠페인이 그녀의 작품에서 인위적으로 느껴지는 모든 요소를 창조해내는 주요 역할을 한 셈이다. 하지만 이 책을 공감하며 읽는 독자는 그러한 측면이 오직 일면에 불과하며 — 외부적으로 두드러진 측면이긴 했지만 — 또한 내내 완전히 다른 방향으로 흘러가는 충동이 내재한다는 걸 깨달을 수 있을 것이다.

그녀 내면에서 진행되던 과정은 연금술에 비유할 수 있을 것이다. 그녀의 습작들은 마치 그 내적 변화 과정의 다양한 단계에서 추출된 찌꺼기들처럼 느껴진다. 내면적 작업의 부산물 말이다. 그녀의 경우에는 실제로 이런 용어들을 쓸 수가 있다. 그녀는 쓰는 글마다 엄청난 정성을 들였지만, 작업이 다 끝나고 나면, 그렇게 정성껏 쓴 글을 경멸 비슷한 감정으로, 가끔은 분노에 가까운 심정으로 내던지곤 했다. 그런 글은 그녀가 원했던 글이 결코 아니었기 때문이다. 그녀가 원했던 건 무엇이었을까? 어쩌면, 좀 다른 문화에서라면 그녀는 훨씬 더 행복했을지 모른다. 그녀에게는 어떤 면에서는 광적으로 신을 사랑하는 이슬람 신도들을 생각나게 하는 데가 있었다. 궁극적인 강렬한 본질을 가장하는 모든 걸 벗겨버리고 싶은 간절한 열망 말이다. 영혼과 현실, 아니 강렬한 집중성 그 자체와 깊이 교섭하고자 하는 간원懇願. 그녀는 이런 과정에서 뭔가 폭력적인 성향을 드러냈다. 아주 원초적인 무언가, 아마 대단히 여성적인 어떤 자질 말이다. 새로운 탄생을 위해 모든 걸 희생하고자 하는 각오, 아니 심지어 그런 필요성 말이다. 그녀에게 이런 욕구는 존재의 전 차원에 걸쳐 생생하게 형성되고 공식화되었다. 논리적으로, 그 부정적 단계는 자살이다. 하지만 긍정적인 단계에서 (종교적인 용어로 더 친숙한) 그것은 새로운 진실한 자아의 탄생 속에서 과거의 허위적 자아가 맞는 죽음이다. 그리고 이것이야말로 오래되고 고통스러운 산고를 통해 마침내 그녀가 성취한 것이었다.

〈에어리얼*Ariel*〉과 후기에 쓴 그 밖의 시들을 통해 실비아는 우리에게 바로 그러한 자아의 목소리를 전해준다. 그 자아가 마침내 찾아왔다는 증거다. 그녀의 다른 글들은, 이 일기들을 제외하면 그 작품이 배태되는 동안 만들어낸 쓰레기라 할 수 있다.

실비아 플라스는 사생활에서나 글에서나 수많은 가면을 쓰고 있던 사람이었다. 어떤 것들은 진부한 위장용의 표현들로 치장한 겉면이었고, 자기도 모르게 둘러쓴 방어적 기제였다. 그리고 어떤 것들은, 고의로 취한 거짓 자세로서, 이런저런 문체들을 열 수 있는 열쇠들을 찾아내려는 시도에 불과한 것이었다. 이는 그녀의 열등한 자아들, 허위적이고 임시적인 자아들, 그녀 내면의 드라마에서 조역을 맡은 자아들이 보여주는 얼굴들이었다. 6년간 매일 그녀와 함께 보냈고, 떨어져 있는 시간이 기껏해야 한 번에 두세 시간 이상이 되지 않았지만, 나는 그녀가 자신의 진정한 자아를 보여주는 걸 본 적이 한 번도 없다. 그 누구에게도. 아마, 그녀 인생의 마지막 3개월을 제외한다면 말이다.

그녀의 참된 자아는 3년 전에, 아주 짧은 한순간, 그녀의 글쓰기에서 모습을 드러냈던 적이 있고, 짧은 순간, 그녀가 문을 열고 나가면서 읊은 3행의 시에서 그 자아의 목소리를 들었을 때 — 어쨌든, 나와 결혼을 했고, 함께 살았고, 잘 알고 있던 그 자아 말이다 — 그 순간 나는 언젠가 틀림없이 일어나리라 예상했던 일이 이제 시작되었다는 사실을 깨달았다. 참된 시인인 그녀의 참된 자아가 이제 자신을 표현하게 될 거라는 것을, 그리고 그때까지 언어를 독점하고 있던 열등하고 인위적인 자아들을 전부 떨쳐버리게 될 거라는 것을. 그건 마치 말을 못하던 사람이 갑자기 말을 하기 시작하는 것 같았다.

잘 알다시피, 참된 자아라는 것은 흔치 않다. 참된 자아가 직접 말을 하는 것은 더욱더 흔치 않다. 진정한 자아가 존재한다면 그것은 대개 그 사람의 모습에서, 혹은 행동에서 드러나게 마련이다. 우리들 대부분은 상충되고 보완되는 자아들을 모아놓은 다발에 불과하다. 우리의 진정한 자아는 — 물론 우리가 진정한 자아를 지니고 있다는 믿음이 사실이라면 — 보통 벙어리다. 우리는 허위적이고 소소한 자아들의 앞뒤로 상충되는 목소리들 밑에 격리되어 아무 말도 하지 못한다. 벙어리가 참된 자아의 보편적 자질인 것처럼. 참된 자아가 언어를 찾아 말하기 시작하면, 그것은 눈부신 사건이 된다. 〈에어리얼〉이 그러했던 것처럼.

하지만 그 발화를 제외하면 — 그 언어가 보여주는 모습인 듯한 기이하고 생명력 넘치는 실체 말이다 — 〈에어리얼〉은 그 작품을 창조해낸 결정적이고 내면적인 드라마에 대한 우연적 상황들에 대해서 별로 많은 걸 말해주지 않는다. 어쩌면 상황적 세부 묘사가 별로 없다는 바로 그 사실 때문에 다른 이들이 그토록 실비아 플라스라는 이름에 열렬한 환상들을 투사하게 되었는지 모른다. 우리는 그 발화, 그 매력적인 실체에 반응한다. 사방에서 충만하게 자신들을 드러내고, 그 어디에서도 희석되거나 평범해지지 않는 실체 — 하지만 우리는 그에 대해 논평을 하거나, 우리의 감정들을 전할 때 오직 그런 외면적 요소들, 그녀의 심리적 가장의 드라마, 그녀의 삶에 일어난 우연한 사고들의 관점에서만 그럴 수 있을 뿐이다.

바로 이러한 점에서 그녀의 일기는 다른 글들과 질적인 차이를 보여준다. 여기서 그녀는 자신이 투쟁하는 자아들과 벌여야 했던 매일의 투쟁들을, 오직 자신만을 위해서 기록하고 있다. 이는 그녀의 자서전이다. 완전하다고 말하기는 어렵지만 복잡하고 정확한 기록으로, 그녀는 자신을 정직하게 바라보려고 치열하게 노력하며 자아를 붕괴하고 다시 구축하면서 부단히 싸워나갔다. 그리고 우리가 여기서 간파하게 되는 실비아 플라스는, 아마 우리가 다가갈 수 있는, 한 일상적 삶 속의 진짜 인간과 가장 가까운 모습일 것이다.

일기는 다양한 공책들과 무수한 종이 다발의 형태로 남아 있다. 여기에 발췌된 부분은 아마 전체 분량의 3분의 1가량일 것이며, 전체 일기는 현재 스미스대학의 닐슨 도서관에 소장되어 있다. 공책 두 권이 그녀의 사후에도 한동안 남아 있었는데, 1957년에서 1959년에 걸쳐 쓴 일기장처럼 갈색 뒤표지가 달린 제본판으로, 1959년 후반부터 그녀가 죽음을 맞기 3일 전까지의 기록을 담고 있었다. 이 일기장의 마지막 권은 몇 달 동안의 기록을 담고 있었지만, 아이들이 그 글을 읽는 일이 없기를 원했기 때문에 내가 그 일기를 폐기했다. (그 당시 나는 망각이 생존의 필수 조건이라고 생각했다.) 또 다른 한 권은 자취를 감추었다.

테드 휴스

1부

스미스대학 1950~1955

실비아 플라스는 어린 시절부터 일기를 썼지만, 이 책에서 다루고 있는 부분은 그녀가 스미스여자대학에 입학하기 직전의 방학부터 시작된다. 스미스여자대학의 9월 새 학기가 시작되기 직전의 여름, 매사추세츠의 룩아웃 농장에서 밭일한 체험부터 시작되는 1부에서, 실비아 플라스는 처음으로 자신의 여성성에 눈뜨는 사춘기 소녀의 페르소나를 주로 보여주고 있다. 특히 룩아웃 농장에서 마주쳤던 일로라는 독일인과의 짧고도 강렬한 키스의 일화는 수치와 쾌감이 뒤범벅된 사춘기의 성적 경험을 극적으로 재현하고 있다. 불안하게 흔들리는 사춘기 소녀의 팽팽한 감수성은, 불안한 균형을 이루다가, 결국 첫 번째 자살 시도라는 파국으로 치닫는다.

짧은 일생이었지만, 실비아 플라스는 언제나 바다를 사랑했다. 1932년 10월 27일 오토 에밀 플라스와 아우렐리아 쇼버의 장녀로 태어난 그녀는, 보스턴대학의 생물학 교수였던 아버지와 영문학과 독문학 석사 학위를 지닌 어머니의 영향을 크게 받았다. 그러나 독일계였던 아버지 오토 플라스는 당뇨병으로 실비아가 여덟 살 때 유명을 달리하고 마는데, 이 사건은 평생 실비아 플라스의 삶과 작품 세계에 지울 수 없는 상흔을 남긴다.

아버지의 사망 이후, 실비아와 남동생 워런, 그리고 어머니 아우렐리아와 외조부모는 매사추세츠주 웰즐리로 이사하게 된다. 웰즐리에서 보낸 8년 동안 그녀는 어느 모로 보나 흠잡을 데 없이 훌륭한 모범생이었으며, 성격도 밝았고 성적도 타의 추종을 불허할 정도로 탁월했다. 십 대 시절, 플라스는 이미 신인 작가로서도 눈부신 성공 가도를 달리고 있었다. 대학 입학 직전 쓴 첫 번째 단편 〈그리고 여름은 다시 오지 않으리*And Summer will not come again*〉는 1950년 《세븐틴》 8월호에 실렸던 것이다. 게다가 이 잡지는 같은 해 11월, 플라스의 시 〈먹다 남은 자두에게 바치는 송가*Ode on a Bitten Plum*〉를 게재했다. 그러나 이러한 성공 덕분에 그녀는 스스로 불가능할 정도로 높은 목표를 세우게 된다. 플라스의 완벽주의자적 면모는 스스로를 채찍질하는 주된 원동력이었으나, 또한 행복 자체를 내건 파괴적 도박이기도 했다.

1950년 실비아 플라스는 스미스여자대학에 입학한다. 그녀는 넬슨 장학기금, 웰즐리 스미스 클럽, 올리브 히긴스 프라우티 기금의 장학금을 휩쓸었다. 학업과 창작을 아우르는 성공은 계속되었다. 학년 수석을 차지했으며 《마드모아젤》, 《세븐틴》, 《하퍼스 매거진》에 계속해서 작품을 게재했다. 1953년 여름, 그녀는 《마드모아젤》의 객원기자로 선발된다. 편집부 일을 맡은 그녀는 뉴욕에서 활동했고, 이곳에서의 삶은 새롭고 흥분된 체험의 연속이었다. 그러나 6월 말, 그녀는 기진맥진한 채 우울증에 빠져 뉴욕을 떠나 보스턴으로 귀향한다.

그러나 집에서 그녀를 기다리고 있던 것은, 하버드 서머스쿨에 입학이 거부되었다는 소식이었다. 플라스의 우울증과 열패감은 더욱 골이 깊어졌고, 결국 그녀는 8월의 어느 날, 산책을 간다는 쪽지를 남겨두고는 지하실로 기어들어가 다량의 수면제를 복용하고 만다. 첫 번째 자살 시도였다. 1부의 내용은 바로 이 시점까지의 플라스의 인생을 다루고 있다. 천신만고 끝에 죽음의 문턱에서 살아난 플라스는 장학금을 제공한 후원자인 올리브 히긴스

프라우티가 소개한 사립 병원에서 요양을 한 뒤 스미스여자대학의 2학기에 복학한다. 향후 스미스에서의 3년은 또다시 승승장구하는 성공의 연속이었다. 그녀는 대학을 수석으로 졸업하고 풀브라이트 장학금을 따내 영국 케임브리지대학에서 공부할 기회를 얻게 된다.

룩아웃 농장

스미스대학 입학을 앞둔 여름, 플라스는 매사추세츠에 있는
룩아웃 농장에서 아르바이트로 밭일을 했다.

1950년 7월

나는 영영 행복할 수 없을지도 모르지만, 오늘 밤만은 만족스럽다. 고작해야 텅 빈 집과, 딸기 포기들을 세우느라 지샌 하루 뒤에 찾아오는 다사롭고 몽롱한 나른함과, 차갑고 달콤한 우유 한 컵, 생크림을 듬뿍 얹은 블루베리 한 접시가 전부지만. 이제는 나도 사람들이 어떻게 책도 없이, 대학도 없이 살아갈 수가 있는지를 안다. 하루가 끝날 무렵에는 피곤을 이기지 못해 쓰러져 잠이 들고, 다음 날 새벽이 되면 또 손질해야 할 딸기들이 산더미처럼 쌓여 있고, 그렇게 흙을 벗 삼아 살아가는 거지. 지금 같은 때엔, 더는 무언가를 바라는 것이 바보스럽게만 여겨진다…….

오늘 일로가 딸기밭에서 물었다.

"르네상스 화가들 좋아하나요? 라파엘이나 미켈란젤로는 어

때요? 언젠가 나도 미켈란젤로 그림을 몇 장 베낀 적이 있지요. 피카소는 어떻습디까? 왜 동그라미 하나 그려놓고 그 밑에 다리랍시고 널빤지 같은 네모 하나 덩그러니 그려 넣는 화가들 있지요?"

우리는 바로 옆의 이랑에서 어깨를 나란히 하고 일을 했는데, 일로는 한동안 말이 없는가 하면 가끔씩 불쑥, 그 걸쭉한 독일 사투리로 말을 걸어오곤 했다. 허리를 펴고 일어선 그의 가무잡잡하고 지적인 얼굴은 함박웃음으로 온통 주름이 졌다. 살집 좋은 근육질 몸매는 청동빛으로 그을렸고, 머리에 두른 새하얀 손수건이 밝은 금발을 단정하게 감싸 매고 있었다.

"프랭크 시나트라 좋아하나요? 되게 감상적이고, 되게 낭만적이죠? 안 그래요? 달빛이 무진장 쏟아지는 밤처럼……. ja*?"

문득 텅 빈 방 마루를 가로질러 푸른색 도는 빛살 한 줄기가 쏟아진다. 가로등불이 아니라 달빛이 틀림없다. 이런 밤 티없이 젊고 건강한 숫처녀라는 것보다 더 멋진 일이 있을까……?(강간이라도 당한다면 금상첨화겠지.)**

오늘 밤은 형편없었다. 만사가 뒤죽박죽 얽혀서 엉망진창이었다. 오늘 보았던 연극 〈안녕 나의 환상이여〉와, 그 극에 나왔던 여주인공처럼 참호 속 종군기자가 되어, 나보다 나를 더 잘 알고 있으며 오직 나만을 사모하는 한 남자에게 사랑을 받고 싶다는 치기 어린 갈망. 거기에 잭이 있었다. 내게 잘해주려고 그토록 애를 썼던 그에

* 독일어로 "네"라는 뜻이다.

** '강간이라도 당한다면Being raped'이라는 부분은 후에 색깔이 다른 잉크로 덧쓴 것이다. 플라스가 자기 자신을 놀리고 있는 셈이다. (옮긴이)

게, 나는 네가 원하는 건 그저 섹스뿐이야라고 쏘아붙여 마음에 상처를 주었지. 컨트리클럽에서 저녁도 먹었다. 사방 천지에 돈 냄새가 풀풀 풍겼다. 레코드로 음악이 흘렀다……. 춤을 추기엔 더할 나위 없이 좋았던 음악. 루이 암스트롱이 회한에 쉬어버린 목소리로 〈시작이 정말 힘들군요 *I can't get started*〉를 부르기 시작하자, 비로소 기억이 되살아났다. 바로 그때의 그 노래라는 사실이. 그사이 까맣게 잊고 있었는데…….

그러자 잭이 "아는 노래야?" 하고 물었다. 그래서 나는 웃었다. "아, 그래." 그건 밥(또 다른 남자 친구)과 함께였지. 문득 마음이 편안해졌다……. 미치도록 좋은 음악과 우리가 함께 나눈 기나긴 대화, 귀 기울여 들어주고 이해해주던 그. 나는 그를 사랑하고 있다는 걸 깨달았다.

오늘은 8월 첫날이다. 뜨겁고 푹푹 찌는 습한 날씨다. 비가 온다. 시를 쓰고 싶은 유혹을 느낀다. 하지만 언젠가 원고 거부 쪽지에 씌어 있던 말이 생각난다. "폭우가 한번 지나가고 나면, '비'라는 제목의 시들이 전국에서 쏟아져 들어온답니다"라고.

내게 있어, 현재는 영원이고, 영원은 무상하게 그 모습을 바꾸며, 처연히 흘러가다가는 형체 없이 녹아내린다. 찰나의 순간은 삶 그 자체. 순간이 사라지면 삶도 죽는다. 그러나 매 순간 인생을 새로 시작할 수는 없으니, 기왕 죽어버린 시간들로 판단하는 수밖에 없다. 이건 마치 물에 밀려 흘러가는 모래와 같다……. 헤어날 가망이라곤 처음부터 아예 없었다. 소설 한 편, 그림 한 점이 어느 정도 과

거의 감회를 불러일으킬 수 있을지 몰라도, 그것으론 충분치가 못하다, 아니 턱없이 모자란다. 실존하는 것은 현재뿐인데, 벌써부터 나는 수백 년 세월의 무게에 짓눌려 숨이 막힌다. 백 년 전에도 어느 여자아이가 지금 나처럼 살아 있었겠지. 그러다 죽어갔으리라. 지금은 내가 현재다. 하지만 나는, 시간이 흐르면 나 또한 사라지리라는 것을 안다. 절정에 이르는 찰나, 태어나자마자 사라지는 찬란한 섬광, 쉼없이 물에 밀려 흘러가는 모래. 그렇지만 나는 죽고 싶지가 않은걸.

도저히 글로는 옮기기가 어려운 일들이 있다. 어떤 일을 겪은 뒤 그 경험을 글로 옮기려고 하면, 극적으로 미화하게 되거나 실제 경험에 턱없이 못 미치는 묘사를 하게 되거나, 어쨌든 늘 사소한 부분은 부풀리고 중요한 것은 무시하게 되곤 한다. 아무튼 마음먹은 대로 글이 술술 써지는 일은 절대로 없다. 하지만 나는 이제 오늘 오후에 내게 일어났던 일을 글로 써야만 한다. 엄마에게 말씀드릴 수는 없는 일이다. 적어도 아직은 때가 아니다. 집에 들어왔을 때 엄마는 내 방에서 옷가지 때문에 수선을 떨고 계셨다. 내가 보통 때와 다르다는 것을 까맣게 모르셨다. 야단을 치다 수다를 떨다 끝도 없이 잔소리를 늘어놓으셨을 뿐. 차마 그런 엄마를 붙들고 속내를 털어놓을 수는 없었다. 그러니 결과가 어떻게 나오든 간에, 이렇게 글로 쓰는 수밖에.

농장에는 하루 종일 비가 내렸고, 난 온몸이 흠뻑 젖은 채 추위에 떨며 서 있었다. 실크스카프로 머리칼을 감싸고, 면 스웨터 위에는 빨간 스키 재킷을 걸쳐 입은 차림으로. 오후 내내 콩밭에서 죽을 힘을 다해 일을 한 결과 석 통이 넘는 콩을 수확한 참이었다. 시간은 5시 정각, 속속 퇴근하는 사람들을 바라보며, 나는 늘어선 자동차들 옆에 서서 차편을 기다리고 있었다. 그때 캐시가 다가오더니, 자전거에 몸을 실으며 소리쳤다. "저기 일로가 오네."

돌아보니 아니나 다를까 일로였다. 낡은 카키색 셔츠 차림에 예의 흰 손수건으로 머리를 질끈 동여맨 모습으로 우리 쪽으로 다가오고 있었다. 딸기밭에서 같이 일했던 그날 이후로, 우리는 이따금 대화를 나누는 사이가 되었다. 일로는 섬세하면서도 대담한 필치로 농장 풍경을 묘사한 펜화 한 장을 내게 준 적이 있다. 지금은 농장에서 일하는 소년을 그리고 있다고 했다. 그래서 나는 물었다.

"존을 그리는 일은 다 끝내셨어요?"

"아, ja, ja." 그는 웃어 보였다.

"와서 보세요. 마지막 기횝니다."

일전에 그가 다 끝내면 내게 보여주겠노라 약속한 적이 있기에, 나는 냉큼 달려 나가 그와 발맞추어 헛간 쪽으로 따라 걷기 시작했다. 헛간이 일로의 숙소였다.

가는 길에 우리는 메어리 커피를 만났다. 나를 보는 그녀의 눈빛이 어쩐지 기묘한 느낌이었다. 웬일인지 그녀의 눈빛을 똑바로 받기가 힘들었다.

"안녕, 메어리." 일로가 말했다.

"안녕, 일로."

메어리는 이상할 정도로 무표정한 얼굴로 인사를 받았다.

우리는 또한 지니와 샐리, 트랙터 창고에서 비를 피하고 있던 한 무더기의 소년들 곁을 지나쳤다. 우리가 지나가자 돌연 왁자지껄

한 함성이 일었다.

"오, 실비아~."

아이들은 곡조를 붙여 내 이름을 노래하듯 읊어댔다. 얼굴이 화끈 달아올랐다.

"왜 저렇게 나를 놀려대는 거죠?"

내가 물었지만, 일로는 그냥 웃기만 했다. 그는 아주 빨리 걷고 있었다.

"이제 곧 집에 도착할 겁니다."

세척장에서는 밀튼이 뭐라고 소리를 쳤다. 나는 고개를 끄덕여 보이고는, 땅바닥만 쳐다보면서 계속 걸었다. 어느새 헛간에 도착했다. 헛간은 사람을 압도하는 거대한 건물이었고, 천장이 까마득하게 높은 실내는 말과 축축한 건초 냄새로 가득했다. 헛간 내부는 어두컴컴했다. 마구간 칸막이 너머 저편으로 얼핏 사람 비슷한 형체를 본 듯한 느낌이 들었지만, 확실치는 않았다. 한마디 말도 없이 일로는 앞장서서 비좁은 나무 계단을 성큼성큼 올라가기 시작했다.

"그 위에 살아요? 이렇게 계단을 많이 올라가야 하나요?"

일로가 계속해서 올라가길래 나도 따라 올라갔지만, 꼭대기에 다다르니 망설여지며 멈칫하게 되었다.

"자, 들어오세요." 일로는 문을 열었다. 그림은 바로 거기, 방 안에 놓여 있었다. 나는 문턱을 넘어섰다. 창문 둘, 화구로 가득 찬 탁자 하나, 짙은 색 담요가 깔린 간이침대 하나만 달랑 놓여 있는 비좁은 공간이었다. 탁자 위에는 오렌지 몇 알과 우유가 라디오와 함께 그림 구도로 배치되어 놓여 있었다.

"이거예요."

일로가 그림을 들어 보였다. 존의 두상을 그린 연필 세밀화였다.

"세상에, 이건 어떻게 한 거예요? 연필을 눕혀서 그리나요?"

그땐 아무 의미도 없어 보였던 행동이지만, 지금은 하나하나 똑똑히 기억이 난다. 일로가 어떻게 문을 닫았고, 어떻게 라디오를 켜서 음악을 틀었는지. 그는 내게 연필을 보여주며 아주 빠르게 말했다.

"자, 보세요. 여기서 심이 나오는 거죠. 사이즈는 자유자재로 선택할 수 있어요."

그와 아주 가까이 붙어 서 있다는 사실을 날카롭게 의식하지 않을 수 없었다. 흠칫 놀랄 정도로 가까이 다가와 대담하게 나를 응시하는 그의 푸른 눈동자 속에는 금방이라도 폭소가 터질 듯한 웃음기가 주근깨처럼 점점이 서려 있었다.

"정말 이젠 가봐야겠어요. 기다리는 친구들이 있어서요. 그림은 정말 훌륭하네요."

입가에 웃음을 띠며 그는 나와 문 사이를 덥석 가로막고 섰다. 번개 같은 움직임. 그의 철석 같은 손아귀가 내 팔뚝 주위를 휘감더니 수갑처럼 단단히 채워졌다. 순식간에 그의 입술이 내 입술에 포개졌다. 세차게, 격렬하게, 그의 혓바닥이 입술을 뚫고 밀려들어왔고 나를 안은 그의 팔뚝은 강철처럼 단단했다.

"일로, 일로!"

그때 비명을 질렀는지 아니면 간신히 속삭였는지조차 기억나지 않는다. 벗어나려고 애를 쓰면서, 미친 듯이 되는대로 두 팔을 휘둘렀지만, 그의 엄청난 완력 앞에서는 속수무책이었다. 마침내 그는 나를 놓아주고 뒤로 한 발 물러섰다. 나는 손을 들어 입술에 갖다 댔다. 입술에는 키스의 온기가 남아 아직 따뜻했고, 엉망으로 부르터 있었다. 겁에 질려 울고 있는 나를 본 일로는 놀라기도 하고 유쾌하기도 한 듯한 알쏭달쏭한 표정을 지었다. 내게 그런 식으로 키스한 사람은 아직 아무도 없었기에, 난 그곳에 그렇게 서서, 홍수처럼 나를 덮치는 갈망에 휩싸여, 감전된 사람처럼 온몸을 부들부들 떨고만 있었다. "이런, 왜 그래요?" 그는 연민인지 조롱인지 모를 소리를 나지막이 중얼거렸다.

"물을 좀 가져다줄게요." 일로는 컵에 물을 부어 내게 내밀었고, 나는 받아 마셨다. 그가 문을 여니 캄캄한 내 눈앞에는 아무것도 보이지가 않았고, 굴러떨어지다시피 무작정 계단을 달음질해 내려와 흑인 꼬마 메이벨과 로버트를 지나쳤다. 아이들은 등 뒤에서 어린애 특유의 혀짧은 소리를 내며 내 이름을 불러댔다. 나는 곧이어 그 아이들의 엄마인 메어리 루를 지나쳐서 달렸고, 그녀는 어둡고 고요한 존재감을 과시하며 육중하게 버티고 서 있었다.

어느새 나는 탁 트인 야외에 나와 있었다. 마침 트럭 한 대가 지나쳐 갔다. 헛간 뒤쪽에서 나오는 차였다. 트럭 안에는 버니가 타고 있었다……. 세척장에서 일하는 그 흉물스럽고 땅딸막한 근육질의 버니가. 두 눈동자는 악의에 찬 쾌감으로 번들거렸고, 따라잡지 못할 정도로 빠르게 차를 몰았다. 이때까지 헛간 안에 있었던 걸까? 일로가 문을 닫는 모습과 내가 뛰쳐나오는 모습을 다 본 걸까? 대답은 분명했다. 난 세척장을 지나 차들이 있는 쪽으로 걸어갔다.

버니가 그런 나를 보고 고함을 쳤다. "울긴 왜 우냐?"

나는 울고 있지 않았다.

케니와 프레디가 트랙터를 타고 다가왔다. 집으로 돌아가던 한 무리의 소년들이 타고 있었는데, 그들이 나를 보는 눈빛 한켠에 반짝거리며 작은 불꽃들이 춤을 추었다. "그 작자가 너한테 키스하디?"

의미심장한 웃음을 흘리면서 한 녀석이 물었다. 욕지기가 훅 끼쳐 올라왔다. 누군가 말을 걸어왔다 한들 변변히 대꾸도 하지 못했으리라. 목에 백태가 덕지덕지 들러붙은 것처럼 목소리가 턱턱 잠겨왔다.

케니와 프레디가 낡은 가축 운반차를 돌리는 걸 구경하려고 탐킨스 씨가 다가왔다. 사람들은 모두 친절했지만, 모두들 알고 있었다. 모두가 알고 있는 것이 분명했다.

"아, 이쁜이 아가씨 오시네." 케니가 말했다.

"우리 내숭 공주님." 프레디도 한마디 거들었다.

그래서 난 팔짱을 끼고 그곳에 서서는, 윙윙 돌아가는 모터를 바라보며 아무 일도 없었다는 듯이, 아무렇지 않다는 듯이 웃음을 지었다.

집으로 돌아가는 길에 밀튼이 뒷좌석에 같이 앉았다. 데이비드가 차를 몰았고, 앤디는 조수석에 탔다. 그들은 하나같이 눈동자에 예의 춤추는 불꽃들을 담고 나를 바라보았다. 데이비드가 긴장해서 딱딱하게 굳은 목소리로 말해주었다.

"네가 헛간에 따라가는 걸 세척장에 있는 사람들이 보고는 다들 한마디씩 하더라."

밀튼은 그림이 어떻더냐고 물었다. 우리는 미술과 회화에 대해 몇 마디 이야기를 나눴다. 사람들은 다들 너무나 친절했다. 내가 가까스로 빠져나와서 다들 마음을 놓았는지도 모른다. 내가 울음을 터뜨릴 거라 기대했는지도 모르겠다. 하지만 그들은 알고 있었다. 모두들 알고 있었다.

그래서 나는 지금 집에 돌아와 있다. 그리고 내일이 오면 빌어먹을 농장 전체를 상대해야 한다. 이럴 수가, 꿈에서나 있었던 일처럼 아득하기만 한데. 하지만 이제 엄연한 현실이었음을 차츰 실감하게 된다. 내일이 되면 내 이름이 농장 사람들 입에 올라 떨어지질 않으리라. 차라리 내가 아주 약삭빠른 사람이거나, 뻔뻔스럽게 남들 눈 따위는 무시할 수 있는 사람이라면 좋으련만. 하지만 그러기엔 난 너무 겁에 질려 있다. 일로가 내게 키스를 하지만 않았더라도. 그런 일 없었다고 시치미를 떼어볼까. 그렇지만 그들은 안다. 사람들은 다 알고 있다. 그렇게 많은 사람들을 상대로 내가 어떻게…….

웰즐리

다음에 나오는, 치과에서 마취가스를 들이마시는 상황 묘사는 실비아 플라스의 후기 작품 성향을 미리 예시하고 있다.

오늘 아침에 왼쪽 사랑니 두 개를 뽑았다. 오전 9시 정각, 나는 치과의사 진료실로 걸어 들어갔다. 임박한 운명에 대한 예감으로 무거운 마음 때문에 오히려 서둘러 의자에 앉으면서, 나는 먼저 신속하고도 은밀한 눈빛으로 방을 한 바퀴 훑어보며 혹시 압축공기 드릴이나 가스 마스크처럼 눈에 잘 띄는 고문기구가 있는지 살폈다. 그런 건 없었다. 의사가 내 목에 턱받이를 둘러 고정시켰다. 의사가 내 입에 사과를 처넣거나 머리 위에 파슬리를 뿌렸더라도 별로 놀라지 않았으리라. 하지만 그런 일은 없었다. 의사는 그저 "가스가 좋아요, 노보카인* 주사가 좋아요?"라고 물어보았을 뿐이다(가스와 노보카인 중에 선택하라니. 하하! 손님, 저희 집에 준비된 물건들을 좀 보세요! 불에 타 죽기, 물에 빠져 죽기, 총살형, 교수형, 뭐든지 다 있답니다. 마음

* 마취제

에 드시는 대로 고르세요!).

"가스요." 나는 단호하게 말했다. 간호사가 슬그머니 뒤로 돌아오더니 코에 타원형 고무를 덮었는데, 고무 끝에 달린 튜브가 늘어져 뺨을 스치는 느낌이 기분 좋았다.

"편안하게 숨을 쉬세요." 미세한 가스 입자들이 슬그머니 콧속에 날아 들어왔다. 몹시 생소한, 욕지기가 올라올 것 같은 단내. 나는 저항하지 않으려고 안간힘을 썼다. 치과의사가 내 입에다 뭔가 밀어 넣자, 가스가 꿀떡거리며 넘겨야 할 정도로 한꺼번에 밀려 들어오기 시작했다. 난 불빛만 뚫어지게 바라보았다. 불빛이 파르르 떨리는가 싶더니 금세 크게 동요했고, 마침내 작은 파편들로 산산조각이 났다. 작은 진줏빛 파편들로 수놓은 별자리 전체가 리듬에 맞춰 원호圓弧를 그리며 좌우로 진자운동을 시작했고, 처음에 느릿느릿하던 움직임은 갈수록 점점 더 빨라졌다. 이제는 숨을 쉬려고 애써 노력하지 않아도 되었다. 무언가가 내 허파를 부여잡고 풀무질을 하고 있어, 숨을 내쉴 때마다 기묘하게 입에서 바람 새는 소리가 났다. 내 입이 귀밑까지 찢어지며 웃고 있는 것이 느껴졌다. 이렇게 되는 거로군……. 그거참 간단한 걸…….

왜 이런 얘기를 아무도 해주지 않았지. 이걸 글로 옮겨야만 했다. 완전히 마취되기 전에 어떤 느낌인지를 적어야 했다. 오른손을 활 끝이라고 상상하고, 손가락을 구부렸다. 하지만 손가락이 제대로 모양을 잡기도 전에 커다란 활 모양은 탄력을 받고 반대쪽으로 미끄러지곤 했다. 사람들은 정말 영악해, 나는 생각했다. 이런 기분을 아무도 모르게 비밀로 해두었다니. 하다못해 글로 써둘 수도 없게 해놨잖아.

다음 순간 나는 어느새 해적선에 올라타 있었다. 키 너머로 선장 얼굴이 나를 쏘아보고 있었다. 그는 둥근 키를 붙잡고 돌리며 방향을 잡았다. 검은 기둥들이 있었고, 초록색 잎사귀들도 보였다. 선장이 고래고래 소리를 질렀다.

"좋습니다. 편안하게, 편안하게 눈을 감으세요." 그러자 갑자기 베네치아식 블라인드를 뚫고 햇빛이 방 안으로 훅, 쏟아져 들어왔다. 폐에 공기를 채워 넣으며 힘겹게 호흡해야 했다. 내 두 발과 양팔이 보였다. 내가 저기 있구나. 나는 다시 내 몸속에 들어가려고 안간힘을 썼다……. 발끝까지 가는 길은 멀고도 멀었다. 나는 두 손을 들어 머리로 가져갔다. 손이 부들부들 떨리고 있었다. 이제 다 끝난 거야……. 적어도 다음 주 토요일까지는.

에밀. 자, 이거다. 그의 이름. 무슨 말을 할 수 있을까? 토요일 밤 9시에 그가 찾아왔더라는 말은 할 수 있다. 아침에 사랑니 두 개를 뽑은 후유증이 가시지 않아 영 몸을 추스르지 못하고 있을 때였다. 우리는 더블데이트하며 텐 에이커즈에 춤을 추러 갔고, 그날 저녁 다른 사람들은 맥주를 마셨지만 나는 조그마한 거품이 튀는 노란색 진저에일을 다섯 잔이나 비웠다는 얘기도 해줄 수 있다. 하지만 중요한 건 그게 아니다. 조금도 그런 게 아니다. 본론은 오히려 이제부터 시작이다.

나는 아주 천천히 옷을 차려입었다. 정성껏 얼굴을 매만지고, 향수를 뿌리고, 분을 발랐다. 물기 어린 잿빛 황혼에 젖은 내가 이층에 앉아 있는 동안 바깥에서는 빗방울이 떨어졌고, 식구들은 현관 앞에 둘러앉아 손님들과 웃으며 담소를 나누었다. 이게 나의 참모습이야, 나는 생각했다. 남자를 유혹하려고 옷을 빼입은, 미국 처녀. 성적 쾌락에 빠져 질펀한 하룻밤을 보낼 작정이지, 나도 잘 아는 바야. 데이트하러 가서 신나게 즐기다가, 착한 소녀라면 어느 순간 괜히 수줍은 척 몸을 빼야겠지. 정해진 순서 그대로.

술집에 들어가 둘씩 짝을 지어 앉았다. 에밀과 나는 첫 만남의 어색한 분위기부터 먼저 털어버려야 했다. 그래서 이야기를 나누기 시작했다……. 그는 그날 아침 참석했던 장례식 얘기를 했고, 척추가 부러져 평생 전신마비로 살아야 하는 스무 살짜리 사촌 이야기를 했고, 열두 살에 폐렴으로 죽은 여동생 이야기를 했다.

"이런 세상에, 오늘 분위기 참 음침하군요." 에밀이 문득 몸을 떨었다. 그러더니 불쑥 말했다.

"내가 항상 좋아하던 게 뭔지 알아요? 아니… 좋아하고 싶었던 거라고 해야겠군요. 바로 금발에 검은 눈동자죠."

그렇게 우리는 사소한 이야기를 나누었다. 같은 말을 하고 또 하면, 단어가 본래 의미를 잃게 된다든가, 흑인들이 처음엔 다 비슷하게 보이지만 개인적으로 알게 되면 비로소 구별할 수 있게 된다든가, 지금 우리가 얼마나 좋은 나이인지 따위 얘기들.

"난 워리 저 녀석이 불쌍해요." 에밀은 다른 남자아이를 고갯짓으로 가리키며 말했다.

"녀석은 지금 스물두 살이거든요. 애머스트 출신인데……. 남은 평생 일을 해야 되잖아요. 이제 겨우 대학 생활이 2년밖에 안 남았다고 생각하면……."

"맞아요. 전 항상 생일을 맞는 게 싫었어요."

"나이보다는 훨씬 조숙해 보이는걸요."

“도대체 사람들은 늙어가는 걸 어떻게 견디는지 모르겠어요. 내면은 황폐하게 메말라버릴 텐데. 젊을 때는, 누구에게도 기댈 필요가 없잖아요. 하다못해 종교도 별 필요 없어요.”

“그럼 그쪽은 천주교 신자일 리가 없겠군요?” 설마 그럴 리가 있겠느냐는 투의 질문이었다.

“아니에요. 그쪽은요?”

“난 신자예요.” 그는 그 말을 아주 나지막이 내뱉었다.

우리는 하찮은 이야기를 하고, 웃었으며, 가끔 곁눈질로 눈빛을 나누고, 새로운 상대를 정복해나가는 즐거움을 만끽하며 간간이 말없이 몸을 부딪곤 했다. 밤공기에 강렬한 남성의 향내가 배어, 내가 존재하기엔 더할 나위 없는 상태를 만들어주었다. 오늘 밤 에밀은 어딘지 모르게 특별한 데가 있었다. 왠지 모를 진중함, 사람을 끌어당기는 자석 같은 매력이, 마치 아이들이 갖고 노는 장난감 퍼즐 두 조각이 맞아떨어지듯 오늘의 내 기분과 딱 맞아떨어졌다. 그는 선이 가는 얼굴에, 짙은 머리칼, 엄청나게 크고 검은 눈동자가 있는 두 눈을 지녔으며 쭉 고른 코에, 한쪽 입술만 올라가는 순간적인 웃음, 깨끗이 떨어지는 단아한 턱선을 지니고 있었다. 게다가 두 손이 자그맣고 섬세해 아주 말끔해 보이는 자태였다. 일은 내가 짐작하던 대로 흘러갔다. 그는 댄스 플로어에서 나를 바싹 당겨 끌어안았다……. 그의 가슴패기에 눌려 젖가슴이 아파왔다. 마치 따뜻한 포도주가 내 몸을 관통해 흘러가는 것 같았다. 나른하고도 짜릿짜릿한 졸음처럼. 그는 내 머리카락에 얼굴을 묻고, 내 볼에 키스를 했다.

“쳐다보지 마.” 그가 말했다.

“방금 수영장에서 나온 꼬락서니야. 온몸이 젖은 데다 후끈 달아올랐다구.”(세상에, 어쩌면 이렇게 짐작한 그대로 일이 돌아가는지!)

그는 탐색하듯 뜨거운 눈길로 나를 바라보았고, 우리 둘의 눈빛은 똑바로 마주쳤다. 난 두 번인가 눈을 내리깔았다. 그의 눈동자에 빠져 정신을 잃을 것만 같았다. 곧 그가 먼저 눈길을 거두었다. 한밤중이 되어 워리 집으로 가던 길에 에밀은 차 속에서 내게 키스했다. 입술에 닿아오는 그의 입술이 촉촉하고 부드러웠다. 워리네에서는 진저에일과 맥주를 더 마셨고, 희미한 현관 불빛 아래 춤을 추었다. 에밀의 몸은 따스하면서도 단단하게 내 몸에 기대어왔고 포근하고 에로틱한 음악을 따라 앞뒤로 흔들렸다(댄스는 일반적으로 성교를 예고하는 서곡이다. 그래서 댄스 수업은 언제나 아무것도 모르는 어린 시절에 받게 되어 있는 거고, 결국은 이렇게 되고 마는 거다).

“이봐.” 에밀이 나를 바라보았다.

“우리 좀 앉자.” 난 고개를 가로저었다.

“싫어? 그럼 물 한잔 어때? 기분 괜찮아?”(기분이 괜찮으냐고? 아, 물론이지. 물론이야, 덕분에.)

그는 나를 부엌으로 데려갔는데, 그곳은 서늘했고 리놀륨 냄새가 풍겼으며, 밖에서 빗물 듣는 소리가 들렸다. 나는 앉아서 에밀이 가져다준 물을 한 모금 마셨고, 에밀은 선 채로 그런 나를 내려다보고 있었는데, 역광을 받은 그의 실루엣은 무척 낯설었다. 나는 물컵을 내려놓았다. “빨리도 마셔버렸군. 좀 더 뜸을 들이다 가져다줄 걸 그랬나?”

내가 일어서자, 에밀의 얼굴이 다가왔고, 그의 두 팔이 내 몸을 감쌌다. 나는 잠시 후 그를 밀어냈다.

“비 오는 게 그런대로 괜찮은걸. 빗소리만 가만히 듣고 있어도 마음속 깊이 기분이 좋아져. 아주 소박한 느낌이 들거든."

나는 싱크대에 기댄 채 구석 모퉁이에 몰려 있었다. 에밀은 아주 바싹 다가서 있었고, 따뜻했으며, 두 눈은 형형히 빛났고, 입술은 육감적이고도 사랑스러웠다. 나는 일부러 이렇게 말했다. "너 말이야. 넌 내 몸 말고는 내게 아무런 관심도 없어."

남자아이라면 누구나 아니라고 말하리라. 예의 바른 남자아이라면, 신사답고 예의 바른 거짓말쟁이들이라면 그 누구라도 부인했으리라. 하지만 에밀은 나를 거칠게 흔들어댔다. 다급한 목소리로 그는 외쳤다. "너, 해선 안 될 말을 한 거야. 알아? 아느냐고?"

"진실은 언제나 쓰라린 거야."(아무리 닳아빠진 표현이라도 꽤 유용할 때가 있다.) 내 대답에 그는 피식 웃었다.

"쓸데없이 독한 체하지 마. 난 안 그래. 싱크대에서 떨어져서 똑똑히 보라고."

그는 뒤로 물러서서, 나를 자기에게 잡아끄느라 내 배를 찰싹 쳤다. 그러고는 내게 오랫동안 달콤하게 키스했다. 그리고 마침내 나를 놔주었다.

"자, 봐. 진실이라도 항상 쓰라린 것만은 아니야. 안 그래?" 그는 조용히 웃으며 말했다.

그렇게 우리는 그곳을 떠났다. 비가 쏟아지고 있었다. 차 속에서 그는 내 어깨에 팔을 두르고, 내게 고개를 기댔다. 그리고 우리는, 물기 어린 어둠에 뭉그러져 액체처럼 흐르는 가로등 불빛이 우리 쪽으로 달려오는 모습을 바라보았다. 빗속에서 함께 인도를 걸을 때, 잠시 그가 들어와 물 한 잔을 마실 때, 그가 내게 작별 키스를 해줄 때, 나는 내 안에 있는 무언가가 몹시도 그를 원한다는 것을 깨달았지만, 그게 무엇인지는 확신할 수 없었다. 그는 술을 마시고, 담배도 피우고, 천주교 신자인 데다, 하루가 멀다 하고 여자들을 바꾼다……. 그렇지만 그래도… 나는 여전히 그를 원했다.

"굳이 좋았다고 말할 필요도 없겠지만… 환상적이었어." 나는 현관문 앞에서 말했다.

그는 웃었다. "전화할게. 잘 있어." 그리고 그는 떠났다. 그래서 지금 내 방 바깥에서는 빗줄기가 세차게 떨어지고 있으며, 나는 꼭 에디 코헨*처럼 이렇게 말하는 거다.

"진화라니, 다 웃기는 헛소리……. 1만 5천 년 동안… 인간이 뭐가 어쨌다고? 우리는 아직도 짐승에 불과한데."

어딘가에 있을 자기 방에 에밀이 누워 있다. 빗소리를 들으며 잠을 청하고 있다. 그 머릿속에 무슨 생각이 들었는지는 하느님밖에 모르실 일이다.

가끔은 이름 모를 기대감이 엄습해오곤 한다. 내 의식의 표면 아래 깊은 곳에 어떤 깨달음이 있어 내가 손 내밀어 붙잡아주기만을 기다리고 있는 것처럼. 기억날 듯 기억날 듯 혀끝에서 맴돌면서도 도무지 이름을 생각해낼 수 없을 때처럼 감질나고 애간장이 탄다. 인간에 대해 생각할 때면 나는 이렇게 막막한 느낌에 사로잡힌다.

사랑니를 빼다가 문득 진화의 흔적을 실감할 때, 사라진 사랑니 때문에 한층 좁아진 턱이 예전처럼 딱딱한 것을 잘 씹지 못할 때,

* 에디 코헨Eddie Cohen은 플라스의 펜팔이었다. 그녀가 속내를 털어놓고 지냈던 몇 안 되는 사람 가운데 하나다. 정신분열 증후를 가장 먼저 알아차리고, 정신과 의사와 상담하라고 충고했던 사람도 에디 코헨이었다. 그녀가 여기서 인용하고 있는 코헨의 편지 구절은《벨 자*The Bell Jar*》에서도 다시 인용된다. (옮긴이)

인간의 몸에서 서서히 털이 사라졌다든가, 인간의 눈이 섬세한 활자와 찰나적이고 원색적인 20세기의 시각적 자극에 적응했다는 사실을 생각할 때, 인간이라는 종種이 거쳐온 기나긴 성장기를 생각할 때마다 나는 이런 막막하고 알 수 없는 기분에 사로잡힌다.

태어남과 결혼과 죽음의 의식들, 현대의 조류에 부응하느라 날렵한 유선형으로 재단된 그 모든 야만적 원시 의례들. 어쩌면 아무것도 따지고 들지 않았던 짐승의 순수가 가장 좋은 것이었는지도… 라는 생각마저 들 정도다. 아, 분명 알 수 없는 깨달음이 어딘가에서 나를 기다리고 있다. 언젠가는 의미의 현현顯現이 나를 덮쳐 이 터무니없이 괴이한 농담의 뒷면을 보게 해줄지도 모르지. 그때 나는 비로소 삶이 무엇인지를 알게 되리라.

오늘 밤에는 잠자리에 들기 전에 잠깐 바깥으로 나가고 싶었다. 집 안은 너무 아늑하고 공기가 정체되어 답답했다. 잠옷 차림에 방금 감은 머리를 롤러로 말고 있었다. 그래서 앞문을 열려고 해보았다. 자물쇠를 돌리니 딸깍 소리가 났다. 손잡이를 돌려보았지만 문은 열리지 않았다. 짜증이 나서 반대 방향으로 손잡이를 돌려보았다. 여전히 반응이 없다. 자물쇠를 뒤틀어보았다. 손잡이와 자물쇠로 만들 수 있는 조합은 겨우 네 개밖에 없었는데 문은, 하얗고, 텅 비고, 수수께끼 같은 문은 여전히 꿈쩍도 않았다. 위를 흘끗 쳐다보았다. 사각형 유리를 통해 저 높이 문 위로, 건너편 거리에서 뾰족한 전나무 꼭대기에 찔린 하늘 한 덩어리가 보였다. 그리고 바로 그곳에 달이 떠 있었다. 만월에 가까운, 빛나는 노란색 달이 나무들 뒤에 떠 있었다. 갑자기 숨이 막히고 질식할 것만 같은 기분이 되었다. 덫에 걸려버린 거다. 머리 위로는 감질날 정도로 조그마한 사각형 하늘이 떠 있고, 따뜻하고 여성적인 이 집의 분위기가 진하고, 털이 복슬복슬한 포옹으로 나를 숨 막히게 감싸고 있으니.

오늘 아침은 저기압이다. 어젯밤에는 간간이 잠에서 깨고, 몸을 뒤척이고, 황량하고 일관성 없는 파편으로 된 꿈을 꾸며 잠을 설쳤다. 무거운 머리를 안고 일어났더니 마치 오염된 뜨끈한 물이 가득 찬 더러운 웅덩이에서 헤엄치다 나온 기분이었다. 피부는 미끈거리고, 머리카락은 뻣뻣한 데다 기름이 번들거렸으며, 손가락은 마치 뭉클거리는 지저분한 무언가를 만진 느낌이었다. 짙은 8월 공기도 나을 게 없었다. 나는 여기 이렇게 푹 퍼져 웅크리고 앉아 있다. 뒷목이 뻐근하게 아프다. 하루 종일 맑고 깨끗한 물로 몸을 씻어도 끈적끈적하고 더러운 얇은 막을 헹궈낼 수 없을 것만 같다. 그리고 이를 닦지 않은 것처럼 텁텁한 불쾌감도 입안에서 가시지 않을 것만 같다.

오늘 밤에는 한순간 내면이 한꺼번에 고요해졌다. 나는 12시가 조금 못 되는 시간에 건너편 거리에 있는 집을 나섰다. 채워지지 않는 갈망을 앓으며 스스로에게 욕을 퍼부으며. 그런데 그곳에서 기적적으로 8월의 밤을 만났다. 방금 비가 내린 참이라 공기는 따뜻한 습기와 안개로 짙었다. 빛을 풍요롭게 잉태한 만월은 자꾸만 찾아오는 작은 구름들 뒤에서 마치 흐트러진 그림 퍼즐 같은 자세를 하고 있었다. 뒤에서는 조명이 비쳐 조각조각 빛의 테두리를 두르고 있었다. 바람은 한 점도 없는 것 같았지만 나뭇잎은 불안하게 동요했고,

물은 커다랗게 방울져 포장도로 위에 우수수 떨어지며 행인들 발소리 같은 소리를 냈다. 대기에서는 곰팡이와 마른 잎들이 부패하는 독특한 악취가 풍겼다. 정면 계단을 비추는 두 개의 등불 주위에는 아스라한 안개가 테두리를 둘러 후광이 비치고 있었고, 이상한 벌레들이 파득파득 등갓에 날아들었다. 연약하고, 날개처럼 얇고, 현란한 불빛에 눈이 멀고 넋이 빠지고 아픔을 잊어 무감각해진 벌레들. 빛, 광열光熱이 깜박깜박 계속 켜졌다 꺼졌다 하는 모습이 꼭 무대 조명 담당자가 조명 스위치로 장난을 치고 있는 것 같았다. 귀뚜라미 두 마리가 화강암 계단의 갈라진 틈 깊은 곳에서 달콤하고 요사스러운 얇은 목소리로 트릴을 불러댔다. 그리고 그게 바로 우리 집이기에 나는 그들을 사랑했다. 대기는 나를 둘러싸고 진한 당밀처럼 흘렀고, 달과 가로등 불빛에 드리운 그림자들은 그로테스크했고, 좀 전에 했던 말을 다시 반복하는, 정신분열증에 걸린 푸른 유령처럼 양쪽으로 갈라졌다.

따스한 살냄새와 치약 냄새가 밴, 밝은 흰색 무균 상태의 2층 목욕탕 칸막이 안에서, 나는 무념무상의 의례 속에 대야 위로 몸을 굽히고 제멋대로 버려진 무법지대를 닦으면서, 쨍그랑거리며 경쾌하게 반짝이는 수도꼭지의 금속성 반사광, 찬연한 크롬에 경배를 바친다. 더운물과 찬물이 번갈아 쏟아지면, 매끄러운 녹색 향비누 같은 형태로 엄습하는 청결감, 하얀 에나멜 위에 붙어 가느다란 연필로 그은 듯 곡선을 그리는 체모 몇 가닥, 색색의 조제약들, 감기 증상을 진정시키거나 사람을 한 시간 내로 잠들게 만드는 위력을 지닌 채 밀봉된 약병들. 침실에 들면, 언제나 그렇듯 다산성多産性 공기 중에 희미하게 떠다니는 라벤더 향, 레이스 커튼과 사향처럼 뜨끈하고 음험한 냄새가 기다림 속에 너를 닮아간다……. 사방 어디를 둘러보아도 핏기 없는 기다림뿐. 너는 이 모든 것들의 살아 있는 축도縮圖. 너의, 너에 의한, 너를 위한 하느님, 이것이 전부인가요? 웃음과 눈물의 회랑 한가운데를 쏜살같이 스쳐 달리는 것이? 자기 숭배와 자기혐오, 영예와 오욕 사이를 이렇게 위험하게 질주하는 것이?

에디 코헨에게 보낸 편지 중에서

네 편지가 방금 도착했어……. 도시에서의 산책과 전쟁에 대해 쓴 편지 말이야. 그 편지가 내게 얼마나 큰 영향을 주었는지 넌 아마 잘 모르겠지. 가까스로 안간힘을 써야 겨우 가끔 의식 뒷배경에 간신히 밀어제쳐지곤 하는 내 마음속 두려움이 불쑥 고개를 들고는 위장을 와락 낚아채는 느낌이었어. 공포는 신체적인 구토증으로 돌변해 나는 아침도 먹을 수가 없었지.

그래 솔직하게 인정할게. 나는 겁이 나. 무서워서 꼼짝달싹할 수가 없어. 무엇보다도 나는 나 자신에게 겁을 먹고 있는 것 같아……. 생존에 대한 원초적 본능 말이야. 그런 충동은 갈수록 강렬해져서 이제 나는 매 순간을 끔찍할 정도로 철저하게 살아야 할 지경이 되었어. 어젯밤 보스턴에서 차를 타고 돌아오는 길에 나는 자동차 좌석에 몸을 깊이 파묻고 색색의 불빛이 나를 덮치도록 내버려두었어. 라디오에서는 음악이 흘러나왔고, 운전석에 앉은 남자의 모습이 차창에 비쳤지. 그 모든 것들이 한데 엉켜 절규하는 아픔으로 나를 덮쳐왔어……. 기억해, 잊지 마, 이것이 현재야, 현재야, 현재야. 이 순간을 살아, 이 순간을 느껴, 이 순간을 꼭 붙잡으라고 소리치면서. 나는,

늘 당연하다고 여기고 지나쳤던 것들을 남김없이 날카롭게 의식하게 되길 바라. 이걸로 끝이다, 영영 작별이다, 그렇게 생각하면 실감의 충격은 더 강해지지.

내겐 뭔가 확실한 전기가 필요해. 죄다 끝내버리고 싶어. 이 어마어마하게 그로테스크한 농담을 너무 늦기 전에 모조리 끝장내고 싶어. 하지만 시나 몇 줄 긁적대고 편지 나부랭이나 써봤자 별 소용이 없는 것 같아. 세상 힘 있는 사람들은 하나같이 귀머거린가 봐. 징 박힌 부츠를 신고 돌아다니면서도 끽끽거리는 소리 따위는 듣기 싫은 것과 한가지지. 에드, 내 말이 미친 사람 말처럼 들릴지도 몰라. 어쩌면 나는 정말로 미쳐버렸나 봐. 어린 시절 우리에게 안정과 정의의 표상이던 엄마가 부엌 바닥에 주저앉아 처량하게 울고 있는 모습을 볼 때마다, 꿈꾸는 눈동자를 지닌 꺽다리 꼬마 남동생을 바라보며 그가 지닌 과학적 잠재 능력이 채 빛을 보기도 전에 꺾이고 말 거라는 생각을 할 때마다… 그만 울컥 치밀어 오르는 울화를 어쩔 수가 없어.

팔걸이의자의 푹신한 쿠션에 깊숙이 몸을 묻고 이렇게 앉아 있자니, 바깥에서 찌르륵찌르륵 시끄럽게 울어대는 귀뚜라미 소리가 귀를 찌른다. 이곳은 내가 가장 좋아하는 방으로, 평평한 돌로 만든 중세풍 모자이크로 바닥이 장식되어 있는 서재다. 낡은 책 표지의 다채로운 색채. 녹빛, 황동빛, 황갈색 띤 오렌지빛, 흑갈색, 밤색. 푹신하고 편안한 밤색 가죽 의자들도 있는데, 가죽 커버가 해져 벗겨지는 바람에 속에 있는 우스꽝스러운 핑크색 무늬가 훤히 드러나 보인다. 그리고 언제나 비 오는 날들이면 내 하루를 채워주는 책들이

서가에 가지런히 꽂혀 있다. 정겹고 손때 묻은 책들. 나는 여기 이렇게 하릴없이 앉아서, 단편적으로 불쑥불쑥 떠오르는 이런저런 생각들에 살며시 웃는다.

'여자란 황홀감을 자아내는 발동기, 곱슬머리부터 빨간 매니큐어를 칠한 손톱까지 어머니 대지를 흉내 내는 가짜일 뿐이야.' 그러자 문득 위층에서 잠자고 있는 아름다운 아이들의 식구가 떠오른다. '그래, 차라리 재생산이라는 푸근한 사이클에 몸을 내맡기고, 집 안에 남자가 존재한다는 안일하고 마음 편한 기분에 손들고 항복하는 편이 훨씬 낫지 않을까?'

그러자 리즈가 생각난다. 바람에 날리는 담뱃재처럼 연약한 그녀의 하얀 얼굴과 늘 담배 필터에 얼룩을 남기던 새빨간 입술과 팽팽한 블랙 저지 겉옷 아래 솟아오른 풍만한 젖가슴이. 그녀는 이런 말을 했었지. "하지만 언젠가 네가 한 남자를 얼마나 행복하게 해줄 수 있을지 한번 생각해봐"라고.

그래, 한번 생각해보자. 지금까지는 뭐 그런대로 괜찮다. 하지만 그러다가 내 마음은 어느새 한 바퀴 공중제비를 넘어 순식간에 E(에밀)에게로 달려가버린다. 아마 지금쯤 야구 경기를 보고 있을, 아니 어쩌면 텔레비전을 보고 있을, 혹은 남자아이들과 시끌벅적하게 어울리며 음탕한 농담에 무심한 폭소를 터뜨리고 있을 그에게로. 초록색과 금색으로 반짝거리는 맥주 깡통들이 주변에 아무렇게나 널려 있구나.

그러자 내 마음은 다시금 소용돌이치며, 여기 앉아 허우적거리며 헤엄치는 내게로 돌아온다. 그리움을 앓다 못해 익사할 지경이 된 나에게로. 내게는 이미 과도한 양심이 주입되어 있어, 파괴적인 후유증 없이는 관습을 파기할 수가 없는 것이다. 시기심에 가득 차 한계선까지 몸을 쭉 뻗고는, 아무런 근심도 거리낌도 없이 성적인 굶주림을 해결하고 쉽사리 온전한 자아를 찾을 수 있는 남자애들을 증오하고, 증오하고, 또 증오하는 수밖에. 나는 이렇게 날마다 질척거리는 욕망에 질질 끌려다니며 욕구 불만에 시달리는데. 정말이지 이런 일 신물이 난다.

그래, 난 네(에밀)게 완전히 반해버렸어. 지금도 그래. 내 안의 육체적 자극을 이다지도 날카롭게 감지하도록 흥분을 고조시킨 사람은 아무도 없었어. 네게 한때 지나가는 여자가 되는 것만은 참을 수 없기에 이젠 너를 끊어내려 해……. 내가 몸을 줄 사람은, 나의 사상과 정신과 꿈을 먼저 가져야만 해. 하지만 네겐 아무것도 줄 수 없었어.

짝을 찾아 헤매고, 시험을 하고, 시행착오를 하는 이 게임에서는 너무나 많은 상처가 생긴다. 그러다가 별안간 이게 게임에 불과하다는 사실을 잊고 있었다는 깨달음이 뇌리를 강타하면, 눈물을 흘리며 돌아서는 거다.

생각하지 않는다면, 훨씬 더 행복할 텐데. 성기性器가 전혀 없다면, 항상 불안한 정서에 당장이라도 눈물을 터뜨릴 것 같은 기분으로 위태롭게 살지 않아도 될 텐데.

시간이 지나면 결혼과 아이들이라는 생각에 익숙해지겠지. 그런 안일함이 말쑥한 감각적 안개를 피워 올려 자기를 표현하려는 내 욕망을 집어삼켜버리지만 않는다면 말이다. 물론 결혼도 자기 표현이라 할 수 있지만, 그건 나의 예술과 글쓰기가 예술적으로 승화된 성적 욕구에 불과한 것이 아니라는 전제하의 이야기다. 일단 결혼하면 그런 성적 욕구란 메말라버릴 테니까. 하지만 만일 찾을 수만 있다면… 지적이면서도 자석과도 같은 육체적 매력이 있고, 기품이 있는 남자를 찾을 수만 있다면. 나 스스로 남자에게 그런 조건을 제공할 수 있다면, 남자에 대한 기대 역시 처음부터 포기할 필요가 있을까.

신경 체계의 작용이란 얼마나 복잡하고도 오묘한지. 날카롭게 비명을 지르는 전화기의 전자음은 자궁벽을 따라 짜릿한 기대감을 전송한다. 전화선 너머 거칠고, 건방지고, 허물없는 그의 목소리에 창자가 콱 죄어온다. 대중가요의 '사랑' 타령을 모두 '욕정'이라는 단어로 바꾼다면 아마 훨씬 더 진실에 가까워질 텐데.

'에디' 하고 나는 마음속으로 불러보았다. 아이러니하기도 하지. 너는 꿈이야. 너를 영영 만날 수 없다면 좋겠어. 하지만 네가 준 팔찌는 내게 평정심의 증표이기도 해……. 기억하고 싶지 않은 그날 저녁과 나를 갈라놓아주는 증표. 너는 바로 나이기 때문에 나는 너를 사랑해. 너는 내가 쓴 글이고, 수많은 삶을 살고 싶은 나 자신이기 때문에… 나는 내 나름대로의 작은 세계 속에서 작은 신이 되고 싶어. 지금 책상 위에는 내가 이제까지 썼던 것 중에서도 최고인 단편이 놓여 있단다. 그런데 봅에게라면 어떻게 내가 삶의 한 조각을, 내 상처와 아름다움의 한 조각을 비틀어 떼내어 그걸 종이 위에 타이프라이터로 찍은 활자로 옮기는 일에서 인생의 행복을 얻어낸다고 말할 수 있겠어? 나는 내 삶을, 예리한 감수성을, 내 감정을 활자로 옮김으로써 존재의 이유를 찾는다는 걸 그가 어떻게 알 수가 있겠어?

오늘 밤 나는 추녀다. 남자를 유혹할 수 있는 능력에 대한 믿음을 모두 상실하고 말았다. 여자라는 동물에게는 참 딱한 질병이다. 사회적 접촉도 최저점에 닿아 있다. 나를 토요일 밤의 쾌락과 이어주던 유일한 끈마저 끊어져버리고, 이제는 하나도 남지 않았다. 단 한 사람도. 나 역시 하나도 아쉽지 않으니 피차 미련 따위는 없는 셈이다. 이성을 끌어당기는 매력이란 도대체 뭘까? 작년에는 여러 가지 이유로 나를 원했던 남자들이 몇 명이나 되었는데. 멋진 외모와 자석 같은 매력에 확신을 가지고 내 에고를 충분히 만족시킬 수 있었는데! 그런데 지금은, 세 번의 블라인드 데이트 끝에 — 두 번은 철두철미한 재난이었고; 세 번째 역시 김빠지게 끝나버렸다 — 한때나마 스스로를 어떻게 매력적이라 느낄 수 있었는지 도무지 믿기지 않는 지경이 되어버렸다. 그러나 사실 마음속 깊은 곳에서는 진실을 직시하고 있다. 예전의 나에게는 불꽃 같은 자기 확신이 있었다. 처음부터 조바심 내고 심각하게 안달하는 일은 없었다. 이제 나도 〈실리아 앰벌리*Celia Amberley*〉에서 주인공이 한 말을 이해할 수 있을 것 같다. "그가 내게 키스하기만 하면, 다 괜찮아질 거예요. 나는 다시 예뻐질 거예요"라는 말. 일단 내겐 나의 겉모습에 사로잡힐 누군가가, 누구든 상관없이 어떤 남자아이가, 즉 에밀 같은 누군가가 절실히 필요하다. 그리고 그다음 단계로 지금, 여기에 있는, 이 순간의 나에게 꼭 맞는 진짜 상대가 필요하다. 그때까지 나는 길을 잃고 헤매는 수밖에 없다. 가끔씩 나는 내가 미쳐버린 것 같다.

1950년 9월 플라스는 여러 곳에서 장학금을 약속받고 스미스대학에 입학한다. 이 시기의 일기들에는 날짜가 씌어 있지 않으며, 어떤 이유에선지 상당 부분 삭제되어 있어 일관된 내러티브로 읽기가 몹시 힘들다. 그렇기 때문에 독자들은 이 글들을 단편적인 수상隨想들로 이해하는 편이 좋을 것이다. 플라스는 장학금을 계속 받기 위해서는 우수한 학업 성적을 유지해야 한다는 극도의 강박관념에 시달리고 있었으며, 다른 한편 사회생활에서도, 특히 남성들과의 관계에서 인정받고 싶다는 갈망에 목말라했다. 여기에 더해 시와 소설이라는 그녀만의 창작 활동 역시 플라스에겐 포기할 수 없는 열정의 대상이었다.

이 당시 그녀의 모친은 웰즐리의 자택에서 교편을 잡으며, 플라스에겐 외조부모 되는 당신의 부모님과 함께 살고 있었다. 플라스의 아버지는 그녀가 여덟 살 때 이미 세상을 떠났다. 남동생인 워런 역시 장학금을 받고 엑시터대학에 재학 중이었다.

노샘프턴

맙소사, 도대체 나는 누구지? 오늘 밤 나는 도서관에 앉아서, 머리 위에 조명이 이글거리며 쏟아지는 가운데 요란하게 선풍기가 돌아가는 소리를 듣고 있다. 어디를 보나 여자들, 책을 읽고 있는 여자들뿐. 열중한 표정, 분홍색, 흰색, 노란색의 살결들. 그리고 아무런 정체성도 없이, 얼굴도 없이 여기 앉아 있는 나. 머리가 아프다. 아직도 역사를 더 읽어야 하는데……. 잠들기 전에 수세기를 이해해야 하고, 내일 아침 식사 전에 수백만 명의 삶에 더 동화되어야 하는데. 하지만 아무튼 나는 안다. 그래도 이 집 뒤편에는 내 존재로 충만한 나만의 방이 있다는 것을. 그리고 이번 주말엔 데이트가 있다. 적어도 누군가는 내가 이름 석 자로 존재하는 인물이 아니요, 진짜 사람이 틀림없다고 믿어주는 것이다. 내가 정체성도 없는, 그저 헝클어진 신경줄의 타래가 아니라 온전한 사람이라는 사실을 말해주는 유일한 증표다.

마치 지옥에 떨어진 기분이다. 이 꼴을 본다면 헉슬리*는 박장

* Aldous Huxley, 철저하게 중앙 통제되는 미래사회를 그린《멋진 신세계》의 저자다.

대소하겠지. 이거야말로 얼마나 철두철미한 통제 본부인가! 하나같이 책을 파고 있는 수백 개의 얼굴들, 선풍기는 윙윙 돌아가며 생각의 윤곽선에 따라 박자를 맞춘다. 악몽이다. 태양은 뜨지 않는다. 오직 끊임없는 움직임이 있을 뿐. 잠시라도 쉬거나 내면적 성찰을 시도한다면, 그 순간 미쳐버리고 말 거다. 중압감에 온몸이 사방으로 찢겨 도무지 닿을 수 없는 머나먼 지평들을 향해 얇디얇은 현처럼 늘어나고 또 늘어나 팽팽하게 당겨진다. 게르만 부족에서 멈추고 잠깐 쉰다면 어떨까. 안 돼! 계속, 계속, 계속해서 행군해야 해. 제국들이 지배했던 시대를 넘어, 제국의 흥망성쇠를 지나 신속하게, 쉬임없이 걸어야 한다. 다시금 햇볕을 받으며 쉴 수 있을까? 천천히 황금빛 평화에 몸을 적시며 나른하게 쉴 날이 다시금 내게 주어질까?

이젠 고독이 무엇인지 알 것 같다. 시간이 지나면 사라져버릴 고독감이긴 하지만. 고독은 자아의 형체 없는 핵심에서 나온다. 마치 핏속에 퍼진 질병처럼 은근히 전신으로 확산되더니 이제 감염 경로조차 제대로 파악할 수가 없다. 추수감사절 휴가를 보내고 헤이븐하우스로 돌아왔다. 지금의 나를 장악하고 있는 이 혐오스러운 기분을 일컬어 사람들은 향수병鄕愁病이라고 부른다. 나는 두 세계 사이에 엉거주춤 끼어 있는 내 방에 홀로 있다. 아래층에는 새로 입주한 여자아이들 몇 명이 있는데, 신입생은 아무래도 아니고, 그렇다고 안면을 튼 사이도 아니다. 편지지 핑계를 대고 아래층에 내려가 그들과 어울릴 수도 있겠지만, 아직은, 그래도 아직은 그러고 싶지가 않다. "휴가 잘 보냈니?" "그럼, 넌 어땠어?" 따위 가식적인 수다를 떨면서까지 나 자신에게서 탈피하고 싶은 마음은 없다. 차라리 그냥 여기 머무르며 내가 지금 느끼는 이 고독감을 샅샅이 해부해볼 참이다. 지난 4일간의 추수감사절 휴가에 대한 기억은 이미 거의 다 사라져버렸다. 벌써 기억에서 윤곽이 흐려져버린 집은 어쩐지 내가 떠나올 때보다 더 작게만 느껴지고, 때가 탄 노란 벽지 위의 얼룩들만 한층 선명하게 떠오른다. 이젠 더는 내 것이 아닌 나의 옛 방에는 소지품들이 깨끗이 치워져 있었다.

아무리 자기를 속이려 해도 냉정한 현실을 외면할 수는 없다. 아무리 열정적으로 매달려 노력해도, 성격이 운명을 만드는 거라는 사실을. 아무리 우기고 믿어보려 해도, 혼자 방 안에 앉아 전깃불의 발랄한 가짜 빛에 맞추어 요란하게 재깍거리는 시계 소리를 듣고 있다 보면 과거건 미래건 아무것도 현실처럼 느껴지지 않는다. 과거와 미래란 결국 현재의 전부이기에, 이러다 보면 지금의 텅 빈 껍데기마저도 별 필요가 없어질 테고 심지어 자살을 저지르게 될지도 모르는 일이다. 그러나 두개골 속 어딘가에서 "나는 생각한다, 고로 존재한다"를 앵무새처럼 늘상 따라 읊으며 냉정한 이성적 추론을 도맡아서 하는 잿빛 뇌세포는 또 내게 속삭이기를, 그래도 살다 보면 언제나 전환점이, 업그레이드가, 새로운 비탈길이 나타날 거라고 한다. 그래서 나는 다시 기다린다.

잘생긴 외모 따위가 무슨 소용이람? 일시적인 위안을 주기 때문에? 뛰어난 두뇌는 또 무슨 소용이람? 그저 "나는 보았노라, 이해했노라" 따위의 말을 하기 위해서? 그렇다, 사실은 나는 자연스럽게 아래층으로 내려가 많은 사람들 사이에서 안정을 찾지 못하는 나 자신이 밉다. 여기 이렇게 앉아 마음속 불가사의한 갈등에 주체 못 하는 내가 증오스럽다. 여기 있는 나는, 과거의 회상과 미래의 꿈 한 꾸러미를 그런대로 봐줄 만한 육체의 포장으로 둘둘 감싼 존재에 불과하다. 나는 이 육신이 과거에 겪은 체험들을 기억하며, 미래에 경험할 일들을 꿈꾼다. 종이 위에 시신경과 혓바닥에 돋은 미각세포의 작용과 감각적 인지 작용들을 기록한다. 그러고는 이렇게 생각한다. 나는 물질의 대양에 떨어진 또 하나의 물방울일 뿐이라고, 스스로를 정의하기만 하면 자아를 실현할 수 있는 능력을 지니고 있다고. 수백만 가운데 하나인 나 역시 그 무엇이든 될 수 있는 생래의 잠재력을 지니고 있다고. 나를 둘러싼 환경과 유전적 요인으로 말미암아 발육부진을 일으키고, 성장이 제한되고, 형태가 왜곡되었을 뿐이라고. 언젠가는 삶을 지탱할 신념과 가치를 발견하게 되리라고. 하지만 발견의 기쁨도 잠시뿐, 곧 얄팍하고 이차원적인 삶의 절정이라 할 편견이라는 종착점에 다다랐다는 사실에 절망하게 될 거라고.

내일이 되어 다시금 수업에 빠져 시험공부를 해야 한다는 절박함에 갇히게 되면, 외로움이야 머지않아 둔탁해지고 흐릿해질 터이다. 그러나 지금 이 순간 내 눈앞을 가리고 있던 그 거짓된 목적은 잠시 걷히고, 나는 한시적인 진공 상태 속에 빙글빙글 돌고 있다. 집에서는 이럴 때 휴식을 취하고 놀 수도 있었다. 하지만 이곳은 나의 일터이기에, 이런 순간 쳇바퀴 돌듯 돌아가던 일상이 잠시 멈추면 나는 그만 길을 잃는다. 이 지구상에 살아 있는 존재는 나 하나뿐인 것만 같다. 복도를 따라 걸으면 사방에 남겨진 텅 빈 방들만 나를 보고 비웃듯이 하품을 하리라.

아, 하지만 아무리 강력한 아편에 취한들, 아무리 무의미한 '파티'들을 전전하며 화려한 환락에 몸을 던진들, 아무리 우리 모두가 얼굴에 거짓된 웃음을 띤다 한들, 삶은 고독이라는 진실을 감출 수는 없는 법. 그러다 언젠가 마침내 영혼을 송두리째 바치고 싶은 상대가 나타나면, 정작 그때엔 옴짝달싹도 못하고 스스로 내뱉는 말들에 경악하고 말리라. 우리의 언어들은 너무나 오랫동안 우리 마음속 작고 비좁고 칠흑같이 깜깜한 공간에 갇혀 있었던 나머지 그만 온통 녹이 슬고, 흉칙스럽게 변해버려, 모든 의미를 잃어버린 힘없는 몰골이 되어버렸을 테니까. 그래, 물론 세상에는 기쁨도, 성취감도, 동지애도 있다. 그러나 등골이 오싹한 자의식 속에 뼈저리게 느끼는 영혼의 고독감만큼 끔찍하고도 압도적인 것은 없다.

이렇게 오랫동안 이 일기장에 글을 쓰지 않은 이유 중엔, 글로 적을 만한 일관된 생각을 단 한 가지도 하지 못했다는 사실도 있다. 내 마음은, 역겨울 정도로 적나라한 직유를 들어보자면 마치 파지破紙와 머리카락, 썩어가는 사과 심들로 가득 찬 쓰레기통 같다. 너무나 많은 삶들에 접촉했는데, 그중 너무나 많은 삶들이 흥미진진하고, 내 경험의 영역에 낯설다는 사실 때문에 우울한 기분이다. 사람들을 스쳐 지나가면서 가장자리만 갉아먹어보는데, 그게 마음에 거슬린다. 마음 깊이 사람들을 좋아하려면, 친구로서 소중하게 여기려면 나는 그 사람을 존경하고 사랑해야만 한다. 앤*과는 그럴 수 있었다. 나는 그녀의 위트와 승마 솜씨, 생기발랄한 상상력, 앤을 그녀답게 만드는 모든 자질들을 우러러보았다. 앤이 내게 기대듯, 나도 앤에게 기댈 수 있었다. 우리 둘이 함께라면 무슨 일이든 겁내지 않고 맞설 수 있었다. 아니, 무슨 일이든이라는 말에는 어폐가 있다. 정말

* 앤은 스미스대학 친구로, 1학년 때 학교를 떠났지만 실비아와는 계속 우정을 유지했다. (옮긴이)

그랬다면 그녀가 돌아왔을 테니까. 그리하여 앤은 가버리고, 나는 한동안 상실감에 시달리겠지. 하지만 내가 슬픔에 대해 뭘 안단 말인가? 내가 사랑하는 사람들은 아무도 죽거나 고통을 당하지 않았는데.* 먹을 양식이나 잘 집을 아쉬워해본 적도 없다. 오감과 매력적인 외모의 축복도 받았다. 그래서 나는 아늑하고 작은 쿠션 의자에 대해 철학적인 논평을 늘어놓을 수 있는 거다. 그래서 나는 미국에서 가장 훌륭한 명문대 중 하나에 들어가게 되는 거다. 그리고 미국에서 가장 뛰어난 2천 명의 소녀들과 함께 살게 된다. 내게 불평할 일이 뭐가 있단 말인가? 별로 없다. 내 자긍심을 부풀리는 주된 이유는 장학금을 받았다는 사실이다. 내가 자유의지를 행사하여 고등학교 때 열심히 공부하지 않았다면, 그런 일은 없었으리라. 하지만 정말 엄밀히 따져서, 그중 얼마 정도가 '진짜' 자유의지였을까? 어디까지가 부모님한테 물려받은 사고 능력이며, 공부하고 좋은 성적을 올리라는 집안의 압력이며, 입회가 금지된 소년 소녀들의 사교 세계에 대한 대안을 찾아야 한다는 절박한 필요성이었을까? 그리고 글을 쓰고 싶다는 나의 욕망은, 메리포핀스와 곰돌이 푸의 동화 속 세계에서 자라난 어린 시절에 이미 시작된 내성적 성향에 기인하지 않는가? 그 덕분에 나는 대부분의 학교 친구들과 다른 유별난 존재가 되지 않았는가? 그리고 전 과목 A 학점을 받았고, 거친 아이들과는 '다르지' 않았던가? '어떻게' 달랐는지는 확실히 알 수 없지만, 사람의 손길을 받고 살다가 다시 무리로 돌아온 동물에게서 흔적이 발견되듯, 그렇게 '달랐던' 것이다.

* 플라스의 아버지 오토 플라스Otto Plath는 그녀가 여덟 살 때 세상을 떠났다. (옮긴이)

나는 나보다 더 깊이 사유하고, 더 좋은 글을 쓰고, 더 그림을 잘 그리고, 스키도 더 잘 타고, 외모도 뛰어나며, 더 잘 사랑하며, 더 잘 살아가는 이들을 질투한다. 책상 앞에 앉아 바라보는 눈부시게 현란한 방부제 같은 1월의 한낮, 살을 에듯 매서운 겨울바람은 하늘로 몰아치며 하얗고 푸른 거품을 일으킨다. 저 멀리 홉킨스관館과 부숭부숭한 털이 돋은 검은 나무들도 보인다. 회색빛 포도包道를 따라 자전거를 타고 가는 소녀도 보인다. 사선으로 책상 위에 비스듬히 꽂히는 햇살과, 말리려고 커튼 봉에 걸쳐놓은 스타킹들의 가느다란 섬유들이 오색으로 빛나는 것도 보인다. 내게 일말의 가치가 있다면 그것은, 시신경이 있어 인지하는 바를 글로 옮겨 적을 수 있다는 것 정도일 거라는 생각이 든다. 나란 인간은 정말이지 얼마나 어리석기 짝이 없는 바보 천치인지!

어렸을 적 나는 아름다운 환상의 나라 네버랜드에나 살 수 있도록 생겨먹은 사람이었다. 사랑스러운 마술이 난무하는 세상에 없는 나라, 요정 여왕과 순결한 처녀들이 사는 곳, 작은 공주님들과 그네들이 키우는 장미꽃 덤불이 있고, 거친 곰과 순진한 나귀들이 뛰노는 곳, 옛날 이교도들이 즐겨 그렸던 세상처럼 삶은 의인화된 추상적 형태로만 존재하며, 마술지팡이가 난무하는 세계. 흠잡을 데 없는 솜씨로 그려진 삽화 — 새까만 머리를 찰랑거리는 어여쁜 소녀가(바로 나 자신이) 밤하늘로 날아올라 엄마의 반짇고리 속에 있는 별길을 밟는 모습 — 에 그려진 소녀 그리젤다가 깃털 웃옷을 입고, 만면에 웃음을 띤 중국 인형들이 고개를 끄덕이며 길가에 늘어선 가운데, 등불 환히 밝힌 거리를 친구인 뻐꾸기의 손을 잡고서 맨발로 사뿐사뿐 걸어가는 곳. 그곳에는 기쁨의 여신이 가녀린 팔다리를 한

꽃의 정령들이 노니는 화원을 가꾸고, 호빗과 난쟁이들*이 푸른색과 자줏빛 두건을 쓰고 금빛 허리띠를 두른 차림으로 말술을 들이켜며 골짜기의 동굴에 살고 있는 용들의 전설을 노래하고 있었다.

어린 나는 이 세계를 만나, 몸으로 체험했으며, 진심으로 믿었다. 내 어린 시절에는 이 모든 것들이 삶 그 자체였다. 그런데 동화의 나라를 떠나 '어른들의' 현실 세계 속으로 들어가야만 하다니. 여리디여린 어린아이의 보드라운 손가락 피부에 굳은살이 박히고 그 손가락이 섹스를 느끼게 되다니……. 발달하는 성기가 육체를 일깨워 부르는 외침을 들어야 하다니. 학교와 시험(어감부터가 칠판을 긁는 분필 소리처럼 혐오스럽지 않은가), 일용할 양식, 결혼, 섹스, 호환성, 전쟁, 경제학, 죽음, 그리고 자아에 대해 인식하게 되다니. 아름다운 유년의 현실은 어쩌면 그토록 처참하게 시들어버리고 마는 것일까!

비록 말은 이렇게 하지만, 괜한 감상에 빠지려는 것은 아니다. 다만 어째서 애초에 우리더러 딸기 크림처럼 보드라운 머더구스**며 이상한 나라의 앨리스를 꿈꾸라고 했는지 묻고 싶을 뿐이다. 언젠가 나이가 들면 결국 지긋지긋한 생활의 부담 속에서 사회적 개인의 자의식이 생길 테고, 동화적 환상 따위는 끝내 삶의 쳇바퀴 아래 산산조각으로 부서져버리고 말 뿐인 것을.

'요정' 같은 한때 사랑했던 말들 속에 내포된 거짓되고 때 묻은 의미들을 이해하게 되고. 대학의 사교 모임에 나가면, 젖가슴에 손가락을 박아 넣는 것만으로는 만족할 수 없었던 남자애가 목에다 얼굴

* J. R. 톨킨의 판타지 소설《반지전쟁》에 나오는 인물들이다.

** Mother Goose, 영미의 유명한 동요에 나오는 거위다.

을 파묻고 비비더니 기어이 강간을 하려 덤비는 꼴을 보게 되고. 세상에는 아름다운 소녀가 수백만 명이나 더 있고, 날마다 더 많은 소녀들이 한때 내가 그랬듯이 어정쩡한 십 대의 티를 벗고는, 사랑과 애무의 손길을 얻으려고 모험길에 오른다는 사실을 깨닫게 되고. 이 세상에서 경쟁은 불가피한 것이지만, 부富와 미모는 내 손이 결코 닿지 않는 곳에 있음을 알게 되고. 며칠 전 뽑은 미끈한 아버지의 스포츠카를 몰고 나를 집에다 바래다주면서 무심하게 "너희 동네"라고 내뱉는 남자의 말을 듣게 되고. 만일 부유한 지식인 가문에 태어났더라면 지금보다 훨씬 더 예술가다울 수 있으리라는 생각이 들게 되고. 유효한 진실이라 말할 수 있는 그 어떤 것도 내 손에는 영영 잡히지 않을 것이며, 그저 이 순간 처한 상황, 이 순간의 심리 상태에 적용될 뿐인 찰나적이고 임시적인 경구들만 나열하는 것이 고작이라는 사실을 깨닫고. 선망의 대상인 페리* 같은 남자는 언제나 P. K. 같은 여자들만 원할 것이기에 죽었다 깨어나도 내 차지가 될 수 없으며, 따라서 사랑이란 절대로 현실에서 실현될 수 없다는 것을 알게 되고. 또 내가 그런 남자를 원하는 이유는 결코 내 손에 넣을 수 없기 때문이라는 사실 또한 알게 되고. 이성이라는 유기체가 나의 사상을 이해하고 본능적 감각을 고양시켜주길 갈망하면서도, 대부분의 미국인 남자들이 생각하는 여성이란 기껏해야 둥근 젖가슴 두 개가 있고 편리하게도 질이라는 구멍 하나가 뚫려 있는 채색된 인형 같은 존재로, 어여쁜 머릿속엔 스테이크로 저녁 식사를 준비하고 9시에서 5시까

* 중요한 남자 친구 중 한 명인 딕 노튼Dick Norton의 동생이다. 실비아는 페리에게도 연정을 품었다. (옮긴이)

지의 일상적 업무를 힘겹게 마친 남자들을 침대에서 위로하는 것 말고는 아무 생각도 없어야 한다는 사실 또한 이해하게 되고…….

잊고 있던 우편물을 가지러 아래층으로 걸어 내려가면, 거실에서 여자아이들 몇 명이 모여 앉아 소근소근 비밀스러운 이야기를 나누다가는, 갑자기 화들짝 놀라 흩어지며 앞뒤도 맞지 않는 소리를 중얼거리고. 끈적한 눈길로 네 온몸을 위아래로, 좌우로, 샅샅이 훑어내리면서도, 막상 네 두 눈동자에 맺혀 흔들리는 두려움의 기색은 뱀처럼 잘도 붙이기 피해갈 때가 있지. 그럴 때면, 그들의 대화에서 뻗어 나온 촉수 끝마디가 바로 너를 지목하고 있으며, 바로 너만을 위해 만들어진 것으로, 결국은 넌지시 둘러대는 함의의 보이지 않는 밧줄로 네 목을 친친 감아 교수형에 처하려 한다는 사실을 기억하게 되지. 너는 그 올가미에 걸린 희생자가 네 자신임을 너무도 잘 알고 있고, 네 몸에 비수를 박는 가해자들 역시 그 사실을 잘 알고 있어. 그러나 정말 재미있는 부분은 서로가 모르는 척, 일부러 그러는 게 아닌 척, 무슨 일인지 전혀 모르는 것처럼 행동한다는 사실이지. 어느 때는 이런 식으로 등 뒤에서 날아오는 총알에 맞아 쓰러지기도 하고, 어느 때는 결투 중에 상처에 박혀 살을 헤집고도 여전히 악의에 차 파르르 떠는 독화살을 뻔히 보면서도, 서로 상대를 바라보며 용감하게 웃음 지어 보이기도 하지. 하지만 대개는 너무 신물이 나서 반격할 힘도 안 나기가 일쑤지. 말을 내뱉었다가는 거짓된 말들만 튀어나와 허공에서 우지끈우지끈 부러지며 네 두려움과 비겁함을 모두 폭로해버릴 것만 같아서. 그래서 너는 결국 이 따위 소리를 듣게 되곤 해.

"우린 진종일 방에 처박혀서 공부를 하느니 차라리 낙제를 하는 한이 있어도 친구들과 사귀는 게 낫겠어."

그러고는 아주 다정하게 덧붙이는 한마디.

"도대체 넌 얼굴을 볼 수가 없구나. 넌 만날 방에서 공부만 하더라!"

너는 한마디도 대꾸하지 않지. 아, 하지만 그럴 때 네가 지어 보이는 그 웃음이라니!

린다는 두 번째 만날 때는 잘 기억이 나지 않는 그런 여자아이다. 수수한 외모에 미술용 지우개처럼 이렇다 할 특징이 없는 것이다. 두 눈동자는 불안하고도 신경쇠약에 걸린 물고기처럼 반짝거린다. 살갗은 칙칙하고, 어쩌면 여드름도 있는지 모르겠다. 머리카락은 생머리에 갈색이고 기름기가 끼어 있다. 하지만 그녀는 자기가 쓴 단편 소설 몇 편을 읽어보라며 놓고 갔다. 그런데 글재주가 보통이 아니었다. 나 따위는 감히 엄두도 내지 못할 솜씨다. 툭툭 던지듯 내뱉는 대화에서는 사랑과 섹스, 두려움과 매혹이 마치 숨을 쉬듯 자연스럽게 스며 나오는데도, 여전히 피스톨로 발사한 것처럼 예리하고 간결한 문장의 미덕을 잃지 않았다. 그래서 내가 쓴 단편을 다시 꺼내 보았다. 잡지《세븐틴》공모에 보내 3등 상을 탔던 작품이다. 몇 달 전만 해도 그토록 생생하고 진솔하게 느껴지던, 단락 단락마다 풍기는 서정적 감상주의는 읽어 내려갈수록 역겹기만 했다. 은근히 깔려 있어야 할 감상들은 방부 처리조차 제대로 안 되어 썩는 냄새가 진동을 했고, 흉칙스러울 정도로 적나라하게 드러나 있었다. 그래서 나는 다른 누군가가 나보다 훨씬 더 역동적인 글을 써냈다는 사실에 화들짝 놀라버렸던 마음을 가만히 접었다. 그리고 연약하고 판판한 가슴에 소중하게 간직해둔 고립감이며, 나는 시인답게 유별난 사람이라는 생각 따위를 모두 버리기로 했다. 린다는 잊어버리기엔 너무 훌륭한 사람이기에. 그렇다면 친구이자 경쟁자로 만든다면 어떨까. 아주 많은 걸 배울 수 있으리라. 그래서 나는 노력하려 한다. 그녀는 내 면전에 비웃음을 던질지도 모른다. 참패를 당하다 못해 끝내는 뼈도 추리지 못할지도 모른다. 그러나 아무튼 노력해보리라. 어쩌면 혹시라도 그녀가 나라는 인간을 견뎌내줄지도 모르니까.

좌절하고 있느냐고? 그렇다. 어째서냐고? 아마도 하느님이 될 수가 없기 때문에, 아니면 범우주적 남과 여universal man-and-woman가 될 수 없기 때문에, 아무튼 그런 존재가 되기란 불가능하기 때문이리라. 나란 존재는 내가 느끼고 생각하고 실천에 옮기는 것들의 총합이다. 나는 내 존재를 극한까지 표현하고 싶다. 언제 어디서부터인지 살아 있음을 그런 식으로 정당화할 수 있다는 생각을 갖게 되었기 때문이다. 하지만 지금의 내 존재를 어떻게든 표현하려면, 일단 삶의 척도와 새로운 출발점과 고도의 기술, 지금처럼 엉망진창으로 뒤섞인 개인사를 잠시나마 억지로라도 정리할 수 있는 기술이 필요하다. 그 척도라는 것이, 혹은 출발점이라는 것이 얼마나 거짓되고 지엽적이어야 하는지 나는 이제 막 깨달으려 하는 참이다. 그게 나로서는 인정하기가 정말 힘겹다.

페리가 오늘 이런 말을 했다. 어머니께서 "여자들은 무한한 안정을 추구하고, 남자들은 짝짓기할 짝을 찾아 헤맨단다. 남자와 여자는 서로 다른 걸 찾아 헤매는 거지"라고 말씀하셨다는 거다. 나한테는 힘겨운 싸움이다. 여자인 나로서는 남자가 될 수 없다는 사실을 결국은 깨달아야만 하기 때문에, 여자라는 게 싫다. 바꿔 말하자면, 내 짝의 지시와 힘에 따라 내 에너지를 쏟아부어야 한다는 말이다. 내가 자유의지로 행할 수 있는 일은 겨우 그 짝을 선택하거나 거부하는 것뿐이다. 그런데, 정말 걱정했던 대로 되어가고 있다…….
내가 그 생각에 익숙해지고 적응하고 있다는 말이다…….

나는 부분적으로 남성의 성향을 지니고 있어, 남자가 애첩을 고를 때처럼 꼼꼼하게 계산하며 여자의 가슴과 허벅지를 바라보곤 한다……. 하지만 이건 어디까지나 예술가적 기질이자 여성의 육체에 대한 분석적 태도이다. 내겐 여성적인 자질이 더 많기 때문이다. 풍만한 가슴과 아름다운 육체를 갈망하기는 하지만, 그로 인해 환기되는 육감적인 느낌은 혐오한다……. 결국 나를 파멸로 이끌고 말 것들을 나는 욕망한다……. 정상적이고 인습적인 생활과 결별한 예술에 생활과 하나 된 예술만큼 생동하는 활력이 있을까. 한마디로, 결혼이 내 창조력의 즙을 짜내 시들게 만들고, 글과 그림을 통해 표현하고자 하는 내 욕망을 말살해버릴 것인가. 표현하고자 하는 나의 욕망은, 이토록 깊숙한 정서적 욕구 불만으로 점점 더 커져만 가는데……. 아니면 자식들을 창조함으로써 예술보다 더 충만한 표현을 성취하게 될 것인가?……. 나는 두 가지를 다 잘해낼 만큼 강인한가?……. 그것이 문제의 핵심이고, 나는 그 시험에 대비해 마음을 굳게 다잡아야만 한다……. 비록 이렇게 겁에 질려 있지만…….

집게 머리핀을 볼 때마다 나는 항상 구토증이 일곤 했다. 그런 것들에는 손도 대기 싫다. 언젠가 편도선을 제거하기 위해 병원에 입원했을 때, 우리 병동의 어떤 여자가 내게 내 옆 침대 아주머니에게 집게 머리핀들을 좀 가져다주라고 부탁한 적이 있다. 나는 혐오감에 겨워 내키지 않는 손을 뻣뻣하게 내밀었고, 차갑고 끈적거리는 작은 핀들이 손바닥에 닿는 촉감에 움찔 움츠러들었다. 핀들은 차가웠고 기름기가 묻은 것처럼 번들거렸으며, 역겨울 정도로 더러운 머리와 접촉한 혐오스러운 흔적, 그리고 뜨뜻한 체온이 연상되었다.

> 일기의 이 부분은 그녀에게 가장 가까운 사람들을 신랄하게 묘사하는 초상이 처음 나타나는 부분이다. 이러한 특징은 훗날 플라스에게는 다반사가 되었다. 사실 그녀는 할머니를 깊이 사랑했다.

(훗날 참고 자료로 쓰기 위해 : 뚱뚱하고 기름기 줄줄 흐르고 모자라는 할머니에 대한 풍자시의 일환으로)

눈을 들어 천국을 보며 웃음을 터뜨려라
그리고 생각하라 그녀의 뚱뚱한 분홍빛 영혼이
뾰족한 끝이 다섯 개 달린 논리적인 별들 사이에서
허둥대며 실수하는 모습을

항상 능동적이고 행복할 것이냐, 내성적으로 수동적으로 슬퍼할 것이냐, 내게는 두 가지 선택의 여지가 있다. 아니면 둘 사이를 오락가락하면서 미쳐버릴 수도 있다.

속담에 따르면 고양이에겐 목숨이 아홉 개 있다고 하지. 하지만 네게는 오직 하나뿐이다. 네 존재의 얇고 질긴 실을 따라가다 보면 어디쯤에서는 새카맣게 응혈진 피의 매듭에 맞닥뜨리고 말 테고, 그때 맥박치는 고동 소리는 멈추고 '나', '너' 또는 '실비아'라고 이름 붙여진 특정한 개체의 종말이 선고되겠지. 그래서 너는 어떻게 행동하고, 어떻게 존재해야 하는지를 고민한다. 올바른 가치관과 태도를 고민한다. 상대주의와 절망에 빠져, 폭격이 시작되기를 기다리면서, 낭자한 유혈(한국과 독일, 러시아에서 지금 이 시각에도 폭포수처럼 쏟아지고 있는)이 뚝뚝 듣다못해 네 두 눈으로 흘러 들어가기를 기다리면서, 울컥 치밀어 오르는 구토증을 억누르며, 이 땅에 발을 꼭 붙이고 살 수 있는 길이 무엇인지, 풀잎과 생명을 싹틔우는 씨앗을 놓치지 않을 길이 어딘가에 있는지 고민한다. 네게 주어진 능력과 기회를 감안하면 참 잘해온 거라고 고집스럽게 우기며 살아온 네 18년 인생을 고민한다……. 어느덧 너는 고향뿐 아니라 미국 전역에서 온 소녀들과 경쟁하며 살게 되었고, 이제껏 해온 정도로는 턱도 없지 않을까 문득 두려움에 휩싸이기도 한다. 스스로 앞길에 끊임없이 새로운 장애물을 만들어가며, 또한 끝없이 그 장애물을 뛰어넘어 달려갈 수 있는 힘이 있는지 자문해본다. 발목을 약간 삐는 정도에는 신경도 쓰지 않고, 그저 앞만 보며 달려갈 수 있는 힘이.

그리고 또다시 반복되는 후렴, 지난 18년 생애 동안 무엇을 얻었는가? 그리고 깨닫게 되는 진리. 네 손에 지닌 형체 있는 것은 하나같이, 영원히 붙잡을 수는 없는 것이요, 언젠가는 썩어 문드러져, 사후경직으로 굳어 있을 네 거친 손가락들 사이로 우수수 흘러서 새어 나갈 거라고. 또한 너 역시 땅속에서 썩어가리라고. 너는 말하지.

그래서? 무슨 상관이지? 하지만 사실 너는 몹시 근심한다. 아무튼 너는 한마디로 정의될 수 있는 하나의 인생을 살고 싶지는 않은 것이다. 그래서 "그 여자는 말하자면 이런 종류의 여자였어…"로 시작해서 스물다섯 단어가 채 못 되는 요약문 속에 도매금으로 넘어가고 싶지는 않은 것이다. 너는 가능하다면 수많은 인생을 살고 싶어 한다……. 너는 처음부터 어쩔 수 없는 자본주의자다……. 그리고 아직 열여덟 살이기에, 스스로에 대한 믿음이 없기 때문에, 지나치다 싶을 만큼 경박하고 건방진 말투로 자신을 가린다. 감상적이라든가, 감정에 치우친다든가, 여자들 특유의 잔꾀를 부린다든가 하는 소리가 듣기 싫다. 너는 자신을 숨긴다. 그래야 아직 시간이 남아 있는 동안 다른 사람들을 실컷 비웃을 수 있기 때문에.

그러다 너는 네가 알고 있는 피와 살을 지닌 진짜 사람들을 생각하고는, 죄스러운 마음으로 이 크고도 작은, 홍수 같은 자신감의 물결이 끝내 너를 어디로 몰고 갈 것인지 궁금해한다. (이것이야말로 실용적인 시각이라 하겠다……. 도대체 '어쩌자고' 이러는 것인지? '무엇을' 얻으려고? 활용함으로써 얻을 수 있는 실제적인 이익을 따져 너의 좌우명과 가치관을 재점검하라.) 이를테면, 당장 할아버지 할머니만 보아도 그렇다. 그들에 대해 너는 얼마나 알고 있는가? 물론, 그분들이 오스트리아 태생이며, '기쁜'을 '키쁜'으로, '언제'를 '원제'로 발음하신다는 정도야 알고 있다. 할아버지는 백발이 성성하시고, 끔찍하게 감정의 기복이 없으시며, 끔찍하게 연세가 드셨고, 네가 하는 일이라면 무엇이든 말없이 맹목적으로 믿고 사랑해주시며, 끔찍하도록 다정하시다. (그분이 컨트리클럽의 지배인이라는 사실에 너는 입맛 씁쓸해하면서도 다소간 독선적인 자긍심을 지니고 있다.) 할머니는 크고 뚱뚱한 젖가슴과 무릎관절염에 시달리는 호리호리한 두 다리를 하고 계시는, 원기 왕성한 분이시다. 훌륭한 사워크림소스를 만드시고, 자기만의 요리 비법을 갖고 계신다. 소리 내어 수프를 드시고, 항상 접시에서 음식을 흘려 찔끔찔끔 치맛자락으로 떨어뜨리곤 하신다. 가는귀를 잡수셔 날이 갈수록 듣기를 힘들어하시고, 이제 막 희끗희끗한 머리가 눈에 띄기 시작하신 참이다. 그리고 네 몸속 어딘가에는, 어머니의 자궁 속에서 난자와 결합한 아버지의 정자로부터 싹터 자란 네 길쭉한 육체의 세포 체계 속에 얽혀 존재하는 죽은 아버지도 계신다. 어린 시절 그분은 유난히 너를 아꼈고, 저녁 식사 후 거실 소파에 누워 계시던 아버지 앞에서 너는 춤을 추곤 했지. 네가 유난히 남자들과 함께 있기를 좋아하고, 남자아이들이 모여 웃고 떠드는 나지막하고 마음 편한 소리에 즐거워하는 것이, 혹 집안에 남자 어른이 안 계시다는 사실과 무슨 상관이 있을까 생각해본다. 너는 네가 어릴 때부터 식물학이니, 동물학이니, 과학에 관심을 갖도록 키워졌다면 얼마나 좋을까 생각한다. 하지만 아버지가 죽은 후, 너는 비정상적으로 어머니의 '인문학적' 성격으로 치우쳤다. 그리고 가끔 말을 멈추었을 때, 어머니의 목소리가 메아리로 들려오면 깜짝 놀라 그만 공포에 사로잡히고 만다. 마치 어머니가 너를 통해 말하고 있었던 것처럼, 네가 너 자신이 아니며, 어머니의 발자국을 좇아 성장하고 살아가고 있는 것처럼, 어머니의 표정들이 네 얼굴에서 풍겨 나오는 것만 같은 느낌 때문에. (이쯤 되면 너는 깊은 생각에 잠겨, 혹 늙은이들이 만족스럽게 죽음을 맞는 것은 바로 이럴 때가 아닌가 의문을 갖는다……. 즉, 어쨌든 그들은 영영 힘없이 허물어질 운명에 처한 육신의 벽을 초월한 셈이고, 그들이 지녔던 생명의 불길과 그들의 원형질과 그들의 맥박은 한계를 벗어나 자식들 속에서 또 다른 삶을 살며 목숨의 사슬을 이어갈 터이기 때문이다…….)

그리고 다음으로 남동생이 있다. 6피트 4인치의 키에 사랑스럽고 지적인 그가. 어린 시절엔 싸우기도 많이 했다. 그 머리에다 장난감 군인들을 집어던지고, 스케이트 날로 무심히 그 목덜미를 긋기도 했었지……. 그런데 지난여름, 농장에서 일하던 무렵에야 동생을 사랑하게 되었고, 모든 것을 털어놓을 수 있게 되었고, 한 인간으로서 알게 되었던 것이다……. 그리고 사람들이 너를 물통에 던져 넣기로 모의한 그날, 혼자서 네 편을 들고 나섰던, 남동생의 입 주위에 떠오른 그 창백한 공포의 표정을 기억한다.

그래, 분명 너는 지난 18년 동안 함께 살아온 사람들을 몇 줄의 문장들로 요약할 수 있다……. 그러나 그렇다고 해서 그네들의 인생과 그네들의 소망과 그네들의 꿈까지도 설명할 수 있을까? 해볼 수야 있겠지만, 그들의 인생과 소망과 꿈도 결국 너와 다를 바 없을 텐데……. 너 역시 이 설명 불가능한 수수께끼 — 뒤틀린 긴장과, 비합리적인 사랑과 연대 의식과 충성으로 뭉친, 한 피를 나누어 출생하고 성장한 이 가족 집단의 일원이므로. 지금의 너를 만들어낸 데 대해 가장 큰 책임을 져야 하는 것은 바로 이들이므로.

그리고 남자아이들……. 지미 빌. 그는 초등학교 5학년 때 너에게 예쁜 소녀들의 그림을 그려주었고, 바닷가에서 롤러스케이트를 탔으며, 뾰족뾰족한 나무 울타리에 장미꽃이 피어 있는 하얀 집에서 결혼하자고 약속했지. (이상하게도 지금 와서 생각나는 것은, 그의 꼬마 여동생이 바닷가에서 살얼음판을 걷다가 물에 빠져 죽었다는 사실과,

학교에서 다시 만난 그 아이의 새하얗고 우울한 얼굴을 어떻게 대해야 할 지 몰라 쩔쩔맸던 일뿐이다. 너는 그저 좋은 말로 달래주고, 네 마음도 아프다고 이야기해주고 싶었을 뿐인데, 그만 그의 약한 모습에 갑자기 분노가 치솟아 몸이 딱딱하게 굳어버렸지. 그의 무기력에 너까지도 한없이 허약해지는 것만 같았으니까. 그래서 넌 그에게 혀를 쑥 내밀고 얼굴을 찡그려 보였다. 그 후 다시는 그와 놀지 않았다.) 키가 크고 어딘지 얼떠보이던 존 스텐버그도 있었다. 그 애는 집에서 등사기로 "실비아는 존을 사랑한다"라는 문구를 인쇄해서는 길거리마다, 학교 책상마다 흩뿌렸지. 너는 그의 열렬한 관심에 은밀한 흥분을 느꼈지만, 수치심에 휩싸인 나머지 선물로 준 토끼발*과 사육제 파트너가 되어달라는 제의를 쌀쌀한 경멸로 거절했지. (네가 더 철이 들었더라면, 그가 어떤 관심을 보여주든 한없이 감사하는 마음으로 받아들였을 텐데.)

* 서양에서는 토끼발이 행운을 가져다주는 물건이라고 믿는다.

스왐스캇에서

대학 2학년을 눈앞에 두고 있던 1951년 여름, 실비아는 매사추세츠주 스왐스캇에서 어린아이들을 돌보고 부엌 일손을 도우며 일했다. 친구인 마샤 역시 같은 동네에서 베이비시터로 일했다. 이때의 경험을 바탕으로 실비아는 훗날 〈베이비시터들*The Babysitters*〉이라는 시를 쓰게 된다.

따스하고 판판한 바위 위에 배를 깔고 누워, 두 팔을 축 늘어뜨리고, 두 손으로 햇볕에 달궈진 뜨거운 돌의 둥그스름한 윤곽선을 어루만지며 매끈한 굴곡을 느껴보았다. 바위가 어찌나 따스한지, 그 거칠면서도 포근한 온기는 나로 하여금 그것이 인간의 육체라는 상상을 하고 싶게 만들었다. 엄청난 열기는 수영복 천을 뚫고 타들어와 나의 온몸을 관통해 흐르며 발갛게 달아올랐고, 젖가슴은 단단하고 판판한 바위에 눌려 아파왔다. 소금기가 밴 습한 바람 한 줄기가 나의 머리카락 사이사이를 촉촉하게 적시고, 현란하게 빛나는 그 바람결 사이로 푸른빛 반짝이는 바다가 보였다. 태양은 내 온몸의 그 많은 숨구멍마다 빠짐없이 스며들어와, 시끄럽고 불평 많은 내 신경

섬유 하나하나를 흠뻑 적셔주어, 마침내는 나의 육체가 거대한 황금빛 평화로 빛나게 해주었다. 온몸을 팽팽하게 당겨 기지개를 길게 켜고는, 긴장이 풀려버린 사지를 바위 위에 축 늘어뜨리자, 마치 제단 위에 누운 채 태양에게 감미로운 겁탈을 당하여 비인격적 거신巨神인 대자연의 어마어마한 열기로 온몸이 가득 차오르는 느낌이 되었다. 내 몸 아래 누운 내 사랑의 육신은 따끈하고도 도착적이었고, 조각 같은 그이의 살결이 전해주는 느낌은 비길 데가 없었다 — 부드럽지도 않았고, 물렁물렁하지도 않았고, 땀에 젖어 축축하지도 않았으며, 다만 메마르고, 단단하고, 청결하고 순수했다. 고결하고 상아처럼 희디흰 내 몸을 바다는 씻어주었고, 세례를 주었고, 정화해주었고, 순결한 모습으로 거듭나게 해주었으며, 태양은 물기 하나 없이 보송보송하게 말려주었다. 해초처럼 짐짓 으깨어질 것만 같고, 날이 서 있고, 강렬한 향내를 풍기는가 하면 — 돌처럼 모나지 않고, 굴곡지고, 둥글며, 청결하고 — 그런가 하면 또 바람처럼 자극적이고, 짭짤한 소금기가 밴 — 내 사랑의 육신은 이 모든 것이었다. 나는 바위와 태양의 제단 위에서 주신제酒神祭의 희생물로 바쳐져, 그의 영원하고도 무심한 찰나적 욕망이 뿜어내는 무서운 불길로 타올랐고, 마침내 깊은 만족감에 휩싸인 채 순결하게 거듭나, 수백 년간의 사랑을 털고 찬연히 빛나며 일어섰다.

이렇게 내가 즐기는 알레고리와 직유와 은유로 기울어짐으로써 나는, 어제부터 줄곧 마음에 걸려 가슴 답답해하던 생각들의 가닥 얼마쯤을 표현해낼 길을 갑작스레 찾아내었다……. 바로 매사추세츠 해안선의 이름 없는 일부 지역이 내게 주었던 느낌을 묘사하는 것이었다. 이 작업은 겉보기엔 꽤나 간단해 보이지만, 나는 본래의 정서에 조금이라도 더 가까이 갈 수 있을 때까지 기다리고 싶었는데, 그 이유는 그것이야말로 내 안에서 끊임없이 진화를 거듭하는 사상과 실천의 철학 한가운데 자리 잡은 핵核이기 때문이다.

비교적 인적이 뜸한, 돌 많은 해변에는 바다를 향해 불쑥 튀어나온 커다란 바위가 한 개 있다. 가파른 오르막을 따라, 톱니바퀴처럼 튀어나온 발판을 하나씩 밟고 오르면, 사람의 몸 하나 길게 뻗어 누일 수 있는 판판한 자연 암반이 한 개 있는데, 거기에 누우면 저 아래에서 치솟아 올랐다간 떨어지는 파도도 보이고, 저 멀리 만 너머로 눈길을 돌리면, 돛단배의 돛들이 빛을 받았다가, 그늘졌다가, 다시 빛을 받으며, 수평선을 좇아 머나먼 어딘가로 바람을 안고 달려가는 모습도 보인다. 이 바위들은 태양빛에 그슬려 거무스름하게 탔고, 둥근 암석들은 거대하고 쉬임 없는 조수간만의 흐름에 허물어지고, 세차게 치이고, 닳아빠지다 못해 결국 해변을 걷는 사람들의 발밑에서 달각거리며 이리저리 자리를 바꾸는, 햇볕에 달궈진 매끈한 돌멩이들로 변모했다. 지각 위에서 벌어지는 점진적 변화들의 유장한 불가피성을 실감하며, 나는 묵묵한 경외감에 압도당하고 말았다. 그만 불꽃 같은 사랑이 솟구쳐 오르더구나. 신을 향한 것이 아니라 이름 없는 암석들과 이름 없는 파도와, 이름 없는 야생의 풀들이 모두 한순간이나마 그들을 바라보는 존재의 의식 속에서 의미를 갖게 된다는 사실, 그 사실을 한껏 온전하고 총체적으로 인식함에 대한 어찌할 수 없는 사랑이. 바위 속 깊이, 살 속 깊이 파고들어 불타는 태양과, 머리카락과 풀잎을 스치는 바람을 보면 문득 깨달음을 얻게 되더라. 이 맹목적이고 형언할 수 없이 크나큰, 무의식적이고 비인격적인 자연의 기氣는 앞으로도 영원토록 존재하겠지만, 지금 이를 해석하고, 의미를 부여하고 있는, 그나마 한데 붙어 있는 것이 기적이라 할 이 연약한 유기체는 잠시 동안 이 지상을 거닐다가는 곧 비틀거리며 쓰러질 것이고, 끝내는 썩어 문드러져 목소리도 없고 얼굴도 없고 정체성도 없는 무명의 토양이 되고 말리라는 것.

이러한 체험으로 나는 온전하고 순결한 이로 다시 태어났다. 뼛속 깊이까지 땡볕에 그을리고, 짜디짠 바닷물의 얼음 같은 날카로움에 순백으로 씻기고, 건조되고, 새하얗게 표백되어 태초의 존재들과 함께함으로 얻어지는 다사로운 평화 그 자체로 거듭났다.

또한 이러한 체험으로, 하나의 믿음이 솟아나 치졸한 욕망과 기만적인 소인배들로 가득한 인간 세계로 되돌아갈 수 있게 해주었다. 철없고 유치해 보일지도 모르지만, 아무튼 자연의 무한한 소박함에서 태어난 이 하나의 믿음. 그것은 남들이야 무슨 생각을 하고 어떻게 행동하든, 바람과 햇빛 아래 이 탁 트인 공간에서 같은 믿음을 지닌 한 인간과 함께 터놓고 나눌 수 있는 삶이라면 세상 무엇과도 바꿀 수 없는 그 나름의 존재 이유와 고유의 아름다움을 갖고 있다는 생각이었다.

하지만 나 아닌 다른 사람에게 이런 말없는 신뢰를 주려 할 때면, 내겐 그토록 풍요롭고 복잡다단하며 총체적인 인생관이었던 것이 무심한 손짓 하나로 그만 한순간에 허공으로 제쳐지는 꼴을 보게 되는데, 이것이야말로 진정 가슴이 무너지는 경험이지. 바로 이럴 때 나는 경악으로 일순 넋을 잃고, 온몸이 마비되며, 입은 그만 얼어붙어버리곤 하는데, 행여 시간이 지나 처음의 충격이 가시더라도 마음속에 입은 깊은 상처의 흔적만은 끝내 사라지지 않기 마련이다. 이런 이야기는 말로 조목조목 설명한다면 훨씬 더 명료할 텐데, 이렇게 글로 쓰자니 무척이나 힘이 든다. 하지만 나는 어제 네가 전해준 그 놀라운, 어찌 보면 분별없다 싶을 정도로 사적이고 은밀한 이야기가 내게 끼친 영향을 어떻게든 설명하고 싶었던 것이다. 내게 비난할 권리는 없다는 생각이 들면서도, 어디선가 믿음과 신뢰가 허물어져내리는 느낌.* 잘못을 합리화하고 묵과할 길이 어딘가 있을지 모르지만, 그러기 위해서는 한 인간의 유일무이한 가치를 부인하고 그를 평범한 속인으로 깎아내리는 수밖에 없다는 느낌.

그래서 이렇게 된 것이다. 바위와 태양은 여전히 다음 휴일에도 — 마음의 평안을 준비해놓고 — 나를 기다리고 있다.

이제 생각해보니 내가 보내버린 그 편지에 대해 아무래도 확신이 들지 않는다. 아무 자신이 없다. 결국 그 뜻에 순응하고, 말없이 사근사근 잘 받아들여준 게 내 쪽이 아니었던가? 나는 한 남자아이가 자기혐오에 빠져들도록 내버려둔 죄인이 아닌가? 그런데 이 모든 사실이 결국 이 세상은 남자들의 세상이라는 사실로 다시금 귀결되지 않는가? 왜냐하면 남자는 성적으로 방탕하게 굴기로 작정해도, 그 방탕함 속에서 미학적으로 한껏 콧대를 쳐들고 다닐 수 있기 때문이다. 그래도 여전히 자기 욕망에서 스스로를 구원하기 위해 여자의 정절을 요구할 수 있다. 하지만 여자에게도 육욕이 있다. 어째서 여자들이 기껏 남의 정서를 맡아 관리해주는 관리인이나 아기 보는 사람, 남자의 영혼과 육체와 자존심을 먹여 살리는 유모 노릇

* 여기서 이야기하고 있는 사건의 내막은 분명하지 않다. 그러나 이날의 일기는 아마도 사귀던 남자 친구(딕 노튼)에게 보내려다 만 편지의 초고일 가능성이 높다. (옮긴이)

이나 해야 한단 말인가? 여자로 태어난 게 나의 끔찍스러운 비극이다. 잉태되던 그 순간, 나는 페니스와 음낭이 아니라 가슴과 난소의 싹을 틔울 운명을 타고난 것이다. 행동과 사과와 감정의 총체적 원圓이 탈피할 수 없는 여성성이라는 엄격한 한계 속에 갇혀버리도록 말이다. 그렇다, 도로 인부들, 선원과 군인 들, 술집의 단골손님들과 어울리고 싶은 이 목마른 갈망 — 이름 없이, 귀 기울여 들으며, 기록하며, 난장판의 일원이 되고 싶은 갈망이 — 이 모든 게 내가 여자아이라는 사실 때문에 망가져버리고 만다. 공격당하고 포격당할 위험이 상존하는 여성이기 때문에. 남자들과 그들의 삶에 대한, 온 마음을 사로잡는 이런 관심은 그들을 유혹하고자 하는 욕망이나 은밀한 관계로 유인하는 도발로 곡해되는 일이 흔하다. 아, 제기랄, 그렇다. 나는 가능한 한 모든 사람들과 최대한 깊은 대화를 나누고 싶다. 야외에서 잠을 자고, 서부로 여행을 하고, 밤에 마음껏 자유롭게 나다닐 수 있다면 좋겠다.

온몸의 배출구가 밀랍으로 봉해져버린 것처럼 온통 꽉 막혀버린 느낌이 들 때가 있다. 몸을 따끔따끔 찌르던 통증이 목구멍을 조여오더니, 안구 뒤쪽에 있는 눈물샘을 위험하다 싶을 정도로 쥐어짜는 것이다. 단 한마디 말, 단 하나의 몸짓만으로도, 마음속에 꾹꾹 쟁여놓았던 것들 — 곪아터진 분노와 썩어빠진 시기심, 충족되지 않은 잉여의 욕망들이 당혹스러운 흐느낌과 들어줄 사람도 없는 신세한탄으로 폭발해 성난 불모의 눈물 속에 쏟아져내린다. 감싸줄 팔도, "됐어, 됐어, 푹 자고 그 일은 그만 잊어버려"라고 달래줄 목소리 하나도 없는데. 아니, 이 낯설고 겁나는 홀로서기 속에서 수면 부족과 팽팽하게 긴장한 신경으로 말미암아 생겨난 이 고통이 나는 아무래도 위험스럽고도 불길하다. 어쩐지 이번만큼은 내게 결정적으로 불리한 카드패들이 적 앞에 수북이 쌓여 있으며, 그 숫자는 지금 이 순간도 시시각각 불어나고 있는 것만 같다. 필요한 것은 단 하나의 배출구뿐인데, 모든 배출구는 하나도 빠짐없이 밀봉되어 있다. 밤이나 낮이나 스스로 만들어낸 비좁고 캄캄한 독방에서 옥살이를 하는 꼴이다. 내 몸 안에 가득 차 펄펄 끓어오르고 있는 이 시궁창 물을 배출하지 못한다면, 조금이라도 둑 구석을 헐어서 이 썩은 물을 흘려 보내지 못한다면, 그만 폭발해 순식간에 우르르 무너져내리고 말 것만 같다. 그래서 아래층으로 내려가 피아노 앞에 앉는다. 아이들은 모두 나가고 없다. 집은 고요하다. 건반을 두들겨 날카로운 올림음계가 울려퍼지면, 이제야 어깨에 잔뜩 얹혀 있던 짐을 던 것처럼 홀가분해진다.

지하실 계단을 오르는 바쁜 발걸음 소리. 난간 아래 불쑥 나타나는, 짜증스러운 표정의 핼쑥하고 예민한 얼굴.

"실비아, 오후는 우리 근무 시간이니까 제발 피아노 좀 치지 마. 아래층까지 다 쿵쾅거리는 바람에 못 살겠어."

남자의 차가운 목소리에 살이 덴 듯, 깜짝 놀라버린 나는 돌처럼 굳어지고, 아무 느낌도 없어져버리고, 거짓말을 한다.

"죄송해요. 들리는 줄 몰랐어요."

그래서 그나마 못하게 되어버렸다. 이를 악물고는, 이렇게 작은 일에도 바들바들 떠는 나 자신의 소심함을 경멸하고 있자니, 산업이든 국가든 조직이든, 기계적 독재 권력의 치하에서 인간성이 짓밟히는 참담함을 평생 동안 견뎌야 하는 사람은 도대체 어떻게 살아갈까 싶었다. 나는 여기서 겨우 삶의 10주를 놓고 이렇게 괴로워하는데. 그것도 이제 고작 4주밖에 남지 않았는데.

자유, 온전한 자아로서 누릴 수 있는 자유가 달력 한 모퉁이만 돌면 그곳에서 기다리고 있다. 나는 삶을 전부 잃은 것이 아니라, 열여덟 번째 여름만을 반납했을 뿐이다. 어쩌면 그동안 내내 이 비좁고 무감각한 암흑 속에서 무언가 좋은 일이 나도 모르게 싹트고 있었는지도 모른다.

> 바람이 다사로운 노란 달을 바다 위로 불어 올리다. 구근球根처럼 배부른 달은 흙 묻은 쪽빛 하늘에서 싹을 틔우고, 까맣게 떨리는 물 위에 눈부시게 깜박이는 빛의 꽃잎들을 엎지르다.

나는 비논리적이고 감각적인 묘사를 쓸 때 최고의 능력을 발휘한다. 위에 쓴 글을 보라. 바람이 아무리 불어봤자 달을 바다 위로 날릴 수는 없다. 글로 쓰지는 않았지만, 무의식적으로 내 마음속에서 달은 바람에 날려 둥실둥실 떠가는, 밝고 산뜻한 노란색의 풍선으로 비춰진 것이다.

이 글을 쓴 나의 기분에 따르면, 달은 은빛의 날씬한 처녀가 아니라 노랗고 뚱뚱하며 살집이 좋은 임산부이다. 그것이 바로 4월과 8월을 가르고, 현재의 내 육체적 상태와 변화할 미래의 내 육체적 상태를 구분하는 차이다. 첫 행의 모호하고 부정확한 인용을 통해 달은 급격한 변신을 겪게 되고, 튤립이나 수선화, 혹은 탱알꽃의 구근으로 모습을 바꾸는데, 바로 여기서 은유가 생겨난다. 달은 영어로 "bulbous"한데, 이는 일차적으로 형용사로서 '배부르고 뚱뚱하다'는 뜻이지만 다른 한편으로 '구근'을 암시하며, 이로 인해 시각적 심상은 아주 복합적인 것이 된다. '싹을 틔우고'라는 동사는 처음에 암시된 바 있는 달의 식물적 속성을 한층 더 부각시킨다. 서로 다른 어휘가 병치됨으로써 생겨나는 언어의 조합은 무한한 다양성을 가능케 하는데, '흙 묻은 쪽빛 하늘'이라는 표현은 바로 그런 가능성에서 파생되는 언어의 긴장을 잘 보여준다. 무뚝뚝하게 '밤하늘의 땅에서'라고 말하는 대신, '흙 묻은'이라는 형용사를 쓰면 이중의 초점이 생겨난다. 한편으로는 얼룩진 짙은 감색 하늘을 묘사하면서, 다른 한편으로는 드러나지 않게 깔려 있는 '흙'이라는 유령명사를 통해 달은 하늘이라는 대지에 뿌리내린 구근이라는 은유를 강화하는 것이다. 단어들을 전부 하나씩 분리해서 꼼꼼하게 정밀 분석을 하는 것도 가능하다. 자음과 모음의 음영陰影과 가치, 시원하고 따뜻한 느낌의 정도, 유음과 불협음의 관점에서 하나하나 따지고 들 수도 있다. 말의 시각적 형상과 소리라는 측면은 따로 떼어놓고 보면, 기술적인 측면에서 음악적 기교… 혹은 회화의 색채나 질감과 상당히 닮은 측면이 있다. 이 방면에는 문외한인 나 같은 사람으로서는 그저 추측하고 실험할 도리밖에 없지만. 하지만 그래도 나는 내가 이런 단어들을 왜 쓰는지 그 이유를 설명하고 싶다. 각각의 단어는 저마다 이유가 있어서 선택된 것이므로. 아직 내가 표현하고자 하는 바를 설명하는 데 있어 최적의 단어는 아닐지라도, 오랫동안 심사숙고한 끝에 찾아낸 단어들이므로.

예를 들어보자. 바닷물이 끊임없이 물결침으로 인해 달빛은 반짝인다. 단속적인 움직임이 주는 감각을 포착하기 위해, 형용분사인 '깜박이는winking'(밝은 스타카토의 불꽃을 표현하기 위해)과 '떨리는

quivering'(레가토로 전율하는 느낌을 전달하기 위해)이 함께 사용되었다. '눈부시게bright'와 '까맣게black'는 빛과 어둠의 명백한 대조다.

내 시의 문제점? 자유로운 사상과 신선한 이미저리의 결핍. 무의식적으로 진부한 표현들과 닳아빠진 언어의 조합에 집착하는 경향이 농후하다. 독창성의 결핍. 현대 시인을 맹목적으로 숭앙하며, 냉정한 분석과 습작을 게을리한다는 점.

언젠가 오래전에 아주 막연하게 언급한 적이 있지만, 나의 목적은, 독자를 위해 의사현실pseudoreality 속에서 일정한 태도와 정서, 사상을 그려내는 것이다. (진짜가 아닌 의사현실이라는 것은 필요조건이다.) 내가 사는 여성의 세계는 많은 경우 감정과 감각을 통해 인식되기에 나 또한 시를 쓸 때 그런 식의 접근 방식을 취하려 한다. 덕분에 나의 시는 따분한 묘사로 가득 찬 단락들과 주마등처럼 흘러가는 일련의 직유들로 포화 상태가 되곤 한다.

나는 알고 보면 에이미 로웰과 가장 흡사한 것 같다. 나는 엘리노어 와일리의 청명한 서정성과 순수, 그리고 변덕스럽고도 서정적이며, 괴팍스럽게 기발한 서식을 구사하는 E. E. 커밍스를 사랑하고, T. S. 엘리엇, 아치볼드 매클리시, 콘래드 에이킨을 선망한다…….

책을 읽을 때면, 맙소사, 정말이지 루이스 운터마이어의 팽팽하고, 절제된, 명료한 산문이라든가, 차례차례 집어 드는 다른 시인들의 작품마다 그 증류된 듯 강렬한 압축된 농도를 접할 때면, 나 따위는 숨막히고, 허약하고, 창백하며, 그저 입재간이나 쓸 줄 알 뿐, 철저히 부조리하다는 느낌이 든다. 하지만 핏기 없는 무채색 감수성의 희미한 불꽃 한 가닥은 내 안에 있다. 맙소사. 그런데 내가 한 남자를 위해 스크램블드에그를 요리하며 그 불꽃을 잃어야 하는 것일까……. 풍문으로나 삶의 소식을 전해 듣고, 육체나 살찌우며, 인식하고 언어로 표현하는 나의 능력에 비계나 덕지덕지 붙여 둔감하게 만들어버려야 하는 것일까?

> 살짝 수정한 판본 : "그리고 바람이 다사로운 노란 달을 바다 위로 불어 올리다. 구근球根처럼 배부른 달은 흙 묻은 쪽빛 하늘에서 싹을 틔우고, 까맣게 떨리는 물의 평원 위에 깜박이는 빛의 꽃잎들을 엎지르다."

가지 않은 숱한 길들이 모두 궁금해 프로스트의 시를 인용하고 싶은 마음이 든다……. 하지만 그러지 않겠다. 다른 시인들의 글귀를 고스란히 되풀이해 말할 수밖에 없다는 건 슬픈 일이다. 누군가 다른 사람이 내 글귀를 되풀이해 말하면 좋겠다.

나는 왜 원고를 출판하면 나 자신을 정당화할 수 있으리라는 생각에 이토록 집착하는 걸까? 그게 탈출구인가 — 즉, 어떤 종류의 사회적 실패든 변명해줄 수 있는 핑계라고 생각하는 걸까? 그래서 "아니, 별로 과외 활동을 많이 하진 않았지만, 글쓰는 데 많은 시간을 투자해"라고 말할 수 있도록? 아니면 혼자 있으며 혼자 사색에 잠기고 싶어 지어낸 핑계일까? 그래서 굳이 무리를 지어 몰려다니는 여자들을 상대하지 않아도 되도록? (여자들이 많으면 항상 마음이 불편했다.) 나는 글쓰기를 좋아하나? 어째서? 뭐에 대해서? 중간에 포기하고 "살다 보니 남자의 물릴 줄 모르는 식욕을 채워주고 아이들을 낳는 것만도 정신이 없어. 글을 쓸 시간 따위는 없어"라고 말하게 될까? 아니면 빌어먹을 글쓰기와 습작에 매달려야 할까? 읽고 생각하고 습작하고? 나의 사유가 걱정스럽다. 올여름 나는 정신적으로 식물인간 같은 삶을 살고 있다.

9월 1일

다음에 쓴 건 내 첫 번째 소네트* 작품으로, 토요일 밤 9시부터 새벽 1시까지 쓴 것이다. 비옥한 기쁨 속에 나는 내 아이를 낳았다. 단어의 느낌과 음악을 호사스럽게 만끽하며, 고르고 또 고르며, 내가 원하는 색깔과 유음과 불협화음, 그리고 음악적 효과를 깐깐하게 하나씩 선택했다. 나긋나긋한 l과 안온하고 긴 a들과 o들. 아, 이럴 수가, 나는 행복하다 — 일 년 만에 처음, 내 눈과 귀와 지성 모두에 비추어 온전히 맛깔지게 느껴지는 작품을 쓴 것이다.

소네트 : 봄에 부쳐?

그대는 나어린 별들의 쪼글쪼글 주름진 녹음으로
우리를 기만하고, 단풍 크림의 순한 맛 바닐라 달月로
또 우리의 눈을 속이고,
다시금 사월의 신화로 우리를 길들이는구나.
작년에도 반짝이 꽃가루 같은 비가 유치하게 짤랑거리는 소리로
우리에게 사기를 치고서, 이번에도 또 한 번 시도해
우리의 믿음을 또다시 사고야 마는구나. 단 한 번의
악마적인 소나기, 그러면 우리는 울음을 터뜨리지
꿀맛이 나는 아침이 맑은 햇살을 꺾어

* 유럽 서정시의 한 형식으로, 14행으로 구성된 짧은 시다.

금박물을 입힌 풀밭을 가로지르게 만드는 걸 보고는.

우리에게 남은 세월이 또 일 년,

탐욕스러운 대지 위에 꺾어질지언정, 그대의 매혹은 우리를 계속 유인하지.

우리는 또다시 망상에 빠져, 어쩐지 우리가

전보다 젊어진 거라 생각해버리고 마는걸.

노샘프턴

1951년 9월

이제는 전부 다 또렷하게 보여요. 아니면 최소한 보이기 시작해요. 어쩔 수 없는 필요(다른 만남이 없었으니까)로, 일정한 욕구에 대한 유일한 해답이 되어버린 남자에게서, 내가 두려워하는 모든 것, 그리고 피하고자 하는 모든 것의 씨앗들이 보여요. 그리고 또한, 미래에 이런 기회가 다시 오지 않을까 두려워, 당분간 최선의 대안에 안주하고자 하는 똑같이 맹목적인 욕구도 보인답니다.

어째서 나는 다른 사람들이 즐기고 또 당연시하는 일들에 이렇게 마음이 동요하는 걸까요? 어째서 이렇게 강박적으로 집착하는 거죠? 어째서 내가 이렇게 무자비하게 이끌리는 대상을 이렇게 증오하는 건가요? 어째서, 밤이면 친절하고 에로틱한 어둠 속에 잠자리에 들면서 스스로를 향해 나른한 미소를 지어 보이는 대신, "올바른 길을 걷기만 한다면, 언젠가는 나도 육체적, 정신적으로 욕구가 충만히 채워지는 날이 오겠지…"라고 말하는 거지요? 어째서 나는 그러다 끝내 잠 못 이루고 밤을 하얗게 새며, 육체의 불길이 차갑게 식어가게 하고, 두뇌를 채찍질해 차갑고 계산적인 사유로 빠져들게 하는 거지요?

나는 사랑하지 않아요. 나 이외의 아무도 사랑하지 않는 거예요. 인정하기엔 좀 충격적인 사실이지만. 우리 어머니가 보여주는 자기희생적 사랑은 제게서 눈곱만큼도 찾아볼 수 없어요. 꾸준하고 실용적인 사랑도 전혀 없고요……. 단적으로 엄밀히 말하자면, 나는 오직 나 자신만을, 작고 어울리지 않는 보잘것없는 가슴과 희박하고 얄팍한 재주를 지닌 나라는 이 초라한 존재만을 사랑하고 있는 거죠. 나 자신의 세계를 반영하는 사람들에 대한 애정을 품을 능력은 있지만. 내가 다른 사람에 대해 품는 염려라는 게 얼마나 진실하고 정직한 것인지, 그중 어느 정도가 사회에 의해 미끈하게 거짓의 래커 칠을 한 것인지, 나도 모르겠어요. 나 자신을 직면하기가 두려워요. 오늘 밤에는 그렇게 해보려고 애쓰는 중이지만요. 진심으로 바라건대 어떤 절대적인 앎이 있다면 좋겠어요. 나 자신을 평가하고 진실을 말해줄 만한 믿을 만한 누군가가 있으면 좋겠어요.

내게 있어 근본적으로 에고이스틱한 자기애에서 발생하는 가장 큰 문제는, 바로 질투심이랍니다. 저는 남자들을 질시해요. 어떠한 관계라 해도 타락하게 만들기 쉬운, 위험스럽고 음험한 시기심. 이건 수동적으로 듣기만 하는 게 아니라 능동적으로 실천하고 싶은 욕망에서 배태된 시기심이지요. 직장의 삶, 또 가정과 성적 삶, 이렇게 이중의 삶을 꾸려갈 수 있는 남자들의 육체적 자유가 부럽거든요. 물론, 내 시기심을 까맣게 잊고 있는 척할 수는 있어요. 하지만 그래 봤자 소용없는걸요. 시기심은 사라지지 않고 그 자리에 있으니까요. 음험하게, 악의를 품고, 근저에 깔린 채로.

내 원수들은 나를 가장 걱정해주는 사람들이에요. 첫째, 우리 어머니. 어머니의 애처로운 소망은 바로 내가 '행복하기를' 바라는 거죠. 행복이라니! 그렇게 정의하기 힘든 존재의 상태가 또 있을까요? 아니면 에디처럼 은근슬쩍 피해버릴 수도 있긴 하죠. 행복이란 건 지금 누리고 있는 현재의 삶을 소망하는 삶과 타협하는 것이라 말하며. (그 반대의 의미가 아닐까 하는 생각이 종종 들지만.)

아무튼, 제가 현실 속에서 이상적 기준에 맞추어 살아갈 수 있을 만큼, 강인하지도 부유하지도 독립적이지도 않다는 건 인정해요. 어디, 도대체 그 이상적 기준이라는 게 뭐냐고 저한테 한번 물어보세요. 그래요, 좋아요. 지금 제가 보기에는, 현재의 궁지에서 벗어날 수 있는 유일한 탈출구는(내가 프로이트처럼 들리나요?) 미래의 배우자, 그리고 제가 함께 살게 될지 모르는 모든 남자들이 결코 침범할 수 없는, 별개의 삶의 단계를 실천하는 것뿐이지요. 저는 단순히 시기심에 불타오를 뿐만 아니라, 허영심이 강하고 오만하거든요. 남편의 손가락질에 인생의 향방을 결정하고, 더 넓은 그의 행동반경에 갇혀 그가 실제로 경험한 모험담을 들으며 근근이 연명하는 신세로 전락하지는 않겠어요. 무슨 일이 있어도 그의 분야와 분리된, 정당한 나만의 영역이 있어야 하며, 그 또한 그 영역을 존중해야만 해요.

그러니 내게는 하나 또는 두 개 정도의 선택밖에 남지 않는단 말이지요! 글을 쓸 수 있을까요? 습작을 열심히 하면 글을 쓰게 될까요? 쓸 만한 작가가 될 재목인지 알아보기 전에, 일단 얼마나 많은 걸 글쓰기를 위해 희생해야 하는 걸까요? 그 무엇보다도, 이기적이고 자기중심적이고 시기심 덩어리에 상상력도 없는 여자가 빌어먹을 가치가 있는 글 한 줄이나 써낼 수 있을까요? 내 이기심을 다른 이들에게 봉사하기 위해 — 사회적인 일 같은 데 써서 승화(아,

이런, 우리는 정말 단어들을 함부로 여기저기 마구 쓰죠!)해야 할까요? 그러면 다른 사람들과 그들의 문제에 좀 더 예민한 사람이 될 수 있을까요? 그러면 키 크고 내성적인 청소년기의 소녀 이외에 다른 존재에 대해서도 정직한 글을 쓸 수 있을까요? 나 자신의 경제적 계층과 계급의 일상적 틀 속에 침잠하지 않기 위해서는, 각양각색의 다양한 삶에 접촉해야만 하는 거예요. 절대 내 인맥을 남편의 직업이 결정하는 영역 이내에 한계 짓도록 할 수는 없어요. 하지만, 어떻게든……. 배출구를 찾지 못한다면, 이런 일은 가능하지 않다는 걸 잘 알고 있어요.

지난 몇 년간 스스로를 돌아보면서, 저는 누군가와 열정적인 육체적 관계를 맺지 않고는 못 배긴다는 걸 알았답니다. 아니면 내 안에 잠재한 거대한 성적 충동과 정숙한 수단으로 싸워나가든가. 저는 첫 번째 해답을 선택하겠어요. 하지만 동시에 제가 가족과 사회에(빌어먹을 사회 같으니라고) 묶여 있어, 부조리하고 전통적인 일정한 인습을 따라야 한다는 것도 인정해요. 그들 말로는, 그게 나 자신의 안전을 위해서라나요. 그러므로 내 삶의 상당 부분을 단 한 사람의 이성에게 국한해야만 하는 거죠……. 그건 필요조건인데, 그 이유는,

(1) 나는 동물로서 성교라는 육체적 관계를 삶의 해방적 부분으로 선택했기 때문에.

(2) 방탕하게 성욕을 충족하면서 동시에 사회의 존경과 후원을 얻을 수 없기 때문에(사회는 나의 애완 악마죠) — 그리고 내가 여자이기 때문에, 다시 말해, 남자들의 자유에 대한 질시의 한 근원이지요.

(3) 여전히 여자이므로, 나는 똑똑하게 굴면서 앞으로 다가올, 매력을 잃은 노년기에 최대한 대비해야만 해요. 그때가 되면 새로운 짝을 구할 가능성이 깡그리 없어질 공산이 크니까. 그러니 결심하죠. 인습적인 절차를 통해 짝을 구하기로 하지요. 즉, 결혼 말이에요.

이렇게 되니 헤아릴 수도 없이 많은 문제들이 남아요. 내가 결혼을 결정할 수 있을 만큼 성장했으므로, 이제 아주 신중해야만 하거든요. 상기한바 자기애, 질투, 그리고 오만이 있으니 최대한 지적으로 이러한 자질들과 싸워나가야 해요. (아니, 절대 스스로에 대한 미망에 빠질 수는 없는걸요.)

자기애는 남몰래 숨기거나 '자기를 잃어버림으로써 자기를 찾는다'는 식의 성경적 톱을 휘둘러 잘라낼 수도 있어요. 예를 들어, 코를 막고 눈을 꽉 감은 후 어떤 남자의 내면의 물속으로 뛰어들어, 그의 목적이 내 목적이 되고, 그의 삶이 내 삶이 되고……. 그렇게 된 후에 비로소 수면으로 부상할 수도 있는 거라고요. 그러다 어느 멋진 날이 오면, 나는 속속들이 완벽한 익사체가 되어 새로 찾아낸 자아 없는 자아에 숭고한 행복감을 느끼며 물 위를 둥둥 떠다니고 있을지도 모르지요. 아니면 고귀한 명분에 내 한 몸을 헌신할 수도 있어요. (이 때문에 세상에 아마 그토록 많은 여성 단체며 클럽들이 있나 봐요. 어떻게든 여자들도 해방감과 자중심을 느껴야 하니까. 하느님 맙소사. 내가 십자군이 되는 일은 제발 없기를. 하지만 나 자신을 놀라게 할 수도 있고, 제3의 루크레티아 모트*라든가 뭐 그 비슷한 게 될지도 모르지요.) 아무튼 이기심을 없애버리는 데는 일단 두 가지 정도의 방안

* 노예제 폐지에 앞장섰던 여성운동가다.

이 있는 것 같아요. 두 가지 모두 이를 꾹 물고 금욕적으로 내가 이토록 사랑하고 소중하게 아끼는 피상적이고 끈질긴 이 초라한 정체성을 버려야 하겠지만. 그리고 일단 저 반대편에 다다르게 되면, 내 배우자나 사회나 어떤 고귀한 명분을 위해 봉사하며 만족한 나머지 오만방자한 자아를 위한 초라한 야망 따윈 다시는 아쉬워하지 않게 되리라는 걸 확신하고 있지만. (하지만 그러지 않겠어요. 이런 해결책 중 어떤 것도 받아들일 수가 없어요. 왜? 완고한 이기주의적 오만 때문에. 맹목적인 '무지가 행복이다'라든가 '나를 잃고 나를 찾는' 이론 따위로 불가피한 일을 조금이라도 쉽게 만들어보려고 하는 건 싫어요. 오, 하느님, 그건 싫어요! 눈을 똑바로 뜨고, 형틀로 걸어가 그들이 내 소중한, 악에 받친 내장을 절개하고 꿰매고 잘라내는 동안, 눈도 깜박하지 않고 또렷한 의식으로 모든 걸 인지하고 있는 편이 차라리 나아요.)

이러니, 자기애는 결국 어쩔 수 없어요. 암적인 존재라도 여전히 소중한 친척처럼 그냥 달고 다닐 수밖에. 나중에 절박해지면 그때 가서 없애버리든지요.

이제 시기심을 논할 차례. 그 문제는 공중돌기를 해서 쉽사리 빠져나올 수 있답니다. 배우자가 적극적으로 참여하지 못하고 뒤에서서 찬탄을 하고 있을 수밖에 없는 어떤 특정 분야에서 뛰어난 실력을 발휘하면 되거든요. 바로 그 부분에서 글쓰기가 끼어드는 거예요. 육체가 생존하기 위해 빵을 양식으로 삼아야 하듯, 내 오만한 맑은 정신이 생존하기 위해서는 글쓰기가 절실하게 필요하다는 말이지요. 교육받고 해방된 여성으로서 대가를 치르는 셈이지요. 비판적이고 취향이 까다롭고 귀족적이거든요. 아마 글을 쓰고자 하는 내 욕구는 단순하게 보면 존경받고 세상의 평가를 받지 못할까 봐 두려워하는 근본적 공포로 치환될지 몰라요. 돌연 이런 궁금증이 생기네요. 제가 결혼이라는 육감적 안개 속에서 글을 쓰고 싶은 욕망이 죽어버릴까 봐 두려워하고 있는 걸까요? 물론이지요. 내가 예전에 일기장에다 그러한 공포를 반복하고 또 반복해서 썼잖아요. 이제는 그 이유를 알 것 같아요! 결혼이라는 육체적 육감성이 배우자의 영역 밖에서 일하고 싶다는 내 욕망을 얼르고 달래어 무기력한 권태로 빠뜨려버릴까 봐 두려운 거예요. 그리하여, 앞에서 말한 것처럼 '그 안에서 나를 잃어버릴까 봐', 그럼으로써 탈출할 필요성을 상실하는 동시에 글을 쓸 필요를 느끼지 못하게 될까 봐. 아주 간단한 문제 아닌가요.

만일 내 모든 글이 (한때는 충족되지 못한 감수성의 배출구였고 다른 사람들에게 인기가 없다는 사실에 대한 반응이었는데) 이렇게 휘발성이라면, 그거야말로 얼마나 무시무시한 일일까요?

자, 이제 오만에 대해 말씀드릴게요. 오만은 자기애와 질투심과 뒤섞여 있어요. 모든 것은 뭐라 표현할 수 없는, 하지만 똑같은 나 자신의 중심에 뿌리박고 있다고 생각돼요. 저는 자존심의 양식을 먹고사는 거예요. 육체적 외모를 가꾸는 것도 — 자존심. 저는 뛰어나고 탁월한 기량을 발휘하고 싶어요 — 한 분야에서라도, 단 한 분야에서만이라도, 아무리 소소한 분야라도 내가 권위자가 될 수만 있다면. 자존심, 야망 — 얼마나 비열하고 이기적인 단어들인가요!

자, 이제 다시 현재로 돌아와봐요 — 짝짓기의 문제. 뭐가 최선일까요? 선택은 끔찍하게 두려워요. 모르겠어요. 바로 이게 제가 원하는 거랍니다. 제가 만나는 불쌍한 남자들을 두고 "이건 내가 원하는 바가 아니야"라는 말을 함으로써, 겨우 추정을 할 수 있는 정도니까. 내가 남자라면, 어떤 직업을 고를까요? 그게 기준이 될까요? 내가 남자라면 되고 싶은 남자를 고르는 것? 상당히 위험하죠. 직업? 지금은 교사가 제일 가까워 보이네요 — 충분히 여유가 있으니 나를 돌아버리게 만들지도 않을 테고……. 물론 지적일 테고… 이런, 정말 모르겠어요! 어째서 삶이 드레스인 양 이 삶 저 삶 다른 삶들을 입어보면서 어느 게 제일 잘 맞고 어울리는지 재어볼 수 없는 거죠?

문제는, 내가 괜찮은 남자들을 만날 수 있는 시한이 기껏해야 3년밖에 남지 않았다는 사실이에요. 지금 사귀는 사람만 한 남자*는 아마 별로 없을 거예요. 그러면 확실한 승자가 아니라 다크호스에 돈을 거는 셈일 테니까요. 그렇지만 나는 이 확실한 내기에 어쩐지 끔찍할 정도로 마음이 심란하네요. 이 사람이 아니면 끝이라는 생각에 강박적으로 집착해, 이 사람을 받아들이지 않으면 아무것도 얻을 수 없다는 생각이 들거든요. 하지만 내가 이 사람을 정말로 받아들이면, 나는 어여쁘고 경직된 패턴, 내가 전혀 좋아하지 않는 엄격한 틀 속에 억지로 끼워 맞춰지게 될 거예요. 그러면 안 될 건 뭐냐고요? 아, 예견되는 조건에서 위험스럽게 싹을 틔우고 번식할, 내 마음 속의 불안한 씨앗들을 몇 개 말씀드려야겠군요.

(1) 그이는 매력적인 여자들에게 마음이 끌리곤 해요 — 짝을 찾는 일이 아니더라도. 평생에 걸쳐 저는 다른 매력적인 여인들에 대한 육체적인, 따라서 동물적인 질시에 시달리게 되겠지요. 저보다

* 딕 노튼은 여러모로 1950년대의 이상을 대표했다. 이웃에 사는 진중하고 매력적인 소년으로 의사가 되어 정숙한 의사의 아내를 맞고 싶어 하는 남자 말이다. 그는 자신의 어머니와 대단히 가깝게 지냈는데 — 여성의 역할에 대한 그녀의 달콤한 선언은《벨 자》에 영원히 기록되었다 — 그녀는 또한 실비아의 어머니와 대단히 가까운 사이였다. (옮긴이)

더 키 작은 여자, 더 예쁜 가슴이나 더 예쁜 발이나 더 예쁜 머리카락을 가진 여자들이 그의 욕망, 혹은 사랑의 대상이 되지 않을까 늘 두려워하게 되겠지요. 그리고 항상 비참하게 내가 그의 기대치에 부응하지 못한다면 다른 누군가가 할 거라는 사실을 인식하며 살아야 할 거예요. 집 안에 갇힌 여자는 매력적인 남자들을 놓고 에고를 만족시킬 기회가 없잖아요.

(2) 그는 아내가 물리적인 소유물이라고 생각해요. '새 차'처럼 자랑스럽게 여기는 소유물. (거참 잘됐군! 그도 역시 허영기 많고 오만하니까. 결점 제1호를 기록하다!) 그는 다른 사람들도 자신의 귀중한 소장품을 알아주길 원한답니다. "뭐라고?" 하고 하느님 당신은 말씀하시겠지요, "그건 정상적인 거야"라고. 어쩌면 그저 정상적인 것에 불과하지만, 난 그런 힌트 — 무엇의? 바로 그런 물질적 태도의 흔적이 기분 나빠요. 네, 네, 맞아요, 물론 나는 영혼을 믿지 않아요. 하지만 또한 사람을 '소유'하는 것도 믿지 않는단 말이에요. 좋은 창녀나 애완용 카나리아인 양 사람을 소유하는 것 말이에요.

(3) 그이는 죽고 나서 지역사회에 이름을 남기기를 바라요. 자신이 구해낸 생명, 자신이 준 생명을 기억하며 그를 기려주기를 바라거든요. 그 때문에 그는 작은 마을의 주치의가 되고 싶어 하는 거예요. 잘난 척하며 정당하게 자신을 일군의 사람들의 삶과 죽음과 행복을 좌지우지하는 수호신이라 생각할 수 있을 테니. (페리는 외과 의사가 되고 싶어 해요 — 그런데 저는 딕이 외과 의사가 되면 좋겠어요. 저는 페리와 같은 생각이에요. 딕은 떠들썩하니 수다스럽죠. 생명을 집단명사로 생각해요. 페리는 격리되어 있어요. 생명을 복수가 아니라 단수로 여기지요.) 저는 딕이 일반의가 아니라 전문의가 되었으면 해

요. 시골 의사가 되고 싶어 하는 딕의 바람은 자기희생적인 게 아니라, 오만하고 명성과 평판을 갈구하는 욕구로 가득 차 있는걸요. 물론 그런 환경에 잘 적응하기 위해서는 아내가 필요하겠지요. (육체적이고 정신적인 욕구 충족과, 요리를 해주고 아이들을 기르는 등 순전히 실용적인 필요성 때문이겠지만. 정신적인 욕구가 있다 한들, 여전히 자존심… 그리고 그에 수반하는 만족감과 관련이 있을 테니 마찬가지로 실용적이지요.) 작은 읍의 생활을 내가 얼마나 잘해나갈 수 있을까요? 학교에서도 저는 결국 별로 인기가 없는 학생이었어요. 친구들은 선택된 소수일 뿐이에요. 어떻게 제가 동네를 사랑하는 외향적인 시골 의사의 아내가 될 수 있단 말이지요? 하느님은 아시죠. 저는 몰라요. 그이한테는 튼실하고 흔들림 없는 가정주부 타입의 여자가 필요해요. 마음의 불길이 나보다 더 약하고, 주인에 대한 실용적 공경심이 좀 더 있는…….

… 인정해야만 하는 사실 중에서도 가장 서글픈 건, 내가 사랑에 빠져 있지 않다는 거예요. 자아와 야망에 대한 나의 사랑을 포기할 때에만, 그제야 나는 사랑을(그 말이 자기부정이라면 — 아니 그건 자기 성취인가? 아니면 둘 다인가?) 할 수 있겠어요. 어째서, 어째서, 어째서, 나는 나 자신을 위한 야망과 타인을 위한 야망 둘 다를 조합할 수 없는 걸까요? 지역사회나 사회적 책임감이라는 면에서 아내에게 이렇게 많은 걸 요구하는 직업을 가지지 않은 남자를 배우자로 선택하기만 한다면 그럴 수도 있을 텐데. 하지만 하느님, 결정권은 누가 가지고 있는 거죠? 하느님 당신인가요? 믿음도 없이 내가 부르는 하느님 당신? 선택할 수 있는 사람은 저밖에 없고, 책임을 질 사람도 저뿐인걸요. (아, 무신론의 암울함이란!)

부비동염이 발병하면 플라스는 거의 예외 없이 우울증에 빠져들었다. 어쩌면 그 반대였는지도 모르지만.

10월 17일 수요일 p.m. 7:30

내가 왜 이렇게 참담하게 우울해야 하는지 모르겠지만, 또 "아무도 나를 사랑해주지 않아"라는 비참한 기분에 빠져들고 있다. 병동에 하루하고 반나절 동안 입원하고 있었는데, 정말이지 머리는 훨씬 나아졌다. 어제처럼 꽉 막힌 기분은 아니니까. 하지만 아직도 몹시 어지럽고, 특히 일어서면 더욱더 극심하게 머리가 흔들린다. 아마 처방해준 그 알약들 때문일 테지. 내일은 꼭 일어나야 한다. 첫 번째 필기시험을 쳐야 하는데 바보처럼 나는 낡은《뉴요커》들을 읽느라 공부를 미루었던 것이다. 게다가《마드모아젤》에서 나온 사람과 점심 약속도 있다. 대학생 이사 경선에 참여하려는 수천 명의 여자아이들을 만나고 다니는 사람이라고 한다. 그런데 입을 만한 옷이 하나도 생각나지 않는다. 내 옷들은 전부 갈색이나 감색이나 벨벳이다. 어울리는 액세서리도 하나도 없다. 아, 망할, 어울리지도 않는 옷들을 사느라 한 푼 두 푼 쓸데없이 낭비한 돈이라니! 제대로 옷도 못 입는 주제에 이 나라를 선도하는 패션 잡지를 어떻게 비판한단 말인가? 게다가 설상가상인 것은, 방금 전화로 엄마와 통화를 했는데, 엄마를 불행하게 만들고, 딕을 불행하게 만들고, 나마저 불행하게 만들어버렸다는 거다. 금요일에 축제의 주말을 향해 쌩하니 떠나기는 커녕… 시름시름 앓고 있는 것이다. 게다가 병원에 입원해서 정말로 심각하게 아픈 것도 아니다. 그렇다면 차라리 참을 수 있으련만. 아니, 원한다면 퇴원해서 집에 갈 수도 있을 정도인 거다. 하지만 그러면 건강과 학업에 부담이 될 거라고 한다. 아무튼 지금 나는 머리가 흔들리고 휘청거린다. 2주일 동안의 밀린 일을 다 따라잡아야 한다. 상식적으로 생각하면, 토요일 밤에 일찍 잠자리에 들어 주말 내내 일을 하는 게 '최선'이다. 하지만 이런, 내 머릿속에는 까만 벨벳 옷을 입고 딕과 춤을 추며 그의 매력적인 친구들을 만나는 내 모습이 떠나질 않는 것이다……. 아, 할 수 없지. 힘을 내자. 몸을 튼튼하게 해서 다음 파티, 다음 남자애, 다음 주말을 새로 힘을 충전해 단단히 준비하는 수밖에. 지금으로서 나는, 정말로 중병을 앓으며 어리광을 부리기에는 너무 건강하고, 뭔가 쓸모 있는 일을 하고 다니기에는 너무 녹초가 되어 있다. 부비동염 덕분에 심각한 울증으로 빠져드는 기분이다. 하지만 적어도 저기압이 심할수록 바닥도 빨리 칠 테고, 그러면 곧 상승 무드가 시작되겠지.

1952년 5월

나는 일 년 전의 철부지 소녀가 아니다, 고마운 시간 덕분에. 나는 이제 스미스대학의 2학년이며, 그것으로 모든 것이 달라진 것이다. 모든 것? 그래, 그렇다 해도 과언은 아니다. 정신적 활동은 예전만큼 활발하며, 훨씬 현실적이 되었으니까. (이런, 이런, 도대체 '현실적'이라니 그게 무슨 뜻이지?) 글쎄, 내가 생각하기에는 나 자신이 건설적인 방식으로 자기의 한계를 의식하게 된 것 같다. 변함없이 나는 앞으로, 위로(하지만 이렇게 빙글빙글 돌아가는 세상에서 어느 쪽이 위쪽인지 어떻게 알겠어?) 자신을 채찍질해 풀브라이트 장학금이니, 우등상, 유럽, 출판, 남자들을 좇는 일을 계속하고 있지만. 그래, 하지만 좀 더 구체적이라 할까, 아무튼 모든 것들이 나의 물리적, 육체적 경험으로 직조되도록 한다는 얘기다. 가고, 보고, 행동하고, 생각하고, 욕망하고. 눈과 뇌와 내장과 질을 활용하고. 나는 이제 달라졌고, 더는 작년의 비활동적이고(대학 생활이라는 측면에서 볼 때), 소심하고, 내성적인 개인은 없다. 나는 유명해지겠다는 일념으로 직함을 좇으며 스스로 부끄러울 일을 일삼지는 않았으나, 공적이면서도 내 창조적 목적과 필요에 부합하는 일이 있으면 아낌없이 에너지를 쏟아부었다. 예를 들자면, 올봄에 나는 명예교수위원회의 비서로 선출되었고 장미꽃과 화환을 선물받았다. 내가 하는 일이 뭐냐고? 나는 정신이 번쩍 드는 훌륭한 교수진들과 함께 일한다. 예를 들면 딘 랜달 등등. 학술계의 알력에 대한 속사정을 알게 되고, 각 인물들의 성격도 시시콜콜 알게 된다. 또한 나는 대학출판부에서 발행하는《스프링필드 데일리 뉴스》지의 특파원이 되었다. 이 일은 매월 10달러의 현찰을 손에 쥐어줄 뿐만 아니라, 손가락 아래에서 타이프라이터의 자판이 달그락거리고, 날마다 노샘프턴 칼럼에 몇 인치씩 내가 쓴 기사들이 올라오는 것을 보며 대학이라는 이 거대한 유기체의 기계가 돌아가는 근황을 샅샅이 파악하는 일이 주는 미묘한 설렘의 전율을 처음으로 알게 해주었다. 더구나 나는 내년에《스미스 리뷰》지의 스태프에 합류할 예정이기도 한데, 내가 이 잡지에 새로운 활력을 불어넣어 올해의 침체를 떨치고 일어나도록 할 수 있기를 희망하고 있다. 이 모든 것, 이러한 모든 일들이 모두 사랑스럽게도 흘러가준 시간 덕분이다. 그리고 내년에는, 내년에는 창작에 집중해 영어에서 수석을 차지할 것이다. 그리고 궁극적으로는 소수정예반에 들어 독자적 연구를 시작하고 강사들과도 개인적인 친분관계를 쌓아야지! 이번 여름에는 벨몬트 호텔에서 웨이트리스로 일주일 내내 하루도 빼지 않고 일하겠다는 야심찬 계획도 서 있다. 수천 명이 이 자리에 지원했는데, 그중에서 바로 내가 뽑혔던 것이다! 또한, 공부하다 죽는 한이 있어도 혼자 힘으로 물리학 자격시험을 통과하고 말 셈이다(죽어도 내년에 다시 칠 수는 없다!). 여름이 오기 전에는, 뉴욕에서 나의 사랑스러운 수학천재 앨리슨과 보내야 할 날들이 기다리고 있다.

모든 것이, 모든 일이 결실을 맺고 있다. 교육적인 성과가 그중에서도 가장 만족스럽고 유용하다. 나는 스미스대생인 것이다! 2년 전만 해도 이루어질지 의심스러운 꿈에 불과했는데. 우연히도 그 꿈이 현실로 다가오면서부터, 나는 더 많은 것을 바라게 되었고, 스스로를 앞으로 앞으로 채찍질하며 몰아붙이게 된 것이다. 나는 뉴욕을 꿈꾸었고, 나는 이제 그곳으로 간다. 지금 나는 유럽을 꿈꾸며 — 어쩌면, 어쩌면 그도 터무니없는 일은 아닐지 모른다…….

그리고 이제는 육체적인 부분이 남았다. 그런데 바로 이것이 문제다. 인류란 성의 제물이 되어버린 존재이므로. 동물들, 이 운 좋은 저급 동물들은 열이 오를 때 달려들면 그만, 그것으로 끝장이지만, 욕정에 시달리는 우리 가련한 인간들은 도덕률의 새장에 갇히고 환경에 속박당한 채, 시도 때도 없이 아랫도리를 핥아대는 무시무시하고 끔찍한 육욕의 불길에 속수무책으로 온몸을 뒤틀며 괴로워해야 한다.

서늘한 바닷가 먼 구름이 비를 흠뻑 머금고 있던 5월의 밤이 기억난다. 그날 밤 물 위로 부서져 반짝이며 말하던 달빛과 빽빽하고, 음습하며, 무겁게 축 늘어져 젖어 있던 짙은 녹음이 떠오른다. 맨발에 닿는 물은 차가웠고, 진흙이 발가락 사이를 후비고 스며들어왔다. 모래톱 위를 그는 달렸고, 나는 뒤를 쫓아 달렸고, 축축한 나의 긴 머리칼이 제멋대로 바람에 날려 입 언저리를 덮었다. 우리 둘 사이에 생겨난 불가피한 양극의 자력磁力이 온몸에 느껴졌고, 파도치는 듯한 맥박이 큰 소리로, 큰 소리로, 내 귓전에서 울부짖으며 천천히 리듬을 타고 요동쳤다. 그러자 그는 문득 멈추어 섰고, 나는 그 뒤에 서서 두 팔로 힘이 넘치는 그의 갈비뼈 둘레를 힘껏 껴안고 손가락으로 몸을 애무했다. 함께, 누워, 그와 함께 누워, 감미로운 동물적 화염 속에 만사를 잊고 타오르며. 처음엔 똑바로 선 채 한 몸처럼 서로를 꼭 껴안아, 허벅지를 부딪고, 온몸을 떨며 입술과 입술을, 가슴과 가슴을, 두 다리를 그물처럼 얽다가, 다음 순간 길게 누워, 육체 위에 겹쳐진 육체의 기분 좋은 무게를 느끼고, 일순 활처럼 휘었다가, 일순 파도처럼 굽이치다가, 그만 눈멀어 함께 성장하는 몸들의 부딪침, 부대끼며 서로 싸우는 기氣와 기.

서로를 죽이기 위해? 불타는 망각의 암흑으로 몰아넣기 위해? 정체성을 잃기 위해? 이것은, 분명, 사랑은 아니기에. 그보다는 조금 다른 것. 세련된 쾌락지상주의(헤도니즘)라 할까. 쾌락지상주의, 육체적 충족을 위해 맹목적으로 빨아대고 더듬어대는 탐색의 과정이기에. 세련되었다는 것은 대체로 이기적이나, 그렇다 한들 전적으로 자기만을 생각하는 것은 아니며 상대에 대한 보답으로 성적 자극을 돌려주고자 하는 욕망이 존재하기에.

입으로 하는 말싸움을 쉽사리 끝내는 방법 : 바로 떨리는 두 혓바닥이 서로 핥아대고 음미하는, 입과 입의 뜨거운 만남.

성난 증오의 이빨과 손톱과 매서운 목소리에 대한 손쉬운 대체물 : 젖가슴 밑을 떠받치고, 목덜미와 어깨와 무릎과 허벅지를 어루

만지는 두 손의 기묘하게 음악적인 템포. 그리고 양편이 모두 절실히 갈구하고 있는, 파멸이라는 부식성의 시커먼 소용돌이에 굴복해버리는 것. 첫 키스를 치르고 나면 걷잡을 수 없이 이런 사이클에 말려들고 만다. 반복훈련과 조건반사로 길든 젖가슴은 메마른 갈증으로 타오르고 은밀한 애액愛液이 질에서 흘러나와 맹목적인 파국으로 치달린다. 이것이 파국이 아니면 무어란 말인지? 어떤 신비로운 욕망이 있어 육감적인 멸절滅絶을 향해 맥동하는 것일까 — 한 사람의 정체성을 헤쳐 다른 이의 정체성과 섞어버려 — 정체성이 토막토막 잔인하게 난도질당하고 한데 엉켜버리는 파국으로? 한 사람의 죽음? 아니면 둘 다의 죽음? 게걸스럽게 서로를 탐하고 복속시키는 관계? 아니, 아니, 그보다는 양극화가 더 낫겠다. 두 개의 완전한 개체가 서로 상대방을 전기적으로 밀어내면서도, 중심에서는 힘의 소강상태가 유지되는 것 말이다. 마치 별들의 균형처럼. (D. H. 로렌스는 아무튼 확실히 남다른 데가 있었다.)

그리고 닥쳐오는 이런 문제 : 누군가 나에게 장차 어떤 역할을 맡을 것인가 물어오면, 나는 말하곤 한다. "무슨 말이니, 역할이라니? 난 결혼 생활에서 어떤 역할을 담당할 계획은 전혀 없어. 다만 계속해서 지적이고 성숙한 인간으로 살아가면서 언제나처럼 성장하고 배울 생각일 뿐이지. 나의 생활 습관에는 어떤 전환도, 어떤 급격한 변화도 용납할 수 없어." 결단코, 그따위 순환고리 속에 갇히지는 않을 테다. 집안과 주위의 여자들, 동네라는 사회 속에 철저히 국한된 채, 훨씬 더 광대한 배우자의 세속적 활동 범주 속에 내포되어 세상과 접촉하는 면은 남편의 동그라미뿐, 그 동그라미를 통해 남편이 집으로 들고 들어오는 대리 체험만을 주워듣는 꼬락서니는 사양이다. 그런 경우 나라는 존재와 내 일거수 일투족을 기호로 표시하면 이따위 순환고리가 되겠지만, 그것만큼은 정말이지 결단코 사양이다. 천만의 말씀. 그보다는 차라리 서로 겹쳐진 두 개의 동그라미가 낫다. 한가운데에 강력히 고정된 공통분모를 공유하고 있으면서도 세상을 향해 돌출해 있는 별개의 원주를 지닌 동그라미. 잡아당기면 탄력 있게 휘어지고, 팽팽하게 당겨지면서도 여전히 굳건한 일체성을 유지하는, 상황에 유동적으로 대처할 수 있는, 균형 잡힌 긴장. 양극에 선 두 별들처럼 이런 모습을 하겠지. 완벽하게 서로를 이해하는 순간, 그리하여 완전한 합일에 거의 가까워지는 순간에는, 거의 하나로 융화되어버리겠지. 그러나 융합은 바람직하지도 못할뿐더러 가능하지도 않다. 게다가 도저히 지속될 수도 없는 것이다. 그러니 두 부분에 대해서 환상을 품을 수는 없지.

그런데 그 친구(딕)가 나한테 "지배권을 얻으려고 투쟁하는 거냐?"고 몰아붙인다? 미안하지만, 번지수 한참 잘못 찾으신 말씀이다. 그야 내가 지배당하게 될까 봐 조금쯤 두려워하는 건 사실이다. (하지만 안 그런 사람이 있을까? 굴종적이고 온순하고, 섬약한 타입의 인간이라면 또 모르지만, 나나 그나 그런 타입과는 거리가 멀다.) 그러나 그렇다고 해서 곧 내가 '지배'를 원한다는 뜻이 되는 건 아니다. 절대로. 이건 흑백논리로 둘 중 하나를 무조건 선택해야 하는 상황이 아니니까. "짓밟고 승리하는 쪽은 나 아니면 너다"라면 아무래도 곤란한 것이다. 내가 요구하는 건 '균형'일 뿐이다. 한 사람이 끊임없이 전진하기 위해 다른 한 사람의 수많은 욕망과 욕구 들을 끝도 없이 계속해서 집어삼키는 일은 없어야 한다는 말이다! 그건 정말이지 진저리나도록 불공정한 일일 테니까. 딕이 던진 질문을 본격적으로 따져보자. 도대체 왜 그는 내가 강하고 자기주장이 분명하다는 사실을 그렇게 두려워하는 걸까? 어떤 행동을 하고 어떤 일을 할지 결정하고 지시하는 일에서 그 자신 그토록 공격적이고 적극적이어야 한다고 절실히 믿게 된 계기는 무엇일까? '마더 콤플렉스' 때문에? 도대체 그와 어머니의 관계란 게 어떻길래? 딕의 어머니는 가정에서 모계 부족의 수장matriarch이 된 것이다. 달콤하고 치밀하지만, 아무튼 일종의 '엄마'다(필립 와일리, 〈독사들의 번식*Generation of vipers*〉 참조). 그녀는 가정경제의 통치수반이요, 가정의 경영자면서, 또한 남편에게는 '어머니'이기도 한데, 이 남편이라는 위인은 나같이 사람 볼 줄 모르는 애송이의 눈에도 어리고 유치하고 무책임한 소년의 특징들을 놀랄 만큼 두드러지게 지닌 인물이 틀림없어 보인다. 뾰로통하게 볼이 메어서는 아내의 봉사와 주목과 격려를 구걸하다시피 해서, 끝끝내 원하는 것을 손에 넣곤 하는(핸섬하고, 약간의 허영기가 있으며 여전히 학생티를 벗지 못한). 따라서 현실을 직시하는 책임을 떠맡는 것은 결국 아내의 몫이 된다. 이런 관계들이 무조건 흑백논리로 재단될 수 있다는 건 아니다. 다만 이러한 요소들이 존재한다는 사실 자체가 지금 주장하고 있는 나의 논지에 중요하다는 말이다.

이 어머니는 아들들에게 강력한 영향력을 행사하고 있다. 내가 사귀고 있는 아들만 해도 그 확고하고 완강한 영향력에서 벗어나려고 안간힘을 썼으며, 그 결과 웨이트리스니 술집 여자니 가리지 않고 눈에 띄는 대로 꼬시곤 했다는 사실을 순순히 자인하는 바이다. 그렇다면, 그에게도 일종의 이중성이 있는 걸까 — 유아기에 형성된 '엄마'를 향한 욕구로 인해 아기가 되어 젖가슴을 빨고 싶어 하는 마음이 있으면서도(어머니에게서 여자친구에게로 전이되는 에로티시즘), 다른 한편으로는 여성의 교묘한 덫에서 벗어나 수많은 세월 동안 집안에서 은근히 느껴왔던 여성의 지배력에서 해방되고자 하는 이중성이? 그래서 남자답게 무소속의 독립적인 정력을 과시하려는 것일까(그래서 바람둥이 경력을 절정으로 끌어올리려고)? 그는 아버지와 특별히 가깝지도 않거니와 존경하는 것처럼 보이지도 않는다. 혹시 아버지와 같은 길을 걷게 될까 봐 그의 행동 패턴에서 벗어나려고 의식적 무의식적으로 안간힘을 쓰는 것일까 — 그래서 아내에게 극단적으로 달라진 자기만의 행동 패턴을 보여주려는 걸까? "나는 앞날의 계획을 다 짜두었어." 이렇게 그는 방어적으로 말하겠지. 그럼, 그런 모습을 취하려 할 것이다. 자아 주위에 방어벽을 쌓아 올림으로써, 벗어나고파 발버둥치는 어머니의 지배력에서 스스로를 보호하려는 모습을 취하려 하리라.

그러고 나면 그는 이기적이 될 것이다 — 누구도 사랑해본 적이 없다고 솔직히 인정할 것이다. 어째서일까? 그 또한 자기 자신을 포기하고, 희생하고, 타협하며 살아가는 것을 나만큼이나 두려워하는 걸까? 충분히 그럴 수도 있지. 나처럼 그에게도 어느 정도 우등생 콤플렉스가 있는 것일까……. 그래서 가끔씩 어린애 대하듯 보살피려 드는, 예의 견딜 수 없이 불쾌한 태도가 나오는 걸까. 예술을 즐기고 글을 쓰는 나의 삶 속에 끼어들려고 그렇게 기를 쓰고 노력했으면서도 — 그러니까 단순히 즐기는 정도가 아니라 예술이란 걸 한번 "해보자"는 식으로 (이건 나와 경쟁해서 이겨야 한다는 의식의 발로가 아닌가? — 이런 건 상징적인…, 뭐라고 하더라?) — 얼마 전에는 시詩란 "기껏해야 하찮은 먼지"에 불과하다는 발언을 서슴지 않았다. 그런 태도를 지닌 그가, 어떻게 시를 좋아한다고 위선을 떨 수가 있었던 것인지? 아무리 일부 특정한 시라 하더라도! 내게는 글쓰기가 삶의 방식이라는 사실만큼은 변함없다. 단순히 실용주의적으로 돈이나 벌자고 글을 쓰는 것도 아니다. 인정할 건 인정하자. 나 역시 책이 출판된다는 것은 가치의 증표요, 능력의 확인이라고 생각한다. 그러나 글을 쓰려면 연습이, 부단한 연습이 필요하다. 그리고 만일 출판이 당장 눈앞에 구체적인 비전으로 보이지 않는다면, '성공'이 까마득히 멀기만 하다면, 그래도 그는 나에게, 내가 열렬히 사랑하는 나의 일을 마지못해 변호하고 나서는 태도를 강요할까? 그만 모두 포기하고, 집어치우라고 은근한 압력을 넣을 것인가? 두말할 것도 없이, 딕이 꿈꾸는 저명한 의학박사의 아내가 되려면, 그럴 수밖에 없으리라.

그를 비롯한 패거리들은 모두 예술적 창조성을 극한까지 만끽하려면 결혼해서 동반자적인 관계가 되는 것보다는 독신의 몸으로 파고들어야 한다고 믿는 모양이지만, 내 생각은 다르다. 나는 오히려 진정 훌륭한 결합이라면 두 사람 각자의 잠재력을 최대한으로 고양시킬 수 있을 거라고 믿는다. 그래서 딕이 "아내 노릇, 엄마 노릇하느라 정신이 없어서 네가 원하는 것처럼 그림 그리고 글 쓰면서 살 수 있을는지 모르겠다… 걱정이야"라고 말할 때면, 어떤 두려움, 어떤 예감이 가슴에 와서 꽂힌다. 그리고 머릿속으로, 그래, 그가 옳을지도 몰라…, 라고 생각하기 시작한다. 겁에 질린 채, 아니면 장난처럼 의식의 흐름을 따라 무작정 갈겨써왔던 그 수많은 편지들은 모두 이렇게 반복되는 예감과 의혹의 현絃을 자꾸만, 자꾸만 타고 있었던 건 아닌가라고.

지금 당장으로서는 그가 나를 간헐적으로 밀쳤다 당겼다 하는 상황이지만, 사실은 나 역시 말없이 줄다리기를 하고 있는 셈이다. 그렇게 서로 팽팽한 줄다리기를 하다가 가끔씩은 "난 그럴 수 없어. 절대 하지 않을 거야"라는 심정이 그만 서로에 대한 두려움과 증오, 후퇴로 폭발하고 압도적인 파멸의 파도가 되어 우릴 덮치곤 한다. 한바탕 그러고 나면, 다시금 서로 기나긴 대화를 나누고, 참을성 있게, 차근차근 문제를 따져보고, 서로 육체적인 매혹을 느끼고, 다시금 서로를 다독이며, 감싸안고, 위로해주는 수순이 따르는 것이다.

"사랑해." "그런 말은 하지 마. 진심이 아니잖아. 우리 '사랑'에 대해서 전에 이야기 끝냈잖아." "알아. 하지만 난 지금 이 순간 이 여자를 사랑해. 누군지는 모르지만, 어쨌든 사랑한다구."

그런데 이럴 때마다 또 반대 방향에서 미친 듯이 달려와 나를 강력하게 덮치는 느낌이 하나 더 있다. 지금 이 관계를 부정해버리고 난 뒤에 이만큼 마음에 차는, 아니 더 나은(내 희망 사항인데) 사람을 영영 만나지 못하면 어떻게 하지라는 두려움. 내가 좋아하는 은유를 쓰자면 이런 거다. 이건 우리 두 사람이 영양가도 풍부하고 약효도 영험한 굴을 각자 앞에 놓고는 혹시 소화시킬 때 부담이 클까 봐 두려워한 나머지, 각자 굴(배우자 후보) 하나씩을 삼키되 끈(서로에게 완전히 매이고 싶지 않아 하는 우리의 부담감)에 매달아서 삼키기로 한 것과 같다. 그러니, 우리들 중 한쪽에서, 또는 양쪽 다 이 굴이 각자의 소화기에 잘 맞지 않는다고 판단했을 때에는, 언제든지 너무 늦기 전에 굴을 다시 게워내어 완전히 소화 흡수되었을 때(결혼과 함께) 끼칠 악영향들을 미연에 방지할 수 있는 셈이다. 물론, 과정은 조금쯤 역겨울 테고, 나중에 조금쯤은 후회도 하겠지만, 은근히 독이 스며들어 몸 안에서 썩어 들어가, 궁극적으로 파괴되는 과정만큼은 원천 봉쇄될 터이다. 그래서 우리는 여기 이렇게 서 있다. 겁에 질려 있는, 매혹적이고, 지적이며, 위험스러운 쾌락주의자, 이 두 '영특한' 사람들.

가만히 위험 부담의 무게를 재어보면, 저울의 추는 위험 쪽으로 기운다. (그도 같은 생각이리라.) 그러므로 나는 이렇게 말한다. "Je ne l'espuserai jamais! JAMAIS, JAMAIS!"* 그런데도 이만큼 완벽하고 흡족한 상대를 찾을 수 있을까 하는 의혹이 또 고개를 든다. 만일 평생 동안 이 선택을 후회하면서 살아야 한다면? 지금 당장, 아니면 머지않아 결행해야만 할 선택인데. 과연 누가 먼저 용기를 낼 것인가? 마음 바쳐 사랑할 수 있는 누군가를 만날 수만 있다면, 헤어짐이 하나도 고통스럽지 않을 텐데. 그렇지만 내게 그런 행운이 또다시 찾아올 것 같지가 않다. 그렇다면 내가 불순한 태도를 고치고 '기꺼이' 그의 삶에 복속되는 게 옳을까? 그런 역할을 기꺼이 자청할 여자들은 수천 명도 넘을 것이다! 사실 이건 '노처녀가 — 될까 봐 — 두려워'와 '도를 — 넘어버린 — 성적 충동'이라는 양대 요소에 전적으로 달린 문제다. 하지만 겨우 열아홉 살밖에 되지 않은 여자들이 그럴 리가!(비록 성충동이야 다량 잠재해 있겠지만.)

그래서 지금 이 모양이다. 오직 확신을 지니고 말할 수만 있다면, 어딘가 내가 사랑할 수 있는, 그래서 두려움 없이 나의 믿음을 모두 바쳐 헌신할 수 있는 남자가 있다고 자신 있게 말할 수만 있다면. 그러면 나는 이 아름답고, 지적이고, 육감적인 인간 동반자에게 지금처럼 이렇게 절박하게, 이상할 정도로 집착하지 않아도 될 터인

* 프랑스어로 "나는 절대로 결혼하지 않을 거야! 절대로, 절대로!"라는 의미다.

데. 하지만 인간의 살내음, 함께할 짝을 나는 갈구한다. 우리에게 그런 안정이란 얼마나 절실한 것인지! "우리에게 매달릴 또 다른 사람이 얼마나 필요한지. 나를 따뜻하게 감싸줄 또 하나의 육체가 얼마나 필요한지! 안식 속에 자리 잡은 신뢰감은 또 얼마나 필요한 것인지 말이야!" 언젠가 나는 봅에게 그런 말을 했다. 지금 그 말을 다시금 되뇌어본다. 이제 남아 있는 남자들은 몇 명일까? 내게 얼마만큼의 기회가 주어질까? 나는 알 수 없다. 하지만 나는 아직 열아홉이니 지금 위험을 무릅쓴다 해도 한두 번의 기회쯤은 더 주어지겠지!

케이프 코드

1952년, 스미스대학 2학년생으로서 일 년을 보낸 플라스는 여름방학 동안 아르바이트로 케이프 코드의 벨몬트 호텔에서 웨이트리스로 일하게 된다. 그녀는 놀라울 정도의 사교성을 발휘하며 즐거운 나날을 보냈으나, 그 정도가 지나쳐 축농증이 재발했고 그 때문에 일을 그만두고 집으로 돌아가기로 했다. 그러나 플라스는 나중에 이 결정을 후회한다.

밀힐 클럽은 널찍하고 상업적인 장소로, 밴드와 댄스 플로어가 있고 과격한 여흥들이 끊임없이 이어지는 그런 곳이었다. 우리는 소나무 숲과 레몬빛 달 한 조각이 하늘에 걸린, 풍광이 아름다운 탁트인 창가 가죽 좌석에 앉아서 — 신들린 듯 밴조를 연주하는 새 같은 남자와 덩치 큰 여자 보컬, 흠잡을 데 없이 훌륭한 팬터마임을 구경했다. 노래하고, 술 마시고, 춤을 추고, 웃으면서 (그의 품에 꼭 안겨, 후끈 달아오른 나는, 다른 사람들과 부딪치면서, 점점 더 그에게로 파고들 수밖에 없었다. 하이힐에 발등이 찍히는가 하면, 내가 또 다른 이의 옆구리를 팔꿈치로 찍어가며… 조명 아래에서 낯설어 보이던 그의 얼굴은, 나를 내려다보면서 큰 소리로 웃음을 터뜨렸다가, 미소를 지어 보였다가, 또 키스를 하려 내 입술을 찾다가는, 또 웃음을 터뜨리고, 햇볕에 그을려 빛나는 발랄한 지금의 내 모습을 좋아하는 그의 마음이 훤히 드러나 보이게… 그랬다.) 우리는 몇 시간인가를 함께 보냈다. 그리고 다음 날('어리석게도'라는 생각을 하긴 했지만) 오후에 테니스를 함께 치면서 데이트를 하자는 약속을 잡았다.

그날 밤 내내, 기침에 고열에 시달리다 잠을 한숨도 자지 못하고, 좁다란 침대에 누워 있었는데, 설상가상 시트에 낀 모래 알갱이들은 아무리 털어도 사라지지 않았다. 그래서 눈을 말똥말똥 뜨고는 남자 기숙사 지붕 너머로 보이는 반짝이는 별빛을 하염없이 바라보았다. 별들은, 빨아서 창틀에 널어놓았던 나일론 스타킹의 얇은 막을 뚫고서, 비웃듯이 잔잔하게 빛나고 있었다. 시시콜콜 따져대던 장단점과 손익, 치졸하고 말만 많던 두려움과 공포심은 열이 올라 타들어가는 듯한 나의 뇌 속에서 떼지어 어디론가 사라져갔다. 병세가 고비에 다다른 모양이었다. 나의 바람과는 달리, 한풀 꺾이기는커녕 꾸준히 악화되어가고 있었다. 어떻게 해야 하지? 누구에게 도움을 청해야 할까? 어디로 가야 할까? 무슨 말을 해야 하지? 오늘 필* 에게 뭐라고 말해야 하지? 그러다 날이 밝아버렸고, 여명과 함께 웰즐리 출신의 그 프린스턴대 학생을 처음 보았을 때부터 나의 잠재의식 속에 고개를 들었던 생각이 구체적인 말로 옮겨지고 말았다. "안 될 건 뭐야, 안 될 건 뭐야. 필하고 같이 집으로 가서 요양할 수도 있잖아? 한적하게 평안을 만끽하면서 말이야!"라는 말들로.

* 필 매커디Phill McCurdy, 플라스에게 좋은 친구가 되어주었던 동향 사람이다. (옮긴이)

일요일 아침에 벨몬트 호텔의 트럭을 타고 병원으로 가던 길. 동행한 친구들 중 키가 크고 깡마른 잭 해리스는 언제 봐도 분홍색 살갗이 까슬까슬 일어 있고 재기가 넘치며, 덩치 큰 팻 머트리는 말 한마디, 얼굴 표정 하나만으로도 다른 사람들이 배를 쥐고 웃게 만드는 재주가 있었다. 케이프 국도를 타고 가는 길 내내 덜컹거리면서, 끈끈하고 무더운 날씨를 견디다 보니, 가까스로 병원에 도착했다……. 의사는 깡충깡충 뛰어다니면서 콧속을 들여다본다, 목구멍을 들여다본다, 법석을 떨더니, "글쎄, 아가씨가 들으면 좀 마음이 아프겠지만, 그래도 집에 가서 며칠 푹 쉬어야 병이 낫겠는데"라고 말하는 것이었다. 내가 이미 세워둔 계획이 의사의 발언으로 전략적, 공식적으로 확인되었다는 사실에 기뻐 어쩔 줄 모르는 마음으로, 다시 호텔로 돌아와 옷이란 옷은 모두 꺼내 작은 검은색 여행 가방에 챙겨 넣었다. 수영복, 더러운 잠옷들, 테니스용 반바지, 심지어 몸이 빨리 좋아질지도 모른다는 기대로 데이트 때 입을 드레스와 진주 액세서리까지 모두 챙겨 넣었다……. 혹시 필이 데이트를 청할지도 모르는 일이니까!

"있잖아… 필……."

난 창문 턱에 몸을 기대고, 필과 옆좌석에 앉은 해사하고 잘생긴 친구를 바라보며 밝은 표정으로 말머리를 꺼냈다. 두 사람 다 테니스용 반바지를 입고 있다.

"저어… 필, 집에 가는 길에 길동무 필요하지 않아?" 순간 필의 얼굴에 기묘한 표정이 스쳐 지나갔고, 다른 남자아이(로저)는 웃음을 터뜨린다. "무슨 일이야?" 필이 묻는다. "직장에서 잘렸어?"

"아니. 그냥 집에 가서 페니실린 주사를 몇 대 맞아야 한대. 의

사 선생님 명령이셔." 이번엔 좀 공적으로 들렸을까.

"그래, 그러지 뭐."

"지금 같이 타도 돼? 나 짐은 다 챙겨놨어."

나는 달려 올라가서 그 멍청하게 생긴 까만 여행 가방을 끌고 나오며, 무슨 이유에선지 테니스 라켓도 챙겨 들고 나온다. 다행스럽게도 비가 내리기 시작한다. 테니스는 안 쳐도 되겠구나. 하느님 감사합니다.

두 남자 사이에 내가 자리를 잡고 앉자 차는 떠난다. 갑자기 이 모든 일들이 몹시 웃긴다고 느껴졌다. 우스꽝스럽기 짝이 없다. 우리는 다같이 폭소를 터뜨렸고, 로저는 그 귀여운 코끝에 걸친 안경 너머로 나를 힐끔힐끔 바라보며, 내 머리칼을 잡아당기며 지치지도 않고 장난을 쳐댔다.

"우린 지금 족제비를 데리러 가는 중이야." 로저가 말했다.

"족제비?"라고 묻는 나의 표정이 약간 겁먹은 듯 보였나 보다. 그가 웃는다. 우리는 대리석 기둥이 수도 없이 늘어선 커다란 흰색 저택의 진입로로 들어선다.

"순전히 기둥뿐인 집이네." 나는 밝게 말한다. 그런데 집의 이름도 '기둥'이었다. '석주관石柱館'. 여기가 바로 그 백만장자가 사는 집인 모양이었다. 알고 보니 아트 크레이머가 바로 백만장자였다. (족제비는 백만장자의 운전사 노릇을 하는 프린스턴대 학생이었다.)

그러자 양복 차림의 아트가, 특유의 원숭이 같은 다정한 웃음을 만면에 띠고 나오더니 자동차에 기대어 섰다. 세상은 참 좁다. 다음엔 족제비가 나왔는데, 밝은 금발에 푸른 눈, 그리고 셔츠 차림이었다. 생각보다는 괜찮은 생김새였지만, 과연 어딘지 모르게 족제비

같은 느낌이 강하게 풍기는 사람이었다. 그는 선물을 안고 나왔다. 맥주 깡통들이었다. 그것도 한 아름. 그는 훌쩍 뛰어 뒷좌석에 자리를 잡았고, 우리는 출발했다.

차 안은 온통 웃음바다가 되었고, 로지*는 아까부터 줄곧 족제비에게 내 이야기를 해주려 애쓰고 있다.

"내 생전에 이렇게 쿨한 여자는 처음 봤다니까. 밑도 끝도 없이 이 딱한 종이 한 장을 흔들면서 나오더니, 어떤 의사가 집으로 가라고 했다는 거야. 그러더니 무슨 바캉스 떠나듯이 집으로 가고 있는 거라니까!"

우리는 얼음을 사러 잠시 멈추었고, 모래언덕 옆에 주차장이 있는 해변으로 달렸다. 키 큰 풀들이 무성한 해변 풍경은 아름다웠고, 진흙탕 물이 되어버린 더러운, 녹황색 바다 위로 빗줄기가 세차게 내리꽂히고 있었다.

차갑고 쓰디쓴 맥주가 목구멍에 닿는 느낌이 좋았고, 세 명의 소년들과 맥주와 이 상황이 주는 기묘한 자유로움에 나는 어쩐지 세상 끝날 때까지 계속해서 웃고만 싶었다. 그래서 나는 웃었고, 나의 립스틱은 맥주 깡통 꼭대기에 핏빛의 초생달 같은 빨간 얼룩을 남겼다. 보기 좋게 그을린 피부와 보기 드문 고열 덕분에 뺨에 홍조를 띤 데다 눈빛이 반짝반짝 빛나서 나는 몹시도 건강해 보였다.

우리는 다른 두 소년을 내려주고는, 폭우를 뚫고서 웰즐리까지 세 시간이 넘는 여행길에 올랐다. 필과 함께 있으니 편안했고, 이야깃거리도 떨어지지를 않았다. 유일한 문제는 내 목소리가 쉬어간다

* 로저의 애칭이다.

는 점이다. 습기 때문인지 왠지 몰라도, 음조가 못해도 한 옥타브는 족히 떨어졌으리라. 그래서 나는 지금 상태에서 최선을 다하자는 철학적 태도를 취하고서 내 목소리가 본래 이렇게 아주 섹시하고, 낮은 허스키 보이스인 척했다. 그렇게 근사할 수가 없었다. 우리는 필의 개를 데리러 갔다. 까맣고 눈이 큰 응석받이 코커스패니얼 종이었는데, 우리는 녀석을 앞좌석에 태워 데리고 왔다. 아주아주 슬프고 다정한 표정을 한 개였다. 필은 녀석을 쓰다듬었고, 나도 녀석을 쓰다듬어주었다. 우리의 손길이 스쳤고, 필은 무심하게 내 손을 같이 쓰다듬었다. 순간 이 남자를 아주아주 좋아할 수도 있겠다는 생각이 스쳤다.

적어도 3주간 못 보고 지냈던 아담한 하얀 집 앞에 차가 멈춰서자, 나는 차에서 내렸다. 갑자기 아주 피곤하고, 배가 고팠다. 필에게 작별인사를 하자, 필은 오늘 밤 데이트하고 싶냐고 물었다.

"아니, 미안하지만 안 되겠어. 필." 그는 이해하지 못하는 기색이다. 나는 오늘 아주 많이 앓을 것이 분명한데도. "그럼 내일 테니스 칠래?"

"역시, 안 되겠어." 내가 집 안으로 들어가자, 깜짝 놀란 엄마와 워런이 쳐다본다. "안녕?" 나는 명랑한 표정으로 쉰 목소리를 끽끽 낸다. "나 집에 잠깐 다니러 왔어."

엄마는 웃으면서 말한다. "잠깐만. 할머니한테 말씀 좀 드리고 올게. 어젯밤에 할머니께서 네가 집에 오는 꿈을 꾸셨단다!" (프로스트가 말했듯이, 집이란 언제든 들어가기만 하면 받아주는 곳이다.)

웰즐리

7월 11일 금요일

페니실린 주사를 맞으며 보내는 지루한 회복기. 한 일주일째 그런대로 숨을 잘 쉬고 있는 중이다. 이른 아침 벨몬트 호텔에서 전화가 와서 엄마가 받았다. 내가 언제 돌아올지를 확실하게 알아야 그때까지 다른 사람을 쓸 수 있다는 전화였다. (악마 같은 나의 분신은 지난 일주일 내내 나의 잠재의식 속에 다음과 같은 말을 속삭이고 있었다. "뭐하러 돌아가? 넌 지금 지쳐서 기진맥진해 있는데 그 험한 일을 하겠다고? 휴일도 없지, 월급도 별로 후하지 않지. 게다가 널 진심으로 좋아하는 사람은 다 따져봐야 한 줌도 안 돼. 여름방학 내내 차라리 집에 있지 그러니? 쉬고, 공부도 하고, 글도 쓰고, 필과 데이트도 하고, 테니스도 치면서 말이야. 넌 좀 빈둥거려도 돼. 그럴 자격이 있다구. 《마드모아젤》 지에서 주최한 대학생 소설 공모전에서 〈민튼 씨네 집에서 보낸 일요일*Sunday at the Mintons*〉로 큰 상을 두 개나 받았잖아. 그러니까 웬만하면 이번 기회에 좀 쉬어라. 축농증이라니, 얼마나 근사한 핑계니.") 결국 악마는 나의 성대 속으로 들어와버렸고, 나는 전화기를 든 엄마에게 이런 말을 시키기 시작했다. "언제 몸이 좋아질지 도저히 모르겠다고 말해줘요……. 지금 내 기분이 엉망이라고… 그곳에 있을 때가 너무 좋았다고…, 하지만 지금 같아서는 아예 다른 사람을 쓰시는 쪽이 편하실 것 같다고요…….” 엄마는 내 말을 그대로 전해주었고, 그쪽에서는 다들 나를 좋아했는데 유감이라고, 하지만 다른 사람을 구해보겠다고 말하고는 전화를 끊었다. 나와 엄마는 이 모호한 승리를 놓고 어쩔 줄 모르며 서로를 바라보았다.

스물네 시간 뒤 나는 폴리와 팻 M.의 편지를 받았다. (모두들 내가 너무 보고 싶다고 했다.) 아트 크레이머에게서도 편지가 왔고(그날 나를 보고는, 가까스로 내게 데이트 신청을 할 용기를 낼 수 있었다는 이야기였다.) 앨프레드 A. 노프 출판사의 수석편집장에게서도 편지가 한 통 날아왔다. (나의 단편 〈민튼 씨네 집에서 보낸 일요일〉이 무척이나 마음에 들었다며, 언젠가 내가 쓴 소설(!)을 출간하고 싶다는 내용이었다.) 그 작은 편지봉투야말로 마법의 열쇠였다. 그것으로 다시 생활을 시작하고 싶다는 나의 열망이 불붙었던 것이다. 그사이 짧은 시간 동안 바보같이 벨몬트의 일자리를 포기한 나 자신을 저주했다. 레이, 아트, 폴리, 글로리아 — 를 잃어버리고 말았다고 슬퍼하며, 일어날 — 수도 — 있었을 — 수많은 — 멋진 — 일들과 만날 — 수도 — 있었을 — 수많은 — 근사한 — 사람들에 대해 아쉬워했다. 하루에 네 시간씩 해변에 나가고, 수영도 할 수 있는 생활을 그리워했다. 나는 침울하게 계속해서 머릿속에서 생각을 거듭하며 후회를 했다. 어째서 두 주 후에 돌아가겠다고 말하지 않았을까? 그랬다면 쉴 만큼 쉬었을 테고 덤으로 사교적인 바캉스도 즐길 수 있었을 텐데. (바보. 바보. 바보. 천치. 멍텅구리.)

그런데 갑자기 병든 — 혹은 — 죽은 — 삶과 진정한 삶의 차이를 어렴풋이나마 이해하게 되었던 것이다. 아플 때엔(증상이 나타날 때엔 육체적으로, 또 내가 무언가에서 도망치고자 할 때엔 정신적으로) 나는 삶의 활력을 연상시키는 것이라면 무조건 고개를 돌리고 싶었다. 평화로이 연못에서 혼자 숨어 있고 싶을 뿐, 신나게 졸졸거리며 흘러가는 강의 둑 곁에 친친 얽혀 있는 불구의 나뭇가지 꼴이 되어, 시끄러운 물살에 끝없이 시달리며 몸이 찢기고 싶지는 않았다. 그래서 난 집으로 돌아왔던 것이다. 지금 가면 다시는 돌아갈 수 없을지도 모른다는 사실을 잘 알고 있으면서도 말이다. 가슴을 답답하게 짓누르는 축농증 최악의 고비를 넘기며, 나는 내내 그 물살 속으로 다시 몸을 던지려고 끔찍할 정도로 노력하고 있었는데 — 전화는 정확히 스물네 시간 일찍 걸려왔던 것이다. 태도의 변화는 그 뒤에야 찾아왔다. 수없이 합리화를 하고, 그토록 머릿속으로 손익을 따져 봤건만, 결국 문제는, 펄펄 살아서 생기가 넘칠 때에는 사람들과 경쟁하고 사람들 속에서 악을 쓰며 살아가는 것이 다른 무엇보다도 중요하다는 결론으로 돌아간다. 논리적으로야 벨몬트 호텔 일이 건강에 위험하고, 일하는 양에 비해 보수가 박하고, 과학 연구를 병행하기가 불가능한 일이라고 결론내릴 수 있었지만 — 그래도 여전히 날씬하고 사랑스러운 악마들이 득실대는 그곳 자석 같은 소용돌이의 거센 힘이 나를 부르고, 또 부르고, 불렀던 것이다. 삶이란, 뒷마당에 한가하게 앉아 기분 내키는 대로 글을 쓰다 말다 하는 무덥고 형체 없는 여가 속에 마냥 앉아 있는 것이 아니었다. 삶은, 오히려, 바쁜 사람들의 다람쥐 쳇바퀴 속에, 빡빡한 일정 속에, 미친 듯이 앞으로 내달리고 있었다. 일하고, 살고, 춤을 추고, 꿈을 꾸고, 말하고, 키스하고, 노래하고, 웃고, 배우면서. 책임감은, 10주간 매일 열두 시간씩 일을 해야 한다는 끔찍한 부담감은, 울타리도 쳐져 있지 않은 광활한 시간을 정확한 일상의 쳇바퀴로 채워줄 사람이 아무도 없을 때, 그럴 때에만 도저히 감당할 수 없을 것처럼 느껴질 뿐이다. 드넓은 시간의 황야를 나른하게 빈둥거리며, 호사스럽게 여유를 부리며 목적 없이 떠도는 건 너무나 쉬운 일이니까.

그건 마치 시계처럼 정확하게 돌아가고 있던 평화로운 난쟁이들의 세계 위에 덮여 있던 종 모양의 유리 단지*를 벗겨내고, 그 속에서 살던 바쁘디바쁜 작은 사람들이 갑자기 멈춰 섰다, 신음하고, 실수를 저지르며, 빽빽하게 짜여진 일정표로 가득 찼던 공기가 그만 희박해지는 바람에 어쩔 줄 몰라 쇄도하는 인파에 이리저리 떠밀려 다니는 꼴을 바라보고 있는 느낌이다. 불쌍하고 겁에 잔뜩 질린 작은 사람들이 힘없는 작은 팔들을 하릴없이 창공을 향해 휘두르고 있는 모습을 보는 느낌. 일상의 쳇바퀴에서 벗어난다는 것은 바로 그런 느낌이다. 비록 일상의 쳇바퀴에 지독히도 저항하던 사람이라 해도, 반복되는 생활의 궤도에서 탈선하는 순간 불편한 느낌을 갖게 되는 것이다. 나 역시 그러하다. 무슨 일을 해야 할까? 어디로 돌아야 할까? 어떤 매듭, 어느 뿌리를 믿고 매달려야 할까? 집에 돌아온 나는 이렇게 낯설고 희박한 대기 속에서 어디에도 마음 붙이지 못한 채 공중에 붕 떠 있다…….

* bell jar, 플라스의 대표작이 바로 동명의 소설이다.

채텀

남은 여름방학 동안 플라스는 크리스천 사이언티스트 패밀리에서 일하던 엄마의 일을 도와 매사추세츠 채텀에 있는 캔터가家에서 일했다. 캔터 부부는 플라스를 무척 아끼며 친딸처럼 대했지만, 그녀에겐 여전히 고된 일이었다.

8월 8일 금요일 — 오후 9:45

목욕을 마치고 침대에 누워 있는데, 반가운 비가 다시 내린다. 창밖에서 기와지붕을 따라 주르륵 미끄러져 흘러내린다. 오늘은 하루 종일 비가 내렸고, 촉촉하게 삼라만상을 품어 적셔주었다. 이제야 나는 포근한 베개로 편안히 머리를 받치고 침대에 몸을 뉘었다. 용솟음치듯 쏟아지다 말고, 다시 또 억수로 퍼붓곤 하는 빗소리에 귀를 기울이면서 — 온갖 다채로운 음색과 — 당김음으로 울려 퍼지는 빗소리. 공명하는 하수구를 두들기는 빗소리 — 배수관으로 콸콸 흘러나와 땅바닥에 부딪쳐 튀어 오르며, 작은 도랑을 마모시키는 소리 — 낭랑한 뿔고동 소리처럼 양철 쓰레기통을 두들겨 희미하게 짤랑거리며, 선율에 맞춰 떨어지는 빗소리. 나는 항상 8월이 오면 비를 더 의식하곤 하는가 보다. 작년에도 비는 메이요 씨네 저택 현관과 잔디밭과 어렴풋이 보이던 잔잔한 회색빛 바다 위로 내려주었지. 낮이면 그 커다란 집 안에 홀로 앉은 나를 감싸 안아주었고, 밤에 혼자 침대에 앉아 글을 쓰며 나의 작은 왕국을 바라볼 때면 내게 말을 걸어왔지. 길모퉁이에 홀로 서 있던 외로운 가로등, 빛의 후광을 등지고 공중에 매달려 있던 그 불빛과 그 너머 형체를 가늠하기 힘든 회색빛 안개와 철썩거리는 바닷물 소리에 섞여 들던 빗소리. 그 비 덕분에 나는 딕과 함께 마블헤드 해변의 암석 동굴에 갇혀, 폭우에 온몸이 흠뻑 젖은 채로, 악랄하게 내리던 비가 바다를 온통 휘저어 새하얀 거품처럼 만들어버리는 짓을 그만둘 때까지 계속해서 녹슨 깡통에다 돌멩이를 던졌다.

2년 전에는 8월의 비가, 아무 말 없이 함께 헛간으로 가던 일로와 나의 머리 위로 쏟아졌지. 그의 키스로 부르터 엉망이 된 입술을 부여잡고, 울면서 다락방에서 뛰쳐나올 때에도 비가 내리고 있었다. 비는 에밀과 내가 함께 집으로 가던 길, 그 차창을 온통 뒤덮었고, 우리가 리놀륨 냄새를 맡으며, 어둠 속에 함께 서 있던 그 부엌 바깥에서도 내렸다. 창문의 차양 너머 나뭇잎을 두들기며 떨어지는 물소리가 끊이지 않았지.

3년 전, 무덥고 끈적끈적한 8월의 큰비가 추적추적 내리던 때, 나는 집 마당을 바라보며 나른하게 앉아, 이 여름이 다시는 돌아오지 않을 거라는 생각에 울고 있었다. 이와 똑같은 여름은 다시는 오지 않을 거라고. 처음으로 활자화된 나의 단편은 빗소리에 맞추어 읊어대던 "결코 다시는 오지 않으리"라는 그때의 후렴구에서 탄생했다. 8월의 비, 여름의 절정은 이미 저물고, 새 가을은 아직 태어나지 않은, 기이하고 불투명한 시기.

8월 9일

나는 아이들을 조니한테 맡겨두고 비치 웨건을 타고 채텀 마을로 탈출했다. 빛나는 녹색의 기계를 힘겹게 몰아 빗물이 웅덩이진 좁은 길을 타고 마을 주차장까지 가면서, 사악한 승리감과 해방감을 느꼈다. 나는 북모빌 서점의 밸 젠드론*을 만날 생각이었고, 또 결국 만났다.

로라니아의 북모빌 서점 뒷문으로 걸어 들어갔는데, 책들을 눈으로 훑으며 고개를 숙이자 내 빨간 레인코트에서 우수수 빗물 방울이 바닥으로 떨어졌다. 그러는 사이 밸은 바로 앞의 사람들과 이야기를 나누고 있었다. 나는 그때 마루에 앉아 시집들을, 밝은색 표지를 씌운, 선명하고 훌륭한 활자로 인쇄된 모던 라이브러리 문고판들을 바라보고 있었다. 그때 그녀는 혼자였고, 나를 기억해주었다.

그래서 나는 그녀에게 아주 많은 것에 대해 물어보았다. 어떻게 글쓰기를 시작했는지, 어디에 작품을 게재했는지, 그리고 어디 어디서 일했는지 등등. 그녀는 내게 친절하게 대답해주었다. 냉소적이고 만만찮은 느낌, 입가에 스치는 비웃음, 그러고는 재빠른 눈길, 웃음, 찰나에 스치는 부드러운 웃음이 그녀가 이해했음을 보여주었다. 내가 얼마나 내 단편에 비판적인지, 또 사실 그리 좋아하지 않는다는 것도, 그리고 사실 그게 그나마 최선의 글쓰기라는 것도. 결

* 플라스는 전업 작가인 밸 젠드론Val Gendron을 만난 뒤 초대를 받아 그녀의 집을 방문한다. (옮긴이)

과가 아니라 과정 말이지만. 그녀는 이해했고, 그래서 내게 하루에 4페이지(1천 단어)를 쓰기로 한 계약에 대해 이야기해주었다. 시간의 제약이 없다는 게 함정이라고. 시간 제약이 없으면, 중요한 건 결과물이기 때문이다. 일 년에 36만 5천 단어라니, 끔찍하게 많은 단어들이다. 나는 이번 가을에 시작한다. 하루에 4페이지.

그녀는 작고 깡마르고 살빛이 누렇게 뜬 느낌이었고, 검은 머리를 뒤로 묶어 챙이 달린 카키색 모자 밑으로 땋은 머리채를 늘어뜨리고 있었다. 뾰족한 얼굴, 안경, 그리고 건조하고 냉소적인 말투. 고양이들을 기른다고 했다. 빨간 페인트를 칠했지만 (그녀 말로는) 전화는 한 대도 없는 허름한 '오두막'에서. 고독의 흔적? 밸 젠드론과 너무 오래 살아서? 누구를 상대로 말을 하지? 누구? 나는 알아낼 것이다. 나는 절대 밸 젠드론같이 되지 않으리라. 하지만 언젠가는 밸 젠드론의 상당 부분을 내 일부로 만들 것이다. 언젠가는. 하지만 원두커피는 생략해도 좋다. 영원히. 그녀는 자기 집에 놀러 와도 좋다고 했다. 순례 여행 — 내 첫 번째 작가를 찾아가는.

8월 19일 — 새벽 1시

솔직히 인정해라, 녀석. 넌 정말 끝내주게 훌륭한 휴가를 보낸 거야. 엘리자베스 테일러는 못 될지 몰라도. 꼬마 헤밍웨이는 아니더라도, 아, 정말이지, 넌 성장하고 있어. 달리 말해서, 기껏 5년 전과 비교해봐도, 그때의 추하고 내성적인 아이에서 정말 큰 발전을 이뤘단 말이지. 등을 두드려주고 격려를 해줄 때라고? 좋아, 가무잡잡하게 탄 살, 큰 키, 블론드의 머릿결. 결코 나쁘지 않아. 그리고 두뇌도, 적어도 한쪽 방향으로는 '육감'도 발달했고. 넌 아주 엄청나게 다양한 부류의 사람들과 잘 어울리고 있어. 똑같은 지붕을 덮고 살고, 아주 가깝게 살기도 하고. 속물 근성, 오만이나 허영기에 대해서도 심각한 걱정은 없잖아. 기꺼이 일할 마음도 있고. 게다가 열심이기까지 해. 의지력도 있고, 삶에 대해 현실적인 시각도 갖게 되고 있어. 그리고 또 작품이 출판되기까지 하고 있잖아. 그러니 원하는 건 뭐든지 쓸 자격이 충분히 있는 거야. 3개월 만에 네 작품이나 게재 수락을 받다니 ―《마드모아젤》에서 500달러,《세븐틴》에서 25달러, 10달러,《크리스천 사이언스 모니터》에서 3.5달러(캐비아에서 땅콩까지, 전부 다 너무나 좋은걸).

밸 이후. 아, 세상에, 그 대화라니. 먼저 그녀의 '오두막'에 대해 말해보자. 하얀 테두리가 있는 빨간 반反가옥, 그리고 문간에서 씨익 웃으며 쭈그리고 앉아 있던 깡마르고 지저분한 그녀. 체크무늬 남방, 페인트가 여기저기 묻은 리바이스 청바지. 집 안에 들어가던 내가 너무 커다랗고 새것이고 지나치게 깨끗하다는 느낌이 들었다. 그녀는 대야에다 옷들을 넣어 빨래를 하고 있다. 낡고 더러운 옷들. 스토브에 올려놓은 주전자에서 뜨거운 물을 길어다 쓴다.

나는 자그마한 부엌에 앉았다. 벽지는 갈색 바탕에, 채색한 펜실베이니아-네덜란드계처럼 보이는 패턴이다. 마룻바닥에는 더러운 접시들. 고양이 두 마리, 프루던스는 거만한 검은 고양이로, 이글거리는 초록색 눈을 지닌 페르시아 혈통이고, 또 오하라가 있다. 담배꽁초가 가득한 재떨이들. 그녀는 일주일에 '윙즈' 담배(광고도 안 하는 싸구려다) 두 갑을 태운다고 했다. 입천장이 다 헤져, 어차피 맛은 모른다고 한다.

그래서 나는 주위를 둘러본다. 그녀는 요리를 좋아한다 — 특히 스튜와 잡탕을 잘한다. 포도주와 함께 먹는 안주. 냉장고 위에는 책장 선반 하나 가득 요리책들이 꽂혀 있다. 또 선반 하나에는 양념들이 늘어서 있다. 그녀는 양념통을 열어 보였고, 내가 하나씩 냄새를 맡아보는 동안 "타임, 바질, 마조람…"* 어쩌고저쩌고 말을 했다. 저장식품 찬장도 하나 있었다. 잼, 젤리, 애플 버터, 비치 플럼… 직접 열매를 따서 병조림을 만든다고 했다. 유리 단지에 담근 야생의, 달콤한, 시큼하고, 짜릿한 맑은 과일 병조림들.

바깥에는 뜰이 있다. 전나무들이 차지하고 있던 공터를 다시 빼앗아와서 만든 깔끔한 잔디밭이다. 화초들 — 꽃창포들 조금, 백일초들 조금. 북모빌 서점의 일이 잡아먹는 시간 때문에 야채 사이에는 지나치게 자란 잡초들이 무성했다. 딸기, 산딸기, 고추, 콩, 토마토, 전부 네모반듯하게 화단에 심어진 채 깨끗하게 다듬어져 있었다.

우리는 그녀가 가져온 케이크와 냉장고에서 꺼내어 수북이 쌓아놓은 청포도를 먹었다. 밸이 커피를 갈자 근사한 향기가 풍겼고, 우리는 둘러앉아 주전자에서 물이 끓기를 기다렸다. 그러는 사이 프루던스가 케이크의 크림 장식을 좀 핥아먹어버렸다. 밸은 그 부분을 잘라 오하라 몫으로 남겨놓는다. 커피가 다 끓자 우리는 그녀가 손수 지은 작업실로 가는 가파른 계단을 올랐다.

벽 너머로는 전부 책장뿐이었다. 윌리엄즈버그식 청회색과 크림 옐로우. 그녀가 땋아서 짜고 있는 깔개가 마룻바닥에 깔려 있고,

* 서양 향신료들이다.

양모 누더기를 뭉친 털실 공이 바구니 속에 들어 있었다. 스튜디오 소파, 타이프라이터. 책상 위에는 상자 속에 담긴 원고 뭉치들이 여기저기 널려 있다. 우리는 마루 위에 양반다리를 하고 앉아 커피를 잔에 따라 마시고 또 마신다. 나는 돼지처럼 케이크를 세 덩어리나 먹는다. 프루던스가 젖을 먹이는 네 마리의 까만 새끼 고양이들이 들어와 장난기 가득한 털실 뭉치처럼 여기저기서 경쾌하게 내달린다. 귀찮게 끼어들며, 내 커피잔에 고개를 들이밀고 뜨겁고 강한 향에 재채기를 하더니 마루를 가로질러 쌩하니 미끄러져 달아난다. 한 놈은 내 치맛자락 속으로 기어들어와, 바닥에서 편안하게 몸을 말고는 잠을 잔다.

에이전트 이야기도 듣다 — 앤 엘모, 어쩌고저쩌고 오티스. 〈미스 헨더슨의 결혼*Miss Henderson's Marriage*〉을 읽다. 속도감과 박자가 마음에 든다. 약간 지루한 면이 있고, 등장인물들이 인간으로 다가오지 않는다는 생각이지만 — 아, 딱 꼬집어 말할 수 없는 무언가. 하지만 이야기의 구성은 우아하고 균형 잡혀 있다. 지금 이 단계의 나로서는 부러운 면. 또한 그녀와 에이전트 사이에 오간 편지 더미를 살펴보다. 그녀는 〈하이티의 휴일*Haitian Holiday*〉을 고려하고 있다고 한다. 사생아 처녀에 대한 중편도. 너무나 많은 이야깃거리들! 게재된 작품도 그렇게나 많은데!

레이첼 카슨*을 안다고 한다. 우즈 홀도. 그녀는 잭팟을 터뜨렸는데도 여전히 밸처럼 돌아다닌다고 했다. 낡은 고물 자동차에 낡은

* Rachel Carson, 환경 파괴에 대한 충격적인 보고서 《침묵의 봄*The Silent Spring*》의 저자다.

옷을 입고서. 히트작을 터뜨렸는데 이걸 어떻게 해야 할지 몰라 쩔쩔맨단다. 사람들이 이렇게 저렇게 쓰라고 간섭하고… 하지만 지금 그녀는 뭔가 작품을 쓰고 있다고 한다……. 곤란한 문제에 처한 훌륭한 작가답게. 과거의 영광을 먹고살 생각은 하지 않는다. …한밤중에 집으로 돌아오는 길, 에비타 페론에 대해 이야기를 나누다. (창녀든 기생이든, 그 여자의 일거수일투족은 참으로 탁월하다. 밸은 불꽃놀이를 좋아한단다. 깜찍하고 예쁘다나.)

작품을 쓰는 일. 작가는 대중들을 위해 환상을 만들어낸다. 신비의 베일을 둘러쓰는 것이다. 자기감정을 남이 갖고 놀 수 있다고 생각하고 싶은 사람은 아무도 없다. 자기감정이 문학적 기교니 의도 따위로 쉽사리 환기될 수 있는 것이라는 생각도 싫어한다. 자기 작품의 소재가 달리면, 사람 마음 깊은 곳에 들어와 심장이라도 후벼 파갈 위인이라는데 기꺼워할 사람이 어디 있으랴. 그래서 사람들이 작가들은 어디서 아이디어를 얻느냐고 물어보면 나는 거짓말을 둘러댄다. "소파 위에 누워 있다 보면, 하느님이 말을 걸어온답니다. 영감이 솟구치는 거지요." 그러면 사람들은 흡족해한다.

고물 자동차 모터 위에서 고래고래 고함을 쳐대기. 커피에 취해 집에서 빈둥거리기. 흥분 상태. (나는 이제 겨우 시작일 뿐이라는 생각을 떨쳐버릴 수가 없다. 십 년 후라고 해봤자 내 나이 겨우 삼십이 되었을 테니, 늙은이는 천만의 말씀이고, 어쩌면 훌륭한 작가가 되어 있겠지. 희망. 밝은 미래의 꿈. 나는 아무튼 글쓰기를 사랑한다. 출산. 어쩌면 아들딸 모두 낳을지도. 밸은 그늘진 얼굴로, 희미한 불빛 속에서 나를 보고 웃고 있다. 말버릇은 험하지만 내게 잘 대해준다. 스미스에 돌아가도 밸에게 편지를 써야겠다. 어쩌면 겨울이 되면 여기까지 그녀를 찾아올지도 모른다. 어쩌면 딕과 함께 다시 찾을지도 모른다. 정말이지 그녀는 내게 참으로 잘해주었다. 그 많던 남자들, 끝도 없이 길던 갈망이 지나면 이런 완벽한 삶이 찾아올까. (완벽한 사랑, 온전한 삶.)

밸의 집 벽 속에는 귀뚜라미 한 마리가 살고 있었고, 녀석은 끊임없이 또르르또르르 울어 젖혔다. 밸은 좋은 인생을 쌓아가라고 말해주었다. 그럴 수 있을까, 나는 생각한다. 그녀를 좋아하지만, 맹목적인 사랑까지는 아니다. 비판하자면 할 수도 있다. 그러나 그녀는 이제껏 삶을 살아왔고, 작품을 팔았으며, 의미 있는 생산을 해냈다. 더구나 벌써부터 나는 그녀에게서 얼마나 많은 것을 배우기 시작했는지.

빌어먹을, 넌 최소한 《레이디스 홈 저널》에 실리는 신세는 면할 자격이 있어. 《애틀랜틱》 지에 널 게재할 수만 있으면 얼마나 좋을까. 〈어린 거상*Kid Colossus*〉. 나 또한 최고를 목표로 삼으리라. 플롯. '칼처럼, 꽃처럼' 같은. 좀 다르지만. 뭘 증명하려고 할지. 어디서 시작해서 어디서 끝낼지 — 누구의 눈빛에서 쓸지. 오, 올해는 내용에 걸맞은 형식을 찾기 위해 고민해야겠다.

밸이 말하기를, 시각화하라, 그리고 나중에 감정을 담아라. 작가 초년생들은 감각적 인상에 기대어 작업하느라, 차갑고 현실주의적인 조직을 망각한다. 먼저, 냉정하고 객관적인 플롯과 장면을 정하라. 경직되게. 그러고 나서 소파에 앉아 시각적으로 그리면서, 그 빌어먹을 글을 쓰라는 거다. 휘휘 휘저어 하얀 백열로 달구고, 다시금 생명을, 예술의 생명력을 부여하고, 더는 참조할 틀도 없는 무형의 신세를 벗어난 형식을 성취하라.

9월 20일

젊은 9월 21일을 향해 가고 있는 이른 새벽. (청년은 내게 부드럽게 말했다. "그럴 때가 가끔 있답니다. 남자가 여자에게 창녀이기를 바라는 때 말입니다.") 사악하고 둔탁한 저녁. 끔찍스러운 영화 한 편, 우리 둘 다 혐오감에 젖어, 비를 피해 실내에 머물렀지만, 졸리고, 비판적인 기분이었다. 영화가 끝나고 교차로를 꽉 메운 영화 관객들 사이에서 미끈한 로드스터 자동차를 타고 의기양양하게, 권태에 젖어, 보스턴의 거리를 달리다. 그리고 불 켜진 분홍, 초록, 파랑, 노란색 네온들이 축축하고 미끄럽고 까만 물웅덩이들, 거리 위로 흐릿하게 번졌다. 지루하고, 심술이 나고, 하나같이 전부 다 마음에 들지 않는다. 어째서 나는 뾰족구두를 신지 않는 거지… 단화를 신으면 너무나 사춘기 어린애처럼 보이니까 그런가? 나는 어리고, 나이브하고, 유치하고, 정신연령이 고작 열여섯밖에 되지 않는다. 속이 뻔히 보이게 반응을 하고, 쉽사리 와락 흥분하곤 한다. 사소한 일에 열을 내며, 냉정하고 사실적인 현상에 불과한 일을 마구 꾸며내어 문제로 만들어놓고는 한다. 숭모하는 마음에 숨을 헐떡거리며 남자를 너무나 높은 단상 위에 대뜸 올려놓고 만다. ("오, 정말, 그래요, 그래요, 더 얘기해보세요…….") 그러고는 남자가 손만 대면 얼어붙고 만다. 아, 나는 또한 두 배로 칭찬을 낚으려 든다. 그한테 들키지만 않았다면 열렬하게 부인할 텐데. 내가 하는 대사들은 무의식적이긴 하지만 말이다. 하지만 그는, 빌어먹을 놈, 그는 정말 너무나 옳다. 그래서 결국 잘못은, 정말로 '우리가 같이 술에 취하지 않은' 것이었던 모양이다. 거기 장벽이 하나 있다. 우리에겐 심리적 금제禁制가 있다는 것. 그리고 나는 이 말도 안 되게 흘러넘치는 열정을 드러내 보임으로써 남자가 행동하지 않을 수 없도록 강제한다. 내 열정들은 정말 부조리하지만, 그래도 난 이렇게 행동한다 — 왜냐하면 특별하다는 느낌이 드니까. 그는 이방인이고 낯설지만, 우리 사이의 문화적, 도덕적 배경의 차이는 그리 심각해 보이지는 않는다. 아마 내가 방어하는 쪽인지도 모른다. 그걸 누가 알랴. 거짓되게 짐짓 철철 넘쳐흐르는 감정으로 상황에 과잉 반응하다. 왜냐하면 나는 건전한 이웃집 소년에게 되돌아가기 전에 낯선 코스모폴리탄을 정복하고 싶기 때문에. (여자의 허영이라고?) 열렬한 관심(이전에 딕이 말한 바 있는)을 펑펑 쏟았던 건 사람들이 나를 버리고 도망가버려 할 수 없이 혼자 남을 수밖에 없을까 두려워하던 예전의 공포를 반영하는 흔적이 아닐까. 이건 무의식적으로, 남자건 여자건 파트너의 흥미를 끌고, 붙잡고 놓치기 싫어 무의식적으로 계산한 꾀가 아닌가? (윈스롭에서 낸시 콜슨이 걸스카우트 활동 후 다른 여자아이와 나를 집까지 데려다주었던 때가 기억난다. 내가 이야기를 하기 시작하면, 그들은 언제나 낄낄거리고 웃으면서 같이 달아나곤 했다. 이해가 가지 않았다. 당황한 나는 숨이 턱에 닿도록 그 애들을 따라 달리곤 했다. 그리고 나중에, 그 애들이 내 길고 지루한 횡설수설이 듣기 싫어 미리 같이 달아나기로 짰다는 걸 알게 되었다.) 자제력을 키워야겠다. 사람들을 매료시키기 위해 광적으로 노력하며 벌벌 기는, 수다스러운 강아지 노릇은 그만둘 테다. 남들이 나를 좋아하기를, 나는 절박하게 바란다. 어색하고 자의식적인, 인기 없는 시절을 오랜 세월 겪어온 나니까. 비록 지금은 외향적인 성격이라 할 수 있을지 몰라도, 여전히 자꾸만 예전에 지닌 열등의식의 흔적이 나타나고 마는 거다. 나는 새로운 사람들이 나타나면 그들을 드높은 단상에 올려놓고, 내게 베풀어준 그들의 놀라운 친절을 숭모하며, 자비롭게도 내게 주목해주기를 바란다. 내가 세운, 은銀 명판 달린 동상들이 도대체 몇 개나 될까? 그러고는 결국 그들의 연약한 약점들을 점차 알게 되고 나서야 겨우 그 사람들을 인간으로 바라보게 되지 않았던가?

오늘은 좋았다. 크로켓 선생님*과 오후에 두 시간 반 동안이나 이야기를 나누었다. 선생님의 푸른 소나무 정원에서 셰리주를 마시며 긴 이야기를 나눈 끝에 대학을 졸업한 후의 진로에 대해 번개처럼 번득이는 영감을 얻었다. 깜짝 놀랄 정도로 두렵고도 멋진 일이다. 영국에서 일 년간 대학원 과정을 밟는다니. 그것도 케임브리지나 옥스퍼드에서. 아직 구체적인 계획이 서진 않았다. 돈이 제일 큰 문제다. 하지만 노력해볼 만한 시간이 2년이나 남았다. 장학금도 있고, 교환학생 프로그램도 있으니까. 게다가 나는 젊고, 악착같고, 일에 대한 열정으로 불타고 있다.

덕분에 해결된 문제도 많지만 새로 떠안게 된 문제도 많다. 만일 영국에 가게 된다면 방학마다 파리로 오스트리아로 떠날 것이다. 영국은 일종의 도약대가 되는 셈이다. 하지만 지겹도록 긴 거리를 터벅터벅 걸어야 하고, 피곤에 지쳐 삶의 절정을 만끽할 수 없는 여름철의 하이킹 여행은 그만 사양이다. 차라리 도시에서 민박을 하거나 싸구려 여관에 묵으면서 친구와 함께 여행하리라. 그리고 다시 영국으로 돌아가리라. 글을 쓰리라. 단편 소설들, 어쩌면 장편도. 석

* 크로켓Mr. Crocket은 플라스의 고등학교 시절 영어 교사로 아마 그녀의 첫 번째 스승이라 해도 과언이 아니다. (옮긴이)

사 과정은 철학으로 밟을 생각이다. 난 해낼 것이다.

성가시게 뇌리를 떠나지 않는 근심거리는, 다름 아닌 남자들. 당혹스러운 일이지만, 나는 형제*와 한꺼번에 사랑에 빠졌다. 하지만 떠나리라. 내가 아주 운 좋은 여자가 아니라면, 내가 없는 사이에 둘 다 결혼을 해버릴지도 모를 일이고, 그러면 다시 돌아와야 할 이 곳은 아주 큰 공백으로 변해버리고 말겠지. 아니면, 오히려 내가 '그쪽'에서 만난 사람하고 새로운 사랑을 시작할지도 모른다. 일 년 정도는 거리를 두고 바라볼 필요가 있다. '인간의 굴레'를 쓰기로 작정하기 전에, 일 년 정도는 해방의 시간을 가질 필요가 있다. 새로운 지평과 머나먼 목적지를 향해 발을 내딛는 이 결단에 위험 요소가 있다면, 그것은 지금 내가 가진 것을 잃어버리고 그 자리에서 고독만을 발견하게 되지나 않을까 하는 두려움이다. 유학을 떠나 내 몫도 챙기면서, 한편으로는 돌아왔을 때, 내가 마음만 먹으면 평생 동안 내 차지가 될 수 있도록 두고 떠났던 것들이 고스란히 문간에 무사히 놓여 있기를 바라는 욕심 많은 심보인 셈이다. 나는 도박을 하려 한다. 내 운명의 향방이야 앞으로도 수년이 지나야 온전히 밝혀지겠지만.

오늘 마음속에 꿈 하나를 심었다. 이름 하나. '영국'. 소망 하나. '유학'. 이 목표를 향해 일련의 행동 방침을 수립하다.

노튼의 집에서 저녁 식사. 따뜻하고, 빛나는 물에 뜬 촛불들, 찬란하고 갑작스러운 분홍 꽃잎, 노란색 수술의 과꽃 다발. 창꼬치와

* 노튼 형제를 말한다. (옮긴이)

사워크림 구이(분홍색 얼굴의 페리가 허리를 굽히고 시험 삼아 맛을 보았다). 올랑데즈소스와 브로콜리. 포도 파이와 아이스크림, 풍요롭고 따뜻한 맛. 그리고 포트 와인, 날카롭고, 달콤하고, 깜짝 놀랄 맛, 꿀꺽 삼키면 두 눈 뒤로 갑자기 찌르는 듯한 기분 좋은 느낌이 오고, 느긋하게 편안한 웃음을 터뜨리게 되는. 맛있고 입에 델 정도로 뜨거운 블랙커피. 그리고 딕과 나는 저녁 내내 함께 집에 머물며, 서로 따뜻하고, 풍요로운 기분에 젖어 평화를 만끽했다. 설거지를 하는 동안, 그리고 촛불 빛을 받으며 졸음에 겨워 느긋하게 쉬고 있는 동안 간간이 〈라 메르 *La Mer*〉가 흘러나왔다. 끊임없이 이어지는 음악, 심란하고, 마음을 사로잡는, 이루 말할 수 없이 낯설고 가슴 깊이 심금을 울리는 음악. 거대하고 맹목적인 바다의 밀물, 그리고 소리와 빛과 통찰력의 얄팍한 번득거림.

온통 윤곽선이 번져 흐릿한 회색의 방에 앉아, 타들어가는 촛불을 받으며, 따뜻하게 그의 품에 안겨, 안온하게, 만족해, 졸린 기분, 하지만 동시에 경각심이 들고 깨어 있는 느낌. 그날의 위대함과 그 시간의 중요성이 내게 밀려들어 섬광처럼 번득이는 기쁨과 두려움이 덮쳤다. 나는 따뜻하고 안전한 궤도를 벗어나 뭔가를 증명해 보이기 위해 영국으로 가려던 참이었다. 떠나감이 있으면 돌아옴이 있을 테니, 돌아오는 길에 나를 기다리고 있는 것이 무엇이든 금욕적으로 받아들이고, 나 자신의 의지가 가져온 책임을 받아들이리라. 그것이 자유의지건, 내 본성과 상황에 의해 미리 예정된 의지이건 상관없이 말이다.

창밖은 어두웠고, 부엌에서 새어 나오는 불빛이 나뭇잎들 아래쪽을 비추고 있었다. 전부 황량하고 미동도 없이, 빛의 테두리를 달고 까맣게 서 있었다. 나무는 키가 커서 창문의 네모가 채우고 있는 어두움의 거대함을 꽉 채웠다. 그렇게 특별한 행복감을 느낀 적이 전에는 한 번도 없었다. 나는 탈출해, 떠나가려 하고 있었다. 그런데 무엇에게서? 내겐 절반쯤 비밀스러운 목표가 있어, 불모와 창조의 순환 궤도를 확장하고자 했다. 힘을 모아 단단하고 긴장된 공 모양으로 만들어 예술적인 도약을 하고자. 무엇을 향한 도약?《애틀랜틱》지? 소설 한 편? 꿈들, 은밀한 나만의 꿈들. 하지만 내가 일을 한다면? 그리고 항상 사고하고자 노력하고, 알고, 항상 테크닉을 연마한다면?

노샘프턴

유일한 탈출구로서 자살을 언급하고 있는 다음의 일기에서 드러나듯, 플라스는 심각한 우울증을 앓고 있었다. 이듬해 여름 플라스는 신경쇠약증을 앓고 처음으로 자살을 시도하는데, 이때의 경험이 후에 자전적 소설《벨 자》에 투영된다. 당시 상황의 심각성을 깨달은 사람은 거의 없었고, 설사 깨달았다 해도 플라스의 절망감이 얼마나 뿌리 깊은 것인지 제대로 파악한 사람은 아무도 없었다. 플라스의 특징은 기분이 한순간에 곤두박질쳤다가는 또 순식간에 좋아진다는 것이었다. 돌이켜보면 불길한 징후가 틀림없었으나, 당시 사람들은 플라스의 변덕스러운 감정 변화에 워낙 익숙해져 있었다.

11월 3일

맙소사. 자살을 시도하고 싶은 마음에 가까워진 적이 한 번이라도 있다면, 그건 바로 지금이다. 기진맥진한 불면의 혈액이 혈관 속에 질질 기어다니고, 공기는 비로 탁해져 잿빛으로 변해버리고, 길 건너에 사는 빌어먹을 난쟁이들은 죄다 몰려와 도끼며 송곳이며 끌 따위로 지붕을 퉁탕퉁탕 두들기고 있고, 타르의 지옥 같은 악취가 코를 찌른다. 나는 오늘 아침 다시 침대에 누워, 잠을 구걸하며, 책임을 외면하고, 어둡고 따뜻하고 구린내 나는 현실도피로 숨어들었다. 편지가 도착했다는 종소리에 몸을 번쩍 일으켜 편지를 받다. 딕이 보낸 편지 한 통. 딕이 자리에 누워, 배불리 먹고 마음껏 쉬고, 보살핌을 받으며, 내키는 대로 아무 책이나 읽고 아무 생각이나 하고 있을 걸 생각하니 부러움에 욕지기가 날 지경이다.* 내가 수행해야 할 육체적 임무는 끝도 없이 줄지어 늘어서 있는데 프라우티 교수**에게 편지 쓸 것, 칼에게《라이프》지를 돌려줄 것, 마샤에게 전화 걸 것……. 해야 할 일을 적은 리스트는 첩첩이 쌓인 극악한 장애물의 산더미다. 삐걱거리고, 서로 추파를 던지며 엉겨 붙다가, 혼돈 속에 산산이 흩어진다. 마침내 극도의 혐오감에 사로잡혀, 이 모든 목표며 일이며 행동이며 전부 무의미하게 반복하는 행위를 그만 끝장내고 싶다는 열망이 솟구쳐 오르다. 한 자아를 소멸시킴으로써 전 세계를 끝장내겠다는 생각은 절박하게 궁지에 몰린 이기주의의 광기 어린 절정이라 할 수 있다. 막다른 벽돌 벽을 손톱으로 박박 긁어대는 짓거리에서 간단히 벗어나는 길. 내 마음은 이렇게 갇혀, 무기력하게 흐느끼며 자기를 혐오하고 있는데, 제 몸 하나뿐 아무것도 책임질 것 없는, 무책임의 절정에 올라 있는 딕이 도리어 자유로이 정신적인 비상을 만끽하다니, 아이러니가 아닐 수 없다. 이런 나를, 내 대담하고 장대한 인도주의적 믿음을 정당화할 길은 어디에 있

* 딕 노튼은 폐결핵을 앓고 회복기에 들어서 있었다. (옮긴이)

** 올리브 히긴스 프라우티Olive Higgins Prouty. 소설가로 플라스의 진학을 도와주었다. (옮긴이)

나? 나의 세계가 산산조각 난다. 무너져 내린다. "중심은 더는 버틸 힘이 없다." 하나로 엮어주던 구심력은 사라지고, 오직 벌거벗은 공포, 자기보존의 본능만이 남았을 뿐.

나는 두렵다. 옹골차지 못하고, 속이 텅 비었다. 내 눈동자 뒤에서 감각 없는 마비된 공동空洞이 느껴진다. 지옥 구덩이가 입을 벌리고, 실체를 흉내 낼 뿐인 무無가 느껴진다. 나는 생각한 적이 없다. 글을 쓴 적도, 시련을 겪은 적도 없다. 자살하고 싶다. 무거운 책임을 훌훌 벗고, 비굴하게 엄마의 자궁 속으로 도로 기어 들어가고 싶다. 내가 누군지, 어디로 가는지 도무지 모르겠다. 이 끔찍스러운 질문에 대답할 사람은 오직 나뿐인데. 우아하게 자유로부터 도피할 길이 있다면 참으로 좋으련만. 건강하고 능동적인 지성과 의지라는 전제를 내건 강력하고 건설적인 인도주의적 신념에 반발하느라, 나는 그만 심신이 허약해지고 녹초가 되어버렸다. 갈 곳이 아무 데도 없다. 집으로 가면, 엄마 치마폭을 파고들어 눈이 퉁퉁 붓도록 울음을 터뜨릴 것이 분명하다. 그렇게 어리석은 꼴불견이 되기는 싫다. 남자들의 품으로 달려갈 수도 없다. 지금의 나는 그 어느 때보다도 더 그들의 단호하고, 결정적이고, 가부장적인 지령을 목마르게 갈구하고 있으니까. 교회로 갈 수도 없다. 그렇게 자유방임적이고, 속박이 없는 곳은 싫다. 싫다. 차라리 지친 발을 이끌고 전체주의적 독재자를 찾아가서, 개인적 책임감을 훌훌 털어버리고 '대의'의 제단에 누워 '폭포수처럼 흘러나오는 이타주의의 물결' 속에 나 자신을 희생하고 말 테다.

지금 나는 이 자리에 앉아서, 터져 나오는 울음을 가까스로 참으며, 겁에 잔뜩 질린 채로, 벽에다 공허한 불모성不毛性을 새기며 나를 저주하는 손가락을 바라보고 있다. 하느님, 해체되는 나의 자아를 붙들어 매어줄 힘은 어디에서 생겨날까요? 이제까지 내 인생은 헝클어지고, 엉망진창의 미결 과제인데. 처음부터 작전을 잘못 택했고, 규율을 통일하지 않은 채 무조건 전략만 수행해왔던 것이다. 수많은 잠재력을 발견하고 들떴지만, 한쪽 재능을 살리느라 다른 수많은 재능들을 죽여버리고 말았다. 부정적 사고방식, 자기혐오, 의심, 광기 속에서 허우적거리다 빠져 죽을 지경이다. 그렇다고 관례나 절차를 깡그리 무시해버리고 만사를 간단하게 만들어버릴 만큼 강인한 것도 아니다. 그저 언젠가는 눈동자 뒤에 자리잡은 이 텅 빈 지옥이 밖으로 불거져 나오지 않을까, 새카만 전염병처럼 분출하지 않을까 끊임없이 두려워하면서 터벅터벅 가던 길을 갈 뿐. 내 골수를 무참하게 갉아먹고 있는 이 질병이 언젠가는 곪아 터져 추잡한 종기와 사마귀를 만천하에 드러내고 "반역자, 죄인, 사기꾼"이라고 고래고래 소리 지르지나 않을까 두려워하면서 살아갈 뿐.

이제는 원죄를 인정하고, 히틀러를 찬미하고, 아편을 삼키는 강박적 충동을 이해할 수 있을 것 같다. 철학 이론과 심리학을 연구하고 민족적, 종교적, 원초적 인간 의식을 공부하는 것은 내 오랜 소망이었지만, 이젠 너무 늦어버려 아무것도 할 수 없을 것만 같다. 나란 사람은 미결의 실밥들만 잔뜩 쌓여 응축된 거대한 쓰레기 더미다. 이기적으로 공포에 질린 나머지, 남은 평생을 어떤 대의명분을 위해 바치는 건 어떨까 생각해본다. 옷을 훌훌 벗어 가난한 사람들에게 내어주거나, 수녀원으로 도피한다거나, 우울증에 빠져버리거나, 종교적 신비주의에 투신하거나, 아니면 흐르는 강물에 몸을 던지거나 — 어디로든, 어디로든, 이 부담감을, 자기를 책임져야 한다는 이 무서운, 지옥 같은 중압감과 절대적인 자기 판단을 벗어던질 수 있다면 어디라도 좋다. 앞을 바라보면 오직 캄캄하고 음침한 터널이 보일 뿐. 그 속에는 내 삶의 찌꺼기, 쓰레기, 배설물 들이 덧칠되지도 미화되지도 않은 상태로, 아무런 변화 없이 고스란히 쌓여 있다. 고결한 품격이야 바라지도 않지만, 행여 환각일지언정 꿈도 하나 없이.

현실은 내가 만들어나가는 것이라고. 항상 그렇게 믿는다고 말해왔지. 그런데 지금 눈앞에는 허우적거리며 몸부림치는 지옥이 펼쳐져 있을 뿐이다. 신경은 마비되고, 꼼짝달싹할 수조차 없다. 두려움, 질투심, 증오. 섬약한 나의 배짱을 갉아먹는 불안한 부식성의 정서들. 시간, 경험. 나를 덮치는 거상巨像과 같은 해일, 압도적인 물결에 잠겨, 익사한다. 익사한다. 어떻게 해야 나 이토록 목말라하는 영속적인 무엇을 찾을 수 있을까? 과거와 미래를 이어주는 연속적인 사슬을 잇고, 나 아닌 다른 인간과의 참된 소통을 이룰 길을 찾아낼 수 있을까? 억지로 내게 강요되는 해결책을 기꺼운 마음으로 받아들일 수 있는 날이 올까? 남은 평생을 어떻게 정당화하며, 어떻게 합리화하며 살아가야 할까?

그중에서도 가장 무서운 깨달음은 이 세상에는 지금의 내 자리에 서고 싶어 할 사람이 수백수천도 넘게 있다는 것이다. 나는 밉상도 아니고, 바보도 아니며, 가난하지도 않고, 불구도 아니다. 솔직히 말하자면, 자유롭고 풍요롭다 못해 응석받이가 되어버린 미국이라는 나라에 살고 있으며, 게다가 최고의 대학에 다니면서도 거의 돈 한 푼 내지 않는다. 지난 3년 동안에는 글을 써서 무려 1천 달러의 돈을 벌었다. 야심에 차 미래를 꿈꾸는 수백 명의 소녀들이 나를 선망한다. 내게 편지를 보내오고, 펜팔을 제안한다. 5년 전의 내가 지금의 나를 보았다면 어땠을까. (웰즐리대학이 아니라) 스미스대학에 다니면서,《세븐틴》지에 7편,《마드모아젤》에 1편의 작품을 게재하고, 예쁜 옷도 몇 벌 있으며, 지적이고 잘생긴 남자 친구까지 있는 지금의 내 모습을 보았다면, 나 역시 말했으리라. 더는 바랄 나위가 없어!라고.

그런데 존재의 오류라는 게 있다. 영원히 행복하게 살면서, 또한 주어진 상황에 맞추어 일련의 성취를 이루어가면서 늙어간다는 생각. 버지니아 울프는 왜 자살했을까? 사라 티즈데일*을 비롯해 그 수많은 영민한 여성들은 왜 스스로 목숨을 끊었을까? 신경증 때문에? 그들의 글은 과연 깊은 본능적 욕구의 승화(아, 이 끔찍스러운 단어)였던 것일까? 그 해답을 알 수만 있다면. 내가 삶의 목표를, 삶의 조건을 얼마나 높이 내걸어야 하는지 알아낼 수만 있다면! 마치 가치價値를 계산하는 자를 갖고 노는 눈먼 소녀가 된 느낌이다. 나의 계산 능력은 바닥에 떨어졌다.

미래라고? 맙소사… 앞으로도 더 나빠질 거란 말인가? 여행도 못하고, 내 삶을 제대로 추스르지도 못하고, 생의 의미나 목적을 발견하지도 못할까? 막막하게 내 마음을 태우는 이 욕망들을 표현해낼 시간은 ― 길게 기지개를 켠 뒤, 아이디어를 검토하고, 철학을 공부할 시간은 ― 정말 앞으로도 영영 찾아낼 수 없을까? 혹시 나는 남의 비서가 될까? 아니면 자기 합리화의 명수일 뿐 아무런 영감도 없는 주부가 되어, 제자리걸음만 계속하며 지적으로 직업적으로 발전

* Sara Teasdale, 미국의 여성 시인이다.

에 발전을 거듭하는 남편의 능력만을 남몰래 시기하게 될까? 내겐 당혹스럽기만 한 들끓는 욕망과 야심을 모두 접고, 자신을 직면하기 싫어하다가, 서서히 미쳐가거나 신경쇠약으로 빠져들게 될까?

누구와 이야기를 하면 좋을까? 누구에게 충고를 구할까? 아무도. 정신과 의사는 우리 시대의 신. 하지만 그들은 돈을 받겠지. 나는 충고를 원하면서도, 막상 충고를 받아들이려 하지는 않는다. 자살이나 해버려야지. 나를 도와줄 수 있는 사람은 세상에 없어. 여기에는, 나와 함께 나라는 인간을 속속들이 파고들어 분석하고 마침내 내가 나 자신을 이해하도록 도와줄 만큼 한가한 사람은 없다. ……. 세상에는 나보다 딱한 처지의 사람들이 너무나도 많기에. 이런 내가 도와달라고, 위로해달라고, 앞길을 인도해달라고 한다면 그건 얼마나 이기적인 일이냔 말이다. 아니, 이건 나 혼자 헤쳐 나아가야 할 진흙탕이다. 내 비록 세상을 넓게 보는 시야와 창조력의 근원인 유머감각을 잃었을지언정, 앓아눕거나 미쳐버리거나 아기처럼 다른 사람 어깨에 매달려 엉엉 울어버리는 추태는 부리지 않을 테다. 가면假面은 이 시대의 훈장. 지금 내가 할 수 있는 일이래야 기껏 공허하고 두려움에 떨고 있는 속마음을 감추고 발랄하고 평안한 겉모습의 환상을 만들어내는 것뿐. 언젠가는, 언제일지 모르지만 그날이 오면, 나는 이 불합리와, 자기 연민과, 태만하고 헛된 절망을 끝내게 되겠지. 다시 생각하고, 생각대로 실천하며 살아가기 시작하겠지. '마음가짐'이란 안쓰러울 정도로 상대적이고 변덕스러운 자질인지라 믿음의 초석이 될 수는 없는 법. 오히려 속담에 나오는 모래성처럼, 기울어지고 허물어지고 마침내는 나를 지옥으로 빨아들이기가 십상이다.

지금으로서는, 객관적이고 자기비판적으로 자가 진단을 내리는 일만은 도저히 상상조차 할 수가 없다. 하지만 이것만은 확실히 알겠다. 어떤 상황에서도 강인하고 생산적으로 대처해야 하는데, 나의 철학은 그러기엔 너무 주관적이고 상대적이며 개인적이라는 것. 날씨가 좋을 때는 상관없지만, 40일간의 장마가 닥치면 빗물에 녹아버리고 마는 철학이다. 이참에 아예 물속에 수장시켜버리고, 그보다 훨씬 폭넓고 초월적인 목표나 기교를 찾아 나서야겠다. 지금으로서는 무엇이 될지 상상조차 가지 않지만.

병동의 블루스

버튼을 누르면 벽에서 흘러나오는 목소리

위생적이고 효율적인 무표정한 목소리

"무엇을 도와드릴까요? 무슨 일이신가요?"

그러면 너는

벽 속에서 기다리는 목소리에게 말한다

"저녁 식사 생각이 별로 없어요. 뱃속이 이상한 느낌이 들어서 한 입도 먹고 싶지 않아요."

멀리서 짤깍 소리가 들리면 이윽고 밑창이 보드라운 구둣발 소리가 복도를 따라 다가온다.

그리고 그녀는 하얀 약 한 잔을 건네준다.

페퍼민트 같은 맛에 시원한 향내, 우유처럼 묽은 약.

그녀는 말하길, "토스트와 홍차를 준비하고 있으니 금세 요깃거리가 도착할 거예요."

그러면 좋아요라고 말하고 너는 얼굴을 돌리지. 그만 울음이 터지려

하니까

커다란 창밖으로 빗줄기가 땅바닥에 내리꽂히고 있다

이제까지 잘못했고 앞으로도 잘못할 일들이 소리 없이 떨어져 내린다

어제의 하늘에서부터

사산死産한 내일의 작은 기형아들이 옹기종기 누워 있는 땅으로

11월 14일

좋아, 이걸로 된 거야. (딕의 소식을 들은 후) 처음으로 나는 주저앉아 울어버렸고, 이야기를 했고, 또 울다가 또 얘기를 했다. 가면이 쭈글쭈글 구겨지고, 엄청나게 저장되어 있던 유독성의 재가 내 입에서 뿜어 나오는 기분이 들었다. 그동안, 그 무엇보다, 누군가에게 말해버리고, 이렇게 내 안에 꽉꽉 담겨 있던, 시기심에 가득 찬, 질시하는, 두려워하는 신경증적 긴장들을 발산해버릴 필요가 있었던 거다. 외국에 가지 못한 데 대한 불만, 필수적인 과학 과목을 듣지 않아도 될 기회를 놓쳐버린 데 대한 자기 질책, 그 대신 선택할 수 있었던 과목들에 대한 소망 내지 꿈들 — 올해, 작년, 재작년. 두 개의 주된 배출구인 마샤*와 딕이 제거되고 멀어지고 사라져버린 뒤 느끼는 고독감. 삶에 대한 내 창조적 태도에서 분리되어 나간 데 따른 질시, 한심하고, 유약하고, 비음 섞인, 부정적이고, 비판적이고, 발음도 분명치 않은, 서투르다 못해 기괴하기까지 한, 차마 이름을 말하지 못할 인간의 접근에 의해 더 짙어진, 공허감.

* 실비아가 대학 2학년 때 룸메이트였던 마샤 브라운Marcia Brown은 중요한 친구로, 이때쯤에는 따로 살고 있었다. (옮긴이)

그래, 좋다. 오늘 밤, 맛있는 피자와 키안티, 뜨거운 커피, 그리고 폭소로 즐거운 시간을 보낸 후, 나는 이층으로 올라가 빛이요 활력이요 마샤를 뜻하는 녹색, 흰색, 빨간색의 방으로 들어갔다. 거기서, 침대에 앉아, 마샤는 내 안의 딱딱하고 얼어붙은 혹독한 작은 핵심에 있는 단 하나의 약점, 보드라운 부분을 건드렸고, 그러자 난 울 수가 있었다. 세상에, 다 쏟아내니, 꽉 죄던 가면을 벗어던지고, 당혹감에 어쩔 줄 모르는 혼란스러운 파편들을 흘러나오게 내버려두니 정말 좋았다. 정화, 카타르시스. 나는 말을 했고, 내가 예전에 어떤 사람이었는지, 얼마나 심지 굳고, 얼마나 긍정적이고, 얼마나 풍요로운 사람이었는지 기억하기 시작했다. 작년에 마샤와 한방을 썼던 건, 내 인생에 있어 가장 생명력 넘치는 필수적 경험이었다. 정열적인 토론들, 명료하고 명확하게 표현된 논쟁들을 나는 결코 잊지 못하리라. 꽉 찬 유방을 늘어뜨리고, 두 눈을 늘어뜨리고, 입을 축 늘어뜨린 채 누워 있는 쉰 소리의 찡찡거리는 서툰 헛소리에 비하면 얼마나 황홀한 경지인가. 아, 맙소사!

나는 누워서 울었고, 다시 느낌을 찾기 시작했고, 내가 인간이고 상처받기 쉬우며 예민하다는 사실을 인정하기 시작했다. 예전에 어떠했는지, 긍정적인 창조력의 씨앗을 어떻게 갖게 되었는지 기억해내기 시작했다. 성격은 운명이다. 그러니 빌어먹을, 나는 성격을 고치려고 노력해야만 할 것 같다. 그간에는 무감각의 피정으로 물러나 있었다. 느끼지 않고, 세상이 나를 건드리지 못하게 하는 게 훨씬 더 안전했기 때문에. 하지만 내 정직한 자아는 이에 발끈 반발했고, 그러는 나를 증오했다. 갈등, 파괴적인 부정적 감정들로 병이 난 나머지, 나는 해체의 과정 속에 얼어붙어버렸고, 표현하고, 그런 감정들을 밖으로 쏟아내기를 거부했던 것이다. 그리하여 그 악감정들은 내 안에서 무섭게 번식해, 고름이 부풀어 오른 종기들처럼 커지고 모양이 흉하게 일그러졌다. 하찮은 문제들, 다른 사람의 행운에 대한 언급들, 다른 사람들의 재능의 증거를 내밀면 나는 겁에 질렸고, 공허하게 반응하며, 질투와 시기심과 증오에 맞서 싸웠다. 나 자신이 산산조각 나 썩어 부패하고, 월계관이 시들어 떨어져나가고, 과거의 내 죄와 기다 빠뜨렸던 것들이 극한의 형벌과 중요성으로 나를 치는 걸 느끼면서. 이 모든 것들, 이 모든 더러운 것들, 썩어 문드러진 진창이 내면을 갉아먹어버렸다. 소리 없이, 음험하게.

오늘 밤까지 말이다. 나를 건드리고, 나로 하여금 자존심을 버리고 울게 해주고, 마샤는 얘기를 하고 말을 들어주었고, 그러자 내 갈비뼈를 에워싸고, 내 간장을 움켜쥐고 있던 긴장감이 스르르 풀렸다. 도피주의자, 사기꾼, 나는 그랬다. 내게 맡겨진 신탁을 배신하고, 지옥이든 천당이든, 진창이든 대리석이든, 무조건 생명을 긍정하겠다는 창조의 맹서를 어긴 것이다.

틀림없이 피로와 균형 감각 결핍 때문에 나는 그렇게 미적미적 미루면서 과학 강의를 두려워했던 모양이다. 망할, 나는 강의를 따라잡고도 남을 능력이 있다. 불필요하게 세부 사항을 강조할 테고, 그 시간에 사회학이나 셰익스피어나 독일어를 수강하고 있다면 좋겠지만, 뭐, 어떠랴, 내 실수였는걸. 그리고 이제는 그 문제로 어리광부리는 짓은 그만두어야 한다. 짐을 사면해줄 어머니도 주위에 없으니, 나는 적분 따위는 찾아볼 수 없는, 목적 없는 짓거리의 마비된 자궁 속으로 후퇴하는 거다.

오늘 밤 11시 30분에 차를 타고 집에 오면서, 서릿발 선 공기를 폐 속으로 억지로 꿀꺽꿀꺽 크게 들이마시고, 까만 벌거숭이 나무들 너머 하늘의 별을 바라보며, 오리온좌에서 놀라움에 숨이 막혔다. 별을 주시한 지가 얼마나, 얼마나 오래되었던가. 이젠 더는, 별들은 싸구려 천으로 만든 질식할 것 같은 하늘의 헝겊에 뚫린 어리석고 쓸모없는 바늘구멍들이 아니다. 그게 아니라 상징들이고, 보드랍고, 신비스럽고, 견고하고, 차가운 빛의 섬들이다 — 내가 마음먹는 대로, 무엇이든 될 수 있는 존재들이다.

그리고 딕 또한 자기를 질책하고, 재적응을 하고, 성장하고자 애쓰고 있다. 그리고 내가 상상했던 것처럼, 호화롭고 에로틱한 에덴동산에 살고 있는 것도 아니다.

그리하여 나는 스스로 재활훈련을 하다 — 이번 금요일 밤에는 일찍 잠자리에 들겠다고 서약을 했으면서도 늦게까지 깨어 있었는데, 그건 잠을 자다가 놓치지 않고 이런 순간들, 분위기의 날카로운 전환, 갑작스레 방향이 바뀌는 순간을 포착하는 게 더 중요한 일이기 때문이다. 나는 세상을 어떻게 바라봐야 할지, 관점을 모조리 상실하고 말았다. 필사적인 연옥(회색 강에서 회색 보트를 타고 회색 남자와 함께, 무심한 카론*은 정열도 없이 느릿느릿 스틱스강 위에서 꾸물거리고 있었다… 그리고 성마른 아기 예수가 기차를 타고 호통을 치고 있었다…)에서 헤매고 있었다. 오렌지색 태양은 탁한 연기 뒤덮인 혹독한 하늘에 떠 있는 판판한 원반이었다. 지옥은 일요일 아침의 그랜드 센트럴 지하철역이었다. 그리고 나는 얼음 속에서, 아무것도 느끼지 못하고, 크리스털 속에서 빙빙 돌아가며, 감각도 없는 중립

* Charon, 그리스 신화에 나오는 죽은 자를 저승으로 건네준다는 뱃사공이다.

적이고 수동적인 진공 상태 속에서 화상을 입어 타오르고 있었다.

내일은 과학 과목을 끝내고 새로 창조적인 글쓰기를 시작하려 한다. 내 생각에는, 유약하고 빳빳한 긴장감에 젖은 불안한 소녀가, 제 어머니의 응석받이 애완동물 노릇을 하는 남자의 자기중심적 사랑에 희생되는 이야기가 될 것 같다. 아마, 불길 속에서 연소되는 나방의 비유, 상징이 쓰일 것 같다. 모르겠다, 그 비슷한 것. 천천히 시작하려 한다. 높은 탑을 다시 쌓으려면 잠을 자야만 하니까. 일하고, 또 더 잠을 자고. 기억하라, "사람들은 여전히 집 안에 산다." 상당히 아름다운, 그 말, '말단의terminal'. 그리고 올여름에 읽어야 할 그 많은 책들에 대한 생각. 운명, 등장인물, 숙명, 자유의지라는 개념.

너는 이제 스무 살이다. 너는 죽었지만, 죽지 않았구나. 죽은 소녀. 그리고 부활한 그녀. 아이들. 마녀들. 마술. 상징들. 판타지의 비논리성을 기억하라. 목욕탕 뒤 옷장 속의 이상한 명판, 만찬, 야수, 그리고 젤리 빈. 상기하라, 기억하라, 제발 다시는 죽지 말아라. 네 철학은 언제나 역동하는 동적 변증법이 되어야 하겠지만, 최소한 일관성 — 일관성의 핵심 — 은 유지하도록 하라. 테제는 편안한 시절, 행복한 시절이다. 안티테제는 멸절을 들고 협박한다. 진테제는 궁극의 문제 그 자체이다.

얼마나 많은 미래들이 — (얼마나 다양한 죽음들을 내가 죽어낼 수 있을까?) 어떻게 나는 아이일까? 어른일까? 여자일까? 내 두려움, 내 사랑들, 내 욕망들 — 막연하고, 불투명하고. 그렇지만, 그래도 생각하라, 생각하라, 생각하라 — 그리고 오늘 밤의 이 기분, 그간 죽고, 얼어붙고, 완전히 사라졌던 창조적이고 맹목적인 통합적 낙관주의의 성스럽고 기적적인 부활을 간직하라.

사랑하고, 사랑받는 것. 한 사람에 의해, 인류에 의해. 나는 사랑이, 제단 위에서의 희생이 두렵다. 생각하고, 성장하고, 앞으로 돌진하고, 아, 제발, 제발, 두려움 없이 초연하고자 한다. 오늘 밤, 자정이 가까운 시각에 자전거를 타고 혼잣말을 하며 집으로 오는 길에, 함정을, 시간을 인식하게 되었고 그 덕분에 무덤 입구를 막고 있던 무기력이란 바윗돌이 치워졌다.

내일 나는 새벽을 저주하리라, 하지만 또다시 때이른 밤들은 찾아올 테고, 새벽은 더는 경계 경보와 적나라한 종소리와 사이렌 소리 속에 퍼져 있는 지옥이 아닌 게 되리라. 이제 사랑이, 믿음이, 긍정이 내 안에 태아처럼 잉태되었다. 수태는 한동안 생산을 하겠지만, 이런 다산성도 시간이 가면 사라지겠지.

안녕, 잘 자기를, 오, 커다랗고 착한 일기장아.

11월 18일 화요일

너는 스스로의 한계에 못 박혀 있어. 네 맹목적 선택들은 바꿀 수 없는 거야. 이제 돌이킬 수 없어. 네게는 기회가 있었는데. 기회를 붙잡지 않았어. 너는 원죄 속에서 허우적대고 있는 거야. 바로 네 한계 말이야. 심지어 시골에서 산책을 해야겠다는 결정조차 내리지 못하잖아. 그게 하루 종일 네 방에 죄수처럼 처박혀 있는 일에서 도피하는 건지, 기분을 전환하는 치유책인지도 잘 몰라. 생활의 기쁨을 모조리 잃어버렸어. 저 앞에 놓여 있는 건 줄지어 늘어선 커다랗고 막다른 골목들뿐이야. 너는 절반쯤 고의적으로, 절반쯤은 절망감에 차, 창조적 삶을 붙잡고 있던 손을 놓아버렸어. 그리고 중성의 기계가 되어가고 있는 거야. 너는 사랑을 못해. 한때는 사랑하기 시작하는 법을 알고 있었건만. 생각하는 것마다 악마야, 지옥이야 — 수많은 일들을 다시 할 수만 있다면, 아, 얼마나 다르게 할까! 너는 집에 가고 싶어, 자궁으로 돌아가고 싶어. 세상이 네 면전에서 문을 쾅쾅 닫아버리는걸, 아무 느낌 없이, 입맛 쓰디쓴 느낌으로 바라만 보고 있잖아. 한때 알고 있던, 오, 한때는 알고 있던, 기뻐하고 웃고 닫힌 문을 여는 비결을 까맣게 잊어버리고 말았어.

1953년 1월 10일

저 추한 데드마스크를 똑똑히 보고 절대 잊지 말라. 이건 죽은 천사처럼, 이미 죽어버린 메마른 독을 뒤에 숨기고 있는 석회 마스크이다. 이건 지난 가을의 내 모습이고, 다시는 그렇게 되고 싶지 않은 모습이다. 뾰로통하게 내밀고 있는 불만스러운 입, 멍하고 지루하고 무감각하고 표정 없는 눈, 내면의 더러운 부패를 드러내는 증후들. 내가 보낸 솔직한 편지에 대한 답장으로, 에디가 이 끔찍한 문제들의 근원을 캐내기 위해서는 정신과 치료를 받는 게 좋겠다고 했다. 이제, 나는 미소를 지으며 생각한다. '우리는 전부, 우리가 정신과 의사가 필요할 정도로 대단한 존재라고 생각하는군. 하지만 우리에게 필요한 건 잠, 건설적인 태도, 그리고 약간의 행운뿐이야'라고. 그래서 도저히 믿을 수 없을 정도지만, 지난번 내가 일기장에 쓴 이후로 많은 일들이 일어났다.

추수감사절에 나는 만나고, 만나고, 또 만나고 싶은 한 남자를 만났다.* 나는 이곳 기숙사 댄스 파티에서 그와 사흘을 함께 보냈다.

일주일 동안은 축농증을 앓았다. 딕을 만났고, 그와 함께 사라낙에 가서 스키를 타다가 다리를 부러뜨렸다. 나는 그와는 절대 함께 살 수 없다고 다시금 결심했다.

이제 학기 중간이 다가온다. 시험공부도 해야 하고 논문도 써야 한다. 눈도 쌓여 있고 얼음도 얼었는데 지옥 같은 두 달 동안 부러진 다리를 질질 끌고 다녀야 한다.

딕과 나는 항상 '경쟁'을 할 뿐, 결코 협조할 수 없는 운명이다. 우리의 격렬한 시기심을 강화하는 자질들이 과연 뭔지 설명할 수는 없지만, 그는 자신의 정력적인 지배(예를 들어, 그의 글들을 읽어보면, 여자들은 인격이란 게 전혀 없고 그저 그가 자신의 능란한 성적 기교를 과시해 보이는 섹스 기계에 불과하다. 그는 콧수염을 길렀는데, 내가 싫다고 해서 수염을 깎아버린다면 그건 나약함과 굴욕의 증표라고 말했다) 그리고 우리가 함께했던 시간들의 관계를 생각해보면, 이제는 내가, 소위 그이의 수준에 맞는 체육 능력이라든가, 기타의 조건에 맞추고 싶어 필사적으로 노력했던 꾸준한 패턴이 눈앞에 떠오른다. 나는 늘 자전거를 타고 헐떡거리며 그의 뒤를 쫓아가곤 했다. 또 한 가지, 그와 함께 있을 때면, 그이가 항상 나를 이끌며 성적 유희의 페이스를 이끌곤 했지만, 나는 한 번도 스스로 '여성적feminine'이라는 느낌을 가질 수 없었다. (즉 말하자면, 어떤 육체적인 연약함의 느낌 말이다 — 남자가 힘들이지 않고 자기 여자를 훌쩍 들어 안고 갈 수 있다든가) 하긴

* 실비아의 삶에 나타난 새로운 남자는 마이런 러츠였다. 예일대 의예과 학생이자 마이너리그 야구 선수이기도 했다. 그는 플라스가 예상하는 남편감 체크리스트의 항목들 중 상당수에 들어맞는 것처럼 보였다. 처음에는 열렬하게 시작했지만, 이 관계는 사실 진지한 로맨스가 아니었고, 결국 나중에는 좋은 친구 사이가 되었다. (옮긴이)

유혹적인 여자라는 느낌은 들었지만, 늘 뒷굽이 없는 단화를 신고 있었다. 덩치가 그와 거의 비슷하다는 생각에 늘 마음이 쓰였다. 그냥 여자가 될 거라면, 뭐 그래도 좋겠다. 하지만 나는 여성성을 극단까지 체험하고 싶다. 두 달 만에 그를 만났는데, 더는 마음속에서 불타오르는 불길이 느껴지지 않았다. 특별히 그의 손길을 원하지도 않았다. 일단 그는 내게 키스를 절대 못하기 때문에, 어쩐지 (순전히 정신적인 이미지지만) 그의 입에선 독한 결핵균이 득실거리는 것만 같고 따라서, 더러운 느낌이 든다. 그래서 나는 육체적으로 거리를 유지하는 것이다. 또한 그에 대해 어떤 감정도 느껴지질 않는다. 우리 사이에 존재했던 열정적이고, 불안하고, 긴장되고, 성적인 굶주림은 사라지고 없다. 나는 그를 사랑하지 않는다. 한 번도 사랑했던 적이 없다. 이 사실에 대해 미망에 빠졌던 적은 없는 것 같다. 그 아름다운 1학년 때의 봄만 제외하면. 그때는 내가 그를 육체적, 도덕적, 정신적으로 황금의 신처럼 신격화했지. 이번에도 역시 최초의 끌림을 나이브한 이상주의 탓으로 돌리는구나. 그리고 이제, 나는 이 새로운 남자를 알게 될 잠재적 가능성에 새로운 열의를 느낀다. 다른, 더 분별 있고, 합리적이고, 현실적인 열의. 냉소적이지 않고, 창조적인 열의. 나는 당장이라도 그를 인간적이고 오류를 저지를 수 있는 결함 있는 존재로 받아들일 준비가 되어 있다.

1월 12일

또다시, 나는 어쩔 수 없이 자기 한계의 감옥 속에 갇힌 개인에 대해 곰곰 생각하지 않을 수가 없다. 이렇게 계속해서 작은 행동반경 — 주로 내 방에 갇혀 있는 신세가 되니, 그 어느 때보다도 이 기숙사의 여자아이들을 하나도 모른다는 사실이 실감 난다. 오, 나는 그들의 겉모습만을 보고 간간이 다른 사람들 이야기를 수다 떨며 친(한 척)하게 굴지만, 여전히, 그 아이들 중 하나도 정말로 아는 사람이 없다. 어떤 생각으로 행동을 하고, 무슨 동기로 움직이는지 그런 것도. 우리 과의 여자친구들과는 최대한 거리를 유지하고 있다. 가깝게 지내고 싶다는 생각이 드는 소수의 여자아이들은 깨기 힘든 습관 때문에 내게 절대 말을 걸지 않는다.

또 한 번 내 진짜 모습을 드러내어 쾌활하고, 명랑하고, 친절한 사람이 되어야겠다. 그러면 어떤 기적이라도 일어나서, 기숙사 친구들과 더 가까운 느낌이 들게 될지도 모른다. 나는 내 한계와 소외라는 구체적 상징으로 덧씌워진 갑갑한 깁스에 강박적으로 집착하고 있다. 자기 의지대로 타인과 소통하지 못하고, 항상 자기가 소외되고 따돌림받는다고 여기는 사람에 대한 상징적 우화를 한 편 쓰고 싶다. 필사적으로 어떤 그룹의 일원이 되고자 노력하며, 그녀는 스키를 타다가 자기 다리를 부러뜨렸고, 다리가 제대로 낫지 않을지도 모른다는 우울한 두려움에 시달리고 있다. 깁스를 벗겨내자 다리는 쭈글쭈글 시들어 있었고, 그녀는 쪼그라들어 먼지나 뭐, 그런 걸로 변해버린다.

아무튼, 나는 이 첫 학기를 내 인생 최악의 시기로 정하고 넘어가려 한다. 학문적으로, 사회적으로, 영적으로도.

최악의 시기는 지났다. 이제는 안다. 일련의 사건과 태도의 변화라는 기적이 일어나서, 올해를 통틀어 이 순간 가장 행복하고 기쁨에 들떠 있다. (기숙사 댄스파티가 있던 주말의 진정한 황홀경만 빼고) 다시금 나는 태도가 얼마나 모든 걸 좌지우지하는가 읊을 수밖에 없다. 새벽에 그 자체로 즐기던 맹목적이고 중립적인 낙엽이, 정신적인 요술에 걸려 어떻게 무한히 풍요롭고 뭐라 말할 수 없이 낯선 현상으로 변화하는지. 사지가 잘린 소리의 파편들이 돌연 음악이라는 일체로 한데 모이는지. 그리고 어째서 이렇게 갑작스러운 황홀경에 빠져 기분이 둥둥 뜨는 건지? 어제처럼 행복했던 적이 예전에는 없었다. 그러니 한 가지 사건이 상승세를 부추긴 건 아닌 것 같다. 분명 그 과정을 촉진하는 긍정적 촉매로 작용하긴 했지만. 먼저 이런 분위기 전환이 어떻게 시작된 건지 말해야겠다. 지난번 일기를 썼을 때는, "불빛들이 희미한 '어쩌면'들 속에서 빛을 내고 있었다." 이제 그 '어쩌면'들 중 몇 가지가 현실로 나타난 것이다. 내가 노력한 모든 분야에서, 텅 비고 황량한 나 자신의 단칸방들, 학문적, 사회적, 예술적, 대인관계상의(그리고 기타 등등 하위 분야들을 끝없이 열거할 수 있다) 좁은 내 영역에서, 상승세가, 전환이, 창조적인 생명의 싹틈이 다시금 일어나고 있다. 겨울의 동지를 지났고, 죽어가던 생명과 다산성의 신이 다시 태어났다. 사실, 내 개인적인 계절은 올해 봄의 춘분점을 두 달이나 빨리 맞고 있다!

그러니 그게 발단이다. 내가 겪은 역겹고 적나라한 지옥의 일부를 여기 적어두어서 기쁘다. 그렇지 않았다면, 지금의 이런 우월한 고지에서 과거의 지옥을 도저히 믿을 수 없었을 테니까.

기나긴 오후가 되면 내내 침대로 후퇴해 들어가, 블라인드를 내리고 빛을 차단한 후, 얇고 탄성적인 퀼트 이불 밑에서 따뜻하고 부드럽고 섹슈얼한 기분으로 누워 그이*를 꿈꾸고 그이에게 말을

* 마이런 러츠를 가리킨다.

거는 버릇에 푹 빠졌다. 물론, 대부분의 시간은 공부도 잘하고 또 열심히 한다. 아마 나는 성적 욕구의 절정에 달해 있는지도 모른다. 그리고 이 질식할 듯한 정열을 이상하게 생각하지 말아야 할 것 같다. 그러니 뭐 어떤가? 왜냐하면, 이 바보, 네가 마음속으로 그를 변화시켜 정신적, 육체적으로 너를 욕망하는 강인하고 출중한 남자로 만들어버리고 있다는 걸, 그는 모르고 있으니까. 자기가 네 마음속에서 어떤 역할을 하고 있는지 앞으로도 그는 전혀 모를 테니, 실제로 그런 역할을 해주리라 예상할 수는 없는 거다. 그러니 실망하지 않도록 마음을 잡아야 한다. 기억해, 너는 '사랑'이 세상에서 가장 복잡하고 미묘한 단어라고 여기지. 그리고 그 다중의 의미 속에는 서로 약점을 공유하는 데서 오는 상처받기 쉬운 노출이라는 뜻도 있어. 모든 일에는 때가 있는 법이야. 그리고 너는 아직 익지도 않은 파란 사과를 편애하는 태도를 경계해야 해. 달콤하고 새콤하고 햇것에, 철이 덜 든 맛이 좋을지는 몰라도, 지금쯤은 너도 추수의 계절이 올 때까지 기다리는 법을 배울 때가 되지 않았니. 제발, 천천히, 천천히 가자. 그는 네 황홀경을 돌리는 엔진이 아니야. 적어도, 아직까지는.

미미한 기쁨들에 대해 말하자면, 이 일기는 내가 증오하는 여성적 수다와 되도록이면 피하고 싶은 위장된 냉소주의 사이를 오락가락하고 있는 것 같다. 하지만, 적어도 나는 정직하고자 애쓴다. 그리고 폭로되는 진실은 추악하게 비위가 상할 때도 많다. 나는 너무나 적나라하고도 필사적으로 사랑받기를 원하고, 사랑할 수 있기를 원한다. 나는 아직도 너무나 나이브하다. 좋아하고 싫어하는 것들은 상당히 분명하게 알고 있다. 하지만 아, 제발, 내가 누구냐고 묻지는 말아달라. '열정적이고, 파편적인 여자아이' 정도일까? 미미한 기쁨들에 대해 말하자면, 전에 말했던 것처럼 혹시 코를 후빌 때마다 느끼는 육감적 희열을 알고 있는지? 나는 어릴 때부터 항상 코 파는 것이 좋았다. 미묘하게 변화하는 느낌의 겹이 너무도 많으니까. 섬세하고, 손톱이 뾰족한 새끼손가락은 콧구멍 속에 낀 마른 코딱지와 말라 부스러져가는 점액들을 밖으로 꺼내 그것들이 손가락 사이로 우수수 바스리지거나, 미세한 부스러기가 되어 마룻바닥 위로 휙 날아가는 모습을 두 눈으로 똑똑히 볼 수 있게 해준다. 아니면 좀 더 육중하고 결연한 집게손가락으로 더 깊이 파서 손가락에 부드럽고, 탄력 있고, 잘 휘어지는 초록 섞인 노란색의 자그마한 점액 덩어리를 묻혀, 엄지와 검지로 동그란 젤리처럼 뭉쳐서는, 탁자나 의자 밑바닥에 짓눌러서 붙이고 유기적인 고체로 말라붙도록 만들 수도 있다. 어릴 때부터 지금까지 내가 이렇듯 은밀히 더럽힌 의자와 탁자가 몇 개나 될까? 가끔씩 코딱지에 피가 섞여 나올 때도 있다. 마른 갈색 딱지일 수도 있고, 코 점막을 지나치게 격하게 파낸 결과 손가락에 묻어나는 밝고 갑작스러운 선홍색의 젖은 선혈일 수도 있다. 기막힌 성적 만족감 아닌가! 낡고 오래된 습관을 새롭고 예기치 못한 눈빛으로 바라보는 일은 참으로 흥미진진하기 짝이 없다. 별안간 호사스럽고 독성이 강한 '코딱지처럼 푸르죽죽한 바다'를 보고 인식의 충격으로 전율한다는 것은 얼마나 매혹적인가!

오늘 아침에도 보통 때와 마찬가지로 커다랗고 가볍고 탱탱한 깃털 이불을 덮고 침대에 누워 있다가, 여기서 잘못 선택한 강의들이 얼마나 많은지 생각하고 갑자기 걱정을 하기 시작했다……. 이런, 속이 울렁거리는 느낌에 욕지기까지 일었다. 삶은 오직 한 번뿐이거니와, 너무나 매정하게 기회를 딱 한 번만 주고 만다! 잘 정리하고 시간을 맞추어서 기회가 문을 두들기면 문고리를 잡고 그 자리에 기다리고 서 있어야 하는 것이다. 지금 내가 알고 있는 걸 그때 알았더라면(즉, 대학원에 가고 싶다는 사실 말이다), 그렇게 영어와 예술을 집중적으로 듣지는 않았을 텐데. 코프카*의 말이 옳았다. 대학은 전문 분야를 연구하고자 하는 학자에게 어울리는 곳이 아니다. 그건 대학원의 몫이다. 그리고 지금 와서 나는 대학원에서 영문학을 공부하고 싶지가 않다. 여기서 우등 연구생 프로그램으로 영문학을 전공했으니, 앞으로도 혼자서 계속 연구할 수 있다. 대학원에 가지 못하는 학생이 소규모로 대학원 과정을 체험하고 싶다면, 우등 연구생 프로그램도 좋다. 하지만 이제 나는 철학이나 심리학 쪽으로 진학하고 싶어져버렸다! 글은 부업으로 쓰고. (이 여자는 말은 야심만만하게 한다) 하지만 글을 쓰기 위해서는 삶을 살아야 할 게 아닌가, 안 그런가? 그렇다면 직장에 취직을 해야 하나? 출판사나 공장이나 사무실에? 아무튼, 삶을 지적으로 육감적으로 '관찰'할 수 있어야만 한다. 그리고 생활에서의 체험이란 건 '머리만 좋으면' 양식과 거처가 당연히 제공되는 대학원의 이상화된 학문적 환경 속에서는 절대 얻을 수 없다! 대학원만 따져보자면, 가장 이상적인 곳은 존스홉킨스대학이라고 생각된다. 영문학이나 작문을 심도 깊게 연구하면서도 초보 언어학과 심리학 강좌를 들을 수 있으니까. 그럴 만한 다른 대학은 하나도 모른다……. 방학 때는 물론 여행을 할 수 있을 테고, 상당

* Kurt Koffka, 형태심리학자다.

한 독립심을 기를 수 있으리라. 글쎄, 누가 알랴? 지금으로서는 전부 너무나 불확실하다. 고려할 만한 다른 대학들은 래드클리프(집 근처이고, 하버드지만, 프로그램의 유연성은 존스홉킨스에 비할 바가 못 된다)와 콜럼비아(뉴욕, 뉴헤이븐, 그리고 자유로운 문화, 물론 남자들이 주위에 있어서 연극 같은 데 데려가줄 때의 이야기지만)이다. 서부로 가고 싶은 생각은 전혀 없다. 중서부도 싫다. 그러느니 차라리 '아예 멀리 날아가버려' 영국과 유럽으로 가는 편이 낫겠다 — 아니면 교육의 질만큼은 그 어느 곳도 상대가 되지 않는 동부에 머물든지. 사실, 나는 생활인으로서 삶을 시작하기 전에, 최소한 일 년 정도는 더 교육을 받고 싶은 마음이 간절하다. 일단 학교의 삶과 인연을 끊어버리면, 다시 돌아오기는 — 장학금을 받고 돌아오기는 — 어려울 테니까…….

고등교육을 책임 회피로 이용하고 싶지는 않다. 하지만 전장에 풍덩 몸을 던지기 전에 훨씬 더 깨인 의식을 가져야만 한다는 생각이 든다. 올여름에는 심리학과 철학, 영문학 분야에서 산더미처럼 쌓은 책들을 읽어치워야만 한다. 내게는 어마어마하게 쌓인 도서 목록이 있다. 어째서, 아, 어째서, 캠프며 사교로 보낸 그 숱한 여름 동안, 소녀들을 위한 소설들 대신 좀 더 오랫동안 남을 만한 책들을 읽지 않았던 걸까? 하지만, 농부들이나 기독교 과학자들과 어울리는 법을 배우는 건, 최소한, 칸트의 지상 명령에 대해 배우는 것만큼 중요하겠지. 그래도, 어쨌든, 나는 또한 추가로 지상 명령 또한 알고 있기를 원한다는 말이다!

이제 나 자신과 이 문제를 탁 터놓고 상의하고 나니, 과거가 그렇게 흉측해 보이지도 않고, 미래가 그렇게 암울해 보이지도 않는다. 나의 메리 벤추라(방황할 수 있는 자유는, 웬만한 번쩍거리는 갑부들보다는 훨씬 많이 가지고 있다!)보다는 얼마나 많은 희망을 지니고 있는가. 철학적 태도, 술을 마시고 삶을 끝까지 밀어붙여 살아볼 것. 제발 나로 하여금 사고를 멈추고 맹목적으로 겁에 질려 순응하는 일을 시작하지 않도록 하소서! 날마다 맛을 보고 영광을 만끽하고 싶다. 그리고 고통을 겪는 일을 결코 두려워하지 않으면 좋겠다. 아무 느낌도 없는 마비된 핵 속에 자신을 가두어두거나, 삶에 대해 회의를 품고 비판하는 태도를 버리고 수월한 탈출구를 찾아가는 일이 없으면 좋겠다. 배우고 사유하고, 사유하고 살고, 살고 배우고. 항상 이렇게. 새로운 통찰과, 새로운 이해와, 새로운 사랑으로.

a.m. 11시

여전히 계속이다. 과학은 무시하고, 우편물이 오나 창문 밖만 쳐다보고 있다. 오늘 아침에도 역시 침대에서, 고요하고, 정체되고, 고약하게 부패하고, 힘세고 풍요로운, 내 잠재의식의 바다 밑바닥을 훑기 시작했다. 내 어린 시절의 복잡한 모자이크를 하나로 맞추는 일을 하고 싶다. 모호하고 형체 없이 끓어오르는 기억에서 감정과 경험 들을 포착해 타이프라이터에 흑백으로 토해놓도록. 내 습작 〈앨리스 덴웨이의 두 신神들*The Two Gods of Alice Denway*〉처럼.

'맞은편 집에 사는 플로렌스'를 기억하는가? 오렌지색 일본 등燈을 정원에 걸어두곤 하던 그 아이를? 그 등들은 손가락으로 쥐면 메마르게 바삭거리는 소리를 내며 구겨지곤 했지. 화장실 문을 얼마나 열심히 잠그곤 했는지 기억나는가? (그러지 말라고 어른들은 말했지. 화장실 문이 꿈쩍도 않고 열리지 않으면, 소방관이 창문으로 들어와서 붙잡아간다면서) 그리고 마룻바닥에서 손거울을 발견하고는 그 발견에 매료되어 쭈그리고 앉아 정화되는? 아, 이런, 모든 일들을 기억하기 시작하라. 하나같이 하찮고 작은 이야기들!

오든*의 난해한 서정성이 내 귀의 반고리관을 울리다 못해, 이제는 마치 눈雪처럼 보이기 시작한다. 보수적이며 모든 것을 잊게 만드는 반가운 잿빛의 눈. (장식적인 완곡어법을 줄줄이 늘어놓자면) 희망 없고 메마른 이 세상의 온갖 시커멓고, 황막하고, 앙상하고, 천상과 거리가 먼 역겨운 추악함을 매끈하게 덮어준다는 점에서. 메마른 꽃송이, 내려앉은 석조 건물들, 똑바로 걸어다니던 인간들이 죽어 넘어지더니, 전부 전부 전부 눈을 호리는 하얗고 거대한 파도 속으로 사라져간다. 그리고 얼마 후 탈바꿈한 모습으로 다시 일어선다. 감각 없고 말없는 눈으로 온통 하얗게 칠해진 크리스털 격자 창문에 몸을 던져 스스로를 잊었다가는, 한 번도 가진 적 없는 새하얀 처녀막을 지니고 순결해진 모습으로 나오는 것. 그 추위의 노래에 대한 인유라니……. "겨울이 오면 봄이 멀지 않으……"** 우리는 9월보다 봄에 더 가까이 다가섰다. 그리고 새 한 마리가 십이월, 일월, 이삼월, 사오월, 살구월apricots, 어둠이 깔린 나뭇가지 아래에서 지저귀는 소리가 들린다. 그리고 그대, 더구나 항상 추가로 불가피하게 영원히 '그대'가 있어야 한다. 그렇지 않다면 '나'도 있을 수 없는데, '나'란 다른 사람들이 존재로서 나를 해석하는 바 그 자체이고

* W. H. Auden, 20세기 영국 시인이다.

** 영국 시인 셸리의 〈서풍의 노래*Ode to West Wind*〉에 대해 언급하고 있다.

다른 사람들이 없다면 아무것도 아니기 때문이다. (속담에 나오는 숲에서처럼 낡은 톱으로 켜서 마침내 쓰러져버리는 난도질당한 진부한 나무의 소리처럼.)

여기서 플라스는 마이런 러츠와의 관계를 냉정하게 바라보고 있다.

힘. 그 남자가 내게 줄 수 있는 건 바로 이거다. 나는 유치한 사람이고 가끔씩은 약점을 보이기도 하지만, 그러면서도 강하다. 하지만 그러면서도 나는 강인하고, 개별적이며, 사유하는 존재다. 내게는 강한 짝이 필요하다. 봅에게 그럴 뻔했던 것처럼, 도로를 포장하는 증기 롤러처럼 우발적으로 남자를 깔아뭉개 굴복시키고 싶지는 않다. 절대로. 진동을 일으키는 역동적인 나의 자아에 맞설 수 있는, 강하고 잠재적인 권력을 지닌 짝을 찾아야만 한다. 성적이고 지적이면서, 동지로서 숭모할 수 있는 사람. 존경과 숭모의 마음은 내 사랑을 받을 대상과 일치해야만 한다(여기서 나머지 아버지나 신 같은 자질들이 끼어든다). 주로 어머니 노릇을 하고 싶지는 않다. 내 사랑은 연민에 젖어 따돌림당하는 탕아를 용서하는 사랑이 될 수는 없다. 젊고 핸섬한 강아지와 외출 중일 테니. 정신적으로, 그는 온갖 실용적 목적에 부합하는 사진 같은 기억력을 지니고 있다. 속속들이 과학적이면서도 — 훌륭한 균형이다 — 가장 이상적인 시를 알아볼 줄 알고 이해한다 — 그리고 문학적 아름다움에 대해서도 특이할 정도로 예민하다. (나는 작가나 예술가와는 도저히 결혼할 수 없겠다는 결론을 내렸다 — 고든* 이후로는 자존심의 충돌이라는 게 얼마나 위험한지 알게 되었으니까. 특히 원고 수락을 줄줄이 받는 쪽이 아내라면!) 그리하여 여기서 우리는 창조적 예술의 가치를 알아주는 과학자를 만난 거다. 근사하군. 이렇게 경쟁심이 없고 호의적인 틀 속에서라면, 내 글쓰기는 일단 진전되면 아주 잘 풀려나갈 텐데. 그 반대로, 그를 위해서라면 내가, 살림이라든가 음식으로 그의 입맛을 만족시키는 일을 즐겁게 할 수 있을 것 같기도 하다. 그러면서 동시에 생명력으로 봉사하는 일을 멈추지 않고 — 육체적으로 정신적으로 자극을 주며 지탱하며.

2월 18일

"아, 자동차를 타고 어딘가 산맥 속으로 이끌려 들어가서 음산한 바람 소리가 울리는 언덕 위의 오두막으로 안내되어 동굴의 원시인 여자처럼 거대한 욕정 속에 강간을 당하고 싶어. 싸우며, 고래고래 고함을 치며, 맹렬한 절정감의 황홀감에 이를 깨물면서……." 이거 참 근사하게 들리지 않니? 정말이지 섬세하고도 여성적이잖아……. 어때, 열정적인 사람들은 잠재의식에서 육체적 장애를 성적 권력에 대한 공격으로 간주한다고 생각해? 지난 한 달 동안 백일몽에 병적으로 집착하고 있는 나 자신이 왜 이런지 궁금하다.

2월 20일

오늘은 하루 종일 예이츠에 대한 비평서들을 읽다. 침대에서 식사. 훌륭한 옥수수로 진하게 만든 수프와 마요네즈와 분홍빛의 육

* 고든 러마이어Gordon Lameyer, 시인으로 실비아의 남자 친구다. (옮긴이)

즙 풍부하도록 얇게 썬 고기 조각, 네 조각으로 자른 달걀 완숙, 찬란한 노란색의 분가루 같은 노른자를 감싸 안은, 고무처럼 매끈한 하얀 초승달 모양의 달걀 조각들이 풍성하게 든 참치 샐러드. 차갑게 오랫동안 꿀꺽거리며 삼킨 우유, 생강빵에서 느껴지는 맛깔스러운 갈색 탄력 — 그리고 오늘 밤엔, 따뜻하게 끈적거리는 치즈에 버무린 마카로니, 푸슬푸슬한 알갱이가 혀끝에 기분 좋게 느껴지는 녹색의 리마콩들, 그리고 달콤한 시럽처럼 으깨진 복숭아 조각들. 왠지 계속 갈증이 느껴지고, 다리의 느낌이 희한하다. 어제는 크리스만 선생님이 깁스를 잘라 다리를 꺼내느라 봉인된 관을 열어젖히는 무덤 파는 사람처럼 하얀 석고 뚜껑을 열었다. 내 다리의 시체가 거기 누워 있었다. 끔찍한 모습, 여기저기 곱슬거리며 엉겨 붙은 검은 털, 색 바랜 노란색, 두 달의 매장 기간으로 형체도 없이 소모되어버린 다리. 나는 아주 춥고 벌거벗고 무방비로 노출된 느낌이 들었는데, 엑스레이 촬영 결과에 따르면 '아직 완전히 낫지 않았다'는 것이었다. 병동에서 월풀 목욕을 했더니, 피부가 하얗게 일어 쓰라린 껍데기가 벗겨져 떨어졌다. 추한 몰골에 이를 갈며 집에 와서 면도날로 긁어냈다. 내 것으로 인정하고 싶지 않았다. 계단에서 넘어질 뻔하다. 다리를 헛디뎌서. 찌르는 듯한 날카로운 통증을 느꼈다. 아직 완전히 낫지 않았다니. 그 말은, 앞으로도 한 달쯤 더 이 다리로 걷지 못한다는 얘기일까? 아니면 불쌍하게 고아가 되어버린 이 절반의 시체를 또 한 번 깁스 속에 파묻어버려야 하는 건가? 오늘은 그 다리로 걸어보았다. 천재지변이 일어나진 않았고, 마룻바닥에 넘어지지도 않았다. 이상하군. 잠정적 휴지기와 재활 회복기는 최악이다. 또 무기한이라는 것도. 강의들을 빠지고, 마이런의 전화를 받고, (갑자기 전화로 그와 이야기하게 되면 목소리도 감각들도 나를 버리고 떠나버린다.) 차는 어쩌면 내일은 오지 않을 테고, 탑들은 또 무너지고 석공의 기교는 뒤집히겠지?* 숨 쉴 공기가 모자라는 것처럼 갑갑한 느낌이다. 뜨겁고 불편하고. 두 달 동안 운동을 하지 못했더니, 정신적, 육체적으로 약해지고 굼떠졌다. 여기서 도서관까지 잠깐 걸어가는 사이에, 나는 차갑고 맑은 밤공기와 선명하고 믿을 수 없을 정도로 섬세한 초승달 빛을 탐욕스럽게 경배하며 들이마셨다. 요즘의 나날들은 온실의 나른함과, 신비주의적이고 통렬한 육감적 인용문들을 기괴하게 모아놓은 수집품 같다. ("새하얗도다 그대의 손, 새빨갛도다 그대의 입술, 산해진미로구나, 그대의 몸은… white thy fambles, red thy gan, and thy quarrons dainty is…"** 절반쯤 희미하게 뜻을 이해할 수 있는 어둡고 유동적인 언어들의 사랑스러움이란.)

오늘과 어제는 처음으로 빌라넬***을 썼다. 시간의 흐름에 대한 또 다른 관점. 휘발성의 육체적 아름다움과 영원한 시간의 흐름이 대비된 영원한 역설을 대비하고자 했다 — 몇 가지 말장난들. 'plot'(교활하다는 뜻도 있지만 진행, 추이라는 뜻도 있다)과 'schemes'(태반이라는 뜻뿐만 아니라 패턴이라는 뜻도 있다). 그동안 내가 빙빙 둘러 말하려고 했던 것은, 드라이든의 루크레티우스 번역과 관련해 나의 뇌리를 스친 어떤 생각을, 예이츠의 시집에서 인용하고 싶다는 말이다.

* 예이츠의 시 〈라피스 러줄라이〉에 대한 인용이다.

** 이 구절은 제임스 조이스의 〈율리시스〉에 나오는 것으로 이 또한 〈산책하는 여인을 찬미하는 건달의 기쁨*A Rogue's Delight in Praise of His Strolling Mort*〉이라는 17세기 시에서 인용한 부분이다. 고어가 대부분이라 현대 영어를 쓰는 사람들은 이해하기 힘들다.

*** 19행 2운체의 시형이다.

"성교의 비극은 영혼의 영원한 처녀성이다." "성교는 영원한 이율배반을 해결하고자 하는 시도이지만, 실패할 수밖에 없다. 왜냐하면 심연의 한쪽 면에서만 이루어지기 때문이다." 스웨든보리, "천사들의 성교는 존재 전체에 활활 불이 붙는 대화재이다……."

일요일, 3월 1일

갑작스레 바로 이거다라는 열렬한 황홀감에 들떠 어제 충동적으로 구매한 새 정장의 하얀 망사 사이로 마춰된 햇살이 쏟아져 들어온다. 은빛 하이힐 구두가 다음 구매 품목인데 — 땅바닥에서 평발로 걸어 다니는 신세에서 해방된다는 상징이라 할 수 있다. 은빛 날개가 몸판에 달린 하늘하늘한 끈 없는 망사 가운. 이토록 꼭 맞는 느낌이 들다니 믿기지 않을 정도다! 올해의 졸업 파티를 2년 전의 졸업 파티와 비교하는 건 정말이지 극히 불공정한 일이 아닐 수 없다. 당시의 순진한 키스와 순결하고 천진한 통굽 구두가 함축하는 청교도주의와 이상주의의 황홀경(향후 반년간은 제대로 걷지도 못할 만큼의), 그리고 올해의 이성적이고도 절묘하게 성숙한 정신적, 육체적 수준은 도무지 비교할 성질의 것이 못 된다. 나는 그를 위해 은빛으로 아름답게 빛나고 싶다. 숲의 여신처럼. 솔직하게 말하자면, 내게 삶이란 분명 원추를 그리며, 나선으로 상승하고, 과거를 포섭하고 이해하며, 과거로 인해 살찌워지며 동시에 과거를 넘어서는 것이다!* 내가 해야 할 일은 종국적인 정체의 반복적 순환고리 속에 걸려들어 빙빙 휘둘리지 않도록 주의하는 것. 아무튼, 이렇게 복되고

* 당시 플라스가 심취해 있던 아일랜드 시인 W. B. 예이츠의 시 세계에 대한 언급이다.

밝은 환희와, 불가항력적인 황홀경을 만끽해본 것이 정말 얼마 만인지! 탄산수처럼 흥분해 부글부글 끓어오르기를 멈출 수가 없다. 내 달뜬 열정의 불꽃 속에 기포가 되어 사라져버린 작고 즐거운 주전자들이 얼마나 많았던가. 마이런, 미래의 여행, 현대시, 예이츠, 시트웰, T. S. 엘리엇, W. H. 오든, 빌라넬, 어쩌면《마드모아젤》도, 어쩌면《뉴요커》나《애틀랜틱》지도(송고된 시들은 영원토록 맹목적 희망이 용솟음치도록 만들기 마련이다. 거절이 임박했다 할지라도). 봄 : 자전거 타기, 숨쉬기, 일광욕, 선탠. 모든 것이 너무도 사랑스럽고 잠재성으로 가득하다.

4월 27일

귀를 기울이고 입을 닥쳐라, 오, 그대 보잘것없는 믿음을 지닌 자여. 1953년이라는 어느 해 어느 날 저녁, 절정에 달한 긴장감과 생리학적 충동, 정신적 잠자리들이 한데 얽혀 죽어야 할 운명의 인간인 불완전한 어느 이브에게 찾아와, 사막에서 굶으며 단식 고행을 하다가 혀끝에 하느님의 시원한 물방울들이 뚝뚝 떨어지는 걸 느끼고 녹색 천사들이 민들레의 초록색처럼 예상을 무한하게 깨뜨리고 쑥쑥 싹을 틔우며 일어서는 모습을 본 성자나 느낄 법한 황홀경에 걸맞게 맹렬하고 충만한 정의감, 세력, 그리고 결단력을 충만하게 채워주었다.

이와 관련한 요인들 : 대단한 사건이 있었다.《하퍼즈》의 러셀 라인즈가 시 세 편에 고료를 100달러를 주겠다고 한 것이다(〈최후의 심판일*Doomsday*〉, 〈가서 선한 새끼 비둘기를 잡아 오라*Go Get the Goodly Squab*〉 그리고 〈계단을 내려오는 에바에게*To Eva Descending the Stairs*〉). 무엇을 의미하는 것일까? 전업 작가로서는 첫 번째 원고 수락인 것이다. 아, 세상에, 게다가 이 모든 가능성들이라니. 내 정신과 어휘를 깨뜨려 열어젖히고, 나 자신의 틀을 탈피해 더 크고 더 넉넉한 이해의 궤도로 진입하기 위해. 폭죽들이 연달아 터지듯 일련의 사건들이 일어나고 있지만, 찬란히 빛나고 폭발하는 사실 하나하나에는 정당한 이유와 결과가 있으리라. 오늘 아침에는《스미스 리뷰》의 편집자가 되다. 캠퍼스에서 유일하게 내가 탐내던 자리. 심리학에 대해 균형을 찾다. 하버드 서머스쿨에 대한 기대 — 나무 아래에서 휴일의 식탁들을 차리고. 이번 주에는 뉴욕과 레이*(그리고 신경학과 천재성). 다음에는 뉴헤이븐과 마이크**(태양, 해변, 강하고 좋은 사랑).

오늘 밤, 다원적인, 다산성의, 봄이, 보풀처럼 금간 구름에 가려진 보드라운 달을 향해 깨끗한 초록빛, 소용돌이 무늬진 햇잎새들을, 공양하는, 밤. 그리고, 맙소사, 엘리자베스 드루의 거실에서 시를 읽는 오든의 목소리와 섬광처럼 빛나는 재기를 뿜어내는 바인드의 질문에 귀를 기울이고 있다니. 나의 플라톤이여! 그에 비하면 나는 참으로 평범한 범인이로구나! 그러자 드루(화려하면서도 절묘하게 연약하고도 지적인 엘리자베스!)가 한마디 거든다. "그거야말로 정말 난해하군요." 오든은 보기 싫게 입술을 활짝 벌리며 입술 한쪽 구석을 비틀며 웃음 짓고는, 커다란 머리를 뒤로 홱 젖힌다. 그의 까슬까슬한 모랫빛 머리카락, 거친 트위드의 갈색 웃옷, 올 굵은 삼베처럼 거친 목소리와 파삭파삭 재기에 넘치는 화술. 오만방자하고 기고

* 벨몬트 호텔에서 만난 친구다.

** 러츠를 가리킨다.

만장한 젊은 천재, 어울리지 않게 하얗고 털이 없는 두 다리의 피부, 그리고 짧고 통통한 그루터기 같은 손가락들 — 그리고 양탄자용 슬리퍼 — 오든은 맥주를 마셨고, 까만색 담뱃갑에 든 럭키 스트라이크를 피웠고, 손에다 하얀 새 담배 개비를 끼우고 손장난을 했으며, 성냥을 집어 들고는, 진중하고 냉철한 목소리로 칼리반*이 얼마나 선천적인 야만성의 투사 그 자체인가를 역설했다. 에어리얼이야말로 창조적 상상력의 화신이라고 했다. 또 두 사람의 사랑과 괴리, 예술과 삶, 거울과 바다에서 숱하게 파생되는 교묘하고도 서정적인 철학적 심오함을 논했다. 하느님, 맙소사, 저 남자의 위풍당당함이라니. 그래서 다음 주에, 나는 벌벌 떨면서도 대담하게 용기를 내어 그에게 다가가 나의 시들이 적힌 종이 묶음을 전해주겠지. 오, 하느님, 이것이 신의 눈동자와 넓은 마음을 가진 사람들과 함께 맥주와 치즈 샌드위치를 먹으며 얼핏 귀로 들어보고, 흘끗 눈으로 바라보고, 코로 냄새도 맡은 적이 있는 그 삶이라면, 나로 하여금 결코 눈멀지 않게 하소서. 학문의 고뇌에서, 이해하고자 노력하는 그 끔찍스러운 고통에서 눈감고 멀어지지 않게 하소서.

내일 우리는 동화 속의 공주나 왕자처럼 보이지만 사람의 손길이 닿으면 사마귀가 달린 두꺼비나 집게발이 달린 바퀴벌레가 되어버리는, 곁눈질로 심술궂게 노려보는 태엽 장치 카멜레온을 따라 다시 달리기 시작할 것이다. 50년의 세월이 지나도 시들지 않고 파릇파릇 튼실한 녹음으로 자라날 만한 자질, 내가 갈망하는 그런 자질을 어디서, 어디서 찾아야만 할까? 그건 정신일까? 그렇다면 레이에

* 셰익스피어의 희극 〈폭풍우*Tempest*〉에 나오는 인물이다.

게는 정신이 있다. 몸은 더 약하지만. 깡마르고, 키도 작고, 그러면 또 굽 낮은 단화 생각을 하게 된다. 평생 동안 덩치 크고 부풀었다는 느낌을 지니고, 어머니 대지처럼 등을 깔고 누워 내게 매료된 붕붕거리는 벌레들에게 강간을 당해 수천 개의 하얀 알을 자갈 웅덩이에 낳는 생각. 그리고 플로리다와 태양, 그가 속한 사회의 제약, 요란한 옷차림을 생각하게 된다. 모두, 정신 앞에서는 빛을 잃고 쭈그러들지만. 그리고 그는 어쩌면 그런 벌레 부류에 속한 여자들처럼 변덕스럽고 사랑에 찬 섬세한 나비인지도 모른다. 하지만 그는 기가 막히게 숙달된 손놀림, 머리와 혀의 움직임을 지니고 있었고, 나는 정직한 사랑이라면 번개가 딱딱 치는 마음의 존재 앞에서 결점과 괴리를 무시할 수도 있다는 앎을 놀라움 속에 깨달았다. 한때는 나도 그와 함께 살 수 있겠다고 생각한 적이 있었는데. 이런, 나는 정말 확실성과 회의 사이를 오락가락하는구나. 과거의 확신들에 대한 회의는 현재의 확신들을 비방하고 중상하며, 악의에 차 그것들도 또한 무와 공허의 영역 속으로 사라져갈 거라고 은근히 시사한다. 그리고 오늘 밤에는 시적인 남자를 보고, 갈망……. 무슨 갈망? 정복하고 싶었다고? 이야기를 걸고 싶었다고? 그 후로는 첫 번째… 아직도 "사랑을 하면서 날 죽이지 마"라는 말이 내 귓전에 울리고 있는데. 내가 조각조각 사랑하는 이 모든 남자아이들, 3년 전의 내게는 다들 훌륭했을 텐데. 하지만 지금은, 내가 제대로 알고 확신을 가질 수 있는 이는 하나도 없다. 누군가 묻는다면 이런 대답을 할 만한 사람 말이다. "좋아, 여기 그대에게 증명서를 수여하겠노라. 이는 (어쩌면) 잠재적인 소형 여성 시인이자 단편 소설 작가이며, 한때는 딜레탕트 예술가였고, 그럭저럭 건강하고 매력적인 나이 스물한 살의 스미스대학 수석

졸업 지망생이 50년의 세월을 그대 손에 넘길 것을 보장하는 증명서이다. 그 50년 세월 동안 그녀는 그대의 결점을 사랑하고, 그대의 야만성을 존경하며, 그대의 변덕에 순종하고, 그대의 애첩들을 무시하고, 그대의 자식들을 젖 먹여 키우고, 그대의 집 벽을 꽃무늬 벽지로 도배할 것이며, 그대를 그녀의 죽어가는 필멸의 신으로 숭앙하고, 진통과 산고 속에 아이들과 새로운 요리법들을 잉태하며, 그대 둘이 다 썩어서 불가피하게 죽음이라는 공감각이 찾아올 때까지 그대에게 충실하겠노라." 결혼이 화려한 도박도 찰나적 탈출구도 아니라고 끔찍하게 확신할 수 있어야만 될 텐데. 이 세 남자들* 중 평생의 예후를 타진할 수 있을 만큼 내가 잘 파악하고 있는 사람은 하나도 없다. 아주 막연한 보편적인 예상조차 할 수가 없다. 일정 기간 동안 아주 자주 접촉하면서 그 성격을 몸으로 체험하며 '살아보아야' 할 터이다……. 내가 정말 잘 알고 있는 유일한 남자는, 그와는 절대로 결혼하거나 사랑할 수 없다는 걸 너무나 잘 아는 사람이다. 오, 사랑, 점차 자라나 서로 나누게 된다면 너무나 좋을 텐데, 전혀 복잡하지 않을 텐데. 속도와 분위기, 심리학으로 점철된 이 정신없고 복잡한 시대에, 나 자신을 '파악'한다는 건 불가능한 일. 따라서 다른 누군가를 파악하는 것 역시 상대적으로 불가능한 일이다. 갑자기 그런 생각이 든다. 다른 사람은 다들 결혼해서 몹시 행복하고 나는 너무나 외롭다는 느낌. 매일 아침 맛없는 삶은 달걀을 먹으며 세상을 향해 너무나 달콤한 미소를 날려주려 빨간 입술 위에 칠을 하면서 한을 품고 있단 느낌 말이다.

* 딕 노튼, 고든 러마이어, 마이런 러츠를 가리킨다. (옮긴이)

한 가지 상징들을 꼬집어내, 훨씬 커다란 전제들을 내포한다고 와락 믿어버리는 경향도 심하다. 그는 발레를 보러 가니까, 예민하고 예술적일 거야. 그는 시를 인용하니까, 따라서 나와 닮은 영혼을 가진 사람일 거야. 그는 조이스를 읽으니까, 따라서 천재일 거야 등등.

솔직히 인정하자. 나는 개인적인 절대적 이상형으로 반신半神과 같은 남자를 원하는 위험에 처해 있다. 그리고 그런 남자가 주위에 별로 많지 않기 때문에, 무의식적으로 나 혼자 그런 남자를 만들어내려 하는 일도 많다. 그러고 나서는 뒤로 후퇴해 구체적이고 사회적으로 용인되는 보람을 얻을 수 있는 시며 문학을 즐기며 만끽한다. 나는 사실 깊이, 정말 깊이 생각하지 않는다. 나는 낭만적이고 존재하지 않는 영웅을 원한다.

5월 14일

오늘 밤엔 "달 주위를 둥글게 돌아요"에서 자리 안내를 한 후, 대뜸 혼자서 다시 집으로 향했다. 비가 막 그친 참이었다. 계단을 반쯤 올라가는데, 집 안에 들어가면 혼자가 아닐 거라는 생각이 스쳤고, 그래서 나는 몸을 돌려 젖은 도로를 따라 골목길로, 도로포장이 흠집 난 웅덩이마다 물이 고인 축축한 길을 따라 멀리 걸어가기 시작했다. 공기는 따뜻하고 말채나무 향기와 꽃향기가 배어 달콤했으며, 불빛은 색다르고 부드러웠으며, 젖은 거리들은 그 빛을 반사하고 있었다. 얼굴 없이 걸으며 다시 나 자신에게 말을 거는 기분은 참 좋았다. 너 어디로 가니, 너 누구니, 그리고 내가 그런 질문에 전혀 답을 모른다는 사실을 깨닫는 것. 너한테 말해줄 수 있는 건 내 이름

뿐, 내가 남길 유산은 아니고. 다음 주의 일정은 말해줄 수 있지만 왜 그런지 이유는 말해줄 수 없어. 여름의 계획은 말해줄 수 있지만, 나 스스로를 위해 깎아낸 목표는 말해줄 수 없어.

나는 행운아야. 내가 원해서, 또 내가 노력해서 스미스대 학생이 되었으니까. 내가 원해서 또 내가 노력했기 때문에 6월이면《마드모아젤》지의 객원 편집기자가 될 테니까. 내가 원해서 노력한 결과로《하퍼스》지에 글이 실리고 있으니까. 다행히도 노력을 통해 소망을 현실로 바꿀 수 있으니까.

하지만 지금은, 비록 내가 본질적으로 실용주의적 마키아벨리주의자라고 해도, 세 남자에게는 거리감을 느낀다. 먼저 행동부터 한 뒤 나중에 검시를 했기 때문이다. 나는 똑똑하게 생각하지 않았다. "난 이걸 원해, 그렇기 때문에 가져야만 해. 그러니 이렇게 할 거야. 따라서, 내가 원하는 걸 가지고 말 거야"라는 식. 바보 같은 계집애, 연민으로는 누구의 마음도 얻을 수 없는 법이야. 제대로 된 종류의 꿈, 맑은 정신을 지닌 어른다운 마술을 창조해야만 하는 거야. 환멸에서 태어난 환상.

어디 있는 누구든, 세상에 행복한 사람이란 게 있기나 한 건가? 아니, 꿈속에서, 혹은 손수 만들거나 다른 이가 만들어준 인공 조형물 속에 살고 있지 않다면, 세상에 행복한 사람은 없다. 한동안 나는, 샴페인이 충만한 유방에 캐비아로 만든 젖꼭지가 달린 맹목적 낙관주의의 품에 안겨 잠들어 있었다. 나는 그녀가 실재하는 진실이라고 생각했고, 참된 것은 아름답다고 생각했다. 하지만 진실은, 네 인생 전반에 걸쳐 널부러져 있는 숱한 먼지들처럼, 사방에 뒤섞여 있는 추한 것들이다. 진실이란 세상에는 안전 따위는 없다는 것이다. 흉측한 변화들, 쥐새끼들처럼 치사한 경쟁, 자살의 비충동 — 날개 달린 수레,* 자동차 경적과 모터 소리, 시계 속의 악마 — 이런 것들을 막아줄 인공구조물이란 존재하지 않는 법이란 말이다. 사랑은 훗날 전능하고 옳은 신들이 아니라 꽤나 평범한 교외의 초라한 부부라는 게 밝혀지고야 마는, 본래의 친부모 자리를 대체하고자 하는 필사적인 구조물이다. 그분들은 실패 속에서도 더듬으며 열심히 파악해보고자 하지만, 도대체 어쩌다 어떻게 네가 성장해 스물한 살 생일에 이르게 되었는지조차 이해하지 못한다.

창조적으로, 사랑을 좀 다르게 만들어준다면 사랑은 이런 게 아닐 터이다. 하지만 대부분의 사람들은 뭔가 만들어내는 일에 그리 능숙하지 않다. "아름다움은 보는 이의 눈에 있는 것." 참 위로가 되는 말 아닌가. 그런데 내가 본 아름다움들은 어째서 두 번만 쳐다보면 사라지거나 일그러져버릴까?

나는 사랑받고 싶기에 누군가 사랑하고 싶다. 토끼처럼 두려워, 불빛이 너무 무서워서 자동차 바퀴 밑으로 몸을 던지고 싶은 심정이다. 바퀴들의 맹목적이고 어두운 죽음 밑에 깔려 있으면 나는 안전하다. 아주 피곤하고, 아주 진부하고, 아주 혼란스러운 느낌이다. 오늘 밤에는 내가 누군지 모르겠다. 쓰러질 때까지 걷다가 집에 돌아가는 불가피한 궤도를 완성하지 못한다면 좋겠다. 내가 갇혀 살아온 상자들 위에, 아래에, 그리고 또 복도 저 건너편에는 치열하게 사고하고, 비슷한 느낌을 가지고, 친구처럼 함께 갈망하는 소녀들이

* 영국 시인 앤드루 마블의 〈수줍은 연인에게 *To His Coy Mistress*〉에 나오는 시간에 대한 비유다.

있다. 그런데 나는 그들과의 교제를 가꾸는 수고를 하지 않았다. 그럴 시간을 뺏기기 싫어서, 시간을 희생할 수가 없어서. 사람들은 내가 누구인지 안다, 그런데 내가 알려고 애쓰면 애쓸수록 나는 더 까맣게 이름을 잊어버린다. 나는 혼자 있고 싶지만, 한편으로는 작은 원숭이 한 마리의 물에 젖은 눈길과 뭔가 아는 듯한 미소에 형제애가 동해 엉엉 발작처럼 울어버리는 때도 있다. 나는 혼자 공부하고 혼자 사고한다. 나는 사람들과 함께 살아가고, 행동한다. 두 가지 모두를 사랑하며, 두 가지 모두 내게는 소중하다. 내가 원하는 게 무엇인지 안다면, 그가 누구인지 보면 알 수 있을 텐데.

내가 글을 쓰고 싶어 하는 이유는, 삶을 번역하고 표현하는 그 한 가지 수단에 있어 뛰어난 능력을 발휘하고 싶다는 충동 때문이다. 그저 목숨을 부지한다는, 그 어마어마한 과업으로도 도무지 성에 차질 않는 것이다. 그래, 나는 삶을 소네트와 세스티나*로 정돈하고, 60와트로 밝혀진 내 머리의 빛에 언어의 반사경을 대어야만 한다. 사랑은 환상에 불과하지만, 진심으로 믿을 수만 있다면 기꺼이 내 마음을 모두 바칠 텐데. 지금은 마치 깊은 협곡 밑바닥에 드리워진 그늘 한 점처럼 모든 것이 너무 멀고 서글프고 싸늘하게만 느껴지거나, 아니면 분홍색 층층나무처럼 뜨뜻미지근하고 가깝고 생각 없는 것처럼 보인다.

하느님, 제발 선명하고 명철하게 사고하게 해주세요. 살고, 사랑하고, 훌륭한 문장들로 멋지게 말로 표현하게 해주세요. 언젠가는 내가 누군지, 왜 더 꼬치꼬치 캐물어보지도 않고 4년 동안의 음식,

* 6행으로 된 6연과 3행의 결구를 가지는 시다.

숙박, 시험과 논문을 냉큼 받아들였는지 알게 될 날이 오도록 해주세요.

피로하고, 진부하고, 이젠 단음절만 쓰는 것도 모자라 동어반복까지 하고 있다. 내일은 죽음으로 향한 또 하나의 하루다(나는 나, 불가침의 존재이므로 죽음이 내게만은 닥쳐올 리가 없다). 오렌지 주스와 커피를 앞에 놓고 앉으면, 갓 배태된 자살이라도 눈에 띄게 환해진다.

뉴욕

《마드모아젤》의 객원 편집기자로 일하던 시절의 경험을 쓴 일기로는 다음과 같은 것들만 남아 있다. 이어지는 일기는 1953년 8월 24일 플라스가 자살을 기도하기 전까지 남아 있는 유일한 기록이다.

1953년 6월 19일

그래, 결국 신문 헤드라인들은 두 부부*가 오늘 밤 11시에 사형당하게 된다는 사실을 대문짝만 하게 다루고 있다.

그런데 나는 뱃속이 울렁거린다. 어느 사형수의 전기 처형 장면을 묘사했던 한 기자의 탐방 기사가 기억난다. 역겹도록 사실적이었다. 구경꾼들의 얼굴에 적나라하게 드러난 매혹과, 세밀한 세부묘사, 죽음에 관한 충격적인 물리적 진실들, 비명 소리, 연기. 그 가식 없고 솔직하고 감정 없는 문체가 오히려 뱃가죽을 쥐어짜는 느낌이

* 미국에서 원폭 기술을 훔쳐 소련에 팔았다는 죄목으로 기소되어 사회적으로 큰 반향을 일으켰던 로젠버그 부부를 말한다.

었다. 오히려 말하지 않은 것들 때문에.

매일 손질해야만 하는 독특한 모자를 쓰고 있던 키가 크고 고양이 같은 미녀가 회의실 긴 의자에서 잠을 자다가 몸을 일으켜 한쪽 팔꿈치를 괴더니, 하품을 하고는, 아름답고도 지루한 악의를 드러내며 말했다. "저 사람들이 죽게 돼서 정말 기뻐." 그녀는 아주 새치름하게 방 안을 멍하니 둘러보고는, 거대한 녹색의 눈동자를 다시 닫고 잠이 들었다.

여느 때와 마찬가지로 전화벨이 울리고, 사람들은 긴 연휴 동안 시골로 여행을 할 계획에 들떠 있고, 오히려 전부들 나른하니 기분 좋아 보인다. 누구 하나 인간의 생명이 얼마나 소중한 것인지, 그토록 많은 인간의 신경세포니 근육이니 반응과 반사작용이 온전히 진화하는 데 몇 세기에 또 몇 세기가 더 걸렸는지 모른다는 사실 따위는 생각하려 하지 않는다.

그들(로젠버그 부부)은 이 원자력의 비밀로 사람들을 죽이려 했다. 그러니 그들은 죽어 마땅하다. 그래야 우리가 원자력의 비밀로 인간을 살상할 우선권을 독차지할 수 있으니까. 그것이야말로 너무도 소유욕에 불타는 우리의, 특별하고도 비인간적인 재산이니까.

그런데 고함 소리도, 공포도, 거대한 봉기도 하나 없다. 그거야말로 소름 끼치는 일이다. 처형은 오늘 밤 집행된다. 텔레비전으로 중계되지 않는 것이 참으로 유감스럽다……. 공장에서 찍어낸 듯 천편일률적인 범죄물보다는 훨씬 실감나고 유익할 텐데. 두 명의 실존인물이 오늘 사형당한다. 하지만 무슨 상관. 미합중국을 통틀어 가장 격렬한 감정적 반응이래 봤자 커다랗고 민주적이고 무한대로 권태롭고 무심하며 또한 안일한 하품이 고작일 텐데.

웰즐리

지나치게 자라버린, 과잉보호를 받은, 겁에 질린, 버릇없는 아기에게 보내는 편지 :

결정의 시간이 임박했어. 하버드 서머스쿨에 갈 건지 말 건지. 입맛을 잃고, 허무감을 느끼고, 다행스럽게도 네가 아니라 다른 사람들의 몸속에 들어 있는 모든 이들을 질투하고 있을 때가 아니란 말이야.

재정수지를 맞추고, 중차대한 문제들을 정리하고, 미래의 목표와 계획을 상대적 중요성에 따라 정리할 시간이야. 나는 부잣집 딸이 아니잖아. 내년 대학 등록금과 비용을 겨우 맞출 만한 돈이 조금 있을 뿐이야. 지난달 외출과 옷에 돈을 써버려 내가 번 온갖 상금과 고료의 절반을 잡아먹어버렸어. 본래는, 내게 무엇보다 만족스러웠던 일은 올여름에 취직을 하지 않아도 되고, 그냥 앉아서 글이나 쓰고 속기를 배우면 된다는 것이었는데. 속기 같은 실용적인 기술을 학교에서 배울 형편은 안 되니까, 집에서 어머니한테 배우면 되는데……. 그러면 타이핑 기술만 떨어지지 않게 계속해서 연습하면 직장에서 어쩔 줄 몰라 당황할 일은 없을 테니까. 대학이나 대학원을 졸업하고 직장에 취직하면, 타이핑과 속기를 배우고 싶어 할지도 모르니까……. 몸값을 훨씬 올릴 수 있을 테니까.

그때 나는 몇 가지 이유 때문에 하버드 서머스쿨에 가야겠다고 결정했어. 프랭크 오코너의 작문 강좌를 듣고 싶었는데,* 그 이유는 강좌를 들으며 단편을 몇 편 쓰면 그중에서 팔리는 게 있을지도 모른다는 생각을 했기 때문이지. 또 나중에 마음만 먹으면 심리학 강의를 들을 길을 열어두기 위해, 기초 심리학을 한번 들어보기로 작정했고. 그렇게 하면 실용적 기술과 창조적 지식의 습득을 병행할 수 있을 테니까. 그런데 이제 오코너 강좌의 문은 내게는 굳게 닫혀버렸어. 하지만 나는 아직도 혼자서 글을 쓸 수 있는 기회를 얻고 싶어. 혼자 생각하고 혼자 작업한다는 생각만 해도 죽을 것처럼 겁이 나지만. 그래서 온전한 계절학기 프로그램을 전부 수강하고 싶지는 않은 거야, 그러다 보면 몇 년 만에 가장 상서로운 시간에 글을 써볼 기회를 날려버릴 것만 같아서……. 그리고 십중팔구, 최소한 일 년 동안 이렇게 오래 글을 쓸 수 있는 시간은 다시 없을 테니까. 올여름은 예비로 작품을 비축해둘 수 있는 시간인 거야. 좋아, 그렇다면 서머스쿨 장학금은 포기해야 해. 그렇다면 한 강좌에 똑같은 돈을 지불해야 한다는 건데, 길게 보아 전혀 신경 쓰지 않을 수도 있지만, 반면 그 덕분에 나가는 돈(대략 250달러)을 생각할 때마다 괴로워할 수도 있어. 말 그대로 3학년 말이 되면 100달러에서 200달러밖에 수중에 남지 않을 거야……. 쥐꼬리만 한 한심한 돈.

서머스쿨에 간다면, 새로운 사람들을 만나게 되겠지. 괴짜들,

* 플라스의 수강 신청은 거부당했는데, 그녀에게는 커다란 충격이었다. (옮긴이)

좋은 사람들일 게 틀림없어. 도서관과 '활동들'과 케임브리지를 얻게 될 테고. 아주 괜찮은 호사일 거야. 샐리와 제인을 만나게 될 테고, 그들의 매혹적인 직업 이야기를 듣게 될 테고, 나도 모르게 지옥 같은 죄책감을 또 느끼게 될 테지. 못마땅해도 250달러를 지불하는 건, 사실상 별로 내키지 않는다. 어느 쪽을 선택하든, 잘 짜인 프로그램에 따라 창조적이고 몹시 절제된 시각으로 실천해나가야 할 테고, 그렇지 않으면 난 지금 이 글을 쓰고 있는 종이 한 장보다 못한 존재야.

집에서 생활하면, 일부러 나가서 이웃들을 만나지 않는 한 여름 내내 외톨이로 지내겠지. 돈을 벌지도 못할 테고, 제대로 돈을 쓰지도 못할 테고. 명랑하고 건설적으로 살아야 할 테고, 하버드에서 지내는 것보다 시간을 일정대로 쓰기가 훨씬 더 어려울 거야. 쇼핑과 요리를 배우며 어머니의 휴가를 행복하고 근사하게 만들어드리려고 애써야 하겠지. 그 자체만으로도 가치 있는 일이기는 해. 하루에 두 시간씩 속기를 연습하고 녹슨 타이핑 기술을 연마해야지. 매일 서너 시간은 책을 읽고, 똑같은 시간을 투자해 손수 세심하게 작성한 도서 목록의 책들을 읽어야겠어. 그래야 요행을 바라지 않고 가치 있는 독서를 할 수 있으니. 두려워서 집에 머물러 있는 거라고 생각하고 싶지는 않아. 마샤와 마이크, 혹은 샐리와 제인의 풍요로운 집안 환경 — 직업이 부러워서 그런 건 아닐 거야. 나는 바쁘게 일하고 싶어. 열심히 일하고 싶어. 그런데 반대로 나태한 기분, 죄책감에 시달려. 이 사실만 봐도 내가 어느 면에서는 얼마나 약한지 알 수 있지.

이 사실을 현실적으로 인식하자. 하버드에 간다면 장학금을 포기해야만 한다……. 결정은 내가 내리는 거야. 창조적으로 '실존적' 이어야만 해. 빌어먹을, 너무나 힘들다. 자궁 속으로 다시 기어들어 가고만 싶은걸…….

한여름이 되면, 조이스를 읽기 시작하리라. 그리하여 가을 초엽이 되면 당장 논문의 장을 써나갈 수 있는 사유를 시작할 수 있도록, 다독을 해두어야지. 아무 일도 하지 않고 빈둥거리면서 나태하지는 않겠다. 그리고 집에 있으면, 머릿속의 난쟁이가 이렇게 조롱하지는 않겠지. 이게 가치가 있어? 가치가 있어? 이런 강의를 250달러나 주고 들을 필요가 있어? 집에서 어머니는 죽도록 일을 하고 계신데 말이야라고.

결단을 내릴 때는 분명하고 솔직하게 해야지, 먹지도 못할 정도로 끙끙 앓아서는 곤란해. 그 자체가 벌써 연민을 사고 책임을 회피하려는 어린 시절의 전략으로 되돌아가려는 태도니까.

집에 있으면, 서머스쿨의 이상적 상을 백일몽으로 꿈꾸면서, 어쨌든 직업이 있으니 호사스러운 여름을 보내도 좋은 마샤(작년 여름에는 지옥 같은 시간을 보냈던)를 부러워하지는 말아야 하고.

그리고 덧붙여 말하지만, 삶의 모든 건 빠짐없이 글로 쓸 만한 가치가 있는 거야. 배짱만 두둑하다면, 또 즉흥적인 상상력만 있다면. 창조력에 있어 최악의 적은 자기 자신에 대한 의심이야. 그리고 너는 곧 독립해서 사람을 잡아먹는 어마어마한 바깥세상과 직면해야만 한다는 필연적 상황에 집착한 나머지 사지가 마비되다시피 했잖아. 네 온몸과 영혼은 네 안에 존재하는 최선을 이끌어내지 못할 수도 있는 어떤 특정한 삶, 특정한 역할에 얽매이는 걸 혐오하고 반발하지. 생활이란 건, 이런 학문적 쾌락주의와는 전혀 다른 반응과 태도를 필요로 해……. 누구 다른 사람이 다 준비된 해답을 만들어 갖다줄 거라 예상하지 말고, 너 자신을 위해 진정 창조적인 삶을 만들어나갈 능력을 갖추어야만 하는 거야. 이 다 큰 애기야.

제일 힘든 일은, 어디에 어떻게 헌신할 것인지 알아내는 것이지……. 그리고 그게 바로 올여름 깊이 숙고해야만 하는 문제야. 글을 써서 돈을 벌 수 있을까? 십 대 때에는 그렇게 해왔지만, 능란한 직업작가들 간의 경쟁이란 엄청난 거야……. 문학 시장은 더 힘겨울 뿐 아니라 미학적으로 더 큰 보람이 있는 것 같아.

"하버드 서머스쿨에는 가지 않겠어!"

속기와 타이핑을 배우고, 독서하고 글을 쓰고, 독서하고 글을 쓰고, 삶에 대한 태도에 대해 스스로와 대화하고, 올드리치네 가족들과 이웃들을 만나고, 착하고 다정하고 붙임성 있게 굴면서, 뭐가 삶을 풍요롭게 하며 무엇이 가장 중요한 것인가 배우고 이해하며 빌어먹을 자기중심적 자아를 잊어버려야지.

너는 일관성도 없고 끔찍하게 겁에 질린 위선자야. 너는 시간이 생각을 대신해주고, 너 자신에 대해 파악해주고, 네 작가로서의 능력을 가늠해주기를 바랐지. 자, 이제 그 결과를 봐. 실질적으로 석 달에 걸친 참담한 시간 동안, 너는 마비되고, 충격에 시달리고, 구토와 정체에 시달렸지. 네 안에 있는 부정적 자아의 작은 소용돌이 속에 너무나 깊이 빠진 나머지, 제일 간단한 행동마저 터무니없이 엄청난 과업으로 여겨지는 일상의 틀을 억지로 해내는 정도밖에 아무것도 못해. 네 정신은 사유를 해낼 수 없어. 하버드로 갔다면, 모든 시간이 계획대로 잘 짜여 네 앞에 있을 텐데. 내년 스미스에서도 마찬가지일 거야. 그리고 지금 같아서는 그런 종류의 안정이 바람직해 보여. 자신의 행동과 계획을 책임지는 일로부터 면제받을 수 있으니까. 지금은 뭐가 문제인지 너무 헛갈려, 어떤 선택을 하는 게 가장 용기 있는 일일까, 또 어떤 종류의 용기가 필요할까, 그런 것조차 생각하기 힘들지만. 마샤는 일을 하면서 강의를 듣고 있어 — 너는 아무것도 하고 있지 않잖아. 직업소개소의 그 여자가, 속기를 배워야 한다고 했잖아. 지금은 배울 수 있어 — 이렇게 적당한 때는 다시는 찾기 힘들걸. 심지어 보스턴대학에서 심리학을 들을 수도 있어. 통학할 용기만 있다면 말이야……. 하지만 강의에 강의를 연달아 들으면서 자기 눈을 가리려 하는 건 왜지? 네가 제대로 된 사람이라면(제대로 된 사람이 못 되는 게 틀림없지만), 지루해해서는 안 되는 거야. 생각하고, 받아들이고, 긍정할 수 있어야만 하는 거야 — 그리고 시기심과 두려움에 식음을 전폐하는 자학적 지옥으로 후퇴해 처박혀서는 안 돼. 네가 알아갈 수도 있는 것을 무시하지 마. 아무 느낌 없는 방어적 진공 상태 속에 격리 상태를 자처해서도 안 돼. 제발 확, 기운을 내고 스스로의 자제력을 증명할 기회를 맞은 네 인생의 이 시간들을 공포에 입을 떡 벌린 채로 흘려보내지는 말아줘……. 제대로 된 시각을 가져봐, 이 친구야 — 속기를 배워. 프랑스어를 공부해. 건설적으로 생각해 — 그리고 너 자신을 조금이라도 존중해봐. 노력만 하면《레이디스 홈 저널》식 단편은 쓸 수 있다고 항상 입버릇처럼 말했잖아. 지금이야말로 '네 마음속에서' 분석하고 재창조할 때야, 다른 사람들과 그들의 단어들로 가득 찬 구멍 속에서 삽질해 퍼내는 게 아니라. 지금이야말로 너 혼자서 단어들과 아이디어를 초혼招魂할 때란 말이야. 넌 정신적으로 꽁꽁 얼어붙어버렸어. 앞으로 나아가는 게 무서워서, 자궁 속으로 기어들어가고 싶어 안달이 났지. 먼저 생각부터 해. 여기 네 방이 있어 — 여기 네 인생, 네 정신이 있어. 공포에 질리지는 마. 거칠고 일관성이 없더라도, 글쓰기를 시작하는 거야. 먼저, 네 글이 공략할 시장부터 생각해봐.《레이디스 홈 저널》이야, 아니면《디스커버리》야?《세븐틴》이야,《마드모아젤》이야? 그러고 나서 주제를 고르는 거야. 그리고 생각해. 너 자신을 벗어나 생각할 수 없다면, 글은 쓸 수 없는 거야……. 플롯을 잡아. 우스꽝스럽게 만들어. 넉넉하고 기쁜 마음으로 다른 사람들을 행복하게 만들어줘. 아무것도 하지 못하겠다면, 두 사람만 행복하게 해주자. 내일은…….《스미스 쿼털리》의 기사를 쓰는 거야. 매일 밤, 다음 날의 계획을 짜자. 딕이 혼자서 글을 쓰고 창조할 수 있다는데, 네가 못할 게 어딨어. 여름을 헛되이 보내지 않을 수 있게, 용기를 달라고 네 자신에게 기도해. 딱 하나만 팔리면… 도움이 될 텐데. 그 목표를 위해 노력하자.

새벽. 지금 당장은 머리가 너무나 아프다……. 이 바보 — 너는 네 마음과 단 둘이 혼자 있는 게 두려운 거야. 넌 차라리 너 자신을 알고, 너무 늦기 전에 결단을 내리는 편이 좋겠다. 3개월, 생각만 해도 죽을 지경으로 겁에 질리지. 그 남자(분명 정신과 의사가 틀림없다)한테 전화를 걸고 싶지. 거기 갈 만한 돈은 충분히 벌었잖니. 왜 안 가는데? 면도날이며 자해의 상처며 가서 다 끝내버리고 싶다는 이기적인 생각은 집어치워. 네 방은 감옥이 아니야. 네가 감옥이야. 그리고 스미스대학에 가도 그 병을 고칠 수는 없어. 너 말고는 아무도 너를 치유해줄 힘이 없단 말이야. 3개월 동안 자기 속에 처박혀 있어 — 시끄러운 소리, 이름들, 무도회 따위 생각은 그만둬 — 그건 돈을 주면 살 수도 있었잖아. 이 모든 일의 대가는 값비싼 거야. 신경증에 걸린 여자. 제길. 취직을 해. 밤에는 속기를 배워. 변하지 않는 건 아무것도 없어.

7월 14일

좋아, 넌 한계에 다다랐어 — 지난 이틀 동안 겨우 두 시간밖에 잠을 못 잔 끝에, 오늘은 모든 책임감을 다 떨쳐버리려는 시도를 하고 말았지. 주위를 돌아보니 모두들 결혼을 했거나 바쁘거나 행복하거나 생각하고 있거나 창조적인 활동을 하고 있어, 돌연 무섭고, 어지럽고, 무기력한 느낌에 사로잡혀버렸지. 게다가 가장 나쁜 건, 도저히 대처할 수 없다는 생각이 널 덮친 거야. 미치광이의 구속복을 입고 있는 네 모습이 환각처럼 보였지. 가문의 수치, 사실상 네 어머니를 살해하고, 오랜 세월에 걸쳐 다른 사람들의 마음에 쌓아올린 사랑과 존경의 탑을 무너뜨려버리고. 네가 믿는 모든 걸 거역하는 짓을 하기 시작했어. 교착. 남자관계 : 시기와 광적인 두려움. 여자관계 : 동감. 시점의 상실, 유머. 탈출하고 후퇴하고 누구와도 말하고 싶지 않다는 거대한 욕망. 논문에 대한 공황. 함께 있을 이가 없는 결핍 상태. 과거의 잘못된 선택에 대한 후회. 두려움. 커다랗고 추하고 코맹맹이 소리로 칭얼거리는 공포. 지적으로 학문적으로 성공하지 못하는 두려움. 안정적 심리에 최악의 타격. 미친 듯이 진행되었던 지난 몇 년간의 의기양양한 진도를 좇아가는 데 실패할까 봐 두려운. 그리고 어떤 종류의 창조적 삶도 누리지 못할까 봐 두려운. '아예 신경도 쓰지 않는' 상태로 물러나버리고 싶은 도착적 욕구. 지금은 사랑할 수도 없고 느낄 수도 없다. 자초한 일.

어서 빠져나와, 이 녀석. 넌 당연한 일을 어마어마한 장애물로 만들고 있는 거야. 과거의 명성을 먹고사는 일.

뉴욕. 고통, 파티들, 일. 그리고 게리와 토메인과 잔인한 페루인 호세와 캐럴이 문밖에서 온 마루에다 구토를 하고 있다.* TV 프로그램을 위한 인터뷰, 경쟁, 아름다운 모델들과 미스 에이블즈.** (유능하고, 또 어떤지는 나도 모른다) 그러고 나자 찾아온… 충격. 지독한 허무주의적 충격.

단편을 하나 읽어라. 생각을 해. 넌 할 수 있어. 게다가, 잠을 자면서 계속 도망을 다닐 수는 없어 — 세부 사항을 잊어버리고 — 문제들을 무시하고 — 너와 세상 사이에, 또 명랑하고 찬란한 모든 소녀들에게서, 담을 쌓고 격리될 수는 없는 거야 — 제발, 생각을 해봐 — 이런 상태에서 확 빠져나와. 너만의 국한된 자아 너머에도 선한 힘이 존재한다는 걸 믿어. 하느님, 하느님, 하느님, 당신은 어디 계세요? 당신을 원해요, 당신이 필요해요. 하느님 당신과 사랑과 인류에 대한 믿음이 필요해요. 이런 식으로 탈출구를 찾아서는 안 돼. 생각해야 해.

플라스가 1953년 여름 신경쇠약 증세를 일으킨 후로 2년 동안 썼던 일기는 사라졌다 — 만일 존재했다면 말이지만. 그녀는 회복을 위해 충격 요법과 인슐린 치료를 받아야만 했지만,

* 이러한 요소들은 훗날《벨 자》에서 나타난다. (옮긴이)

** 《마드모아젤》의 플라스 담당 편집자로 시릴리 에이블즈Cyrilly Abels를 말한다. (옮긴이)

가장 중요한 요소는 루스 보이셔 박사Dr. Ruth Beusher와의 관계일 것이다. 보이셔 박사는 탁월한 심리치료사로 당시는 물론이고 훗날까지 플라스의 인생에서 중요한 역할을 담당하게 되었다. 플라스는 1953년 12월 병원에서 퇴원했다. 1954년 봄 스미스대학에 복학했을 때, 그녀는 더 금발이 되었고, 대담해져서, 캠퍼스에서 유명한 인물이 되었다. 1954년 4월, 그녀는 리처드 새순을 만난다. 그는 예일대 학생으로 플라스가 주로 만나던 범미국적 남성상이 아니라 유럽적이고 대단히 세련된, 문학 명문 새순 가문의 일원이었다. 이 관계는 플라스에게는 대단히 중요한 것이었다. 여전히 가끔 고든 러마이어를 만났다 헤어지곤 했으며, 1954년 여름은 하버드 서머스쿨에서 독일어를 배우며 스미스대학 친구들과 함께 지냈다. 그녀는 스미스대학의 4학년을 대단히 성공적으로 보냈다. 상을 휩쓸고, 수많은 시를 잡지에 게재했으며, 마침내 케임브리지의 뉴넘대학에서 연구할 수 있는 풀브라이트 장학금을 따냈다. 플라스 부인은 그해 여름(1955년) 수술을 받았으며, 실비아는 일을 하지 않고 집에 머물면서 어머니를 돌보기로 결심했다. 또 새로운 남자도 만났다. 피터 데이비슨이라는 이름의 남자였는데, 뉴욕에서 일하는 출판사 편집자로, 그 역시 시인이기도 했다. 여름 동안의 짤막한 연애였지만, 데이비슨은 나중에 친구가 되었다.

2부

케임브리지 1955~1957
스미스대학 1957~1958

퀸 엘리자베스 2세 호에 몸을 싣고 대서양을 건너 영국의 케임브리지 대학으로 건너간 실비아 플라스는 그 후로 7년 동안 작가로서, 인간으로서 크나큰 성숙과 발전의 시간을 갖게 된다. 여행을 다녔으며, 왕성하게 창작을 했고, 숱한 남자들과 데이트를 즐겼으며, 또한 결혼을 했다. 하지만 유학 초창기 일정에 과도하게 욕심을 냈던 플라스는 결국 만성 부비동염에 걸려 오랜 세월 고생을 한다. 이 시기의 일기를 지배하고 있는 것은, 주위를 둘러싸고 있는 남자들과의 관계를 어떻게 정립할 것인가 하는 문제이다. 대부분의 영국 남자들이 '창백하고 신경증적인 동성애자들' 같다고 느꼈던 플라스는 성탄절과 새해를 미국에서부터 알던 남자 친구인 리처드 새순과 함께 프랑스에서 보낸다. 플라스는 새순과의 관계를 진전시키고 싶어 했지만, 새순은 이를 거절하고 다른 여자를 사귀고 있다고 통보해왔다. 실연의 충격은 컸고, 실비아 플라스는 또다시 우울증에 빠져든다.

설상가상으로 1956년 초반, 그녀는 미국에 계신 외할머니가 위암에 걸렸다는 소식을 들었다. 잡지에 보내는 원고들은 끊임없이 반송되어 돌아왔고, 그나마 간신히 게재된 작품들도 혹평을 면치 못하고 있었다. 부비동염과 심한 불면증 때문에 실비아의 건강마저 악화되고 있었다. 그러던 어느 날,

그녀는 케임브리지에서 새로 창간한 문예비평지인 《세인트 보톨프 리뷰》의 출범 파티에 초대받고, 이곳에서 장래의 남편인 시인 테드 휴스와 운명적인 첫 만남을 갖는다. 그녀의 귀걸이와 헤어밴드를 낚아챈 테드 휴스의 뺨을 플라스가 격렬하게 물어뜯었다는 이야기는 거의 전설이 되었다. 하지만 플라스는 바로 그날 밤, 다른 남자와 성관계를 가졌다. 봄방학 동안 옛 친구인 고든 러마이어와 유럽으로 여행을 떠나기로 한 플라스는, 가는 길에 런던의 한 아파트에서 휴스와 그의 친구를 만나 하루를 보낸다. 그리고 이때 휴스에게 불가항력적으로 끌리는 자신을 발견했다고 한다. 러마이어와 심하게 다투며 불편하게 여행을 끝마치고 돌아온 플라스는, 휴스와 많은 시간을 함께 보내게 되고 결국 두 사람은 결혼을 한다.

그들은 실비아의 학문적 경력이나 장학금 수혜에 문제를 일으키지 않기 위해, 비밀 결혼을 했다. 그리하여 1956년 실비아의 어머니가 방문한 가운데, 두 사람은 런던의 세인트 조지 교회에서 식을 올리고 부부가 되었다. 실비아는 핑크색 정장을 입고 테드가 준 핑크색 장미를 들고 있었다. 신혼부부는 그해 여름을 파리, 마드리드, 그리고 스페인의 베니도름에서 보냈다. 그러나 그해 여름에는, 낭만적이고 목가적인 나날에 어두운 그림자를 드리운 사건이 있었다. 몇 년이 지난 후 실비아는, 어느 날 두 사람이 함께 언덕에 앉아 있을 때, 테드가 너무나 분노한 나머지 자기 목을 조른 적이 있다고 털어놓았다. 실비아는 그의 손길 밑에서 체념하고 죽음을 받아들이려 했다고 말하고 있다. 이 사건으로 인해 성급하게 결혼 결정을 내린 것을 후회했다고.

8월에 영국으로 돌아온 플라스는 요크셔로 가서 처음으로 테드 휴스의 가족들과 상견례를 하게 된다. 휴스와 마찬가지로, 그의 가족들 역시 밀교와 점성술, 최면 따위에 심취해 있었다. 플라스는 무어에 매혹되었으며, 단편과 시를 왕성하게 집필했다. 그리고 10월경 플라스는 휴스와 함께 케임브리지로 돌아왔고, 스스로의 창작 활동은 물론 테드의 작품을 영미 양국의 출판사에 보내고 출판을 추진하는 에이전트 역할을 떠맡기 시작했다. 그 무렵 결혼이 장학금과 아무 상관이 없다는 걸 알게 되었고, 휴스 부부는 공식적인 부부생활을 시작했다.

1957년 1월 테드 휴스는 첫 시집 《빗속의 매 *Hawk in the Rain*》를 발간하고 시인으로서 성공 가도를 달리게 된다. 부부는 6월 말경 미국에 도착했고, 플라스의 어머니 아우렐리아는 성대한 환영 잔치를 열어주었다. 케이프 코드에 두 달 정도 묵으면서 플라스는 케임브리지에 있을 때 시작했으나 그때까지도 진전이 없던 소설 쓰기에 매달렸다. 그리고 9월에는 모교인 스미스 대학에서 강의를 시작했으나, 머지않아 강도 높은 업무량과 지루한 일과에 진저리를 내게 된다. 플라스는 금의환향한 모교에서 보여준 의외의 차가운 냉대 때문에, 스스로가 강의에 적합한 재목이 아니라는 생각을 하면서 괴로워했고, 정서적으로 녹초가 되어 창작 의욕마저 상실하고 만다.

그러나 테드는 시인으로서 성공을 거듭하고 있었으며, 이 때문에 플라스는 남편에게 시기심을 느끼게 된다. 학기가 끝날 때쯤, 결국 플라스는 심한 폐렴과 열병에 걸리고야 만다. 1958년, 플라스는 8일 만에 내리 8편의 시를 써냄으로써 그간의 심각한 슬럼프에서 벗어난다. 그러나 부부간의 균열이 가시적으로 드러나기 시작한 것도 이맘때쯤이었다.

파리의 리처드 새순에게 보낸 편지에서

플라스는 강렬한 의욕에 달떠 케임브리지 생활에 온몸을 던졌다. 하지만 파리에 있는 남자 친구 리처드 새순을 애타게 그리는 마음은 여전했다. 더구나 스미스에서 거둔 화려한 학문적 성공을 그대로 케임브리지에서 되풀이하기란 쉬운 일이 아니었다. 플라스는 새로운 기준을 통해 스스로를 판단하기 시작했다. 그리고 크리스마스 연휴를 파리에서 새순과 함께 보낼 수 있다는 기대로 스스로를 지탱해나갔다. 그러는 동안 그녀는 새순에게 기묘하고 무감정한 연애편지들을 보냈는데, 그 일부가 일기와 함께 남아 있다.

1955년 11월 22일

불길 속에서 언어가 선회하며 콜로세움의 중심에 불을 지르고, 폐허가 된 아치의 은밀한 꽃잎들 속에 오렌지빛으로 침몰하는 태양빛을 반사해. 이글거리는 석면의 가시들과 휘파람을 부는 불꽃들은 주홍빛 심장 세포를 투영하고, 콜로세움은 어둠의 가장자리에서, 영웅도 하나 없이, 여전히 불타오르고 있어. 언어란 그렇듯 열려라 참깨를 외우고, 캄캄한 동굴 속에 쌓여 봄의 불길에 용해되고 제련될 날만 기다리는, 황금빛의 저 금속성 태양 더미들을 만천하에 드러나게 만들 힘이 있지. 봄은 녹다 남은 태양의 엉킨 덩어리를 용화시켜 빛나는 엽맥葉脈들로 빚어낼 거야.

그래서 태양이 시들어 무기력해지고 세상이 겨울 속에 떨어질 때면, 실비아도 태양의 어두운 제단 위에 노란 달리아꽃들을 태워. 새들의 몸도 줄어들어 메마른 가지 위에서 꽁꽁 얼어버린 깃털 달린 꽃봉오리가 되어버리고, 육각형의 얼음 심장 속에 세상의 모든 색깔들을 잔인하게 가두어버리는 흰 서리의 무소불위한 권력에 식물들은 그만 항복하고 말지.

한밤중이 되어, 달빛이 도마뱀 비늘 같은 기왓장을 푸르스름하게 비추고 순박한 사람들이 솜털 오리이불에 파묻혀 깊이 잠들면, 그녀는 홍당무처럼 발갛게 얼음 박힌 가녀린 손가락들로 박공지붕의 창문을 열고 하얀 빵가루를 흩뿌리겠지. 빵가루는 지붕을 건너 훌훌 저 아래로 떨어져서 모난 물받이 홈통에 자리를 잡고 숲속의 귀여운 친구들을 배불리 먹일 거야. 배고픈 우주의 어머니는 저 멀리서 창백한 얼굴로, 온 세상이 쪼그라들어 다시 배아가 되는 모습을 바라보고, 그녀의 자식들은 다시금 구근과 꼬투리 들 속에 몸을 아무렇게나 쑤셔 박은 채 어둠 속에 옹기종기 모여 잠들지. 그사이 접힌 콩깍지는 별들이 그리는 십자가 한가운데 하늘을 가로질러 꽁꽁 얼어붙은 어머니의 우윳빛 사랑(은하수) 가득 씨를 뿌리겠지.

그러니 음울한 저승으로 날아가 다시금 페르세포네를 데려오기 위해, 케레스는 또다시 그 모든 괴로움을 감수해야 하는 거야. 얼어붙은 눈물로 빳빳해진 쥐털 같은, 이 11월의 대기 속에서 우리는 방황하며 기다리지. 참고, 또 참고, 그러다 보면 겨울날의 빨랫줄 위에서 사후 경직으로 굳어버린 금욕적인 흰색 이불깃처럼 입에서 내뱉는 음절들이 빳빳이 굳어버리고 말아.

인공적 불꽃이야 여기서도 타오르지. 와인글라스의 심장 속에 빨갛게 약동하고, 셰리주 잔 속에서 황금빛으로 그을음을 피워 올리며, 히말라야나 다르질링 같은 곳에서 갓 채취한 원석을 어느 여자 피그말리온이 찬연하게 빛나는 기교로 조각한 듯한 거친 유대인 헤라클레스의 동화 같은 두 뺨에서도 보송보송 빛나는 주홍색으로 타오르지. 하지만 그는 결국 자신의 피그말리온을 망고를 곁들여 배불리 먹어치우고 말아. 그리고 드미트리 카라마조프의 손가락들은 몇 에이커에 걸친 피아노를 치며 베토벤을 연주하고 스카를라티*를 두들겨대겠지.

어느 창녀가 황달처럼 싯누런 슬립을 입고 간드러지게 걸으며 음탕한 소매치기들에게서 사과며 장난감 목마를 구슬려 빼앗던 〈바솔로뮤 페어*Bartholomew Fair*〉의 배경. 그 물빛 하늘 아래 분홍빛 집들 위로 비스듬히 핏기 없이 비추는 불길. 물은 양철 주전자 뱃두리 속에서 끓어오르며 쉿쉿 소리를 내고, 케레스는 가시 많은 오렌지 파인애플과 시원하게 멍울진 청포도 알이 그득그득 쌓인 접시와 배고픈 입속에서 보드랍게 녹아 붙는 밤 케이크, 그리고 흙으로 빚은 악마적 다기 세트를 사랑하는 많고도 많은 사람들의 영혼과 위장을 채워주어.

하느님의 얼굴이 사라지고 태양이 냉랭한 안개의 수척한 베일

* 17세기 이탈리아의 음악가다.

뒤에서 창백해져가면, 케레스는 연옥의 회색빛 무성無性의 중립성에 구토를 하고, 붉은 화염과 저주받은 자들의 사지를 영원히 먹어치우는 연기 뿜는 뱀을 찾아 나서겠지. 카산드라의 절규와 분노를 먹은 그녀는 트로이의 "쏟아져 내리는 유리창과 무너지는 석조 건축들"을 예언하고 그 소리를 듣겠지. 헥토르는 그동안 카산드라의 엉키고 찢긴 머리칼을 쓰다듬으며 "진정해라, 진정해, 미친 누이여"라고 말할 거야. 하느님은 우리 사랑의 결점 많은 새하얀 몸뚱어리를 유리처럼 투명하게 바꾸어줄, 순수하고 초월적인 태양과 타는 듯한 더위를 데리고 휴가를 떠나셨나

봐. 저것 봐! 세상의 수수께끼가 서로 짝지은 짐승들의 유리동물원 속에서 저렇듯 쉽사리 풀리는 모습을. 이 순수하고 경건한 모습들 위에 축복을 내리는 빛이 얼마나 청결하게 반짝거리는지를! 별안간 저들은 진흙탕 같은 잠자리에서 몸을 일으켜 승천하고, 제 사랑의 빛을 얼음의 성소에 고이 모셔둔 천국의 천사들을 아연실색케 만들어. 봐, 저것 봐! 정신과 함께 서로 짝짓는 육체를 지녀서 인간이 얼마나 신의 시샘을 받는지. 신은 고작 자기 에고가 만들어낸 무한한 공허 속에서 자위행위를 할 수 있을 뿐이잖아. 하지만 내일도 오늘과 같으리라고는 기대하지 마. 하느님은 시샘 많은 신이라서 그때쯤이면 이미 이 모든 것들을 깨끗이 말소해버렸을 테니까.

내가 달라고만 하면, 노란 색칠이 되어 있고 '햇살 비추는 휴가'라는 제목이 씌어 있는 안내 책자를 계속 주는 각양각색의 키 작고 검은 사람들과 이야기를 나누었단다…….

알고 있니. 새순이라는 이름이 세상에서 가장 아름다운 이름이라는 것을. 한덩어리로 뭉뚱그려진 푸르름의 바다들과 흑단빛 계절

풍이 스치는 곳, 목관악기 음색의 로코코풍 산호초에 홀로 떠 있는 페르시아의 달이 떠오르거든…….

나는 다시 자긍심을 되찾았어. 너를 다시 만나러 가기 전에 세상의 온갖 다채로운 부를 내 손 안에 거머쥐려 해……. 꼭 그렇게 하고 말 거야. 지금 이 순간에도, 검은 알라딘들이 터키식 탁자 위에 차려놓고 내게 엄청난 부유함을 공양하고 있어. 하지만 솔직히 말하자면, 나는 이렇게 짤랑거리는 장난감 따위는 바라지 않아. 나는 이름 속에 울리는 달 한 조각과 그 이름을 가진 사람의 아들을 원할 뿐이야.

태초에 말씀이 있었고 그 말씀은 새순이었으며 그것은 참으로 끔찍한 말씀이었노라. 왜냐하면 그 이름은 에덴과 황금시대를 다시금 창조하였고, 편견에 찬 아담의 입술에서 싹트는 노란 달리아꽃에 수정 같은 눈물을 뚝뚝 떨어뜨리고 있는 타락한 이브는 오직 그 이름만을 바라다보았으므로.

그리스도가 되어주오! 이브는 절규하며 내 눈앞에 일어서. 그동안 우울한 마리아들은 노래 부르며 우리를 축복해주지. 그런데 일어선 이브는 이렇게 묻는 거야(아무리 이브라도 현실적이거든). "그런데 부활은 언제 오는 건가요?"라고.

리처드 새순에게 보낸 편지

12월 11일

햇살과 달콤한 파르페로 꾀어내어 가슴 한켠에 묻어두는 것이 훨씬 나을, 그런 서글픈 질문들은 세상에 끝도 없이 끝도 없이 많이 있지만, 그중에서도 나를 지금 괴롭히는 것은, 지금, 바로 지금 이 순간 내 안에 초파리의 눈처럼 헤아릴 수 없이 숱한 상象들로 맺히는 거대한 슬픔이 하나 있다는 거지. 이 괴물 같은 통증을 출산해야만 비로소 몸이 다시 가벼워질 것만 같아……. 무덤가의 된서리와 인간의 똥들로 내 신경섬유를 뽑아 짜내는 악마의 질문들이 나를 이토록 괴롭히는데, 이를 호소하는 커다란 편지 한 장 써서 이 세상에 보낼 만한 재능도 천재성도 내겐 없어. 자기만의 천국과 지옥을 넘나들면서 겨우 깔끔히 정서된 종이 다발 몇 묶음을 만들어냈는데, 편집자들이 아주 공손한 태도로 원고를 거절해버리면, 그럴 땐, 충동적 기분에, 그만 편집자들은 신의 뜻을 대신 집행하는 거라고 생각해버리고 싶어지지. 그렇게 되면 치명적인데.

우리가 전부를 원한다는 생각이 들면, 그건 아마 우리가 아무것도 바라지 않는 상태에 위험스럽게 근접했기 때문일 거야. 아무것도 바라지 않는 상태에는 두 가지 극단이 있지. 일단 사람이 충만하고 풍요로우며, 갖가지 다양한 내면세계를 지니고 있어 아예 외부 세계에서 기쁨을 찾을 필요가 없는 경우가 하나 있어. 사실 기쁨이란 존재의 가장 깊은 핵심에서 발산되는 것이거든. 그리고 내면이 죽어버리고 썩은 나머지 세상에 아무것도 남지 않은 경우가 있지.

나는 마치 밤마다 무서운 거인이 잠든 틈을 타서, 한 무덤에서 다른 무덤으로 이어지는 기막히게 섬세하고 연약한 다리를 어둠 속에서 숨죽여 짓고 있는 것만 같아. 내가 이, 정말이지 놀랄 만큼 절묘한 다리를 완성할 수 있도록 도와주지 않겠니.

날마다 색색깔의 구슬이 꿰어진 한 줄 목걸이처럼 살고 싶어. 미래에 타지마할 같은 대건축물을 짓겠다고 악다구니같이 노력하며 그 설계도에 맞추려고 현재를 잔인하게 조각조각 찢어버리고 싶지는 않아.

프랑스

1956년 신년 전야

마침내, 경적이 새된 비명을 지르고, 짐꾼들의 외침과 본능적인 침묵의 순간. 기차가 움직이기 시작했다. 낯선 땅은 어두운데, 이 밤 한가운데를 푹 찌르며 관통하다. 내 마음속 프랑스의 지도는, 불규칙한 네모 모양에 아주 작은 에펠탑이 북쪽을 향해 솟아올라 파리의 위치를 표시하고 있었고 남쪽으로 달리는 철도의 선이 지퍼처럼 마르세유로, 니스로, 코트다쥐르로 열려 있었는데, 그곳에서는 절대적인 사실의 영토에서도 태양이 빛나고 하늘은 청옥석 같은 색깔이겠지. 잿빛 케임브리지의 축축한 진흙과 살을 에는 바람에서 멀리멀리 달아나, 추운 잿빛의 런던, 태양이 하얀 안개 속에 핏빛의 달걀노른자처럼 걸려 있는 그곳, 그 얼어붙을 듯한 흰 서리에서 멀리멀리 달아나. 파리의 비와 젖은 발에서 벗어나. 색색깔의 불빛이 하수구에서 물과 함께 흐르며 흔들리던 파리, 그리고 센강은 부둣가에서 회색으로 꾸물꾸물 흘렀고, 노트르담은 낮고 빽빽하고 덩어리진 잿빛 하늘을 향해 두 탑을 들어 올렸는데.

기차에서 : 최면에 걸린 듯 차창 밖의 어둠을 뚫어져라 쳐다보

면서, 철컹철컹 동시童詩를 읊어대면서 기차 바퀴들의 비할 데 없는 리드미컬한 언어를 느끼며, 마음의 순간들을 깨진 레코드처럼 한데 모으는. 말하고, 말하고, 또 말하고. '하느님은 죽었어, 하느님은 죽었어, 가고 있어, 가고 있어, 가고 있어.' 그리고 이 순수한 환희, 객차의 에로틱한 흔들림. 프랑스는 마음속에서 다 익은 무화과처럼 쩍 갈라져 열리고, 우리는 그 땅을 유린한다, 멈추지 않는다. 어여쁜 금발 여자가 불을 끄자, 좁다란 복도 쪽 블라인드를 내린 객차 안은 따뜻하고 어둡다. 차창 밖의 밤 풍경은 천천히 그림자들과 별들의 흑백 목판화로 살아난다. 우린 짙은 구름과 연기 자욱한 천정을 뒤로 하고 떠나가고 있기에, 우린 해맑은 달빛 속으로 뛰어들고 있기에. 일단 묽어진 구름들을 커스타드 크림처럼 걷어내고는, 빙글빙글 도는 그 푸르름 속으로, 순수하고 선명하게 쏟아져 흘러나오는 해맑은 그 달빛. 마을들마다 하나로, 아니면 무리지어 빛나는 불빛들. 그리고 부서진 하얀 조개껍질로 만든 듯한, 아니면 숲속의 아기들이 길을 표시하기 위해 남겨둔 빵가루의 흔적처럼 보이는, 그 길들의 기괴한 흰빛. 이제, 별들도, 하늘을 배경으로, 나선형으로 빙글빙글 도는 모양이, 점점 더 반 고흐의 별들을 닮아가고, 이상한 검은 나무들이 바람에 휩쓸리며, 괴로워하는, 뒤틀린, 하늘을 배경으로 한 그 특유의 펜 스케치들처럼. 사이프러스 나무들. 그리고 네모로 쌓은 입체파 화가들의 그림처럼 깎아지른 듯한, 채석장들, 경사진 지붕의 선들과 빛으로 표백된 네모지고 허연 오두막들이 기하학적 그림자를 드리우고. 그리고 또다시 암흑, 그리고 맑은 달빛을 받으며 납작하게 누워 있는 땅.

좁은 객차 좌석에 등을 대고 축 늘어져, 한참을 꾸벅꾸벅 졸다

보니, 내 젖가슴 위에 머리를 얹고 불규칙한 숨소리를 내며 잠들어 있는, 듬직한 새순의 무게가 느껴진다. 그리고 발밑으로는 항상 지칠 줄 모르는 기차 바퀴 소리, 강철로 된 해먹 속에 우리를 감싸 부드럽게 흔들어주다. 속도를 낮추며, 진정하며, 리옹의 불빛 속으로 들어서서, 어지러운 혼수상태에서 깨어나 가파른 기차 계단을 뛰어내려 플랫폼을 밟으니 상인들이 음료수와 샌드위치를 팔고 있다. 우리는 붉은 포도주 한 병과 안에 햄이 들어 있는 커다란 소프트 롤빵을 두 덩어리 산다. 우리는 몹시 배가 고파 커다랗고 보드라운 샌드위치를 이로 잡아 찢고, 하얀 종이컵에 담긴 포도주를 삼키고, 작은 종이 가방에 담아 들고 들어온 땅콩과 셀로판 꾸러미에 싼 마른 무화과를 금세 다 먹어버리고, 마침내 작은 귤 세 알의 껍질을 깐다. 작은 구멍이 송송 뚫린 껍질이 찢어지는 순간 날카로운 향기를 들이마시고, 미끈거리는 하얀 씨들을 갈색 종이 봉지에 뱉어 빈 포도주 병과 바삭거리는 땅콩 껍질들과 함께 좌석 밑에 둔다. 그러자 발밑에서 흩어져 사각사각 소리들을 낸다. 새순의 시계에 달린 빛나는 다이얼은 몇 시간씩 훌쩍 건너뛰거나 몇 시간을 늦게 가곤 한다. 졸다가 깨어나서 차창 밖의 만물을 포괄하는 암흑을 빤히 바라보는 걸 반복하는 사이, 프랑스가 스쳐 지나간다. 은밀하게 숨어서, 오직 달만 보여주면서, 이젠 바위가 많은 산들도, 중간중간 덩어리진 흰색 조각들, 어쩌면 눈일까, 어쩌면 아닐지도 모르지. 그리고 한 번은 졸린 머리를 들었더니, 돌연 달빛이 믿을 수 없을 정도로 물 위로 쏟아져 빛나고 있었다. 마르세유. 지중해. 드디어, 기가 막혀, 저 바다 위의 달빛, 6학년 때 지도를 보며 꿈꾸었던 담청빛의 바다, 분홍색, 노란색, 녹색과 캐러멜색 땅으로 둘러싸여 있던 저 바다. 피라미드들과 스핑크스, 성지, 그리스인들의 고전적인 하얀 폐허들, 스페인의 피 흘리는 황소들, 그리고 각 나라 민속옷을 입은 소년과 소녀 들로 이루어진 인형 한 쌍, 두 손을 잡고 장식 비단 옷을 화려하게 떨쳐 입은 어여쁜 인형들.

지중해. 다시 잠들다, 그리고 마침내 분홍색 로제 와인빛의 새벽빛이 낯선 나라 산의 등줄기를 따라 번지다. 붉은 대지, 오렌지색 타일이 박힌, 노랑과 복숭아색과 옥색 빌라들, 그리고 폭발, 오른편으로 바다의 푸르른 폭발. 코트다쥐르. 새 나라, 새해. 녹색으로 파열하는 종려나무 가시가 박힌, 뾰족한 촉수들을 가진 식물 문어들을 싹틔우는 선인장, 그리고 비명을 지르는 푸른 바다에서 하느님의 눈처럼 빨간 태양이 떠오르다.

리처드 새순에게 보내는 편지

1956년 1월 15일

옷을 입고 면도하고 책 읽는 너를 보고 있노라면 갑자기 눈부신 광휘가 나를 덮쳐오곤 해. 그럴 때면 너는 갑자기 함께 살며 사랑하는 일상적인 자아를 넘어 일순 천사들의 변덕스러운 타이밍으로 찬연히 빛나는, 천상의 인간이 되지.

내가 네게 써 보낸 편지와 같은 자신감 넘치는 환희의 물결은 파도들이 흔히 그렇듯 잦아들었고, 그걸 깨달은 나는 울음을 터뜨리고 말았어. 꼭 이번 한 번만 울게.

우리는 인생의 너무도 미세한 파편적 조각만을 살아가잖아. 잠자고, 칫솔질하고, 편지를 기다리고, 변신을 기다리고, 백열로 작열하는 그런 순간을 기다리는 시간이 너무도 많아. 예기치 못한 순간, 그런 진짜 삶의 순간들을 알고 나면, 그땐 과거를 반추하고 미래를 소망하며 삶을 살아갈 수 있게 되겠지만.

물론 머릿속으로는 전쟁을, 적나라한 전투를 바라는 것이 너무 단순하다는 생각을 하지만, 그래도 우리를 영웅으로 만들어줄 수 있는 그런 상황들을 소망하지 않을 수가 없어. 가진 것을 모두 쏟아 넣고 철두철미하게 살아가는 것, 그런 우리의 우주적인 투쟁은, 세계의 종말이 닥쳐온다는 생각에 비하면, 그저 우리의 성장을 둘러싼 부서진 껍데기의 잔재들에 불과하니까.

일요일 정오. 러시아의 스텝에서 불어온 바람이 눈을 찌르는 푸르름을 온통 휘젓더니 하얀색으로 거품을 냈어. 아침은 신神의 시간이고, 아침 식사 뒤 다섯 시간 동안은 만사가 더할 나위 없이 훌륭하고 거의 모든 일들이 가능하지. 하지만 오후는 점점 더 빨리 흘러가고 밤은 4시만 지나면 거짓말처럼 새치기해 곁에 다가와 있어. 캄캄한 시간, 밤 시간은 최악의 시간이야. 잠은 꿈들이 벌레 먹은 무덤과 같고.

리처드 새순에게 보내는 편지

1월 28일

너를 위해 싸우겠다고, 물건을 훔치고 거짓말을 하겠다고 말하는 건 쉬운 일이야. 나 자신을 철저히 이용하고 싶은 욕망은 내게도 한이 없지만, 남자들에게 싸움이 명분이라면, 여자들은 남자를 위해 싸운단다. 어려운 일이 생겼을 때, 이렇게 말해주기란 쉬운 일이지. 내가 일어서서 너와 함께해줄게라고 말이야. 하지만 내가 하려는 일은……. 나처럼 불합리한 이상주의와 완벽주의에 물들어 있는 여자에겐 세상에서 가장 어려운 일이야. 나 역시 네 주위에 앉아 있으면서, 네게 음식을 해주고, 너와 함께 불가피한 식탁의 영토와 의자와 양배추의 왕국을 넘어서, 우리들이 천사로 화하는 얼마 안 될 환상적인 순간들을 기다릴 수도 있을 거라 진심으로 믿어. 함께 천사로 성장해(천국의 천사들에게는 불가능한 일이지) 둘이서 이 세상이 자신을 사랑하며 찬연한 광휘로 작열하게 만들 그런 찰나의 순간들을 말이야. 네 근처에 앉아 책을 읽고 글을 쓰고 이를 닦으면서, 네 안에 천사의 씨앗이, 불길과 장검과 타오르는 권세를 지닌 나만의 천사가 될 씨앗이 잠재해 있다는 생각을 하고 싶어. 여자가 무엇을 위해 창조되었는지를 어째서 이렇게 늦게야 깨달았을까? 4월의 튤립 구근처럼 내 몸 안에서 깨달음이 움트려 요동을 치고 있어.

2월 19일 일요일 밤

담당자분께(누구든 관심 있는 분이 보세요) : 가끔씩 세계의 중립적이고 몰개성적인 세력들이 벼락이 갈라지는 듯한 심판 속에 방향을 돌려 하나로 합쳐지는 때가 있는 것만 같아요. 그 돌연한 공포감, 저주받은 느낌에는 이유가 전혀 없답니다. 다만 그 상황들이 모두 하나같이 내면의 회의, 내면의 두려움을 반영하고 있다는 것밖에는요. 어제는, 아주 평화롭게 밀레인 다리 위를 걷고 있었답니다. 자전거를 수리하기 위해 맡기고 나서(길 잃은 느낌, 평범한 행인이 된 무력한 느낌) 낯선 사람들의 눈길이 소름 끼치게 두려우면서도 그 공포심 위에 선의의 래커를 덧바르는, 그런 미소를 짓고 있었는데, 갑자기 댐 위에서 눈을 뭉쳐 공을 만드는 어린 소년들의 눈에 제가 띄었던 모양이에요. 그 애들은 적나라하게, 대놓고, 나를 향해 그 눈 뭉치를 던지기 시작했지요. 아이들의 눈 뭉치는 매번 빗나갔고, 저는 경험에서 우러나온 용의주도한 판단으로, 나를 향해 앞뒤에서 날아오는 더러운 눈 뭉치들을 똑바로 바라보았고, 놀라움에 역겨울 지경이었지만 천천히, 단호하게, 몸에 맞기 전에 받아넘길 각오를 단단히 하고서 계속 걸었어요. 하지만 하나도 저를 맞추지 못했고, 저는 수준 높은 거짓말에 불과한 참을성 많은 미소를 띤 채, 계속 걸어갔지요.

오늘은, 내 동의어 사전을 — 똑똑한 척하면서 저는 전에도 종종 허세를 부리곤 했어요. 무인도에서 성경보다는 차라리 동의어 사전을 끼고 살겠다고요 — 아주 형편없고 역겨운 시의 초안을 쓰고 나서, 활짝 펼쳤는데, 그 장에는 하필 "545 : 기만, 546 : 거짓, 547 : 속임수, 548 : 기만하는 사람"이라고 씌어 있더군요. 넉넉하고 창조적인 반대 세력들의 동맹인 명민한 서평자이자 작가가 치명적인 정확함으로 이렇게 소리 지르고 있네요. "프로이트, 프로이트!"라고. 이 말은 그 지옥 같았던 암흑의 해에 여섯 달 동안이나 줄기차게 외쳐왔던 외침인데.

… 어젯밤에는요, 파티에 갔어요……. 모두들 똑같이 미소 짓는, 겁에 질린 얼굴을 하고 있더군요. 이런 말을 하는 표정 말이에요. "나는 중요한 사람이야. 나를 잘 알게 되기만 하면, 내가 얼마나 대단한 사람인지 알게 될걸. 내 눈을 들여다봐. 내게 키스해줘, 그러면 내가 얼마나 중요한 사람인지 알게 될 거야"라고.

저 역시도 중요한 사람이 되고 싶답니다. 다른 사람들과는 다른 사람이 됨으로써 말이에요. 그런데 이 여자아이들은 다 똑같아요. 저 멀리에서, 나는 윈과 함께 코트를 가지러 가요. 그는 내가 계단에서 기다리는 동안 내 스카프를 갖다주고, 크리스는 뺨이 발갛게 되어 과장되게 극적으로 굴면서 숨을 헐떡거리며 잘못을 뉘우치고 있지요. 그는 야단을 맞고, 벌을 받고 싶어 해요. 그건 너무 쉽잖아요. 우리 모두가 원하는 일이잖아요.

나는 좀 오만하게 굴면서, 거리를 두어요. 그리고 눈이 쌓인 들판을 가로질러 집까지 안내를 받는 건 상당히 편리하더군요. 아주 추워서, 돌아가는 내내 나는 이런 생각을 하고 있어요. '리처드, 너는 이 찰나를 살고 있는 거야. 지금을 살고 있어. 너는 내 뱃속 깊은 곳에 있고 네가 살아 있기에 나는 행동하고 있어. 그러는 동안 너는 아마 틀림없이 근사한 창녀나 너와 결혼하고 싶어 하는 어느 스위스 처녀의 품 안에서 노곤하게 행복한 잠에 빠져 있겠지만. 나는 네게 절규해. 나는 네게 편지를 쓰고 싶어. 내 사랑에 대해, 나를 정숙한, 참으로 정숙한 여자로 만드는 이 말도 안 되는 믿음에 대해 쓰고 싶어. 이제까지 내가 다른 이들에게 주었던 손길, 그 모든 말들이 오직 너를 위한 예행연습에 불과했던 것 같아, 오직 이것만을 위해 간직했던 것 같아. 이 다른 남자들은 이제 그냥 시간을 때울 뿐이야, 그리고 아주 살짝 한계를 넘어, 키스하고, 애무라도 하게 되면, 나는 제발 그만두라고 외치며 얼어붙은 채 뒤로 물러서. 난 검은 옷을 입고 다녀, 점점 더 검은 옷을 자주 입어. 칵테일파티에서 빨간 장갑 한 짝을 잃어버렸어. 이제 검은 장갑밖에 남지 않았는데, 그 장갑들은 차갑고 불편하기 짝이 없어.'

"리처드"라고 나는 말해요. 냇에게 말하고, 윈에게 말하고, 크리스에게 말해요. 맬로리와 이코와 브라이언과 마틴에게, 또 데이비드에게 말했던 것처럼. "프랑스에 이런 남자아이가 있단다"라고. 오늘은 존에게 말했어요. 사람의 말을 정말 잘 들어주는 사람이어서, 기꺼이 앉아서 내 이야기를 다 들어주었어요. 한때 내가 얼마나 행복했는지, 그리고 얼마나 최고로 황홀했는지, 그리고 어떻게 지금처럼 성숙한 여자가 되었는지, 이 모든 게 다 리처드라는 이름의 그 남자 덕분이라고. 그러자 존이 말하더군요. "내가 참지만 않는다면, 나도 너를 격렬하게 사랑할 수 있는데." 하지만 그는 그러지 않았어요. 어째서일까요? 내가 그에게 손길을 주지 않았기 때문에, 내가 그의 눈을 들여다보고 그가 원하는 이미지를 보지 못했기 때문에. 그럴 수도 있어요. 하지만 전 너무 지쳐 있고, 좀 비틀린 의미에서 너무 고상하답니다. 역겨워요. 그가 희생자를 자처해도, 나는 그를 원하지는 않을 거예요. 그래서 나는 아무렇지도 않게, 장난처럼, 그렇게 내버려두지 않겠다고, 그런 사랑은 사산아니까 하고 말해버렸어요. 그런 사산된 사랑을 얼마나 많이 낳아봤는지 몰라요.

그러고는, 쓰디쓰게, 저는 말하죠. "내가 리처드를 사랑하는 걸까? 아니면 정절이라는 도착적인 딱지를 걸고 고상하고 고독하고 사랑 없는 고고한 자세를 견지하기 위해, 그를 핑계로 이용하는 걸까? 그를 그런 식으로 이용하고 있다면, 막상 그이가 나타나면 나는 그를 원할까? 깡마르고, 신경 예민하고, 작고, 우울하고, 병약한 그를? 아니면 차라리 현실 세계의 보기 싫은 세부 사항들을 깎아 다듬어, 강인한 정신과 영혼, 그리고 불타오르는 잠재력을 혼자 간직하는 편이 좋을까? 겁쟁이 같으니라고."

그리고 예기치도 못했는데 아침 식사 때 식당으로 들어온 세 명의 똑똑한 여자아이들이 이상한 표정을 지으며 돌아서더니 계속 이야기를 하다가 밀네 부인이 들어오자, 자기네들이 쓰는 단어들의 주제를 슬며시 감추면서 말을 맺는 거예요. "너무 이상해, 그냥 불길만 들여다보고 있다니"라고. 그러니까 그동안 그녀들은 내가 미쳤다고 욕하고 있던 거였어요. 바로 그런 식이에요. 왜냐하면 두려움은 이미 그 자리에 있기 때문이에요. 그리고 그렇게 자리 잡은 지 너무나 오래되었기 때문이에요. 그토록 힘겹게 다시 쌓아올린 현실 세계의 모서리와 형태와 색채들이 한순간의 회의에 빠져 못 쓰게 되어버리고, 블레이크 시에 나오는 달처럼 "돌연 꺼져버리는" 거예요.

병적인 두려움. 지나치게 항변하고 있는 두려움. 의사에게 가봐야 해요. 이번 주에 정신과 의사를 찾아가려 해요. 그냥 만나보고,

거기 존재한다는 걸 알기만 해도 좋겠어요. 아이러니하지만, 의사가 필요하다는 생각이 들어요. 내겐 아버지가 필요해요. 어머니가 필요해요. 그 앞에서 목 놓아 울음을 터뜨릴 만한, 나이 많고 현명한 사람이 필요해요. 하느님에게 말을 걸어봐도, 하늘은 텅 비어 있고, 오리온은 그저 지나쳐 걸어갈 뿐 대답하지 않아요. 마치 나병 환자 나사로 같은 느낌이 들어요. 성경의 그 일화는 대단한 매혹을 지녔지요. 한 번 죽었던 나는 다시 살아났고, 심지어 자살 충동이 지닌 단순한 감각적 가치를 상습적으로 만끽하려 하잖아요. 죽음에 아주 가까이 다가갔다가, 갈수록 짙어만 가는(나의 상상일 뿐일까?) 흉칙스러운 징표와 흉터를 뺨에 달고 무덤에서 뛰쳐나오는 일이 주는 감각적 매혹. 흉터는 발갛게 바람맞은 피부 위에서는 죽음의 반점처럼 핏기 없어 보이고, 사진에서는 무덤처럼 칙칙하고 겨울처럼 창백한 피부에 대조되어 갈색으로 색이 어둡고 짙게 나온답니다.

그리고 나는 읽는 책이나 내가 쓰는 글과 스스로를 지나치게 동일시하곤 해요. 저는 〈이상한 간주곡*Strange Interlude*〉의 니나예요. 나 역시 남편, 연인, 아버지와 아들을 모두 한꺼번에 얻고 싶어 하거든요. 그리고 내 시들을, 소소하고 입발림만 그럴듯한, 지독하게 깔끔하고 지독하게 사소한 나의 시들을《뉴요커》지에서 받아줄 거라는데 저는 끔찍하도록 절박하게 매달리고 있어요. 그래서 그 금발 녀석*에게 복수할 수 있도록. 고작해야 종이 위에 쌓은 활자의 둑에 불과한 것일 텐데, 그것이 모든 질시와 모든 옹졸한 질투를 한꺼번에 끝장낼 창조력의 홍수를 막을 수나 있다는 듯이 말이에요. 제발 너

* 플라스가 라이벌로 생각했던 미국 유학생이다.

그럽게 봐주세요.

그래요. 그게 스티븐 스펜더가 케임브리지 비평에서 놓친 부분이에요. 그리고 기괴한 부분을 두고 농담하고 꼬집는 인색한 중상모략에서 내가 놓친 부분이기도 하고요. 우리들의 모습은 또 어떤가요. 칼들을 서투르게 들고 휘두르며, 토스터며 식탁 위 은제 식기들을 쓰러뜨리고, 어색하게 부여잡는 환희의 손아귀에 고든의 목걸이를 망가뜨리고, 리처드의 저녁 식사를 빼앗고, 내게서 잠과 방과 열쇠를 빼앗아가고도 아무런 신경도 쓰지 않고, 극단적으로 무심하게 굴고 있는 제인은요. 이보다 더 상징적일 수가 있나요? 원망은 갉아먹어요, 그리고 그 먹이를 죽여요. 제인도 후회하고 원망할 능력이 있을까요? 그녀는 거대한 정복자 청년들과 한패거리인걸요. 창조적인 남자들. 우리한테는 성마른 철부지 강아지들밖에 없는데. 우리도 그런 다른 남자들을 찾아낼 수 있을까요? 우리한테는 우리의 크리스, 우리의 냇이 있지만. 하지만 그 남자들이 정말 우리 것일까요?

관용. 그래요, 오늘, 저는 크리스를 용서했어요. 나를 버린 것도, 그리고 내게 작은 상처를 준 것도 용서했어요. 물론 그가 사귄 얼굴 모르는 여자 두 명이 내 마음을 아프게 하는 이유는 오직, 내가 내 남자들을 얻기 위해 모든 여자들을 적대시하고 싸우기 때문일 뿐이지만. 내 남자들. 나는 여자고, 충성심 따위는 없어요. 어머니와 딸 사이에도 마찬가지죠. 우리 둘 다 아버지를 두고, 아들을 두고, 육체와 정신의 잠자리를 두고 싸워요. 저는 또 존도 용서해주었어요. 썩은 이와 형편없는 혈색을 지녔다는 잘못을 말이죠. 왜냐하면 존은 인간이니까요. 그리고 "나한테는 인간적인 부류가 필요해"라는 생각이 들었거든요. 거기 그렇게 앉아 있는 존마저도 우리들의 그 현명한 말씀들로 거리를 두고 보면, 아버지가 될 수 있을 것 같아요. 그리고 저는 한 남자가 저를 그렇게 품어주기를 바라며 절절하게 절규한답니다. 아버지이자, 한 남자인 어떤 남자가.

그래서, 이제 저는 밤마다 말을 걸 거예요. 나 자신에게. 달에게. 오늘 밤 그랬듯이, 산책도 할 거예요. 갓 내려 쌓인 눈 위로 무수한 불꽃을 튀기며 찬란하게 빛나고 있는, 차가운 달의 청회색 속에, 나 자신의 고독을 시기하면서. 스스로에게 말을 걸면서 검은 나무들을 바라보면, 그들은 축복처럼 중립을 지킨답니다. 사람들과 마주대하고, 행복하고 연약하면서도 똑똑한 척하는 것보다 훨씬 더 수월한 일이지요. 가면을 벗고, 저는 걸어요, 달에게 말을 걸며, 귀로 듣지는 못해도 그저 내 존재를 받아들여주는 중립적이고 몰개성적인 힘에게 말을 걸며. 자연은 나를 질책하고 괴롭히지도 않아요. 저는 제가 사랑하는 청동 소년 상에 다가갔지요. 아무도 그에게 관심을 가져주지 않는다는 것도 한 가지 이유였을 거예요. 그러고는 웃음 짓는 그 섬세한 얼굴에 쌓인 눈을 손으로 쓸어주었어요. 소년은 그렇게 달빛 속에, 쥐똥나무 덤불 울타리가 그린 반원 한가운데, 파도치는 그의 돌고래를 안고, 고요하게 미소를 지으며, 보조개가 있는 한쪽 발로 균형을 잡은 채, 그렇게 가만히 서 있더군요. 검은 조상의 팔다리에 눈이 쌓여 선이 하얗게 에칭화처럼 두드러져 보였어요.

그 소년은 〈우리가 죽어 깨어날 때*When We Dead Awaken*〉의 아이가 되었어요. 그리고 리처드는 내게 아기를 절대 주지 않을 거예요. 내가 바랄 수 있는 아기는 오직 그이의 아기뿐인데. 낳아서 기르고, 아기를 갖는 걸 참을 수 있는 단 한 사람의 남자는 그이뿐인데. 하지만 저는, 그래도 두려워요. 기형아를 낳을까 봐. 내 배 속에서, 시커멓고 추한 백치 아기가 자랄까 봐 말이에요. 내가 항상 내 눈알의 거품 뒤에서 왈칵 터져 콸콸 쏟아질까 봐 두려워하는, 그 오래된 타락과 부패처럼 말이에요. 리처드가 여기 나와 함께 있고, 내가 그이의 아이로 몸이 커다랗게 붇고 있다고 상상해요. 저는 바라는 게 점점 더 적어져요. 그이를 마주 보게 되면, 그냥 이렇게 말할 거예요. "네가 강인하지 않아서, 수영을 하고 요트를 즐기고 스키를 타지 않아서 나는 슬퍼. 하지만 네게는 강인한 영혼이 있으니까, 너를 믿고 너를 이 지상에서 불패의 존재로 만들어줄게." 그래요, 제게는 그런 힘이 있어요. 대부분의 여자들은, 정도의 차이가 있을 뿐, 다들 그런 힘을 가지고 있지요. 하지만 또한 흡혈귀도 있답니다. 오래된, 원초적 증오 말이에요. 정열적인 순간에 끔찍한 철부지가 되어버리는 오만한 남자들을 거세하고 돌아다니고 싶은 욕망 말이에요.

나선형 탑의 빙글빙글 도는 계단들을 따라가다 보면, 어쩌면 이렇게도 처음 그 자리로 돌아오게 되어버리는 걸까요! 저는 어머니가 절실하게 그리워요, 심지어 고든도 그리워요, 그의 약점들이……. 내겐 역겨울 정도지만. 게다가 그는 경제적으로 편안할 테니까요. 또 핸섬하고 강인하기도 하고. 그이는 스키도 타고, 수영도 하지만, 신 같은 자질이 아무리 많다 해도 내게는 위안이 되지 않아요. 그의 마음은 약하고, 육체적으로는 결함이 있으니까요. 아, 이런, 그가 약하다는 사실을 증명하고 싶은 마음 하나로, 그를 가져볼까 싶기도 하답니다. 내 의심이 그에게 강인해질 기회를 주지 않겠지만 말이죠. 내가 아주 조심하지 않는다면. 저도 그이가 강해진다면 좋겠어요. 다만 희망이 너무나 희박하다는 게, 너무 늦었다는 게 문제지만.

제게 있어 단 하나의 완벽한 사랑은 동생을 향한 사랑이랍니다. 워런을 육체적으로 사랑할 수 없기에, 영원히 사랑할 테니까요. 그리고 약간은, 그의 아내를 질투하기도 할 테고요. 이상하죠, 그토록 정열적으로, 그토록 부딪치고 눈물 흘리고, 그토록 맹렬한 기쁨을 겪어본 지금에 와서, 다른 이들과의 피상적인 유희에 이토록 마음이 차가워지고 이토록 혐오감을 느끼다니요. 내게는 이 혐오스러운, 섬광처럼 짧은 매혹이 운명처럼 지워진 모양이에요. 왜냐하면, 한 번씩 그런 매혹이 스쳐 지나갈 때마다 리처드에게 훨씬 더 가까워지거든요. 그리고 아직도 저는 유럽에 어떤 남자가 있어 내가 만나고 사랑하게 될 거라고, 그가 이 강력한 우상에게서 나를 해방시켜줄 거라 믿고 있어요. 내게 목표를 주고 작업할 수 있는 정신을 주어 나로 하여금 그이의 약한 마음조차 받아들이게 만들고, 내가 강인하게 만들어줄 수 있는 그런 남자가.

그런데 이제는 너무 늦어요, 너무 늦어지고 있어요. 그리고 저는 또 한 주가 시작될 때면 늘 느끼는 공포에 빠져들어요. 읽지도 생각하지도 못하는 바람에 별것도 아닌 연구 과제들조차 제대로 해내지 못할 지경인걸요. 그리고 그때의 단편 〈방스*Vence*〉(《뉴요커》가 내 시들과 함께 퇴짜 놓은 게 분명하지만요. 이렇게 용감하게 말하고는 있지만 사실 이 말이 거짓말이라 믿고 싶어요. 왜냐하면 리처드에 대한 내 사랑이 그 단편에 스며 있거든요. 약간의 위트도 함께. 그리고 저는 그 소설이 활자화되어 동결되길 바라지, 퇴짜 맞기를 바라지 않아요. 보세요, 얼마나 위험천만한지! 저는 또 원고 탈락에 지나치게 감정을 이입하고 있어요) 이후로는 아무것도 쓰지 못했어요. 하지만 어떻게 입을 다물고 말없이 계속 지낼 수가 있겠어요? 여기서는 이야기를 할 만한 사람이 단 한 사람도 없는데. 전부 끔찍하게 사건에 연루되어 있는 당사자가 아니면, 내가 불행하다는 걸 알고 최소한 기뻐하기라도 할 만큼의 친분도 없는 사람들뿐이에요. 소리 질러 리처드를 부르고 싶어요. 고향의 친구들에게 소리소리 고함을 지르고 싶어요. 여기 와서 나를 구해달라고. 내 마음속의 불안감에서 나를 구출해달라고요. 하지만 나 자신을 통해 싸워나가야 하는 문제인 거예요. 여기서 내년을 마치며, 독서와 사유의 부담을 즐기면서. 그러는 동안 내 등 뒤에서 시계가 조롱하듯 짤깍짤깍 소리를 내겠지요. 인생이 스쳐 지나가고 있어, 내 인생이.

정말 그래요. 그리고 저는 황량한 땅에서 내 청춘과 빛나는 나날들을 소모하고 있어요. 잠자리에 들고 싶던 그날 밤 얼마나 울었는지 몰라요. 그런데도 아무도 없었어요. 성탄절을 꿈꾸고, 내가 그토록 사랑했던 리처드와 함께 보냈던 작년의 꿈꾸는 나의 몽상뿐. 마지막 남은 형편없는 셰리주를 다 마셔버리고, 호두를 몇 개 부수어 깠지만, 전부 시어지고 시들어서 안에는 먹을 게 하나도 남지 않았더군요. 그리고 물질적인, 비활성의 세계가 나를 조롱했어요. 내일 뭐라고요? 항상 가면을 깁고, 목표량의 절반에도 한참 못 미치는 독서를 한 핑계만 대겠죠. 하지만 인생이 스쳐 지나가고 있잖아요.

저는 이 세계의 핵심적 본질을 꿰뚫고 싶어요. 빨래와 라일락들, 일용할 양식과 달걀프라이, 그리고 한 남자, 짙은 검은 눈의 이방인, 내 음식과 내 육체와 내 사랑을 먹으며 하루 종일 이 세상을 휘저으며 돌아다니고 밤이면 내게서 안식을 찾기 위해 돌아오는 남자가 있어 제가 이 삶에 닻을 내리게 해주었으면 좋겠어요. 그 남자가 내게 아기를 선사해주면, 그 아기는 다시금 내가 저를 향해 눈 뭉치를 던지는 족속들의 일원이 되게 해주겠지요. 눈 뭉치를 던지던 아이들은, 그들이 내려치는 대상이 속속들이 썩었다는 걸 감지했던 걸까요?

글쎄요, 엘리가 올여름에 오기로 했고 (어머니와 프라우티 부인도 함께) 다음 가을에는 수가 오기로 했어요. 둘 다* 내가 사랑하는 계집애들이고, 무엇보다 그 애들과 함께 있으면 온전히 여자가 될 수 있답니다. 그리고 우리는 끝도 없이 수다를 떨고 또 떨 거예요. 저는 행운아예요. 그건 그리 오래 기다리지 않아도 되니까. 하지만 생각해보면, 나는 얼마나 많은 걸 베풀고 있죠? 아무것도 없어요. 나는 이기적이고, 겁에 질려 있고, 있지도 않은 글을 쓴다면서 몸을 지나치게 사리며 징징 울기만 해요. 하지만 어쨌든 지난 학기보다는 나아요. 그때는 밤이면 밤마다 노란 옷을 입고 소리를 질러대는 창녀가 되어 미쳐 돌아가고 있었으니까요. 미친 시인. 딕 길링은 참 총명하기도 하죠. 하지만 그 사람은 굉장한 육감을 지니고 있어요. 하지만 제게는 그런 감성도 없고, 그러니까 그렇게 유연한 감성도 없고, 배짱도 없었어요. 하지만 저는 계속하기를 거부했지요. 대성할 수 없다면, 초라한 존재가 될 수는 없다고 생각했던 거예요. 저는 후퇴해서, 글을 썼지요. 그리고 글쓰기가 훨씬 나았어요. 일주일에 희곡 두 편 대신 열다섯 편을 썼으니. 숫자일 뿐이라고요? 그것뿐만 아니라 탁월한 기교를 성취해냈다는 진짜배기 느낌과 가끔씩 비치는 통찰의 빛이 중요한 거죠. 그게 우리가 기다리는 거랍니다.

리처드가 저를 다시 필요로 하는 날이 오기나 할까요? 내 거래

* 고향의 옛 친구들을 가리킨다. (옮긴이)

조건 중 하나는, 그이가 날 필요로 할 때까지는 침묵을 지킨다는 거예요. 어째서 이렇게 남자가 주도권을 쥐는 경우가 많은 거지요? 여자들도 할 수 있는 일이 많지만, 이런 일과는 아무 관계가 없잖아요. 저는 아무것도 할 수가 없어요. 뭔가 명예나 자존심 때문에 그에게 편지를 쓰지도 못하면서 (내가 그이를 얼마나 사랑하는지에 대해서는 더는 주절대지 않겠어요) 그이가 나를 필요로 할 때까지 기다려야 한다니. 향후 5년간, 그런 일이 있기나 한다면. 그리고 맞아, 사랑과 신념으로, 신랄해지고 냉담해지고 원한을 품게 되지 않고, 다른 사람들을 도우면서 기다려야 하는 거예요. 그게 구원이에요. 내면의 사랑을 베푸는 것. 무슨 일이 있더라도 인생을 사랑하는 마음을 간직하고 다른 사람들에게 베푸는 것. 관용적으로.

플라스는 또다시 자신이 몹시 심각한 우울증에 빠져들고 있음을 알았다.

2월 20일 화요일

의사 선생님, 저, 몹시 아픈 것 같아요. 배 속에 심장이 달려서 펄떡펄떡 뛰며 저를 조롱하고 있어요. 별안간 하루의 단순한 의례들이 고집 센 말처럼 꿈쩍도 하지 않으며 제 말을 듣지 않아요. 사람들의 눈을 똑바로 쳐다보는 건 상상할 수도 없어요. 썩어빠진 부패가 또다시 터져 콸콸 쏟아져 나오는 걸까요? 누가 알겠어요. 일상적인 대화가 필사적이고 절박한 애원이 되어버려요.

적개심도 커지고 있어요. 병든 마음에서 우러나오는 위험스럽고, 치명적인 독액 말이에요. 정신도 병들었어요. 우리가 중립적이거나 적대적인 세상에 날마다 새기려 싸우고 있는, 내 정체성의 이미지가 내면에서 붕괴하면, 우리는 짓뭉개진 느낌이 들지요. 복도에 줄을 서서, 치즈크림소스를 끼얹은 달걀 완숙과 매시트 포테이토, 누렇게 뜬 파스닙*으로 차려진 형편없는 저녁 식사를 기다리고 있노라면, 귀에 어떤 여자애가 다른 애한테 "베티는 오늘 우울한가 봐"라고 말하는 소리가 들려와요. 항상 행복하지 못한 사람이 저 말고 또 있다는 걸 알게 되는 게, 거의 믿기지 않을 정도로 엄청난 위로가 되더군요. 이렇게 암흑 속으로 깊이 발을 들여놓았을 때는, 정말 최악의 저기압인 게 틀림없죠. 다른 사람들이 '남'이라는 이유만으로 다들 상처 따위는 절대 받을 수 없는 존재로 느껴지니까. 그건 빌어먹을 거짓말인데도.

하지만 저는 또다시 상대성 속에 허우적거리고 있어요. 불확신. 이건 정말이지 지독하게 불편해요. 남자들과의 관계에서도(리처드는 가버리고, 여기엔 사랑할 사람이 아무도 없어요), 글쓰기에서도(거절당할까 봐 너무나 노심초사하고, 형편없는 시를 쓸까 봐 너무 절박하게 매달리며 겁에 질려 있고, 하지만 그래도 단편 소설에 대한 아이디어들은 있지요. 곧 시도해볼 거예요), 여자친구들과도(기숙사 전체에 의혹과 딱딱한 어색함이 감돌고 있어요. 어디까지가 편집증으로 인한 투사일까요? 망할 진실은, 그네들은 동물이 피냄새를 맡듯 불안감과 치졸함을 감지해내는 능력이 있다는 거예요), 공부에서도(프랑스어를 포기하고 나니, 잠깐 동안 대단히 사악하고 게으름뱅이 같다는 기분에 시달리고 있어요. 뭔가 보상을 해야 해요. 또, 토론 시간에 멍청이가 된 느낌이에

* 네덜란드산 나물의 일종이다.

요. 비극이 도대체 뭐죠? 바로 저예요.).

그래요. 자전거를 정비소에 맡기고, 우유를 섞은 커피를 꿀꺽꿀꺽 넘기고, 감자를 섞은 베이컨과 양배추 요리와 토스트를 꾸역꾸역 먹은 후, 어머니한테서 온 편지 두 장을 읽었더니 상당히 힘이 났어요. 어머니는 정말 용기 있는 분이에요. 할머니와 집안일을 다 꾸려나가면서, 새로운 인생을 세우고, 유럽을 꿈꾸고 계시니. 어머니가 여기 계시는 동안 행복한 나날이 되도록 해드리고 싶은데. 어머니는 교직에 대해서도 격려를 해주셨어요. 일단 가르치기 시작하면, 이렇게 아픈 느낌이 좀 사라질 텐데. 얼어붙은 무기력증이 제 최악의 원수예요. 회의가 들면, 말 그대로 지독하게 앓거든요. 한계에 한계를 뚫고 나가야만 해요. 스키도 배우고(고든과 수가 내년에 오면 함께?) 올여름에는 육군 기지에서 강의를 할지도 몰라요. 그러면 내게는 아주 큰 도움이 될 텐데. 아프리카나 이스탄불에 가게 되면 부업으로 그곳에 대한 논문을 쓸 수도 있을 거예요. 로맨스는 이제 그만. 일을 해야 할 시간이에요.

정말 다행이죠. 《크리스천 사이언스 모니터》가 케임브리지에 대한 글과 그림을 사주었어요. 좀 더 글을 쓰고 싶다는 내 요청에 대해, 편지까지 써줄 게 틀림없어요. 하지만 《뉴요커》가 시들을 거절해 내 배를 정면으로 강타하는 게, 어느 날 아침이 될지 몰라요. 아, 세상에, 편집자가 새총을 쏘기만을 기다리며 우스꽝스러운 오리들처럼 줄줄이 늘어서 있는 시들처럼 한심한 것에 삶이 좌지우지되다니, 정말 한심하지 않나요?

오늘 밤에는 오닐*의 희곡들에 대해 생각을 해야만 해요. 가끔씩, 공포에 질릴 때면, 마음속이 하얗게 백지로 변해버리고, 세상이 허공만 남겨놓고 바람처럼 사라져버리고, 갑작스레 지쳐 쓰러지도록 미친 듯이 달리거나 밤에 쉬지 않고 몇 마일씩 걸어야 할 것 같은 기분에 휩싸이게 되죠. 도피하려는 걸까요? 아니면 스핑크스의 수수께끼를 풀 수 있을 만큼 충분히 혼자이고자 하는 걸까요? 사람들은 잊는다고 나사로는 박장대소하며 말했지요. 저는 기쁨과 희망으로 빛나는 순간들을 잊곤 해요. 꼭 활자로 박아두어야지. 꾸며내서라도 활자로 박아두어야지. 정직하자.

아무튼, 아침 식사 후에 후닥닥 옷을 걸쳐 입고는 그로브 롯지에서 하는 레드퍼스 교수**의 강의를 들으러 눈길을 헤쳐 종종걸음을 쳤어요. 회색빛의 날씨, 바람에 나부끼는 머리카락에 얽히는 눈발 같은 작은 환희의 찰나들을 만날 수 있었고, 빨갛게 언 뺨이 건강하다는 느낌이 들었죠. 조금 일찍 나섰더라면 천천히 더 머무를 수 있었을 텐데, 아쉬웠어요. 까마귀들이 눈으로 하얘진 울타리 위에 쭈그리고들 앉은 모습, 잿빛의 하늘, 검은 나무들, 물오리처럼 초록빛의 물이 시야에 들어오더군요. 인상 깊은 풍경. 로열 호텔 옆 모퉁이길에는 자동차와 트럭 들이 만원사례. 그로브 롯지로 서둘러 달려갔더니, 석조 건물의 잿빛이 보이는데 기분이 좋았어요. 건물이 마음에 들더군요. 들어가서 코트를 벗고 남자애들 사이에 앉았는데, 모두들 말없이 앉아만 있는 거예요. 여자 요가 수행자처럼 부지런히 탁자만 뚫어져라 바라보고 앉아 있자니 기분이 나빠져버렸어요. 그러자 금발머리의 소년이 달려 들어오더니 레드퍼스 교수가 독감에

* Eugene O'Neill, 미국의 현대 극작가다.

** 셰익스피어를 가르치던 교수다.

걸렸다는 소식을 전하지 뭐예요. 《맥베스》를 읽느라 우리는 어제 새벽 2시까지 뜬눈으로 새워야 했는데. 물론《맥베스》는 좋았지만. 해묵은 독백을 읽으며 경외심에 말을 잃었죠. 특히 "소리와 분노의 이야기" 부분에서. 참 아이러니가 아닐 수 없지요. 나는 자살하거나, 간통하거나, 살해당하는 등장인물들의 시적 정체성에 공감하고, 한동안 그들의 말을 전적으로 믿게 되거든요. 그들이 진실을 말하고 있다고.

글쎄, 그러고 나서는 시가지로 산보를 나갔고, 언제나처럼 킹스 채플의 첨탑을 바라보았고, 마켓 힐*에서는 행복한 기분이 들었는데, 가게들은 전부 문을 닫고 있었고, 세일즈 상점만 영업 중이길래 나는 그곳에서 내가 잃어버린 것과 꼭 같은 빨간 장갑 한 켤레를 샀어요. 비탄에만 빠져 살 수는 없는 일. 중립적, 객관적인 세상을 사랑하면서도 사람들에 대해 공포심을 갖는다는 것이 가능한 일일까요? 오랫동안이라면 위험한 일이지만, 있을 수 있는 일일 거예요. 저는 알지 못하는 사람들을 사랑해요. 오솔길을 건너 돌아오는 한 여자에게 웃어 보였더니, 그녀는 아이러니한 이해력을 보이며 "훌륭한 날씨지요"라고 대답하더군요. 그녀를 사랑했어요. 그녀의 눈빛에 투영된 나의 영상에서 광기나 피상적 태도 따위는 읽을 수 없었거든요. 그때만큼은.

힘들 때는 낯선 사람들을 사랑하는 일이 가장 수월해요. 그들은 무언가를 요구하는 눈빛으로 언제나 지켜보고, 또 지켜보지는 않기 때문이에요. 맬로리, 이코, 존, 심지어 크리스에게도 신물이 나

* 상점들이 모여 있는 구역이다.

요. 그들에게는 기대할 것이 남아 있지 않아요. 그들에게 나는 한때 꽃피었던 적이 있으나, 이제는 무참히 죽어버린 사람일 뿐이에요. 이것도 내게 잠재한 공포, 하나의 정신병적 증후지요. 갑자기 전부 아니면 전무를 택일해야 하는 것. 겉껍질을 깨고 황망한 바람 휘몰아치는 공허 속으로 뛰어들든가 아니든가 둘 중의 하나만 남아버리는 것. 이런 극단적 태도에서 벗어나 좀 더 정상적인 중간의 길로 돌아가고 싶어요. 이 세계의 실존에 내 존재가 속속들이 스며들어 있는 그런 삶으로. 음식을 먹고, 책을 읽고, 글을 쓰고, 말을 하고, 쇼핑을 하고. 모든 행동이 그 자체로 선한 것이고, 단순히 내재한 두려움을 감추기 위한 임시방편이 아닐 수 있도록. "삶이 흘러가버리잖아!"라고 외치며 스스로를 자꾸만 돌이키고 끝내 죽도록 자신과 싸워대는 이 마음속 깊은 곳 공포심을 어떻게든 가려보려는, 그런 병적인 치레가 아닐 수 있도록.

무서운 것은 갑작스레 현상적 세계가 차곡차곡 접혀 아무것도 남겨두지 않고 홀연히 떠나버리는 거예요. 남아 있는 것은 껍데기뿐. "프로이트" 따위의 말이나 읊조리는 인간 까마귀*들뿐. 피곤에 지쳐 잠이 온다는 것이 얼마나 고마운 일인지. 잠만 잘 수 있다면 못할 일이 없으니까. 그리고 전 먹기를 좋아해요. 또 이곳 시골의 전원을 사랑하고 산책을 좋아해요. 다만 이 영원한 질문들이 내 일상적 현실의 문을 끊임없이 두들겨댄다는 것이 문제죠. 만사가 다 똑같이 생긴 어둡고 위험천만한 세계를 불러내는 이 질문들에 나는 마치 미친 연인처럼 집착하거든요. 이 질문이 불러내는 세상에는, 구분도,

* 야바위꾼이라는 뜻도 있다.

차별도, 공간도, 시간도 없어요. 신이 아닌, 모든 것을 부정하는 악마의 영원이 휘파람을 부는 숨소리만 들려올 뿐.

우리는 이제 오닐에 대한 몇 가지 단상들로 돌아가고, 프랑스어를 못한다는 질책이며 《뉴요커》 지에서 날아올 거절의 편지, 또한 함께 빵을 나눠 먹는 사람들의 적개심과, 적개심보다도 훨씬 나쁜 철저한 그들의 무관심, 이 모든 것들에 대비해 마음을 단단히 먹어야 하겠어요.

괜찮다고 생각하는 시를 한 편 썼어요. 〈바위들이 있는 겨울 풍경*Winter Landscape with Rocks*〉. 이 시는 움직이고, 운동적이에요. 심령적 풍경이랄까. 더 큰 작품을 시작했어요. 목욕탕에서 써낸, 좀 더 추상적인 작품이에요. 너무 일반적으로 빠지지 않도록 조심을 해야죠. 안녕히 주무세요, 다정한 공주님.* 그대는 여전히 혼자예요. 스토아학파처럼 경건하게 마음을 다지고, 공포에 휩쓸리지 말아요. 이 지옥을 무사히 견뎌내고 넉넉하고 달콤하고 샘솟다 못해 넘쳐흐르는 '베푸는 사랑'의 봄을 맞도록 해요.

p.s. : 논쟁에서 이기건 지건, 원고 수락 편지를 받든 거절 편지를 받든, 그런 건 개인적 정체성의 유효성이나 가치에 대한 증거가 될 수 없다. 사람은 잘못 생각할 수도 있고, 실수를 할 수도 있고, 그냥 기술이 모자라는 장인일 수도 있으며, 단순히 무식할 수도 있다. 하지만 이런 것들이 한 사람의 총체적, 인간적 정체성의 진가를 보증하는 증표가 될 수는 없는 거다. 과거, 현재 그리고 미래!

* 《햄릿》에서 미친 오필리아가 마지막으로 남긴 말이다.

쾅! 나는 심령술사인가 보다. 좀 능력이 모자라서 그렇지. 받지도 못한 원고료를 미리 쓰면서 짐짓 겸손한 이기주의로 논하곤 하던, 내 아기 〈마티스 예배당*The Matisse Chapel*〉이 오늘 아침 《뉴요커》에서 반송되었다. 원고를 거절한다는 흑백으로 인쇄된 저주의 말뿐, 찍 그은 연필 자국 하나 찾아볼 수 없었다. 난 그 거절 편지를 사산한 사생아의 시체처럼 종이 더미 아래 쑤셔 넣어 감추었다. 그 진부한 감상에 치가 떨렸다. 특히 피트 드브리의 최근작인 번득이는 〈목신의 오후*Afternoon of a Faun*〉를 읽고 난 후로 더욱더 그러했다. 연애를 하는 데는 많고 많은 방법이 있다. 무엇보다, 진지해지지만 않으면 된다.

그런데도 간사한 내 마음은 쉽게도 적응해서, 일주일 전에 보낸 시들이 현재 꼼꼼히 검토되는 중이라고 상상한다. 틀림없이 내일이면 돌려받을 게 분명하다. 어쩌면 쪽지라도 한 장 있을지 모른다.

2월 25일 토요일

그리하여 우리는 때를 박박 밀고, 머리를 상쾌하게 감고, 내장을 다 들어낸 기분으로 휘청 어지럽다. 위기가 지나갔다. 우리는 전열을 재정비해, 낙관주의의 빳빳한 기병대대를 지휘하며 전진하리라. 돌진, 돌진. 이번 주 초에 나는 지난 학기에 그 많은 남자들한테 최후통첩을 한 게 너무나 어리석은 짓이었다는 생각을 하기 시작했다. 정말 웃기는 일이다. 이래서는 안 되는데. 시간을 같이 보낼 수 있는 사람을 내 마음대로 선택할 수 없어서 그런 게 아니라, 그렇게 결정적이고 적나라한 짓밖에는 할 일이 남아 있지 않은 상황을 맞은 데에는 틀림없이 뭔가 이유가 있었을 테니까.

아마 그건 내가 찾아오는 남자마다 지나치게 심각하게 반응하기 때문인지도 모른다. 존재의 번잡스러운 절차들이 휙 사라져버리고 빛과 어둠, 밤과 낮밖에 남지 않았을 때 찾아오는 것과 똑같은 공포가 그네들을 사로잡았을지 모른다. 존재의 결을 만들어내는 육체적 기벽들이라든가 사마귀들, 굳은살이 박인 강한 주먹 같은 것들은 다 사라지고, 전부 아니면 전무가 되어버리는 것이다. 전부인 남자는 하나도 없으니, 그 결과 당연히, 그들은 전무가 된다. 그래서는 안 되는데.

또한 그들의 두드러진 특징은 리처드가 절대 아니라는 것이었다. 결국 나는 그들에게 이 사실을 말해주고 말았다. 마치 그들이 치명적인 질병이라도 앓고 있어서, 내가, 오, 정말 유감이라는 듯이. 바보, 이젠 훈계라도 해봐. 이코와 해미시라는 이름의 남자애들을 있는 그대로 받아들여. 커피일지도 모르고 럼일지도 모르고《트로일러스와 크리세이드*Troilus and Cressida*》일지도 모르고 아니면 물레방앗간에서 먹는 샌드위치일지도 모르잖아. 이런 작고 구체적인 사물들은 그 자체로 좋은 거야. 꼭 내 것, 참된 내 사랑인 "유일한 육체" 속에 있는 이 세상의 "유일한 영혼"과 함께 그런 일을 해야 할 필요는 없잖아. 현실적인 마키아벨리적 생활이 어느 정도는 필요하다. 좀 무심한 자질을 계발해야 하는 거다. 피터*와도 지나치게 심각하게 굴었지만, 그건 그때 피터가 그 심각함 너머의 명랑한 자질을 발견할 만큼 깊이 동참해주지 않았기 때문이었다. 리처드는 그 기쁨을, 그 비극적인 기쁨을 안다. 그리고 그이는 떠나버렸고, 나는 어쩌면

* 피터 데이비슨을 가리킨다. (옮긴이)

기뻐해야 하는 건지도 모른다. 아무튼 지금 와서 그이가 나와 결혼하고 싶다고 하면, 좀 당혹스러울 것 같다. 아마, 틀림없이 청혼을 거절하게 될 것 같다. 어째서? 왜냐하면, 우리 둘 다 안정을 찾아가고 있고, 왠지 그이를 받아들이면, 덩치 크고 인습적인 남자를 이상형으로 생각하는 소박한 부르주아 삶이라는 내 출신에 그가 파묻혀 익사하고, 짓이겨져 망가질 거라는 생각이 든다. 그이는 나와 편안하게 한집에서 살 만한 남자가 아니다. 어쩌면 언젠가는 그도 역시 가정을 원할지 모르지만, 지금 같아서는 꿰지게 멀리 떨어져 있는 게 사실이다. 우리 삶은 아주 사적이고 은밀할 것이다. 그이는 아마 틀림없이 내가 갖지 못한 출신과 배경을 아쉬워할 것이다. 나는 건강한 육체적 건장함을 아쉬워할지 모른다. 이 모든 게 얼마나 중요한 거지? 모르겠다. 망원경의 다른 쪽을 바라보는 것처럼, 달라지는 법이니까.

아무튼, 나는 지쳤고, 지금은 토요일 오후인 데다 읽어야 할 과제들이며 써야 할 페이퍼들이 쌓여 있는데, 이렇게 몸이 괴롭지만 않아도 벌써 이틀 전에 다 끝내버렸어야 할 것들이다. 거지 같은 부비동염과 감기 때문에 감각이 모두 마비되고, 코는 꽉 막혔으며, 냄새도 맛도 느낄 수가 없고, 눈곱 낀 눈으로는 보이지도 않으며, 더 나쁜 건, 거의 소리도 들리지 않았다. 여기에 설상가상, 열에 들떠 코를 훌쩍거리며 잠을 설친 지옥 같은 불면의 밤들을 보내는 동안, 생리통(저주가 맞다, 정말)의 죽음 같은 경련과 축축하고 덩어리진 피가 왈칵왈칵 쏟아져 나왔다는 거다.

새벽이 왔고, 흑백이 얼어붙은 지옥의 회색빛으로 흐려졌다. 쉴 수도 없고, 잘 수도 없고, 아무것도 할 수가 없었다. 그게 금요일,

최악, 최악 중의 최악의 날이었다. 혈관 속에서 전투를 하며 빵빵 총포를 쏘아대는 약 기운이 온몸에 퍼져서 책을 읽을 수도 없었다. 사방에서 종소리, 나를 찾지 않는 전화벨 소리, 세상의 다른 모든 여자애들에게 보내어진 장미 꽃다발의 초인종 소리가 들려왔다. 궁극의 절망. 추녀가 된 데다, 빨간 코에, 힘은 하나도 없다니. 심령이 가장 서글플 때, 쾅, 하늘이 무너지고 내 몸이 나를 배신하다.

이제, 메말라가는 감기가 간간이 씰룩거리긴 하지만, 나는 깨끗하게 정화되었고, 다시금 금욕적인 태도와 유머감각을 되찾았다. 이번 주에는 행동 전략에 대해 몇 가지 비판을 하고 논지를 증명할 기회가 있었다. 여기서 내가 알고 있는 남자들의 목록을 작성해보고는, 경악하다. 물론, 내가 꺼져버리라고 한 남자들은 만날 가치가 없는 이들이지만(뭐, 그건 사실이다), 아는 남자의 숫자부터가 이렇게 적었다니! 게다가 지금 아는 남자들은 또 얼마나 없는지! 그래서, 나는 또다시 이제 파티와 티파티 초대를 받아들여야 할 때라고 결심했다. 그리고 데렉이 수요일에 있는 포도주 파티에 초대를 했다. 나는 늘 그렇듯 얼어붙었지만, 아마 갈 수 있을 거라고 말하고 갔다. 처음의 두려움이 지나가고 난 후로는 (나는 항상 한참 혼자 지내다 보면, 내가 처마 위의 흉측한 괴물상같이 변해버린 듯한 기분이 들고, 사람들이 손가락질을 할 것만 같다) 좋았다. 모닥불도 있고, 기타 주자가 다섯 명, 친절한 남자들, 예쁜 소녀들, 그중 그레타라는 이름의 노르웨이계 금발이 노르웨이어로 〈올드 스모키 위에서*On Top of Old Smoky*〉를 노래했고, 레몬과 넛멕을 넣은 뜨겁고 황홀한 포도주와 진 펀치는 맛도 좋았거니와 처음 익숙해지기 전에 좀 떨리던 마음을 진정시켜주었다. 그리고 해미시라는 이름의 청년이… 다음 주에 데이트를 신청했고, 순전히 우연히, 나를《세인트 보톨프 리뷰》* 지가 주최하는 파티(오늘 밤)에 데려가주겠다고 했다…….

그러니 나는… 정말 좋은 청년들을 만날 가치가 없는 여자인가 보다. 아니면 내가 문제일까? 〔내〕 시들이 정말 훌륭했다면, 가능성이 조금이라도 있을 텐데. 하지만 리처드의 눈에 비친 내 모습과 열렬한 사랑의 행위를 치르기에는 턱도 없이 작은, 피할 길 없는 비좁은 침상에서 멀리 떨어져, 달콤한 세스티나나 소네트의 한계를 훌쩍 뛰어넘는 뭔가 탄탄한 작품을 써낼 때까지는, 그때까지는 그들도 나를 무시하며 기발한 농담들이나 지어내고 있어도 좋다. 지금 생각하니 질투에 대한 유일한 특효약은 꾸준히 흔들림 없이 긍정적인 태도로 정체성과 내가 신봉하는 가치관을 형성해나가는 것뿐이다. 바꿔 말해, 내가 프랑스에 가는 게 옳다고 생각한다면, 다른 사람이 이탈리아로 간다고 해서 괴로워한다는 건 말이 안 된다는 얘기다. 비교할 이유가 없으니까.

내 감수성이 둔탁하고 열등할지도 모른다는 두려움은 어쩌면 근거가 있는지도 모른다. 하지만 나는 여러모로 무지할지언정 바보는 아니다. 나는 여기서의 프로그램을 좀 더 빠듯하게 강화하려 한다. 여러 가지 일을 대충대충 하는 것보다는 몇 안 되는 일이라도 훌륭히 해내는 게 더 중요하다는 걸 잘 알고 있기에. 그 정도의 완벽주의는 아직도 잃어버리지 않고 있다. 선택과 희생의 이 일상적 게임 속에서, 잉여적인 것에도 주의를 기울여야만 한다. 그 역시 날마다 달라진다. 어떤 날은 달月이 잉여의 사치처럼 느껴지는가 하면,

* 케임브리지의 새로운 문예지다. (옮긴이)

또 어떤 날은 정말이지 전혀 그렇지 않은 꼭 필요한 것처럼 느껴지니까…….

내 '글'과 내 '삶'의 대화는 항상 슬그머니 서로에게 책임감을 미루는 꼬락서니가 되지 않으면, 회피적인 자기 합리화가 되기 십상이다. 바꿔 말해, 나는 삶을 엉망진창으로 만들어놓고는 글을 써서 그 삶에 질서와 형태와 아름다움을 부여하겠다고 말하며 정당화하곤 한다. 작품이 출판되면, 내게 생명을 줄(그리고 삶의 특권도) 거라 말하며 글쓰기를 정당화한다. 이제, 어디쯤에서는 시작을 해야만 한다. 그리고 삶에서 시작하는 편이 좋을 것 같다. 한계를 인정하되 나 자신에 대한 믿음을 가지고 장애물을 하나씩 극복해나가며 싸워가고자 하는 강인하고 힘찬 결단력을 가지고서. 언어만 해도, 프랑스어는 배우고, 이탈리아어는 무시하고(3개 국어를 어설프게 하는 건 딜레탕트나 하는 짓이다) 독일어 실력을 다시 갈고 닦아 각각의 언어 실력을 확실히 해야지. 전부 확실히.

2월 25일

오늘 아침 정신과 의사를 찾아갔는데, 그 사람이 마음에 들었다. 매력적이고 차분하고 명망도 있는 선생님으로, 연배와 경험을 축적해둔 기분좋은 느낌이 들었다. 아버지, 안 될 건 뭐야?라는 느낌. 왈칵 울음을 터뜨리면서, 아버지, 아버지, 저를 좀 달래주세요라고 말하고 싶었다. 그 선생님께 결별에 대해 이야기했는데, 주로 이곳의 성숙한 남자들을 하나도 모른다는 사실만 불평하고 있는 나 자신을 발견하고 말았다. 또, 그 문제다! 나보다 나이가 많은 사람 중에, 내가 숭모할 만한 사람이 여기에는 단 한 명도 없다! 케임브리지 같은 데서, 이건 정말 수치스러운 일 아닌가! 이 말은, 내가 아직 만나보지 못한 훌륭한 사람들이 아주 많다는 뜻이다. 아마 젊은 학감들이나 남자들은 성숙할 텐데. 나는 모른다(그리고 난 항상 이런 질문을 하게 된다, 그 사람들이 나를 알고 싶어 할까?). 하지만 뉴넘에서는 모든 학감들을 다 개인적으로 존경했었는데. 아마 남자들이 더 낫겠지만, 그런 사람들을 지도교수로 둘 수도 없는 일이고, 그런 이들은 미스터 앨 피셔나 미스터 앨프리드 카진, 그리고 미스터 조지 기비언이 그토록 소중하게 생각하는 '친구 관계'를 한가로이 나와 맺어주기에는 너무 뛰어난 사람들일 터이다.

아무튼 나는 보이셔 박사의 친구를 찾아볼 생각이다. 그리고 부활절에는 캐러부트 부부를 만나보려 한다. 나는 그들에게 젊음과 패기와 사랑을 듬뿍 주어 나의 무지를 보상할 것이다. 가끔은 너무나 나 자신이 지독하게 어리석다는 느낌이 든다. 하지만 정말 내가 어리석다면, 그간 만났던 남자들 중 몇 명하고는 행복할 수 있지 않았을까? 아니면 내가 어리석어서 그렇지가 못한 건가? 설마. 나는 리처드를 한 방에 날려버릴 수 있는 누군가를 열렬히 갈망한다. 내게도 그 정도를 누릴 자격은 있다. 그렇지 않은가? 삶을 살 만하게 해줄, 어떤 불타오르는 사랑. 오, 세상에, 나도 요리를 하고 살림을 꾸리고 남자의 꿈들에 온 힘을 파도처럼 밀어 넣어주고, 글을 쓰고 싶다. 그 남자가 말을 하고 걷고 일하고 열정적으로 자신의 경력을 쌓아나가려 한다면. 이렇게 사랑하고 베풀 수 있는 잠재력이 내 속에서 갈색이 되어 시들어가는 건 생각만 해도 참을 수가 없다. 하지만 선택은 너무나 중요하다, 그리고 조금은 겁이 난다……. 아니, 몹시 겁이 난다…….

내가 가장 두려워하는 것은, 상상력의 죽음이라고 생각된다. 바깥의 하늘이 단순한 분홍색에 불과해 보이고, 지붕이 단순히 검은 색에 불과하게 되는 그날. 세계에 대해 역설적으로 진실을, 하지만 가치 없는 진실을 말하는 사진 같은 정신이. 그건 내가 욕망하는 하느님보다 더 왕성한 창작력으로 풍요롭게 싹틔우고 번식하며 자기 나름의 세상을 만들어나가는, 합성의 힘, '형태를 만들어나가는' 힘이다. 가만히 앉아 있으면서 아무 일도 하지 않는다면, 세상은 축 늘어진 드럼처럼 아무 의미 없이 계속 둥둥 소리를 내며 흘러가리라. 우리는 움직이고, 일하고, 꿈을 만들어나가야만 앞으로 달려 나갈 수 있다. 꿈이 없는 삶의 빈곤은 너무 끔찍해서 상상하기도 싫다. 그건 광기 중에서도 최악의 부류다. 공상과 환각 들이 딸린 그런 광기는 보쉬 전동 공구 정도의 위안이나 되면 다행이지.

나는 항상 계단을 올라오는 발소리에 귀를 기울이다가, 나를 찾는 발소리가 아니라는 걸 깨닫고 실망하곤 한다. 어째서, 어째서, 나는 한동안만이라도 금욕하는 고행자가 될 수 없을까? 왜 항상 작업과 독서를 위한 철저한 고독의 문간에서 떠나지 못하고 서성이며, 또 한편으로는 나 아닌 다른 사람의 손길과 말, 그 몸짓을 이토록, 이토록 그리워하는 것일까? 글쎄, 이 라신*에 관한 논문만 끝내면, 이 롱사르**의 연옥만 지내면, 이 소포클레스만 끝내고 나면 글을 쓰리라. 편지들과 산문과 시를. 주말을 향하여. 그때까지는 금욕주의적으로 꾹 참아야 한다.

* 프랑스 작가다.

** 프랑스 시인이다.

1월 26일 일요일

질펀한 향연 끝에 부치는 작은 비망록. 잿빛의, 그 어느 때보다도 맑은 정신의 아침이, 차가운 순백의 청교도적 시선으로 나를 바라보고 있다. 어젯밤 나는 술에 취했고, 그것도 아주아주 근사하게 취했고, 지금은 여섯 시간이나 내리 아기처럼 포근한 잠을 자고 나서 숙취에 시달리고 있다. 라신도 읽어야 하고, 타이프칠 힘조차 없다. 손이 떨리는데, 알코올 중독으로 수전증이 오거나 한 모양.

해미시가 택시를 타고 나를 데리러 왔고, 우리는 한동안 밀러스의 바에 비스듬히 기대 서서 미이슨인가 뭔가 하는 못생기고 이새가 벌어진 땅딸막하고 웃음 헤픈 남자가 지독하게 잘난 척하며, 아무짝에도 쓸데없는 주제로 끔찍하게 썰렁한 농담을 하는 걸 들어주며 지루하기 짝이 없는 시간을 보내야 했다. 해미시는 창백한 분홍빛 살결에 하늘색 눈동자를 지녔다. 나는 붉은 금빛의 위스키 맥스를 채운 술잔을 한 잔 또 한 잔 꾸준히 비워댔고, 그러다 보니 한 시간쯤 뒤 그 자리를 떠날 때엔 술기운이 강렬하게 온몸을 꽉 채워 마치 공기 중에 유영하듯 편안하고도 근사한 기분으로 걷는 느낌이 들었지. (파티에서는) 위층에서 활보하듯 울려오는 피아노의 당김음이 들려왔고, 아, 정말이지 터틀넥 스웨터를 입은 청년들과 푸른 눈꺼풀에 검은 옷을 입은 우아한 소녀들 사이에서 얼마나 집시처럼 자유분방하게 들렸는지 몰라……. 버트는 방금 아기 다섯을 받고 나온 양 환한 얼굴로 의기양양하게 나서서는 술에 심하게 취하면 어떻게 된다느니 뻔한 이야기를 지껄이고 있더니, 우리가 《세인트 보톨프 리뷰》의 시들을 훑어보고 나자 루크가 얼마나 악마적인가 하는 얘기를 시작하고는 고래고래 고함을 치며 떠들어댔다… 〔생략〕 …

짙은 구레나룻에 헝클어진 머리칼, 헐렁한 흑백 체크무늬 바지와 첨단 유행의 넉넉한 재킷을 입고 나온 루크는 몹시 몹시 취해서, 창백한 얼굴에 백치 같은……. 멍하니 미소를 띤 채, 까만 눈에 까만 머리칼을 한, 여우처럼 깜찍해 보이는 녹색 옷차림의 여자아이와 열렬한 잉글리시 자이브 댄스를 추더니, 춤곡이 끝난 뒤에도 그 여자 꽁무니만 쫓아다녔다. 댄 휴스는 아주아주 핏기가 없는, 그야말로 섬뜩할 정도로 핏기가 없고 주근깨가 박힌 얼굴을 하고 있었고, 나는 그가 쓴 영민하고 조숙하고 삐딱한 서평*을 읽은 후부터 내내 마음에 담고 있던 내 불멸의 자기소개를 읊어댈 기회를 이제야 마침내 허락받을 수 있었다. "이건 더 나은 절반인가, 아니면 더 나쁜 절반인가요?" 그리고 그는 어찌나 믿기 힘들 만큼 동안인지, 심지어 치열하게 사고할 나이도 되지 않아 보였다…….

이때쯤 내가 술 한 잔을 쏟았고, 그 술 중 절반은 내 입속으로 들어왔고 나머지 반이 손과 바닥을 적셨다. 재즈 선율이 가슴을 파고들기 시작했고, 나는 루크와 춤추며 내가 아주 못되게 굴고 있다는 생각을 했다. 강을 건너서 숲에 쾅쾅 머리를 부딪고, 시 이야기를 하며 고래고래 고함을 치고, 하지만 그는 그저 아득한 표정으로 웃고 있었다……. 그런 시들을 써낸 그가 저렇게 칠칠맞고 꾀죄죄하게 돌아다니고 있다니. 뭐, 나도 칠칠맞게 돌아다니고 있었지만. "징징 울기도 하고, 멍하니 횡설수설하기도 하고", 그런데 나한테는 그런 시들을 써냈다는 핑계조차 없지 않았던가. 행을 따라 쾅쾅 충돌하고 부딪치며, 목적에 맞게 강간한 후에 제압하고야 마는, 그런 세스티

* 휴스는 이 서평에서 플라스의 작품 하나를 은근히 웃음거리로 만들었다. (옮긴이)

나를 쓸 수 있다면, 그렇다면야 〔생략〕 …그때는… 웃어도 좋을 거라 생각한다……. 악마 베엘제붑*처럼.

그러다 최악의 일이 일어났다. 바로 그 키 큰 검은 머리의 덩치 큰 청년이, 유일하게 내게 어울릴 만큼 거대한 그가, 그동안 허리를 구부리고 여자들과 이야기를 나누던 그가, 내가 방으로 들어오자마자 이름을 물어보았지만 아무도 가르쳐주지 않던 바로 그 남자가 내게로 다가와 말을 걸었는데, 알고 보니 테드 휴스였던 것이다. 내가 고래고래 목청을 높여 그가 쓴 시를 논하고 "내 소중한, 상처 나지 않는 다이아몬드"라는 구절을 인용했더니, 그는 거상처럼 압도적인 목소리로 되받아 고함치기를, "좋아해요?"라고 하더니 브랜디 한잔 하겠느냐고 물어왔고, 나는 "좋아요"라고 또 고함을 치고는 아기를 아홉이나 열쯤 받은 듯한 표정을 하고 있는 친애하는 버트의 잘난 척 번쩍거리는 전구 같은 얼굴을 지나 옆방으로 후퇴했고, 문은 큰 소리를 내며 닫혔고, 테드는 브랜디를 사방에 튀기면서 잔에 따랐고 나는 입인 줄 알고 술잔을 쏟아부어 온통 칠칠맞게 브랜디 범벅을 하고 말았다.

우리는 마치 약에라도 취한 듯 고래고래 소리를 지르며 서평에 대해 이야기했고, 테드는, 댄이 내가 이렇게 아름다운 줄을 진작에 깨달았으면 불구자 운운하는 말은 쓰지도 않았을 거라고 말했고, 또 "편집자랑 잔 게 아니냐"라는 말이 흠칫 놀랄 정도로 많이 나왔던 내 시끌벅적한 반박문에 대해서도 이야기를 했다. 그러더니 테드는 나더러 괜찮으냐고, 아직 제정신이 있느냐고 물었고, 나는 발을 구르

* 사탄의 오른팔 격인 대악마다.

면서 물론이라고 소리를 쳤고, 테드는 옆방에 볼일이 있다면서 자기는 런던에서 일하고 있는데 일주일에 10파운드 수입을 올리고 있으며 나중에는 12파운드까지도 가능할 거라고 말해주었다. 나는 발을 굴렀고 그 역시 마루를 발로 구르고 있었는데, 갑자기 그가 세차게 입술을 부딪쳐 와락 내게 키스해온 것이다……. 테드가 목덜미에 키스를 할 때 나는 그의 뺨을 오랫동안 세차게 물어뜯었고, 우리가 함께 방을 나설 때엔 그의 뺨에 피가 철철 흐르고 있었다. 〔생략〕 나는 마음속으로 남몰래 비명을 질러대었지. 아, 그대에게 나를 줄 수 있다면, 충돌하고 투쟁하며, 그대에게 나 자신을 던질 수 있다면 얼마나 좋을까라고. 드디어 생전 처음으로 리처드를 물리칠 수 있는 단 하나의 남자를 발견한 것이다.

그리고 이제 갈색 옷을 걸치고, 정숙하고 지친 모습으로 여기 이렇게 앉아 있는 내 가슴에는 약간 아릿한 통증이 느껴진다. 하지만 계속 쓰리라. 충격 요법의 꼼꼼한 묘사를, 수줍은 감상 따위는 흔적도 찾아볼 수 없는, 빈틈없고, 강타를 날리는 짧은 묘사들을 써내리라. 그리고 다 됐다는 생각이 들면 데이비드 로스*에게 보내리라. 서두를 필요는 없다. 왜냐하면 나는 지금 필사적으로 복수심에 차 있으니까. 하지만 악의를 차곡차곡 쌓아두리라. 나는 충격 요법에 대한 묘사를 어젯밤에 생각해두었다. 미친 그녀가 죽음처럼 치명적으로 잠자는 것, 그리고 오지 않는 아침, 세세한 묘사들, 잘못된 충격 요법에 대한 번득이는 회상, 전기 처형 기구가 들어오고, 불가피하게 지하 복도로 걸어 내려간 그녀, 일어나 보니 새로운 세상, 이름도

* 《세인트 보톨프 리뷰》의 편집자다. (옮긴이)

없이, 새로 태어난 그녀, 그리고 여자가 아닌 그녀.

이제 다시는 그를 보지 못하겠지. 어젯밤 퀸즈의 현관문에 박혀 있던 대못처럼 대낮의 군중들에 박혀 있는 가시 같은 한계선. 여기엔 그의 친구들이 이렇듯 많은 데다 다들 워낙 가까운 사이일 테니 그와 잠자리를 같이하는 건 아예 틀린 일이다. 다들 웃고 떠들며 내 얘기를 했겠지. 아마 그의 눈에 난 로제의 매춘부이자 세상 둘도 없는 창녀로 비춰질 터이다. 그는 내 이름을, 실비아 하고 불렀고 어둡게 웃음 띤 얼굴을 내 눈앞에 세차게 들이밀었지. 딱 한 번만 더 그와 나의 기氣를 겨루어볼 수 있다면. 하지만 그는 결코 오지 않을 거다. 순결하고 말쑥한 차림에 총애를 듬뿍 받는 친구처럼 보이는 금발 머리는, "그건 저따위 술 취한 형체 없는 걸레한테 보여주는 연민과 혐오감의 투영이냐?"라고 말하는 듯한 표정을 짓고 있었다.

하지만 해미시는 아주 친절했고 나를 위해 싸워주기라도 할 듯한 기세였다. 그들의 손아귀에서, 그 악마들에게서 나를 구출해주는 행위로 해미시는 일종의 영웅이 된 셈이다. 그는 내가 싸울 만한 가치가 있는 여자라고, 내가 그에게 참 잘해주었다고 말했다. 금발 머리가 들어설 때 우리는 밖으로 나갔고, 오스월드는 특유의 메마른 냉소적 어투로 "인체 골조에 관해서 얘기 좀 해보지 그래" 하는 식의 말을 던졌다. 지난번 센존의 파티에서는 빨간 장갑을 잃어버렸는데, 오늘 밤에는 내 심장의 붉은빛을 다 바쳐 사랑했던 빨간 스카프를 잃어버렸다.* 아무튼 오늘처럼 헤픈 여자 같은 밤이 오는 날이면, 나는 어딘가에 은둔해 글을 쓰고 싶다는 수녀 같은 열정을 격하게 느

* 테드 휴스는 〈생일 편지〉에서 그 스카프의 색깔을 파란색으로 기억하고 있어 흥미롭다.

끼곤 한다. 나는 은둔하리라. 사람들을 만나고 싶지가 않다. 그들은 테드 휴스가 아니니까. 그리고 나는 남자한테 웃음거리가 되어본 적이 없다. 해미시는, "그 애들 다 가짜야"라고 말했지. 〔생략〕 나는 글을 쓰는 것으로서, 남다른 인물이 될 수 있을까? 언제나, 나는 글쓰기를 붙잡고 매달렸고, 품에 꼭 안고 놓치지 않으려 했으며, 서로 꼭 같은 얼굴들의 동질성, 그 흐름에 맞서 나의 글을 방어하고, 방어하고, 또 방어한다. 테드는 내 두 눈동자 뒤편, 또 그의 두 눈동자 뒤편에 있는 사막에서 불어닥친 맹풍 속에서 내 이름 실비아를 불렀고, 그가 쓴 시들은 참으로 영특하고 무시무시하고 사랑스럽다.

해미시와 나는 믿을 수 없이 오랜 시간 동안 달빛 속 안개 자욱한 거리를 마냥 걸어 다녔고, 보이는 것은 모두 극장의 배경막 같은 안개 속에 흐릿하게 번져 있었고, 검은 가운을 입은 정체 모호한 청년들이 비틀거리며 노래를 불렀다. 우리는 자동차 뒤에 몸을 숨겼고, 해미시는, "학감이 내 뒤를 밟은 게 틀림없어"라고 말했고 나는 계속 횡설수설하며 믿음을 지니면 운도 좋다는 둥 두서없는 소리를 해댔고, 뭔가를 진심으로 믿으면 물 위를 걸을 수도 있다고 주절댔지. 그렇게 내가 알지 못하는 낯선 거리들을 여럿 지나 위스키의 나라 즐거운 영국 땅에서도 머나먼 어딘가로 표류하다가, 끝내 나는 가로등을 바라보며 "테드"라 불러보고 말았고, 금세 "해미시, 해미시"라고 일부러 크게 소리 내어 부르며 스스로를 책망했다. 나를 안전하게 구출해준 것은 해미시였는데. 우리는 퀸즈*의 정문에 다다랐고 나는 아기처럼 누워서 그저 쉬고만 싶어서, 평화, 평화라는 말

* 남자 기숙사를 가리킨다.

만 끝도 없이 속삭였지. 그때 다섯 명의 남자아이들, 밤늦도록 방황하던 다섯 청년들이 다가와 나를 둘러싸더니 부드럽게 말하기를, 여기서 뭐하고 있니, 괜찮니, 좋은 냄새가 나는구나, 그 향수, 그러더니 우리가 키스해줄까, 그래서 나는 그냥 그렇게 담벼락에 몰려 서서, 길 잃은 아기 양처럼 미소 지으며, 이런, 귀여운, 귀여운 녀석들이라고 말했는데, 그때 해미시가 그들 사이를 비집고 들어섰고, 그들은 담벼락을 훌쩍 넘어 지난번에 뉴튼이 볼트 나사조차 없이 조립해놓은 나무다리를 건너 사라져갔다.

해미시가 담장을 넘는 나를 받쳐주었고, 타이트스커트를 입은 채로 나는 담장의 가시못을 넘어보려 했다. 못에 스커트가 찢기고 손바닥이 찢겼지만 아무 느낌도 없었다. 나는 아득하게 먼 곳에서 남의 일처럼 생각했다. 이제야 인도의 고행자처럼, 개미언덕 근처 십자가에 매달린 실리아 코플스턴*처럼, 못 침대에 누워도 고통을 느끼지 않는 경지에 올랐구나. 못이 손바닥을 찌르고 허벅지까지 맨살이 드러났지만, 나는 벽을 넘었다. 응당 피를 흘리고 있어야 할 쓰라리게 언 손바닥을 바라보며, 얼어붙은 성흔聖痕이구나 생각을 했다. 두 손은 피 흘리고 있지 않았다. 숭고한 취기醉氣와 믿음의 증거로 나는 벽을 넘었던 것이다. 그리고 우리는 해미시의 방으로 가서 난롯가 방바닥에 드러누웠고 나는 정말이지 그가 너무너무 고마웠다〔생략〕……. 그도 내게 꽤나 호감을 가졌는데, 난 도대체 언제나 철이 들까. 언제? 언제? 그러다 보니 어느새 2시 반이었고, 규율을 어긴다는 건 상상조차 할 수 없던 내가 학칙을 위반했던 것이다.

* 영국의 철학자이자 예수회 신부다.

우리는 성냥불 두 개를 켜고서 간신히 아래층으로 내려와 기숙사를 걸어 나왔다. 죽음처럼 적막한 초승달 모양 정원 한가운데 핏기 없이 흐릿하게 깔린 새하얀 눈에 선명하게 홀로 대조되는 어두컴컴한 형체.

그가 손짓했다. 바깥쪽 길을 따라 얼음이 되어버린 눈을 밟아 깨뜨리며, 메마르게 얼음 갈라지는 소리에 귀 기울이며, 눈밭을 건너 그를 좇으면서, 나는 한 줄기 번득이는 섬광과 이것 봐, 거기 서 하는 외침과 찰칵 하고 장전하는 권총 소리를 기다렸다. 죽은 듯 고요했고, 차가운 눈이 구두 안으로 밀려 들어왔지만 나는 아무것도 느낄 수 없었다. 우리는 울타리의 개구멍으로 기어 나왔고, 해미시는 강 위의 얼음 두께를 타진해보았다. 해미시는 수위가 얼음을 깼다고 말했지만, 얼음은 온전했고 우리 무게를 충분히 지탱할 수 있었다. 우리는 자유로이, 걸어서, 강물을 건너 집으로 돌아왔다. 그때 꿈꾸는 사람들의 죽음 같은 침묵 속에서 3시를 알리는 시계 소리가 들려왔고, 나는 어쨌든 계단을 올라 뜨거운 우유를 마시고 잠자리에 드는 데 성공했다.

그리고 오늘이 되었다. 나는 겨우 여섯 시간밖에 잠을 못 자는 바람에 피로에 지쳤고, 아마 회복되려면 내일이, 또 내일이 지나야 할 것이다. 라신에 대한 페이퍼를 써야 한다. 오늘은 라신 페이퍼를 다 써야 하고, 맬로리(못살아)와 식사를 하고 내일은 미친 듯이 롱사르에 매달려야 한다.

아마 저녁 식사 때 사람들은 나를 보고 비웃을 테지. 글쎄, 그들은 남자지만 안색이 희다고 하기는 힘들다. 그를 만나면 왜 안 되지? 하지만 테드를 다시 만나지는 못할 거다. 나는 영국의 세찬 바람을 타고 좌충우돌하고 싶다. 하지만 맑은 정신으로 그를 알고 싶다. 자제심과 타오르는 감정을 실어 그에게 편지를 쓰고 싶다. 하지만 이제 입 닥치고 오늘 밤과 내일은 잠이나 푹 자둬야겠다.

2월 27일 월요일

간결하게, 무엇보다 간결하게. 오늘은 아침 늦게까지 늦잠을 자고, 11시 30분쯤에야 어둠 속에서 잠을 깼는데, 꼭 쓸모없고 헤픈 주제에 고집만 센 여자가 된 듯한 기분이었다. 이틀 동안 해야 할 일들을 전부 해치워버리고 몸을 회복해야겠다고 결심했다. 이 피로는 내 혈관에 들러붙어 피를 빤다. 몸을 질질 끌고 돌아다니는 것보다는 앉아서 변명이라도 쓰는 편이 차라리 힘이 덜 들지만, 그래도 점심을 먹은 후 미스 B와 정면으로 마주쳤다. 기분이라도 좀 좋아지려고 바지와 좋아하는 페이즐리 벨벳 저지 옷을 차려입고서, 욕정의 어두운 힘에 대해 한 페이지를 꽉 채우는 시 한 편을 썼다. 제목이 〈추적*Pursuit*〉이다. 나쁘지 않다. 이 시는 테드 휴스에게 헌정한다.

헤프고 게으르다는 느낌이다. 사람들을 만날까 봐 뭘 먹으러 나가지도 못하다니 어색하다. 요기를 하러 어두운 눈밭을 터벅터벅 가로질러 걸어갈 수 있는 능력은, 프랑스어를 번역하고 논문 한 편을 써낼 수 있는 능력과는 완전히 다르다. 마치 최면에 걸린 것 같다. 그동안 집중적이고 간헐적으로 작업하다 보니, 이곳에 있은 지 수억 년의 세월이 흐른 것 같은 느낌이다. 하지만 프랑스어는 완전히 손을 놓아버렸기 때문에, 뭔가 속죄를 해야 하는데. 빌어먹을 어찌나 지독하게 청교도적인 양심을 갖고 있는지, 뭔가 잘못했다든가 스스로를 충분히 닦달하지 않았다 싶으면 가시처럼 나를 채찍질하곤 한다. 나는 언어 분야에서 스스로를 기만했다는 기분이 든다. 배워보려고 진짜로 노력했던 적이 한 번도 없기 때문이다. 그리고 내년에는 이탈리아어 대신 독일어 개인교습을 받아야 한다. 이번 주가 지나면 매일 (하루에 한 시간씩) 프랑스어 독해를 조금씩 해야만 한다. 그리고 작문은 두 시간. (하지만 시를 쓰게 되면, 나로서는 저항할 수 없는 느릿한 욕망에 사로잡혀 하루 종일 시간을 잡아먹어버리고 만다.)

새해의 규칙들 : 다음 학기에는 지도교수를 한 사람만 정할 것. 어학을 공부할 때 읽고 쓸 시간을 충분히 가지도록. 기삿거리가 될 만한 아이디어들을 생각해볼걸. 이런 맙소사, 케임브리지에 널린 게 과학자들이고, 인쇄물이고, 극단들인데, 나한테 배짱만 있다면 이들을 글로 다룰 수 있는 거다. 그래서 청탁을 받아 기사를 쓰는 일이 좋은 거다. 처음의 수줍음을 극복할 수 있는 핑계를 마련해주니까. 다음 학기에는 대학 대표로 선발되는 걸 노려봐야겠다. 또 파티를 한두 번 정도는 주최해야 한다. 셰리주, 홍차, 아니 심지어 한 네 사람 정도를 위한 저녁 식사라도 좋다. 어디 두고 봐야겠지. '베풀' 수 있는 일이라면 뭐든지.

오늘은 어머니께서 경구들이 씌어 있는 훌륭한 편지를 보내오셨다. 늘 그렇듯 처음에는 회의적이었지만, 정곡을 찌르는 구절을 읽었다. "너 자신을 다른 사람들과 비교하게 되면, 허영에 젖거나 억울한 느낌을 갖게 된다. 왜냐하면 너보다 더 훌륭하거나 더 못한 사람들은 늘 있기 마련이니까……. 건전한 자제력을 넘어, 너 자신에게 너그럽고 친절하거라. 너는 나무나 별 들과 마찬가지로 우주의 자식이란다. 이곳에 존재할 권리가 있단다." 이 말씀들은, 내 삶과 내 나날들에 대한 다정한 논평인 것처럼, 평화롭게 내 심장에 절실히 다가왔다. 첫 번째 말씀은 오락가락하는 내 판단을 건드렸다. 내가 알고 있는 열등하고 허물어진 남자들(결혼 상대로 고려할 수 없는)에게 절망한 나머지, 그 금발의 남자와 얼굴들을 황당무계하게 부풀려놓은 내 선택. 질시와 오만, 그리고 황금의 평균은 어디 있단 말인가? 내 것이 될 수 있고, 나도 그의 것이 될 수 있는 남자.《마드모아젤》의 다섯 편집자들이 유부녀라는 사실이 (가슴을 쿡 찌르는 통증과 함께 — 이건 내가 문제일지도 모르지만, 그 달콤한 단어 '성공'이 생각나는) 부러워진다거나,《뉴요커》에 시를 쓰면서 아내도 있고 모든 걸 다 가진 필립 부스가 부러워지면, 내면의 용기를 다질 때가 된 거다. 빈칸으로 흘려보내버리는 게 지나치게 많다. 쭈그리고 앉아 새총으로 쏘아 쓰러뜨리기만 기다리는 오리들이라도 만들어내야지, 가능하면 야심이라도 키워야지. 그렇지 않으면 부활절 방학이 시작될 때쯤에는, 나 자신이 달걀처럼 푹 썩은 채 주저앉아서 엄지손가락이나 만지작거리고 있게 될지 몰라. 우리 먼저 몸이 좋아진 다음에, 일을 하도록 하자. 그사이에는, 마음의 위안이 되도록 홉킨스의 시를 읽자.

다음은 리처드 새순에게 보내려다 만 편지가 틀림없다.

3월 1일 화요일

그럭저럭 3월이고, 밤이 아주 깊었어. 바깥에서는 따뜻하고 넉넉한 순풍에 나무와 구름이 흩어지고 별들이 질주하고 있어. 나도 정오부터 바람에 몸을 싣고 미끄러지듯 돌아다녔는데, 그러다 오늘 밤 집에 돌아와 보니, 가스난로가 마치 불사조 울어대듯 웅웅거리고 있었지. 베를렌을 읽었는데 시행들이 나를 저주하는 듯했어. 새삼스레 콕토의 영화 〈미녀와 야수〉와 〈오르페우스〉를 보고 돌아오는 참이야. 알겠니, 나 이렇게 이미 죽어버린 남자에게 편지나 쓰는 짓은 그만두고, 차라리 그에 관한 글을 써서 네가 찢어버리거나 읽어주거나 딱하게 여기도록 만들어야겠지.

그래서 이렇게 써. 스티븐 스펜더는 오늘 오후 셰리주를 마시고 있었어. 파란 눈에 백발인 그는 "인디아는 너무 실망스러워"라고 중얼거리는 조상彫像이 되어버린 지 오래고, 영겁이 지나도록 거지 신세를 면치 못할 거지 이야기를 들려주지. 젊은 청년들은 꽃과 시와 내리는 눈발처럼 섬세한 영혼으로 가득 찬 배를 떠나고 있어. 내 찻잔 속 종 모양 백발 머리의 영혼들.

떠가는 커튼의 궁전들 사이로 그토록 천천히 속삭이는 다정한 "야수"의 경이로우리만큼 포근한 상처받은 목소리를 들을 수 있어. 천사 외르트비즈와 죽음이 마치 물처럼 거울을 통해 녹아들어. 네가 프랑스어의 어휘를 전부 써서 내게 말할 때는, 마치 너의 눈 속에서만 다른 행성에서 불어온 바람이 부는 것 같아 내 가슴이 미어졌지. 난 단어 하나하나마다 피를 흘려가며 사전을 찾아야 했어.

네 편지 한 통이면 족하다고 생각했어. 넌 내게 너의 이미지를 주었고 난 그걸 이야기로, 시로 만들어냈지. 얼마 동안은 보는 사람마다 붙잡고 들려주었고, 그건 겨우내 우리 정원에서 얼굴에 눈 맞으며 몸의 균형을 잡고 있었던 청동상, 돌고래를 탄 청동 소년이라고 말하곤 했지. 그를 찾아가는 밤마다 나 그 얼굴에 쌓인 눈을 털어주곤 했다고.

난 네 이미지에 다른 가면을 씌우고 밤마다 또 꿈속에서도 함께 놀았어. 난 네 가면을 가져다, 가끔 술을 마실 때면 너를 알고 있을 것처럼 생긴 다른 얼굴들에 씌워보기도 했어. 사람들에게 과시하려고 신앙심을 시험해 보이기도 했어. 죽은 듯 고요한 새벽 3시, 달빛 아래 해자를 건너 가시 박힌 높다란 문을 올랐던 거야. 사람들은 무척 놀랐지. 못이 내 손을 관통했는데도 피가 나지 않았거든.

간단하게 말해서, 네 이미지를 내게 준 건 현명하지 못한 짓이었어. 네 여자라면 그보다는 잘 파악하고, 친절하게 대해줘야지. 넌 내게 너무 많은 것을 기대해. 알다시피 난 무수한 거울들 너머, 시간도 육체도 초월해 추상적이고 플라토닉한 땅에서 살아갈 수 있을 만큼 강하지가 못하거든.

나를 위해 이 한 가지만 더 해주었으면 해. 네 이미지를 부수고 내게서 그것을 잡아 비틀어 떼어내줘. 너는 잡을 수 없는 사람이라고, 몇 주 후에 내가 파리로 널 찾아오기를 원치 않는다고, 이탈리아로 함께 가자고 부탁하고 싶지도 않고, 죽어가는 나를 구해주고 싶지도 않다고 단도직입적으로 내게 말해줘. 나야 이 세상에서 살아가야 하는 한 어떻게든 살아가야겠지. 한밤중에 울지 않는 방법도 천천히 배워가겠지. 다만 마지막 한 가지 부탁만 들어줘. 부디 제발 여자들이 이해할 수 있는 언어로, 단순한 평서문 한 문장만 써 보내줘. 네 이미지를 죽이고 거기에 바쳤던 희망과 사랑도 지워버리라고 말이야. 그렇지 않으면 나는 청동빛 죽은 자들의 땅에서 꽁꽁 얼어붙은 채 살아가야 할 거야. 리처드라는 이름의 관념적인 폭군에게서 벗어나 해방을 찾기가 점점 더 힘들어지거든. 관념적이기 때문에, 이 폭군은 오히려 이 세상에 실존하는 모습보다 훨씬 더 강렬해……. 이제는 네게 주었던 내 영혼을 도로 찾아와야겠어. 영혼이 없는 내 육체가 죽어가고 있거든…….

1956년 3월 6일 화요일 오후

하나의 장벽을 부수어버리고 탈출하다. 나는 엄청난 고통에 시달리고 있고, 그 고통 속에 한계 지어져 있던 이해의 껍데기가 또 하나 산산이 부서지다. 깔끔하고 빈틈없이 짜여 있던 절박한 일정들은 다 사라지고, 오늘 오후 나의 리처드에게서 받은 한 통의 편지는 모든 걸 다 지옥으로 날려버렸지만, 나는 그만 갑작스레 내 속을 들여다보고 그간 두려워했던, 그리고 보지 않으려 그렇게 절박하게 싸워왔던 그 진실을 보고야 말았다. 나는 그 빌어먹을 남자애를 내가 이제껏 내 안에 지니고 있던 모든 것들을 다 바쳐 사랑하는데, 그건 정말 돼지게 사랑한다는 뜻이다. 게다가 더 나쁜 건, 도저히 멈출 수가 없다는 거다. 나도 인간인 이상, 결혼을 할 만큼 충분히, 사랑을 할 만큼 충분히, 좋아할 만큼 충분히 남자를 알게 되려면, 누구라도 두서너 해는 걸릴 게 아닌가. 그러니, 나는 이제 수녀원에 들어간 셈이다. 온갖 현실적인 목적들 덕분에. 아니, 그보다 더 나쁘다. 수녀원에 있는 게 아니라, 자기들은 리처드가 아니라는 사실을 내게 끝없이 상기시키는 남자들에게 둘러싸여 있으니. 반발심에 분노한 나머지 맬로리에게 상처를 주었고, 또 다른 남자애들을 몇 명 더 다치게 했다. (그리고 맬로리를 바라보고 있노라면 그렇게 가차 없이 행동한 건 너무나 미안하지만 도저히 다른 식으로 할 수는 없었다는 걸 이제는 안다. 내 반항심이란 게 그렇게 격하기 때문에.)

지옥에 갔다 돌아올 만큼 천국에 갔다 돌아올 만큼 나는 그를 사랑하고 사랑했으며 사랑하고 또 사랑할 것이다. 어찌 되었든, 이 편지가 마침내 그간 짜증 나게 갉작거리던 회의를 단번에 잠재우고 말았다. '너는 그이보다 더 키가 커, 너는 그이보다 더 무거워, 너는 육체적으로 더 강인하고 건강해, 네가 운동을 더 잘하잖아, 네 집안과 배경과 친구들은 그이를 받아들이고 이해하기에는 너무 평온하고 인습적이야, 그리고 그 때문에 그를 보는 네 시각도 결국 색안경을 끼게 되고 말 거야.' 이런 모든 의혹들. 자! 보라!

그리하여, 이 상처와 아픔에서, 전 재산을 다 털어 파리로 달려가, 차분히 조용하게 그와 마주하고 싶은 이 정신 나간 소망으로부터, 내 의지와 내 사랑이 어떤 문이라도 녹여버릴 것만 같은 기분으로, 바로 이런 기분으로 나는 그이의 편지에 대해 내가 썼던 답장을 다시 타이핑한다. 아마 그이는 결코 읽지 않을 테고, 아마 읽더라도 결코 답장을 해오지 않을 테지. 그이는 기요틴의 칼날처럼 깨끗하고 용의주도한 결별을 원하는 것만 같으니까.

"제발, 마지막으로 단 한 번만 내 얘기를 들어줘. 이번이 마지막이 될 테니까, 그리고 나는 지금 끔찍스러운 용기를 출산하고 있는 거니까, 그리고 이 힘은 내 자식이기도 하지만 네가 낳은 아기이기도 하니까, 그리고 네가 들어주어야 이 아기가 세례를 받을 수 있을 테니까."

이 글을 쓰는 순간 햇살이 홍수처럼 내 방으로 쏟아져 들어오고 있어. 오늘 오후에는 오렌지와 치즈와 꿀을 사면서 행복한 시간을 보냈어. 두 주일 동안이나 몹시 앓고 난 참이야. 왜냐하면 나는 가끔 가다가 한 번씩, 진정하고 충만한 영혼이 자기 곁을 떠나 함께 있지 않아도 사람은 이 세상을 살아가야 한다는 걸 깨닫게 되곤 하거든.

나는 아주 작은 동종 요법同種療法용 숟가락으로 내 열정과 집중력을 떠서 세상에 나눠주곤 해. 지하철 화장실에서 만난 코크니 여자에게 이런 말을 했을 때처럼. "보세요, 저는 인간이랍니다." 그러자 그 여자는 내 눈을 똑바로 보고 내 말을 믿어주었고, 나는 그녀에게 키스를 했어. 그리고 몰트 빵을 팔던 얼굴이 일그러진 남자에게도. 그리고 하얀 백조들이 노닐고 있는 웅덩이 위의 다리에서 오줌을 누는 개를 산책시키던 검은 머리칼의 어린 소년에게도. 이 모든 사람들에게, 나는 내가 지닌 환상적인 사랑의 충동을 나누어줄 수 있어. 작은 꾸러미로 포장해서, 약이 너무 독해 사람들이 다치거나 속을 버리는 일이 없도록 해서 말이야.

나는 이렇게 할 수 있어, 그리고 해야만 해. 무시무시한 공포가 찾아왔던 어느 날 밤인가는, 내가 그 돌이킬 수 없는 사랑으로 영영, 네게 묶여버리지 않았으면 좋겠다고 소망했어. 아기일 수도 있고 악성 종양일 수도 있는 어느 이름의 무게에서 벗어나기 위해, 발버둥치며 싸우고 또 싸웠어. 아기인지 악성 종양인지 알 수가 없었어. 두려웠을 뿐이야. 하지만 내가 울며 떠나긴 했어도(아, 세상에, 내가 정말 그랬지), 나는 가시덤불에 머리를 부딪치며, 내가 죽어가고 있다면, 죽어가면서 너를 부르면 네가 올지도 모른다고, 절박하게 생각했어. 그리고 내 약점 속에서 그 무엇보다 두려워하던 것을 발견하고 말았어. 나를 자유로운 몸으로 해방시켜주거나, 내 영혼을 돌려주는 일은, 이미 네 능력 밖이라는 걸. 너는 한 다스의 첩을 거느리고 한 다스의 언어로 말하고 한 다스의 나라들을 돌아다녀도 좋아. 그리고 나는 발버둥을 치고 또 치겠지. 하지만 나는 여전히 자유롭지 못할 거야.

여자인 내게, 이건 마치 내게 가장 소중한 가보를, 우리 집의 '터주'들을 모조리 포기해버리고 십자가에 못 박히는 시련을 겪는 것 같아. 너를 알고 사랑하던 작고, 따뜻한 몸짓들. 네게 편지를 쓰는 일(네게 뭐랄까 일기 비슷한 편지를 쓰면서 부치지는 않았는데, 숨 막혀 죽어버릴 것만 같았어. 그 편지들은 불길할 정도로 거대해져서, 쓸 때마다 내가 최악의 천사와 씨름을 하는 걸 구경하는 목격자가 되곤 했지) 그리고 네게 내 시들과 소소한 게재 건수를 말해주는 일(전부 너를 위한 시였어), 그리고 그 무엇보다 끔찍한 건, 너를 만나는 일, 아무리 짧은 시간 동안이라도, 네가 그렇게 가까이 있을 때는, 우리가 왜 그렇게 주도면밀하게 굴었는지, 그 죄를 언제 다 사하게 될지 어찌 알겠니.

내 안에 있는 이런 여성적 자질, 구체적이고 현존하고 임박한 이 부분, 침대에서 자기 남자의 온기를 필요로 하고, 자기 남자와 함께 식사를 해야 하고, 자기 남자가 자기 영혼과 함께 사유하고 소통하기를 절실히 바라는 이 부분이, 여전히 네게 소리를 치고 있어. '어째서, 어째서, 어째서 너는 그저 나를 만나고 함께 있어주기만 하면 되는데, 그걸 해주려 하지 않니? 끔찍한 세월들이, 무한한 세월들이 눈앞에 펼쳐져 있고, 우리에겐 이렇게 적은 시간만이 주어졌는데.' 이 여자, 내가 23년 동안 알아보지도 못했던, 내가 경멸하고 부정했던 이 여자가 나타나서 이제 나를 비웃고 있어. 무시무시한 발견 앞에 무릎 꿇고 그 어느 때보다 약해져 있는 나를.

왜냐하면 나는 네게 전 존재를 투신했거든. 내가 선택한 거야(비록 내가 처음으로 너를 향한 감정이 자라나도록 허락한 게 언제였는지, 그래서 이렇게 영원히 아프고, 아프고, 또 아프게 되어버렸는지 나로서는 알 도리가 없지만), 그리고 아마 이제 나도 알게 됐나 봐. 차라리 몰랐어야 하는 건데. 네가 삶을 수월하게 만들어주어, 내가 너와 함께 살아도 좋다고 말해주었다면(너와 함께라면, 이 세상에 어떤 조건이라도 상관없어) — 내가 얼마나 깊이 겁나도록 투철하게 너를 사랑하는지, 어떤 타협도 넘어, 네게 품었던 심리적 불안감을 모두 넘어, 심지어 오늘날까지 너를 사랑하는지 이제는 알아.

고상한 척하려고 이런 이야기를 하는 건 아니야. 오히려 전혀 고상한 척하고 싶지 않았어. 너와 살을 맞대고 붙어 있던 그 여자가 (아이러니하게도, 이 여자가 나를 이렇게 네 것으로 만들어버리고 있지) 이렇게 괴롭혀 나를 이런 망상에 빠뜨리거든. 언젠가는 네게서 자유로워질 수 있을 거라고. 정말이지, 얼마나 웃기는 생각이야. 어떻게 정부情婦가 나를 자유롭게 해주겠어. 심지어 너조차도, 세상에 어떤 신들이 있는지 몰라도, 아무튼 남아 있는 신들조차 나를 자유롭게 해주지 못하는데. 사방에 남자들을 늘어놓고 유혹을 해도 말이야.

심지어, 절망이 극에 달할 때는 그런 생각도 했어. 너무나 아프고 잠도 오지 않길래 누워서, 2년 전 내가 조작된 사회적 양심을 과시하려고 결혼 직전까지 갔던 그 남자*의 육체를 저주하기까지 했어. 우리는 함께 있으면 정말 잘 어울렸거든! 그래서 그는 독일로 유학을 왔고, 나는 그 애가 계속 스키를 타고 수영을 하게 만들 수만 있다면, 함께 살 수도 있을 거라 생각했지. 그가 내게 결코 편지를 쓰지 않고, 나한테 말다툼을 하게 만들지 않고(왜냐하면 내가 항상 이기

* 고든을 가리킨다.

니까), 또 침대를 바라보지 않는 한이라는 조건이 붙었지만. 난 바로 이런 비겁한 내 자신 때문에 겁이 났던 거야. 정말 그랬으니까. 그때는 지금처럼 이런 근본적인 비극적 사실을 인정할 수 없었던 거야.

내 마음과 영혼과 육체를 다 바쳐 너를 사랑해. 네 강점만큼이나 약점도 사랑해. 그리고 내게 있어 한 남자를 약점마저 사랑한다는 건, 평생 한 번도 해보지 못했던 일이야. 그리고 지난번 내가 보낸, 움찔한, 개처럼 애원하는 편지를 쓰게 만든 내 약점을 네가 거두어주고 이 역시 힘과 믿음을 지닌, 첫 번째 편지를 보냈던 바로 그 여자의 글이라는 걸 인정해줄 수 있다고 생각해봐. 그러면 내가 너를 얼마나 사랑하는지 알게 될 거야.

온전히 살아 있다고 느끼며, 팽팽하게 긴장해 내 잠재력을 백분 쓰고 있다는 느낌이 들었던 몇 번 되지 않는 때에 관해 생각해보고 있었어. 내가 나눠주는 플럼 케이크에 관객들이 신물이 날까 봐 빵가루를 조금씩 나눠주는 게 아니라, 거리낌 없이 마음과 정신을 온전히 바쳤던 때 말이야.

한 번은, 스키 슬로프 꼭대기에 서 있었어. 저 밑의 작은 형체가 있는 곳으로 내려가야 하는데, 어떻게 방향을 조정해야 할지 알 수가 없더라. 무조건 몸을 던졌어. 하늘을 날면서, 내 몸이 단단한 각오로 그 속도를 터득했다는 기쁨에 비명을 질렀어. 바로 그때 한 남자가 내 앞길에 끼어들어와 아무렇지도 않게 길을 막더니, 내 다리를 부러뜨렸어. 또 그럴 때도 있었어……. 말이 길을 건너가려고 종종걸음을 치고 있는데 등자가 벗겨지는 바람에 나만 말의 모가지를 붙들고 겨우 버티게 된 거야. 숨을 헐떡거리며 덜컹거리는 와중에 황홀한 희열이 덮치더니 이런 생각이 들더라. 이런 식으로 끝이 찾아오는 건가? 그런 생각. 그리고 숱하게, 정말 헤아릴 수 없이 숱하게, 너를 사랑하는 일, 그 맹렬한 분노와 죽음에 온몸을 맡기곤 했지. 그리고 나는, 내 평화와 온전함에 친절하게 굴기보다는 내가 스스로 칼로 벤 상처에 더욱 충실해. 나는 두 개의 세상에 살고, 우리가 떨어져 있는 한 영원히 그럴 거야.

끔찍하고 영원하고 지독한 나의 이 딱한 곤경을 별안간 이렇게 명료하게 의식하게 되고 나니, 너 역시 이런 내 처지를 이해하고 어째서 내가 그때도 지금도 이렇게 네게 편지를 써야만 했는지 그 이유를 알고 있다는 확신을 얻어야겠어. 내게 다시는 편지를 쓰고 싶지 않다면, 내게 서명도 하지 않은 하얀 백지 그대로 엽서라도 한 장, 뭔가, 그냥 뭐든지 보내줘. 내 상황이 네 생각보다 더 낫기도 하고 훨씬 나쁘기도 하다는 사실을 네가 알아주기도 전에, 그냥 이 말들을 찢어 태워버리지 않았다는 것만 내게 알려주면 돼. 나도, 이 세상에서 의미를 지니는 유일한 다른 인간에게 말을 걸고 싶어 할 정도로 사람답단 말이야.

아마 가장 경악스러웠던 건, 네가 나를 구속해버리고도 (우리 중 누구도 끊을 수 없는 인연으로 말이야. 증오, 원한, 혐오와 세상의 모든 정부들을 통해) 절개 부위를 이렇게 쩍 벌린 채 내버려두고, 흔적도 없이 사라져버린 내 심장을 그냥 이대로 내버려두고, 마취제도 없이 꿰매주지도 않고 훌쩍 떠나버릴 수 있다는 사실이었을 거야. 소중한 내 피가 황량한 불모의 수술대 위에 쏟아져 넘치고 있지만, 아무것도 자라나게 할 수 없잖아. 그래, 피를 아직도 줄줄 흘리고 있는걸. 우리가 가진 시간 동안마저도, 네가 나를 만나기 두려워하는 이유가 뭔지 궁금해져. 왜냐하면 난 너를 믿고 있는데, (한때는 그러고 싶었지만) 그 믿음이 단순히 편리를 위한 거라고는 도저히 생각할 수가 없거든. 그러니 내가 다른 여자들과 겹치지는 않을 거야. 어째서 너는 이렇게도 낙인 같을까? 왜 이렇게 철저하게 불변인 거지?

그건 나도 눈치챌 수 있었어. 네가 나와 함께 있으면, 나를 더 지독하게 구속하고, 내가 다른 사람을 만날 자유가 적어질 거라 생각했다면 말이야. 하지만 지금 내가 깨닫게 된 사실을 너도 알아야만 해. 지금까지 나는 피를 너무 많이 흘려서 이미 백지장처럼 하얗게 변해버렸으니, 칼에 찔렸던 상처도 금욕한다 해서 더는 치료될 수는 없다는 걸. 어째서 너는 우리에게 주어진 작고, 제한된 세계마저 가질 수 없도록 금지하는 거니? 어째서 그렇게도 금기시하는 거지? 너 스스로에게 이런 질문을 해보라고 부탁하고 싶어. 내게 말을 해줄 용기나 이해심이 네게 있다면.

내가 유약해질 때는, 그럴 만한 이유가 있었어. 그런데 지금은 이유를 알 수가 없어. 어째서 내가 너와 함께 파리에서 살면 안 되는지, 너의 강의를 듣고 함께 프랑스어를 읽으면 안 되는지 도무지 모르겠어. 이젠 더는 위험스럽고, 정신 나간 여자도 아니야. 어째서 우리의 관계를 (지금도 지옥 같은데. 앞으로 다가올 잔혹한 세월은 우리에게 더 많은 시련을 던져줄 텐데) 이렇게 철저하게, 지독하게 경직된 관계로 만드는 거니? 다시 얼어붙을 줄 알면서도, 감정 속에 또 녹아드는 더욱더 힘겹고 무서운 일이라 해도, 나는 기꺼이 받아들일 수 있어. 그렇게 함으로써, 함께 있을 수 있는 시간이 이렇게 적은데도 완고하게 늘 헤어져 있는 것보다는 아주 조금이라도, 극히 미미하게나마 우리가 시간과 공간을 더 잘 활용하게 될 거라는 믿음만 가질 수 있다면 말이야.

네 마음과 정신으로 이런 문제들을 검토해주기를 부탁해. 내게 갑자기 심오한 질문이 하나 생각났거든. 어째서 너는 내게서 달아나는 거니? 나라면 머리 위에 칼날의 그늘이 드리워져 있다 해도 삶의 풍요로움을 선택하리라는 걸 잘 안다고 해놓고서. 전에 너는 네가 줄 수 없는 걸 내가 바란다고 했지. 글쎄, 정말 그런가 봐. 하지만 이제 나는 뭐가 있어야만 하는지 이해하게 되었어. (그때는 전혀 몰랐지.) 그리고 또한 너를 향한 내 믿음과 내 사랑이 음주나 다른 남자의 침대에 내 몸을 던지는 일 따위로 무뎌지거나 눈가림을 할 수 있는 게 아니라는 걸 알게 되었어. 이런 사실을 새삼 깨닫고 알게 되었는데, 이제 내가 갖고 있는 건 뭐지?

이해, 사랑. 두 개의 세계. 나는 봄을 사랑한다고 믿을 만큼 단순한 사람이고, 봄의 경이로움이 오직 우리만의 것이라는 걸 네가 우리에게 부인한다면 그건 참 어리석고도 끔찍한 일이라고 생각해. 천리안이라도 된 것처럼 나를 덮쳐오는 이 이상한 깨달음 덕분에, 나는 스스로를 확신하고, 너를 향한 나의 이 거대한, 겁나도록 영원한 사랑을 굳게 믿을 수 있어. 이 사랑은 영영 사라지지 않을 거야. 하지만 어떻게 보면, 내겐 훨씬 더 힘든 일이야. 내 육체는 내 믿음과 사랑에 단단히 묶여 있기에, 다른 남자와는 결코 함께 살 수 없을 거라는 느낌이 들거든. 그러니 나는 (수녀가 될 수는 없으니까) 성녀 같은 독신녀로 살아야겠지. 그러니까 내가 법률가라든가 기자 같은 전문직 여성이 되려 한다면, 그것도 괜찮을 거야. 하지만 난 그렇지가 않아. 아기들과 침대와 근사한 친구들, 그리고 천재들이 맛있는 식사를 마친 후 부엌에서 진을 마시고 자기가 쓴 소설들을 읽고 어째서 주식시장이 이 모양 이 꼴인지 논하고 과학적 신비주의(아무튼 흥미로운 주제잖아. 어떤 형태로든 말이야. 여기서는 식물학, 화학, 수학과 물리학 등등의 분야에서 탁월한 업적을 이룬 사람들 중 상당수가 각양각색의 신비주의에 경도되어 있거든)를 논하는, 그런 근사하고 자극적인 가정을 원하거든. 아니, 어쨌든 나는 한 남자에게 이런 환경을 만들어주기 위해 존재하는 여자고, 그에게 어마어마한 믿음과 사랑의 저수지를 선사해 날마다 헤엄칠 수 있도록 해주고 자식들을 낳아줄 거야. 엄청난 고통과 자긍심으로 아주 많은 자식들을. 내가 이성을 잃었을 때는, 그래서 너를 누구보다 증오했어. 나를 여자로 만들고, 이런 걸 원하게 만들고, 너만의 여자로 만들어버리고는, 결국 평생 다른 여자들의 자식들에게 영향력을 행사하며 숭고함을 추구하는 학교 선생으로 정숙하게 살아가야만 하는, 몹시도 현실적이고 끔찍하도록 당면한 가능성에 직면하게 만들어버린 네가 미웠어. 세상 그 무엇보다 나는 네게 아들을 낳아주고 싶어. 그리고 내 불길의 어두움을 지니고 페드라*처럼 당당하게 다니고 싶어. 어떤 가혹한 벌칙이, 어떤 피에르테**가 가로막는다 해도.

어쩐지, 내게는 네가 시뇨르 라파치니***처럼 느껴지기도 해. 그는 외동딸에게 위험한 독극물만을 양식으로 먹여 키웠고 독을 가진 이국적 식물이 호흡한 공기만 마시게 했지. 그래서 그녀는 정상적 세계에서는 도저히 살아갈 수 없는 치명적인 인간이 되었고, 그녀에게 접근하는 지상의 인간에게는 죽음의 위협 그 자체가 되었어. 그래, 그게 바로 지금의 나야. 적어도 당분간은. 절망에 빠진 나머지

* 아들과 사랑에 빠진 그리스 비극의 주인공이다.

** fierté, 오만, 자존심을 뜻한다.

*** 너새니얼 호손의 단편 소설 〈라파치니의 딸〉에 나오는 등장인물이다.

나는, 정말 잔혹하게 여기 사람들을 몇 명이나 상처 주고 말았어. 왜냐하면 나도 그 정상적인 세계로 돌아가서 살면서 그 세계를 사랑하고 싶었거든. 글쎄, 하지만 그럴 수 없었어. 그리고 내게 그 사실을 가르쳐준 그들이 너무 미웠어…….

내가 혼돈 속에 〔파리로〕 간다면, 소동을 피워대며 비난을 퍼부으려 한다면, 아니 하다못해 떠나는 너를 더 힘들게 만들려고 한다면(아마 그럴지도 모르지만, 그 정도는 참을 수도 있어), 그렇다면 너도 나에게 오지 말라고 할 권리가 있다고 생각해. 하지만 내가 원하는 건 그저, 네 얼굴을 보고, 너와 함께 존재하며, 걷고, 말하는 것뿐이야. 사랑의 시대를 함께 지난 사람들이 그럴 거라 상상하는 모습 그대로……. 열정적으로 너와 함께하는 걸 원하면서, 그렇지 않은 척하는 건 아냐. 하지만 우리는 이제, 서로에게 누구보다 친절하고 다정하게 대해줄 만큼은 함께 시간을 보냈고 서로를 이해하게 되었잖아. 그런 영원한 세월들이 우리 앞에 있다 한들, 어째서 지금 너는 나를 만나는 걸 거부하는 거니?

이 정도라면 내가 네게 부탁한다 해도, 네가 지나치게 병적으로 용의주도하다는 느낌을 받고 이 편지가 유약함을 드러내고 전염병 균을 옮길 거라는 의심을 하지는 않을 거라 생각해. 스스로를 잘 아는 여자로서, 너한테 이렇게 부탁해. 네게 용기가 있다면, 네 자신을 들여다본다면, 틀림없이 답장을 해줄 거야. 그러면 내가 네게로 가서, 네 소망을 존중해줄 테니까. 하지만 나는 지금 어째서 그런 소망을 갖는지도 물어야만 하겠어. 제발, 오 제발, 도저히 끊을 수 없는 인위적인 정체 상태를 자초하지는 마. 끊어지고 구부러지고 다시금 자라나줘. 내가 오늘에서야 겨우 그렇게 했던 것처럼.

그래, 나는 정말 그렇게 했고 이제 울음을 멈출 수 없다. 내 사랑은 오지 말라 하며 빌어먹을 해협을 건너는데도, 삶과 희망을 낚으려 애쓰며 두 뺨을 타고 홍수처럼 흘러내리는 카타르시스의 눈물. 왜, 도대체 왜?…….

그이의 편지를 읽고 밤에는 젖어 있는 어두운 소나무 길을 걸었다. 따스한 빗물이 방울방울 흘러내리며 촉촉하게 번진 별빛 아래 검은 잎사귀에서 빛나고 있는데, 끔찍하게 아픈 가슴을 부여잡고 난 울고 또 울었다. 아파요, 아빠, 아파, 아, 내가 결코 알지 못한 아빠, 그들은 내게서 아빠마저 앗아갔는데.

이런 이야기 전부 어찌나 유치하고 우스꽝스럽게 들리는지. 오늘에서야 난 내가 한 청년을 얼마나 헤아릴 수도 없이 오랜 시간 동안 얼마나 가슴 깊이 사랑했는지를 깨달았다. 매섭도록 차가운 주도면밀함으로 돌아가려는 내 발길을 막는 그 사람을. 발길 닿는 곳에 있을 때도 오지 못하게 하더니, 올봄에는 아예 끝도 없을 세월 동안 찾아가보지도 못할 곳으로 떠나버린단다. 어차피 내가 갈 수 없도록 그는 길을 막을 테지만.

제임스 조이스의 위대한 시, 〈한 무리의 군대가 육지로 돌격하는 소리를 듣네 *I hear an army charging upon the land* …〉를 떠올린다. 그리고 돌이킬 수 없는 마지막 행에는, 우레 같은 말들의 울음소리와 휘몰아치는 웃음소리, 바닷물에서 갓 나온 듯한 기다란 초록 머리칼 다음에 세상 고뇌를 한 줄에 담은 소박한 단어들이 열을 지어 있다.

> 내 마음이여, 이렇게 절망에 빠질 만큼 지혜롭지가 못했던가? 내 사랑, 내 사랑, 내 사랑, 그대는 어찌하여 나를 홀로 두고 떠났는가?

내가 남자라면 이 이야기를 소설로 썼을 텐데. 여자라고 해서, 이토록 울다 얼어붙고, 얼어붙었다 다시 울며 몸서리만 치고 있어야 한단 말인가?

강해지자. 잠을 자면서 강해지고, 지혜롭게 강해지고, 뼈와 섬유 조직까지도 강해져야 한다. 절망의 나락을 딛고 일어서 나 자신을 활짝 펴자. 어디에 누구에게 주어야 할지를 배워야겠다. 네트에게, 게리에게, 심지어 크리스와 이코에게, 그 나름대로 사랑스러운 고든에게도. 짧은 시간, 일상적인 대화에서도 각별한 애정과 우리의 현현顯現을 이룩하는 사랑을 담아 건네자. 비통해하는 것도 이제 그만. 혼자 사는 똑똑하고 외로운 여자들의 혈관 속을 흐르는, 온몸이 비틀릴 정도로 시디신 레몬*을 집어던지자.

더는 자포자기도 말고 위안을 찾아 명예를 내던지는 일도 말자. 술로 도피하거나 낯선 남자를 만나 나 자신에게 상처를 주지도 말자. 약해지지 말고 날마다 속으로 피를 흘린다고 하소연하지도 말자. 날마다 핏방울이 뚝뚝 흐르고, 흐른 피가 모여 엉겨 붙는 고통을 하소연하지도 말자. 그래, 난 아직 젊어. 스물셋하고 반, 새로 시작하기에 너무 늦은 나이는 아니야……. 끝내 그가 돌아오지 않더라도 5년 후엔 나도 새로운 삶을 시작할 수 있기를 진심으로 바란다. 몇 년 동안을, 어떻게 하면 내게 돌아오게 만들까 맹목적으로 궁리하면서 날짜만 채우며 지낼 수는 없다. 하지만 난 언제나 그와 함께 살고 싶다. 아침에 그의 잠을 깨우고 나를 반기는 그의 모습을 바라보고 그의 아이를 낳고. 아, 그의 아이를 가지면 천국이 내 것인 양 자랑스

* Fishmat, 매력 없는 여자라는 뜻의 속어다.

럽겠지……. 맙소사. 부실한 감상은 참을 수 없다. 다 집어치워버리고, 오직 결단을 내리고 실천을 해야지.

아, 누가 없을까, 수많은 이름들을 훑어내리며 누군가를 떠올린다. 내 말을 들어줘, 날 따뜻하게 맞이해줘, 진심으로. 날 품에 안고 울고 또 울도록 해줘. 그리고 내가 강해질 수 있게 도와줘. 아, 수, 아, 피셔 씨, 아, 닥터 B, 아, 엄마. 엘리에게 편지를 쓸 수도 있을 거야. 그러면 이 일을 객관적으로 바라볼 수 있으려나…….

지금 나는 사치스럽게 내 감정을 탐닉하고 있다. 지난 두 달 동안은 지나치게 경직된 채 엄격한 생활을 했다. 그렇게 홀로 보낸 두 달. 그런데 갑자기 확 풀어져서 속이 터져라 울어대는 호사를 누리게 된 것이다. 피로에 시달리고 오랫동안 앓아온 축농증으로 의기소침해진 내게는 도움이 되긴 한다. 내가 가장 쇠약해져 있을 때 나를 찾아오는 무수한 절망들.

홉킨스를 읽어야지. 우리의 삶이 무너질 때, 세상에서 가장 아름다운 거울에 금이 갈 때라면, 한 발짝 뒤로 물러나 쉬면서 치유하는 것이 옳은 일 아니던가? 왜 몸을 질질 끌고 허겁지겁 수업에 들어가야 하지? 도피를 위한 일거리 따위는 필요 없다. 내겐 휴식이 필요하다. 다행히도 하고 싶은 일, 읽고 싶은 책, 생각할 거리는 충분히 있다. 다음 학기에는 포도주 파티를, 아니면 티파티라도 열어야지. 크리스, 게리, 냇, 키이스(정말이지 상냥해 보이는 사람이지), 그리고 여자 한두 명을 더 불러야지. 적당한 사람, 적당한 인원은 대단히 중요하다. 그래야 혼란에 빠지거나, 편협하지 않게, 모두들 마음을 터놓고 대화를 나눌 수 있으니까…….

계란을 요리하고, 아기에게 우유를 먹이느라, 남편 친구들을 위해 저녁을 준비하느라 이리저리 덤벙되고 있을 그 어느 날, 난 베르그송, 카프카, 조이스를 꺼내 들고는 나를 훌쩍 뛰어넘어 저만치 앞서가버리는 그들을 부러워하며 아쉬워하고 있을 것이다. 그러나 왜 그래야 하지? 〈존슨과 채프먼의 정치 비극*The Political Tragedies of Jonson and Chapman*〉 같은 논문이나 《백치》 같은 책들을 읽고 쓰며 크룩 박사*처럼 젊고 명철한 사람들을 두려워하며 세월을 보낸 이런 여자들, 미스 버튼이니 연로한 미스 웰스포드(이제 서서히 그녀의 생기도 사그라들고 있다) 같은 노처녀들의 인생이 오히려 값어치 있다고? 난 차라리 투쟁의 삶을 살겠다. 아이들과 소네트, 사랑과 지저분한 접시들 사이의 균형을 맞춰가며, 피아노를 쾅쾅 두들기며, 스키 슬로프를 미끄러져 내려오며, 또 침실에서 침실에서 침실에서 삶을 긍정하고 긍정하고 긍정할 길을 찾아내며.

언젠가는 꼭 그런 삶을 살리라. 나는 오늘 하루를 철저한 감독하에 살아냈다. 지금 이 순간 소리 한 번 지르지 않고 의무를 다하며 산다는 것은 대단한 일이다. 점잖게, 점잖게, 금욕적인 삶을. 오늘 충동적으로 자살이란 도피라고(방어적인 태도였을까?) 말해버렸더니, 미스 버튼이 우리를 꾸짖었다. 자살은 용기 있는 행동이란다. 이 세상에 불행하고 타락한 삶만이 남았다면 자살은 그런 세상을 떠나는 용기 있는 행동이라는 것이다. 주의할 것. 우리는 그렇게 생각했다.

오늘은 또한 크룩 교수와 인간을 구원하는 사랑의 힘에 대해

* 도로시아 크룩Dorothea Krook은 플라스가 가장 존경하는 교수로 그녀에게 매우 중요하고 긍정적인 영향을 끼친 역할 모델이다. 플라스는 일기에서 크룩을 단지 '그녀'라고만 칭하곤 했다. (옮긴이)

논의했다. 이러한 사랑의 힘은 철학자 브래들리의 저서《윤리학 연구*Ethical Studies*》에서는 생략되었지만(덕분에 논지가 많이 약해졌다), 로렌스에서는 다루어지고 있다. 그래서 내 논문 〈라신에 나타난 운명으로서의 열정*Passion as Destiny in Racine*〉을 다시 돌려받았다. 교수님은 열정이 일면에 불과할 뿐 내가 주장하듯 그렇게 치명적인 대학살극이 아니라고 토를 달아주셨다. 내가 잘 쓰는 불꽃과 종양, 식욕 등의 비유를 섞어서…….

크룩 교수님 수업 후 이글에서 게리*와 멋진 점심을 먹었다. 맛있는 음식, 맥주, 분별 있는 대화, 남자들로 가득한 어두운 선술집에서 난 유일한 여자였는데, 그것도 괜찮은 기분이었다! 게리는 금발에 파란 눈이며, 점잖다는 면에서 볼 때 대단히 독일적인 사람이다. 분석적이되 서두르지 않으며 정교하고 뛰어난 사고력을 지니고 있다. 그는 전 세계의 최고 석학들을 모두 직접 만나본 것처럼 보인다. 여기서는 데이비드 데이시스, 크룩, 그리고 아마 루이스 밑에서 배우고 있으니, 실제로도 최고의 지성들을 전부 만나본 셈이다. 포스터까지도. 아무튼 우리가 만나 토론을 하던 그 어느 때보다도 기분이 좋았다. 심도 깊으면서도 차분하게 서로의 마음을 털어놓으며 이야기했고, 그에게만큼은 흥분해서 멋대로 떠들어대다가 비논리적인 데다 약간 맛이 간 여자라고 경멸당하는 느낌을 받지도 않았다.

게리와 나는 과학적 신비주의, 카드놀이, 최면술, 공중 부양, 블레이크(그는 블레이크를 한없이 존경한다) 등으로 넘어가며 토론을 계속했다. 난 윌리스 스티븐스를 이미 읽었는데 그는 방금 시작했다

* 하우프트를 가리킨다.

고 한다. 대화하는 동안 내내, 나는 말하기 전에 숙고하고, 논지를 증명하려 노력하고, 과장된 몸짓을 삼가면서, 날카롭게 기선을 잡아가는 나 자신을 발견했다. 그래, 이런 걸 더 잘 배워야겠어. 좋다고 생각하며. 본질적으로 로맨틱한 기질을 보이면서도(어처구니없을 정도로, 하지만 좋은 쪽으로 범속하다 싶은 느낌이 든다. 특별히 분석적인 기질을 가진 사람들이 흔히 그렇듯이) 조심성 있고 정확하며 논리적이기 때문에, 게리도 내게 도움이 될 것 같다. 오는 목요일에는 그와 커피를 마시고, 다음 주에는 키이스도 함께 자리해 차를 마실 계획이다. 이제는 읽어야 한다. 베르그송을 읽자.

《악의 꽃*Les Fleurs du Mal*》을 해부하며 낱낱이 분석하는 미숙한 소녀들에게 혀짤배기소리로 다정하게 말하는 미스 배럿과 함께 뉴넘의 어두운 열람실 회합에 참석하는 동안에도, 완전히 모르는 단어를 제외하면 보들레르를 한 번 보고 거의 읽자마자 즉시 번역할 수 있겠다는 생각이 들었다. 단어와 의미의 감각적인 흐름을 느끼고 그 속에 혼자 빠져들어, 그에게 읽어주고 그와 함께 살기를 갈망했다. 아마도 언젠가는 내게도 프랑스어가 아주 자연스러울 날이 오겠지…….

이 모든 일들이 울음을 그치기 위한 노력. 일요일에는 제인에게 발끈 화를 냈는데, 놀라운 카타르시스를 느낄 수 있었다. 새로 산 내 책 다섯 권에 연필로 밑줄을 그어가며 필기까지 했던 것이다. 내가 검정색으로 이미 밑줄을 그어놓았기 때문에 자기가 밑줄 몇 개 더 긋는다고 큰 해가 되진 않을 거라 여겼던 모양이다. 하지만 나는 마치 내 자식이 낯선 사람에게 능욕당하거나 두드려 맞은 것처럼 분노했다.

이처럼 끔찍한 비탄, 아픔, 권태, 두려움 속에서도 난 여전히 잘 돌아가고 있다. 아직도 자연의 축복, 아무 이유 없이 사랑스러운 사람들, 읽고 보아야 할 것들이 있으므로.

광고를 보고 재차 풀브라이트 장학금을 요청했다. 그와 함께 파리로 드라이브를 갈지도 모르겠다(키가 작고, 보기 흉하고, 못생기고, 구식에다, 기혼이라고? 그는 컬럼비아에서 박사 학위를 받았고 이야기하는 품이 젊고 현실적이었다). 그런데도 난 아침 일찍 리처드네 집에 가서는 마음을 감추고 강인하게 그 앞에 버티고 서서, 안녕이라고 말해야 할 것만 같다. 그러고 나면 파리 시내를 걸어 다닐 수 있으리라. 몇몇 사람을 찾아보고, 연극을 몇 편 관람할지도 모른다. 그러고 나서 기차를 타고 독일에 있는 고든에게 간다. 내 마음의 고통에 대해서는 전혀 모르겠지만, 다정하고 강인한 고든은 특유의 친절함으로 나를 치유해주리라. 연약한 마음이 되어 다른 사람에게 하소연하는 일만은 없을 것이다.

두고 보자. 이것이 그와 마주치려는 마지막 몸부림일지도 모른다 (그렇다, 나는 아직도 내게 힘이 있다고 믿는다. 어쩌면 그는 나를 들여보내서는 안 된다는 지시를 내려놓고 정부와 함께 자고 있을지도 모른다. 아니면 아예 집에 없을 수도 있고. 하지만 가장 나쁜 것은, 집에 있으면서도 나를 만나지 않겠다고 하는 것. 난 지금 그렇게 절망적이진 않아. 그래서 떳떳하게 찾아갈 수 있다고 생각하는 거야. 그를 진정 사랑하기에, 내가 그와 함께하며 삶을 만끽할 수 없는 이유를 이해하지 못한다. 두고 보면 알게 되겠지).

나의 마차여, 이리로 오라. 잘 자요, 잘 자.*

목요일 밤 3월 8일

펨브로크 장원을 사랑한다. 자갈 깔린 안뜰을 달려 고딕 양식 아치로 된 열쇠 구멍 창문이 있는 원형 돌계단을 올라갔더니, 마치 엘리자베스 시대의 비단옷이라도 걸쳐야 할 것 같은 기분이었다. 게리는 집에서 원두커피 한 잔과 함께 키이스와 크룩 교수(아마도 나를 받아줄 것 같다, 게리의 이야기는 낙관적이다)에 대한 소식을 가져왔다. 우리는 예일, 스미스를 비롯한 여러 사람들(그가 아는 교수들은 굉장하다), 그리고 새순에 대해 계속해서 이야기를 나누었다. 그리고 난 그에 대해 아무 일도 없었던 듯 무심코 이야기하는 금지된 기쁨을 누리고 싶다는 기묘한 충동을 느꼈다. 그래, 맞아. 나도 그를 알지. 그에 대해 말 좀 해줘. 이렇게 해서 게리는 매뉴스크립트 클럽에 새순을 받아들이지 않은 이유에 대해 꽤 냉담한 의견을 들려주었다. 그는 결코 그룹에 속할 사람이 아니었다고. 예일에도 만족하지 못했고 써야 할 논문을 전부 포기했다. 가문 따위의 영향 때문이지. 난 속으로 고소해했다. 그리고 생각했다. 맙소사. 이 얼마나 우스꽝스러운가. 내가 이런 그를 그토록 사랑하다니.

…크룩을 따라잡으려 달렸다……. 그녀는 D. H. 로렌스와 기가 막힌 우화 이야기를 들려주었다. 〈죽은 남자*The Man Who Died*〉. 몇 부분을 읽어주었는데, 〈죽은 자들*The Dead*〉**의 마지막 단락처럼, 천사가 머리카락을 쭈욱 잡아당기는 듯, 소름이 오소소 돋으면서 차가운 전율을 느꼈다. 사별한 이시스***의 사원, 찾아 헤매는 이시스.

* 《햄릿》에서 미친 오필리아의 대사다.

** 제임스 조이스의 단편 소설이다.

*** 고대 이집트 신화에 나오는 최고의 여신으로, 오시리스의 아내다.

로렌스는 방스에서 죽었고, 그곳은 바로 내가 새순과 함께 신비로운 환각을 보았던 곳이다. 나는 죽었던 여자고, 그해 봄 새순을 통해 삶의 타오르는 불길, 존재의 단호한 격정을 알게 되었다. 모든 게 오싹할 정도로 실감났다. 숱한 의미가 읽혔다. 이 중 상당한 부분이 내가 살아본 부분이다. 중요한 문제다. 저녁 식사 전에 로렌스를 끝내다…….

… 러마이어 부인이 편지를 보냈는데, 할머니께서 다시 입원을 하셨단다. 음식이 넘어가질 않는다. 내가 이 글을 쓰고 있는 이 순간에도, 할머니는 암으로 죽어가고 계실까? 그 어둡고 더러운 신비의 질병. 나는 그녀를 사랑한다. 할머니가 이 세상 밖으로 떠나가실 텐데, 거기 내가 없을 거라는 게 믿기지 않는다. 할머니가 안 계시는 집이라니, 상상할 수도 없다. 생각만 해도 아프다. 머나먼 곳에 떨어져서, 나는 할머니를 생각하며 운다. 내가 사랑했고 어둠 속으로 사라져간 그 존재들, 그 사람들. 알지도 못하는 아버지를 앗아갔다는 사실에, 나는 욕을 퍼부으며 분노를 한다. 열일곱 살 소년의 모습을 한 아버지의 정신, 아버지의 마음, 아버지의 얼굴을 나는 끔찍하게 사랑한다. 그 남자라면 사랑할 수도 있었을 텐데, 그는 사라져버렸다. 왠지 굉장히 늙어버린 것 같은 느낌이다. 나보다 나이가 많은 사람들이, 내가 그들을 알게 되기도 전에 죽어버리고, 남은 건 나보다 어린 젊은이들, 아기들뿐이라니. 나는 어두움에 너무나 가깝다. 내가 쓴 빌라넬은 아버지에게 바치는 것이었다. 아버지를 알고 싶어 욕정에 휩싸인다. 앵커에서 열린 멋진 커피 강좌에서 레드퍼스를 보고, 사실상 그에게 내 아버지가 되어달라고 애원하며 매달리다시피 했다. 부유하고 겸손하고 현명한, 나이 지긋한 남자와 함께 사는 건 얼

마나 좋을까. 조심해야 한다, 조심해야 한다. 그런 목적으로 결혼하게 되지 않도록. 어쩌면 훌륭한 아버지를 지닌 청년이라면 둘 다와 결혼할 수 있을 테니까.

3월 9일 금요일

방을 청소하며 노래를 부르고 싶은 기분이었다. 엄청난 고통 속에 내가 영혼을 다듬어나가고 있다는 이야기, 그리고 새순에 대해 느꼈던 내 감정에 대해 어머니에게 편지를 한 통 썼다. 그리고 제일 잘 쓴 시 두 편 〈추구*Pursuit*〉와 〈해협 횡단*Channel Crossing*〉을 동봉했다.

또 새로운 영감에 대한 이야기도 썼다. 젊은 작가들을 위한 유진 색스턴 펠로십에 지원서를 냈다고. 내 강조점은 또 180도 홱 돌아, 학문적, 비평적 세계에서 정진하다 보면 모든 시간을 읽고 또 읽는 데 쏟아붓게 될 거라는 깨달음에 도달했다. 그리하여 사과 수레를 한 번 뒤집어주는 게 건강할 것 같다는 판단을 내리게 된 것이다. 어느 지점 이상은 독서를 하지 않겠다는 반발이자, 내 글쓰기를 마비시키기보다는 도움을 주는 독서를 좀 더 하고 싶다는 생각이다. 이제는 삶을 살고 글을 쓰는 생활을 더 강조하고 싶다. 학문적, 비평적, 교육적 삶은 나중에 해도 늦지 않다. 만일 이번 학기에 글을 쓰고 (내 강의 계획을 최소한으로 감축해두었으니, …도덕주의자들과 프랑스어, 어쩌면 독일어까지) 엘리와 함께 스페인에서 한 달 동안 생활하고 나서 돌아와 한 달 동안 글을 쓰고, 다시 떠날 수 있다면, 상도 많이 받았으니 그 정도면 작품이 충분히 쌓였을 것이다. 장편 소설(사랑과 자살이 상당 부분을 차지할 텐데, 또 대학의 환경, 이 세상에서 지적 여자의 위상 : 장을 구상하고, 이야기를 생각하고, 승리하는 날까지 싸워나가는 이야기)을 쓸 수 있을 정도가 될지도 모른다. 그리고 자기 절제를 늦추지 않기 위해 시도 써야지. 하지만 그보다는 장편을 하나 쓰고 싶은 생각이다. 그리고 남프랑스(방스? 그라스?)나 이탈리아나 스페인에서 일 년 정도 살면서 내 영혼을 제련하고 프랑스와 독일 문학만 읽으며 나 홀로 예술에 흠뻑 젖어들 수만 있다면. 꼭 그렇게 해봐야겠다. 방법을 강구해보자. 모든 상들,《세븐틴》에서,《마드모아젤》까지, 그리고 최근의 훌륭한 시적 성취들까지, 하나같이 엄청나게 값진 것이다. 또 기자 체험도.

이건 하나의 꿈이다. 그 꿈을 성취하기 위해 함께 노력하자. 그리고 장편 소설이 출간되면, 미국에서 일을 얻는 것도 훨씬 쉬울 거야. 올해는 시작해야지. 윤곽 : 지적인 여자, 투쟁, 승리 : 갈등의 인내, 기타 등등. 복잡하고 풍요롭고 생생하게 만들자. 새순에게 보낸 편지들을 써먹고 등등. 흥분된다. 팽팽하고 긴장감 넘치며 거칠게 만들고, 아, 제발이지, 감상에 빠지지 않도록.

… 헤퍼스 서점…, 헉슬리의 책들을 아주 많이 사다. 가장 최근 저서인《천국과 지옥*Heaven and Hell*》, 마음의 대척점에 대한 이야기. 흥분제인 메스칼린의 약효로 도달한… 다시 이곳으로 돌아오다.《뉴요커》가 내 시들을 거절하면서, 최소한 "유감입니다. 꼭 다시 보내주세요"라는 말 정도는 동봉해주었다. 이렇게 희망에 찬 나날을 보내고 있었는데, 보통우편으로 반송되어오다니. 하지만 오늘은 다행히도, 소설 열 편이라도 써낼 수 있고 신들을 패퇴시킬 것 같은 기분이다. 바깥에서는, 테니스공들이 핑핑 날아다니고, 새들이 지저귀고 있고, 나는 버튼 교수에게 제출할 마지막 리포트를 위해 크리스토퍼 말로와 시릴 터너*를 읽어야만 한다.

3월 10일 토요일 아침

안절부절못하고 있다. 신경이 너무 날카롭다. 아침 햇볕을 받으면서도 아직 꿈에 시달리고 있다. 어젯밤에 해미시와 위스키를 다섯 잔인가 여섯 잔 잔째로 마셔댔는데 그게 아직 내 피 속에 숨어서 활개 치고 돌아다니고 있다. 날 배반할 준비를 하고서 말이다. 오늘 아침 마신 커피의 카페인도 신경줄을 잡아당기고 있다. 《그란타》가 나와 같은 이니셜을 가진 여자아이의 형편없는 시를 실었다. 아이러니하게도. 파벌주의에 대한 씁쓸한 불만. 그들은 항상 제 친구들만 게재해준다. 아는 사람들만. 다음 주가 지나면 《바서티》 지와 《그란타》 지를 위해 짧은 스케치 몇 개를 써야겠다. 강력하고, 위트 있고, 박력 있는 글을. 놈들이 부도덕하다는 오명을 쓰지 않고는 도저히 거절할 수 없는 멋진 글을 써야 한다.

내가 하고 싶은 말은 이거다. 그**가 여기 케임브리지에 있다는 것. 전구같이 동그란 얼굴에 웃음을 띠고 다니는 버트를 길에서 만났는데, 박박 문질러 씻은 양 윤이 반질반질한 얼굴로 도서관에 가는 길이라면서 "루크***와 테드가 어젯밤 네 방 창문에 돌을 던졌어"라고 말해주었다. 엄청난 환희가 온몸을 휘젓고 지나갔다. 그들이 내 이름을 기억했다니. 하지만 그들은 다른 창문에 돌을 던졌고 나는 그때 밖에서 해미시와 술을 마시고 있었다. 하지만 어쨌든 그들이 이 세상에 존재한다. 난 잠시 이야기를 나누었다. 테드는 제임스

* Christopher Marlowe; Cyril Tourneur, 16세기의 영국 극작가들이다.

** 테드 휴스를 가리킨다.

*** 루카스 마이어스Lucas Myers, 케임브리지에 거주하는 미국 작가로 테드 휴스와는 절친한 사이였다. (옮긴이)

조이스의 《율리시스*Ulysses*》와 그 외 작품들의 개요를 적어 내라는 과제를 받은 모양이라는 둥의 이야기들. 난 무슨 말인가를 중얼거렸다. 루크와 테드한테 들르라고 하라는 식의 이야기를. 그러고는 자전거를 타고 그 자리를 떠났다.

창문 밖에서는 봄이 움터 올라 내 피를 희롱하고 있다. 내 마음은 긴장한 채 반란을 꾀하고 있다. 난 벼락치기로 웹스터와 터너에 대한 페이퍼를 써야 한다. 왜, 도대체 왜 어제 다 끝내버리지 않았을까. 이런 일이 일어날 줄을 미리 알았어야 하는데. 오늘 하루는 지옥으로 떨어져버릴 거다. 그는 바로 여기 있으면서 푸드풋츠인가 뭔가 하는 애랑 데이트나 하면서 굳이 나를 다시 찾지는 않을 테니까. 내가 여기서 윤나게 닦은 가시철사처럼 몸을 떨며 기다리고 있는데도. 위스키로 인한 피로와 숙취만 아니었다면 그가 오든 말든 그럭저럭 견딜 수 있었을 텐데. 아마 그 금발 계집애는 지금쯤 그와 점심을 먹고 있겠지. 버트가 그 여자의 남자란 건 천만다행이다. 하지만 그는, 아, 그는.

오늘 아침 정신과 의사인 데이비 박사와 마지막 면담에서는 온통 이런 말만 했다. 내가 갈 길을 고안해내고 다듬고 살피지 않는다면 난 억압적이고 파괴적인 힘들이 두렵다는 둥. 학문적이라든가 창조적이라든가 글쓰기. 감정적인 것, 살아가고 사랑하는 것. 글쓰기는 나를 작은 신으로 만들어준다. 나는 내가 만들어낸 질서 잡힌 작은 단어의 패턴을 통해 세상의 흐름과 좌절을 재창조한다. 나에겐 강인한 신체적, 지적, 정서적 힘이 있고 그 힘들은 창조적인 출구를 찾아야만 한다. 그렇지 않으면 파괴적이고 쓸모없는 일에 낭비되고 말 테니까. 해미시와 술을 마신다든가 아무하고나 사랑을 한다든가 하는 식의 일에 말이다.

그를 제게 보내주세요. 영국의 봄이 지속되는 동안만이라도 그를 갖게 해주세요. 제발이요, 제발이요…….

그를 보내주세요. 그가 나를 존중하고 나에게 관심을 가질 수 있도록, 내가 미친 듯이 울부짖으며 그 앞에 나를 던져버리지 않을 수 있도록, 쾌활함과 용기를 주세요. 차분하게, 부드럽게, 편안하게, 자, 편안하게. 그는 일곱 명의 스칸디나비아 여인들과 케임브리지를 흐르는 강 옆 정원에서 크로커스 꽃 사이를 산책하고 있을지도 모른다. 나는 앉아 있다. 거미처럼. 기다리면서. 여기 집에서. 웹스터의 천을 짜면서 터너의 물레를 돌리는 페넬로페가 아닌가. 아, 그는 여기 있다. 비열한 약탈자. 갈증 난다. 갈증 난다. 크고 파괴적이며 창조적인, 싹터 오르는 짐스러운 사랑을 목말라한다. 난 여기 있다. 기다린다. 그는 캠 강둑에서 태평한 판*처럼 노닐고 있다.

3월 10일

추신 : 분노여, 아, 분노여. 그가 여기 있다는 것을 차라리 몰랐더라면. 표범이 다시 깨어나 어슬렁거린다. 집에서 나는 모든 소리는 층계를 오르는 표범의 소리다. 마이크가 기다려도 기다려도 오지 않아 지금처럼 미칠 것 같은 기분이었을 때 〈미친 소녀의 사랑 노래 *Mad girl's Love Song*〉를 썼다. 그리고 격렬하고 강렬한 색인 하양, 까망, 빨강 옷을 입을 때마다 층계를 올라와 내 방 앞을 지나가는 모든 발걸음을 그의 발걸음이라 여겼고 그를 대신한 찬탈자들을 저주했다.

* 그리스 신화에 나오는 염소의 귀, 뿔, 뒷다리를 가진 목축의 신이다.

열병에 온몸이 달아올라 누워버렸고 태양은 나를 향해 이글거렸다. 고도를 낮추며 내려오는 오렌지빛 눈, 퀭한 눈빛에 조롱기를 담은 눈. 그 눈의 속도는 시간의 속도였고 난 그 눈을 보며 시간을 쟀다. 또다시 어두움이 나를 향해 입을 벌렸다. 거대한 검은 기계 속에서 환경이라는 무심한 맷돌이 내 몸의 마지막 피 한 방울까지 모두 파삭파삭하게 갈아버리고 나면 난 거대하고 시커먼 기계 속에 깔려버리게 될 거라는 두려움. 그가 지금 계집애 하나를 달고서 파티에 가 있다는 걸 알고 있다. 얼굴이 달아오른다. 난 소돔과 고모라의 사과처럼 재로 화하고 있다.

누워서 층계를 오르는 발걸음 소리와 노크 소리를 들었다. 내 의지가 맺은 과실을 환영하기 위해 벌떡 일어났다. 같이 영화 보러 가자고 온 존이었다. 그 영화는 보고 싶었지만 나 스스로 허락하기 싫었다. 여기 머물면서 시계가 8시에서 10시로 향하는 걸 지켜보며 《몰피 공작부인*The Duchess of Malfi*》* 을 읽는 게 더 힘들 것이다. 그를 증오한다. 지난주 그 시를 쥐어짜 내버리면서 잠재웠던 분노에 다시 불을 지른 버트도 증오한다.

고통과 분노로 몸을 비틀며 존과 이야기를 하고 작별 인사를 해서 그를 돌려보냈다. 상상해보라. 그는 파리 대신 코펜하겐에 가자고 나를 설득했던 것이다.

지난 이틀 밤 꾸었던 꿈을 기억한다. 첫 번째 꿈. 연극을 보려고 나갔는데 가보니 광대와 배우 들이 연습하고 있는 커다란 체육관이었다. 주위는 온통 위협적인 것들뿐이었다. 난 달렸다. 커다랗고 둔

* 웹스터가 쓴 17세기의 희곡이다.

탁한 것들이 머리 위로 떨어졌다. 미끄러운 마루를 가로질렀다. 저 멀리서 뜨내기 일꾼들이 나를 비웃으며 시커멓고 커다란 공을 던지고 있었다. 나를 쓰러뜨리기 위해서 말이다. 정말로 끔찍한 위기의 순간이었다. 차들이 질주하는 한가운데 꼼짝없이 갇힌 그런 순간과 비슷했다. 육중하게 움직이는 트럭과 버스와 자전거가 사방에서 달려오는데 난 그저 꼼짝 않고 서서 눈을 감고 있거나 아니면 온갖 차들이 뒤얽힌 한가운데로 머뭇거리며 걸어가 행운을 기대할 수밖에 없는 그런 상황 말이다. 시커먼 공과 시커먼 짐짝, 바퀴 달린 것들 그리고 미끄러운 마루. 이 모든 것들이 한꺼번에 나를 짓뭉개려고 달려들어 육중하고도 서툴게 움직이고 있다. 아슬아슬하게 나를 비껴가고 있다.

그때 나는 검은 코트를 입고 베레모를 쓰고 있었다. 모든 걸 빼앗긴 이시스, 어둠이 깔린 황량한 거리를 걸으며 뭔가를 찾고 있는 이시스. 카페로. 뭔가를 찾는 눈빛. 신문 뒤로 얼굴을 가린 거무스름한 남자가 의자에 앉아 있다. 유쾌하게 히죽 웃으며. 난 오싹해서 멈추어 섰고 그는 곱슬머리를 쓸어 올리며 나와 함께 걸었다. 어둡고도 달콤했다. 크레틴병에 걸린 슬라브인의 얼굴을 한, 아니 노오란 스페인 사람, 혹은 알 수 없는 종족의 얼굴을 한 또 다른 거무스름한 사나이. 나에게 말을 걸었다. 굵고도 부드러운 목소리로 "밤입니다"라고 말했다. 나를 창녀로 생각한 게 분명하다. 그와 작별해 등을 돌리고 앞에서 걸어가던 리처드를 뒤쫓아갔다.

아래층에서 남자들의 목소리가 들린다. 아프다. 정말 아프다. 이 절망적인 격분을 담고 있으니. 파리에서 나에게 무슨 일이 일어날지 알 수 없다. 사랑은, 욕망은 죽음에의 충동을 낳는다. 내 사랑은 갔다. 가버렸다. 난 차라리 강간당하고 싶다. "밤입니다."

3월 11일 일요일 아침

지옥 같은 또 하루. 그가 먹이를 찾아 어슬렁거리고 있다. 모든 악귀가 달려들어 날 괴롭힌다. 당신에게 말하기 위해 나 홀로 도망쳐 나왔다. 모든 눈. 무수히 많은 눈. 다 그가 여기 있음을 말해준다. 오늘 아침. 남자의 발걸음 소리. 노크. 그가 왔나? 열흘간 소식도 없던 크리스였다. 날 고문할 도구를 가지고 온 크리스일 뿐이었다. 바로 오늘 아침 길 아래서 루크와 테드를 봤다나. 그들은 오지 않을 것이다. 회색빛의 맑은 아침 공기를 마시면서는 오지 않을 것이다.

하지만 그들은 지난밤 새벽 2시에 왔다. 필리파가 그렇게 말했다. 자기 창문에 진흙을 던지면서 둘이 같이 내 이름을 불렀다고. 진흙과 내 이름. 내 이름은 진흙이다. 필리파는 날 찾으러 왔지만 난 자고 있었다. 사랑스러운 초봄 어느 날 윈스롭에 있는 집에서 파자마를 입고 타르가 녹아내리는 거리를 지나 바다를 향해 걷는 꿈을 꾸었다. 소금기 밴 신선한 내음. 푸른 잡초가 뒤엉킨 곳에 쭈그리고 앉아 조개를 캐어 버드나무 바구니에 담고 있던 사람들이 파자마를 입은 내 모습을 보려고 하나둘씩 일어났다. 난 부끄러워 그 당시 살던 집 정자의 격자 울타리 속에 숨었다.

하수구를 통해 우편이 배달되었다. 온통 청구서뿐이었다. 우편과 쌀이 하수구를 통해 왔다. 거품이 부글부글하고 푸르스름한 오물투성이 하수구. 우린 바닷가의 그 하수구에서 놀면서 모든 부패와 라임을 바른 페리윙클*을 빛나는 마술로 바꾸었다. 사람들은 웃으면서 우편과 쌀이 하수구를 통해 배달된다는 것을 믿는다고 말했다.

그러는 동안 내내, 어둠 속의 남자아이들은 나를 창녀 취급했다. 블랑시 뒤부아**에게 군인들이 그랬던 것처럼 말이다. 남자아이들은 술에 취해 정원에서 뒹굴면서 그녀의 이름과 진흙을 마구 섞었다. 오늘 내야 할 리포트가 두 개다. 살갗에 바늘을 콕콕 찔러대는 꼴이다. 벼락치기로 페이퍼를 써내야 한다. 신이여, 제게 이 한 주를 살아나갈 용기를 주소서. 언젠가 그와 맞부딪치게 해주소서. 그와 대면하게만 해주소서. 그래야 풍문이라는 숲의 가장자리에서 뽐내며 걸어 다니는 검은 팬더가 아닌 인간으로 그를 생각할 수 있을 것 같습니다. 너무나 괴로운 지옥이다. 그들은 대낮에 나와 마주치기를 거부한다. 난 그만한 가치가 없다. 만약 온다면, 그때는, 그만한 가치가 있어야 한다. 그들은 오지 않을 것이다. 오늘은 먹고 싶지 않다. 차를 마시러 가고 싶지 않다. 거리에서 미친 사람처럼 울부짖으며 그 큰 팬더와 대면하고 싶다. 그러면 한낮의 햇빛 속에서 그 팬더가 실물 크기로 줄어들 것만 같다.

* 넝쿨성 허브, 향은 좋으나 독성이 있어 식용으로 할 경우 위험하다.

** 퓰리처상을 수상한 테네시 윌리엄스의 희곡 〈욕망이라는 이름의 전차〉에 나오는 여주인공이다.

파리

3월 26일

월요일 아침. Eh bien! Quelle vie!(아, 좋다, 얼마나 멋진 삶인가!) 나는 지금 여기 파리의 베아른 호텔 객실에서, 하룻밤에 30프랑을 절약할 수 있는 햇빛 잘 드는 다락방으로 옮기려 하는 참이다. 호텔 사람들은 붙임성 있는 멋진 사람들이고, 크루아상은 촉촉하고 가볍고 버터도 듬뿍 들어 있으니, 나는 이곳에 계속 머물면서 행운아라는 기분을 만끽하리라. 오늘 아침에는 더 싼 숙소가 있나 훑고 다녀 보았지만, 모두 부활절 휴가 때문에 만원이었다. 이 나라의 상쾌함을 한껏 느낄 수 있는 화려한 하늘빛의 하루여서, 나는 이른 새벽부터 정말로 이곳에 소속되어 있다는 기적적인 느낌으로 거리를 깡충깡충 뛰어다녔다. 정말 훌륭하게 체류 기간을 보낼 수 있으리라. 내 프랑스어 실력으로도 잘 지낼 수 있을 테고. 호텔 드 발랑스를 기억할 것. 주인 할머니는 차밍했고, 지금은 객실이 만원이지만 어쨌든 숙박비가 400프랑이었다.

녹초가 되어 토요일 초저녁에 파리에 도착했다… 〔생략〕 … 그리고 마지막에는 커다란 까만 눈에 하얗게 칠한 장난꾸러기 같은 얼굴을 하고 다정하게 횡설수설 수다를 떠는 자넷 드레이크 때문에 완전히 미쳐버리는 줄 알았다. 선원 복장을 하고 귀여운 모습으로 나타난 에멧은, 남자 어른처럼 굴면서 아일랜드 노동당수인 제임스 라킨에 대한 저서를 큰 소리로 낭독했던 전날 밤보다 훨씬 매력이 덜했다. 나는 그저 어서 빨리 혼자가 되어 몸을 씻고 잠자리에 들고 싶다는 생각밖에 없었다. 이곳 베아른 호텔에서 내가 묵을 방을 찾아낸 건 황혼 녘이었는데, 그때쯤에는 완전히 버려진 듯한 기분이 들었다. 전처럼 새순에게 달려가고 싶은 무시무시한 충동에 휩싸였지만, 나 자신에게 개목걸이를 채우고 꽉 묶어 구속해버렸다……. 그리고 리처드의 집이 있는 쪽으로 산책을 나가는 길에 먹을 걸 찾아보기로 했다. 아래층으로 내려가는데, 전화박스에 있던 잘생긴 남자가 나를 보고 씨익 웃어 보였고, 나도 웃음으로 답했다. 그런데 바깥으로 나가 걷기 시작했을 무렵(바보처럼 내 파리 지도를 에멧의 자동차 안에다가 놓고 내렸다) 그 남자가 나를 따라오고 있다는 걸 깨달았다. 그는 나를 따라잡고는 다시 웃어 보였고 나는 곧장 이렇게 말했다. "J'ai oublié mon plan de Paris, ainsi je suis un peu perdue(파리 지도를 잃어버려서, 길을 잘 모르겠어요.)." 자, 그에겐 그거면 충분했다. 그래서 우리는 호텔로 돌아갔고, 그는 자기 지도를 가져와 내가 여기 묵는 동안 빌려주겠다고 했다. 결국 우리는 생제르맹 거리를 따라 끝까지 걸어가서 작은 레스토랑에서 함께 타르타르소스를 바른 스테이크와 포도주와 머랭을 먹었다. 우리가 음식을 먹는 동안, 거리 음악가 두 사람이 들어와서 연주를 했는데, 한 사람은 바이올린과 종이 꽃다발을 한 다발 들고 있었고 다른 이는 커피 기계처럼 돌리면 음악소리가 나오는 작은 상자를 들고 있었다. 나는 일찍 잠자리에 들어 힘을 축적해서 아침에 새순을 만나야겠다고 생각했다. 너무나 외로웠기 때문에, 그건 정말 커다란 양보가 아닐 수 없었다.

그 남자는, 알고 보니 흥미롭게도 로마 신문《파에세 세라*Paese Sera*》의 파리 특파원이었다. 이럴 수가, 이탈리아 공산주의자 기자라니! 그래서, 올리베티* 타이프라이터를 갖고 있었던 거구나. 그는 그 타이프라이터를 내게 오늘 하루 빌려주었다. 뭐, 그가 영어를 전혀 못하는데도, 놀랍게도 우리는 아주 근사하게 의사소통을 할 수 있었다. 그는 대단히 교양 있는 사람이었고, 우리는 각 나라의 공산주의(그는 대단히 이상주의적이었고 굉장한 인문주의자였다)와 예술을 논했다. 그는 멜빌과 포와 T. S. 엘리엇을 숭상한다고 했고, 모두 프랑스어로 읽었다고 했다. "J. 앨프리드 프루프록!"** 그래서 나는 그의 논문 주제였던 프랑스와 이탈리아의 예술가들에 대해 이것저것 물어보았다. 이 모든 게 얼마나 위안이 되는지. 이 일로 용기를 얻어서, 꼭 그래야 한다면 리처드 없이도 잘 지낼 수 있을 거라는 느낌이 들었다.

일요일 : 일어났다. 여전히 피로했고, 상쾌한 아침 공기를 마시며 뤼 뒤 바크를 따라 플라스 데 앵벌리즈를 지나 뤼 뒤비비에로 들어서니, 훨씬 기운차고 상당히 기분이 'gaie'***해져 무슨 말로 서두를 꺼내야 할까 준비하고 있었다.

나는 4번지의 초인종을 눌렀다. 그 앞에서는 늙은 거지 할머니가 서글픈 모노톤으로 노래를 하고 있었다. 음침하고 의혹에 찬 관

* 몬테디손, 피아트와 함께 대표적인 이탈리아 기업으로 꼽히는 타자기 회사다.

** T. S. 엘리엇의 시에 나오는 인물이다.

*** '명랑하다'는 뜻의 프랑스어다.

리인이 문을 열더니 덤덤하게 새순이 아직 돌아오지 않았고, 아마 부활절이 지나서야 돌아올 거라고 말해주었다. 하루나 이틀을 혼자 지낼 각오는 되어 있었지만, 이 소식은 나를 뿌리째 뒤흔들어버렸다. 나는 그녀의 거실에 주저앉아 앞뒤가 맞지 않는 편지를 한 장 썼는데, 그러는 동안 내내 뺨을 델 듯 뜨거운 눈물이 줄줄 흘러내려 종이를 적셨고 그녀의 까만 푸들이 앞발로 나를 툭툭 두들겨주었고 라디오에서는 "마음이 아파서 무너져 내려도 웃음을 지어요"라는 노래가 쾅쾅 울려나오고 있었다. 나는 편지를 쓰고 또 쓰면서, 뭔가 기적이 일어나 그이가 문으로 걸어 들어올지도 모른다는 생각을 했다. 하지만 그는 주소도, 어떤 전갈도 남겨두지 않았고, 시간 내에 돌아와달라고 애원하는 내 편지들은 그렇게 우울하게 아무에게도 읽히지 않은 채 널브러져 있었다. 정말이지 내 처지가 기가 막혔다. 전에는 어떤 남자도, 울고불고하는 나를 이렇게 내버려두고 떠나버리지는 않았는데…….

3월 30일 금요일

황홀경을 지나 알 수 없는 비애와 어두운 지붕에 쏟아지는 빗물 같은 슬프고도 고독한 질문으로 빠져드는 이상한 하루. 일찌감치 게리를 만나 퐁 르와이얄로 걸었다. 그곳에서 토니를 만났다. 하얀 주름치마와 물빛 스웨터를 입고, 빨간 구두를 신고, 물방울 무늬의 하얗고 빨간 스카프를 머리에 쓰니 스스로 우아하게 여겨졌다. 키오스크의 시트로나드.* 그는 쾌활하고 상냥했다. 하지만 여동생이 가

* 레모네이드를 가리킨다.

버려 다소 기분이 가라앉아 있었다. 우리는 지하철을 타고 피갈르로 가 지상으로 올라왔다. 싸구려 술집 지역에 인접해 있었고 태양이 뜨거웠다. 그곳에서부터 몽마르트르 언덕 꼭대기로 나 있는 좁다란 길을 오르기 시작했다. 가게는 모두 어둡고 악취 가득한 토굴 같았으며 마늘과 싸구려 담배 냄새가 자욱했다. 태양빛을 받은 지상에는 부패의 마력이 있었다. 파스텔 톤의 너덜너덜한 포스터, 벽 아래 비늘처럼 찢겨 나뒹구는 포스터, 오물 속에서 피어나는 꽃이었다. 비웨빌르 거리와 깎아지른 층계를 몇 지나 플라스 뒤 테르트르에 도착했다. 그곳은 관광객과, 다양한 자세로 목탄화 초상화나 사크레쾨르 돔의 유화를 그리는 아주 형편없는 예술가들로 넘쳐났다. 토니와 나는 여기저기 돌아다니면서 그림을 구경했다. 그때 한 자그마한 사내가 다가오더니 내 옆얼굴을 그리고 싶다고 했다. "comme un cadeau(선물로)." 그래서 나는 몽마르트르 한복판의 광장 가운데에 서서 모여드는 군중과 중앙에 있는 휘황찬란한 식당들을 바라보았다. 바로 그것, 손님을 끌어모으는 것이 그 자그마한 사내가 원하는 것이었다. 어쨌든 난 공짜로 실루엣 초상화를 얻었다. 이때쯤 토니는 내 허리에 팔을 두르고 걷고 있었고 난 가시 돋친 듯 곤두선 위트가 나긋나긋해지는 것을 느꼈다. 우리는 햇빛을 받으며 사크레쾨르 앞에 서서 관광객을 태운 버스가 붕붕거리며 언덕을 올라가는 것을 지켜보았다. 햇빛도 바람도 총탄도 뚫을 수 없는 유리창 속에 무표정한 얼굴을 한 사람들을 가득 태운 버스를 말이다. 교회 안은 우물 안처럼 어둡고 서늘했으며 색유리를 통과한 햇빛이 만들어주는 빨간 점들이 여기저기 찍혀 있었다. 토니는 샤르트르 사원을 조금 묘사해주었는데, 그건 내 마음에 드는 감수성이 표출되는 순간이었다.

상업지역에서는 사람들이 나무 아래서 식사를 하기도 했고 경쾌하고 활발한 바이올린 연주가 들려오기도 했으며, 그림틀을 들고 머리에 종이로 만든 꽃을 꽂고 소리를 지르며 곡예를 하는 사람도 있었다. 우리는 그곳을 조금 벗어나 쿠쿠 식당에서 점심을 먹었다. 아주 훌륭한 토마토 샐러드와 버섯과 버터 바른 감자를 넣어 살짝 구워낸 맛있는 송아지고기 요리를 먹고 차게 얼린 백포도주 한 병을 마시니 새처럼 가볍고 즐겁게 오후의 대기로 둥둥 떠오르는 것만 같았다. 토니가 바이올렛을 한 다발 사주며 점점 더 세심하게 잘해주었고 난 마음이 녹아내렸다.

포도주 기운이 희미하면서도 찬란하게 퍼지면서 난 아메리칸 익스프레스 생각을 전부 접었다. 너무나 아름다우면서도 어쩐지 약간 저주받은 느낌이었다. 토니는 뤼 뒤 바크 지하철역을 말했다. 난 생각했다. 그래, 토니는 호텔로 돌아간다. 그날은 희미하게 반짝이는 진줏빛 조가비와 같았기에 비누 거품처럼 부드럽게 다루어야만 한다는 느낌이 들었다. 그래서 둥둥 떠가는 기분으로 호텔로 갔는데 토니는 헤어질 생각이 전혀 없어 보였다. 층계를 올라 추운 방으로 들어간 우리는 몸을 씻고 누웠다. 오후 내내 토니는 점점 더 아름다워지면서 금빛으로 빛났다. 토니는 점점 더 멋지고 부드러워졌기에 난 그와 함께한 이 시간을 갈망했고 행복했다. 우린 함께 누웠다. 좋았다. 부드럽게 입을 맞추었다. 좋았다. 그의 피부는 보드라우면서도 팽팽했으며 몸은 가늘고 균형 잡혀 있었다. 셔츠와 슬립만 입고 우린 서로 껴안았다. 그리고 알몸이 되었을 때 난 그를 원하기 시작했다. 하지만 내가 몇 분 욕실에 있는 동안 토니는 곰곰이 생각할 시간을 가졌던 모양이다. 그는 내가 돌아왔을 때 뻣뻣하게 굳어 있었다. 토니가 느끼기에 나는 복잡한 여자였고, 영국에 살면서 얽혀들기를 원치 않았다는 것도 부분적인 이유였을 것이다. 어둠 속에서 그를 거의 가질 뻔했다는 사실이, 그의 몸이 그토록 바르고 사랑스럽고 강하고 아름다웠던 것이, 그리고 그가 부드럽고 매혹적인 모습을 보이기 시작했던 것이 조금은 슬펐다. 젊었을 때, 즉 피아노를 쳤을 때는 토니가 항상 그랬을 것으로 상상이 된다. 내 생각에는 그를 망친 것이 옥스퍼드였던 것 같다. 속물적인 오만에다 로스차일드가 여대생이자 "옥스퍼드의 총아"인 트위즈뮤어 여사의 영애 앤과 사귄다는 사실과 겹쳐. 그래서 토니는 옷을 입었다. 겹겹의 옷과 함께 단정함을 입었다.

다시 한번 난 자문한다. 왜? 난 조심해야만 한다. 케임브리지와 그 입방아의 도가니 속으로 돌아갈 것이다. 런던으로 가서 테드에게 내려가지는 않겠다. 그는 편지도 쓰지 않았다. 나에게 올 수도 있고 나를 셜리가 아니라 실비아라고 부를 수도 있을 텐데. 이번 학기에는 정숙하고 차분하게 지낼 것이다. 열심히 진지하게 공부해서 가십이나 떠벌리고 다니는 녀석들을 얼떨떨하게 만들어버릴 것이다.

4월 1일

프로그램을 짤 것 : 친구들의 마음을 얻고 사람들에게 영향력을 발휘할 것.

• 과음을 하지 말 것 — (센존의 파티 후 이코와의 불행한 사태와, 해미시를 기억할 것 — 두 번의 데이트, 《세인트 보톨프 리뷰》의 파티와 런던의 밤), 맑은 정신을 유지할 것.

• 정숙하게 행동하고 몸을 남한테 던져버리지 말 것(예로, 데

이브 벅, 맬로리, 이코, 해미시, 테드, 토니 그레이) — 항간의 풍문과 M. 보디*에도 불구하고, 다른 사람들 입에 대화의 인기 주제로 오르락내리락하게 만들고 이 말이 사실임을 증명하게 해서는 안 된다.

• 친절하게 대하고 좀 차분해지자 — 꼭 필요하다면, "신비의 여인"의 스모그, 조용하고, 착하고, 채색된 스캔들에 좀 당혹스러워하는 여자로. 샐리 보울스처럼 구는 손쉬운 방안은 거절.

• 내면의 삶을 풍요롭게 가꾸자 — 크룩 교수를 위한 연구에 집중 — 글을 쓸 것(단편, 시, 《모니터》지의 기사, 스케치들) — 프랑스어도 날마다.

• 너무 칠칠맞은 실수를 많이 하고 다니지 말자 — 사람들 이야기에 더 귀를 기울이고, 공감하고 "이해하도록" 하자.

• 괴로운 일은 혼자 간직하자.

• 치사한 가십과 비난은 꾹 참고 그냥 흘려보내자 — 모든 사람에게 친절하고 긍정적인 태도로.

• 누구한테도 남을 비난하지 말자 — 말이 잘못 옮겨지는 건 꼭 전화기로 게임하는 것과 같다.

• 게리나 해미시, 누구하고도 데이트하지 말자 — 잘 대해주되 키이스를 비롯, 그 무리들에게는 '지나치게 열렬한 태도를 보여서는' 안 된다.

필요할 때는 욕심을 자제하고 글을 쓰자 — 너는 본 것도 많고, 깊이 느꼈으니, 네 문제는 충분히 의미 있는 글이 될 수 있을 정도로

* 마이클 세인트 조지 보디Michael St. George Boddy, 테드 휴스의 절친한 친구다. (옮긴이)

보편적인 거야 — 글을 쓰자.

플라스는 옛 남자 친구인 고든 러마이어를 파리에서 만났고, 두 사람은 독일과 이탈리아를 함께 여행하게 되었다. 이 여행은 대재앙이었다. 두 사람은 끝도 없이 싸워댔다.

4월 5일 목요일

바깥에서는 아침 내내 회색빛 지붕 위로 비가 내렸고, 나는 조용히 따뜻하게 누워 이 지옥의 기계machine infernal의 작동에 대해 곰곰 생각해보고 있었다. 얼마만큼이 우연이고 사고일까, 어디까지가 의지의 작용이고, 어디까지가 자기 작용을 철회하려는 의지의 반작용일까, 또 어디까지가 자석이 쇳가루를 끌어당기듯 온갖 사건을 끌어당기는 의지의 힘일까. 그런 인력이 강력한 날도 있고, 힘이 쇠하는 날도 있지. 꿈속에서 몇 번이나 만났는지 몰라. 내 검은 약탈자를. 그는 계단에 서 있기도 하고, 거리를 돌면 모퉁이에 서 있기도 하고, 내 밝은 노란색 침대에서 기다리고 있기도 하고, 문을 두들기기도 하고, 보일 듯 말 듯 웃음을 띠고 모자와 코트만 입은 채 공원 벤치에 앉아 있기도 하지. 벌써 그는 아주 많은 남자들로 갈라졌어. 우리가 희망하는 사이에도, 눈먼 사람들은 아래로 끌어당겨져 추락하고 사람들은 우리가 볼 수 없는 은밀한 방 속에서 행동하는 그림자들로 변해버렸어……. 어젯밤에, 조반니와 이야기를 나누러 잠깐 들렀는데, 그는 밀 더미와 해빙解氷에 관한 이탈리아어 시를 프랑스어로 번역해놓고 기다리고 있었어. 그런데 그 순간 깨달은 거야 — 너무나 선명하게, 너무나도 충만하게 — 지금은 그저 집에 가고 싶은 마음

뿐이란 걸. 내 평화와 내 성역으로 내가 꾸며놓은 집으로. 미국이 아니라 나의 윗스테드(케임브리지에 있는 플라스의 집)로, 내 박공벽과 내 정원으로. 그곳이라면 나는 휴식을 취하며 아침 우유처럼 신선해질 수 있고, 내 믿음과 순수함을 되찾을 수 있을 거야. 나의 순수함이란, 즉 다른 남자들을 만나는 행동의 정당성에 대한 믿음, 그리고 길을 잘못 들었다 해도 반드시 새로운 길로 이어지는 기념비들에 대한 믿음 그 자체를 의미하니까. 칫, 몹시도 고상한 척, 훈계하는 척하는군. 그러지 말고 구체적인 이름을 들어봐.

아무튼 어젯밤에는, 공포가 덮쳐왔어. 뭔가 죽어버린 듯한 느낌과 절망감과 함께, 발레 공연 때 옆좌석에 앉아 있던 저 친절하고 어리벙벙하고 엄청나게 운 좋은(갈수록 더 운이 좋다는 게 아이러니하다) 남자애*와 독일이건 이탈리아건 결코 같이 가고 싶지 않다는 깨달음에 돌연 사로잡혔어. 페드르의 발레에, 어두운 불길을 뿜고 있는 나의 페드르, 그 물결치는 진홍의 외투는 제물의 피요, 줄줄 흘린 피였어. 금발의 오만한 이폴리트는 녹색 갈기가 달린 말들을 타고 있었고, 분홍빛과 흰색의 요정 아리시에, 창백한 얼굴에 삼지창을 든 넵튠, 그리고 그 청록색의 숱한 물결들. 내가 일주일 동안 착하게 굴 수 있을까? 공들인 말장난들과 끝도 없는 가문의 족보에 한마디도 신랄하게 비꼬지 않고, 시큼하고 떨떠름한 표정을 지어 보이지도 않고? 아, 맙소사, 이게 뭐야, 이게 뭐야? 어째서 몸에 좋은 지루한 일용할 양식을 진심으로 좋아하면서 먹고사는 법을 터득하지 못하는 거지? 편리하고, 편안하고, 쉽게 구할 수도 있는데? 《멋진 신세

* 고든 러마이어를 가리킨다. (옮긴이)

계》처럼. 하. 그러면 고통을 겪으며 셰익스피어가 되어야 한다는 건가? 아이러니하게도, 나는 고통을 겪긴 하지만 셰익스피어는 못 된다. 그리고 흘러가고 있는 건 내 인생이다, 얼룩지고 찌들고 줄줄 새고 있는 내 인생이 흘러가고 있다. 심장 박동 한 번, 시계 똑딱거리는 소리 한 번에 애초에 내게 허락된 총합의 수에서 치명적인 감산이 일어난다. 아니, 그렇게 지독한 운명론자가 되지 않더라도, 내 손에 허락된 다양한 숫자들 중에서 감산이 일어나는 건 사실이다. 우리가 눈멀었다는 게 얼마나 다행한 일인가. 그런데 가야 할 곳은 어디지? 혼자 일주일을 지낼 수 있다면 훨씬 더 큰 이득을 볼 수 있을 텐데. 읽고 쓰면서 일주일을 보낼 수 있다면. 아, 이런, 지금 이 순간 나는 테드한테로 달려가서 함께 살 수 있을까 그런 생각을 하고 있다니. 하지만 그건 런던이고 몸을 씻을 데도 없잖아(아, 무슨 상관이야). 그리고 그놈의 보디라는 친구가 언제라도 그 뚱뚱한 몸집으로 제때 이층으로 비틀비틀 걸어 올라올지도 모르고. 그리고 나는 테드를 잘 몰라서 그가 어떻게 말하는지, 그이의 말투가 어떤지도 모른다. 아, 그이의 말투. 내가 돌아가면 하룻밤? 루소의 《뱀 조련사*Snakecharmer*》에 이 질문을 써서 보낼 것이다. 하지만 하룻밤으로는 충분치 않아. 생각을 많이 해야만 하겠다. 아마 그는 답장을 하지 않을 테지. 그러면 일은 훨씬 간단해질 텐데. 하지만 나는 지금 방랑자가 되었다. 벌써 2주일이나 되었으니, 더는 리처드를 기다릴 수도 없기 때문이다. 그리고 아마 리처드는 내 강력한 의지를 느꼈던 게 틀림없다. 런던은 곧 테드이고 훨씬 값이 비싸다.

그래서 나는 내일 아침 일찍 고든과 함께 뮌헨으로 떠난다. 잘 해낼 수 있을까? 그를 뜯어먹고 사는 나 자신을 저주하지 않으면서?

나를 친구 삼아, 이런 식으로 여행하기를 바란 건 고든 쪽이었다. 그리고 나는 그저께 밤 우리가 우연히 재수 좋게 아메리칸 익스프레스에서 마주쳤던 때를 잊지 말아야만 한다. 저녁 식사를 하러 나갈 용기를 차마 내지 못할 정도로 작고 검고 얄팍한 내 주변에 있는 남자들에게 질려 있던 참이었다. 그리고 그때 조반니가 위로의 말을 던지면서 말린 대추야자와 바나나와 따뜻한 우유를 들고 들어왔다. 그이는 정말 내게 얼마나 친절하게 대해주었던지. 심지어 그와 함께 자볼까 하는 생각도 해보았지만, 어제는 어쩐지 고든이 와주어서 기뻤다. 왜냐하면 조반니와 나는 서로에게 너무 친절하고 따스해서, 그걸로 좋았기 때문이다. 〔생략〕 … 윗스테드에는 가까이 갈 수가 없으니, 삶은 이제 다양한 도시들과 그 도시들에 어울리는 남자들로 만든, 좀 끔찍한 스칸디나비아식 잡탕 요리 같다. 런던과 테드, 파리와 리처드의 어두운 부재, 그리고 조반니의 위로와 대화, 그리고 로마와 고든과의 여행. 아침 내내 고든과 약혼자들 이야기를 차갑게 나누고 보니, 그리고 점점 더 커지는 냉담함이 마침내 광적인 오한으로 덮쳐, 가지 않겠다고 말하고 싶은 갑작스러운 충동이 들었지만, 길모퉁이 돌면 바로 있는 작은 카페에서 햄과 계란과 포도주를 마시면서 이런 얘기들을 하고 나니, 이미 발을 빼기에는 너무 깊이 들어간 뒤였다. 겨우 닷새라는 짧은 시간일지언정, 진심으로 베니스와 플로렌스와 로마를 보고 싶다. 아마 어디로 돌아가고 싶은지, 또 얼마나 가고 싶은지 깨닫게 될 테니까. 지금 내 마음속에서 얼마나 절규하고 있는지 모른다……. 그런데 고든과 함께 있느니 차라리 내 타이프라이터와 혼자 처박혀 지내는 편이 훨씬 나을 것 같다. 바보처럼 떠듬거리는 프랑스어와 이곳에서 의사소통도 못하는 무능력,

다른 사람들과 어울리지 못하는 저 철저한 비사교성, 주위 분위기를 본능적으로 파악하지 못하는 눈치 없음이 나는 혐오스럽다. 그래, 정말 혐오스럽다. 바의 웨이터가 터무니없는 값을 매겨놓고 웃으며, 고든에게 우유 마시고 싶냐고 묻는 걸 느낀다. 그 말에 나는 슬며시 얼굴을 돌리고 웃었다. 고든과 함께 있으면, 내 못된 점들이 나타나는 걸 느낀다. 아니면 quoi faire(무엇 때문이지)?

Quoi faire? 내 대안들을 이렇게 치명적으로 만들어버리는 건, 어떤 무시무시한 결핍 때문인가? 유약하게 남자들에게 의지하기 때문에, 보호하고 돌봐주고 다정하게 토닥거려달라고 그들에게 나 자신을 던져버리는 걸까? 아, 하지만 나는 파리에서 2주일 동안이나 혼자였는데, 그리고 여기에는 여자가 하나도 없지 않나. 그래서 내가 내 필요와 화산 같은 의지로 겁을 주어 쫓아버린 게리(난 용의주도하게 그에게 결별을 선언했고 심지어 샤르트르도 포기했다. 왜냐하면 리처드 없이 혼자라도 그건 일종의 신성모독이나 마찬가지일 테니까. 게리는 자기가 굉장히 예민한 사람이라고 맹서하지만, 매너가 얼마나 단조로운지 나이팅게일들이라도 죽어버리고 말 정도니까)와 토니만 빼면, 나는 그럭저럭 혼자 다닌 거나 마찬가지다. (조반니는 멋진 발견이었고, 내 것이고, 일종의 개선이었다. 그와는 좋았다. 딱 알맞게 따뜻하고 다정했으며, 프랑스어로 이어진 멋진 대화들과 그의 친구들과, 근사한 인간적 온기와 소통에 압도되어 내가 눈물을 쏟고 나서, 그가 데려간 작은 에피스리,* 그리고 사람들이 복작복작하는 그 작은 식당에서 훌륭

* 식료품을 팔거나 간단한 식사를 할 수 있게끔 되어 있는 영미의 델리카트슨과 같은 개념이다.

한 스튜가 담긴 수프 접시를 받고, 감자들과 치즈와 붉은 포도주를 먹었다)……. 나는 황량한 도시와 싸워 정복했다. 늘 〔리처드를〕 생각한다. 그가 자취를 감추었기 때문에, 그 어두운 이미지가 나를 사로잡는 걸까? 니스에서 춤을 추던 때를 기억해보라 — 그의 연약하고 단련되지 못한 육체. 그는 수영도 못하고, 어떤 면에서는 유약하며, 결코 야구를 하거나 수학을 가르치지는 못하리라. '오렌지주스에 삶은 닭 요리' 같은 튼실한 자질은 전혀 찾아볼 수 없고. 그게 바로 게리와 고든이 가진 자질인 것이다(단편 〈검은 약탈자*Dark Marauder*〉에는, 리처드의 섬세한 '달팽이 요리에 포도주' 같은 자질과 게리의 '특별히 조리하지 않은 평범한 스테이크와 감자 요리' 같은 자질이 강렬하게 대비될 것이다). 그래서 나는 이곳에서 혼자 지냈던 거다. 그리고 더 머물려고 하면 휴가를 간 학생한테 다시 방을 빼앗길지도 모르고, 조반니가 좀 더 까다로워질지도 모른다. 그리고 리처드는 결코 돌아오지 않을지도 모르고, 이제는 날씨도 쌀쌀하고 축축해졌다.

그렇다, 이 모든 건 출발을 재촉하는 전조다. 파리의 공기가 차가워져서, 나는 항상 바들바들 떨고 있고 내 하얀 속옷은 천천히 회색으로 변해가고 있는데 이곳에는 욕조도 하나 없다. 이 모든 것들이 합쳐져 차가운 모서리와 둔탁한 모퉁이로 나를 떼밀고, 결국 떠나게 만든다. 기차와 풍경은 일종의 위안이 될 테지. 고든에게 예의 바르게 굴 수만 있으면. 못할 건 뭐야? 우리 사이는 뒤죽박죽에 경멸로 범벅이지만, 원래 퇴짜 맞은 사람과 퇴짜 놓은 사람 사이에는 원한이 사라지지 않는 법이지. 오늘은 파리에서 로마까지 가는 기차삯을 한 푼도 남김없이 내가 프랑으로 계산하고 그 문제는 끝냈어. 비행기 삯은 만만찮지만, 그가 꼭 그래야 한다면 영국에서 일부를 갚기로 하겠어. 남자들이 내 밥값을 낸다거나, 호텔 숙박비를 내는 일에는 나도 충분히 익숙해져 있는 데다, 고든 자신이 나와 함께 가기 위해 선택한 일이라고 생각해. 물론 단순히 친구 사이라는 점을 양해해야겠지만. 그러니 빚을 지거나 한 건 아니야. 다만 나의 리처드가 나를 저버리고 떠나버렸다는 무거운 절망을 극복하기 위해 노력할 뿐이야. 3주일이면 그가 찾아낸 아주 위험스러운 여자가, 아니 몇 명이나 될지 모르지만, 아무튼 남고 처지도록 긴 시간인 거야. 그러니 내가 사실 정말로 화나지는 않았고 그저 서글플 뿐이라는 거, 커다랗고 까만 눈에 눈물이 그렁그렁하는 비난의 시선이, 처지가 바뀌었다면 나도 도저히 참고 쳐다볼 수 없었을 거라는 걸 알아. 어젯밤 발레에서 나는 샹들리에가 달린 커다란 방에서 여흥을 즐기고 있는 우리 모습을 보았고, 그이는 작은 금발 계집애의 턱 밑을 손으로 살짝 튕겼지. 처음 만났을 때 내게 그러했듯 거의 모욕적이다시피 한 찬사와 도전을 담아서 말이야. 아, 세상에, 그가 오늘 돌아온다면 난 여기 그와 함께 남을 거야. 지금도 그의 모습이 선해. 파리로 돌아와 차분하게 내 편지들을 읽으며 생각에 잠겨 있는 그 모습이. 불쌍하게도 신경질적인 질책에 억울하게 당한 그이가. 스위스 애인과, 아니 스페인 애인과 동거하고 있을 그이가. 내게 이렇게 절박하게 필요한 충절을 그가 지켜줄 수 있는 날이 과연 오기나 할까? 아, 그리고 그가 영영 충실할 수 없다면, 내가 거상처럼 흔들림 없이 우뚝 서서 그를 받아들일 수 있을까? 순교자로 희생되지 않고, 최악의 경우 복수심과 절망에 차 다른 남자들에게 나 자신을 제물로 바쳐 파멸 한가운데로 다이빙을 하지 않고 말이다. 아마 이 모든 패들이 카드 속에 들어 있겠지. 그토록 많은 왕들과 여왕들과 그만큼이나 수

많은 선택들이 들어 있는 카드 패들!

그리고 이제 대안들은 운명적인 춤 속에서 빙글빙글 돌아가고 있고, 내 엽서들을 부치면, 어머니는 내가 로마로 가고 있다는 걸 알게 될 테고, 테드는 하룻밤만이라도 내가 그를 만나고 싶어 한다는 걸 알게 될 테지. (오, 나는 그저 그이와 함께 있고 싶을 뿐이다. 그는 리처드만큼 고고하게 걸을 수 있는 유일한 남자다. 그걸 위해서라면, 돼지눈을 한 세상의 모든 보디들과 더러운 소문이나 입방아들은 물론, 심지어 제인이나 선택된 소수가 다 알게 되는 수모라도 겪을 각오가 되어 있다. 그걸 위해서라면 테드가 내 이름을 셜리라고 잘못 불러도 좋다. 그리고 내가 지금 이곳을 뛰어넘어 얼마나 현명하고 상냥한 존재가 될 수 있는지를 그이가 몰라도 좋다. 당분간 나는 아주 수월하고 너무 헤픈 여자가 되어줄 테니, 테드는 굳이 귀찮게 알려는 노력을 하지 않을 것이다.) 그와 함께 유고슬라비아에 가야 할까? 아니면 엘리와 스페인을 저버린 나 자신을 저주하게 될까? 나는 좋은 여자가 그립다. 사실 내게 끌리는 남자들은 강인하고 깔끔한 사랑스러운 타입인 반면에 엘리는 헤픈 검은 머리의 남자들을 매혹하는 매력이 있다는 이유만으로, 어찌 감히 엘리가 성적으로 방종하다고 생각할 수 있단 말인지? 테드는 벽이라도 깨어 부술 수 있는 남자다. 오늘 그에게 전보를 쳐서, 내가 런던으로 돌아가 윔스테드로 갈 수 있을 때까지 거기 머물러도 좋으냐고 물어봐야지. 위험한 요소는 그를 찾아오는 손님들이고, 아마 그를 찾아오는 사람들은 꽤 있을 거다, 그의 이야기… 〔생략〕 … 나는 그를 향한 욕정에 목마르다. 내 마음속에서, 나는 그가 휘두르고 휘두르는 말들에 의해 산산조각으로 찢긴다……. 고든. 그는 일단 지금으로서는 가장 안전한 길이다. 나는 다른 2개국을 정복하게 될 것이다. 아무리 이탈리아에 더 머무르고 싶다 해도, 닷새만 보고 더 머무르고 싶다는 굶주림을 간직한 채 돌아오는 편이 낫지 않을까? 일단 남자의 보호하에 아직 관광철이 아닐 때 한번 침략을 감행했으니, 나중에 안내 없이 돌아볼 수 있는 능력을 기르고 돌아오는 편이 낫다. 아, 물론이다. 리처드가 지금 돌아와주기만 한다면. 자존심 따위는 꿀꺽 삼키고 그이의 집에 가서 관리인에게 무슨 말을 남기지 않았느냐고 물어볼 수도 있다. 그는 집 안에 숨어 있을지도 모른다. 내일 돌아올지도 모른다. 어쩌면 전갈이 와 있을지도 모른다(하지만 이 모든 사실을 알게 되었을 때는, 이미 때가 늦었을 테지). 며칠 동안 머무르다 여기서 영국으로 돌아갈 수도 있다.

지금은 역사적인 순간이다. 모든 상황이 한데 합쳐 파리를 떠나라고 종용하고 있다. 고든이 얼마나 게리와 비슷한 부류의 남자인지 잊고 있었다. 아주 조금 나을 뿐. 내가 파리에 머무른다면. 그러면 '이야기 중간에서'* 돌연 조반니가 걸어 들어와 파멸을 향한 이 끔찍스러운 자학적 충동들의 이야기를 다 들어주고 아주 따뜻하고 상냥한 시간들을 보내다가 갑자기 내 운명의 발걸음 소리가 들려올 테고, 운명이 친절하다면 부드럽게 문 두들기는 소리가 나겠지. 하지만 운명은 친절하지 않고, 절대 친절하지 않고, 그래서 내 결정은 봉인되어 대안들은 다시 빙글빙글 돌아가며 오렌지 껍질과 푸른 골로아즈 포장지와 함께 휘파람 소리를 내는 진공 속에서 낄낄거리고 결정은 내려지고 그는 말해, 어서 와, 어서 와, 그래서 우리는 어서 가

* in medias res, '한가운데서'라는 뜻이다. 이야기가 한참 진행된 부분에서 서사시가 시작된다는 시적 컨벤션의 한 가지다.

는 거야. 〔생략〕

4월 18일

지금도 운명의 힘은 여전히 나를 거슬러 흘러가고 있고, 내 사랑하는 할머니, 어머니가 일하시는 동안 평생 나를 돌봐주신 할머니께서는 아주아주 천천히 용감하게 암으로 죽어가고 계셔. 그리고 그녀는 6개월째 정맥으로 영양주사도 맞지 못하시고 당신 몸을 양식 삼아 살아가고 계셔. 어차피 그 육신은 정화되어 사라질 테고, 그때가 되면 비로소 당신은 겨우 돌아가실 수 있겠지. 어머니는 일하고, 가르치고, 요리하고, 운전하고, 눈 폭풍으로 쌓인 눈을 삽으로 치우고, 당신의 느릿느릿한 슬픔이 주는 공포 속에서 말라가고 계셔. 어머니를 강인하고 건강하게 만들어드릴 수 있기를 바랐는데, 아버지가 느릿느릿 길게 끌며 돌아가셨듯이, 이 느릿느릿한 죽음을 겪은 뒤에는 어머니도 너무 쇠약해지셔서 내게 오실 수 없을 거야. 그리고 나는 여기 있어, 아무 쓸모 없이, 가족의 사랑이라는 의례와 이웃의 애정에서 차단된 채로, 생각 이상으로 사랑했던 내 소중하고 용감하신 할머니가 죽어가고 계신데도 힘과 사랑을 주고받지도 못하고. 그리고 어머니도 가실 거야, 그러면 부모님이 한 분도 남지 않게 되고, 이 세상에, 내게 충고를 해주고 사랑을 줄, 현명하고 경험 많은 존재가 하나도 없어질지 모른다는 공포감.

〔리처드 새순에게 보내는 편지〕 역시 몹시 무서운 일이 내게 벌어지고 있어. 두 달 전쯤 시작된 일인데, 꼭 일어나지 않았어도 되는 일이야. 네가 파리에서 나를 만나고 싶지 않고, 나와 함께 이탈리아로 가지 않겠다는 편지를 꼭 보낼 필요는 없었던 것처럼. 런던으

로 돌아왔을 때는, 오직 이 한 가지 길밖에 어떤 일도 일어날 수 없을 것만 같았어. 그리고 나는 지금 일종의 현존하는 지옥 속에 살고 있고, 어떤 삶과 사랑의 의례를 치러야 이 혼란상을 수습할 수 있을지 도무지 모르겠어. 너무나 조심했어, 정말로 조심했어. 하지만 그래봤자 소용이 없었어. 왜냐하면 내 존재가 나를 철저히 저버렸거든. 파리로 돌아오면 휴가를 낭비하게 될 거라는 말을 했던 건 '잔인한' 일이었다고 했지. 글쎄, 나의 휴가 역시 낭비되었어, 잔인하게, 그리고 나 역시 소모되어버렸어. 두 손으로 날마다 바치면서. 그리고 선택을 하는 과정에서 황폐한 질병과 공포가 초래되어버렸어. 네 기나긴 부재의 불필요하고 잉여적인, 우짖는 허무 속에서 말이야. 네 글씨는 어찌나 거칠고 압도적으로 장악하는지, 세상의 모든 악마들이 모여들어도 그 속에서 의미를 하나라도 지워버릴 수 없을 거야.

베니도름

1956년 6월 16일 실비아와 테드 휴스는 결혼식을 올렸다. 식이 끝나고 둘은 스페인의 작은 어촌 베니도름으로 신혼여행을 떠났다. 그곳에서 그들은 홀로 된 만가다 부인과 잠시 함께 머물게 되는데, 이 기간 동안의 사연이 동명의 단편(〈베니도름〉)을 낳게 된다. 이즈음의 글은 대부분 묘사 위주의 것들로, 돌아보면 신기할 정도로 무미건조하지만 말이다.

우리 새집은 정말 훌륭하다. 게다가 만가다 부인이 그렇게 작은 방과 더러운 욕실, 개미가 우글대는 부엌(더구나 게걸스러운 스페인 사람들과 같이 써야 한다), 바다가 내려다보인다지만 매우 형편없는 경관의 테라스(차라리 대로의 시끄럽고 요란한 어중이떠중이들이 보이는 게 나을)를 얻은 비용으로 여름 동안 이 집을 얻다니. 우린 계속 감탄을 금치 못하고 있다. 아침 10시 이후로 테드는 안쪽의 어두운 방에 있는 침대로 물러났고, 난 내 앞에 놓인 타자기보다는 발코니로 내다보이는 경관에 더 신경을 쓰고 있다. 이제 그야말로 완전한 평화가 찾아왔다. 부엌으로 뛰어들어와서는 내 손에 있는 감자를 낚아채 자신만의 껍질 벗기기 방식을 전수한다고 법석을 떨고, 가솔린 난로 위에 있는 프라이팬 뚜껑을 마음대로 열어보는 것만큼 성가신 여배우도 없다. 완전한 평온 속에 남겨진 것이다. 바깥 볼일로 시달렸던 지난 한 달, 그리고 만가다 부인 집에 머문 일주일간의 감정적 혼란에서 몸과 마음을 추스르느라 처음 이틀이 흘렀다. 부엌과 욕실에서는 샤워기와 변기, 수도꼭지용 모터를 고치느라 일꾼들이 계속해서 못질을 해댔다. 그리고 어제 드디어 모두 끝났고 파인 곳에 회반죽을 발랐다. 이제 깨끗하고 차가운 물이 콸콸 쏟아져 나온다. 낡아서 수도관과 배선이 고장난 그 미망인의 집과는 비교도 안 될 정도로 훌륭하다.

이 새집에서는 모든 일이 착착 훌륭하게 진행되고 있다. 앞으로 10주 동안은 이 집이 창조적인 삶과 글쓰기를 북돋워줄 원천이 될 것이라는 느낌을 강하게 받는다. 어제 테드는 동물들에게 어떤 일이 일어났는가를 이야기해주는 순수 동물책에 실을 세 가지 새로운 우화를 막 끝내고 내게 읽어주었다. 거북이는 여전히 가장 재미있고 사랑스러운 동물이다. 하이에나는 좀 더 진지하고 약간은 비뚤어진 성격이고, 여우와 개는 플롯이 살아 있고 훌륭하다……. 이 책이 아이들에게 하나의 고전이 되면 좋을 텐데. 내가 글을 쓸 때도 테드는 큰 테이블에서 코끼리와 귀뚜라미 이야기를 쓰고 있다. 그와 함께 산다는 것은 영원히 계속되는 이야기를 듣는 것과 같다. 그는 내가 본 사람 중에 가장 크고, 상상력이 넘치는 정신의 소유자이다. 그 자라나는 땅에서 영원히 살 수 있다면. 에너지가 내 작품 속으로 새롭게 직접 쏟아져 들어오는 것이 느껴진다. 투우 이야기와《하퍼즈》에 실릴, 새 소설의 몇 장, 그리고 만가다 부인 이야기를 담은 (웃긴가?) 한 장, 또《크리스천 사이언스 모니터》에 실릴 베니도름 스케치를 쓰려고 노력하면서 내 이야기의 징크스도 깨버릴 것이다. 스페인어를 배우고 프랑스어를 번역하기도 해야지.

내 평생 이처럼 완벽한 조건은 없었다. 놀라울 정도로 잘생기고 똑똑한 남편(갈수록 쉽게 넘어오는 시시껄렁한 남자들을 새롭게 정복하고는 혼자 만족하며 소모한 날들이여, 이제 안녕), 전화나 방문객은 말할 것도 없고 어떤 방해도 받지 않는 널찍한 집, 길 아래쪽으로 펼쳐지는 바다, 위쪽으로는 언덕. 정신적으로나 육체적으로나 그야말로 완벽한 행복. 날마다 우리는 더 강인해지고 더욱더 깨어 있는 느낌이 든다.

어제저녁 와인과 오일을 사러 나간 동안 한줄기 소나기가 내렸고 그 빛의 효과란 놀랄 만큼 아름다웠다. 빛나는 해를 바라보며 내리는 비의 은색 장막을 통해 어두운 푸에블로* 사이로 눈부시게 빛나는 거리를 보았다. 반대편으로는 컴컴한 구름을 등지고 하얀 푸에블로가 아치를 그리며 빛나고 있었는데, 그 옆으로는 이제껏 본 적 없는 가장 완벽한 무지개가 섰다. 한쪽 끝은 산속에, 또 한쪽은 바다에 뿌리박고 섰던 무지개. 우리는 새로운 가게에서 빵 한 덩이를 사서는, 무지개 덕분에 왠지 신이 나서 신선한 염소똥 사이를 헤치며, 새빨간 제라늄 꽃밭이 울타리를 이룬 하얀 우리 집으로 향했다.

7월 23일

홀로 우울. 제라늄 향과 보름달, 익어가는 상처와 함께 깊어가

* 돌이나 어도비로 지은 인디언의 집단 주택이다.

는 인식. 안으로 깊숙이 파고드는 상처, 심하게 흥분해서 겉으로 폭풍을 일으키는 일은 절대 없다. 상처는 면도날처럼 날카롭게 계속해서 안으로 안으로 자라고 검은 피가 솟아난다. 오해가 보름달 속에 자라고 있는 것을 아는 병자처럼. 잠깐, 수염이 삐죽삐죽 짧게 자란 턱을 그이가 긁는 소리. 아직 잠들지 않았구나. 그가 일어나 나와야 하는데, 그렇지 않으면 들어갈 수 없으니.

마을로부터 마지막 당나귀 수레가 가파른 길을 오른다. 가족들이 산을 올라 집으로 가는 길이다. 천천히. 당나귀 벨이 땡그랑땡그랑 울린다. 재미있어라 웃어대는 여자아이 두서넛. 야윈 개를 가죽끈에 매어 끌고 있는 피골이 상접한 작은 남자아이. 가족은 프랑스어로 이야기를 나눈다. 엄마는 하얀 레이스 프릴이 달린 옷을 입은 애기를 안고 있다. 보름달 아래 어둡고 고요한 적막이 흐른다. 어디선가 들리는 귀뚜라미 울음소리. 그리고 너무나 사랑스럽고 야릇한 그의 온기, 오해가 자라고 있는 방으로 끌려간다. 오해가 피부에서도 자라나 만지기 어렵다. 어둠 속에서, 스웨터 하나 때문에 화내며 분통을 터뜨리고 있다. 잠도 오지 않고 숨이 막혀온다. 나이트가운에 스웨터를 걸치고 식당에서 보름달을 바라보며 이야기를 건넨다. 오해는 점점 더 자라 사람을 잡아먹는 식물처럼 집 안을 가득 채운다. 나가야 하는데. 너무 고요하다. 그는 아마 잠이 든 모양이다. 아니면 죽었거나. 죽음이 찾아오기까지 얼마나 남았는지 어떻게 알 수 있으랴. 물고기에게도 어느새 독이 퍼졌는지, 독이 효력을 발휘하고 있다. 그리고 둘은 오해로 따로 앉아 있다.

무엇이 잘못된 거지? 스웨터를 잡아당기자 양모 섬유가 늘어졌다. 비옷을 입는 동안 그가 묻는다. 나 나가요. 당신도 올래요? 인적 없는 길을 절망적으로 바보같이 홀로 걷는 외로움은 견디기 벅차요. 그러고는 판결을 요청한다. 그는 덩그러니 바지에 셔츠와 검정 재킷을 입고 있다. 우리는 집 안에 불을 그대로 켜둔 채 눈부신 보름달을 향해 나아간다. 기묘한 옅은 보라색의 산을 향해 언덕길을 힘차게 오른다. 물에 잠겨 하얗게 된 경관을 뒤로 하고 아몬드 나무가 검게 비틀려 있는 산. 오해로 온통 하얗게 표백된 빛, 낮처럼, 아니 베이지에 가까운 색 바랜 은판 사진처럼 모든 것이 선명하다. 빨리 그리고 더 빨리, 기차역을 지나 위로 오른다. 돈다. 바다는 멀고 빛을 받아 은빛으로 빛난다. 우린 돌과 억세게 돋은 마른풀 위에 멀리 떨어져 앉는다. 빛이 차고 잔인하고 적막하다. 무슨 일이든 일어날 수 있을 텐데. 의도된 익사, 살인, 못 견딜 정도로 상처를 주는 말. 돌이 달빛 속에서 무자비하게 선명한 거칠거칠한 윤곽을 드러내고 있다. 구름이 지나간다. 들판은 어두워진다. 이웃 개가 낯선 두 사람을 향해 짖어댄다. 말없는 두 낯선 이방인. 돌아와서는 더욱 기분이 나빠져서 잠도 따로 자고 앵돌아져 깬다. 그동안 줄곧 오해가 점점 자라나 집 안 구석구석에 살금살금 스며들어 숨 막히게 하고, 식탁과 의자를 쿡쿡 쑤셔 아프게 하고, 칼과 포크에 독을 바르고, 그 치명적인 독으로 마실 물까지 더럽힌다. 태양은 비정상적으로 비스듬히 떨어지고 밤새 세상은 불쾌하게 기형적으로 비뚤어져 레몬처럼 시어져 버렸다.

땀이 밴 옷을 수영복으로 갈아입었다. 점심으로 토마토, 후추, 양파, 계란프라이를 먹었다. 몹시 지치게 하는 깊은 잠을 한숨 잤다. 일어났더니 온몸이 두들겨 맞은 듯 욱신거린다. 천천히 정신을 차리고 커피를 마셨다. 저녁에 먹을 우유를 좀 사러 길을 건너갔다. 하얀 담장과 초목, 그 아름다운 경관을 지나 집 안으로 들어갔다. 낡은 집. 세상 풍파에 찌든 농사꾼이 우유가 곧 준비될 것이라고 전했다. 부채꼴 모양으로 넓은 초록 잎과 초록 열매로 무성한 무화과나무 사이로 푸른 바다가 언뜻 보였다. 테드가 개미 길을 발견해서 반 시간가량 재미있게 놀았다. 짚 몇 개와 파리 날개를 구멍으로 나르는 검정 개미 행렬. 우린 그 집 현관의 돌을 들어 올려 일당을 혼란에 빠뜨렸다. 새로운 땅의 출현에 몹시도 붐비고 후퇴하며 어쩔 줄 몰라 했다. 꺾쇠로 한데 엮인 두 마리 개미를 보았다. 거의 투명한 베이지, 땅 색깔 거미가 그 주위를 난폭하게 달려 보이지 않는 거미줄로 둘을 꼼짝 못하게 옭아맨다. 몸부림치는 개미. 하지만 점점 느려지고, 거미는 재빠르게 시계 방향, 그다음엔 시계 반대 방향으로 돈다. 우리는 거미를 좀 더 큰 다른 개미에게로 던졌고 거미는 공중제비를 그렸다. 개미 떼에게 죽은 파리를 주었더니 협공을 시작한다. 다리 하나에 개미 한 마리씩 달라붙어 잡아당긴다. 조용한 검정 개미 그룹을 발견해서 좀 더 자세히 보았다. 모두 바위에 모여 미약하게 그리고 천천히 씰룩거리고 있었다. 검정 개미거미는 마치 중세 노상강도 귀족처럼 바위 위에서 지키고 있다. 시커멓고 큰 멍청한 딱정벌레가 가는 세로줄 무늬 옷을 입고 모래 절벽을 걸어 올라가는 신사처럼 개미들 위로 어슬렁거리고 있었다.

반짝거리는 신기한 조개처럼 여러 가지 색깔의 얼룩덜룩한 줄무늬 물고기, 햇빛을 받아 반짝반짝 빛나고 촉촉하다. 창백한 푸른색 옆면에 검정 줄무늬가 있는 살이 탄탄한 작은 물고기. 삼각 머리에, 기분 나쁜 검정색 눈, 등에는 호사스러운 노란 무늬를 가진 심술궂은 검정색 곰치뱀장어가 지느러미에서 붉은 분홍빛을 내고 있다. 바닷물에서 수영하던 사람이 총알 모양의 우스꽝스러운 머리를 하고 기다랗게 흐느적거리는 다리가 한데 엉켜 몸부림치며 꿈틀대는 낙지를 잡아 나왔다. 낙지를 해변에 내동댕이치자 다리가 한데 모여 똘똘 사리를 튼다. 낚시꾼이 횡재했군.

위텐스(요크셔)

파리에 잠시 다녀온 후 테드 휴스의 부모님과 요크셔에서 한 동안 지낸 뒤, 휴스 부부는 케임브리지로 돌아온다. 둘은 실비아가 케임브리지에서 학업을 마치는 동안 그곳 엘티슬리 가에 있는 작고 더러운 아파트에서 살림을 꾸린다.

사람들 대부분은 브론테가 살던 집까지는 가지 않는다. 대신 마을에 들러 핑크프로스트 케이크와 함께 차를 마시거나, 기념품이나 걸어가기엔 너무 먼 그 집 사진을 사고는 성 미셸과 모든 천사 교회를 방문한다. 기록에 있는 검정 돌로 된 교구 목사 방, 나무 요람, 샬럿이 결혼식에 썼던, 대대로 내려오는 레이스와 인동덩굴로 꾸민 왕관, 에밀리가 마지막 숨을 거둔 침상, 작고 빛나는 책과 수채물감, 구슬 장식 냅킨 링, 사도 그림이 그려진 컵 받침. 그들은 이걸 만지고 저걸 입고 하며 유령이라도 나올 듯한 여기 이 집에서 글을 썼다. 돌로 지어진 그 집으로 가는 방법은 두 가지가 있는데, 둘 다 힘들다.

첫 번째 길은 마을에서 출발해서 푸른 목초지를 따라 계속되는데, 돌계단을 지나면 넝쿨이 무성하고 하얀 폭포에 다다른다. 폭포에서 길게 날리는 물은 푸른 이끼로 미끄러운 바위 위에 떨어진다. 나무다리를 건너면 염소가 밟고 지나 납작해진 풀밭이 펼쳐진다. 수렛길이 낡은 끌채를 재빨리 휘둘러 백 년을 한순간에 거슬러 올라, 무너져 내린 담, 옛 지하실 구멍, 양들이 노니는 풀밭에서 꿩이 있는 땅까지 이어진 문설주로 이끈다. 오래되어 움푹 팬 수렛길, 깨끗한 우물물, 믿을 수 없을 정도로 푸른 풀밭 아래서 콸콸 흐르는 물소리. 여기가 양 우리 자리였음을 말해주는, 텁수룩한 회색 털 뭉치와 긴 두개골, 닳은 바퀴 자국. 온통 정신이 팔렸지만 길을 잃지는 않는다.

다른 길은 나지막한 둔덕을 지나 세상 한가운데로 뻗어 있고, 초록 이끼로 미끌거리고 질퍽대는 소택지 너머 사방으로 언덕이 계속된다. 꿩 말고는 지나간 적 없는 갈색 이탄으로 된 땅, 가시금작화의 푸르고 허연 돌기, 타버린 설탕색 고사리. 영원 그 자체, 황막함, 고독. 이탄색 물. 작고 튼튼한 집에 도착한다. 지붕 위 자갈, 바위 위에 아무렇게나 갈겨쓴 이름, 멀리서 온 바람이 부는 언덕에 황폐한 나무 두 그루. 빛살이 적막을 뚫고 지난다. 방문객과 노란 눈의 털북숭이 양, 머릿속 성난 유령. 사랑의 집이란 인간의 마음에 사랑이 있는 한 계속된다…….

노여움이 가슴앓이처럼 목을 아프게 한다.

"죽어버린 내 소중한 사람들"

미한 부인 — 요크셔를 배경으로 한, 풍산한 향취 물씬한 사투리 단편(《폭풍의 언덕》을 배경으로) — 제2의 눈이 있는 거나 마찬가지인 여자에게 죽은 이들의 유령들이 끼치는 생생하고 현존하는 영향. 시작 — "언젠가 천사를 본 적이 있다" — "내 여동생 미리암" — 교수형, 폐렴으로 인한 죽음(암시된 살인), 미친 사촌, 죽어버린 착한 사람들 — 병동의 전쟁 사진 — 밀짚모자와 은 손잡이가 달린 지팡이들의 멋쟁이 사진 — "그는 다리를 잘라냈다. 그는 죽었다. 그는 죽었고 죽어버렸다."

시

뜨겁고 걷잡을 수 없는 분노 — 차가운 눈. 짙고 하얀 무어*의 안개 — 걸려 있는 등불. 희미한 점들. 고요한. 고요한. 얼어붙은 잎사귀들. 웅크린 지빠귀. 분노 — "일 초만 더 하면, 고양이처럼 쉭쉭거리는 새된 비명 소리를 질러버릴 것만 같아." 질식할 것 같은, 목 졸려 죽어버릴 듯한 분노의 자각 — 하얗고 표정 없는 세계를 거닐다 — 정상적인 맑은 시야에서 차단되었다는 상징 — 하등 쓸데없는 감정적 폭발. 인간의 한계 대 거대한, 대리석처럼 광막한 추위, 눈, 별들과 암흑의 힘 — 추방당한 데이지들. 백발이 된, 지난여름으로 기억되는 — 그녀는 메마르고 황량한 부러진 줄기들 위에 그들을 올려놓다 — 생생하게 느껴지는 저항감, 계절, 기후가 극점을 통과하고 — 검은 돌로 된 울타리들 — 풍경과 적나라한 대조를 이루는 — 황갈색 고양이, 빨간 석탄불, 불타오르는 두 뺨, 석탄 저장소 아래의 고양이 — 두툼하게 서리가 앉은 덤불 지저깨비들 위로 찌르레기들 — 작고 폭력적인 의지의 불꽃에 몰개성적이고 하얀 자연의 세계를 대비시킬 것.

* 히스가 무성한 영국의 황무지다.

소설

모든 사람을 나는 다시 본다. 모든 게 한 바퀴를 돌고 제자리로 다시 돌아온다. 토니 — 창백한 금발, 초라하게 시든 — 지하철역에서 그를 보게 된다 — 부유하는 파리의 날이 돌아온다 — 절망의 순환 고리가 자체적으로 닫혀버린다. 공포의 봄, 익사, 협박에 쫓긴 세 남자에게는 이렇다 할 선택의 여지가 남아 있지 않지만, 그래도 한 가지 결정은 내려야만 한다. 뮌헨을 왕복하고 독일 기차 — "나를 좀 더 일찍 알았다면 당신은 나를 좋아했을 텐데." 빼앗고, 강탈하고, 술을 마시고 — 모래펄에서 사지 절단을 목격 — 눈이 멀어 현재에 흠뻑 빠져들고. 어두워진 방. 창백하고 나긋나긋한 시체들. 노란 벽지 — 장미 부케 — 거절 — 정신없는 도주 — 홍차 영화로 사라져가 — 언젠가는 결정적 사건이 벌어지리라는 앎. 나는 그를 다른 삶에서 보게 되리라, 약간 오만하게, 조금 재미있어하는 듯이, 완전히 다른 세계에서 잘 알고 있었다는 의미로 고개를 끄덕거려 보이리라. 젊은 금발 목신의 잠자리가 아무 상관이 없고, 더욱, 상상할 수 없으며, 바라는 사람도 없는 그런 세계.

창에 블라인드를 내린, 어두운 방으로, 자동차 불빛이 벽을 따라 비스듬히 비추며 모퉁이에서 구부러져 이그러지더니 사라졌다. 하지만 가로등에서 틈새로, 빛은 꾸준히 얇게 잘라져 푸르게 비쳐 들어오고, 평평한 벽에 조각조각 부서진 유리처럼 네모난 커튼 레이스 그늘을 겹겹이 드리우고, 달처럼 갈라진 물의 평원을 뚫고 들어와, 탁자 옆으로 밝게 널브러져, 마룻바닥에 어그러진 각도로 추락해 쓰러져 있다. 곱게 접혀 있는 컬러 문 손잡이와 연루된 창턱의 녹색 병은, 푸른 심에 보랏빛이 되어가고 있고, 오래된 껍데기, 그리고 맑은 포도의 곡선에는 먼지가 안개처럼 뿌옇게 끼어 있다. 정교한 바다의 빛, 실린더 같은 복잡성. 녹색의 미묘한 장미는 꽃잎이 벌어지지 않았고, 머나먼 심장빛 드높은 거울은 침수하는 녹색의 태양들을 낳는다. 뉘엿뉘엿 기우는, 하지만 블라인드 아래 6인치 두께의 밴드로 둘러친 창유리 사이에 가려져 있는, 급작스러운 일몰에 물에 젖은 빛은 애플그린색이 되어 서녘으로 기울다. 보드라운 오리털로 만든 퀼트, 입을 불쑥 내밀고 있는 구름 — 아래로 주변으로 주형틀에 박혀 누워 있다. 투명 망토를 입고 몸을 가린, 괴짜 같은 깃털을 지닌, 소음도 아니고 소리도 아닌 조각들이 공기의 그물을 짜고, 아니 뾰족한 바늘 달린 건초를 넣어두는 밀짚 고미다락을 놀라게 하고. 소리는 바늘처럼 뾰족한 건초 사이에 안전한 곳이 있을까 찾아보지만 허사, 그곳에는, 여기에는 큰 소리로 웃음을 터뜨리는 사람이 누워 있다. 비단 그물을 친 관목 덤불들 사이에 몸을 숨기고 자동차 바퀴 돌아가는 소리에 맞춰 들리지도 않게 거미집을 짜다. 낭창낭창한 나뭇가지 꼬리를 흔들며 벙어리 나뭇잎들, 개오동나무를 저장하고, 가사도 없이 올빼미 입으로 노래를 하고, 토끼를 준비하고, 예언적인 흰족제비를 두려워하고. 수리가 저주받은 혓바닥을 지닌 크리스털, 저주받은 달을 꿀꺽 삼키고, 사냥했다. 트럼펫을 쓰러뜨리는 새벽이 오기 전에 사라지다. 소리 없는, 똥을 더덕더덕 처바른 잎새들 속에 깊이 묻어. 어떤 흰족제비도, 안절부절못하는 토끼도, 모피로 감싼 피부 속에 돌아가 어두운 강어귀로 사라진 적이 없다. 아무도 보지 않는 사이, 잔혹한 부리에 찔려, 죽음을 맞은 제비도 하나 없다. 만물이 즙 많은 골수로, 낯선 뼈로, 이방의 피를 따라 순환하도록 유전하게 하라. 어두운 물결에 풀려, 미로 같은 막다른 골목에 당황하며 길을 잃은 채. 단풍나무들 사이에서 깡충거리며 뛰어다니고, 새침 떼는 솔방울이 미늘 달린 껍데기 속에서 돌격하고, 쐐기풀 사이에서 비척걸음을 걷고, 엉겅퀴들 속에서 몸부림치며. 해마다 비둘기는 성스러운 돌을 먹고 산다. 풀에 목이 메고, 지나치게 자란. 미련한 육체의 자두처럼 어두운 칼집 속에 박혀, 피도 멈추고, 그들은 보드라운 흙의 부드러운 입을 더는 싫어하지도 않는다.

케임브리지

2월 25일 월요일 오후

자, 이봐, 안녕. 이제 앉아서 뭔가 묘사를 해야 할 시간이야. 케임브리지, 사람들, 아이디어들. 세월이 소용돌이처럼 정신없이 흘러가고 있는데도, 나는 2년 전보다 그런 생각들을 더 잘 표현하기는 커녕 그 정도만 되면 다행이야. 웰즐리에서는 문간에 주저앉아, 정체된 지역성을 슬퍼하곤 했지. 혼자 이렇게 중얼거리곤 했어. 만일 내가 여행을 하고 흥미로운 사람들을 만날 수만 있다면, 오, 쓰지 못할 글이 어디 있을까! 그 사람들을 모두 깜짝 놀라게 해줄 수 있을 텐데. 이제 나는 케임브리지, 런던, 그리고 요크셔,* 파리, 니스와 뮌헨, 베네치아와 로마, 마드리드, 알리칸테, 베니도름, 휘즈에서 살아보았다. 그런데 나는 지금 어디까지 와 있지? 소설 한 편. 일단은 그것부터. 시들은 순간의 기념비들이다. 나는 내 공상의 테르자 리마**의 솔기를 찢고 있다. 내게는 플롯이 필요하다. 성장하는 사람들. 서

* 휴스 가족은 요크셔에서 살았다.

** 이탈리아의 3운구법으로 단테의《신곡》이 보여주는 시적 양식이다.

로 쾅쾅 부딪고 상황에 충돌하는 사람들. 스튜 냄비 속에 사는 사람들. 성장하고 상처 주고 사랑하고 온갖 나쁜 일들을 최대한 활용하는 사람들이.

그래서 이 미국인 소녀는 자기 자신을 발견하기 위해 케임브리지로 온다. 그녀 자신이 되기 위해서. 일 년 동안 머무르며, 겨울에는 엄청난 우울증을 겪는다. 자연과 도시에 대한 많은 묘사들, 애정 어린 세부 묘사들. 케임브리지가 부상한다. 파리와 로마도 표면으로 떠오른다. 모든 게 은근히 상징적이다. 그녀는 몇 사람의 남자들과 조우한다 — 나름대로 팜므파탈이라 할 수 있다. 전형들 : 둔감한 예일 출신의 남자 비평가이며 독일인다운 머리를 지닌 게리 하웁트, 작고 깡마르고 병약한 이국적인 부자 청년 리처드, 게리와 고든을 합칠 것, 리처드와 루 힐리.* 안전 대 불안전. 그리고 물론, 거대한, 강타하는 위험한 사랑. 또한 이중의 테마. 낸시 헌터**와 제인을 합칠 것. 정체성의 심각한 문제. 주변적 남자들, 재미를 위한 등장인물…….

지금부터 시험 때까지 매일, 최소한 등장인물들과 대화와 묘사를 기억해서 2~3페이지를 충실하게 써야 한다. 플롯은 일단 잊어버릴 것. 생생한 회상의 일기로. 짧은 장들. 집에 갈 때쯤 되면 300페이지 정도는 나오겠지. 여름 동안 교정을 볼 것. 그러고는《하퍼스》나《애틀랜틱》의 문예 경선에 출품해봐야겠다.

각 장면이 심오하도록, 복잡한 면을 지닌 보석처럼 사랑할 것.

* 옛날 남자 친구다.

** 스미스의 룸메이트다.

빛과 그림자와 생생한 색채를 확보할 것. 그 전날 밤에 장면을 설정할 것. 하룻밤 잠을 자고, 다음 날 아침에 글을 쓸 것.

하지만 먼저, 현재의 섬에 대한 몇 가지 재빠른 메모. 나는 안절부절못하고 있다. 열의에 달떠 있다. 하지만 별로 나오는 게 없다. 바깥, 파랗고 맑고 차가운 날, 산사나무 덤불과 다람쥐나무 곁의 목조계단을 따라 그랜체스터까지 방황하고픈 날이다. 하지만 오늘은 자전거를 타고 마을까지 장을 보러 나갔다. 은행, 우체국. 우체국에서 깨끗하게 타이핑한 테드의 시 두 꾸러미를《새터데이 리뷰 오브 리트러처》지에 보냈다. 까만색 인조가죽 가방이 셰리주, 크림치즈(할머니의 살구 타르트를 위해서), 타임, 바질, 월계수 잎(웬디의 이국적인 스튜를 위해서 — 그 복사품 비슷한 게 지금 난로 위에서 보글보글 끓고 있다), 골든 웨이퍼즈(리츠 크래커에 그렇게 우아한 이름이 붙다니), 사과들과 녹색 배들로 가득 찼다.

나는 너무 행복하고 촌스럽게 현실적인 인간이 될까 봐 겁이 난다. 예를 들어 로크를 공부하거나, 글을 쓰는 대신 — 사과파이를 만들러 가거나《요리의 즐거움》을 희귀한 소설이나 되는 것처럼 연구하고 있다. 후아, 나는 혼잣말을 한다. 가사로 도피해서 쿠키 반죽 그릇으로 머리부터 추락해서 질식해 죽을 거야. 그리고 방금 나는 버지니아 울프의 복된 일기장을 집어 든 참이다. 이건 지난 주 토요일에 테드와 나가서 울프의 소설들을 한 꾸러미 살 때 같이 샀던 거다. 그리고 그녀는《하퍼스》(그것도 하필이면! — 게다가 〈커다란 사람들*The Big Ones*〉까지 거절당했다니, 믿을 수가 없다)의 거절로 인해 생긴 우울증을 집 안 청소로 치료하려고 애쓰는 중이다. 그리고 해덕과 소시지 요리를 만들고 있다. 그녀를 축복하소서. 나는 내 삶이 왠지 그녀와 연결되어 있다고 여긴다. 나는 울프를 정말 사랑하고 — 크로켓 교수 수업 때문에《댈러웨이 부인*Mrs. Dalloway*》을 읽고부터 — 《등대로*To the Lighthouse*》의 한 대목을 읽을 때는 거대한 스미스대학 강의실 한가운데서 온몸에 전율이 좌르륵 흐르는 걸 느꼈다. 하지만 그녀의 자살, 1953년 여름, 나는 그녀의 자살을 다시 재현하고 있다는 느낌을 받았다. 내가 익사할 수 없었다는 게 다를 뿐. 나는 항상 지나치게 상처받기 쉽고, 약간 편집증적인 기질이 있다고 생각한다. 하지만 또한 빌어먹을, 건강하고 쉽게 원기를 회복하는 타입이기도 하다. 그리고 사과파이 행복을 만끽하고 있다. 다만 글을 써야 한다는 게 다를 뿐. 이번 주에는, 최근 아무것도 써내지 못했다는 생각에, 속이 뒤집힐 것만 같았다. 소설 쓰는 일이 그렇게 대단한 일이 되어야 한다니, 와락 겁이 나는 거다.

하지만 나는 알고 있으며, 느끼고 있고, 살아가며 경험도 쌓았다. 그리고 나이에 비해, 생활이라는 면에서 현명하기도 하다. 인습적 도덕률에 부딪치면서, 나 자신의 도덕을 수립했기 때문에. 그 새로운 도덕이란 몸과 마음에 대한 충실한 헌신이다. 좋은 삶을 반죽해 빚어내는 일에 대한 믿음. 신은 없을지 몰라도, 태양은 있다. 나는 마카리스의 일원이 되고 싶다. 테드와 함께. 책들과 아기들과 비프스튜.

크룩 박사가 우리에게 빌려준 파라핀 히터는 반투명으로 빛나는 푸른 석유를 꿀꺽꿀꺽 삼키고 발갛게 타오르는 빨간 철사 돔이 방을 덥혀준다. 태양이 길 하나를 사이에 두고 있는 이중 벽돌 주택들의 창문을 반사시키게 되는 것이다. 새들이 휘파람을 불고 지저귄다. 오렌지색 벽돌 굴뚝들과 아궁이들, 하얀 구름이 희귀한 파란

하늘에서 떠돌며 솔기가 흐트러져 실밥을 날린다. 세상에, 여기는 케임브리지인 것이다. 앞으로 3개월 동안 이곳을 확실히 만끽해야지 — 영국에서 보낸 22개월의 끝. 영국으로 건너오면서 스스로 다짐했다. 나 자신을 찾겠다고. 내 남자와 내 직업을 집으로 돌아가기 전에 찾아가겠다고. 그러지 못하면, 절대 고향으로 돌아가지 않겠다고.

그리고 지금 보라, 둘 다 해냈다! 꿈도 꾸지 못했는데. 갑작스러운 깨달음이 찾아오는 장면. 믿음의 행위. 그리고 나는 시인과 결혼했다. 우리는 굴뚝 청소부들의 교회에서 사랑과 희망과 우리 서로뿐, 아무것도 가진 것 없이 하나가 되었다. 테드는 낡고 검은 코듀로이 상의를 입고, 나는 어머니가 선물로 주신 분홍색 니트 드레스를 입었다. 분홍색 장미와 검은 넥타이. 비 내리는 런던, 물에 젖은 노란 — 회색 불빛이 비치는 어느 텅 빈 교회. 바깥에서는, 트위드 코트를 입은 발목이 두꺼운 어머니들과 창백하고 조잘거리는 아이들 한 무리가 교회에서 주최하는 동물원 나들이를 하느라 버스를 기다리고 있었다.

그리고 여기 이렇게 내가 있다. 휴스 부인. 그리고 등단 시인의 아내. 아, 이렇게 될 줄 알았어 — 하지만 이렇게 기적적으로 빨리 찾아오리라고는 생각지 못했다. 2월 23일 토요일, 《세인트 보톨프 리뷰》의 파티에서 우리가 지축을 뒤흔들며 처음 만났던 날부터 거의 정확하게 일 년 정도 지난 그날, 우리는 늦잠을 자다가 깨어났다. 잠의 후유증으로 짜증스럽고 《더 네이션》(줄줄이 세 편의 시가 수락된 참에, M. L. 로젠탈한테서 어리석은 편지가 도착한 것이다. 말도 안 되는 이유로 거절한다는)과 《파리스 리뷰》(거, 참 흥미롭군요. 하지만 지금은 실어야 할 시가 넘쳐나는 바람에)와《버지니아 쿼털리》에서 테드의 시 세 편을 모두 거절했기 때문에 침울한 기분이었다. 테드는 탁월한 시인이다. 예이츠처럼 열혈과 절제로 충만하다. 다만 어째서 편집자들만 이 사실을 보지 못하는 걸까? 나는 혼잣말로 중얼거렸다. 그들은 음악도 색채도 없는 형편없고 밋밋한 시들을 수락한다 — 형편없는 주제에 대한 산문적 선언들만 수락한다. 불쾌하고, 치사하고, 정성도 들어 있지 않은.

그런데 그때, 우리가 사소한 집안일을 하고 있을 때 — 테드는 거실에서 넥타이를 매고 있었고, 나는 커피에 넣을 우유를 데우고 있었다 —《텔레그래프》지가 들어왔던 거다.

테드의 시집 —《빗속의 매 *The Hawk in the Rain*》— 이 세 사람의 심리위원이 주관하는《하퍼스》의 첫 번째 경선에서 입상한 것이다. 심리위원은 W. H. 오든, 스티븐 스펜더, 그리고 마리앤 무어였다! 이 글을 쓰는 지금도 믿을 수가 없다. 소심하고 겁먹은 사람들은 거절을 한다. 거대하고 두려움 없는 시인들은 수락한다. 이런 일이 있어 뉴욕이 우리를 반길 줄 벌써 알고 있었다! 우리는 죽기 전에 둘이서 책장 하나를 가득 채울 만큼 시집을 출간하리라! 그리고 총명하고 건강한 아이들 한 무리도! 한시라도 빨리 상장을 보고(아직 도착하지 않았다) 상세한 출간 계획을 알고 싶어 죽겠다. 책장에서 활자 냄새를 맡게 된다니!

테드가 먼저라서 정말 기쁘다. 작가와의 결혼을 탐탁지 않게 여기던 예전의 내 진부한 이론들은 테드와 함께 희미해져 사라져버린다. 그이의 원고가 퇴짜를 맞으면 내 슬픔은 두 배도 넘거니와, 그이의 시가 수락되면 내 시가 선택된 것보다 더 기쁘니까 — 그이는 꼭 내 자아에 대한 완벽한 남성적 대응물인 것 같은 느낌이 든다. 우리는 서로에게 스스로 믿는 삶이 이어져 확장되도록 덧붙여준다. 일상적이고 안정적인 직업이나 돈의 노예가 되지 않고, 끊임없이 글을 쓰고 숨구멍을 마지막 하나까지 열고 이 지상을 거닐며, 사랑과 믿음으로 살아가는 삶. 참으로 귀감이 되는 삶이 아닌가. 하지만 솔직히 내가 생각하는 우리는, 헤어져 있을 때 연인들에게 숭앙받으며, 응석받이가 되어 호사 속에 썩어가고 있었다고 생각한다. 잔인하게 그들을 타고 넘어 걸어가면서. 함께 있으면, 우리는 그 누구보다 충실하고, 창조적이고, 건강하고 소박한 부부인 것이다!

내일을 위한 설정. 봄에 고든과 함께 파리에서 출발하던 장면의 정확한 묘사. 조반니와의 작별 인사. 회의, 끔찍하고 숨막히는 우울증. 우울한 기차 여행. 우아한 식사. 향이 없는 삶. 뮌헨의 눈. 무섭도록 외과적이었던 호텔. 파리의 객실에 대한 묘사, 아침 식사. 〔생략〕 여자 특유의 경멸과 조소. 앞으로 있을 여행에 대한 예감. "네가 이런 식으로 굴면, 절대 결혼할 수 없을 거야." 유약한 남성성, 목적의식의 부재를 비웃고 전복하다. 결정적인 결단의 시점.

안녕, 좋은 꿈 꾸기를.

2월 26일 화요일

지금 시각은 대략 7시 30분경이다. 새까맣게 어둡던 3시 30분부터 깨어 있었고, 테드는 재채기를 하면서 감기와 싸우고 있다. 시리디시린 회색의 여명. 정신은 믿기지 않을 정도로 생생하다. 시들의 위상을 매기고 책들의 환각을 보며… 시들, 소설들. 우리는 우리가 생각하는 것만큼 성공할 수 있는 운명일까? 아니면 그냥 소망 —

꿈에 불과할까? 6시에 시끄럽고 신경을 긁는 알람 소리가 울려 일어나서는 형편없는 에그녹*을 만들었다. 어리석은 질문을 두고 우울하기 짝이 없는 말다툼. 테드는 감옥에서 2년 동안 형편없는 책을 깊이 읽는 게 좋은 일이라고 주장한다 — 그러면 진정한 체험에서 그런 짓은 틀렸다는 걸 알게 될 테니까. 나는 형편없는 책을 읽느니 차라리 아무것도 볼 게 없는 편이 낫다고 우긴다. 비평적 능력을 애초에 갖추고 있는 사람들만이 뭐가 형편없는지 알아볼 텐데, 그런 경험이 무슨 소용이 있겠느냐고 말이다. 그는 나의 점토 두상 시를 비판한다. 비판을 듣기에는 타이밍이 나쁘다. 아직 싸울 근거로 써먹을 새 시가 한 편도 없는 마당에. 오, 휴가가 있다면. 생각 없이 지내는 일은 이제 이만하면 됐다. 시작을 하자.

3월 4일 월요일

장애물에 걸려, 꼼짝도 못하고 정체되어 있다. 머리에 마비가 와서 꽁꽁 얼어붙어버렸다. 어쩌면 일주일에 논문 세 편을 써내야 하고, 석 달도 못 되는 시간 내에 영문학 전체를 읽고 또 읽어야 한다는 사실에 넋이 나가 백치가 되어버렸나 보다. 멍해져서 아무것도 시작하지 않고 있으면 탈출을 할 수 있을 것처럼. 모든 게 다 붙들려 있는 것만 같다, 도대체 왜 이러지?

우편물은 오지 않는다. 10월 1일 이후로 단 한 편의 시도 게재 허락을 받지 못했다. 시와 단편 들을 산더미처럼 써서 보냈는데도.

* 밀크와 설탕을 넣은 달걀 술이다.

시집은 말할 것도 없다. 심지어 시집 경연대회 수상과 관련해 자세한 상금 내역을 알려주는 테드의 편지도 오지 않았으니, 대리 만족조차 박탈당한 셈이다. 청구서들은 온다. 나는 아무것도 쓰지 않는다. 소설, 아니, 하루에 3페이지짜리 할당량은 흉측하다. 도대체 제대로 잡히지를 않는다. 나는 1마일 길이쯤 되는 지팡이 끝에 뭉툭한 연필을 매달고, 지평선 너머 아득히 멀리 있는 무엇인가에다 글을 쓰고 있는 기분이다. 언젠가는 이 상황에서 탈피할 수 있을까? 최소한 5월 중순까지 300페이지 정도 글을 써두면, 삐걱거리고 감상투성이긴 해도 전체 소설의 골격을 대충 잡을 수는 있을 것 같다. 그러면 천천히 써가면서, 한 장씩 다시 퇴고를 하고, 교묘하고 섬세한 구조를 지닌 문체를 쓸 수 있으리라. 교묘하고 섬세하고 구조가 튼튼한 문체라는 걸 생전에 찾아내기나 한다면 말이지만.

공책에 메모를 하지 않으면, "삶을 포착한다"는 건 가망 없는 일이다. 지금 내가 화를 내는 이유는, 눈만 제외하고 프랑스에서 뮌헨으로 향하던 여행이 어땠는지 하나도 생각나지 않기 때문이다. 나는 계속 골수 고백주의자처럼 굴고 있다. 전부 내면적인 "그녀의 감상"인 데다, 그것도 무시무시하게 어색하다. 역시, 나는 다시금 내 욕망 & 야망과 적나라한 능력 사이의 간극을 느낄 수밖에 없다. 하지만 집요하게 하루에 3페이지씩 써나가리라. 지도교수들이 나를 비웃는다 해도 어쩔 수 없다. 그게 꽤 괜찮은 소설이라는 기분이 들어야 사기가 끝도 없이 진작될 테니까. 하지만 지금으로서는 소설이라 하기 힘들다. 그냥 허튼소리에 불과하다. 하지만 내게 주어진 3개월 동안 주인공 소녀는 일 년과도 같은 경험을 하게 될 것이다. 그러고 나면, 올여름 두 달 동안 계획을 잘 세운 후 꼼꼼하게 퇴고를 하리라. 플롯이 괜찮게 나와야 할 텐데. 그 외에는 잘 모른다. 그리고 플롯은 내게 힘들다, 그러니…….

나는 정말 창의력이 없다는 생각이 든다. 메리 엘렌 체이스와 이야기를 나눈 후, 혼자 뻣뻣하게 마비 상태에 빠져 내 머릿속에 도대체 뭐가 들어 있나 고민했다. 도대체 누구한테 뭘 어떻게 가르치겠다는 거지? 날이면 날마다 가르치는 일. 한꺼번에 다 하겠다고 생각하면, 끔찍하게 겁나는 일이다. 소설이 그렇듯. 시험이 그렇듯. 하지만 한 시간씩, 매일 하루씩 해나가다 보면, 삶도 가능해진다. 그러나 나는 메말랐다, 메마르고 불모다. 어떻게 그게 밖으로 드러나지 않겠는가? 심지어 메리 엘렌 체이스에게마저 〔열등감을〕 느낀다. 이류 소설들이 여남은 권이나 있고, 베스트셀러들도 있으니. 나는 단 한 권도 쓰지 못했지 않은가. 생산을 해야 한다. 하지만 글을 쓸 아이디어가 없다는 말을 너무 자주 쓰고 있다. 테드는 내가 한곳에 정착하려면 적어도 일 년이 필요한 사람이라고 했는데, 그건 정말 기가 막힌 통찰이긴 하다. 하지만 일 년 정도마다 장소를 바꾸는 것도 새로운 글쓰기에 자극을 준다. 정말이다.

내 소설 속에서, 변화를 소화할 수 있다면. 표현이 막혀 퉁퉁 붓고 부풀어 오르지 않고 말이다. 지금 나처럼. 아니면 — 나의 오랜 우울한 악마 — 흑백, 흑백을 횡설수설 읊어대거나. 내 존재 전체는, 3년 동안 다시금 강인하고 유연하게 재건을 하기 위해 거부하고 또 거부한 끝에, 쑥쑥 자라나 테드의 전 존재와 얼마나 완전하게 얽혀들었는지 그이에게 무슨 일이라도 생기면 도저히 살 수가 없게 되어버리고 말았다. 이런 사실을 깨닫고 나는 경악했다. 아마 난 미쳐버리거나 자살을 할 거다. 그이 없는 삶은 생각할 수도 없다. 25년간 최고의 장소들을 뒤지며 찾아 헤맸지만, 그이 같은 사람은 하나도 없었다. 꼭 맞는 사람. 내게 꼭 맞고, 나를 완벽하게 보충해주는 남성적 대응물. 오, 말하는 것 좀 봐. 나는 너무나 어리석다. 정말로 어리석다…….

나는 기막히게 훌륭한 소설을 써낼 수도 있다. 다만 어조가 문제다. 소설이 심각하고, 비극적이면서도, 명랑하고 풍요롭고 창조적이라면 좋겠다. 내게는 스승이 필요하다. 몇 사람의 스승들이 필요하다. 《사랑에 빠진 여인들*Women in Love*》만 제외하면, 로렌스는 문체가 너무 간결하고 지나치게 기사처럼 글을 쓴다. 헨리 제임스는 너무 꾸밈이 많고, 너무 차분하고, 예의가 바르다. 조이스 캐리는 마음에 든다. 나한테도 그런 신선하고, 발칙하고 당돌하며, 대화체적인 화법이 있다. 아니면 J. D. 샐린저. 하지만 그러려면 "나"라는 화자가 있어야 하는데, 그건 너무 제한적이다. 아니면 색 버든. 내게는 시간이 있다. 시간이 있다는 걸 스스로에게 상기시켜주어야 한다.

어윈 쇼와 피터 드 브리, 또 재기 있고 영민하고 다산하는 작가들의 무게만이 나를 압박한다. 테드가 없다면, 내 영혼이라도 팔아버렸을 것 같다. 고상하게 글쓰기, 그리고 소설 작업, 그리고 친구들과 여가 시간을 희생하고 아주아주 형편없는 작품을 내놓는 걸 생각하면 아이러니하다. 하지만 베스트셀러를 쓸 수는 있다는 생각이 든다. 뭐랄까, 거꾸로 생각하면 그런 확신이 드는 거다. 지금 내가 쓰고 있는 것들이 신물이 난다 — 하지만 잘 키워서, 퇴고를 하면 예술작품으로 만들 수 있다고 믿는다. 거창하지는 않더라도 나름대로 소박하게. 파멸, 증오와 절망을 겪으며 인간을 구원하는 사랑의 힘이 무엇인지 그 의미를 찾고 발견하게 되는 한 소녀의 여정. 하지만 무서운 건, 그걸 잘못 쓰면 싸구려에 통속적인 사랑 이야기가 될까 봐 문제다. 잘 쓰면, 섹스는 고상해질 수 있고 심금을 흔들어놓을 수 있다. 잘못 쓰면, 그건 진부한 고백록이 된다. 그리고 내면을 아무리 성찰해도 그 병은 고칠 수가 없다.

일단 이 논문들을 마치고 한동안 부담감의 알바트로스*를 떨쳐버리고, 휴가 때 글을 잘 써야겠다. 전에도 써봤지만 — 논문들 말이다 — 죽지 않고 살았다. 하지만 나는 내 창조적 정신의 세계로 꼭 돌아가야만 한다. 그렇지 않으면, 파이와 송아지 정강이 고기의 세계 속에서 죽음을 맞을 테니까. 위대한 흡혈귀 요리사가 영양분을 추출하고, 나는 물질, 마음이 없는 물질의 초라한 세계가 초래한 타락 속에서 뚱뚱해진다. 날씬해지고 글을 쓰고 이 세상이 아닌 다른, 살 만한 세상을 만들어야만 한다.

1957년 3월 11일 월요일

생각해봤다. 내가 쓰는 소위 "그녀는 생각했다 — 그녀는 느꼈다" 식의 진부한 소설 나부랭이는 퇴져버리라지. 〈말의 입*The Horse's Mouth*〉을 읽어봐라. 그게 진짜야. 최소한 지금으로서는. 전기를 마련해 극적으로 변화해서, 뭔가 제한되고, 구어적이고 생생한 문체로 주인공 소녀를 국한하고, 정의해야 한다. 유머, 생생하지만 진지한. "근저는 진짜로 심각한." 바스의 여장부** 〈그녀 놀라다*Herself Surprised*〉를 읽는 편이 차라리 낫겠다. 독창적인 너만의 문체를 만들어, 베끼지 말고. 하지만 좀 더 풍요로운 〈빨래방 연애사건*Laundromat*

* 콜리지의 시 〈늙은 선원의 노래〉에 대한 인용. 목에 걸린 알바트로스의 시체는 힘겨운 부담감, 죄과를 상징한다.

** Wife of Bath, 제프리 초서의 〈캔터베리 이야기〉에 나오는 여장부다.

Affair〉식 문체 말이야. 그러면 보고만 있어도 베스트셀러가 될 거야. 작업하기는 훨씬 쉽잖아. 문체가 내용을 정의할 테니. 가장 어려운 부분… 문체. 생생하고 직접적인 묘사들. 일인칭. 아마 삼인칭을 써도 얼렁뚱땅 넘어갈 수는 있을 것 같은데.

나는 사악하고, 병들었다. 일주일이나 뒤처졌다. 하지만 하루에 다섯 페이지씩 꾸준하게 써서 따라잡을 것이다. 시인이 단어를 쓰는 것처럼 써야지. 바로 그거야! 걸리 짐슨은 언어의 예술가이기도 한 것처럼 — 아니면 조이스 캐리가 그렇듯. 하지만 나는 언어 — 예술가가 되어야만 해. 여주인공. 스티븐 디댈러스가 바닷가를 거닐듯이,* 오 — 아 — 시 — 스. 속옷에서 쉿쉿 바람 새는 소리를 내며.

이제, 재빠른 묘사, 케임브리지의 봄 속에 있는 것 역시 이 책의 일부다. 비 오는 밤 피시앤칩스**을 파는 가게에서.

피시앤칩스

검고 따스하게 불어오는 안개 속에 펜 코즈웨이로 돌아들었다. 오렌지색 불빛이 물웅덩이에 비치고 있다. 으스스한 오렌지색 태양들, 짙은 안개 속으로 오렌지색 고치들을 짜내고 있다. 오렌지색 빗방울. 부자연스러운 색채. 그녀는 이를 악물고, 비에 젖어 축 늘어진 머리를 톡톡 두들겼다. 왼쪽으로, 푹 꺼진 십스 그린***이 찰랑찰랑 차오는 시내와 고여

* 제임스 조이스의《젊은 예술가의 초상》에 나오는 주인공. 바닷가를 거닐다가 심오한 진실에 눈을 뜨는 현현(에피파니)을 체험한다.

** 영국의 대중 요리인 생선과 감자튀김이다.

*** Sheep's Green, 양과 소가 풀을 뜯는 캠강변의 목초지이자 녹지공원이다.

있는 연못 속에서 넘실거리며, 포플러나무들을 휙 밀어제쳐 너덜거리는 안개 속으로 던져버린다. 저 포플러나무들. 별들이 가득한 맑은 밤이면, 기울고, 가리키는 그 손길에, 커다란 별들이 그 가지 속에 붙들리건만. 아니면 천사들도. 그런 밤이면, 천사들과 함께 빛나며 그 자리에 꼼짝도 못하게 되지. 팅커벨을 기억해. 가까이 다가가서 볼 때까지는 반딧불처럼 보였잖아. 가까이서 잘 보면 잠자리 날개를 가진, 미려한 빛을 발산하는 어린 숙녀였어.

곁눈질로 흘끗 보니, 시커먼, 미끄러운 나뭇가지들이 오렌지색 가로등 주위로 원을 그리고 있는 것 같다. 가지들로 그물을 짜서, 거미줄처럼 뻗은 오렌지색.

"어째서 가지들이 불빛 주위를 도는 거지?"

"불빛이," 창백한 오렌지색 옆얼굴로 앞서 암흑을 베어 들어가며 그이가 말한다. "주위를 도는 가지들만 비추고, 다른 건 비추지 않는 거지."

그녀는 손을 그의 주머니에 쑥 집어넣었다. 오렌지색 등불이 그의 빛나는 가죽 코트 위로 싸구려 인조가죽 같은 선을 죽죽 그었다. 그들은 로열 호텔 곁의 황폐한 고가를 건넜는데, 벽돌이 추악하고 나병 환자 같은 오렌지빛이다. 식물원 옆으로 철제 난간이 달린 작은 다리를 건너.

"오렌지색 가로등이 싫어. 도시를 병자처럼 보이게 만들어."

"무슨 위원회 같은 걸 거야. 뚱뚱한 사람들이 한두 사람 앉아서. 오렌지색 등불이 의제에 오르겠지. 눈 폭풍이 오면 더 잘 보인다나 하면서. 한두 번 올까 말까 한 눈 폭풍인데. 그리고 안개도. 운전자들을 위해서 말이야. 그래서 우리는 이렇게 썩어빠진 오렌지색 불빛 속을 걸어다녀야 하는 거야. 오렌지색 나병 환자들처럼."

빗속에 밖에 나와 돌아다니는 사람은 아무도 없다. 거리가 반짝거리고, 파랗고 하얀 불빛들이 주요 간선도로에서 빠져나와 좁은 십자로로 겹치는 골목길들 위로 번들거렸다. 장갑을 낀 오렌지색 행인들은, 저절로 깜박거리고 찰칵거리는 신호등을 따라 건너가려고, 흑백으로 칠하고 쇠로 징을 박아 한계를 표시한 줄 위에 서 있다.

러셀 가. 저 앞에서, 저 멀리 오른편 위쪽에. 빛이 따뜻한 웅덩이 속에서 쩍 갈라졌다. 두 사람은 불빛 속으로 걸어 올라가, 피시앤칩스 가게의 밝고 새하얀 문간으로 들어갔다.

"당신 돈 있어?"

"아니. 당신이 우리 둘을 보살펴줄 줄 알았는데."

"보살핀다고!"

그는 발길을 딱 멈추어 섰고, 비는 보드랍게, 촉촉하게 내리고 있었다. 그는 손을 바지 주머니, 상의 주머니에 쑤셔 넣었다. 그러더니 한 줌의 구리 동전을 꺼내는 것이었다.

"세어봐."

"6펜스, 그리고 3펜스. 그리고 3, 4페니. 생선튀김 한 마리에 얼마지? 정말로 생선튀김 먹고 싶었는데."

그는 코트를 들춰 올리더니 다른 주머니를 손으로 더듬었다. 그리고 또 6펜스를 꺼냈다.

"전부야. 진짜 탈탈 털었어. 빌어먹을!" 스웨터 속에서 총신이 반짝였다. 그는 그걸 잡아당겨, 움직이지 않게 꼭 붙들었다.

"조심해." 그녀는 검은 울 스카프를 꺼내 그걸 숨기려 했다. "제발 나랑 들어가자. 당신이 밖에 서 있으면 수상해 보일 거야."

"코트 자락에서 물건이 삐죽 튀어나온 채로 걸어 들어가면 더 수상해

보일걸. 어째서 그런 걸 혼자 사 먹지 못하는 거야?"

"혼자 들어가는 게 정말 싫어."

그들은 작은 가게 문 앞에서 멈춰 섰다. 김이 서린 유리창을 통해 하얗고 네모난 식당의 인테리어가 눈부시게 반짝이고 있었다. 그들은 눈을 깜박였고, 그는 유리문을 열어젖혔다.

가죽점퍼를 입은 소년들이 카운터에 기대어 빈둥거리며 서서, 대놓고 빤히 쳐다보았다. 그녀는 검은 가운을 끌어당겨 어깨까지 덮었다. 이 옷은 항상 미끄러져 내려서, 꼭 정신병자 구속복처럼 그녀의 팔을 뒤에서 잡아당기곤 했다.

카운터 뒤에 서 있는 창백하고 깡마른 사내가 쉭쉭 소리를 내는 프렌치프라이들이 들어 있는 철제 바구니를 들어 올렸다. 그 옆에 있던 쾌활한 여자가 웃으며 질문을 했다. 그는 그 옆으로 시선을 돌려, 펄떡거리는 연어를 바라보았다. 아니면 그 비슷한 생선. 그녀가 그를 쿡쿡 찔렀다. "이봐."

"생선 한 마리요. 6펜스어치 튀김으로."

"가자미요, 대구요?" 여자가 물었다.

소녀는 그녀를 보고 미소를 지어 보였다.

"대구." 소년이 말했다.

"가자미를 좋아할 거라 생각했는데." 여자가 소녀에게 말했다. 그녀는 종이 봉지를 꺼내, 절반쯤을 바삭거리는 갈색 감자튀김과 튀긴 대구 덩어리로 채워 넣었다. "식초를 뿌린 뒤에 다시 나한테 줘요."

소녀는 금이 나 있는 금속제 소금통을 집어 들고 종이가방 안에 눈처럼 뿌려 넣었다. 그러고는, 식초가 들어 있는 컷글래스 병을 잡아 생선을 적신 후, 생선 끄트머리를 집어 들고 감자에도 흠뻑 뿌렸다. 그녀는 종이 봉지를 다시 여자한테 돌려주었고, 여자는 튀김을 신문지에다 말아주었다.

소년은 잔돈을 세었다. 그들의 수중에 남은 돈은 2펜스였다.

"안녕히 계세요." 그들은 축축한 어둠 속으로 문을 밀고 나왔다. 느릿느릿하게, 그녀는 신문지 포장을 끌렀고, 그러자 종이 봉지 입구가 나왔다.

"여기." 그는 손을 넣어 김이 모락모락 나는 생선 덩어리를 자른 후, 고개를 뒤로 젖히고 생선 조각을 입에다 떨어뜨렸다. 그녀는 손을 데었고, 튀겨진 피부가 살짝 벗겨졌다. 즙 많은 생선튀김은 여전히 그녀의 손가락에 달라붙어 있었다. 그녀는 혀로 핥았고, 그들은 천천히 러셀 가를 따라 거닐기 시작했다.

"비 오는 날 피시앤칩스를 먹는 것보다 좋은 건 없어." 그녀는 이런 말을 하면서 종이 봉지를 그에게 내밀었다. "감자도 좀 먹어. 전부 바닥에 깔려 있어." 그녀는 봉지를 몸에 바짝 끌어당겨 안고, 온기를 느꼈다. 빗속의 따뜻한 핵심.

감자들은 식초에 흠뻑 젖어 있었다.

"저게 그 수도원이야?"

그들 왼편으로 긴 벽돌 건물이 있었는데, 내려놓은 블라인드 뒤에서 빛이 흘러나오고 있었다. "그래." 그가 말했다.

라디오의 음악이 커튼 뒤에서 우당탕거리며 찢어질 듯 울려 나온다. 그녀는 발길을 딱 멈췄다.

"수사님들이 명상을 하고 계시나 봐." 그는 계속 앞으로 걸어가면서, 두 손을 주머니에 찔러 넣고 길모퉁이로 향했다. 하지만 그녀는 두 눈으로 그 장면을 동결시켰다.

유리 등불, 길 끝의 가로등이 벽돌 벽을 등지고 서서 표지판의 하얀 바탕을 밝게 비추었다. "세인트 엘지우스 가." 검은 글자들. 너무나 깔끔하다. 언제까지나, 이걸 기억해야 해. 철 골조와 유리의 네모 상자 속에서 내뿜는 맑고 밝은 빛. 저 표지판이 얼마나 신선하게 보였는지.

라디오에서 폭소가 터져 나온다. 그리고 깊고, 공명하는 벨소리. "저 종소리에 귀를 기울이라. 와서 고개를 숙이라……." 라디오 소리. 항상 그들의 노래에 배어 있는 흥겨운 품격.

"저거 빅벤이야?" 그녀가, 부드럽게, 그의 등에 대고 말했다.

"그래."

그녀는 기다렸다. 시계가 종을 치기 시작했다.

봉. 봉. 봉. 끝이 나기나 할까? 비가 가볍게 내린다.

봉. 봉. 누군가, 할머니가 수도원의 커튼을 열어젖히고 밖을 바라본다.

봉. 소녀는 달릴 채비를 하고, 선다.

봉. 소리가 그녀를 붙들고 헤이마켓 아래 템스강가의 산책로 풍경에 시선을 묶는다. 검은 커튼들, 검은 벽들, 투명한 초록색 잎사귀 속에 달랑거리는 등불들.

봉. 봉.

"9시야." 소년이 말한다.

그녀는 그에게 다가가, 그녀의 손을 다시 그의 손에 밀어 넣어 그의 주머니 속에 집어넣고, 그의 손가락 사이로 손톱을 박아 넣었다. 그들은 계속 걸으며, 불이 켜진 방의 창문 커튼 사이를 엿보았다.

"저 집에 살고 싶어?"

"저건 차고잖아." 그녀는 작은 벽돌 건물의 이층 유리창을 올려다보았다. 커튼은 쳐져 있지 않았고, 그녀의 눈에 하얗게 칠한 벽과 강렬하게 대조되는 빨간 천 장식이 들어왔다. 검은 머리칼에 빨간 스웨터를 입은 소년, 한 인도 소년이 유리 공간과 그 너머로 움직여 들어왔다. 한쪽 벽은 자두 색깔로 칠해져 있었다.

"저 젊은 건축가가 주인이야."

"저 집에 살고 싶다. 포근하고. 정연하고."

그들은 한길로 나와, 오렌지색 안개 속으로 들어갔다.

"승마 공원을 가로질러서 돌아가자." 그녀가 말했다. "오렌지색 불빛을 보면 이가 갈려. 정말 역겨워."

"그 길은 진흙투성이인데."

"우리는 장화를 신었잖아."

그들은 왼쪽으로 돌아, 간선도로를 가로질러, 목조 계단을 지나갔다. 말들이 풀을 뜯고 있었다. 오렌지색 불빛에 검은 형체들. 등을 구부리고, 갈기를 휘날리며. 천천히 젖은 풀밭 위로 움직이며, 오렌지색 늪 안개의 나지막한 그물에 발목까지 푹푹 빠지며.

갑자기 창조적 능력이 새로이 힘을 얻는 느낌. "현재의 순간을 영원하게 만들 수 있는" — 기분. "파란 방" 이야기에 대해 드디어 실마리를 잡다 — 컵과 접시들의 쩔렁거리는 소리 — 과일 같은, 열대의 화려한 색채를 두른 흑인 여인들 — 탠저린, 라임, 수박 같은 분홍…….

어휘들이 시작되다. 장면을 재구성하고 재창조하는 내면의 독백 — 말을 하다 — 꽃봉오리가 마음의 맑은 유리잔 속에서 펼쳐지다 — 꽃이 피어 — 무엇이 되지? 일기를 써라 — 각각의 꽃봉오리들을 붙잡아 희귀한 꽃송이들의 저장소에서 피어나게 하라 — 창조하는 창조력의 핵과 고결함(값어치 이상으로 팔지 말 것)을 유지하면, 어떤 여자보다 더 많은 걸 갖게 될 거야 — 계속 사회생활을 하다 보면 내면의 세계를 죽여버리거나 배신하지. 그 세계를 희귀하고 낯설게 하자.

이스트햄, 케이프 코드

플라스가 스미스대학에서 1년 계약으로 강의를 시작하기 전, 어머니는 휴스 부부를 불러 케이프 코드 이스트햄에서 긴 휴가를 보내도록 했다.

1957년 7월 15일

순백의 처녀 같은 백지. 첫 장. 갈기갈기 찢어져서 휴지통 신세. 숱한 꿈들, 숱한 희망들. 내가 다시 글을 쓸 수 있을 때까지 기다릴 것. 그러고 나면 또 첫 장은 고통스럽게, 서투른 강간에 몸을 내맡겨야겠지. 아무 말도 쓰지 않았다. 그저 워밍업에 불과. 일종의 지시 같은 것. 이제 벌써 정오가 가까워오고, 짧은 가시가 많은 푸른 소나무들 사이로 하늘은 머리 위에 걸린 찬연한 잿빛. 어떤 개새끼가 나무들 사이로 라디오 재즈를 틀어대고 있다. 꼭 푸른 눈을 가진 독성의 파리 떼처럼. 아무튼 하느님은, 원경에서 보아도 이곳이 천국과 닮은 점이 하나도 없다는 사실을 상기시켜주어야 직성이 풀리나 보다. 그래서 라디오와 파리 떼의 숫자를 점점 더 늘리는 게지.

천천히, 깊은 진통을 느끼며, 마치 무한하고 원초적인 태아를 출산하는 듯이, 나는 가만 누워 온몸에 흐르는 감각들을 떠올리고, 그것들을 똑똑히 바라보며 언어로 기록하려 한다. 차분한 산들바람과 함께 창문으로 들락날락하는 눈먼 움직임들, 창백한 노란 밤색, 황갈색, 그리고 커튼이 흔들린다. 햇살이 폭발한 듯 노란 꽃무늬의 순면과 흰 배경에 새겨진 까만 나뭇가지들. 우리는 아직 기분 좋은 커피 한잔을 하기 전이지만, 피로는 천천히 우리 안으로 침전하고 있다. 비록 축축한 악몽에 가위눌려 이틀 동안 깊은 잠에 빠져 지낸 참이지만. 악몽은 악마적일 정도로 실감이 났다. 헤이븐의 집, 방 앞을 지나다니는 스미스대학 여학생들의 발소리, 방은 곧 감옥이었다. 사적인 비상구는 하나도 없이 항상 사람이 가득한 복도로만 이어지는 감옥. 사람들의 곁눈질과 조소. 느리고 음흉한 믿음 없는 미소. 그리고 최악의 공포, 최악의 악몽이 이어진다. 깨어나 바라보는 세상의 확실성은 천국 같았다. 어째서 이런 꿈을 꾸는 걸까? 아버지가 돌아가시고 땅이 꺼졌을 때, 그때의 공포와 두려움을 마지막으로 살풀이하는 걸까? 나는 이제야 회복했는데. 회복한 지 벌써 일 년이 지났는데, 꿈들은 아직도 이렇게 불안하다. 내가 불안하기 때문에, 꿈도 불안하겠지. 그리고 나는 영영 확실한 안정을 찾을 수 없을 것만 같다. 그저 술 파티나 술에 취해 자아를 학대하는 짓을 하지 않는 안전한 삶을 영위할 수 있을 뿐. 단편을, 시를, 소설을 쓰기만 한다면. 내게 필요한 것은 오직 일거리. 경험과 상상의 깊은 광구를 열어젖혀 어휘들이 흘러나와 스스로 말하도록 하고, 스스로 측정하고 맛보도록 하는 일이다.

이 마법의 7주 내내, 글을 쓰다. 소설은 아직 아니지만, 이제 발동이 걸리고 있다. 이제 단편 소설들로. 《애틀랜틱 먼슬리》를 위한 소설을 준비해서, 댄 애런 교수*가 샘 로렌스**에게 소개서를 써줄 수 있도록 준비해야겠다. 최소한 단편을 두 편. 〈안광*The Eye Beam One*〉. 카프카처럼, 단순한 얘기지만 상징적이면서 대단히 현실주의적인 소설. 인간이 항상 그리고 돌이킬 수 없이 고독하다는 이야기. 사립 탐정의 비뚤어진 왜곡. 케임브리지 배경. 그리고 또 한 편. 아마 웨이트리스 이야기의 일종이 될 듯하다. 아직 이건 구상하지 못했다. 만들어내자. 자연주의적, 보석 같은 산문. 누구에게 어떤 일이 일어나는지, 작은 단락들로 쓸 것. 그리고 나서 생각을 명료하게 정리하자. 그리고 써내자…….

통속적인 이야기들. 돈을 버는 사람들. 식구가 많은 아주 명랑하고 활발한 사람들. 올드리치 가족들을 사용할 것. 아기를 보는 경험. 여름에 바닷가에서 가족들과 함께 사는 것. 성가대. 아주 빠른 속도감. 〈빨래방 연애사건〉을 다시 쓸 것. 또 악마적인 누이 이야기. 남동생의 결혼에 질투를 느끼고, 옛날 같지 않다는 데 앙심을 품고 간섭하고 끼어드는 이야기. 우스꽝스럽고 좀 정신없는 등장인물들. 또 하나 아주 심각한 이야기도 써보자, 감정적인. 배에 승선한 숙녀? 뉴욕의 비서. 배경. 〈퀸 엘리자베스*Queen Elizabeth*〉, 좋았어.

소설. 〈매의 우리*Falcon Yard*〉. 핵심적 이미지 : 사랑, 매 한 마리, 단 한 번 치명적으로 공격하는 매, 피의 제물, 매의 우리. 책의 핵심적 장. 돌이킬 수 없는 만남과 체험. 문장紋章 : 영주와 귀부인이 미소

* 비평가이자 스미스대학 교수였던 대니얼 애런Daniel Aaron을 가리킨다. (옮긴이)

** 출판인 시이무어 로렌스Seymour Lawrence를 가리킨다. (옮긴이)

를 지으며 손목에 매를 얹고 말을 타고 있는 모습. 몰개성적으로 주디스 속으로 들어가, 다른 등장인물들을 창조할 것. 각자 자기 나름대로 움직이는 독립적 존재요, 그녀의 투사에 불과한 존재가 되지 않도록.

케이프 코드

7월 17일 수요일

오늘부터는 빼먹는 일은 없어야 한다. 글쓰기의 발동을 걸기 위해 일기를 하루에 한 페이지씩. 내게 있어 모든 기쁨은, 사랑, 명성, 일생의 일, 그리고 아마도 아이들까지도 내 본성의 핵심적 필요에 달려 있다. 바로 언어로 표현해야 하는 욕구다. 지난 5년간, 그리고 그전부터, 가두고, 댐을 쌓고, 내 속에 꾹꾹 눌러 담아왔던 체험의 어마어마한 파도들을 망치질해 다듬고 싶은 욕구. 예전에는 이렇게 필사적이지는 않았는데. 체험의 흐름도 더 천천히 다가왔으니까, 아플 때마다 시나 단편으로 표현해도 충분히 소화할 수 있었다. 그때는 내게 좀 더 미끈한 통속적 기교 같은 게 있었는데. 하지만 지금은 그런 매끈한 잔재주 따위로는, 푸른색과 흰색의 자기 접시에 가득 담은 과일처럼 내 속에서 충만하고 풍요롭게 솟아오르고 있는 이 경험을 결코 모두 포괄하고 표현할 길이 없으리라. 아무튼, 지난 반년처럼 글을 계속 쓰지 않고 있으면, 내 상상력은 멈춰버리고, 꽉 막혀버려서 나를 질식하게 만든다. 그래서 무슨 글을 읽어도 나 자신에 대한 조롱으로 느껴지고(다른 사람들이 쓴 글이지, 내가 쓴 게 아니라는), 요리하고 먹는 일이 혐오스럽고(정신과 무관한 단순한 육체적 행위에 불과해) 유일하게 나를 지탱해주는 힘이지만 전적으로 만끽할 수만은 없는 일은 바로 내가 숨쉬며 살아가고 있는 이 끝없는 깊은 사랑이다……. 사랑이 없으면, 나는 사방을 허겁지겁 돌아다니며 위안을 찾을 테지만, 아마 결코 찾지 못하리라. 그리고 가장 목마른 기근의 끝에 다다른 지금까지 내가 지켜올 수 있었던 꾸준하고 조용하고 치명적이고 단호한 이 중심을 결코 지키지 못하리라. 내가 노력하면. 꼭 이루어질 거야.

시들은 시작할 때가 참 좋지 않다. 특히 꾸밈이 많은 시일수록 그렇다. 지나치게 사소한 문제로 나를 지나치게 꽁꽁 얼어붙게 만든다. 논리적인 전개라는 철학적인 덫을 요구하지 않는, 묘사 위주의 소품 습작들일 경우에는 좀 낫다. 소우 식으로 스케이트, 달빛을 받은 소 같은 걸 다루는 소품 시들 말이다. 세계가 추상적으로, 혹은 세 가지 명확한 차원에서 작용하는 지시적 재기才氣 같은 식으로 진술되는 게 아니라, 내 언어 속에서 육체를 얻어 형상화된다는 의미에서는 대단히 물리적이다. 어휘들이 신비한 힘의 아우라를 갖게 되는 소소한 묘사들 : 자질의 이름을 '명명'한다는 것. 껑충한, 따끔거리는, 윤기 흐르는, 쩍 벌린, 초췌한, 환히 빛나는, 배가 커다란. 항상 큰 소리로 그 단어들을 말하라. 반박이 불가능하게 만들라.

그러고 나서, 잡지에 실을 단편. 진지하게, 하지만 쉽게 읽히도록 썼다. 엄격하게 국한된, 몇몇은 거의 캐리커처에 가까운 등장인물들을 조작하는 것이, 소설의 일기체적 화자 '나'를 조종하는 것보다 쉽기 때문이다. '나'라는 화자는 또한, 그 나름대로 한계를 두어야 한다. 하지만 그 한계는 내가 지금 삶에 대해 가지고 있는, 그리고 내일이 되면 더 충만해지고, 또 내일이 오면 더 자라날 비전을 획득할 수 있는 정도에서 그쳐야 한다.

어제는 일을 시작한 첫날이었다. 형편없는 날. 아주 필사적으로 현학적인 심리학적 개념에 매달려 시간만 소모하고는, 덧없이 허세를 부리는 인공적인 글만 잔뜩 쓰고 겨우 하나 정도 괜찮은 심상을 건졌을 뿐이다(머릿속에 대양 전체를 담아둔 소년). 내 깊은 자아를 건드리지는 못한다. 이 형편없는 출발이 터무니없이 나를 우울하게 만든다. 우울해서 나는 배도 고프지 않고 요리를 하고 싶지도 않다. 날카로운 사유와 창조가 없이 먹고 요리하는 일이 짐승 같아서. 해변. 너무 늦게, 6번 국도를 따라 난 햇볕 잘 드는 자갈 산책로로 뜨거운 산책을 하다. 치명적인 분홍색, 노란색 그리고 피스타치오 빛의 자동차들이 다른 행성의 기계적 템포로 만든 살인 기계처럼 바로 옆을 쌩쌩 질주하고 있었다. 깨진 유리, 그리고 브래킷 로드에 그늘을 드리우고 있던 소나무, 키 작은 덤불숲에, 녹색 베리 열매들이 맺힌 관목에 살던 새와 다람쥐 들이 휙휙 털고 사라지는 소리, 거친 타르. 노셋 라이트의 절벽 밑으로 대서양이 망망하고 푸르르게 펼쳐져 있고, 미지근한 녹색 해초가 떠다니는 물속에서 수영을 하고, 조수가 바뀔 때마다 높은 파도들과 함께 떠올랐다 가라앉았다. 해변으로 올라가 해를 받으며 누웠지만, 태양은 추웠고, 바람은 더 추웠다. 목구멍에서 쿵쿵 거대한 대포들이 맥동하는 소리, 그리고 차를 타고 돌아오는 길엔, 기분이 엉망이었다. 마요네즈를 만들었는데, 꽤 잘 나왔다. 잘됐어. 그러고는 저녁 식사를 하며 공부를 했지만, 시작부터 엉망이었던 시만 알바트로스처럼 목덜미에 달라붙어 있었다. 그리고 식탁과 의자들은 인간이 그냥 현상적 삶만 유지하고 살려 하다가 비참하게 실패하는 걸 바라보면서, 자기 나름대로 모욕을 준다. 그들은 잘난 체하면서, '거봐, 내가 뭐라고 그랬어' 하는 식으로 바라보는 거다. 이제 10시가 가까운 시간, 오전은 아직 시험에 들지도, 분열되지도 않았다. 1시쯤이면 하루가 모두 결정이 나므로, 하루를 앞서 시작하려면 더 빨리, 더 일찍 일어나야 한다는 느낌. 어젯밤에는《항해 *The Waves*》*를 모두 읽고 마음이 심란해져버렸다. 끝도 없는 태양, 물결, 새들과 이상하게 고르지 못한 묘사 — 무겁고, 도무지 호감 가지 않는 추한 문장이 물 흐르듯 유창하고 순수한 문장 바로 옆에 나열되어 있지 않은가 — 에 화가 날 정도였다. 하지만 마지막 50페이지에서 보이는 머리가 쭈뼛 일어서게 하는 섬세함이라니. 버나드가 문제를 요약하는 부분, 삶에 대한 에세이 말이다. 더는 아무 사건도 일어날 리 없고, 더는 좌절에 맞서 창조하고, 또 창조할 여력조차 없는 존재의 죽음 같은 무기력. 빛과 융합, 창조의 순간. 우리가 이것을 만들었노라. 온 세상이 뿔뿔이 흩어지는 해체에 맞서, 흘러가는 유전流轉에 맞서, 다시 돌아와 만들고 또 만들었노라. 그리하여 영속을 닮은 순간을 만들어내다. 이것이야말로 평생의 역작. 나는 밑줄을 긋고 또 그었다. 반복해 읽었다. 울프보다 더 잘해내리라. 그전에 아이는 갖지 않으리라. 건강 덕분에 경험에 기반한 단편, 시, 소설을 낳고 있다. 그래서 아마 그토록 고통을 겪고 지옥(물론 다른 지옥들도 많겠지만)에 빠졌던 경험이 좋은 의미가 있는 모양이다. 나는 삶 그 자체를 위해서 살 수는 없다. 그보다는 흐르는 세월을 막아낼 언어를 위해 살리라. 시간 속에서 끊임없이 삶을 반복할 책과 단

* 버지니아 울프의 소설이다.

편 들이 존재하게 될 때까지는, 내 인생을 살지 않으리라. 나는 너무 쉽게 잊어버리고, 과거도 미래도 없는 지금 이 순간, 이 장소라는 끔찍한 공포로 위축되어버리곤 한다. 삶은 죽은 자들의 납골당을 열어젖히고, 예언하는 천사들이 뒤에 숨어 있는 하늘을 활짝 열어젖힌다. 마음은 만들고 만들며, 거미줄을 뽑아낸다.

스쳐 가는 생각들, 스쳐 가는 관찰들을 적을 것. 눈까풀이 무겁게 늘어진 푸른 눈과, 길게 땋은 잿빛 머리카락을 한 스폴딩 부인이 자기 삶의 이야기를 얼마나 글로 남기고 싶어 하는지. 너무나 많은 일이 일어난 평생이었다. 샌프란시스코 지진과 대화재, 어머니가 대피한 난민들에게 콩 요리와 빵을 나누어주었던 일, 하지만 그녀도 울면서 콩 요리를 먹고 싶어 했던 기억. 기차들이 측선에서 서로 엉켜드는 듯한 소리가 들렸던 일, 인형 요람이 흔들렸던 일, 인형을 달려가 붙잡고, 어머니가 그녀를 붙잡아 침대에 뉘었던 기억. 그녀의 남편이 쓰러져 죽어버린 일. 수술을 받고, 병원에서 나와 친구 집에서 머리를 말리며 세트로 머리를 말던 기억. 두 번째 남편이 문간으로 들어와, 긴 머리카락을 늘어뜨린 그녀의 모습을 보다. 얼마나 아름다운 광경인가. 아들이 병에 걸려 세상을 떠난 일. 남편이 세상을 떠나던 날, 며느리도 세상을 떠났다. 이 모든 것, 날것의, 가공되지 않은 소재. 유용하게 써먹어야 한다. 또한 삶의 심상들. 울프를 발견한 것처럼. 하지만 그녀는 너무 덧없는 존재라, 흙과 대지가 필요하다. 나는 더 강인해지리라. 내 깊은 자아를 말하기 시작할 때까지 글을 쓸 것이고, 그러고 나서 아기를 가지고, 더욱 깊이 말하리라. 창조적 정신의 삶이 먼저이고, 그다음이 창조적 육체다. 왜냐하면 후자는 전자가 없다면 내게 아무 의미도 없으니까. 그리고 전자가 후자의 풍요로운 흙의 뿌리를 통해 풍성하게 자랄 수 있기 때문이다. 매일 글을 써야지. 아무리 형편없는 글이라도. 그러다 보면 뭔가 나오겠지. 너무 쉽게 나올 거라고 생각했던 건, 응석받이의 버릇이었다. 일과 땀이 없이 그냥 될 거라고. 글쎄, 이제 일하고 땀 흘린 지 40일이 되었다. 글을 쓰고 읽고 태양과 헤엄. 오, 이렇게 살아간다는 것. 우리는 일할 것이다. 그리고 그이는 내 삶의 바다를 꾸준히 지탱해줄 테고, 그의 정신과 사랑의 깊고 풍부한 색채와 그라는 완벽한 존재에 대한 끊임없는 외경으로 내 삶의 바다를 홍수처럼 뒤덮어주리라. 마치, 내가 드디어 느슨한 물결 속에서 신을 불러낸 듯한 기분이다. 빛나는 창을 들고 일어난 그 신이 지나간 자리로 조가비와 희귀한 고기들이 따라다니고, 그는 세계를 질질 끌고 간다. 대지의 여신인 내게, 그는 태양이고, 바다이고, 보완해주는 검은 힘이다. 음에 대한 양이다. 하늘은 맑은 푸른색이고, 전나무의 바늘들은 흰색으로 서늘하게 빛난다. 땅은 우수수 떨어진 솔잎들로 주황색 — 붉은색이고, 울새들과 얼룩다람쥐들은 이 붉은 땅에서 제 색깔을 훔친다.

1957년 7월 18일

침대에 몸을 던지기 전에 잠깐, 오늘 하루가 얼마나 한심하기 짝이 없었는지 말해야겠다. 어제 저녁 스폴딩 부부와 함께 야간 드라이브를 하고 나서, 각다귀 떼들한테 물린 자리가 뼈까지 가려웠고, 늦게 기름기가 질척한 그릇들을 설거지했으며, 그 때문에 〈야곱의 방*Jacob's Room*〉에서 울프에게 받은 자극을 멈추어야 했고, 이상하게 잠을 설쳤다. 시종들이 줄줄이 테드를 위한 하얀 정장, 상의 따위가 걸린 옷걸이를 갖다주고, 내게는 무도회 드레스와 관을 가져다주는 왕과 여왕의 일상에 대한 꿈은 이제 더는 꾸지 않는다. 왠지 서글픈 느낌이 드는 아이들의 꿈. 시무룩하고, 찌뿌드드하고, 가슴이 답답하고, 쭈그리고 앉아 뱀장어잡이가 된 꿈. 그리고 발그레한 얼굴을 한 테드의 어머니가 사랑스럽게 익살을 부리는 아기를 안고 있는 기분 좋은 모습, 그녀의 오른쪽으로 더 큰 아이 둘이 앉아 있고, 나는 아기의 뺨을 잡아당겨 우스꽝스러운 O형 얼굴로 만들었다. 어머님의 아기일까, 내 아기일까?

시리고 상쾌한 새 아침과 달리, 아주 피곤해서, 우유를 넣은 커피를 몇 그릇이나 마시고 어머니의 봉사자 이야기로 쓸데없는 실랑이를 벌였다. 고집 센 등장인물들은 도저히 말을 듣지 않고, 움직이지도 않고 말도 하지 않고, 나도 그 사람들이 누구인지 확실한 개념이 잡히지 않은 상태. 새시*는 어머니에게 지배당하는 수줍은 책벌레인데, 껍질을 깨고 나와 남자를 만나게 되는 건가? 아니면 운동도 아주 잘하는 무시무시한 말괄량이인데, 처음으로 어머니의 지시에 반해 착하고 소박한 남자애와 사랑에 빠지는 걸까? 하느님이나 아실까. 대략 세 개의 이야기들이 나를 잡아당기고 있다. 어머니가 딸을 장악한다, 열아홉, 스무 살밖에 차이가 나지 않는다. 딸은 열일곱 살, 어머니는 서른일곱 살. 어머니가 딸아이의 데이트 상대들에게 수작을 건다. 소녀는 자유와 고결성을 찾기 위해 투쟁한다.《새터데이 이브닝 포스트》에 어울리는 단편. 지금 생각하니 갑자기 가능성이 보인다. 아이라와 고든의 위기 상황에 어머니와 법석을 떨었던 팽팽한 긴장을 포착. 반항. 자동차 열쇠들. 정신과 의사. 세부 사

* 등장인물의 이름이다.

항. B 박사. 아기. 소녀가 다시 자아를 찾게 되고, 착한 딸이 될 수 있다. 어머니의 고난에 대한 깨달음을 얻게 된다. 좋아 좋아. 이거 괜찮군. 주제. 극적이고. 진지하고. 하이픈으로 연결한 귀족적인 상류사회의 이름들도 충분하고. 정신병원의 배경. 위험. 심한 긴장감 밑에 놓여 있는 다이너마이트. 어머니의 성격. 처음에는 악의에 차다가, 나중에는 불쌍하고 절절하게 감동적으로. 처음에는 밖에서 바라보다가, 내면으로 들어갈 것. 소녀가 돌아오고, 몸이 불어, 점점 더 불어갈 것 같은. 어머니처럼. 딸은 맹렬하게 분노하는. 자신은 다르고 싶어 하는. 머리를 염색하다. 경찰관. 짜증을 내다. 신문에 나는 기사들. 자살 기도 후에. 세속적인 B 박사가 갈 데가 없다. 다시 학교로. 그러면 어떻게 되지? 뭔가 있어야 할 텐데. 부지런한 차트 기록. 어머니 — 딸. 곤경. 그래픽. 실화. "골칫거리 엄마."

좋아. 아이디어 하나. 아무것도 나오지 않았다고 생각하던 참이었는데. 아니, 앞으로도 나올 수 없다고. 6주일 후면, 수기 원고가 산더미처럼 쌓여 있는 편이 좋을 텐데. 그렇게 해. 카진의 말처럼, 개념에 대한 요약은 이야기가 아니야. 그냥 건드리며 갖고 노는 거지. 하지만 내게는 요약으로 아이디어를 활짝 펼쳐놓을 수 있다는 건, 생명의 은인 같은 대사건이다. 하루 지난 병아리처럼 온전하게, 새하얀 백지 위에다 아이디어의 알을 까려고 안달하는 내 머리의 반질반질한 표면만 벅벅 긁지는 말 것. 심지어 어머니의 봉사자 이야기도 뭔가 도움이 될 것 같은데. 생기발랄하고, 당돌 맞고, 고집 센 소녀 새시? 캐릭터의 중심으로 다가가라. 어떤 동기로 어떤 행동을 하게 되는가? 갈등. 단계. 어머니는 새시가 지금과 달리 사회적 성공을 이루고 제대로 된 남자를 좋아하길 바란다. 척을 선택. 린과 게리 등장. 어머니는 린이 모범을 보여 새시를 사교적으로 도와주길 바란다. 어머니와 린 대 새시. 생기발랄함, 장면이 전환. 새시는 게리에게 빠지고 게리는 박제되고 정체된 린에게 빠진다. 린이 이 사실을 알게 되고, 새시가 게리를 얻도록 도와준다(난파선에서). 그리고 어머니는 척을 잃는다. 전장은 바뀌고. 어머니의 남자 친구가 돌아온다. 어머니는 깨달음의 빛을 얻는다. 얼마나 명료하고, 얼마나 사랑스러운가. 자, 이제 빌어먹을 이야기를 쓰기만 하란 말이다…….

1957년 7월 20일 토요일

새로운 전기가 시작되었다. 아직 7시 30분이 못 된 시간. 아직 내 앞엔 파이처럼 흠 없는, 네 시간짜리 아침이 펼쳐져 있다. 그리고 느릿느릿하게, 놀랍게도, 다시 돌아가는 내 마음의 작용에 기쁨을 느끼기 시작한다. 꽉꽉 들어찬 시험들과, 추레한 엘티즐리(케임브리지의 거리), 생계, 빡빡한 예산, 이사 계획, 우리들, 커다란 트렁크들, 수백 권의 책들과 얄팍하고 값비싼, 조그만 도자기 찻잔들 따위로 분주했던 지난 반년간, 마루의 널 아래 지저분한 시체처럼 꽉 닫혀 있던 내 마음이 말이다. 마비의 공간. 그리고 지금, 아파하면서, 하지만 점점 더 확신을 가지면서, 나는 경험과 사유의 우물에서 물이 솟아올라, 나지막하지만 분명하게 촉촉한 수액의 소리를 내며, 조용히 우물을 채우는 느낌을 갖는다. 구절구절들이 얼마나 자연스럽게 떠오르는지. 골치 아픈 어머니에 대한 단편을 쓰기 시작했는데, 전처럼 손톱에 부딪쳐오는 플라스틱의 매끄런 표면에 손톱을 긁어대는 대신, 핵심을 편안히 차지하고 앉아, 이야기를 쏟아내고 있다. 물론 지저분하지만, 그건 상관없다. 이야기가 떠오르고 있는 만큼, 질서와 형상도 따라 나올 테니까. 그리고 스물네 개의 케이크 이야기가 잇달아 나올 것이다…….

우리는 꿈을 꾼다. 그리고 내 꿈들은 점점 좋아지고 있다. 어젯밤엔 뉴넘에 대해 꿈을 꾸었는데, 옛날 시험을 보는 꿈속에서 그랬던 것처럼 흐리고 악취가 나는 날씨가 아니라 아주 청명했다. 중립적이고, 심지어 기분 좋은 느낌이 들 정도였다. 울새, 이상한 새들, 그리고 자연의 디자인에 대한 시험용 자료집. 말린 꽃들, 눌러서 말린 분홍과 노란색의 작은 야생화들. 땅딸막한 시험 감독관, 미스 코헨, 미스 모리스. 그리고 피부의 감각이 완전히 살아나지 않은 채 깨어나 보니, 테드가 잠기운에 오는 갈증을 해소해주려고 차가운 오렌지 주스와 커피 몇 잔, 초록색 도자기 잔에 담긴 커피를 가져다주었다.

그의 꿈속에서 우리는 초원을 걸었다고 한다. 새끼 호랑이 한 마리와 어미 호랑이가 울타리 뒤에 있었다. 위대한 중국인 같은 황색 얼굴을 한 호랑이 인간이 총을 가지고 문을 두들겼다. 테드는 방어를 하려고, 빈 총으로 허풍을 쳤다 한다. 나는 이렇게 먼 곳에서도 단 한 방으로 호랑이를 잡을 수 있다고. 훌륭한 꿈이다. 소설을 써도 좋을 만큼.

버지니아 울프가 큰 도움을 준다. 그녀의 소설들이 있기에 내 소설이 가능하다. 이제 묘사를 할 줄 알게 된 내 자신을 발견한다. 일화들. 그렇다고 주디스 그린우드를 아침 식사, 점심, 저녁, 졸졸 뒤쫓아 다니면서, 지하철을 탄 이야기까지 시시콜콜 늘어놓을 필요는 없다. 지하철 불빛에 그녀가 드러나고, 자아를 발견하게 된다면 모르지만. 그녀를 수수께끼 같은 인물로 만들어야지. 저 금발 머리 소녀는 누구지. 화냥년. 순백의 여신. 세대를 상징하는 인물로 만들자. 그것은 바로 당신. 일화들. 외면적. 뉴넘의 하얀 웨딩 케이크 같은 복도들. 누구보다 구체적인 모습. 역사의 충만한 현장에 자리 잡은 미국인의 순수. 낡은 보도, 군데군데 돌멩이를 파낸 돌계단. 누가 파냈을까? 유명한 이름들? 욕정, 허영, 증오, 야심과 같이 해체의 세력들을 뚫고 온전하게 살아남은, 순수 너머의 순수. 궁핍을 뚫고 살아남은 충만함. 타락 이전의 에덴동산은 아니지만, 타락 이후 수작업으로 일구어낸 정원. B. W. : 기분 나쁠 정도로 현학적이고 곰처럼 난폭하다. "사과나무 가지 아래 나는 젊고 안온했지" 따위를 읽으려는, 비평가 희망생. 그를 풍자하자. 카드 게임, 물처럼 푸른 눈동자와 희미하게 백색이 도는 황색 피부. 소박한 생활. 감자와 스테이크. "B에게. 영어학에서 그의 성과를 치하하며…"라는 예일대 교수들의 친필 사인이 들어 있는 두꺼운 책들……. 한때 방탕하고 헤픈 시인의 연인이었던 못생긴 노처녀 예술가와 정사를 벌이며, 그녀의 과거 때문에 괴로워하는 모습. 모두 소설감이다. 월요일에 시작해서, 하루에 일고여덟 페이지를 써봐야지.

거울 속의 소녀

붉은 여우가 있는 동물원

7월 25일 목요일

오늘. 선명한, 내동댕이쳐진, 파란, 소나무의 전율, 오렌지색 바늘들이 발밑에. 날씨를 쓰자면, 사흘 동안 음울한 구름이 드리우고, 비가 내렸다. 은색 반짝이 가루 같은 비, 월요일에는 모두 연극적이고 맑디맑은 커다란 빗방울들이 뚝뚝 듣더니, 차갑고, 곧고, 엄청난 장관인 호우가 쏟아졌다. 우리는 빗물이 뚝뚝 떨어지는 현관 앞 포치에 의자를 갖다 놓고 밖에 앉아 있었는데, 비는 녹색 플라스틱 시트커버 위에 물웅덩이를 만들고, 스크린마다 흠뻑 적셔 투명한 물의 유리판을 덮더니, 메마르고 갈라진 땅으로 스며들었다. 일요일은 천국이었다. 삶에 그어진 표식, 깨끗한 페이지 위에 또똑하게 그어진 선. 우리는 휴식을 취하고, 가무잡잡하게 그을려, 우리의 일에 도취해 자유로이 글을 쓰고 있었고, 하늘이 있었고, 또 노셋 라이트와 코스트 가드 비치 사이에서 매끄럽고 얕아 헤엄치기에 딱 좋은 모래톱을 발견했다. 둥둥 떠다니며, 손발을 코르크처럼 흔들며, 이마에서부터 젖은 머리칼을 늘어뜨려 물고기들을 유인하는 미끼로 쓰고. 영광과 권력이 밀물같이 밀려드는 느낌. 그리고 다시 일하고. 글을 쓰고 휘갈겨 교정을 보고, '골칫덩어리 어머니'에 대한 내 단편을 다시 타이핑하고. 내 경험과 가까운, 커다랗고 골치 아픈 딥 디시 파이 한 조각…….

하지만, 이 단편 소설에 나 자신도 놀라버렸다는 얘기는 해야겠다. 이제까지 썼던 어떤 작품보다 더 강렬하게 휘어잡는 힘이 있는 것 같다. 안구眼球 뒤에서부터 10피트짜리 막대기를 휘저어 억지로 만들어낸 백금의 여름에 대한 헛소리 같은 게 아니라 진실되고 극적인 위기. 주요 등장인물들의 성장. 중요한 의미가 있는 문제들이며 표상들. 화요일에는 결말 때문에 우울했다. 4페이지에 걸쳐 의사와 사라 사이에 어처구니없는 질문과 답변이 오가게 된다. 메마르고 파편적이고, 계산기처럼 논리적인 문답 말이다. 자, 이걸 결정하고 나니 어떤 기분이었는가 하면. 풍요롭고 복잡다단한 시를 한 편 썼는데, 단조롭고 휑한 두 줄짜리 교훈이 끄트머리에 붙어 있는 것처럼 형편없는 기분. 이게 진실이다, 꼬마들아, 괜히 이래저래 꾸미려고 들지 마. 그래서 자, 화요일 밤과 어제 아침 해답을 고민하다가 결국 찾아냈다. 관객들로 하여금 계속해서 추측하게 만들자. 재빨리, 신속하게 결말을 내고, 이야기의 극적 칼집에다가 집어넣는 거야. 내 생각에는 해낸 것 같다. 단편을《새터데이 이브닝 포스트》에 보냈다. 최고부터 시작해야지. 기운이 빠지기 전에《매콜스》《레이디스 홈 저널》《굿 하우스키핑》《우먼스데이》에다 보내야지. 다른 단편들에서 보여준 내 문체를 좀 칭찬하면서, 좀 더 진지한 주제를 선택해보라고 했으니, 자, 이 작품은 나로서는 최고의 문체에다 충분히 심각한 주제를 갖고 있고 정체성의 문제, 맹렬한 분노, 사랑이 다 들어 있으니 승산이 있다. 단편 하나만 게재 허락을 받으면, 마지막으로 게재된 작품과 나 사이에 밟고 설 든든한 요새가 생기는 셈이다. 1952년, 5년 전, 내가 젖먹이였을 때. 그러면 도움을 받을 수 있을 텐데. 지금의 내 분투에 임재한 잠재성의 아우라를 둘러주고, 청소년 시장에서 벗어나 돈도 벌고 두뇌들로 가득한 성인들 가운데로 발진하게 해줄 텐데. 하지만 그러지 못하더라도, 징징거리지 말고 반드시 작업을 해야 한다. 5년 동안 꾸준히 글을 써보고, 앞으로 5년 후까지 아무 일도 되지 않으면, 그때는 좀 불평을 해도 되겠지. 거의 한 줄도 안 쓰다가 5년 만에 처음 괜찮은 단편을 써냈으니, 지금은 불평할 때가 아니다.

예술가의 삶은 구체적인 것, 특수한 것을 먹고 살을 찌운다. 어젯밤 일곱 가지 대죄의 개념을 놓고 시를 쓰다가 절망해 그 끝내주는 아이디어를 포기해야겠다고 생각하고 있는데, 갑자기 그런 생각이 들었다. 이건 아주 훌륭한 철학사상이 될 만한 생각이다. 어젯밤 보았던 소나무에 낀 진초록색 곰팡이부터 시작해보자. 그것에 대한 말을 만들고, 그것의 모습을 묘사하면, 시 한 편이 완성될 것이다. 날마다, 소박하게, 그러면 시가 먼 곳, 닿을 수 없는 대상에게서 오지는 않을 테니까. 젖소, 미스 스폴딩의 무거운 눈까풀, 갈색 병에 든 바닐라 향의 냄새에 대해 글을 쓰자. 바로 그곳에서 마법의 산맥이 시작될 테니까.

8월 9일

지금은, 오, 하느님, 8월 9일이다. 금요일, 불편할 정도로 뿌리 뽑힌 느낌이 드는, 맑고 파랗고 하얀 아침 9시 30분경이다. 그리고 나는 냉정하고 신중하게 위자 점괘판을 놓고 말다툼을 하는 두 사람에 대해, 길고 힘겹게 진행되는 대화체 운문시를 쓰고 있다. ababcbc로 운율을 맞춰나가는 거창한 7행짜리 5보격 시연을 지니고 있긴 해도 사실 상당히 구어적이며, 이제까지 썼던 어떤 시보다도 야심적이다. 꼭 누더기로 퀼트를 깁는 느낌으로 쓰고 있긴 하지만. 전체적으로 네모난 모양이 되어야 한다는 막연한 생각뿐, 각양각색의 조각들을 논리적으로 어떻게 맞추어야 할지 도무지 알 수가 없기 때문이다. 적어도, 이 일은 소소하고 형편없는 시들의 소재를 찾아내려고 노력할 때마다 찾아오는 끔찍스럽게 갑갑한 느낌에서 나를 해방시켜준다. 항상 완벽한 시를 써야 한다는 강박관념 때문에 미끈미끈하고 번드르르한 인위적 분위기가 나오고 마는 거다. 그러니 철부지 노릇은 그만두고 '게재되든 말든 무슨 상관이야' 하는 태도로 날마다 시를 습작하도록 노력해야겠다. 이게 바로 내 문제다. 이제는 아주 똑똑하게 알 것 같다. 스무 살 나이에 죽은 찬란한 소녀 등단 시인과 스물다섯 정도의 나이에 글을 쓰기 시작한, 잠재된 재능이 있고 성숙한 어른의 괴리. 예전의 서정적이고 감상적인 소재에 집착하고 싶은 유혹은 강렬하다. 산문을 보면 내가 얼마나 뒤처졌는가를 잘 알 수 있다. 5년간 단편을 하나도 게재하지 못했다. 산문은 시처럼 성숙기로 접어들기가 수월치 않다. 내가 아직 형태를 연습하고 있는 데다 소소하기까지 하니, 완전한 외관을 갖출 수가 없는 거다. 주된 문제는 풍부하고 참된 소재들을 나 자신에게 활짝 열어젖히고, 나와 테드 이외에 다른 독자가 있다는 사실을 잊어버리는 거다.

1953년의 치명적인 여름, 그리고 가을만 제외하면 내 평생 한 번도 이렇게 시커멓고 죽을 것만 같은 2주일을 지내본 적이 없다. 머릿속으로는 생각해봤지만, 이 경험에 대해 한마디도 쓸 수가 없었다. 날이면 날마다 점점 확실해지는, 임신에 대한 공포감. 그런 일은 내게 일어날 수 없다는 듯이, 갈수록 피임에 무심해졌던 걸 기억하면, 철컹, 철컹, 문이 하나씩 쾅쾅 닫히고 남는 것은 오직, 목전에 걸려 있는 무서운 위험뿐이다. 이제는 안다. 이 무시무시한 공포가 나를 끝장내고, 아마도 테드도 끝장내고, 우리의 글쓰기와 우리의 가능성 있는 확고부동한 동반자 관계를 끝장낼지도 모른다는 걸. 현란하게 번쩍이며 다가오는 현실. 스미스대학에서의 강사직, 내게는 그 무엇보다 필요한 현실 감각을 줄 수 있는 일이다. 날마다 구체적으로 봉직하고, 다른 지성인들을 만나고 그들과 함께 일하고 실천하는 일. 우리의 미래, 일자리가 없는 테드, 일자리가 없는 나, 눈사태처럼 밀어닥치는 청구서에 묻혀 우리는 빚을 지게 될 테고, 더 나쁜 건, 초대받지 않은 불청객을 미워할뿐더러 4년쯤 지나면 세계 최고의 부모가 되어 있을지도 모른다는 사실. 또한, 20년 동안 비참한 삶을 살고 아이는 사랑을 받지 못하고, 결국 우리의 잘못 때문에, 모든 일을 희생하고 돈을 벌어야만 하는 절박한 필요성 때문에 아이는 자기도 모르게 우리의 영적이고 심령적 자아를 꽁꽁 얼려 정체시켜버리고 결국은 살해해버릴 거라는 생각. 그리하여 우리는, 핼쑥해져서는, 이제까지 내가 경험한 최장의 생리불순 기간 동안 날짜만 세면서 지냈다. 35일, 40일, 그리고 의사의 진료실에서 눈물을 흘리며 상담을 하고, 일요일에는 눈사태처럼 쏟아지는 뇌우를 뚫고, 김이 풀풀 나는 길을 따라 피 검사를 받으러 갔다. 자전거를 타고 무릎까지 푹푹 빠지며, 1인치씩 물이 차오르는 물 웅덩이를 뚫고, 속살까지 흠뻑 젖어서는, 번개에 맞아 죽을 작정을 하고. 나는 다리에서 최후의 심판을 상상했다. 천둥과 최후의 전기 화형. 하지만 아무 일도 일어나지 않았다. 아무 일도. 월요일이 될 때까지는. 월요일에, 장을 보러 다니며 바쁘게 기만적인 오전을 보내고 나서는, 타이프라이터 앞에 앉았는데 뜨거운 월경이 흐르기 시작했고, 새하얀 불모의 불길한 6주일 동안 그렇게 꿈꾸고 갈망해왔던 붉은 얼룩이 나타났다. 그리고 무슨 신인지 몰라도 세상에 존재하는 신들과 운명에게, 아기만 낳지 않게 해주신다면 절대 불평하거나 징징거리지 않겠다고 맹서를 했다. 육체적으로 사지를 절단당한다든가 병을 얻게 된다든가 죽거나, 사랑을 잃어버리지 않는 한, 궁극적인 최악의 사태는 일단 피한 것이니까.

그런데 정확히 때맞춰, 바로 하루 뒤에 나는 그에 버금가는 최악의 사태를 맞아야만 했다. 어제, 어머니에게서 거의 악의에 차다시피 한 가짜 경보를 들은 후, 그리고 반년 동안 소망한 지금에 와서, 이제 거의 출판이 확실하다고 믿게 되었는데, 시집이 출판을 거절당한 것이다. 그건 마치 죽었을 거라 소망했던 암적인 연인의 시체를 다시 돌려받는 기분이었다. 이제는 안전하게 영안실에 누워 과거를 기념하는 화환에 둘러싸여 있을 거라 믿었는데.

8월 9일 (계속해서 씀)

원고가 반송되었다. 게다가 시의 절반은, 출판된 시들 중 절반은 너무 맥 빠지게 숙녀연하며 잘난 척하는 태도, 그 하찮음 때문에 이제는 더는, 적어도 앞으로 2년간은 용납할 수 없음까지도 비참하게 깨달아버렸다. 그리고 나는 그 빌어먹을 책에 또 묶여 있다. 풀이 무성하게 자란 정원의 김을 매듯 시집을 다듬으면서. 한때는 잡초들도 아름다운 풍경처럼 보기 좋았지만, 이제는 그렇지 못하다. 그리고 만일 에이드리엔 리치*가 그렇게 한심하지 않고, 도널드 홀이 그토록 한심하지 않다면, 그런데 그렇게 미련한 그들이 미련한 시들을 출판해 수백 장의 종이를 채우고 있지 않다면, 기분이 이렇게 더럽지는 않을 텐데. 원고가 출판되었다면 스미스에서의 연구에도 큰 힘이 될 테고, 5년의 절필을 계속 이어가는 대신 성인으로서의 작품 세계로 도약할 발판이 되어주었을 텐데. 작년에 나는 겨우 열여섯 편의 시를 출판하지 않았던가.

하지만 최악의 일은, 내 자신이 너무 비참해지다 보니 테드가 신경 쓰인다는 사실. 이러한 실패를 안고 나는 테드의 성공을 감당

* Adrienne Rich, 미국의 페미니스트 시인이다.

하고, 사랑하고, 또 계속 성공을 거듭하도록 해주어야 한다. 하지만 너무나 간절히 바라는 바는, 내가 그와 함께 성공을 거둠으로써 우리 둘 다 훨씬 더 좋은 기분을 만끽할 수 있는 것. 하지만 둘 중 하나만 성공해야 한다면, 이편이 훨씬 낫다. 내가 테드와 결혼할 수 있었던 것도 바로 그 때문이기에. 그가 나보다 훨씬 좋은 시인임을 잘 알고 있었기에, 내게 주어진 작은 재능을 절제할 필요가 없이, 끝까지 밀고 나가도 좋을 거라고, 그래도 여전히 그가 나보다 앞서 있을 거라 생각했기 때문이 아닌가. 내 안에 부동심不動心을 만들어내려 애써야겠다. 일하면서 기다리는 예의 마음가짐을. 나는 최악의 불행을 이미 겪었다. 열일곱에서 스물까지의 반짝이며 빛나던 청춘과 이별과 처음 성인이 될 무렵의 경험을 타이프라이터로 옮기려 하며 분투하던 당시의 무기력한 소강상태를 말이다.

어제, 나는 또 다른 진실에 정면으로 맞부딪쳐야 했다. 지독하게 응석받이에 버릇이 없을 뿐 아니라, 전혀 노력하지 않았다는 사실. 십분의 일도 애쓰지 않았다. 이제는 이걸 알 것 같다. 캔터 부인이 보낸 젊은 작가들 두 명을 방문하면서 더욱더 뚜렷해진 사실. 두 사람 모두 소설의 초안을 완성해둔 뒤였다. 타이핑 용지로 350페이지라고 했다. 자, 그거야말로, 순전히 기계적인 의미에서, 타이핑만 해도 엄청난 일이다. 쓰고 퇴고하는 일은 물론 말할 것도 없고 말이다. 하긴 우리는 6주일밖에 없었지만, 그들은 6개월을 두고 일했다. 하지만 그게 어떻단 말인가. 나는 6주일을 제대로 쓰지도 못했는데. 더 자유로운 화법을 구사하고 주제를 확장하는 연습을 시작하기 전까지는 6개월 동안 시 한 편도 쓰지 못했고, 10월 이후로는 〈골칫덩어리 어머니*Trouble-Making Mother*〉 외에는 단편도 전혀 쓰지 못했다. 〈골칫덩어리 어머니〉는 통속적인 이야기지만, 나는 꽤 괜찮다고 생각했는데,《새터데이 이브닝 포스트》에서는 이렇다 할 해명 한마디 없이 퇴짜를 놓았다. 그리고 어머니의 간병인에 대한 겉만 번드르르하고 얄팍하기 짝이 없는 단편 하나, 이건 내가 봐도 인위적이라 고쳐 쓸 가치도 없다고 생각했으니, 당연히 일주일 내에 〈빨래방 연애 사건〉과 함께《레이디스 홈 저널》에서 퇴짜 맞고 반송되어 돌아올 것이다. 그러니 내가 쓴 게 뭐가 있단 말인가.《마드모아젤》과《하퍼스》와《애틀랜틱》지에 대해서는 양심의 가책을 느낀다. 그들은 내가 썼던 것 중에서 괜찮은 작품은 무조건 실어주었는데. 그러니 내가 해야 할 일은 집필뿐이다. 메이비스 갤런트는 10년 동안 날마다 퇴근 후에 글을 쓰다가《뉴요커》의 단골 집필자가 되었다. 나는 집필의 고통을 좀 더 느껴야 하는 거다. 일단 다섯 편 정도의 단편과 다섯에서 열 편 정도의 시를 써둔 후에, 그때 가서 출간을 바라든지 해야 하는 것이고, 그때도 출간이 당연하다고 믿어서는 안 된다. 소설을 쓰는 이유는 출판하기 위해서가 아니라 좋은 작가가 되기 위해서다. 그리고 더 좋은 작가가 되었다는 바로 그 이유로 출판에 한 발 가까이 다가선다. 또한, 근거 없이 공포에 사로잡히지 말 것. 해변이 있고 태양이 항상 손짓하는 케이프의 이 호사스러운 사치 속에 살면서, 햇빛도 못 받고 집 안에 처박혀 있으며 죄책감을 느끼고 싶지는 않다……. 그렇다고 개처럼 글을 쓰며 노력해보지도 않고 햇볕 속으로 나가면 더 큰 죄책감을 느끼게 된다. 그런 공포를 끝내야만 한다. 유능한 잠재력을 갖고 있으면서도 자랑할 만한 최근작이 없고, 딱히 보여줄 것도 없는 상태. 내년 여름에는, 햄프*에서 땀을 흘리며 돈을 아끼고 소설 작업을 하는 편이 좋겠다. 그러면 일 년 정도의 기금을 모아서, 예를 들어, 운문극 같은 걸 쓸 수 있다면. 대화체의 시에 손을 대고 나니, 운문극에 관심이 간다. TV. 그것도 한번 시도해 봐야지. 하지만 정직해지자. 가짜 플롯을 가진 어머니의 간병인 이야기 같은 건 더는 쓰지 말아야지. 전부 가짜는 아니었지만, 미끈하게 겉치레를 만들어 괴짜스러운 특징들은 다 사라지고 빨리 읽히게 만들었으니까. 그러면 테드는 나를 자랑스러워하겠지. 그게 바로 내가 원하는 바다. 그이는 번쩍거리는 외적 성공에는 아무 관심이 없고, 나와, 내 글에만 흥미를 갖는다. 그러니 나를 속속들이 꿰뚫어볼 테지.

1957년 8월 21일 수요일

저기압에 끔찍하게 무더운 날. 하늘은 광휘로 하얗게 빛나고 있다. 달거리가 끝날 때까지 6일 동안은 꼼짝없이 붙들려 있다. 멈췄다가 다시 시작하고. 헨리 제임스**와 사랑에 빠졌다.《밀림 속의 야수*Beast in the Jungle*》덕분에 강의는 물론 직장 자체에 대한 두려움마저 싹 가시고 말았다. 내 마음속에서부터 이 이야기에 대한 사랑을 표현하고 싶기 때문에. 첫 주가 최악이겠지만, 9월 1일부터는 첫 4주일 동안의 윤곽을 잡고, 구체적으로 강의를 준비해서, 다시 도서관과 친숙해져야겠다. 그러니까, 일단 강의의 복된 구체성에 익숙해지면, 내 인생은 새로운 단계로 전진해 들어갈 것이다. 그건 확실히 알고 있다. 경험, 다양한 학생들, 구체적인 문제들. 현실적인 것들,

* 노샘프턴을 가리킨다.

** Henry James, 19세기 말엽의 미국 작가다.

사실적인 것들의 복스러운 장점들과 일상적 순환들…….

어제는, 록 하버 크리크 천川의 진흙 속에서 꽃발게가 나오는 괴상한 광경을 보다. 황록색 소금기 많은 소택지 쪽으로 뻗어나가는, 메마르고 푸석푸석한 풀밭에 둘러싸인, 야트막한 썰물에 판판하게 드러난 진흙. 가운데로 가면서 축축해지는 진흙, 흑록색 꽃발게들의 딱딱한 껍데기들이 분주하게 움직이며 바스락거리는 와중에 살아 움직이는 진흙. 거미와 가재와 귀뚜라미의 사악한 교배종처럼 보이는 꽃발게들은 거대한 연녹색 집게발을 쳐들고 옆으로 걷는다. 다가가는 발소리에, 둑 근처에 있던 게들이 황급히 기어 올라가더니, 검고 구질구질한 흙 속으로 땅을 파고 기어들어가고, 풀뿌리 밑으로 파고들어간다. 그리고 메마른 웅덩이의 축축하게 젖은 중심에 있는 게들은 진흙 속으로, 작은 진흙 뚜껑 밑으로 파고들어간다. 메마른 풀뿌리와 메말라가는 홍합 껍데기 무더기 사이에 난 수천수만의 구멍들에서 팔꿈치들과 눈들이, 풀뿌리가 뭉친 둔덕 사이로 껍질이 단단한 구근들처럼 불룩. 이미지 하나. 별 세계의, 기괴한 이미지. 그 나름대로의 기괴한 습관들과 응어리진 진흙의 별 세계. 조용한 게들이 한적하게 살아가고 있는…….

플라스가 교수진에 합류해 스미스대학으로 금의환향했을 때, 천재 소녀였던 그녀는 자신을 맞는 대학의 냉담한 태도에 놀랐다. 또한 자신이 기대했던 것만큼 강의에 재능을 발휘하지 못할까 봐 엄청난 회의에 시달렸다. 빡빡한 일정을 육체적으로 감당할 수 없는 경우도 많았다.

1957년 8월 28일

"그로 인한 충만함."

9월 6일

처음으로 일찍 일어난 아침. 맑은 날, 느릅나무 사이에서 연하게 노란색으로 물든, 차가운 날. 어젯밤, 미묘하게 원초적으로 녹음이 우거진 공원을 거닐다 — 시커멓게 뒤틀린 바위들, 발밑에 밟히는 도토리들의 바삭거리는 소리, 떨어진 가지들은 하나같이 다람쥐의 형상으로 변해가고 있다. 이제, 눈앞에 오락가락하는 커피의 환영, 테드가 커피 추출기를 잘못 작동해, 사약처럼 쓴 커피를 만들어내고, 우유도 너무 오래 데우고, 추출기 사용 설명서를 잃어버리긴 했지만. 탁자가 오기를 기다리는(탁자가 왔는데, 전부 쭈그리고 앉은 흉물들이다, 문을 통과하지 못한다, 사람들이 문을 뜯어냈는데, 여전히 맞질 않는다. 아, 기쁘다, 저건 너무 흉물이야) 이야기, 사랑과 정열에 대한 시를 쓰는 시인 남편을 둔 여자 — 그녀는, 허영과 기쁨의 광휘가 가신 후, 남편이 쓰는 시의 대상이 자신이 아니라 (친구들 생각처럼) 꿈의 여인인 뮤즈라는 걸 알게 된다.

9월 12일

어젯밤, 알 수 없는 육체적 고통의 무서운 공포가 점점 강해지고 있다. 부풀어 오른 뒤쪽 잇몸, 종기가 나서, 벗겨지고, 피가 흐른다. 가구를 들어 나르는 바람에 복부 근육이 찢어졌다. 칼처럼, 몸을 돌릴 때마다, 칼을 중심으로 돌면서, 펄떡펄떡거린다. 그리고 먹다 남은 비프스튜에서, 소금에 절인 돼지고기의 덩어리와 함께 통통하게, 기름기가 줄줄 흐르고 있고, 삼겹살 지방을 보자 뜨겁게 혼절할 것처럼 열이 오른다. 프라이팬에서 지방은 녹아가고, 돼지고기 소시지들이 또 기름을 줄줄 내뿜고 있다 — 이를 악문 두려움, 탈장, 출혈의 가능성이 떠오르고, 마취제의 공포, 면도날이 복부를 가르고, 피가, 피가 줄줄 흐를 때마다 삶이 펄떡거리며 달아나고 — 나는 누워 있다, 몸을 쭈그린 채로, 거실에 있는 카키색 퀼트 이불 위에서 맑은 공기를 마시며, 스페인을 기억하고 독이 든 붉은 스페인 소시지를 기억하고, 해협을 횡단하던 일과 참치 샌드위치와 포도주와 코에 닿아오던 독한 토사물, 목을 태우던 그 맛, 그리고 의자 밑에서 기어다니던 내 모습, 대서양 횡단과 전깃불 밝힌 작은 선실 바닥에 무릎을 꿇고 앉아 있던 나, 그리고 호사스러운 저녁 식사 때 먹었던 가재와 호두와 마티니가 방 저편까지 왈칵 구토로 쏟아져 나오던 일 — 지금, 목욕탕에서, 마룻바닥에 무릎을 꿇고, 지방과 소금에 절인 돼지고기와 진한 수프에 기름을 뿜어내는 지방 낀 골수를 생각하며, 메마르게 구토를 하고 있는 나. "소금에 절인 돼지고기"라는 말을 하자마자, 올라오고 말았다. 첫 번째 희석된 스튜의 토사물이 물에 희석되어서, 그러고 나서 이를 악물었다, 또 왈칵 분출. 테드가 새하얀 변기 위로 내 머리와 배를 잡아주었다. 나는 얼굴을 씻었고, 지방질의 연기를 깨끗이 닦아냈고, 그제야 잠을 잘 수 있었다. 지칠 대로 지쳐, 시원하게, 아침의 태양이 창백하게 베네치안 블라인드를 뚫고 비스듬하게 비쳐 들어올 때까지, 그리고 잎사귀 떨어지는 소리가 들려올 때까지.

10월 1일 화요일

악마에게 보내는 편지 : 어젯밤에는 제임스를 읽고 있는데 아무 쓸데없는 독서를 하고 있다는 느낌이 덮쳐왔다. 병든, 영혼을 죽여버릴 것만 같은 두려움이 혈류를 역전해 반항적으로 투쟁해왔다. 피곤한데도 잠을 이룰 수 없었고, 누워서 내 신경이 얄팍하게 갈려 고통스러웠고, 내면의 목소리는 이렇게 말했다. "오, 너는 강의 같은 건 못해. 할 줄 아는 게 아무것도 없어. 글을 쓸 수도 없고, 생각도 할 수 없어." 나는 거부라는 시리도록 차가운 부정적 홍수에 휩쓸려, 그 목소리가 전부 나 자신, 나 자신의 일부라고 생각하며 내가 그 목소리에 정복당해 최악의 환영들 말고는 아무것도 남지 않을 거라 믿었다. 그 목소리에 맞서 싸워 날마다 승리를 거두어나갈 기회가 있었건만, 실패하고 말았다고.

이 살인적인 자아를 무시할 수가 없다. 분명 존재하고 있으니까. 냄새도 나고 느껴지기도 하지만, 그 자아에 내 이름을 허락할 수는 없다. 이름을 욕되게 할 테니까. 그 목소리가 이렇게 말할 때, 너는 잠을 잘 수도 없고, 가르칠 수도 없다고. 그래도 나는 계속하리라, 그 콧잔등에 주먹을 날려 납작하게 만들리라. 그 목소리가 지닌 최고의 무기는 완벽한 성공을 거둔 나 자신의 이미지이다. 작가로서, 교수로서, 그리고 생활인으로서. 원고 거절이나, 요점을 얼버무릴 때 강의실에 번지는 어리둥절한 표정들, 아니면 인간관계에서 냉담한 공포 같은 형태로 실패의 기미를 냄새 맡는 순간, 나는 스스로를 위선자라고 비난하며, 진정한 나 자신보다 더 잘난 척을 하면서, 근저에서는 형편없는 인간에 불과하다고 책망한다.

나는 중간 정도는 간다. 그리고 중간 정도로 괜찮은 인간으로 살 수 있다. 대단한 학력을 가진 것도 아니고, 시집을 출판한 것도 아니고, 강의 경력이 있는 것도 아니다. 강의하는 직업을 갖고 있을 뿐.

학위도 있고, 책도 출판했고 경험도 많은 주위의 강사들보다 더 잘 가르치기를 스스로에게 바랄 수는 없다. 만일, 일 년 정도 열심히 일하고 난 후에, 부분적으로 실패를 하기도 하고, 시 하나, 단편 하나의 의미를 집요하게 전달하고 나면, 그때 가서는 첫날보다 더 마음이 편하고 더 자신감 넘치고 더 좋은 교사가 되었다고, 충분히 할 만큼 했다고 말할 수 있으리라. 이 정도의 자아 이미지면 나 자신에게 충분하다는 사실을 직시해야만 한다. 그리고 피셔 씨나 던 양, 아니면 기타 다른 선생들처럼 할 수 없다는 이유로 흐물흐물 얼어붙어 무너져서는 안 된다.

내게는 하늘을 사랑하고, 언덕을 사랑하고, 사유와 맛있는 식사와 밝은 색채들을 사랑하는 좋은 자아가 있다. 내 악마는, 이 자아에게 대단한 귀감이 될 것을 요구하고, 그 정도가 못 될 바에야 아예 도망가버려야 한다고 주장하며 이 좋은 자아를 살해하려 한다. 나는 집요하게 최선을 다할 것이며 다른 사람이 뭐라고 하든 그걸로 됐다고 생각하리라. 더 좋은 교사가 되는 법을 나는 배울 수 있다. 하지만 그건 오직 고통스러운 시행착오를 통해 가능한 것이다. 삶은 고통스러운 시행착오의 연속이다. 내가 본능적으로 이 직업을 선택한 것은, 이 일에서 얻게 될 자신감이 매일의 양식처럼 절실하게 필요했기 때문이다. 삶과 책임을 맨 처음 능동적으로 직면하는 경험이 될 테니까. 수천 명의 사람들이 날마다 신음을 내뱉어가며, 아니면 집요한 결단으로, 아니면 즐거움으로 삶과 책임에 직면한다. 하지만 그들은 어쨌든 정면으로 마주친다. 내가 지닌 이 악마는, 내게 결함이나 실수가 보이는 순간 비명을 지르며 달아나라고 꼬드긴다. 내가 훌륭하다 못해 완벽해야 한다고 말한다. 아니면 아무것도 아니라고.

나는, 사실 그 반대로, 꽤나 대단한 사람이다. 지치기도 하고, 싸울 수 있는 수줍음이 있고, 사람들을 대하는 일이 다른 사람들보다 훨씬 곤란한 그런 사람이다. 만일 올해를 잘 넘길 수 있다면, 내 악마가 나타날 때마다 발로 차서 쫓아버리고, 하루 동안 일하면 피곤해지고, 학생들의 리포트를 교정하고 나면 지칠 수 있는 인간이라는 걸 깨달으리라. 그리고 지치는 건 당연한 거라고, 공포심에 비난을 퍼부어야 하는 게 아니라고. 조금만 고통스러워도 달아나는 게 아니라 한 조각 한 조각씩 삶의 영역을 똑바로 마주 보리라.

악마는 내게 수모를 주려 한다. 총장과 학장과 모든 사람 앞에, 울면서 무릎을 꿇게 만들려고 한다. 저를 보세요, 참담하지요, 전 못하겠어요. 다른 사람들에게 내 두려움을 말하면, 오히려 커질 뿐이다. 겉으로는 차분한 외관을 견지하면서, 나 자신의 내면적 영역에서 싸워나가리라. 하지만 그 투쟁을 밖으로 드러내어 사회적인 의미를 부여하지는 않으리라. 도망가고, 굴복하는 내 모습. 강의를 좀 더 잘하게 될 때까지 연구실에서 대충 9시에서 5시까지 일을 하리라. 어떤 강의든. 긴장을 풀 만한 일을 뭔가 해야겠다. 저녁때에는 강의와 상관없는 책을 읽는다든가. 이 직업, 이 일 바깥에서는 스스로를 다잡아 무너지지 말아야겠다. 최선을 다하는데 남들도 그 이상을 요구할 수는 없겠지. 그리고 내 최선의 한계를 아는 건 오직 나밖에 없다. 내게는 선택의 여지가 있다. 고통과 실패 없이 당장 완벽해지지 못한다고 해서 삶에서 달아나 영원히 나 자신을 망치든가, 나름대로 삶에 맞서 "지금 이 일에 최선을 다하든가."

날마다 나는 내 앞에 놓인 끈질긴 한 발걸음을, 지표가 되는 시간을 제자리에 기록해야겠다. 독서의 소재는 내가 사랑하는 일이다.

천천히, 어떻게 하면 그걸 잘 전달할 수 있을지 요령을 배워야 한다. 강의에서 토론을 주관하고. 내 안에 자리하고 있는 두려움에 찬 짐승의 저열한 이미지를 거부해야 한다. 그건 화려한 탈출의 이미지이고, 흘러가는 나날들을 한 줄로 강제하려는 욕구이다. 모토나 하룻밤의 다짐으로는 극복할 수 없는 내면의 투쟁이 있다. 부정의 악마는 날마다 나를 유혹할 테지만, 내 본질적 자아가 아닌 적으로 규정하고 진정한 자아를 구해내기 위해 투쟁하리라. 날마다 권유할 만한 바람직한 일을 하나씩 해야 한다. 다람쥐의 털 달린 재빠른 몸을 바라보며 느끼는 솔직한 기쁨, 마음 깊은 곳에서 날씨와 색채를 느끼는 기쁨, 아니면 어떤 책을 새로운 시선으로 읽고 느끼는 즐거움. 훌륭한 해명을 한 가지 했다든지 교실에서 45분의 형편없는 강의를 벌충할 만한 5분간의 멋진 강의를 했다든지. 1분 1분을 위를 바라보기 위해 싸워나가지. 나 자신이 아닌, 내가 아닌 무언가에 속한 완벽함과 정교함을 요구하며 내 전 존재를 절멸시키려 하는 검은 구름 밑에서 뛰쳐나가자. 나는 나 자신이고, 글을 써왔고, 삶을 살아왔고 여행을 했다. 나는 내가 얻은 만큼의 값어치가 있지만, 더 값어치 있는 존재가 되기 위해 노력하리라. 앉아서 바라기만 한다고 해서 그렇게 될 수 있는 건 아니다.

그러니, 금욕적인 얼굴. 이중적 비전의, 아이러니한 태도. 내 일은 진지하고 중요하지만 내 삶, 그리고 잠재력을 충만하게 발휘한 내 삶만큼 소중한 것은 없다. 질투, 시기, 다른 사람, 이미 강의에 성공하고 있는 다른 누군가가 되고 싶다는 절박한 소망은 나이브한 것이다. 피셔 씨는 그렇게 학생들의 사랑을 받지만, 아내와 자식들에게서 버림을 받았다. F양은 그토록 경험과 지식이 많지만, 구제 불능일 정도로 미련하다. 이 사람들 모두… 뭔가 결함이 있고, 좀 다른 면에서 금이 가 있다. 내가 가진 금을 밀어제치고, 오늘은 나의 제임스를 연구하고, 다음 주에는 호손을 연구하고, 갈수록 점점 더 삶은 수월하게 되리라. 처음에는 이렇게 힘겹고 집요하게 매달려야겠지만, 갈수록 기쁨을 느끼게 되리라. 내 첫 번째 승리는 이 일을 받아들이는 것이다. 두 번째 승리는 내 악마가 "안 돼, 넌 자격이 모자라"라고 말하기 전에 나서서 강의 속으로 풍덩 뛰어드는 것이다. 세 번째로는 잠도 전혀 자지 못하고 절망감에 시달리며 하룻밤을 보내고 나서 강의실로 들어가는 것이고, 네 번째로는 어젯밤처럼 테드와 함께 내 악마를 똑바로 보고 그 눈에 꼬치를 찔러 박는 것이다. 강의 계획을 열심히 짜되, 풍요로운 가정생활을 쌓아올리는 일에도 그만큼 열심히 노력하리라. 다시 글을 쓰고, 다시 내 마음을 직업 외적인 면으로도 비옥하게 가꾸고…….

더는 굴복하고, 신음하고, 낑낑대지 말 것. 인간이란 고통에 익숙해지는 법. 그건 가슴 아픈 일이다. 완벽하지 못하다는 것이 가슴 아프다. 밥을 먹고 집을 가지려면 귀찮은 일을 해야 한다는 것도 가슴 아프다. 그럼 어때. 이제 대충 때가 되었다. 이번 달은 두려움의 그늘 아래 살아온 내 생의 사반세기를 마무리하는 달이다. 어떤 추상적인 완벽함에 미치지 못하리라는 두려움. 나는 종종 투쟁하고, 투쟁하고 쟁취해왔다. 완벽은 아니었지만, 인간으로서, 결함이 있는 인간으로서 살아갈 권리를 가진 나 자신에 대한 인정을 쟁취해왔다.

태도가 만사를 좌우한다. 아무리 칭얼거리고 기절하고 해봤자 이 일에서 벗어날 수는 없고, 행여 그런다 한들, 그 후에 내 자아의 본질이 어떻게 될지는 생각하고 싶지도 않다. 나는 생애 최초로 수표를 받아들였다. 나는 이미 계약서에 사인을 했으니, 어린 소녀처럼 굴어봐야 이 일을 놓을 수는 없는 지경이다.

도서관으로 가자. 헨리 제임스의 책을 끝내고, 강의의 주제를 암기하고, 아마 다람쥐 이야기를 쓸 수 있을지도 모른다. 즐겁게 보내자. 내가 즐거워하면, 학생들도 즐거워하겠지.

오늘 밤에는 집에 가야지. 로렌스를 읽든지, 가능하면 글을 써야지. 글도 곧 떠오를 것이다.

Vive le roi, le roi est mort, vive le roi(국왕 만세, 국왕은 죽었다, 국왕 만세).

11월 5일 화요일 밤

짤막한 메모 : 나 자신에게. 나 스스로를 추스를 때가 되었다. 그간 정말이지 휘청거리며 비틀비틀, 애처롭게, 시커멓게, 황량하게, 병들어 살았다. 이제 아무리 심하게 실패하더라도, 나 자신을 재건하고, 나 자신에게 척추뼈를 주어 곧추설 때이다. 올해를 잘 견뎌나가면, 아무리 형편없이 해도 끝내기만 하면, 이제까지 내 평생 최고의 승리가 될 텐데. 버릇없고 징징거리는 소녀 같은 내 자아는, 내 형편없는 강의와 무식한 비몽사몽의 헛소리가 옛 은사들과 새 학생들 앞에 음울하게 다 밝혀지기 전에 탈출하라고 울고 있다. 기절하거나, 몸이 마비되거나, 힐 씨에게 더는 못하겠다고 애원한다면, 아마 충분히 탈출할 수 있겠지. 하지만 어떻게 내 자신을 직면하고, 계속해서 삶을 이끌어갈 것인가? 어떻게 글을 쓰고, 지적인 여자 노릇을 할 수가 있지? 그렇게 되면 이보다 더 큰 심적 상흔이 남고 말리

라. 탈출은 아주 달콤하고 그럴싸해 보이지만. 이런 식으로라면, 둔탁하고 분노에 찬 독기를 키워나갈 수 있고, 어떻게든 견뎌내고 있다는 느낌도 든다. 이러다 보면 6월에는 내 인생의 1년을 희생한 대가로 자유를 만끽할 자격을 얻을 수 있겠지. 7개월 남았다.

먼저? 테드에게는 근심 걱정을 털어놓지 말고 입을 다물 것. 그이가 근처에 있으면, 나는 불평을 하고, 두려움과 불행을 나누고 싶다는 대재앙과도 같은 유혹을 느낀다. 불행은 동행을 사랑하니까. 하지만 내 두려움은 그이에게 반사되면 더욱 확대될 뿐이다. 그리고 피셔 씨가 오늘 밤 전화를 걸어 금요일, 내 강의를 청강하겠다고 말씀하셨다. 테드에게 불평을 하고, 내 긴장감이 그이 속에서 메아리쳐 더 증폭되는 느낌을 받기 싫어, 나는 그냥 아무 말도 하지 않고 있다. 끝날 때까지 그 일에 대해서 입을 다물고 있는 걸로 이번 주에는 내 자제력을 시험해봐야겠다. 테드가 알아봤자, 내 책임감에는 도움이 되지 않는다. 나 스스로 직면해서 혼자 준비해야 할 일이니까. 로렌스 강의가 처음 시작되는 날이다. 수요일과 목요일에는 그 준비를 해야겠다. 쉬어둘 것. 그게 제일 중요하다. 소소한 강의들을 한두 개 꾸며볼 것. 학생들에게 준비를 시킬 것.

제일 중요한 건 이 준비를 철저히 장악하는 것이다. 학생들에게 문체를 어떻게 가르칠 것인가 방법을 강구하고. 첫 번째 강의에서, 논문 형식, 조직에 대해 개론적 강의를 하고, 논문 몇 개를 발췌해 읽어줘야겠다. 화를 벌컥 내지 말 것. 차분한 외관을 유지할 것. 집에서부터 출발하라. 테드와 함께 있을 때라도, 아주 차분하고 행복하게 보이는 법을 배워야 한다. 그가 자신의 시간을 가질 수 있게 해주고, 이기적으로 굴면서 그이의 시간까지 망치지 않도록. 성숙함은 여기서 시작되는 거다. 아무리 내가 그 방면으로 형편없다 해도. 나는 강의를 준비해야 한다. 아무리 한심한 강의라도.

1958년 1월 4일

새해가 벌써 나흘이나 지나갔다. 기분, 피로, 오렌지 껍질, 일주일의 때를 밀고 난 후, 욕조의 물 색깔에 대해서라도 하루에 한 페이지씩 글을 쓰자는 결심과 함께. 벌칙, 그리고 탈출, 둘 다. 네 페이지나 밀린 글을 써야 한다. 공기가 가벼워지고, 맑아진다. 시월, 십일월, 십이월의 시커먼, 노란 줄이 그어진 압박은 사라졌고, 맑은 새해의 공기가 찾아왔다 — 너무 추워서 살이 드러난 정강이, 귓불, 뺨에 얼음이 배겨 뼈까지 쓰라리다. 하지만 태양은 이제 창고방 문에 새로 칠한 하얀 페인트 위에 걸려서, 마루의 널빤지들 위에 덧입힌 암갈색의 추한 페인트에 반사되어, 서쪽 박공 유리창을 통해 자줏빛 — 녹슨, 장밋빛 라벤더 깔개로 비스듬한 햇살을 던지고 있다. 변화. 무엇이 유리창을 깨뜨려 상자에 갇혀 질식할 것 같은 희박한 공기를 파란 전망으로 변하게 할까? 성탄절을 위한 빨간색 능직 셔츠. 빨강에 까만 테두리가 돌돌 말려 있는 중국식 셔츠에 동양식으로 양치류 그림이 있는, 하늘색 배경에 잘 어울려 날마다 입을 수 있는 옷. 우리가 필요한 만큼 그렇게 오래 그렇게 많이 테드가 강의를 할 수 있는 기회가 생겼다. 유럽에 가기 위해 모은 1천 달러에서 2천 달러 정도의 저축. 테드의 작품으로 얻는 대리 만족, 내게도 미래의 희망을 열어주기 때문에.《뉴요커》에서 세 번째 시가 채택되었고,《잭 앤 질*Jack and Jill*》에도 단편 소설이 한 편 실렸다. 1958년, 내가 강의를 그만두고 글을 쓰기 시작하는 해. 테드의 신념 : 기대하지 말 것. 그냥 글을 쓸 것. 자기 자신의 목소리에 귀를 기울이고, 글을 끄적끄적거릴 것. 두려워해야 할 것은, 내면의 백치 같은 침묵. 하지만 그러면 어떠랴? 내 마음속의 세계에 살게 만들고, 그 사람들을 움직이게 만들려면 몇 달이 걸릴 텐데. 이 안전하고 일정이 꽉 짜인 출근표와 월급봉투의 세계에서 벗어나 나만의 진공 세계로 들어가지 않고서야 어떻게 그럴 수 있단 말인가. 아득한 행성들이 빙글빙글 돌아간다. 명성, 체면, 소설 출판 같은 걸 너무 많이 꿈꾼다. 손짓하고 말하고 성장하고 활자 속으로 부서져 드러나는 사람들이 아니라. 하지만 일도 없고, 돈 걱정도 없고, 그렇다면, 검은 뚜껑이 들어 올려지고 열릴 텐데. 유머 감각을 가지고 삶을 보자. 말하기는 쉽지. 그러면 세상사가 문이 열리고, 사람들을 알게 되고, 지평이 넓어질 거라고…….

밤의 환각들. 불과 기침 — 베네치안 블라인드를 지나 천장과 벽을 비추는 빛의 얼룩말 무늬 — 〈매의 우리〉, 순수하게 기본적인 행으로 된 일기 형식을 극복해야 한다 — 서정적 울부짖음, 안 된다. 하지만 풍요롭고 유머 감각에 찬 풍자로. 재건… 이리저리 부딪쳐댈 탁자들. 선명한 시각. 그 자체로 쿵쿵 울려대는 완벽한 리듬과 단어들로 돌아가라. 녹색, 얄팍한, 칭얼거리는…….

중단하는 그 순간, 꿈의 간지러운 욕망들이 멈추고, 꿈을 잠재우는 자장가와 다람쥐처럼 돈을 세는 짓, 마비가 그 자리에 비집고 들어온다. 대안들이 마비되는 거다. 장면을 설정하기 위해서? 어린 시절의 사건을 기억으로 묘사하기 위해? 내게는 기억이 없다. 그렇다, 프리먼의 노란 집 밖에는 둥근 라일락 덤불이 있었다. 그곳에서 시작하자. 진부한 청소년기로 진입하기 전, 10년간의 유년기. 그리고 뒤돌아보고 작업할 수 있는 내 일기들이 있으니까. 일기들로 과거를 재건할 수 있도록. 두 그루의 포플러나무들, 녹색과 오렌지색 줄무늬가 있는 차양. 나는 꼼꼼한 세부 사항을 잘 관찰하는 능력을 끝내 터득하지 못했다. 살아왔던 삶을 재창조하라. 그게 바로 새롭게 재생한 삶이니. 그 사건은 하느님의 눈에 커다란 티끌로 전해 내려가고, 지금부터 백 년하고도 하루 더 사람들은 눈물을 흘릴 테지. 둥글고 영롱한 진주의 세계. 유리 공을 뒤집으면 석영 공기 속으로 천천히 눈이 내리고. 은유들이 무리를 지어 몰려들고. 사실의 꽃봉오리들이 맑은 술이 담긴 마음의 잔으로 떨어지고, 꽃잎이 한 장 한 장씩 벌어지고. 빨강, 파랑, 초록, 아니면 분홍, 혹은 흰색 — 세계의 환영을 만들어내는 종이꽃들. 모든 세계는 자신의 왕들에게 왕관을 씌우고, 그들의 신들에게 월계관을 바친다. 한스 안데르센의 책 표지를 열면 그 세계들이 펼쳐진다. 눈처럼 푸르스름한 흰빛이 도는 눈의 여왕이 짙은 눈보라를 뚫고 썰매를 타고 달린다. 우리 심장은 얼음이 된다. 언제나, 질퍽질퍽한 눈과 지저분한 고기 부스러기가 다이아몬드로 만든 왕궁에 대비된다. 그 사람은 하느님과 천국을 꿈꿀 수 있었지만, 진흙이 얼마나 안간힘을 쓰는지도 알고 있었다. 우리는 우리가 만들어낸 불길에 타오른다. 그 사실을 언어로 표현해 말할 수 있다니. 그리고 그 공포. 롱펠로를 알고 있는 그 기이한 새가 녹색 덤불들이 있는 영국의 풍경을 배경으로 전선 위에 앉아 있다. 하얀 수염의 할아버지는 밀어닥치는 파도에 익사해 죽어가고 있고. 따뜻하고, 느릿느릿하고, 끈적끈적한 롤러들. 불타버린 검은 벽난로 속에서 종이가 바삭거리고 뒤집어지는 공포. 이런 이미지들, 이런 꿈들이 도대체 어디서 왔을까? 세계들 — 자동차의 소음과 달력의 명령에 의해 차단된 세계들. 금박을 흠뻑 뒤집어쓴 성탄절 장식들 속에 걸려 있는 세계. 내 주석 찻주전자의 뚱뚱한 배 속에서 팽창되고 은으로 도금한 세계. 앨리스의 문을 열어라, 억지로 밀어서라도 문들을 열기 위해 일하고 땀을 흘리고, 단어들을 말하고 세계를 말하라.

날마다 습작 한 편, 아니면 의식의 흐름 같은 헛소리? 증오가 내 살갗에 퍼석거리며 야단법석을 떨어댄다. 찬란한 이미지를 전복하는 그을음. 내 얼굴을 나도 모르겠다. 어느 날은, 개구리처럼 흉측한 모습이 거울에 반사되어 툭 튀어나온다. 두꺼운 모공투성이의 피부, 체처럼 거칠고, 부드러운 고름으로 된 점들이 비집어 나오고, 시꺼먼 더러움, 불순하고 딱딱한 핵들 — 거칠게 긁히는 소리. 우유에서 끌어낸 비단결과는 비교도 되지 않는… 기름기가 줄줄 흐르다 못해 시퍼렇게 된 머리카락, 코털에 녹색이나 갈색의 딱지가 잔뜩 낀 코. 누렇게 뜬 동공, 눈가에 낀 눈곱, 부드러운 귀지가 앉은 귀. 우리는 삼출한다. 얼룩진 육체들. 하지만 희미하거나 아득한 빛 속에서 며칠만 지내면 불길 속에서 타오르며 굴레를 벗어버리고, 신들처럼 불타고 말하며 우뚝 선다. 삶의 표면적 재질은 죽어버릴 수도 있는 것, 내게는 죽어버렸다. 내 목소리는 멈춰버리고, 피부는 1인치마다 내 다른 자아들의 무게가 헤아릴 수 없이 겹치고 또 겹쳐, 그만 쭈그러지고, 오므라지고, 주저앉아버렸다. 이제 밖으로 자라날 때다. 표면과 세계의 심장들을 집어삼켜버리고 정복하고, 내 세계를 만들기 위해 씨름을 할 때다. 도덕적으로 말하자면 말이다. 사실 이건 교훈이니까. 성장의 교훈. 여기 콘크리트 위로 머리를 삐죽 내민 고사리, 이제 고개를 들이받으면서 자라나고 있다. 얼굴들, 몸들, 행동들, 이름들을 포착하고 살아 움직이게 할 수 있도록. 할 수 있는 힘껏 치열하게 살자고, 더 뻗어나가며, 더 좋은 글을 쓸수록. 이번 여름에는 일도 하지 말고, 아니면 그냥 아르바이트만 하고. 독일어 공부와 프랑스어 독해. 내 책들을 읽을 것. 버클리, 프로이트, 사회학. 무엇보다도, 신화와 민담과 시와 인류학. 심지어 역사도. 보스턴을 배울 것. 보스턴의 일기. 맛, 질감, 거리의 이름들. 6시 종, 장례식을 전담해 치르는 교회에서 울려온다. 방들. 모든 방이 하나의 세계. 하느님이 되는 일. 죽기 전에 모든 목숨이 되어보는 것. 사람들을 미치게 만들어버리는 꿈. 하지만 한 사람, 한 여자가 되는 것 — 살고, 견뎌내고, 아이들을 낳고, 다른 삶들을 배우고 그 삶들이 다른 사람들의 마음속에서 행성처럼 빙글빙글 돌아가게 활자의 세계 속에 만들어내는 것.

… 돌아와보면 얼마나 모든 게 쭈그러져 작아져 있는지 — 다시는 고향에 돌아갈 수 없다. 윈스롭은 그 조밀한 껍질이 쭈그러들고, 둔탁해지고, 주름져 있었다. 무지개처럼 뻗쳐 있던 꿈들의 끝은 빛을 잃고, 물 바깥으로 나온 조가비들처럼 색이 바래 있었다. 그때는 우리 마음이 길이며 아이들을 채색했던 걸까, 그런데 이제는 더는 그럴 능력이 없어진 걸까? 우리는 그 어린 시절의 마음으로 돌아가기 위해 싸워나가야만 한다. 우리는 예전에 땀을 뻘뻘 흘리며 읽었던 어린 시절의 우화들을 가지고 지적인 유희를 한다. 감정적인, 절절히 느껴지는 경이가 온몸을 흠뻑 적시는 느낌은 사라진다 — 마음속에서 우리는 그 느낌을 재창조해야만 한다. 급하게 케이크를 만드느라 베이킹파우더를 가늠하고 있을 때나, 다음 달 생활비를 계산하고 있을 때라도. 어떤 신이 만물에 자기 자신의 존재를 불어넣는다. 연습할 것. 의자가 되어봐, 칫솔이 되어봐, 뒤집어서 커피 단지가 되어봐. 내면을 느끼며 '알아'갈 것.

1월 7일 화요일 밤

하루 종일, 아니 이틀 내내, 너는 단풍나무 탁자 밑에 누워 눈물이 흐르는 소리, 전화벨 소리, 주석 주전자에서 차를 따르는 소리에 귀를 기울였다. 썩어서, 쓰레기랑, 책들이랑 다 함께 내버려질 때까지 거기 누워 있지 그랬니? 모래톱에 밀려와 앉은 난파선, 시간과 눈물이 네 주위에서 변천한다. 시원하게, 푸르게, 아득하게 파도치며 밀려들며. 거기 그렇게 누워 있으렴. 깔개에서 창백한 장밋빛, 라벤더빛 먼지나 주워 모으면서. 텅 빈 책장을 보며 내 목소리는 눈물에 목이 메어 조용해졌다. 아니면, 다른 외침과 불평 들로 커다랗게 부푼 숨결을 머나먼 성운의 어떤 연옥으로 불어내든지. 어쨌든, 종잇장 수를 세고 여기다 잉크를 마구 뿌려대는 식으로, 봄까지, 소위 자유에 이르기까지 견뎌낼 수 있을까. 내가 알고 있는 것 같은 사실에서부터, 하지만 내가 오직 꿈꿀 수 있는 희망을 위해. 단편 소설을 쓰고 시를 쓰는 건 그렇게 무리하는 일이 아니다. 하지만 글을 쓴다고 가정하고 논하는 건, 너무 우울한 일이다. 그냥 한 가지 일. 오늘, 지금 바깥에는, 눈이 내리고 있다. 여기가 내가 들어온 곳이다. 차창을 두드리는 메마른 소리. 가로등에서 비추는 초록 도는 빛과 삼각뿔 모양의 불빛 속에 비스듬히 날리는 눈송이들. 내일의 작업을 시작하는 길한 징조. 일주일 내내 해가 났다. 그리고 언제나 그렇듯 강의 준비는 내일 아침에 하려고 한다 — 돌았다는 느낌, 미쳤다는 느낌, 마치 병든 말벌처럼 성급하기만 한. 여전히 기침을 하고, 밤에는 늦게까지 잠을 잘 수가 없고, 정오까지 녹초가 되어 축 늘어져 있는 기분. 하지만 일을 끝까지 마치고 말 테다. 한 번에 하루치씩. 채즈와 짤막하고 대담한 만남. 어제는 힐, 우울하고 덫니가 난 그. 그리고 그의 얼음 같은 자아, 피셔 씨가 찾아왔고, 오늘 아침에 책이 꽉꽉 들어 찬 고고하고 하얀 다락방 같은 서재에 대해 바보 같은 얘기를 하고 말았다. 그리고 까만 논문 같은 커버에 하얀 활자가 박힌 그의 일곱 권짜리 소설에 대해서도. 아마 그 장정이 끔찍하게 마음에 들지 않을 게 틀림없다. 그리고 다른 사람들에 대한 험담. 어림잡아 추정하려다 보면 메스꺼워진다. 11시에 커피 마시는 휴식 시간, 그리고 또 남들 험담. 온갖 추론들, 학교에서는 자네를 무책임하다고 생각할걸세. 2년간의 학회들. 썩을. 나는 면 — 양모 이불 속에 누워 있다. 나는 아무것도 눈치채지 못한다. 온갖 이중의 의미들. "저는 어느 쪽에 충실해야 할지 모르겠어요." 나는 말한다. "나는 당신 친구요." 그가 말한다. "이런 말을 해줄 사람은 아마 나밖에 없을 거예요. 오, 그건 그렇고, 이런 얘기를 힐 씨한테 다 해도 되겠소?" "나는 두 번이나 사직을 했어요." 그가 말한다. "한 번은 내가 학생들하고 동침을 한다는 소문 때문이었소. 닐슨 총장이 찾아와보고 내 강의에 학생들이 열 명밖에 없다는 걸 알아차렸죠. '아, 빌어먹을, 피셔, 그건 아무리 자네라도 너무 숫자가 많은걸!'이라고 하더군." 지금 그는 이기주의 때문에 세 번째로 스미스대학 출신 아내한테 버림을 받아 혼자 살고 있다. 그의 허영은 하얗고 깔끔한 콧수염만큼이나 적나라하다. "전부 다 마음먹기에 달린 거예요." 그는 말한다. "불안감 말이오. 나도 여러 가지 이유로 불안하다오." 만일 그들이 추정과 단서와 위협과 은근한 이중적 의미와 험담을 끌어내려 하면, 나는 입맛이 싹 달아난다. 하지만 그들은 막연하게 좋은 뜻으로 하는 말이다. 그렇지만 뭐가 나한테 좋다는 건지 알 수가 없다. 그들이 재미를 보는 것뿐. "무엇을 써야 할 것 같나요?"* 지비언이 차를 마시며 묻는다. 뭘 쓸 필요가 있기나 한가? 아니면 글을 쓰려면 시간과 고혈이 필요하다는 것? 사람들로 가득 찬 머리 하나가 통째로 필요하다. 먼저 나 자신을 잘 알아야 하는 거다. 내 마음속 깊은 곳, 시간과 공간 속에서 내 안에 모아놓은 타자성他者性을. 오직 윗스테드만이 실재한다. 녹색 카펫이 깔리고 노란 벽이 있고 오리온으로 열린 창문이 있고 녹색의 정원과 꽃이 피는 나무들이 있는 내 방, 그리고 깡마르고 선병질적인 소년과 무화과와 오렌지와 새벽 2시에 머리를 박아대는 거지들이 있는, 참제비고깔꽃 속처럼 연기가 자욱한 파리의 푸른 방, 그리고 바로 밑에 차고가 있는 니스의 발코니, 먼지와 기름기와 홍당무 껍질이 널려 있던 결혼식 날 밤의 럭비 가, 음침한 복도, 코트의 무게, 석탄 먼지가 끼어 있던 엘티즐리 애비뉴, 이제 이 분홍빛 장미무늬 벽지로 도배된 방. 이곳 역시 지나가면서, 더 나은 날들의 알을 낳으리라. 내 안에 이 생명의 씨앗들이 있다.

1월 12일

일요일 밤. 모욕감이 이글이글 타오르고, 꺼졌다가 다시 타오르고, 또 냉가슴을 태운다. 내가 어떤 장면을 다시 한번 살 수 있을 것처럼, 다시 한번 그 말을 하고, 내 마음대로 주형을 떠서, 내던지면 잘 갈아져 진주로 변하기라도 할 것처럼. 연마되어 예술이 되기라도 할 것처럼. 장화를 신고, 어물거리며 작은 커피 가게 탁자로 가서, 시끄러운 소리가 나지 않게 감싼 의자들을 지나가며, 휘두른 코트 밑

* "What do you need to write?"라는 이 말은 "쓰려면 뭐가 필요하죠?"로 해석할 수도 있다.

에서 마음을 단단히 먹었다. 세 사람의 친한 무리들, 검은 머리카락에 흘끗 곁눈질을 하며 말도 없이 제임스는 자리를 뜨고 있고, 방 안 공기는 입 밖에 내지 않는 말들로 후끈 달아올라 부글거렸다. "당신 정말 여기 있는 게 그렇게 싫어?"라는. 창백한 영국인 조운,* 녹색 테의 안경, 녹색으로 칠한 손톱, 모피 옷을 입고, 꼭 입체파가 그린 천사들처럼 생긴, 달랑거리는 커다란 아스테카풍 금귀걸이를 달고 있다. 의미심장한 발언들과 의미심장한 표정들. 샐리의 커다랗고 납작하고 창백한 손, 마치 공중에 떠 있는 하얀 배의 넙치들처럼, 손등에는 주근깨가 박혀 있고, 손짓을 하는, 금박 페인트로 에나멜 칠을 한 짧고 뭉툭한 손톱. 우월한. 짐짓 봐주는 듯. 무례한 분홍빛의 흰 콧수염 피셔. "창피한 줄 아세요." 바보처럼 씩 웃으며, 커피잔에 초승달 모양으로 묻은 붉은 립스틱을 가리킨다. "짐승의 표지요." 공유한 경험에 대한 온갖 언급들 — "이게 당신 건가요?" — 페르시아풍 양모 옷을 두른 모나스가 빨간색, 녹색, 금색 무늬들이 찍힌 연갈색 돼지가죽 지갑을 들어 올린다. "아뇨, 내 거면 좋겠지만. 그거 수지 건가요? 주디 건가?" 파티들. 저녁 모임들. 수상쩍은 눈길을 한 숙녀들. "전부 마음먹기에 달린 거라고요." 피셔가 말한다. "나도 여러 가지로 불안하다오." 예의 바른 사회에서 숙녀는 주먹을 날리거나 침을 뱉지 않는다. 그래서 나는 그냥 일을 하기로 한다. 시험 출제위원회에서 한마디 말도 없이 제외되어버렸다. 샐리가 거드름을 피우며 학생들한테 문제를 유출하지 말라는 둥 충고하는 소리를 듣고 있자니, 당연히 분노가 치밀어 오른다. 원한. 비열함. 또 뭐가 있지. 이런

* 실비아의 친구로 추정된다.

기분을 싹 씻어내려면 어떻게 해야 할까. 쓰디쓴 담즙 같다. 애런을 만나서 털어내버려야지. 시험 문제로 말리를 만나서 씻어내버려야지. 여자애들이 기다리고 있다. 너구리털 코트를 입은 덩치 크고 못되고 멍한 표정을 한 계집애마저도 알고 보니 착했다. 금요일에 두 시간 반 동안 즐거운 대화를 나누다. 토요일에는 기진맥진, 신경이 너덜너덜 헐어버린 것 같다. 불면不眠. 너, 일기장을, 던지고서 주먹으로 마구 쳤다. 발로 차고, 주먹으로 쳤다. 폭력이 부글부글 끓어오르다. 누군가, 순수한 희생양을 찾아 살해해버린다면 얼마나 기쁠까. 하지만 어쩔 수 없이 일을 하게 되면서 좀 진정이 되다. 일이 구원이다.

1월 14일 화요일

이제 나는 갈수록 스미스대학의 사교생활에 무심해진다. 내 나름의 삶을 살아나가리라. 일요일에는 티타임, 나중에 매사추세츠대학 교수들과 만찬이 있고, 처리해야 할 일도 있다. 게다가, 산문이 그렇게 나쁘지 않으면 한번 시도해보려고 한다. 시들은 이제 한동안 그만둬야겠다. 너무 우울해진다. 형편없는 시들은, 형편없는 거다. 산문은 그래도, 그렇게 가망이 없어지지는 않으니까. 시 원고가 1천 달러 상금이 걸린 경선에서 입선도 못하고 덜컥 반송되었다. 두 번째 패배. 세 번째는 어떻게 되는지 한번 봐야겠다. 하지만 테드의 새 시들을 타이핑해주면서 하루를 보내자, 우울함과 뿌루퉁한 서글픔이 사라졌다. 나 스스로 살아갈 수 있을 때까지, 그이 안에서 살아야지. 6월 1일부터 시작. 그때쯤에는 아이디어가 하나라도 생길까? 나는 일 년 동안 아무것도 쓰지 않았고, 반년간 진공 상태 속에서 살았다. 다시금 다작을 할 수 있는 그날을 얼마나 기다리는지. 나의 머릿속에서 세계들이 핑글핑글 소용돌이처럼 돌아가는 그날. 어떻게 글을 쓸까 약속이나 하면서 앞으로 150일을 더 보낼 것인가, 아니면 용기를 내어 지금 당장 시작할 것인가? 마음 깊은 곳에서, 무언가 몸을 훌쩍 던지는 일을 막고 있다. 목소리가 얼어붙었다…….

1월 20일 월요일

사악하게도, 밤마다 글을 쓰려 하면 내 손은 멈칫하고, 공책 위에는 아무것도 쓰지 못한 채, 잠으로 빠져들어가고 만다. 오늘도 정오가 되어서야 잠에서 깨어, 약에 취한 듯 힘겹게 의식의 표면으로 부상해 오르니, 이미 주말은 잃어버리고 없었다. 깊이 뿌리박은 하품들을 모조리 토해내다. 피로의 바닥까지 침잠했다가, 이제, 어휘들이 말로 쏟아져 나오다. 글을 쓰며, 두뇌의 표면에 낀 어휘를 걷어낸다. 지금은 산문. 소설의 핵심적 장을 써나가고 있다. 이 글을 꾹꾹 눌러 잘 길들이고 다스려서 이야기 속에 집어넣어야 한다. '매의 우리'*에서 금요일 밤을 보내다. 꿈의 조각상과 결혼을 한 소녀, 불타오르는 링 속에 서 있는 신데렐라, 범접할 수 없는 에고의 사슬 갑옷을 입고 중무장한 채 한 남자를 만나다. 그는 한 번의 키스로 그녀의 조각상을 부수고, 키스를 퍼부어 남자의 잠들을 약하게 만들고, 영원히 그녀의 리듬을 바꾸어버린다. 조역들의 성격으로 들어가서, 다듬을 것. 기니어 부인. 민첼 양. 해미시. 수도사 같은 데릭. 미국인 대 영국인. 내가 할 수 있을까? 일 년 정도 걸리면, 할 수도 있을

* 플라스의 집 근처에 있던 술집 이름이다.

것 같은데. 문체가 가장 중요한 것. "사랑해"는 나만의 언어가 필요하다…….

이제, 갑자기, 강의와 학생 리포트들에서 자유로워졌다. 반년이 지나고 곧 봄날이 올 테고, 나는, 이기적으로, 나만의 글쓰기에 집중하기 시작한다. 눈이 아파올 때까지 《새터데이 이브닝 포스트》의 단편들을 질리도록 읽었다. 지난 며칠 동안, 나는 내가 쓴 글과 그들의 작품 사이에 존재하는 괴리를 깨닫게 되었다. 내 세계는 평면적이고 얄팍한 판지로 만들어졌고, 그들의 세계는 "사랑해"로 끝나는 판에 박힌 이야기가 아니라 아기들과 늙은 괴짜 미망인들과 기괴한 직업들과 직업적 전문어들로 가득 차 있다. 살고, 남의 험담을 하고, 언어 속에서 세계들을 창조해내는 일. 나는 할 수 있다. 충분히 땀을 흘리기만 한다면…….

나는 정말 질투가 많은 여자다. 눈을 초록색으로 떠서,* 악의가 이글이글 불타는. 《영미 신인 시인선*New Poets of England and America*》에 실린 여섯 명의 여성 시인들 작품을 읽었다. 지루하고, 과장되고. 메이 스웬슨과 에이드리엔 리치를 제외하면, 나보다 더 낫거나 더 많은 시를 출간한 사람이 하나도 없다. 유명한 다른 여자들보다 더 나은 시를 쓴 나로서는, 말없이 마땅한 악의를 품을 수밖에. 유월까지만 기다려라. 유월? 유월이 오기 훨씬 전에 혓바닥에 녹이 슬어버리겠다. 아무튼, 시를 쓰기 위해서는, 내 앞에 끝없이 영원한 시간을 확보해야만 한다 — 밥벌이를 할 필요도 없고, 준비해야 할 책도 없고. 나는 음모를 꾸미며, 계산을 한다 — 이제 내 토대가 될 만한 시가 스

* 서양에서는 초록색을 질투심의 색깔로 여긴다.

무 편. 더 크고, 자유롭고, 강인한 목소리로 서른 편을 더 써야 한다. 주로 리듬을 다듬는 작업을 해야 한다. 자유로우면서도, 노래하는 리듬. 즙이 많은 닭고기처럼 맛있는 화법. 내숭을 떨거나, 얌전 떠는 낡은 수법을 사용해선 안 된다. 일 년 후에 마흔 내지 쉰 편의 시집을 들고 그들 앞에 나타나야지. 열흘마다 시를 한 편씩 쓰면 된다. 산문 덕분에 버티고 있다. 산문은 망쳐도 되고, 달짝지근한 감상에 젖어도 되고, 다시 써도 되고, 언제든지 집어치웠다가 다시 집어 들어도 된다 — 리듬이 더 느슨하고, 더 다양해서, 그리 쉽게 죽어버리지 않는다. 그래서 여름에 썼던 것들을 다시 작업하려 한다. 〈매의 우리〉가 나오는 장. 하지만 그래도 어쨌든 이건 소설의 한 장이다, 느슨하고 무비판적인. 인물들이 너무 많이 등장한다. 뭔가 갈등을 만들어야 하는데. 최소한 좀 더 많은 조연 등장인물들을 살아 움직이게 만들어야 한다……. 이국적이고 — 로맨틱하고 — 화려하고 — 화려한 쓰레기 같은 글은 피해야만 한다. 보석처럼 빛나는 구체적 묘사들로 들어가야 한다. 나의 목소리라는 게 도대체 뭐지? 슬프게도 울프*적이지만, 좀 더 터프한. 제발, 성장은 좋은 거라는 사실 외에 교훈 따위는 하나도 찾아볼 수 없는, 강인한 목소리. 아, 믿음도 좋은 것이지. 나 역시 마음 깊은 곳에서는 청교도다. 거실의 빛을 등지고 서 있는 어두컴컴한 이방인의 뒷머리를 본다. 하얀 띠처럼 생긴 컬러, 검은 스웨터, 검은 바지와 검은 구두. 그는 한숨을 쉬고, 나의 비전을 읽고, 마루의 널빤지가 그의 발밑에서 삐걱거린다. 이 사람을 나는 선택했고, 영원히 그의 아내가 되었다.

* 버지니아 울프를 가리킨다.

아마도 억압된 재능을 치유하는 길은 괴짜가 되는 것인가 보다. 괴짜가 되는 것, 사람들과 어울리지 않는 것, 그러면서도 신기하게 음식과 언어로 세상의 다른 사람들을 배부르게 하며, 자신의 괴짜다운 특성을 유지할 수 있는 것. 온갖 사상을 열렬하게 토론하던 때가 언제였던가? 난폭하고 논쟁을 좋아하던 친구들은 어디에 있는가? 열일곱 살의, 아니 지난 세월의? 이제 마샤는 그녀의 편리한 도그마에 안주하고 말았다… 〔생략〕 … 슈퍼마켓과 도서관 들과 일상적인 일의 그물에 사로잡혀. 재미있다고? 그럴지도.

… 그녀는 쾌활하고 유창한 수다 아래 가시를 감추고 있다. 나는 워낙 단순한 사람이라 그걸 시기심이라 부를 수가 없다. "학생들은 전부 네가 그냥 근사하고 여행도 많이 한 작가라고 생각하는 거니?" 황산을 뒤집어쓴 느낌. 시간만 충분하면……. 내년에는 그녀를 공격해서 그녀의 내면을 찔러보고야 말리라. 순진은 내 가면이다. 항상 그랬다. 그녀의 눈에는, 내가 근사하고 꿈 많고 소박하고 무기력한, 세상의 시련을 겪지 못한 시골뜨기 소녀로 보였던 것이다. 그렇게 현실적이라는 자기도, 나, 남편의 아내 노릇을 하고, 강의를 뛰고 "글을 쓰는" 나보다 나을 것 없이, 시장이나 보고 요리나 하면서. 그녀가 나에 대해 기억하는 것이 두 가지 있다. 내가 언제나 책커버의 질감과 색깔을 따지며 책을 골랐다는 사실과 머리에 롤러를 말고 낡은 물빛 잠옷을 입고 있었다는 것. 룸메이트에게, 사랑을 담아…….

나는 문득 궁금해진다. 방 안에 혼자 갇혀 있으면서, 일 년 동안 쉬지 않고 글을 쓸 수 있을까. 겁이 난다. 경험을 하지 못하다니! 하지만 마음속의 찌꺼기에서 건져내지 못할 것이 또 무엇인가? 병원들과 미친 여자들, 쇼크 요법과 인슐린 혼수상태. 제거한 편도선과 뽑은 치아. 애무, 주차, 잘못 간수해 잃어버린 처녀성과 사고 병동, 뉴욕, 파리, 니스에서 허망하게 사라진 사랑들. 잊어버린 디테일은 꾸며낸다. 얼굴들과 폭력. 신랄한 독설과 일그러진 유머. 이걸 써먹어보라.

1월 22일 수요일

완전히 맹목적인 분노로 이글거리며, 역겨움에 속이 뒤집어질 것만 같다. 분노, 질투와 모멸감. 녹색으로 끓어오르는 분노가 혈관을 타고 흐른다. 교수회의에 갔다. 회색 가랑비를 쫄딱 맞으며 허겁지겁 달려 동창회관을 지나, 주차할 공간이 없어 대학 건물 뒤로 돌아가, 진눈깨비가 얼어붙은 바큇자국들을 따라 덜컹거리고 쿵쿵거리며. 혼자서, 혈혈단신으로, 이방인들 사이에. 시간이 한 달 한 달 갈수록, 더욱더 푸대접이 심해진다. 내 눈길을 받아주는 이는 하나도 없었다. 사람들이 그득한 방, 9월보다도 더 낯선 얼굴들 사이에서 나는 커피잔을 집어 들었다. 혼자서. 고독이 타오르는 것처럼 아팠다. 말 안 듣는 건방진 학생이 된 기분. 하얀 점퍼와 짙은 무늬가 있는 빨간 블라우스를 입은 말리즈. 다정하고, 능란한 그녀. 도저히 올 수가 없었어요. 웬델하고 내가 교과서 작업을 하고 있거든요. 못 들었어요? 눈, 검은 두 눈을 들어 웬델의 둥글게 선웃음을 짓는 얼굴을 바라보다. 방 안 가득한 연기와 오렌지색 커버에 검게 칠한 의자들. 맨 앞줄에 앉아 있는, 희미하게 얼굴을 알 것도 같은 여자 옆에 앉았는데, 총장과 나 사이에는 아무도 없었다. 억지로 앞으로 떠밀려간 꼬락서니. 금박 입힌 나뭇잎들이 달려 있는 나무들, 오렌지색 금박 입힌 기둥들, 수사슴, 수사슴과 활을 당기는 궁사의 황동 부조만 뚫어져라 바라보고 있었다. 플러스와 마이너스, 대학원 성적들에 대한 참을 수 없는, 알아들을 수도 없는 말다툼들. 연사 뒤에 늘어뜨린 장막에는 은백색 발을 가진 그리스인이, 가운 사이로 수줍게 새하얀 한쪽 발을 내밀고 있는 처녀에게 플루트를 불어주고 있는 그림이 그려져 있었다. 분홍색과 오렌지색, 그리고 금박의 처녀들. 그리고 내 등 뒤로는, 이야기 하나, 30페이지에 달하는 형편없고 감상적인 소설의 한 장, 아무짝에도 쓸모가 없는 쓰레기. 여기에 나는 내 시간들을 쏟아붓고, 내 방어막으로 삼고 있다니. 어쩐 영문인지는 몰라도, 기적적으로 함께, 하나가 되어 흘러가는 방법을 터득한 자들에 대해, 이걸 나는 내 천재의 증거로 내놓아야 하는 것이다. 소식 못 들었어요? 힐 씨가 쌍둥이를 낳았대요. 그래서 삶은 내 그물망 바깥에서 핑글거리며 돌아간다. 나는 앨리슨을 발견하고, 회의 후에 그녀를 뒤쫓아 달렸다 — 그녀는 뒤를 돌아보았다. 어두운, 이방인. "앨리슨, 당신 운전해서 가요?" 웬델이 그녀를 따라잡았다. 그녀는 알고 있었다. 그도 알고 있었다. 나는 귀먹은 벙어리다. 눈먼 채, 진흙탕 속으로 성큼성큼 걸어 들어갔다. 눈과 회색 진눈깨비 속으로. 학창 시절 빛나던 나날의 얼굴들이 모두 고개를 돌렸다. 나도 모르게, 저녁 식사를 대접해야 하는 걸까? 그들을 불러서 우리에게 여흥거리를 제공해달라고 해야 하나? 테드는 맞은편에 앉아 있다. 그이의 문제들을 내 것으로 떠안다. 대중 앞에서는 입을 다물자. 그 빌어먹을 사적인 상처들. 구원은 오직 창작 작업에 있다. 내 작품이 형편없는 졸작이라면 어떻게 하지? 아무리 낡은 졸작이라도 허겁지겁 활자화하고 싶은 마음이다. 벽에 난 엄지손가락만 한 구멍으로 밀물처럼 밀려들어오는 홍수를 막을 수 있는 말들, 말들, 말들. 이게 나의 비밀 장소다. 난 어차피 평생 바깥에서 소외되어 있지 않았던가? 호의적인 적들을 경계하면서? 절박하게, 강렬하게. 난 어째서 늘 단체생활이 불가능하다고 여기게 되는 거지? 내가 단체생활을 바라기나 하는 걸까? 혀도 수줍고, 두뇌도 작아서, 그들과 상대를 할 수가 없기 때문일까? 그래서 거창한 소설이나 시 들로 그들을 놀라게 해야겠다는 꿈으로 미망에 빠지는 걸까? 청소년기의 빛과 성숙한 후광 사이의 간극을 메워야만 한다. 오, 꾸준하자. 꾸준하게 정진하는 거야. 내게는 나만의 한 남자가 있잖아. 그이를 돕기 위해, 나는 꼭 해낼 거야.

1월 26일 일요일 밤

요리를 하며 쏟아지는 졸음에 싸여 지낸 텅 빈 하루. 어머니는 수프를 마시며 재개된 의사소통에 끝없이 말씀을 하셨다 — 갑자기 그런 생각에 사로잡혔다 — 우리가 선심을 베풀며 당연히 여기는 사람들의 혓바닥에 의해 인생이 얼마나 산산조각 나고 뒤틀리는지. 우리는 "M은 어쩌다가 그렇게 미친 거래요?"라고 물었다. 식당은 어두컴컴하게, 창문도 없이, 그림자들을 막고 서 있었고, 높낮이가 다른, 하나는 키가 크고, 하나는 몽땅한 빨간 촛불 두 자루가 밀랍 더께가 앉은 녹색 병에 꽂혀, 촛불들이 다 그렇듯 초라한 노란색 불빛을 뿜으며 희미하기 짝이 없는 낮의 햇살과 싸우고 있었다. M은 종교 광신도가 되었고, 어느 날 아침, 진주만 사건이 일어나기 바로 전에 예언을 하기 시작했다고 한다. 그녀는 그리스도이자 간디가 되어 남편이 건드리지도 못하게 했다. 어머니는 그녀의 이야기를 들어주었다고 한다. 그녀는 반듯하게 누워서, 두 눈을 꼭 감고, 음식도 먹지 않고, 음료도 마시지 않고, 말, 말, 열 시간 동안 쉬지 않고 말만 했다. 2년간 정신병원 입원. 〔남편이 말하기를〕 "나비를 쫓아다니는 짓은 그만하고 집으로 돌아와 진짜 당신 책임을 다하란 말이야"라고. 정신병의 재발, 좌절. 그 남자와 그의 "완벽한 결혼". 그녀는 한 번도 남편의 말에 반박하거나 남편의 뜻을 거스른 적이 없었다. 그녀는, 그녀 자신의 영웅으로, 성자의 삶, 순교, 대하 소설의 장정을 밟고 있었던 것. 스물한 살이나 나이가 많은, 어울리지 않는 남자와 결혼…〔생략〕

오, 봄방학. 가끔씩 안정된 생활에, 나는 우리가 여기 머물면 어떨까 생각한다. 테드는 애머스트대학이나 홀요크(두 군데 모두에서 이야기가 있었다)에서 강의를 하고, 나는 여기서 강의하고. 둘이 함께 벌면 연봉이 8천 달러에 달한다. 하지만 기분 좋은 안락함에서 깨어나자마자, 나는 스스로의 죽음을 본다. 그리고 테드의 죽음도. 우리의 죽음이 캔디를 머금은 웃음을 띠고 우리를 보고 웃고 있다. 미소 짓는 죽음. 아득한 자아는 왜 이렇게, 허영기에 차 여왕처럼 거들먹거리며 던처럼 극적이거나 드루 같은 위대한 선생이 되기를 꿈꾸어야만 하는 건지. 사랑받고, 현명하고, 하얀 백발에 주름이 자글자글한, 주름 많은 지혜가 되고 싶어 하는 건지.

나는 메마른 기침을 하며 꽉 막힌 코를 뚫고 숨을 쉰다. 모닝커피와 함께 밀려드는 환희와 전능의 기분을 타고, 이번 여름내 소설을 시작해 일 년 동안의 강의처럼 땀 흘려 끝내고 말 테다 — 크리스마스 때까지는 대충 초안이 끝나도록. 그리고 시들도. 최소한 안일한 이사벨라 가드너 정도는 뛰어넘지 못할 이유가 없다. 심지어 미국에서는, 레즈비언인 데다 화려하기만 한 엘리자베스 비숍까지도.

이번 여름 동안만 열심히 땀을 흘린다면 말이다…….

나도 하나* 있었으면 좋겠다. 책의 해인 올해, 유럽의 해인 내년, 그 후엔 아기의 해가 오려나? 아기 없이 4년을 보냈으면 충분한 건가? 그래, 그때쯤이면 나도 엄두가 날지 모른다. 머윈 부부**는 자유를 위해 아기를 갖지 않겠단다…….

나는 2년간 미친 듯이 글을 쓰리라. 그리고 제럴드나 워런 2세가 태어날 무렵에도 여전히 글을 쓰고 있으리라. 딸이면 뭐라고 부를까? 이런 몽상가 같으니라고. 나는 손을 흔들고, 차가운 창문을 두들기고, 또 두들기고, 저 아래 건물 밖으로 나가서 이제 막 눈에 들어온 테드에게 손을 흔들었다. 검은 코트에, 검은 머리에, 새끼 사슴처럼 웅크리고, 파삭거리며 떨어져 내리는 차디찬 눈송이 사이를 열심히 헤쳐 걷고 있는 그. 열에 들뜬 나는, 얼마나 저 남자를 사랑하는지.

《잭 앤 질》에 보낸 원고가 반송되어 돌아왔다. 내 육감은 얼마나 미래를 잘 내다보는지. 아무 이유도 없는데, 분홍색 화분에 넣어 키워오던 내 모든 꿈들이 완전히 결딴나버렸다. 하지만 그와 함께 《아트뉴스》 지에서 이상한 편지가 한 통 왔다. 예술에 대한 시 한 편을 청탁하면서, 50~75달러에 달하는 "사례"를 하겠다는 것이다 — 위로금인가? 고갱에 흠뻑 젖어볼 생각이다 — 붉은 망토를 한 의학도, 이상한 여우와 함께 누워 있는 나신의 소녀, 브레통 여자 농부들의 풀 먹여 빳빳한 날개 달린 하얀 모자들로 빙 둘러친 붉은 원형 경

* '아기'를 가리킨다.

** 시인인 W. S. 머윈Merwin과 아내 디도Dido를 가리킨다. (옮긴이)

기장에서 천사와 씨름하는 야곱. 오, 이번 주가 끝이 나기나 할까, 휴식을 할 수 있는 하루, 나의 일요일이 올까? 아직 손도 못 댔는데, 조이스 강의를 어떻게든 준비할 수 있을까? 인내의 한계점까지 나를 몰아가고 있지만, 지금까지 나 자신을 시험해본 결과 이 정도 말은 할 수 있다, 끝은 올 거라고. 글을 쓸 수 있는 일 년 — 뭐든지 읽을 수 있는 시간이. 그 시간이 오면 하게 될까? 내게 대답을 해봐, 일기장아. 오늘. 마티스, 분홍빛 천과 생동하는 풍요로운 분홍 그림자들, 연한 복숭아빛 주전자와 탁한 노랑의 레몬들, 격렬한 오렌지색 귤과 초록색 라임들, 검은 그림자가 드리워져 있고, 실내는, 동양풍의 꽃 — 연한 라벤더와 리비에라 블루로 가득한 바깥 풍경을 내다보는 창문 — 밝은 파랑의 서양배 모양 바이올린 케이스 — 바깥에서 빗살처럼 비추는 햇살들, 창백한 손가락들 — 녹색 메트로놈처럼 생긴 바깥세상의 형태와 철제 장식 악보 받침이 달린 피아노 앞에 앉은 소년의 모습.* 컬러 : 창문 밖에서 노랑과 초록과 새카만 흑색으로 폭발하고 있는 종려나무, 창문을 감싸고 있는 풍부한 흑색과 붉은색 무늬의 커튼 장식. 파란색 둥근 나무들, 모자 고정핀, 그리고 등불이 있는 파란 세상. 됐어, 충분해. 나는 도서관에 앉아서 고갱이나 뚫어져라 쳐다보면서 관심 분야를 제한하고 휴식하려고 애쓰다가, 글을 쓸 거야. 알 껍데기가 굳어지기도 전에 금병아리 수를 세지는 말자.

은밀한 죄악. 나는 시기하고, 탐하고, 욕정을 품는다 — 붉은 굽의 구두를 신고, 붉은 장갑을 끼고, 검게 물결치는 코트를 입고, 진열장에, 자동차 유리에 비치는 내 모습을 흘끗 바라보며 정처 없이 방

* 앙리 마티스의 회화 〈피아노 레슨〉에 대한 묘사다.

황한다. 이방인, 내가 아는 것보다 훨씬 날카로운 얼굴을 한 이방인. 나는 올해가 끝나면 꼭 꿈처럼 느껴질 것만 같다. 스미스의 강사라는 잃어버린 자아에 대해 커다란 향수를 품고 있다. 어쩌면 이 직업이 이제 안정되고, 한입에 먹어볼 만한 크기로 쪼개졌기 때문에, 그래서 (내게는) 새로운 도시에서 "새로운 인생을 시작한다는 위협"이 새로이 부상하고 있기 때문에? 부정행위를 할 수도 없고, 때우거나 기다리고 텅 빈 페이지들로 채우거나 하면서 "대충 넘어갈" 수도 없는, 유일한 직업에 매달려야 하기 때문에? 오, 말하라. 그러면 어떻게 된다는 건지? 지금은 어떻게 된다는 건지? 조이스, 제임스의 무성한 나무들 덕에 근근이 벌어먹고 살아간다는 게 얼마나 더 수월할지, 얼마나 더 미소 짓는 죽음에 가까울지. 또한 마티스의 〈오달리스크*Odalisques*〉의 아침과, 무늬가 있는 천, 생생하고, 푸른 꽃무늬가 그려진 탬버린들, 드러난 속살, 둥근 젖가슴, 젖꼭지들 — 장미꽃 모양의 붉은 레이스들과 커다란 종려나무나 참나무 잎사귀들의 새된 소리, 돌돌 말린 소용돌이 모양…….

이 일을 제대로 해내게 되면서, 요리를 하고 살림을 꾸리면서 내 안에서 자라나는 힘과 성숙의 새로운 자각 덕분에 불안하고 초조하고 비참한, 바보 같던 작년 구월의 내 모습에서 한참 멀어졌다. 넉 달 동안에 이렇게 변한 거다. 나는 일을 한다. 테드도 일을 한다. 우리는 우리의 일을 훌륭하게 터득하고, 좋은 선생, 타고난 선생이라는 느낌을 갖게 되었다. 이것, 위험하다. 정교한 소외의 느낌, 조운의 보지 않는 듯한 시선과 샐리의 계산된 무례함과 짐짓 돌봐주는 척하는 태도에서, 나는 자유로워지리라. 이런 상황이 마음에 들지 않지만, 어차피 잃은 호의를 구걸하기 위해 비위를 맞출 만큼 그들을 좋아하지도 않으니까. 이 변화는 어디에서 왔을까? 말리즈 앞에서 엉엉 울음을 터뜨렸던 일에서? 썩어버린 과일처럼 집어삼켜버린 모욕감. 나는 그걸 통해 성장했고 또한 초월했다. 다음 넉 달 동안은 일에 푹 파묻혀 지내리라. 희곡과 시, 〔뉴튼〕 아빈을 위한 책 읽기, 《아트 뉴스》를 위한 시 작업. 검은 옷을 입고, 나는 혼자 걷는다. 그러면 뭐 어떠랴. 캐리커처처럼 녹색 손톱을 한 조운과 창백하고 주근깨투성이의 샐리를 소설 속에. 나만의 새로운 삶을 나는 만들어내리라. 언어와, 색채와 감정으로. 머윈 부부의 높은 보스턴 아파트는 세상을 바라보는 창문들로 배의 갑판처럼 열린다.

2월 9일 일요일

밤이 9시에 가까워지고 있다. 바깥, 소년들의 웃음소리, 차 시동을 거는 부릉부릉 하는 소리. 오늘은 멍한 마비 상태에서 하루가 가버렸다. 커피와 입천장이 델 정도로 뜨거운 홍차로 힘을 내면서. 계속되는 청소 — 아이스박스, 침실, 탁자, 목욕탕, 천천히 천천히 정리하면서 — "삶의 더러움을 멀리하고자" 노력하고 있다 — 머리를 감고, 몸을 씻고, 스타킹과 블라우스를 빨고, 일주일의 황폐함을 깁고, 호손 단편에 대한 첫 주 강의 일정을 따라잡기 위해 독서를 하고 — 처음으로, 올윈*에게 긴 편지를 썼다. 색채와 리듬과 단어가 하나되어 무늬를 이루어 움직이면서 내 귀를, 내 눈을 즐겁게 해주는 느낌을 만끽하며. 어째서 그녀에게 글을 쓸 때는 이렇게 자유로울까? 내 정체성이 형체를 잡아가고 있다 —《뉴요커》에 실린 단편들을 읽고

* 올윈Olwyn, 테드의 누이다. (옮긴이)

있자니, 나의 이야기들이 싹을 틔우는 느낌이 든다 — 그렇다, 나는, 충만한 시간을 만끽하며, 그들 사이에 끼게 되리라 — 여성 시인, 여성 작가들의 반열에 오르리라. 그 사이에, 이번 유월에 시작해서, 행성과 점성술에 대해 배워야겠다. 그래야 제대로 된 운명을 타고난 집에서 살 수 있을 테니까. 그렇지 못하면 배우지 못한 걸 후회할지 모르니까. 타로 카드도. 어쩌면 마비되지 않은 자유로운 상태로, 혼자 남아 있어야 하는 건지 모른다. 그리고 혼자 열심히 연습해서 신비주의와 천리안의 몽환 상태에 빠져들어야 하는지도 모른다. 비컨 힐, 보스턴을 알게 되고 그 결을 언어로 포착하기 위해서는 말이다. 할 수 있다. 해낼 것이다. 이제 내가 해야만 하는 일을 해내기 위해. 그러고 나서 내가 원하는 일을 해내기 위해. 이 책 또한 꿈의 연도가 되어가고 있다. 해야 할 일과 명제들의 목록. 나는 다른 사람들과 함께 지내야 하는 게 아니라, 더욱더, 심오하게, 풍부하게 혼자가 되어야 한다. 수많은 세계들을 창조하면서……. 자, 달력에 적힌 일정에 대한 허튼소리는 그만하고, 한 장의 사진 이야기를 하자. 내가 여기 있다. 린트 천으로 된 검은 벨벳 바지, 낡고 해어진 슬리퍼, 연한 황갈색 바탕에 암갈색의 얼룩이 있는, 표범 무늬의 어두침침하고 보풀보풀한 재질, 금박 테두리를 두르고, 반들반들하게 광택이 나는 블론드 브라운 색 나무로 세공한 단풍나무 커피 테이블, 동그란 돔형 뚜껑에 쿠폴라* 꼭지가 달린 주석 설탕 그릇 위에 흰색과 은색으로 반짝거리는 빛의 하이라이트, 그리고 움푹 들어간 빨간 껍질의 사

* 돔형 건축물 위에 조그맣게 뾰족이 솟아 있는 장식용 구조물. 종탑이나 조명탑으로 많이 쓰인다.

과들, 얼룩 점이 있고 인공적인 맛이 날 듯한 모습. 소설이 꽂힌 하얀 책장 옆 커다란 빨간 의자 위에 앉아 있는 테드, 다크 브라운 색 앞머리는 흐트러져 있지만, 그 어느 때보다도 꼭 다문 입, 턱 근처를 따라서 청록색으로 파르라니 그늘진 그의 얼굴. 워낙 자주 하는 특유의 표정, 올빼미들, 괴물들 같은. 〈얼굴을 찡그린 사나이 *The Man Who Made Faces*〉는 상징적 이야기? 우리는 정말이지 누구인가? 소매 끝을 흰색과 녹색으로 두른 짙은 녹색 스웨터를 입고, 분홍색 공책 위에 허리를 구부리고, 검은 바지, 연한 회색 두꺼운 양모 양말, 빛나는, 갈라진 검은 구두. 그는 오른손에 펜을 들고, 턱을 받치고, 공책 위에 팔꿈치를 놓고 연한 연두색 그늘이 진 빛을 등지고 차분히 앉아 있다. 전부 다, 원의 4분의 3 형태 안에, 종이들, 항공우편 편지들, 책들, 찢어진 분홍색 휴지 조각들, 타이핑한 시들이 다 들어 있다. 나는, 전율하며, 그의 온기를 느낀다 〔생략〕 … 나를 잡아당겨 안아주고 포옹해줘요. 껴안아. 세탁소에서 빳빳하게 다려 잘 개어서 방금 돌려보낸, 안쪽 네크밴드 쪽에, 그의 셔츠들은 훈계를 한다.《뉴요커》에 보낼 또 한 편의 단편. 열일곱 살 여름의 기억들을 다시 불러와 초혼하는. 터져 나오던 생리혈, 그리고 집을 칠하던 쌍둥이, 농장 일과 일로의 키스. 조합. 어른이 되는 이야기. 순간의 문제. M. E. 체이스를 불러 어디다가《뉴요커》에 싣고 싶은 단편들을 보내야 하는지, 누구한테 보내야 하는지 얘기를 들을 것. 일 년 안에 해낼 테다.

따라잡고 있다. 매일 밤, 지금, 그날의 쓰레기 속에서 한 가지 맛, 하나의 손길, 하나의 비전을 포착해내야 한다. 이 모든 삶이 얼마나 쉽게 사라지고 휘발되는지 모른다. 희미한 영광이라도 기억 속에 남아 있을 때 손으로 움켜쥐어, 꼭 매달리지 않으면. 책들과 강의들이 내 주위를 둘러싸고 있다. 몇 시간씩 걸리는 일. 나는 누구지? 역사를 꾹꾹 머리 속에 채워 넣으면서 아무런 휴식도, 정체성도 느끼지 못하는 대학의 신입생? 암소처럼 되새기고 반추하리라. 내가 태어나기 전의 역사는 다 그만두고 오직 삶만을. 창문들이 경련하고 창틀 속에서 소리를 낸다. 나는 오한에 몸을 떤다. 내 육신의 소박한 열기에 대항하는 심오한 한기. 내가 어쩌다가, 이렇게 길게 뼈가 차 있는 팔다리를 지닌, 커다랗고 완전한 자아가 되었을까? 이 흉터가 있는 불완전한 피부는? 나는 두껍고 흉측한 형태의 청소년기와 기억을 위한 귀환의 색채를 명료한 윤곽선과 함께 기억한다. 고등학교, 중학교, 초등학교, 캠프들과 베티와 함께했던 오두막. 대롱대롱 매달려 있던 요한나, 기억해야 한다, 기억해야 한다, 그 기억들 속에서 글이 만들어진다. 회상된 삶의 편린들 속에서……. "한 가지 주제를 잡아서 머리를 처박아." 테드가 방금 말했다. 나는 기운이 없어 뜨거운 우유를 들고 침대로 가서 호손을 더 읽으려 한다. 입술이 메말라 갈라지고, 나는 그 생살을 그냥 씹는다. 오른손 손가락을 따라 길게 찌르는 듯한 긁힌 상처가 난 것 같았는데, 눈길을 깔고 손을 보니 하얗고 온전하고 빨간 피딱지가 앉은 선 따위는 하나도 보이지 않았다.

2월 10일 화요일

얼마나 맑고 깨끗하고 행복한 기분인지 모른다. 어째서냐고? 어젯밤의 저녁 식사가 그런 분위기를 말끔하게 씻어냈다 — 의외로 웬델이 편을 들어주었고, 기적적으로 남 이야기로 멋지게 수다를 떨 수 있었다. 그가 얼마나 풍요롭게 장황한 수다를 떨어주었는지, 폴과 금발의 마녀 같은 정겨운 클라리사, 그 여자의 입술은 꽃잎 달린 꽃이나 풍성한 말미잘처럼 열렸다 감기곤 한다. 그리고 폴은 늘 그렇듯 부티 나 보이지만, 그렇게 닳고 닳은 것처럼 보이지는 않았다. 푸른 눈은 붉게 충혈되어 망가져 있었고, 금발의 고수머리는 거칠었으며 로세티처럼, 천사처럼 돌돌 말려 있었고, 그의 연한 상의와 연한 담황색 스웨터가 금빛으로 번쩍거리는 야한 머리를 두드러져 보이게 했다. 그가 실라이의 계단을 달려 내려와 지난 주에 내린 눈 속으로 뛰어들어가는 모습을 봤다는 얘기를 했나? 밝은 압생트 그린 빛깔 양복이, 그의 두 눈을 맑고 비지상적이고 약간 불쾌한, 빙하 조각으로 가득 찬 휘휘 저어놓은 겨울 바다처럼 산성의 녹색으로 보이게 했다는 얘기? 우리는 이야기를 했고, 손님들이 오기 전에는 절대로 포도주를 마시지 말아야겠다 — 나는 천천히 진정되었지만, 나중에는 속이 나빠졌다. 그들은 자정까지 머물렀고 웬델은 학과의 비밀들을 알려주는 것으로 우리에게 보답했다…….

화요일 정오 — 어두컴컴한 미술 강의실에서 불현듯 내 시집의 제목이 계시처럼 눈앞에 떠올랐다. 참으로 선명하게, 〈점토 두상 *The Earthenware Head*〉이야말로 유일하고도 적절한 제목이라는 생각이 난데없이 나를 엄습했던 것이다. 이 제목은 나의 시 〈숙녀와 점토 두상 *The Lady and the Earthenware Head*〉의 제목과 주제에서 유기적으로 도출된 것일 뿐만 아니라, 또한 내게는 성스러운 대상의 거부할 수 없는 신묘한 아우라, 한껏 저 멀리로 내던진 어휘들을 자석처럼 내 속으로 빨아들여 한데 뒤섞어서는 나만의 괴팍하고 그로테스크한 세계를 흙과 점토와 물질로부터 만들어내는, 두렵고도 성스러운 어떤 정체성의 느낌으로 절절히 다가온다. 점토/육신은 시간 속에 닳아 시들어가지만, 그동안 두상은 자기만의 시와 예언을 빚어나간다. 두상은 한데 모은 지혜들로 무거워져 육중하게 부풀어 오른다. 게다가, 철자 바꾸기 놀음에 환장한 내 눈은 이 제목의 이니셜들이 T-E-H, ("에드워드 휴스에게To Edward Hughes") 또는 Ted라는 사실을 발견하고 말았다. 물론 이것이 나의 헌사가 될 터이다. 정신을 벼리는 듯한 이 날카로운 대기 속에서, 나는 창조의 봄을 꿈꾼다. 그리하여 나는 살고 창조하리라, B 박사와 도리스 크룩과 나 자신과 테드와 내 예술에 값하는 창조를. 언어를 만들고, 세계를 만드는 일. 이 책의 제목은 오래도록 기억 속에 박혀 지워지지 않을 강력한 힘을 지니고 있다. (어쩌면 바로 이 일기장의 페이지들은 내 꿈의 전복을, 아니 심지어 현실 세계의 프레임 속에서 내 꿈이 용인되는 것마저 목격해버릴지 모른다.) 아무튼, 내 눈앞에는 거칠고, 조잡하고, 힘차고, 빛을 발하고 있는, 붉은 오렌지빛 어둑어둑한 테라코타 빛깔의, 정력으로 홍조 띤 얼굴에 무거운 머리카락을 드리운, 전기충격처럼 짜릿한, 점토 두상이 선연히 떠오른다. 들쭉날쭉한 흑백 디자인의 낙인이 찍힌 거친 테라코타 색깔은 흙을, 그리고 그것을 빚어낸 언어를 의미하고 있다. 아무튼 이 새로운 제목은 〈세 링 속의 서커스*Circus in Three Rings*〉와 〈두 연인과 해변의 부랑자*Two Lovers and a Beachcomber*〉 같은 옛날 제목들이 지녔던 수정처럼 부서질 듯한, 설탕처럼 달콤한 면모에서 나를 해방시켜주는 주문과 같다. 출생, 사랑, 죽음이라는 세 가지 원 속에 갇힌 인생과 사랑과 철학, 각기 분별과 원기를 의미하는 두 개의 정교한 형이상학적 기상奇想, conceit*들에서 말이다. 이제 간절히 바라노니 부디 내

* 기발한 비유를 의미한다.

가 이 풍파 심한 계절을 극복하고 유월에는 나 자신으로 우뚝 설 수 있기를. 석 달 반, 올해는 왜 이리도 더딘지. 이번 주를 무사히 마치고 논문을 끝내기만 할 수 있다면. 내 안에서 위대한 작품들이 발설하고자 움트는 느낌이 든다. 내가 그저 몽상가일 뿐인가? 세계의 직조織造를 뒤흔들어 깨우는 웅변의 서곡과 리듬을 느낀다. 출판에서 눈길을 돌리고, 그저 꼭 써야 하는 단편들을 쓰기만 하면 되는데.

머윈의 아파트는 사양하다. 〔생략〕 고맙지만 천만의 말씀. 아마 유월에도 여기 머물며 꼭대기층에 붙어 있게 되리라. 채광도 좋고 전망도 좋고, 조용하고 쓸 만하게 가구도 갖춰져 있으니.

메모 : (빌) 밴 보리스*에 대해. 어딘가로 미끄러져 가려고 몸을 쭉 뻗은 듯한 입을 지닌 창백한 남자. 찰나마저 한없이 길게 느껴지는 표정을 항상 얼굴에 달고 있는 남자. 내 시들은 겨우 성긴, 희박한 스무 편, 기괴하고 낡아빠진 화법을 지닌 것까지 다 쳐도 그렇다. 나는 얼마나 아득하게 멀게만 느껴지는가? 시로부터. 오, 다시 화자 속으로 들어갈 수 있다면, 이 책은 울부짖는 장벽이다. 아무리 수가 적어도, 어떤 생각들이 내 머릿속에서 빙글거리고 돌아가고 있는 건지? 〈점토 두상〉(아프리카의 가면들과 밴 더 포엘의 장막 위에 있던 인형의 가면들로부터 불쑥 튀어나온 머리. 인광이 번득이는 멍한 두 눈이 달려 있는 머리. 그리고 벌레의 머리들과 자그마한 족집게 같은 입) — 어떻게 모든 사진 초상들이 우리의 영혼을 정말로 포착하는지 — 지나간 세계의 일부, 바깥 공기로 통하는 창문, 그리고 우리 푹 꺼진 세계들의 가구, 그리고 그렇게 거울에게로 — 쌍둥이, 뮤즈.

* 스미스대학 교수다. (옮긴이)

목요일 아침 2월 20일

네 살 이후 처음으로 가져본, 나 스스로 일하고 읽을 수 있게 된 첫 해, 올해의 시간이, 이 시간 전부를 온전히 내 것으로 만들고 싶다. 스미스에서 멀리 떨어져서. 나의 과거에서, 유리문이 달린, 여자아이들이 득실거리는 대학가에서 멀리멀리 도망가서. 익명성. 보스턴. 여기서 내가 만나는 사람들이라고는, 일 년도 더 마주치고 싶지 않은 교수진 스무 명뿐이다. 그런데 한마디라도 쓸 수 있겠느냐고? 그렇다. 여기에 글을 다시 쓰게 될 때쯤이면 이미 이 침울한 하루는 끝이 났을 터이니, 나 역시 이 몽롱하고 약에 취한 듯한 상태를 털고 일어나 세 개의 강의를 서투르게 자신 없이 어영부영 끝냈으리라. 그러나 다음 3주일 동안에는, 일주일 전부터 서둘러 죽기 전 마지막으로 하는 일처럼 격렬하고 철저하게 준비를 하리라. 아, 결심들이란. 노란 반점이 있고, 엄지손가락으로 움푹 누른 듯 갈색으로 멍든 붉은 사과 세 개가 나를 비웃는다. 나야말로 비극적 경험의 매개체라 하겠다. 나란 인간은 오이디푸스의 신비를 충분히 사려 깊게 명상하지 않는다. 노곤하게 지쳐, 최선의 약속들만 남발하며 태만과 시기, 허약함의 늪 속에서 나 자신의 파멸을 초래하고 마는 나라는 인간은. 신들은 무엇을 요구하는가? 나는 일어나 옷을 입고 내 신체를 밖으로 쫓아 보내야 한다…….

일생 중 하루 — 잿빛의 지독히도 거친 모래바람, 그리고 분열된, 그림자처럼, 나 자신이 그저 멀게만 느껴진다. 그렇지만 여전히, 이제껏 가르쳐온 것들과 앞으로 가르치게 될 것을 생각하면, 강의 제목들은 다사롭게 달아오르며 홍분을 발산한다. 오늘처럼 아무 느낌 없는 피로에 지쳐 질질 끄는 발걸음이 아니라. 정확히 무엇인지는 알 수 없으나, 나는 한 인간으로 하여금 삶을 끝내 살아내며 미치지 않고 제정신을 유지하게 해주는, 삶의 비전을 다시 회복하였다. 기적처럼 내 목숨만큼이나 사랑하는 한 남자와 결혼했고 훌륭한 직업과 교직(일 년이긴 하지만)을 지니고 있으니, 유년기와 청년기의 고치는 부수고 나온 셈이다. 학위도 두 개나 있고, 이제 교직 생활에 눈길을 돌려 꾸준한 수련과 상징적 대응물인 우리의 자식들을 위해 일 년을 온전히 바쳐야겠다. 가끔씩 출산의 고통과 공포를 미리 상상하며 몸을 떨기도 하지만, 아무튼 언젠가는 닥칠 일이고 또 극복해내야만 할 일이다.

2월 22일 토요일 밤

여기저기 산산이 흩어진 지루한 하루 — 삶이란 무엇인가에 대한 한 대답. 우리는 항상 현재를 힘겹게 뚫고 살아가면서, 회상 속에서 과거에다 금빛 후광을 던지거나(우리의 이미지들, 예를 들면, 파리의 플라스 뒤 테르트르에서 떠다니던 사월의 날, 토니와 함께 햇빛 속에 빛나던 포도주와 송아지 고기, 공포의 베니스와 로마 이전, 케임브리지에서 맞은 최고의 봄과 사랑의 비전이 찾아와 꽃피기 전, 의심의 여지 없이 내가 가장 비참하던 그때) 아니면 덩어리진 안개에서 벗어나 소설과 시집, 테드와 함께하는 로마 여행에 대한 꿈들을 빙글빙글 돌리고 있는 저 불분명한 미래 속으로 미리 성큼 나아가는 것. 〔생략〕

일요일 밤 2월 23일

아마 오늘은 내 생애 26번째로 맞는 2월 23일이 틀림없다. 2월을 사반세기도 넘게 맞아왔으니, 이제 그 숱한 세월들로 한 조각 회상의 단면을 잘라 어른이 되기 위해 한없이 올라온 나선형 계단을 도로 거슬러 내려갈 수 있을지. 아니 계단은 하행이었던가? 이만한 나이가 되고 보니, 이제 여생을 사람과 사람 사이의 만남과 재회의 흔적들을 되짚어보고 사색하며 보내기에 충분할 만큼 인생을 오래 살았다는 느낌이 든다. 광인이건 평범한 사람이건, 백치건 천재건, 미인이건 추물이건, 어린아이건 늙은이건, 차갑건 뜨겁건, 현실주의자이건 몽상가이건, 죽은 자이건 산 자이건… 사람들이. 세월과 가면으로 세운 우리 집은 어찌나 풍요로운지, 몇 년이건 내 상상력의 사르가소 바다 깊이, 깊숙이 가라앉은, 진줏빛 눈망울에 뿔과 비늘이 달린 바다의 수염 기른 괴물들을 낚아 올리면서 살아갈 수도 있을 것만 같다. 그렇게 해야 하는 건 물론이고. 과거가 곧 나 자신인 양 집착하는 스스로를 느낀다. 앞으로 할 일은 그것으로 정해야겠다. 심상하게 지나치던 목각 원숭이 하나하나, 계단에서 내려서면 바로 마주치던, 할머니네 집의 오렌지빛, 자줏빛으로 멍울진 유리창 한 장 한 장, 중국까지 땅을 파내려가던 중에 워런과 내가 찾아낸 육각형의 하얀 타일들 하나하나까지 환하게 빛나더니 자석처럼 의미를 흡입해 기묘한 중요성을 지니고 반짝거린다. 수수께끼를 풀어볼 것. 인형의 구두끈은 왜 하나같이 새삼스러운 계시와 같을까? 소망상자의 꿈은 언제나 미래의 예시가 될까? 왜냐하면 이들은 내가 언어의 씨줄과 날줄로 미래의 천으로 직조해내야 하는, 내 잃어버린 자아들의 침몰한 유물들이기 때문에.

오늘, 커피타임부터 6시의 티타임까지, 《채털리 부인의 연인 *Lady Chatterlay's Lover*》을 읽으며, 산지기와 동거하는 여인의 환희에 이끌려 들어갔다. 그리고 《연애하는 여인들 *Women in Love*》과 《아들과 연인*Sons and Lovers*》. 사랑, 사랑. 로렌스란 남자를 알았다면 사랑했을 것만 같은 기분은 웬일인지. 얼마나 많은 여자들이 나와 똑같은 착각을 했을까! 처음으로《무지개*The Rainbow*》를 집어 들었다가 그만 나도 모르게 빨려 들어가 어슐라와 스크레벤스키의 마지막 에피소드까지 단숨에 읽어치우고, 소파 깊숙이 몸을 묻었다. 두 사람의 런던 호텔 장면, 파리 여행, 어슐라의 대학 시절 강변에서의 연애를 읽으며 숨조차 제대로 쉴 수 없었다. 이것이야말로 내 인생의 소재가 아니던가 — 형태는 달라도 그에 못지않게 찬연하고 아름다운 나의 인생 — 흘러가는 내 소설의 물결이 끝내 로렌스를 앞지르고 말리라 — 건방지다고? 버지니아 울프를, 또 로렌스를 읽을 때면(두 작가의 작품은 완전히 다르지만, 나의 작품과 무척 닮았다), 온몸이 근질근질하며 위대한 작품에 불이 붙을 것만 같은, 불가해한 느낌을 받게 된다. 삶의 질감과 재질로 포동포동 살이 올라 새싹이 터오르는 듯한 느낌. 이것이야말로 나의 소명, 나의 작품. 그로 인해 비로소 나의 존재가 이름을, 의미를 지니게 되므로. — "순간에서 영원한 무언가를 만들어내는 것." 보이셔 박사와 도리스 크룩과 나란히 자리를 잡은 내 삶의 범주 안에서 — 심리학자도, 여사제도 아닌 교사에 불과하지만 언어로 창조한 나만의 세계 속에서만큼은 두 사람의 풍요로운 소명들을 이 한 몸에 체현한 고귀한 존재가 된다. 두 사람에게 각각 책 한 권씩을 바치리라. 백치. 몽상가. 언젠가 첫 소설을 탈고해 출판하면(일 년 후? 더 먼 훗날?) "나는 거짓말쟁이가 아니다"라는 요지의 글을 첫 페이지에 쓰는 사치를 누려보리라.

신중하게 단어를 하나하나 골라가며 로렌스 논문 비평을 두 장 탈고했다. 내 주장이 옳다고 믿지만, 언제나처럼 드는 생각 하나는 과연 그들이 읽어보기나 할는지? 경멸에 찬 시선으로 내 주장이 잘못되었다고 웃어넘기고 말 것인지? 아니, 그럴 수는 없을걸. 내 주장은 명백하게 증명되었을 뿐 아니라 훌륭한 논거로 뒷받침되고 있으므로. 입을 델 듯 뜨거운 몇 잔의 홍차. 얼마나 다사롭게 마음을 달래주는지. 7시경 바깥으로 걸어 나와 도서관으로 가는 길에, 알맞게 차가운 고즈넉한 밤공기가 딱 기분 좋게 청아했다. 헤아릴 수 없는 창문, 불빛 들로 반짝이는 캠퍼스는 스노우 블루 속에 인적 없이 버려져 있었다. 깨끗이 씻겨 청신하게 정화된 캠퍼스. 생기 넘치는 홍조를 띤 추위의 가차 없는 공격 속에서 끼익 끽 소리 내며 삐걱대는 널빤지 길을 밟으며 식물원을 통과했다. 그리고 테드가 논문과 책을 도서관에 반납하는 동안, 로렌스 관, 학생회관, 파라다이스 연못을 돌아 칼리지 홀로 이어지는 길을 네 번이나 혼자 걸었다. 단 한 명도 마주치지 않았다. 은밀한 환희에 충만해 감정을 억누르며 걸었다. 지난날 질투에 휩싸였고, 금박 입힌 우울에 시들어갔으며, 서글퍼하고, 낙심하고, 또 사랑에 목말라했던, 황홀경에 벅차했던, 또한 사랑에 빠졌던 무수한 과거의 내 자아들이 산책길을 함께하며 희열에 들떴다…….

2월 24일 월요일 밤

나른하다. 일은 아직 다 끝내지 못했고, 한 주는 거의 시작도 하지 않은 상태. 그런 치명적인 추락들, 열기의 끝은 우리를 너무나 짧은 시간 동안 지탱해준다. 하지만 오늘, 그 자체로 모여 (우리가 《세인트 보톨프 리뷰》의 파티에서 만난 지 〔정확히 말하면 25일〕 대략 2주년, 그리고 테드의 시집이 NYC 시 센터 경선에서 수상했다는 전갈을 받은 기념일) 함께 하는 미래에 대한 상징적인 길조. 《마드모아젤》이 시릴 에이블즈의 인격人格을 빌려 우리 두 사람의 시를 각각 한 편씩 게재하겠다는 편지를 보내왔다. 원고료는 총 60달러다. 테드의 〈4월의 펜닌 알프스*Pennines in April*〉와 내가 쓴 〈11월의 묘지*November Graveyard*〉 — 무어에서의 봄과 겨울, 탄생과 죽음, 아니, 순서를 바꾸어, 죽음과 부활. 일 년 만에 내 작품이 처음 원고 수락을 받았다. 진자 운동이 방향을 바꾸어 6월의 자유로 향했다는 느낌이 든다 — 남아 있는 5, 6편의 시들도 집요하게 보내봐야지. 최고작들에게는 집을 찾아줄 수 있도록. 하지만 이 일이 일어나는 바람에 우리의 문학적 운명이 더할 나위 없는 방식으로 한데 엮였다. 최소한 다음 2월까지는 시집을 묶을 수 있을 정도로, 일을 해야 한다. 테드는 미지근하고 축축하고 회색인 우울한 아침을 뚫고 차로 나를 아빈의 강의실까지 데려다주었다. 《주홍글씨》는 다 외울 정도라고 자신하고 있다. 그러고 나서는 피카소에 대한 훌륭한 개론 — 청색 시대(늙은 기타리스트, 빨래하는 여자, 식탁에 앉아 있는 늙은이) 그리고 훌륭한 장밋빛 — 주홍빛 — 시대, 창백한, 섬세한, 차분하고 사랑스러운 색채. 사십 대의 광적인 형태 왜곡은 내 깊은 자아가 그리 좋아하지 않는다 — 용수철로 펄떡 뛰어나오는 뻐꾸기시계들의 세계 — 모두 기계, 요란한 팡파르, 죽은 물건처럼 색채의 조각이나 선으로 포장된 정신분열적 인간들, 음침한 시각적 언어 유희들……. 아빈의 시험 덕분에 결국 나는, 일주일 동안 교정 봐야 할 거리들을 떠안게 되었다. 이 일의 보수가 300달러 정도는 될 줄 알았는데 100달러밖에 주지 않다니, 부당해서 화가 난다. 예술에 대한 내 시로, 그러니까 만일 쓰기만 했다면, 나는 몇 시간 동안 신나게 즐거움을 만끽하고도 그 정도 돈은 벌었을 터이다. 교수회의는 길고, 답답하고, 논쟁적이다 — 빌 스캇, 근시에 창백하게 툭 떨어진 턱을 한 물리학 교수, 그가 버터 바른 빵 조각을 입에 물고 있으면 정말 《이상한 나라의 앨리스》에 나오는 모자 쓴 미친 사람과 닮았다. 가끔, 이 사람들 다 도도새인가 하는 생각이 들 때가 있다. 놀라운 일. 스탠리가 "해고당했다" — 일 년간의 계약이 내년에 끝나는데. 경박하고, 열띤, "미성숙한" 스탠리. 그들은 비학술적인 프로젝트, 즉 소설에 일 년 이상 시간을 보내는 그가 은근히 부러웠던 거다. 아, 저런, 호호, 나에 대해서는 어떻게 생각할까? 완전한 배신자라고 생각하겠지. 부츠와 양털 옷으로 몸을 감싸고 눈에 단단히 대비해야지. 무사 귀환을 빌어다오.

2월 28일 금요일 밤

포도주에 취한 것처럼 몽롱한 기분으로, 양고기 지방과 피가 여기저기 흩어진 접시들 위에서 빛바랜 기름으로 굳어지고, 포도주 찌꺼기가 유리잔 바닥에서 응고되도록 내버려두었다. 오늘은, 뭔가 축복된 이유로, 하루가 끝나고, 그 보람이 빛나고 있다. 내일은 특별히 준비할 일도 없어서, 아련한 그리움에 젖어, 글을 쓰기로 마음을 먹다 — 얄팍한, 점점 더 얄팍해져가는 내 시집 《점토 두상》을 다시 읽고 자랑스러운 느낌이 들다. 꾸준히 자리를 지키고 있는 몇 편의 시들은 정말 얼마나 든든한지 모른다. 20편은 확실하고, 그중 16편은 벌써 게재 발표되었던 작품이다(빌어먹을, 망할, 꾸물거리는 《런던 매거진》만 빼고). 〈매 우리에서의 금요일*Friday at the Falcon Yard*〉의 기나긴 발췌문을 다시 읽다. 너무 방대하고 거창하며, 여유만만하고, 너무

인공적이고, 아무튼 들어가 있는 내용이 너무 많다. 하지만, 이걸 다시 퇴고해야겠다…….

일요일 밤 3월 2일

또다시, 늦은 밤이다. 자정을 훌쩍 넘겨 잠들게 될 것 같다. 이상한 하루, 사방이 턱턱 막힌 듯 갑갑한 하루였다. 테드와 나는 브램웰 부부의 불편하기 짝이 없는 아파트에서 함께 모닝커피 — 까맣고 쓰디쓴 뒷맛을 남기는 — 를 들고 있다. 의자들은 엉뚱한 방향으로 돌려져 있고, 레코드가 산산이 흩어져 있으며, 멋대가리 없이 각진 하얀 대리석 벽난로가 쓸데없이 자리를 차지하고 앉았다. 제임스는 내일 프랑스의 고향으로 돌아간다.

테드는 어제 도서관에서 그를 만났고, 바로 몇 초 후 나도 금주의 마지막 강의를 마치고 정기간행물실로 들어섰다. 문을 열기 전 유리문 너머 실내를 살펴보았지만 검은 코트를 입은 테드의 모습은 보이지 않았고, 문을 밀고 들어가자 갈색과 흰색의 트위드 코트를 입은 제임스의 등이 보였고, 그제야 테드가, 가무잡잡하고 헝클어진 모습의 그가, 2년 전 그를 처음 보았던 그날처럼, 예의 전기충격처럼 짜릿한, 눈에 보이지 않는 야릇한 매력을 온몸으로 발산하고 있는 그가 보였다.

생각해보면, 아이러니 중의 아이러니다. 2년 전 그때, 나는 지도교수들에게 제출하기 위해 웹스터와 투르너(내가 이번 주에 학생들에게 시험 주제로 내준 바로 그 희곡들이다)를 미친 듯이 연구하던 중이었고, 그 와중에 마음속으로는 어떻게든 테드가 오스트레일리아로 떠나기 전에 그를 만나 도저히 지워지지 않는 인상을 심어줄 수 있을 거라고, 그래서 그로 하여금 셜리인지 뭔지 하는 창백한 주근깨투성이 여자친구를 죽여버리도록 만들 길이 아마도 있을 거라고, 황당무계한 일말의 가능성에 기대를 걸어보고자 맹렬하게, 처절하게, 죽도록 안간힘을 쓰고 있었던 거다. 앞으로 모든 연적들은 셜리라는 이름으로 불리게 하라.

아, 그런데 지금, 깔끔하게 정리된 거실에 앉아 주문한 홍차를 마시며 앉아 있자니, 내가 혼돈 그리고 절망 — 그리고 온갖 소모적인 인생의 우연들 — 과의 씨름에서 마침내 승리해 풍요롭고 의미 있는 패턴으로 바꾸어놓은 듯한 기분이 든다. 이 문틈을 통해, 이 어둡고 침침한 분홍빛 벽지의 좁은 식당으로 들어오는 빛이 우리 침실을 비추며, 깨끗하게 치운 널찍한 침실에 그이가 써놓은 시 편들에 반사되어 밝게 빛난다. 문틀과 문 사이로 배어들어오는 희미한 한 줄기 빛에 테드의 모습이 드러나 보인다.

그런데 갑자기, 내 소설의 핵심이 — 적어도 사건들은 — 되어 주어야 할 35페이지짜리 한 장의 전부, 아니 대부분이 쉽게 갈겨 써낸 싸구려 같은 느낌에 사로잡힌 것이다. 바람과 문들과 벽들이 이리저리 부딪쳐대는 감상적인 헛소리에 불과한 것 같은. 하지만 그게 결국 전체적인 경험을 심령적으로 체험한 거였다.

도대체 울프는 어떻게 하는 걸까? 로렌스는 어떻게 하는 거지? 나는 그 두 작가를 배우려고 애쓴다. 로렌스는 그 풍성한 육체적 정열 — 세력의 장들 — 과 함께 잎새와 흙과 짐승과 날씨가 수액이 뚝뚝 듣게 살아 있는 그 존재감 때문에, 그리고 울프는 거의 무성無性적인 신경증적 발광성 — 물체들을 잡아내는 시선 때문에. 의자들, 식탁들, 길거리의 사람들 속에 빛을 주입한 듯한 느낌. 삶이라는 원형질의 희미한 빛. 나는 베낄 수도 없거니와 베껴서도 안 된다.

도대체 소설을 어떤 톤으로 써야 할지 도무지 알 수가 없다. 잘 균형 잡힌 정제된 운율의 언어와 의미 들로 구성된 산문시에 가까운 소설, 거리 모퉁이와 가로등과 사람들에 대한, 하지만 그저 낭만적이기만 하지는 않은, 단순한 캐리커처도 아니고, 단순한 일기에 불과하지도 않은, 단순히 뻔한 자서전이 절대 아닌. 일 년 안에 나는 이 경험을 마음속 깊이 침잠시켜 거리를 부여하고 냉정하고 신중한 시각을 창출해내어 새로운 형태로 빚어내야 한다. 이 모든 것들 — 아, 잠깐 곁 이야기로 빠져볼까.

주제는 제임스. 어제, 만신창이가 된 남자, 그의 울퉁불퉁하고 혈색 나쁜 얼굴, 그리고 물결처럼 주름 잡힌, 사람 좋아 보이는 까만 주름살들 — 머리카락, 눈썹, 주름살, 그리고 까맣게 삐죽삐죽 돋아나 있는 깎은 턱수염, 밝고 즐거운 검은 눈동자 — 모든 것들이 무너지고, 일그러져 보였다. "언제 미국으로 떠나요?" 그래야만 할 것 같아서 질문부터 던졌는데, 물론 내 말뜻은 여름 언제냐는 뜻이었다. "월요일에." 그가 말했다. 여기서는 공부를 할 수도 없고, 글을 쓸 수도 없다고 했다. 그가 남들 귀에 다 들리는 속삭임으로 큰 소리로 떠드는 바람에 그의 입을 틀어막고 밖으로 나가고 싶었다. 정기간행물을 앞에 놓고 대화를 다 엿듣고 있는 잘난 계집애들이 주위에 있었으므로. 그의 삶이 갈라져 지옥으로 통하는 틈새가 생긴 것이다. 떠나기를 결심한다는 건 얼마나 처참한 기분일 것인가? 그리고 조운이 비열한 말투로 "왜 떠나려고 하는 거예요? 여기가 싫어요?"라고 물었을 때 나는 얼마나 말도 안 되게 면죄부를 얻은 듯한 느낌에 휩싸였던가. 어떻게 제임스가 그녀를 떠날 수가 있는 걸까? 늘 이 문제가 아리송하다. 내겐 테드가 필요한데… 빵과 포도주가 필요하듯이.

나는 제임스가 좋다. 이곳에 있는 남자 중에서 자기 삶을 천편일률적으로 하나씩 셀로판지로 포장 가공해서, 마치 합성 오렌지 치즈처럼, 남들에게 마음껏 잡수시라고 내놓고 있지 않은, 몇 안 되는 사람들 중 하나이기 때문이다. 제임스는 진솔한, 동굴에서 숙성된, 반듯이 형태를 잡은 채로 익힌 진품의 향내를 지니고 있다. 〔생략〕 그에 비하면 조운은 어리고 얄팍해 보인다. 오늘 아침 커피를 함께 마실 때 보니 그는 원기를 회복한 듯 즐거워 보였다. 우리는 어제 영화 두 편을 — 고야와 투우에 대한 — 내리 본 후 황소와 투우에 대해 이야기를 나누었다. 나는 제임스의 자서전을 빌려와서 오늘 다 읽어버렸다. 250페이지짜리 《미완의 인간*The Unfinished Man*》, 전쟁 중 의식적인 반전주의자로서의 체험을 기록한 책이었다. 산만한 시작, 여기로, 저기로, 스톡홀름, 핀란드, 그 모두가 말뿐, 등장인물들도 스스로 움직이고 말하는 게 아니라 그냥 말로 그려지고 있을 뿐으로, 마치 색칠한 대리석으로 만든 벽 장식처럼 반쯤 모습을 드러내다 만 느낌이다. 그리고 여자들. 그는 여자들에게서 도망치는 것 같다. 아내는 아메리카로, 이혼으로, 기이하게 배경에서 차차 사라지고, 자식은 휘발되어버린다. 괴상한 핀란드 소녀와의 "말로만 이야기하는" 연애 사건. 이 소녀는 죽음으로 경도되는 경향이 있더니, 자살을 했다고 하는데 (부분적으로 그에게 책임이 있는 걸까? 정말 일어나기는 한 일일까?) 상당히 의미심장한 진술은 바로 그가 ("대부분의 남자들처럼") 한 여자를 영원히 사랑한다고 해서, 그녀를 결코 떠날 수 없는 건 아니라는 부분이었다. 사랑하고, 떠나고loving, leaving — 근사하게 어울리는 발음인 건 사실인데. 나는 이것이 이해가 되지 않고, 내 남자는 그렇지 않다. 9번 국도 위로 한밤의 정적이 고즈넉하게 자리 잡는다. 벌써 내일이 되었고, 내가 이렇게 — 깔끔을 떠느라 성마른 조급함 속에 빈 포도주병과 꿀통을 서둘러 휴지통에 던져 넣고 반쯤 남아 엉겨붙은 유리 용기들을 깨끗이 씻어버리는 것과 마찬가지로 — 심술궂은 희열 속에 X표를 쳐 지워 없애는 하루하루는 사실 내 젊음과 창창한 약속의 나날인 것이다. 나는 믿는다. 광기 속에서나 절반의 진실 속에서나, 2년 동안의 내 인생과 케임브리지에서 배운 지식을 가지고 일 년을 살 수 있다면 좋은 소설 한 편을 쓰고 또다시 쓸 수 있을 거라고 믿는다. 목표 수립 : 1959년 6월, 소설 한 편과 시집 한 편. 제임스의 드라마에서는 아무것도 끌어낼 수 없다. 전쟁, 국가, 낙하산 투하, 참호 속의 병동들 — 여자인 내 화약고는 대체로 심령적이고 미학적이다. 사랑과 시선.

3월 3일 월요일 밤

루크 소설의 한 장을 구성하는 단편이 도착했다. 타이핑도 엉망이고, 여백도 없고, 여기저기 퇴고한 내용을 휘갈겨 써놓고, 교정도 엉터리다. 하지만 뭐라 꼬집어 말할 수 없는 익살맞은 유머, 런던과 시골의 분위기가 간접적 진술을 통해 배어난다. 이 모든 게 섬세하고 정교하다. 이런 사건들과 구성은 나는 꿈에도 생각을 못할 일들이다 — 뭐, 덧붙여 말하지만, 일부러 하려고 노력하지 않는 한 말이다……. 사랑이나 섹스나 증오보다 더 지루하고 적나라하고 핵심적인 건 없는데, 하지만 이건 능란하고, 간접적이다. 나는 그런 글을 써보고 싶어 안달이 난다. 그보다 훨씬 더 훌륭한 작품을 써내어 눌러버리고 싶다. 오늘은 분홍색의 빳빳하고 사랑스러운 질감을 지닌 한 묶음에 100매짜리 메모장에 내가 쓴 소설 한 편을 전부 쓰거나, 타이핑하고 싶다는 기괴하고 압도적인 충동에 사로잡혔다. 페티시. 아무튼, 그 끝도 없는 하얀 장정의 480매 종이 묶음들과 완전히 다른, 분홍색의 그 잘생긴 종이를 보니, 내 작업이 끝나가고 있으며, 특별하고, 장미꽃으로 가득한 듯한 기분이 들었다. 침실 조명을 위해 장미 모양의 전구를 샀고, 350페이지짜리 소설 하나 반 분량의 초고를 쓰기 위해 학교 비품 창고에서 훔친 공책들이 이미 차고도 넘친다. 내가 하게 될까…….

3월 5일 수요일

시커먼 파편으로 해체되지 않으려 안간힘을 쓰고 있던 작년 10월과 11월에 썼던, 고통스럽고 괴롭게 타이핑한 글 두 장을 발견했다. 이 자신감은 얼마나 새로운가. 나는 견뎌낼 수 있다 — 유약함과 형편없는 나날들과 불완전과 피로를 견디고 나갈 수 있다. 그리고 도망치거나, '오, 제발, 더는 못 해요'라고 소리치지 않고도 내 일을 해낼 수 있다. 만일, 나무를 쿵쿵 두들기기만 하면(도대체 이런 표현이 어디서 나온 거지?)* 건강하게 봄방학까지 살아남을 수 있을 테고, 모든 게 잘될 것이다……. 돈이 쏟아져 들어온다. 월급이 신기할 정도로 많아져서 (아빈의 일 때문인가? 시험 채점료?) 우리 은행 계좌는 월급만으로도 700달러에 달하고, 9월부터는 시로 벌어들인 돈이 곧 850달러 선에 도달할 것이다. 경사스럽게도 6월이면 정해놓

* 'knocking on wood'라는 표현은 복수의 여신 네메시스에게 용서를 빌기 위해 목공예품을 두들기는 제례에서 유래한 것으로, 큰일이 없으면, '잘만 되면'이라는 뜻의 영국 구어다.

은 목표액에 도달하게 될 터이다. 우리는 시 경선이나, 운문시 경선에 모두 참가해볼 생각이다. 하찮은 돈들이지만, 그래도 열렬하게 돈을 모으는 감각이 한창 절정에 달한 참이다. 아메리카가 우리에게 이 정도는 해줄 줄 알았다. 어제, 테드의 시 두 편, 〈고양이에 관하여*Of Cats*〉와 〈유골*Relic*〉이 《하퍼스》의 열렬한 반응과 함께 출판 허가를 받았다 — 그는 지난 세 번의 투고에 걸쳐 아직 한 번도 거절을 당하지 않았다 — 《예일 리뷰》와 《런던 매거진》이 그렇게 고집을 부리지 않기만을 바랄 뿐. 테드의 시가 수락되었다는 사실로 인해 이렇게 열렬한 대리 만족을 느끼다니 이상한 일이다. 순수하고 순전한 기쁨. 마치 그가 드넓은 문단의 장을 활짝 열어젖혀두고 있는 것처럼, 황금 세계에 한쪽 발을 딛고 문을 열어두어 내 자리를 예비하고 있는 것 같은 느낌이다. 목표. 나의 예술 시들을 — 한 편에서 세 편까지 (고갱, 클레, 그리고 루소) — 3월까지는 완성해야겠다. 드디어 "미술 도서관"에서 시간을 보내게 될 것이다. 내 정신이, 내 상상력이 팔꿈치로 쿡쿡 찌르며, 싹을 돋우며, 엿보고 곁눈질하는 것이 느껴진다.

오늘 아침에 본, 바로 옆집인 추하고 답답한 오렌지색으로 치장한 벽토 저택에서 나오던 무명의 늙은 백만장자 노파. 그녀는 목발 하나에 몸을 의지한 채 힘겹게 절름거리며, 보도 연석에서 너무나도 보드랍게 숨을 쉬고 있는 번득이는 검은 리무진으로 걸어가고 있었다. 무거운 짐을 진, 등이 굽은 그녀는, 광택이 나는 밍크코트의 무게와 부피에 짓눌린 채, 둥글둥글한, 장밋빛 혈색의 백발 운전사가 차 문을 붙잡고 있는 동안 허리를 구부려 자동차 뒷좌석으로 들어가고 있었다. 허리를 펴지 못하는 밍크에 짓눌린 귀부인. 그리고 마음은 호기심에 가득 차, 그녀 등 뒤의 문틈으로 내달린다. 그녀는 어디에서 왔을까? 그녀는 누구일까? 그녀가 지닌 시간의 묵주에는 어떤 사랑과 슬픔이 줄줄이 꿰어져 있을까? 정원사에게 물어보라, 요리사에게 물어보라, 하녀에게 물어보라. 황량한 방들로 가득 찬, 피폐한… 기품 없는 저택에 우아함을 유지시키기 위해 시계처럼 정확하게 의례를 행하는 거칠고 유용한 고용인들 전부에게 물어보라.

3월 8일 토요일 밤

내가 살아 있는지, 살아 있었던 적이나 있었는지 의심스러운 그런 밤이다. 유료 도로를 달리는 자동차 소음이 지독한 열병 같다. 테드의 기분도 찌뿌드드하게 불만에 절어 축 늘어져 있었다. "이 인생을 걷어치워버리고 싶어. 덫에 걸린 거야." 난 생각한다. 보스턴에서는 덫에 걸린 느낌이 덜할까? 난 아파트가, 교외의 주택가가 싫다. 현관문을 열고 나서면 곧장 대지가 펼쳐지고 배기가스가 없는 맑은 공기를 만날 수 있으면 좋겠다. 게다가 나란 존재는 뭐란 말인가. 결국 막막한 권태의 허공을 뚫고, 소위 입이라는 이름의 껍데기 트럼펫으로 삶이며, 인고며, 심오한 지식과 의례적 희생에 대한 죽어버린 말들을 읊조리는 자신의 목소리나 듣고 있는 허울 좋은 자동인형에 불과하지 않은가.

어째서 가르치는 일이 이렇게 사람을 잡는 걸까? 생명의 즙, 수액 — 현현의 본질. 풀리지 않는 의문들과 가능한 복수의 답들마저도 쑥돌처럼 강건한 확신을 지닌 교조적 관점을 비치게 되는데, 그것은 매년, 새롭게, 생생한 모습으로 와서 깨우침을 얻고 지나가는 학생들의 생명력을 앗아가지는 않는다. 하지만 위대한 비전들, 위대한 단어와 의미 들의 병치와 배열 들을 강제로 공식에 집어넣으려 애쓰는 내 속의 생명력은 죽어간다.

좋은 선생, 제대로 된 선생이라면 작품은 물론이고 그, 혹은 그녀 자신 속에 생명의 수액을 찰랑찰랑하게 채워놓기 위해 변함없는 신념 속에 살며 끝없이 거듭나는 창조의 에너지를 지녀야만 한다. 나는 그런 에너지도 없고, 내가 지닌 에너지를 사용하려는 의지도 없으니, 가르침의 불꽃을 계속 활활 태우려면 결국 내 자아 전부를 소모하고야 말 것이다.

나는 재독再讀과 다른 사람들의 주석들로 끼니를 때우며, 질투의 화신처럼 심술궂게, 성취하지 못한 두 형상 가운데를 떠돌면서 살고 가르치고 있다. 독창적인 선생과 독창적인 작가, 둘 다 엄두도 못 낼 일이다.

더구나 아메리카는 나를 닳아빠지게 하고, 나를 권태롭게 한다. 나는 케이프에 염증이 난다. 웰즐리에 염증이 난다. 아메리카 전체가 일렬로 늘어서서 이 간이식당에서 저 주유소로 옮겨 다니는, 사람들이 꽉꽉 들어찬 자동차의 행렬처럼 느껴진다. 정기적으로 이 조야하고, 거칠고, 정력이 넘치고, 억압적이고 경쟁적인 새 나라의 목욕탕 속에 몸을 담그고 기운을 내야 하지만, 사실 내 영혼 깊은 곳에서는, 무어에서의 삶이 가장 행복하다. 내 깊은 영혼의 도피처, 스페인 지중해의 언덕들, 낡고 역사의 딱지가 더덕더덕 앉았어도 여전히 기품 있고 광활한 도시들. 파리, 로마.

… 갈라진 틈새로 들어오는 빛살이 보인다. 새로운 삶의 빛이. 거기에도 고통이 있을까? 출산의 고통은 아직 미지로 남아 있다. 어젯밤 지친 몸을 끌고, 기괴한 고딕풍의 복잡한 계단을 올라 아빈네

집에 술을 한잔하러 갔다. 피셔와 기비언 부부. 원주민들에 대한 지루하고 산만한 대화, 그리고 나는 정치 이야기가 쏟아져 나오는 바람에 밖으로 나갔다. 아빈. 대머리는 분홍색, 마치, 조각해놓은 시뻘건 가면에 난 메마른 구멍처럼 생긴 눈과 입. 바스킨의 목판화 한 점, 홀에 거대하게, 매머드처럼 자리 잡고 있다. 구근처럼 줄이 죽죽 그어진 머리, 얼룩지고, 흉터가 있고, 올빼미 눈. "고뇌에 싸인 사나이." 또 거대한, 깃털이 달리고 발톱이 날카롭고 무시무시한 눈매를 한 올빼미 한 마리가 머리 위 허공에서 참을 수 없이 무한한 활동 범주 속에 자리 잡고 앉아 있었다……. 두 사람* 사이에서 통렬한 혐오감이 느껴진다……. 나는… 아빈을 본다. 건조하고, 강의실에서 강박적으로 열쇠고리를 만지작거리고, 반짝거리는 견고한 눈은 테두리가 벌겋게 충혈되었다가, 잔혹하고, 음탕하고, 최면에 걸린 듯한 시선으로 변했고, 나를 뢰르케가 붙잡았던 땅신령처럼 붙들었다. 피셔가 두 팔을 퍼덕거리면서, 오줌을 싸거나 토하기라도 할 것처럼 우스꽝스러운 꼬락서니로 펄쩍펄쩍 뛰었는데, 알고 보니 그냥 떠나려는 것뿐이었다. 파이프도 두고, 반쯤밖에 마시지 못한 술도 그대로 두고. "저이는 일 년 내내 그랬어요." 기비언 부부가 말한다.

월요일 밤 3월 10일

녹초가 되다. 그렇지 않은 날이 하루라도 있을까. 오늘 앨프릿 카진과 저녁 식사를 하다. 그는 파산 상태, 어쩐지 불행하고 독하다. 희끗희끗해진 머리칼, 그의 공명共鳴이 예전 같지 않다. 여전히 매력

* 테드와 아빈을 가리킨다.

적인 사람이지만. 카진과 역시 작가인 그의 아내 앤. 이 세상에서 그나마 말이 통하는 몇 안 되는 부부 중 하나. 아이가 생기면 사는 게 보통 복잡해지는 게 아니다. 아들 밥값도 지불해야 하고. 테드는 아직도 이상하게 아프다. 뚜렷한 병명도, 이렇다 할 치료법도 없이, 아무렇게나 헝클어진 머리칼에 창백하게 질려 가엾은 얼굴로 누운 테드를 보면, 한없이 막막하고 한없이 무력하게 느껴진다. 그는 기침을 하고, 식은땀을 흘리고, 복부에 통증을 느낀다. 창백하고 사랑스럽고 아득해 보인다……. 나는, 이 기묘하고 역한, 녹색 독약 같은 피로를 마시고, 그 기운에 취해 침대로 쓰러진다. 피로가 온몸에 질척하게 들러붙어, 사지가 천근만근 늘어지고, 약 기운에 취한 듯 몽롱하다. 나의 삶은 고행이다, 감옥이다. 내 삶의 이유는 오직 나의 작품뿐, 그것 없이 나란 존재는 아무것도 아니다. 나의 글. 중요한 것은 오직 테드와, 테드의 글과, 나의 글뿐이다. 테드는 현명한 사람이다. 나 또한 현명해져가고 있다. 우리는 미래에 대한 계획을 완전히 녹이고 틀에 다시 찍어서 지금보다 글을 쓰기에 좋은 공간을 확보할 것이다. 손톱이 터지고 갈라진다. 좋지 못한 징조. 일 년 내내 휴가다운 휴가 한 번 갖지 못했다. 추수감사절은 시커먼 비탄의 악몽이었고, 크리스마스엔 침울한 폐렴의 강타. 그리고 지금까지 건강을 지키려는 안간힘의 연속. 뉴튼 선생 강의에서는 아예 잠들어버릴 뻔했다. 내일은 일찍 일어나서, 빨래를 하고 분홍색 편지지 묶음을 몇 개 더 슬쩍해야겠다. 카진은, 서평 이야기를 하며 마음 편히 우리와 함께 어울리다. 그의 인생, 금발의 둘째 부인, 카진은 그녀가 자랑스러워 어쩔 줄 모른다. 그 모습에 왠지 가슴이 저렸다. 인생이란 도대체 무엇이기에, 한편으로는 핑크색과 야한 퍼플, 녹색으로 칠한 집들 속에서 은밀하게, 피셔*가 되기를 꿈꾸면서, 한편으로는 던과 옷걸이 가득가득 넘치도록 걸려 있는 드레스를 꿈꾸는 것일까?

3월 11일 화요일 오후

벌거벗은 땅, 벌거벗은 나무들 아래로 얇게 연노랑빛 물결이 깔려, 따뜻하게 빛을 내며 미래의 희망을 약속한다. 오, 내 인생은 또 얼마나 빛을 내며 저 멀리서 손짓을 하는가. 마치 내가 빡빡한 일과라는 강철 이의 턱에 꼭 끼인 채로, 바퀴에 묶여 빙빙 돌아가고 있는 것만 같다. 뭐, 1월 이후로 나는 나 자신에게 계속 대화를 걸면서 도망치지 않고 굳게 버티겠다고 마음을 다잡았다. 이제 나는 포화 상태에 도달했다. 완전히 질려버렸다. 이번 주에 스트린드베리의 희곡을 세 시간 동안 개략적으로 강의해야 한다는 건 생각만 해도 끔찍스럽다. 스트린드베리만큼 재미있는 작가는 다시 없을 텐데도. 책장들을 보니 마치 차가운 액체 음료를 보는 것 같다 — 내 삶에 가장 가까운 존재라는 의미에서 — 어휘들은 소리를 내고, 노래를 하고, 의미를 띠어야만 한다. "마셔"라고 말하면, 샘물가에서 양철 컵이 짤랑거리는 소리가 들린다. 나는 안으로 파고들어 괴짜가 되어야 한다. 소박하게 내면에서 거하며 나 자신의 땅신령들과 수호신들에게 충실하는 것만으로……. 오늘, 늦잠을 자다가 역겹고 가슴 답답한 악몽에 시달렸다. 지도들과 창백한 모래사막들과 자동차를 탄 사람들이 나오는 — 죄책감, 불신, 창피스러움과 누렇게 뜬 유황 같은 비참한 기분이 팽배해 있었고, 4년 전에 벌써 들은 적이 있는 아빈 교수

* 스미스대학의 유능한 동료 강사다.

의 《마르디*Mardi*》* 강의와 순수 추상주의자 몬드리안 — 따뜻하기가 플라톤적인 리놀륨 바닥 타일 같은 — 에 대한 강의를 들어야 했다.

목요일 아침 3월 13일

따뜻하고, 잠이 덜 깬 상태로, 셰이크를 앞에 놓고, 여기서 글을 쓰면서 차분하게 마음의 중심을 잡으려 애쓰고 있는 중이다. 어제는 끔찍한 날이었다 — 테드는 나를 철삿줄처럼 잡아 묶어 무자비하게 뻗치는 저주를 설명한답시고 달과 토성에 대한 이야기를 늘어놓았다. 생명력이 다 빠져나가 진이 빠진 나는, 너무 녹초가 되어 유머조차 받아들일 수 없었다……. 양복 상의의 단추를 꿰매는 일(내가 해야 하는 일), 회색 양복을 입는 일, 그런 사소한 일을 놓고 테드와 말다툼을 했다. 그는 병에서 회복해 일어나고 있고, 나는 병에 걸려 드러눕고 있는 중. 치킨윙 한 조각과 시금치와 베이컨 더미를 꿀꺽꿀꺽 집어삼키고 있는데, 전부, 전부 다 독약으로 변한다. 〈드림 플레이*Dream Play*〉 — 야심 찬 공연이다 — 딸이 춤추면서 튼튼한 마포로 만든 구름을 뚫고 내려온다……. 이 희곡의 아이러니는 내 인생에서 이 같은 일이 전부 다 사실이라는 점. 우리는 방금 단추와 헤어스타일을 놓고 말다툼을 끝냈고 (그들의 샐러드 같은 것들이 이혼의 근거가 되는 것처럼) 특히 장교가 겪는 교육 같은 것 — 영원히 가르치고 배우고 그래서 결국 둘을 곱하면… 뭐가 되지? 그리고 나는 3, 4, 5, 6, 7년 전에 차지하고 앉았던 것과 똑같은 자리에 앉아 1, 2, 3, 4년 전에 내가 배운 것들을 배우고 학습할 때보다도 못한 열정으로 가르

* 허먼 멜빌Herman Melville의 난해한 소설이다.

치고 앉아 있다 — 내가 못 알아보는 척하는 유령들과 친숙한 얼굴들 가운데 살면서…….

모두가 그냥 저절로 굴러가면서, 시금털털한 효모의 맛을 보고, 질투의 맛을 보는 것이다. 이제 나는 내 옷 속으로 후딱 뛰어들어가 강의실로 일찌감치 성큼성큼 걸어가서, 핑크색 책들을 세 권 훔쳐야 한다. 그렇다, 나의 소설을 쓰기 위해서. 방금 《나이트우드 *Nightwood*》*라는 감상주의적 쓰레기를 읽었다. 전부 성도착자들에다, 전부 헛소리만 늘어놓고 있고, 멜로드라마 같다. "하느님이 잊어버린 섹스The sex God forgot"라니. 〈드림 플레이〉가 무대에서 칭얼거렸듯이 자기 연민에 젖은. 우리를 불쌍히 여기소서. 오, 오, 오, 인류는 참으로 불쌍하므로…….

3월 14일 금요일 오후

어젯밤에는 죽은 듯이 깊이 잠을 잤고 기괴한 악몽들을 꾸었다 — 아침 식사 때 그 파편들이 기억이 났다. 뉴튼 아빈의 꿈, 시들고, 신비스럽고, 사악하고, 쭈그러진 머리들이 함께 조각조각 맞추어져, 기만의 단서들이 되다. 막대사탕 크기의 머리들, 임박한 죽음의 쪼글쪼글한 타락 위에 불그스름하고 혈색 좋게 화장을 한 시든 얼굴들. 불이 켜지지 않은 도서관들의 어두운 마루와 층계들. 추적, 죄책감. … 나는 아직도 꿈속에 있다. 비생산적이고, 지친 채로. 구겐하임 사람들과 휴튼 미플린 상에 대해 공문을 받았다 — 내년 말까지 시집 두 편을 쓰기 전까지는, 도저히 나로서는 참가할 가망이 없는 상

* 듀나 반즈Djuna Barnes의 고전 소설이다. (옮긴이)

황이다. 테드는 오늘 오후 전화를 한 통 받았는데, 바로 복스러운 아버지 같은 백발의 잭 스위니가 테드에게 4월 11일에 하버드에서 열리는 모리스 그레이 낭독회에서 낭독을 해달라는 청탁을 보낸 것이다. 그것도 100달러라는 값비싼 보수에 비용 일체를 포함해서! 한 시간 동안 테드의 자작시를 읽어달라는 것이었다. 우리들 직업에서는 영예로운 일이다. 기름 낀 접시들이 부엌에 쌓이고, 쓰레기통은 커피 찌꺼기며 불쾌한 기름 덩어리며 썩은 과일 껍질이며 야채 찌꺼기로 넘쳐난다. 악취, 오점, 허망한 꿈들, 피곤과 질병의 세계. 죽음으로. 나는 일어나서 걷기만 하면 과일과 부와 세상의 기쁨을 다 주겠다는 제안을 받은 시체가 된 기분이다. 내 다리가 튼튼하게 서 있을까? 내 시험 기간이 다가오고 있다. 지금은 잠자리에 들고, 내일은 결심을 하고 일을 해야지. 아끼고 보존하라. 지혜, 지식, 책장을 위한 냄새들과 통찰들. 매끈한 전면의 표면과 씨름해 뚫고 나아가 가면 뒤에 숨은 진짜 형상과 냄새와 의미를 포착할 수 있도록.

일요일과 월요일, 지난 이틀 동안 테드와 나는 두 사람의 미국인 "시인들"과 함께 각각 저녁 식사와 티타임(강의 같은)을 함께했다. 괴짜 중의 괴짜들. 벤 헐리와 랠프 로저스. 일요일 오후, 우리가 드넓고 평평한 얼음, 잿빛의 코네티컷 강을 건너 눈으로 뒤덮인 홀리오크 평야로 접어들자 억센 겨울나무 가지들이 하늘로 뻗어 있었다. 우리는 언덕을 올라 빅토리안 홀리오크의 검은 얼룩이 번진 추악한 벽돌 건물들 속으로 들어갔다. 라울은 새하얀 눈밭 너머 자줏빛으로 물들어가고 있는 버석거리는 언덕과 마주한, 교수 관사에 산다. 작은 간이침대가 있는 그의 좁은 방으로 겨우 비집고 들어갔는데, 놀랍게도 그 속에는 통나무를 때는 진짜 벽난로가 붉게 타오르고 있었다. 벽은 괴상하고 칙칙한 종이들로 도배되어 있었다. 낡은 악보 한 장, 고대 프랑스의 유니콘 태피스트리를 컬러로 인쇄한 화보, 극장표.

여선생 두 명이 있었다. 강렬한 파란 색깔의 드레스를 차려입은, 보드라운 검은 머리칼의 젊은 여자는 조이스 뭐라고 했는데, 현대 철학을 가르쳤으며 뻐드렁니 때문에 약간 말더듬이 기가 있었다. 그리고 뚱뚱하고 촌스럽고 고집 센 숙녀 미스 마운트는, 먼지를 털어줘야 할 것 같은 회색 머리칼을 하고 있었고 보기 흉한, 아니 뭐랄까, 정체를 알 수 없는 정장에 얼룩덜룩하고 뚱뚱한 피부가 몇 겹이나 접혀 있었다. 그녀는 라울이 돌린 셰리주를 마시며 유리병 속에 든 호두 한두 개를 집어먹고는, 홀리오크로 딜런 토머스가 찾아왔던 때의 이야기를 요란하고 호들갑스럽게 늘어놓기 시작했고, 감히 아무도 그 이야기를 끊지 못했다. 남의 말을 듣는 법이라고는 전혀 모르는 여자, 끔찍한 여자, 총알처럼 딱딱하고 둥근 모양새를 하고 쭈그리고 앉은, 바싹 마른 두더지처럼 인정머리 없는 여자였다. 더럽게 썩어가는 이, 노처녀로 늙은 여자들 특유의 닳아빠진 듯 번질거리는 살결의 두 손, 핀이나 사슬 같은 곳에서 빛나는 모조 다이아몬드.

우리는 하등 쓸데없는 이야기들을 했다. 딜런 토머스 이야기는 저녁 식사 때까지 계속되었고, 조이스는 뭔가 까만 것이 점점이 박힌 회색의, 분홍색 파테를 잔뜩 바른 흰빵 한 접시를 든 채 흉칙한 갈색 계단을 지나 불편한 개인용 식당으로 우리를 안내했다. 지나치게 광을 낸, 지나치게 래커 칠을 한 마호가니 테이블과 등받이가 딱딱한 방정맞은 모양의 의자들이 놓여 있었다. 나는 재빨리 잔을 비웠고 라울이 붉은 포도주를 돌리면 절대 정숙한 척 빼거나 하지 않았다. 못생기고 뚱뚱하고 누렇게 뜬 멍청한 얼굴에 자주색 여드름이 난 여자가 식탁 시중을 들었다. 나는 라울의 왼쪽에 아무도 못 말릴 미스 마운트를 마주 보고 앉았는데, 그녀는 보자마자 나를 싫어하기로 작정한 게 틀림없었고 나도 그녀를 무시했다.

"벤이 왔어요." 조이스가 부드럽게, 기쁜 목소리로 말했다. 그리고 나의 첫인상은, 그가 광인狂人이 틀림없다는 거였다. 그는 너무 밝은 파랑과 노란색이었고, 몇 년 동안이나 모래를 덮어쓴 듯한 몰골이었다. 툭 튀어나온 일렉트릭 블루 빛 개구리눈, 선명한 황갈색의 모공이 거친 얽은 얼굴, 옅은 금발의 짧은 머리. 그리고 빛바래고 추레한, 백색 또는 크림빛 상의는 제대로 걸쳐 입지도 않아 사팔뜨기 곱사등이처럼 보였다. 무거운 검은 가죽의 스키 타입 부츠, 아니 어쩌면 하이킹용 장화일까, 그리고 또, 구부정한 다리 위에 겨우 걸치고 있는 듯한 바지. 그는 즉시 신경에 거슬리는 고음의 목소리로 말하기 시작했다. 적나라하고, 광신적이고, 탁 트인 목소리. 식사 내내 그와 함께 음성을 높이고 이야기를 하며 시간을 보냈다. 사람들은 모두 낄낄거리고 웃으며 포도주를 꿀꺽꿀꺽 마셔댔고 (미스 마운트만 제외하고) 다들 언성을 높였다. 나는 거나해져서 관능적인 기분이 되기 시작했다. 몸이 촘촘하고 야무지게 영그는 느낌이 들면서 백 명의 남자를 한꺼번에 유혹할 듯한 기분이 되었다. 하지만 그 즉시 나는 테드에게로 생각을 돌렸다. 이럴 때면 그를 처음 보았던 그날 밤을 생각하기만 하면 된다. 그러면 문제없었다.

헐리는 열띤 웅변을 늘어놓았다. 정치에 대해, 에즈라 파운드에 대해. 우리는 인간이란 전체로 파악되어야 하며, 빈틈없이 모든 것을 분류하고 정리할 수는 없다는 데 의견의 일치를 보았다. 헐리(두 번이나 구겐하임 재단의 지원금을 탄 적이 있는)는 늙고 안정된 유명한 시인들한테 구겐하임 기금을 주는 데 대해 분개하면서, 술을 마시며 여자들한테 돈을 다 써버리는, 정치적으로 급진적인 시인들한테 그 돈을 주어야 한다고 항변했다. 우리 모두는 또다시 2층으로 흘러갔고, 헐리는 저녁 식사 동안(두꺼운 로스트비프 조각들, 물기 많은 껍질콩 요리, 로스트 포테이토, 그리고 둥그렇게 떠놓은 바닐라 아이스크림 사이사이에 민트향 나는 아이스크림이 토끼풀 모양으로 찍혀 있는 기괴한 아이스크림이 메뉴였다), 녹색빛 도는 선글라스를 꺼내어 썼다. 그리고 재빠르게 창문의 블라인드를, 기다랗고 좁은 유리창 하나만 남긴 채 다 내리고는 눈이 멀어버릴 정도로 흰 눈이 뒤덮인 전망을 딱 잘라 가려버렸다.

하나 남은 좁고 긴 창문 밖으로 보이는 풍경은 선이 뚜렷하고 섬세한 색감을 지닌 일본 수채화 같았다. 라벤더색 산들, 하얀 눈이 덮인 평원, 삐죽삐죽 튀어나온 덤불숲, 서예의 획처럼 완벽한 초목. 우리는 앙트완이 기괴한 크롬 튜브가 달린 주전자에 끓여온 까맣고 쓰디쓴 에스프레소 커피를 마셨다. 앙트완은 분홍, 녹색, 노랑, 그리고 라벤더색의 부활절 달걀 캔디가 든 유리병을 돌렸다. 그때 우리는 그곳을 떠났다. 헐리는 작별 인사로 악수를 하면서 마치 기적처럼 내 손 가득 시와 정치에 대한 팸플릿, 〈아메리카나〉를 한 아름 안겨주었다.

3월 20일 목요일 아침

나는 스스로에게 일주일을 주기로 한다 — 다음 주 수요일까지. 그리고 오랜 경선이라는 아이디어를 포기한다. 시의 주제를 클레와(유화 다섯 점과 에칭들) 루소(그림 두 점)로 좁혀서, 자의적이지만 하루에 하나씩 해보려고 한다. 각각의 주제는 내 마음에 깊은 매력으로 다가온다. 마음속에 툭 떨어뜨리고서, 그것들이 딱딱한 껍데기를 갖게 되고 풍성하게 자라나도록 지켜봐야겠다. 그리고 '선택을 해야지' — 오늘 하나를 선택하라. 나는 멍하니 마비 상태로 앉아 있다 — 갈라진 마음, 어찌해야 할까. 순전한 일주일 내내, 갈라진 마음. 그리고 나는 이렇게 내 심연의 자아에서 아득하게 멀리 떨어져 있다. 내면의 수호신과 멀리 헤어져, 나는 이렇게 색칠한 표면 위에 어지럽게 앉아 있다. 어제는, 예술 도서관에 앉아서 그림들에 흠뻑 젖어 한껏 음미했다. 파울 클레 화집을 사봐야 할 것 같다. 아니면 최소한, 다음 주까지 다 끝내버리든가. 이제, 지난주의 처참한 사건에 대한 상기. 그 무엇보다 역겹고 창피스러운 경험이었다. 월요일 — 랠프 로저스와 로슈 씨네에서 차를 함께하고, 브라우징 룸에서 끔찍한 강의. 촉촉한 푸른 눈에 직업상의 표정을 짓고, 고상하고 권태로운 귀족처럼 꼿꼿한 머리에 인위적으로 금박을 입힌 듯 금발이 고슬고슬한 머리카락. 그 머리는 마치, 사람 손이 너무 많이 타서 희미해지고 얇아진, 그리스 동전에 찍혀 있는 부조 같았다. "미국에서 가장 훌륭한 소장파 시인들 중 하나야." 폴은 전화에 대고 숨을 쉬었다. 로저스가 폴의 거실로 걸어 들어오는 순간부터, 그 특유의 매끈하고 초조한 웃음과, 신경과민인 도붓장수 같은 손, 바지 주머니에서 짤랑거리는 동전들 때문에 테드와 나는 속이 뒤집어졌다. 최근 눈물과 짜증에서 회복된 태가 나는 클라리사는 펑퍼짐한 하얀 면티와 파랑과 흰색의 긴 치마, 꼬마 버튼이 달린 발레 슈즈를 신은 채 꾸부리고 앉아 있었다. 마치 혼자 짜증을 부려대고 있는 미스 머핏 같은 모습. 그리고 강사. 나는 온몸을 뒤척이고, 부스럭거렸다. 검은 목재로 장식된 고풍스러운 방, 희미한 조명에 낡고 깊은 편안한 의자들과 짙은 색 동양식 카펫, 속이 텅 빈 관과도 같은 할아버지 시계가 무덤처럼 재깍거렸고, 메리 엘렌 체이스의 유화 초상화가 마치 그녀를 붙들고 있는 금박 입힌 액자에서 빠져나오려는 것처럼 앞으로 기울어져 있었다. 그녀의 백발은 훤히 빛나는 후광, 원광. 로저스는 조잡함으로 가득한 성경을 스미스대학의 문학적 마드모아젤 드파르쥬에게 바치기 위해, 교묘하게 취사선택을 하는 술수를 부렸다. 미끈하고 진부하고 상업적인 어휘들을 짜집기하여 케이블 스티치를 수놓은 스웨터며 다채로운 아가일 무늬 스웨터로 바꾸었던 것이다. 참을 수 없다, 돈푼이나 벌자는 구절들이라니. "이게 핵심입니다, 아시겠어요. 저는 그냥 이걸 한데 묶기만 하겠어요." 결국 랠프 로저스에게는 "잠재의식", 아니 좀 더 미끈한 말로 "식역하 의식"이라는 아주 쓸모 있는 작은 옷장(사적이고, 은밀한)이 있어서, 그곳에다 낡은 꿈들이며 아이디어며 비전들을 모조리 던져 넣으면 된다는 얘기다. 와글와글, 싹둑싹둑, 쓸모 있는 작은 악마들이 작업을 하기 시작하면, 자, 짜잔! 몇 시간이면 끝이다. 며칠, 아니 몇 달이 지난 후 그는 시 한 편을 써내는 거다 — 찍찍 지퍼를 올려서. 그게 무슨 뜻이지? 몰라요 — 당신이 얘기를 좀 해주세요. 그는 자기 쓰레기들 중에서 몇 편을 낭독했다. 보석을 달고 있는 개와 소년이 끈적거리는 막대사탕을 핥아먹는 시. 그게 무슨 뜻이지요? 시는 움직여야 한다 — 그는 소년들을 학교에다 밀어 넣고 자기 시에 관한 해석을 쓰라고 한다. "훌륭하군!" 그는 식탁에 종이 한 장을 툭 던지고는, 동물과 "고양이 같이 나긋나긋한 눈"을 가진 3월에 대한 시를 흔들어 보이며 "《애틀랜틱》지 최근호에 실렸다"고 말한다. 허풍, "방금 이 시를 《포이트리-런던-뉴욕》지에 팔았답니다." 하나의 시에 다양한 해석이 나올수록, 좋은 시지요. 아니, 누구든지 글을 쓸 수 있답니다. 그는 심지어 〈눈앞에서 벌어지는 창조*Creation While You Watch*〉라는 쇼를 위해 무대에서 20분 만에 시 한 편을 써내기도 했다고 한다. 랠프 로저스가 무의식에서 분위기에 알맞은 시를 건져 올려 흑판에 쓰는 동안, 한 남자는 즉흥으로 배경 음악을 연주했고, 다른 사람은 그림을 그렸다고 한다 — 그거야말로 압력솥에서 요리한 시가 아닌가.

3월 28일 금요일 오후

일주일이 통째로 지났는데, 일기를 한 장도 쓰지 않았고, 책은 손에 잡아보지도 못했다. 물론 이유가 있다. 처음으로 일기를 쓰지 않은 이유가 "글쓰기"였던 것이다. 일주일 전 목요일, 진정한 휴가 첫날 나는 갑자기 광적인 창작욕에 휩싸였고, 그 후 지금까지 미친 듯 글을 써내려는 열기는 가시지 않았다. 글을 쓰고 또 쓰고. 지난 8일 동안 나는 시를 여덟 편이나 썼다. 긴 시들, 서정시들, 그리고 천둥처럼 노호하는 시들. 지난 5년간의 내 삶에서 겪은 실제 체험들의 껍질을 깨뜨려 부수어 적나라하게 내어 보이는 시들. 꼭 닫혀 그 누구도 만질 수 없었던, 아무도 건드릴 수 없게끔 수정으로 만든 로코코풍 새장에 가둬두었던 나의 삶. 이 시편들이 이제까지 내가 쓴 시 가운데 최고의 작품이라는 느낌이 든다. 욱신욱신 쑤셔오는 고개를 가끔씩 들면, 피로감이 물씬 몰려왔다. 토요일에는 신음 소리가 절로 흘러나올 정도여서, 진통제 몇 알을 삼켰고 몇 달 가운데 최악의 근육 뭉침과 어지러움에 시달렸는데, 아무리 약을 먹어도 낫지 않아서 도무지 한 줄도 쓸 수 없었다.

그날 밤 우리는 도로시 린치와 함께 로슈 씨네 집에 지루한 저녁 초대를 받아서 갔다. 도로시 린치는 통방울만 한 눈을 굴리면서, 흰머리 희끗희끗한 오해받는 천재 과학자 연기를 하면서 백발의 천치처럼 굴었다. 테드를 거들떠도 보지 않는 게 틀림없다. 테드는 너무나 정직하고 소박하고 강인하며, 옥스퍼드 티를 내지 않으며, 경박하게 재재거리지도 않으니 그 여자가 좋아할 리가 없다. 게다가 내가 커피라도 한잔하러 찾아뵙겠다고 말해놓고 끝내 가지 않았기 때문에 삐져 있기도 하고. 하지만 앞으로도 절대 안 갈 거다. 그 여자야 삐지든 말든 나와는 상관없는 일이고, 시를 쓸 소중한 시간을, 참아주기도 힘든 인간들한테 쏟아부을 수도 없는 노릇이니까.

어느 날 밤, 늦은 시각에 밖으로 산책을 나갔더니 고등학교 쪽에 불이 난 듯 오렌지색으로 하늘이 이글거리고 있었다. 싫다는 테드를 잡아끌고 달려갔다. 대학살의 아비규환에 사로잡힌 주택가를 기대하면서, 창문으로 아이들을 안고 뛰어나오는 부모들을 상상하면서, 하지만 그런 광경은 전혀 없었다. 어떤 이웃이 잡초가 무성한 잔디밭 공터를 태우고 있을 뿐. 암흑 속의 오렌지색 불길, 불타는 황무지를 건너 메아리치는 다정한 외침, 불붙은 잔디 더미로 경계를 만들고, 울타리에 위험스럽게 가까이 다가오는 불길을 빗자루로 때려 끄는 어른들과 아이들의 실루엣. 우리는 한 바퀴 빙 둘러 걸었고, 어떤 집주인이 자기 국화꽃 줄기에 물을 주면서 음침하고 집요하게 물길을 작은 도랑으로 흘려 보내는 모습을 보았다. 빨갛게 불타며 불꽃을 튀기는 잡초 더미와 자기 집 잔디를 가르기 위해서였다. 불길은 이상하리만치 흡족스러웠다. 나는 사건을, 사고를 갈망했던 거다. 틀림없이 인간에게는 무차별 대학살을 하고 싶은, 엄청난 욕망이 억압되어 내재해 있는 모양이다. 나는 거리를 걷다가 비극에 맞닥뜨려 스스로의 시각과 정신력을 시험할 각오를, 아니 준비를 하고 있고, 심지어 소망하기까지 한다. 차에 치여 만신창이가 된 어린아이, 불타는 집, 말에게 내던져져 나무에 처박힌 사람. 아무 일도 일어나지 않는다. 나는 위험의 면도날 위를 걷는다…….

이 직업, 그러니까 학생을 가르치는 일은 내게 큰 도움이 되었다. 지난주 시가 싹을 틔운 걸 보면 알 수 있다. 넓고 광대한 목소리가 포효하며, 기쁨과 슬픔과 기이하고 무시무시하고 이국적인 세계들의 깊은 비전들을 노래한다…….

미술에 관한 책들을 사고 싶다. 데 키리코. 파울 클레. 나의 상상력을 사로잡은 데 키리코의 그림들에 대해 시를 두 편 썼다 — 〈마음의 고요를 휘젓는 뮤즈들*The Disquieting Muses*〉과 〈신탁의 쇠락에 관하여*On the Decline of Oracles*〉(그의 초기작인 〈신탁의 수수께끼*The Enigma of the Oracle*〉를 따서 지은 이름이다)이다. 또한 루소의 그림에 대해서도 두 편의 시를 썼다. 설익고 몽상적이고 분위기 잡는 시 〈뱀 부리는 사람*Snakecharmer*〉이 그것이다. 그리고 여덟 편 중 마지막 시는, 이미 말한 바 있지만, 야드위가에 대한 세스티나 〈꿈*The Dream*〉이다. 데 키리코의 산문시를 번역한 것들과 그의 일기들 중에서 인용문을 몇 꼭지 옮겨 적을까 한다. 그의 일기는 내 마음을 움직이는 독특한 힘을 지니고 있다. 이 인용문들 중 첫 번째 단락은 내 시 〈신탁의 쇠락에 관하여〉의 제사題詞이다.

1) "허물어진 사원 속에서 신의 무너진 조상이 신비스러운 언어로 말했다."

2) "페라라 : 상상을 초월할 정도로 기이하고 형이상학적인 형태를 한, 사탕과 쿠키를 찾을 수 있는 낡은 게토."

3) "동이 트고 있다. 여명은 수수께끼의 시간이다. 여명은 또한 선사의 시간이다. 상상 속의 노래, 마지막 사람들의 계시적인 노래, 차갑고 새하얀 신상神像 근처, 성스러운 기둥 발치에 잠든 예언자의 아침 꿈."

4) "수수께끼가 아니라면 무엇을 사랑할 것인가?"

그리고 데 키리코의 도시에는 어디를 보나, 육중한 아치와 돔형 지붕과 아케이드들의 미로 속에 뭉게구름을 뿜어내는 덫에 걸린 기차들이 있다. 텅 비고, 신비스러운 그늘이 진 사각형들 가운데, 버림받아 잠들어 있는 아리아드네의 와상이 있다. 보이지 않는 형상들이 드리운 기다란 그림자들 — 인간인지 돌의 그림자인지 분간할 수가 없다.

테드는 내 시를 비평하면서 여기저기에서 올바른 단어들, 예를 들면 "찬탄하며admiringly" 대신 "경이롭게도marvellingly"를 쓰라든가 하면서 단어들을 찾아주곤 하는데, 그럴 때면 그의 말이 언제나 옳다. 테드는 오류를 모른다. 오만에 찬 나는 내가 쓴 시들이 나를 미국을 대표하는 여성 시인(테드 역시 대영제국을 대표하는 시인이 될 테니까)으로 만들어줄 만큼 훌륭하다고 믿는다. 누구를 경쟁자로 생각할 수 있을까? 글쎄, 역사에서는 사포, 엘리자베스 브라우닝, 크리스티나 로제티, 에이미 로웰, 에밀리 디킨슨, 에드나 세인트 빈센트 밀레이 — 모두 고인이다. 현재에서는, 에디스 시트웰과 매리언 무어, 노쇠해가는 거인족의 여인들, 그리고 시의 대모인 필리스 매긴리는 이제 완전히 힘을 잃어버렸다. 가벼운 시나 쓰고 — 자신을 팔아버린 거다.

그보다는 오히려, 메이 스웬슨, 이사벨라 가드너, 그리고 가장 가까운 라이벌로 에이드리엔 세실 리치 — 이 시인들은 방금 내가 써낸 여덟 편의 시에 의해 곧 빛이 바래고 말 터이다. 나는 열정에 달떠 있고, 안달을 부리고 있고, 스스로의 재능을 확신하고 있으며, 오직 재능을 갈고닦아 사람들 앞에 펼쳐 보일 날만을 소망하고 있으니까. 앞으로 이 최고의 시 여덟 편이 내게 가져다줄 명성과 잡지들과 돈을 세기만 하면 된다. 어디 두고 보자…….

… 속이 상하다. 테드한테 화가 나 있다. 가끔씩 나의 까다로운 신경을 긁어댈 때가 있다. … 〔생략〕 나는 더 나쁘다 — 성마르고, 게으르고, 어쩔 수 없는 일에 짜증을 내며 바가지를 박박 긁어대는 짓을 또다시 시작하고 있다.

어제 오후 내내 그리고 오늘까지도 초라하고 비참한 심정에 아무것도 못하고, 침대에 누워 손에 매니큐어나 칠하고, 코를 훌쩍거리다가 몸을 비틀며 새로 나온 여성지들이나 읽어대고 있다. 《매콜스》와 《레이디스 홈 저널》. 아이러니 중의 아이러니, 소위 "함께하는 삶의 잡지"라는 《매콜스》에서 사생아와 유산에 대한 일련의 특집 기사를 연재하고 있다. 기사 제목이 "남자들은 어째서 아내를 버리는가"였다. 세 편의 기사와 일화로 구성되어 있는데, 여기서는 잔뜩 진지하다가 저기서는 우스꽝스러워지면서, 자살에서 권태, 절망, 혹은 당혹감까지 다루고 있었다.

슬로언 윌슨(《회색 플란넬 양복을 입은 사나이*The Man in the Gray Flannel Suit*》)이 쓰는 연재 소설 〈여름 이야기*Summer Place*〉는 불행한 중년 여자가, 그것도 의미심장하게 실비아라는 이름을 지닌 여자가, 20년 전에 결혼해야 했던 남자와 간통을 저지르는 이야기였다. 어리석어서 그 남자와 결혼하지 않았고, 열여섯 나이에 그에게 강간을 당했을 때도 운명의 상대라는 걸 깨닫지 못했고 운운 — 간통, 정사, 자식이 없는 여자, 대화가 단절되고 무뚝뚝한 부부들 — 어느 심리학자가 애초에 결혼한 것부터가 바보짓이었던 이기적이고, 어리석고, 양립 불가능한 두 사람에게 "이 결혼에 가망이 있나?"라는 질문을 던진다. 읽다 보니 이 모든 기사와 소설 들이 정열적이면서도 영적인 사랑이야말로 지상에서 유일하게 소유할 가치가 있는 것이며, 그런 사랑을 찾아낸다는 건 거의 불가능에 가까운 일이고, 찾아낸다 해도 유지하는 건 더 어려운 일이라는 생각에 기반한다는 생각이 천천히 떠올라 나는 놀라운 경이로움에 휩싸였다.

그래서 테드를 바라보았다. 세상 무엇보다 더 가깝고 따스하고 다정한 그. 나 자신보다 더 가깝고 따스하고 다정한 그. 병적이고 추하고 혈색이 나쁘고 코를 훌쩍거리는 내 모습을 보고도 안아주고, 포옹해주고, 빌찹*을 요리해주고 얼음에 채운 파인애플을 한 그릇 가져다주고 아침에는 김이 모락모락 나는 커피를, 티타임에는 홍차를 가져다주는 그. 기적적인 일이지만, 내가 불가능을, 경이로운 일을 성취했다는 기분이 든다. 어리석은 노랫말 같은 말이지만 나와

* 송아지 고기 요리다.

테드는 몸과 마음 모두, 그야말로 완벽한 일심동체이기 때문이다. 둘 다 글쓰기가 천직이고, 서로를 사랑한다 — 그리고 함께 탐험할 세상이 우리 앞에 펼쳐져 있다.

도대체 어떻게 데이트를 하고 실험하고 까다롭게 굴지를 말라던, 눈이 너무 높아서 노처녀로 늙어 죽을 거라던 엄마의 잔소리를 들으며 그 황량하고 절박한 나날들을 보낼 수 있었을까? 글쎄, 아마 테드가 세상에 태어나지 않았다면 정말 노처녀로 늙어 죽었을지도 모른다. 마음속 깊은 곳에서는 나도 소박하고 남을 잘 믿으며, 여성적이고 순종적이고 사랑받기를 좋아하는 사람이다 — 하지만 약하고 거짓되고 영혼이 병든 사람이라면 나는 마음으로, 또 얼음 같은 두 눈으로 죽여버릴 수도 있다. 실제로도 그렇게 해왔고.

우리가 필요로 하는 것들 — 고독, 고요, 긴 산책, 좋은 고기, 글의 소재가 되어줄 함께한 나날 — 많지 않은 친구들, 하지만 외면으로 평가할 줄 모르는 아주 좋은 친구들 — 이 모든 것들이 한데 어우러지고 조화를 이룬다. 아, 나를 수호해주는 정령과 천사 들이여, 힘을 합쳐 나를 올바른 길로 이끌어주소서. 우리가 백발이 성성해지고 창조적인 지혜를 얻게 될 때까지 함께하다가 마침내 서로의 품 안에서 섬광 같은 찰나 속에 죽어갈 수 있도록.

그는 나를 이용한다 — 내 심신의 전부를 이용해 그는 내가 불길 같은 사랑 속에 빛나고 활활 타오르게 만든다. 그리고 이 사랑이야말로 내가 평생 찾아 헤매던 무엇이다 — 내 사랑을, 또 즉흥적인 기쁨을, 거리낌없이, 거짓이나 오용이나 배신이 두려워 주저하지 않고 다 줄 수 있다는 것.

그리하여 형편없이 밀폐된 세계 속 이런 추위에도, 나는 아주 작은 빨간 장미들을 칼라에 수놓은 새로 산 하얀 나일론 잠옷을 걸치고, 테드의 슬리퍼 속에 초콜릿 토끼와 작은 초콜릿 달걀 열 개를 넣어두었다. 초콜릿 달걀들은 각양각색의 은박지로 싸여 있었다 — 은색 바탕에 초록색 점들, 금색 얼룩무늬, 피코크 블루 줄무늬. 아마 전부 테드가 먹어치웠겠지…….

오늘, 올해의 수많은 나날들이 그러했듯, 그리고 내 인생의 수많은 나날들이 그러했듯, 끔찍하고 고통스러운 연옥 같았다. 잠자다가 기괴한 악몽을 꾸고 일어나다 — 새로운 혜성인가 위성을 보는 꿈 — 둥글면서도 원뿔형이었는데, 꽁지에 매달려 있는 뾰족한 부분이 마치 잘 깎은 다이아몬드 같았다. 나는 잠을 이루지 못하고 어딘가 어둡고 높은 곳에 서서 그게 머리 위로 다이아몬드 달처럼 지나가는 모습을 지켜보고 있었다. 그 행성은 아주 빨리 날아갔고, 시야를 벗어나는 순간 별안간, 짧고 날카로운 경련이 찾아왔으며 나는 그 행성이 일련의, 정지 사진을 찍을 때의 노출 속에 있는 것처럼 멈추는 모습을 보았다. 무슨 이유에선지, 그건 인간의 눈이 볼 수 있도록 허락된 광경이 아니었고, 나는 당장 위로 들려 휙 올라갔는데, 꼭 몸통에 막대기가 박혀 방 한가운데 허공에 수직으로 매달려 있고, 그 막대를 누군가가 붙잡고 빙빙 돌리고 있는 것처럼 내 배와 얼굴이 땅 쪽을 향하고 있었다. 내려다보자 테드의 카키색 바지가 의자 위에 늘어져 있는 게 보였고, 다른 얼굴 없는 사람들의 몸이 와글와글 모여 있어, 방과 내 전체의 균형이 사라져 현기증이 났다. 내가 빙빙 돌고 저 밑의 그들도 빙글빙글 돌아가는데, 외과적이고 아득한 별의 목소리들이 나와 내 실험적 곤경을 논의하며 다음에 어떻게 할지 의논하는 소리가 들려왔다. 나는 빙빙 돌면서 비명을 질러댔고,

속이 뒤집어지는 듯했다. 그러다가 잠을 깼는데, 목이 칼로 베는 듯 아팠고, 두통은 이제 절정에 달한 듯했으며, 코는 퉁퉁 부어 콧물이 줄줄 흐르고 있었다. 만우절의 바보에 대한 시 한 편을 쓰려고 했지만, 너무 힘이 없는 데다 약 기운에 취해 펜을 들 수도 없었고, 그래서 일은 하지 않았다. 아주 우울한 기분이다. 주말을 이런 식으로 낭비하는 건 정말 싫다. 지옥으로. 이러고 있자니 스페인의 공기를 호흡하고 싶다. 비어즐리를 깊이 생각했다. 끔찍하게 '세기말'적이고 '나 자신의 종말'이 닥친 듯한 기분이었다.

… 상상도 못했는데 해낸 일 한 가지는, 봄방학 동안에 여덟 편의 좋은 시를 써냈다는 것이다. 내 시집은 이제 서른 편으로 행간을 넓게 띄워 타이핑한 분량으로 48페이지에 달한다. 연말, 다가오는 12월 31일까지 서른 편을 더 쓰는 게 목표다. 그러면 시집 한 권이 완성될 테고, 희망 사항이지만, 모든 시들이 게재 허락을 받으면 얼마나 좋을까. 요즘 계간지에서는 얼마나 초라하고 한심한 시들이 활자화되고 있는지 말이다…….

… 건강도 회복되었거니와 봄이 완고하게 돌파를 시도하는 중에, 완벽한 전문가처럼 다채로운 이야기와 동화 들을 꿈꾸었던 어린 시절 이후 처음으로 뿌리 깊은 평안과 기쁨을 얻고 있는 중이다.

오늘은 나의 기념일이다. 2년 전 오늘, 13일의 검은 금요일에, 나는 수의처럼 안개가 드리운 유럽의 하늘을 뚫고 로마에서 런던으로 날아가 — 나의 옛 생명이었던 — 고든, 새순을 단념하고 — 테드를 얻었고, 믿을 수 없으리만큼 아름답던 녹음 짙은 케임브리지의 봄과 함께 나의 부활이 찾아왔다. 정말이지 그 이야기를 꼭 소설에서 써야 하는데. 《매콜스》와 《뉴요커》를 위한 단편들에도. 할 수 있을 거야. 봄방학에 쓴 여덟 편의 시들로 인해, 비탄과 고뇌와 찌든 삶의 편린 근저에서 나의 정신과 재능이 자라나고 있다는 자신감이 생겼다. 마치 정말로 수호천사들이 있어서, 내가 암흑의 한 해 동안 무시하고 망각하고 절망해버린 재능을 돌보고 지켜주었고, 그 덕분에 이 한 해가 그 어느 때보다도 더 성숙하고 용기를 북돋워주는 한 해가 되었다는 느낌 — 이보다 더 어려운 시험은 꿈에서조차 상상할 수 없었을 거야……. … 내 예술을 훼손하지 않으면서도 대중적인 여성지들에 기고할 수 있을 것 같다. 점점 더 그런 생각이 든다.《세븐틴》에 글을 썼듯이 그렇게 수월하게 써버릴 수 있다. 필명을 '실반 휴스'라고 해야지 — 쾌적한 숲 같은 느낌, 다채로운 이름 — 그러면서도 중성적이고 내 실명에 가까운, 완벽한 어감을 지닌 잡지용 필명이 아닌가.

테드 휴스가 하버드대학의 낭독회에 초대를 받았다. 두 사람에게는 대단한 행사였고, 여기서 플라스는 엄청난 존경심을 가졌던 대 라이벌 에이드리엔 리치를 처음으로 만나게 된다.

돌아오는 길. 따사롭고 볕 좋은 날. 그리고 새로운 출발. 언덕들은 놀라우리만큼 선명한 자줏빛에 꼭대기에는 아득히 푸르른 눈이 쌓여 있고, 둥치 중간까지 거울처럼 영상을 반사하는, 젖은 청색에 잠긴 나무들이 빽빽이 들어선, 물에 잠긴 작은 숲이 있고. 죽은 토끼, 죽은 흑백의 스컹크가 사지를 빳빳이 하늘로 치켜들고 있고. 스물일곱 대의 대담한 벌레코 폭스바겐들 — 우리는 풍자적인 눈길로 즉흥 감평을 하고 있다. 지금 이 순간, 침실에서 타이핑을 하고 있는 테드의 소리가 들린다. 〔생략〕 나는 멜빌을 뒤로 미루고, 밀려드는 봄의 물결과 오늘 하루의 건강으로 다시 시를 쓰고 싶은 갈망에 휩싸인다. 2년 전 나의 꿈을, 내 사랑을, 예술가와 내 예술가적 삶을 다시 가져다준 나의 건강.

아, 마침내 지난 금요일에 대해 이야기를 해야지. 우리는 거의 수평으로 휘날리던 진눈깨비의 소용돌이를 뚫고 싸우다시피 달려야 했다. 와이퍼가 고장 나는 바람에 내 쪽 차창이 진눈깨비로 완전히 뒤덮이다시피 했던 것이다. 진눈깨비로 뒤덮여 반쯤 불투명해진 차창을 통해 트럭들의 거대한 형체가 무시무시하게 다가오는 모습이 보였는데, 하나하나 다가오는 형체들이 마치 다가오는, 덮쳐오는 악의로, 또 죽음의 가능성으로 느껴져 나는 내내 맹렬하게 떠들어야만 했다. 우리는 계속 밀어붙였다. 훌륭한 스테이크 샌드위치를 먹고, 보온병에서 입을 델 정도로 뜨거운 커피를 마시고, 눈 속을 달리는 딱정벌레 같은 폭스바겐들 숫자를 세면서. 제발 오십 마일에서 시속 십 마일을 뺀 속도로 달려달라고 2시간 45분 동안 애걸복걸하고 나더니, 길이 좁아지면서 친숙한 숲길인 웨스튼 로드가 나타났다.

우리는 엘름우드 로드를 지나, 펠즈 드럭스토어로 갔고, 나는 발목까지 빠지는 질퍽질퍽한 얼음물 진탕 속으로 걸어 나갔다. 달려가서 나의 지성 머리카락을 고쳐줄 수 있는 건성용 샴푸를 한 병 샀다. 엘름우드 집으로 가서 가방들을 내리고, 마지막 남은 브랜디를 마셔버렸다. 브라운리 선생님네에 가서는 팔을 걷고 두 번째로 폴리오 예방주사를 맞고, 코카인을 처방받고, 느릿느릿한 교통체증을 뚫고 케임브리지로 가서 시의 방이라는 조용한 성소에서 기품 있게,

백발이 성성한 사랑스러운 모습으로 우리를 기다리고 있던 잭 스위니를 만났다. 우리는 얼음, 진흙, 그리고 작은 냇물이 줄줄 흐르는 속을 힘겹게 걸어갔다.

택시에 몸을 싣고 래드클리프의 롱펠로 홀로 달렸다. 무덤 같다. 버려진 느낌. 나는 아무도 오지 않을 거라 상상했다. 하얀 옷을 입은 안내원을 따라 얼룩무늬 대리석에 반질반질 윤이 나고 메아리가 울리는 홀을 따라 걸어가니 화장실이 나왔고, 그 안에선 몸이 굵은 래드클리프의 여학생이 머리를 빗고 있었다. 금박 섞인 액체비누는 고사하고 먼지를 닦아내는 봉사가 있었을 뿐이다. 게다가 코를 찌르는 살균제 냄새. 다시 홀로 돌아와 해리 레빈*의 검은 머리에 자그마하고 활기 넘치는 러시아인 아내와 악수를 했다. 우리는 캔터 부인, 마티(마샤 브라운)와 마이크, 캐럴 피어슨과 인사를 나눈 후 안으로 들어갔다. 눈앞에 펼쳐지는 방의 모습이 흐릿하게 뭉개져 보였다. 아주 커다란 강의실에, 드문드문 사람들이 앉아 있었다 — 청중들은 강의실 여기저기 산발적으로 흩어져 있었다. 나는 레빈 부인을 따라가서 메이러**의 창백하게 빛나는 얼굴과 아래쪽에 쪽을 진 금발 머리, 검은색과 적갈색 깃털로 장식되어 새가 앉은 종처럼 생긴 괴상하고 작은 모자를 보게 되었다.

테드가 낭독을 시작했다. (강철 공장에서 야경꾼으로 일했던 일이며 장미꽃 정원사로서의 경력까지 아우르는 잭의 정확하고 자세한 소개말이 있은 후에) 나는 한기를 느꼈다. 관중들이 얄팍하고 차갑게

* 제임스 조이스 연구가, 하버드대학 교수다. (옮긴이)

** 잭 스위니의 아내. 고대 아일랜드 전통에 관한 권위자다. (옮긴이)

느껴졌다. 한 구절 한 구절 틀림없이 외우고 있던 시들을 들으며 나는 어쩔 수 없이 다시금 경이와 존경의 전율로 몸을 떨었다. 바보스러운 눈물들이 울컥 두 눈에 괴었다. 레빈 부인은 몸을 옴죽거리더니, 손지갑을 꺼내 덜걱거리며 〈생각-여우*The Thought-Fox*〉의 제목을 다시 한번 말해달라고 봉투에 연필로 적어 내밀었다. 저 멀리 어딘가에서 시계가 5시 종을 쳤다. 테드는 테니슨을 능가할 정도로 테니슨다운 시 쓰기에 대해 뭔가 말했고 관중들은 폭소를 터뜨렸다. 기분 좋게 소리 죽여 키득거리는 웃음 속에 온기가 퍼졌다. 나도 긴장이 풀리기 시작했다. 새로 쓴 신작들은 청중들을 상당히 놀라게 했다. 〈수련 한 송이 그리기*To Paint a Waterlily*〉. 명징하고 서정적이고 풍부하면서도 울퉁불퉁한. 그는 〈곡예사들*Acrobats*〉로 독회를 끝마쳤다 — 정말이지 이 시는 아슬아슬한 곡예사 같은 시적 천재를 지닌 그와 갈망에 차 있으면서도 상당수는 시기심에 사로잡힌 청중들에 대한 완벽한 메타포가 아닐 수 없다.

따뜻하고 진심 어린 박수갈채 터져 나오다. 잭이 단상으로 올라가서 테드에게 다른 시 한 편을 더 읽어달라고 청했다. 그는 〈사상자*The Casualty*〉를 읽었다. 2년 전 이 단상에 선 테드를 선명하게 눈앞에 그렸던 바로 그 천리안의 능력으로, 나는 10년 후 하버드 스타디움을 가득 메운 관중들의 박수갈채와 찬사 앞에 선 테드를 보았다.

흩어진 청중들이 갑자기 모두가 친구들인 것처럼 보였다. 피터 데이비슨, 브랙 부인(지금은 해리 레빈의 비서인), 고든 러마이어(끔찍하게 질투하고 있는 게 틀림없지만, 여기 찾아와준 건 그 나름대로 상당히 기품 있는 일이다. 그는 큰돈이 걸린 자신의 프로젝트, 프래밍엄 뮤직 서커스에 대한 안내문을 꺼내 들었는데 이걸로 부자가 될 생각이고 이미 후원금을 수십만 달러나 모았다고 했다), 필 매커디, 그사이 개과천선한 동안童顔의 친구. 말라와 결혼해 어린 딸을 두고 있었으며, 브루클린고등학교에서 생물학을 가르치며 스크리브너의 과학 교과서 삽화를 그리고 있다고 했다. 그는 이번 여름에 친구의 요트를 타고 메인 주로 여행을 같이 가자고 제안했는데, 솔직히 실현되었으면 좋겠다는 생각이 든다. 엄마 — 마르고 어쩐지 연약해 보이는 — 와 푸른 눈의 프라우티 부인, "테드는 정말 훌륭하지 않아요?" 필립 부스, 이번에 처음으로 만나는 사람 — 그는, 핸섬하고 이상하게 착해 보이는 순진한 얼굴을 하고 있다. 우리는 서로에 대한 칭찬을 교환한 후, 스미스의 연세 많은 심리학자이자 그의 숙모이기도 한 부스 박사에 관해 이야기를 나누었다. 다음 학기에 웰즐리에서 강의를 하게 되었느냐는 나의 질문에 그는 헛기침을 하더니 방금 소식을 들었다며, 기쁜 표정으로 시인했다. 구겐하임 후원금을 받았다는 것이다. 하지만 그와 아내와 아이들은 내년에는 만나기 힘들 것이다. 다시 만나고 싶은데.

에이드리엔 세실 리치. 작고, 둥글고, 땅딸막한 몸집. 파르르 떨리며 빛나는 짧고 까만 머리, 근사하게 반짝거리는 까만 눈동자와 튤립처럼 새빨간 우산. 정직하고 솔직하고 직선적이며 심지어 완고하기까지. 관객의 수가 드문드문 줄어들고 스위니 부부, 테드와 나 그리고 에이드리엔은 질척대는 빗속을 뚫고 택시를 타고 (잭, 테드, 그리고 나는) 흠뻑 젖은 우리 플리머스 자동차로 갈아탔다. 머지않아 몹시 조심스럽게 발뒤꿈치를 들고 종종거리며 붉은 자갈 깔린 월넛 가의 언덕길을 내려가 흑백의 미끄러운 리놀륨 바닥에 반들거리는 잭의 집 홀로 들어갈 수 있었다. 그의 아파트에 가려면 얇은 금박

창살이 있는 엘리베이터를 타고 올라가야 했다. 에이드리엔과 메이러는 벌써 와 있었고, 사슴 같은 눈을 한 갈색 피부의 앨 콘라드*도 있었다. 그는 하버드의 경제학자였는데, 처음에는 어쩐지 차갑고 어색하다는 느낌이 들었다.

나는 언제 입어도 믿을 만한 라벤더 트위드 드레스를 입고, 창백한 얼굴에 밝은 터키색과 흰색의 니트, 푸른색과 은색의 구슬 목걸이를 하고 있었다. 버번 두 잔과 아이스 워터. 왼쪽 벽에서 펄쩍 뛰어나올 듯 걸려 있는 거대한 그림 두 장이 진품 피카소(1924년 작)라는 사실을 알게 되었다. 불길해 보이는 검은 가면과 함께 오른쪽 벽에 걸려 있는 갈색, 크림색, 그리고 검은색 그림은 후안 그리 작품이었다. 게다가 서재에는, 세상을 떠난 지 얼마 되지 않는 잭 예이츠가 통통 튀는 파랑색과 녹색으로 그린 마상 인물화가 걸려 있었다. (〈노래하는 기수*The Singing Rider*〉)—W. B.의 형제—"수틴이나 코코슈카** 같아."(밴 더 포일 부인이 아니었다면, 나로서는 별로 알고 싶지 않지만.)

나는 모든 사람에게서 거리감을 느낀다. 라벤더 트위드 드레스 속에서 몸에 후끈거리며 열이 오른다. 우리는 그때 앨의 커다란 스테이션왜건을 타고 "펠리시아 식당에서 저녁 식사를" 하기 위해 집을 나선다. 눈앞에 번지는 불빛, 네온사인들. 우리는 하노버 가에 차를 주차했고 — 상점들과 간이식당들이 늘어서 있는 파리 같은 비스트로 거리. 고개를 숙이고, 좁은 길을 따라, 근사한 빵집을 지나, 계

* 에이드리엔 리치의 남편이다. (옮긴이)

** 오스트레일리아의 화가 오스카 코코슈카Oscar Kokoschka를 가리킨다. (옮긴이)

속 걷다. 기름종이 한 장이 버터 프로스팅처럼 유리창 하나를 뒤덮고 있었고, 장식이 없는 훤한 인테리어, 라지, 미디엄, 스몰 사이즈의 황갈색 둥근 케이크들이 묵직한 나무 테이블을 뒤덮고 있었고, 하얀 앞치마를 두른 두 남자가 사각형 3층 케이크 위에 하얀 장식 크림을 바르고 있었다. 그때 "펠리시아 식당"이라는 글씨가 새겨진 좁은 문이 나타났고, 숙녀들이 우르르 몰려나왔는데 — 굳이 자칭해서 '여자애들'이라 부르는 사람이 누가 있겠는가? 일단의 전화 교환원들이라면 몰라도 — 그중의 하나는 코르사주를 달고 있었다. 노처녀같이 굳은 표정, 아니면 매춘부에 가까울 정도로 야한 얼굴들. "베티 클라크?" "베티 앤드루스?" 그들은 덧신과 우산 들을 계단 꼭대기에 모아놓고 다들 사라졌다.

우리는 자리를 잡았는데, 내 왼편에 잭, 오른편에 앨이 앉았고 나는 둘 사이에 앉았다. 푸른 유리 납골단지처럼 생긴, 훌륭한 이탈리아산 드라이 화이트와인 한 병으로 식사를 시작했다. 빨간 소스를 친 안티파스토 새우는 매웠으며, 밝은 복숭아빛 스웨터를 입고 그에 어울리는 립스틱과 파우더를 칠한 매부리코 요리사 펠리시아가 직접 메뉴를 설명해주었다. "페투치니, 링귀니." 나는 앨과 … 결핵에 대해서 이야기를 깊이, 더 깊이 나누면서 그와의 대화를 만끽했다. 오랫동안, 기괴한 뼛조각과 하얀 살덩이가 든 치킨 카차토레를 다 먹을 때까지. 그리고 잭으로 대화 상대를 바꾸었는데, 그는 내게 6월 13일 금요일에 녹음을 해달라고 부탁했다.

4월 17일 목요일 아침

일어나 옷을 입고, 아침 강의실에서 학생을 맞을 시간, 시간이

거의 다 되었다. 그런데도 잠에서 깨면(그리고 태양은 6시만 지나면 우리 방에서 밝게 빛난다), 나는 마치 무덤에서 일어나는 기분이다. 틀만 남은, 벌레 먹은 사지를 최후의 노력으로 한데 모으는 기분. 어제는 한심했다 — 총 맞은 기분 — 예이츠 시 한두 편으로 강의 준비를 하느라 읽고 또 읽었다. 두피가 근질거리고, 머리카락이 쭈뼛 섰다. 그는 진짜다. 엘리엇의 정반대 형이다, 엘리엇의 시를 즐기기는 하지만. 예이츠는 서정적이고 날카롭고 명료하고 바위처럼 날이 들었다. 내 시들 중에서 〈마음의 고요를 휘젓는 뮤즈들〉과 〈신탁의 쇠락에 관하여〉를 제일 좋아하는 이유는 그 시들에는 훌륭한 서정적 긴장감이 있기 때문이다. 꾹꾹 눌러 담긴 발화와 음악이 한데 공존하는 것이다. 두뇌와 아름다운 육체가 공존하는 셈이다. 갈수록 내가 왜 강의를 그만두고 글쓰기에 정진해야 할지 알 것 같다. 심오한 나의 자아가 서정성과 강도 높은 감정적 밀도를 창조해내기 위해서는, 은둔하고 칩거해야만 한다. 도널드 홀 같은 사람들이 써내는 깔끔한 산문 같은, 회색 양복을 입은 시들과는 달라지기 위하여. 나는 인정받지 못하고 있다.《뉴요커》는 내가 두 주일 반 전에 보낸 원고에 답장도 하지 않았다.《아트 뉴스》는 내가 써서 보낸 시 두 편에 대해 가타부타 답변이 없다. 나는 우편물이 왔나 보려고 달려가지만, "휴스 교수" 앞으로 보내온 재미없이 종이만 낭비하는 안내장들이나, 의미가 잘 통하는 문장 쓰기 기술 같은 걸 나열한 지루한 책 선전지 따위한테 잔뜩 조롱만 받을 뿐이다. 나는 구속당한 힘이 지니는, 희열에 찬 기분에 사로잡혀 있다 — 또한 1년 내지 2년 안에 "인정을 받고야 말리라"는 느낌도 — 지금은 전혀 인정받지 못하고 있지만, 에이드리엔 세실 리치 따위가 쓰는 시들보다 훨씬 더 풍요로운 시들을 깔고 앉아 썩히고 있지만. 내가 생각해도 나는 재미있다. 학기가 끝나기만을 열렬한 분노와 근질거리는 창작욕에 달떠 기다리고 있을 뿐…….

4월 22일 화요일

근육 경련과 소위 '여성의 저주'의 첫날, 진통제 때문에 멍한 상태로 어제 하루가 하얗게 지워지고 말았다. 발정기의 동물들도 피 흘리고 고통을 느낄까? 아니면 얌전하게 내숭 떨고 앉은 푸른 스타킹의 숙녀들이 짐승의 상태에서 너무 멀어져가는 바람에 그 대가로 아픔을 느껴야 하는 걸까? 물고기 꼬리를 소녀의 하얀 다리와 바꾸었던 인어공주가 아파해야 했던 것처럼?

위긴즈네 집에 가려고 옷을 입다가 바보 같은 일로 테드와 다투었다 — 그는 내가 자기의 낡고 흉물스러운 커프스단추를 내버렸다고 비난하면서, "전에도 코트를 홀렁 갖다 버리더니"라고 말했다. 그러더니 그것뿐이냐고, 내가 고문 부분을 못 참겠다는 이유로 마녀에 대한 자기 책들도 다 내다 버렸다는 것이었다. 어느 하나 사실이 아니다. 그는 결코 바보같이 행동했다며 사과하지 않을 것이며, 나 역시 그만큼 고집이 세므로, 쉽사리 잊지는 못할 것이다. 그래서 메스꺼운 기분으로, 달려 나와버렸다. 갈 데가 아무 데도 없었다. 돌아왔다. 테드는 밖에 나가고 없었다. 공원에 앉아 있었다 — 전부 광막하고, 캄캄하고, 불길하게도 사방에 말없는 테드로 가득 찬, 아니 테드가 하나도 없는 공원에 — 지렁이 사냥꾼들이 손전등을 들고 왔다. 나는 소리 지르고, 방황했다. 그때 가로등 아래 우드론을 따라 씩씩하게 활보해 내려오는 그의 모습을 발견하고는, 뒤를 쫓아 달려갔다. 그러고는 숲의 가장자리를 두르고 있는 전나무 뒤에 숨어 그와 발걸음을 나란히 한 채 따라갔다. 그는 잠시 멈추더니, 빤히 바라보았고, 만일 그가 내 남편이 아니었다면 나는 아마 살인자에게서 달아나듯 도망쳤을 것이다. 마지막 전나무 뒤에 서서 그가 다가올 때까지 양편의 가지들을 흔들었다. 우리는 허둥지둥 옷을 차려입고, 위긴의 집으로 달려갔다…….

저녁. 비참함으로 가득한 하루. 《뉴요커》가 시를 모조리 거절했다(오, 하워드 모스, 아니 "그들"은 〈마음의 고요를 휘젓는 뮤즈들〉과 루소에 대한 세스티나들은 마음에 들어했다) — 쓰라린 억울함, 서글픔, 맞서 싸우고 싶다는 욕구, 그리고 유월까지는 그럴 시간도 정력도 없다는 현실. 일을 전혀 하지 못했다. 아무것도 — 교정을 봐주어야 할 리포트들이 한두 가지가 아니고, 강의 준비를 할 시간은 겨우 세 시간밖에 없다. 〈메이지는 무엇을 알고 있었나*What Maisie Knew*〉를 끝냈다. 아이러니하게도 헨리 제임스의 전기는 마음의 위로가 되고, 나는 그에게 사후에 그가 누리게 된 명성에 대해 알려주고 싶다는 갈망에 시달린다. 그는 고통 속에서 글을 썼고, 평생을 바쳤다(그건 내가 감히 생각도 못하는 일인데 — 내게는 테드가 있고, 아이들도 낳을 테니까 — 하지만 친구들은 별로 없다). 그리고 비평가들은 그를 모욕하고 조롱했으며, 독자들은 그의 작품을 읽지 않았다. 나는 조잡하지만, 성공을 위해 태어난 사람이다. 실패가 나의 칼날을 갈아줄 것인가?

4월 29일

어제처럼 우울한 날이면, 나는 죽음을 생각한다. 깨어 있는 눈으로 바라본 세상도 얼마 되지 않는데, 그냥 죽어버려야 한다는 것을 — 영예에 대한 꿈들 — 위대한 작가들, 영화 스타들, 심리학자들의 삶. 돈을 벌기 위해 버러지처럼 일하지 않아도 되는 사람들. 그리고 임신에 대한 나의 지독한 공포심을 생각한다. 그 공포심이 바로, 아주 오래된, 수년 전 보스턴의 병원에서 일어났던 결정적인 일화의 핵심에 놓여 있는 게 아닐까. 고통스럽게 신음하던 이름 모를 여인이, 음모를 면도당하고 온갖 색깔로 몸을 칠했고, 절개되어 피가 흘러내렸고, 양수가 터졌다. 그러고는 핏빛 혈관을 지닌 아이가 태어나 의사의 면상에 소변을 보았다. 여자들은 전부 그런 짓을 당한다. 나는 겁을 내면서도 원하고, 원하면서도 겁을 내고 도망친다. 한편으로 나는 내가 도리스 크룩이라는 이상에 얼마나 한참 못 미치는지를 생각한다. 나는 얼마나 덜떨어진 파트타임 학자인가. 수녀도 아니고 헌신하는 신봉자도 못 된다. 그런가 하면 또 다른 한편으로, 글쓰기에서도 얼마나 까마득하게 뒤처지고 있는지 모른다. 얼마나 많은 수천의 사람들이 《뉴요커》와 《새터데이 이브닝 포스트》에 글을 게재하는가 말이다. 그들은 일하고, 공부하고, 자료를 찾는데, 나는, 나는 할 수 있다고 꿈만 꾸고 허풍만 떨지 실천은 하지 않고, 어쩌면 못할지도 모른다. 그리고 또 뭐가 있더라? 아, 아기를 낳기 전에 소설을 한 권 완성하고 시집을 내고 싶다는 욕망. 돈을 벌고 싶다는 욕망. 난 돈 쓰는 일에 몹시 인색해서, 옷도 사지 않고, 프릴도 달지 않는다. 하지만 난 신나게 돈을 써버릴 수도 있는데 — 드레스부터 시작해 옷에 어울리는 경박스럽게 알록달록한 구두들을 사고. 우리 같은 사람들의 문제는 돈만 있으면 얼마나 간단해지는지, 놀라울 뿐이다. 하지만 신나게 돈을 써버리지는 않을 거다. 대신 글을 쓰고 여행을 하고 평생 연구를 할 거다 — 돈이 없더라도 그러길 바라지만. 아, 그리고 별장을 한 채 살 텐데. 근처에 길이 하나도 없고, 주위에 전원이 펼쳐져 있고, 서재와 벽마다 책장이 빽빽이 들어선 그런 집을.

수요일 4월 30일

몇 시간을… 화려하게 장식적이고, 불균형하고 창피할 정도로 심각하고, 적나라한 서술로 내 소설의 핵심적 사건을 그려낸 글을 타이핑하느라고 낭비해버렸다. 올여름에는 헨리 제임스와 조지 엘리엇을 사사해 사회적 표면, 데코룸*에 대해 연구를 할 것이다. 이게 내게 필요한 거라는 생각이 든다. "너를 사랑해 꼬마야 우리 잠자리로 갈까" 따위처럼 세상의 모든 책과 질을 다른 모든 남녀와 동일시하는 말도 안 되는 태도가 아니라, 일 초 일 초 흘러가는 찰나의 사고와 감정을 보존하고 성배 속에 소중하게 모시는 복잡하고 풍요롭고 다채롭고 오묘한 통사적 구조…….

목요일, 노동절

보통 때처럼 반쯤 초죽음이 된 상태로 잠을 깼다. 눈은 딱 붙어 떨어지지 않고, 끔찍한 악몽을 꾼 뒤라, 혀에 휘감긴 침대 시트의 맛이 남아 있었다. 여러 가지 악몽들을 꾸었지만, 그중에는 워런이 로켓에 맞아 산산조각으로 터져 죽는 꿈도 있었다. 나의 구세주, 테드가 홀연히 뜨거운 커피가 가득 담긴 키 큰 머그잔을 들고 나타났고, 커피를 한 모금, 한 모금 마시다 보니, 겨우 오늘 하루의 현실로 한

* decorum, 사회적 예법을 말한다.

발 한 발 넘어오는 느낌이 들었고, 그러는 동안 그는 침대 발치에서 강의를 하러 가기 위해 옷을 차려입고 있었다. 차를 몰고 막 떠나려는 그 — 난 그를 볼 때마다 새삼 눈이 부시다. 이런 남자를 찾아 여자들은 정보에 목말라하며《레이디스 홈 저널》기사를 뒤지고, 이런 남자에 목말라 여자들은 로맨스 소설들을 읽는데 — 오, 그는 정말 믿을 수 없을 정도로 근사하고, 내 남편이기 때문에 더욱더 근사하고, 나는 그를 위해 요리하고 (어젯밤에는 레몬 레이어 케이크를 만들었다) 비서 노릇, 뒤치다꺼리를 하는 것마저 사랑한다. 아무리 훑어봐도 세상의 다른 남자들은 하나같이 지루할 뿐, 오직 그 하나뿐인 것이다. 어떻게 특별한 느낌이 들게 쓸 수 있을까? 센티멘털하지 않게, 내 소설 속에서, 아, 골치 아픈 문제다.

오늘은 시험을 치는 날. 칠판에 문제를 적어야 하기 때문에 일찍 가야 한다. 하지만 여기, 의식적으로 음조의, 기분의 의식적인 변화를 적고자 한다. 갑자기 내가 더는 선생이 아니라는 사실을 깨달았다. 오, 이제 한 달하고 단 하루가 남았지만, 처음 강의를 시작하기 한 달 전에 안달복달 초조한 기분이 되었던 것과 마찬가지로, 내 예언적 판들과 케바들(심령술의 영들)이 벌써 다 풀려 나와 날아다니고 있었다. 매리언 무어, 월리스 스티븐스 등등의 시를 읽을 때마다 글을 쓰고 싶다는 욕구가 솟구쳐 오르는데, 그럴 때마다 시를 쓰고 싶어 어찌나 간질거리는지 마음의 평안이 온통 뒤흔들리고 있는 거다 — 별안간 관심이 사라져버린다 —《황무지》는 제멋대로 굴러가라지 — 나는 벌써 다른 세상에 있는걸 — 아니 두 세계의 가운데에, 이미 죽어버린 세계와 태어나고 싶어 몸부림치는 세계 한가운데에 있는걸. 우리는 종신 보직을 받은 교수들의 눈에는 유령과 매한 가지로 보인다 — 미래에 대한 피와 살이 있는, 진짜 흥미는 전혀 찾아볼 수 없는, 벌써 이승을 떠나버린 혼령들처럼 말이다……. 나는 우스울 정도로 일에 대해 무심해져버렸다 — 아득하고, 어리벙벙하고, 아까 말했지만 마치 그림자 하나 드리우지 않는, 내가 일하고 있는 세계의 유령이 느껴지는 기분이다. 이렇게 목숨만 붙어 있을 뿐 죽은 거나 다름없는 삶을 살아가면서, 또 이번 주와 다음 주에 T. S. 엘리엇을 가르치면서 산 죽음에 대해 장광설을 늘어놓아야 할 거다. 5월 22일까지 어떻게 살지 정말 걱정이다. 6월 1일 아빈의 시험은 문제없다. 사람을 지치게 하는 건 강단에서 설교를 늘어놓는 일이니까.

5월 3일 토요일

윌리엄 던바를 약간 읽었다. 《백색의 여신*The White Goddess*》*의 일부도 읽었는데, 그 덕분에 밤낮으로 나를 영혼으로 사로잡는 — 내 상처와 내 두 다리가 걷고, 말하는 인간들의 문이 될 수 있게 해달라고 — 하지만 그건 너무 이상하고 무서워 보인다 — 내 아이들에게 붙여줄 오묘하고 상징적인 이름들을 한 아름 발굴해낼 수 있었다. 우리가 생각한 건 그윈, 앨리슨, 비비엔, 매리언, 패러, 거웨인. 모든 백색의 여신들과 기사들……. 나는 내 시 원고를 집어 들어 훑어보지만, 창조하고, 새로운 생각을 해낼 수가 없다……. 내가 가르치는 학생들에게 그렇게 향수를 투사하면서도 가르치는 일이란 감사하

* 로버트 그레이브즈Robert Graves의 작품, 실비아의 작품 세계에 중대한 영향을 끼쳤다. (옮긴이)

다는 말 한마디 없이 피와 두뇌를 빨아 마시는, 미소 짓는 공공 근무 흡혈귀 같다는 확신을 떨쳐버릴 수가 없다.

5월 5일 월요일

내가… 아누이* 연극을 보러 갔더라면 얼마나 좋을까 — 나는 테드와 떨어지는 일에 대해서는, 비록 한 시간 정도라도 미신과도 같은 불안감을 갖는다. 나는 그이의 열기와 존재 속에서, 그의 체취와 언어들을 위해 살아야만 한다고 생각한다. 마치 내 모든 감각들이 나도 모르게 그를 먹고 살아가는 것처럼, 그리고 겨우 몇 시간만 그를 잃어버려도, 힘없이 시들어, 스러져, 세상 속으로 죽어버릴 것처럼……. 내 빨간 실크 스타킹을 빨간 구두들과 함께 신었다 — 굉장한 감촉이었다. 아니, 색채의 느낌이 굉장했다 — 백열을 내고 눈부시게 타오르는 불의 비단이 내 다리를 감싸고 있는 것만 같았다. 눈을 뗄 수가 없었다 — 스타킹은 거의 살색처럼 보였지만, 장밋빛을 모아 다리 가장자리에서 형광색으로 빛을 내며, 다리의 형태가 공기를 가르는 동안, 둥근 가장자리로 진홍빛을 모아주며, 내 몸짓이 달라질 때마다 미세하게 달라졌다. 아주 만족스럽다. 오늘 오후 로버트 로웰의 강의를 들으러 갈 때 하얀 플리츠 울 스커트와 스퀘어넥의 깊고 사랑스러운 메디아 블루 저지를 입어야겠다. 어젯밤에 로웰의 시를 몇 편 읽었는데, 기묘하게도 처음 《세인트 보톨프 리뷰》에서 테드의 시들을 처음 읽었을 때와 비슷한 느낌이 들었다 (흥분, 기쁨, 숭모, 만나서 찬사를 바치고 싶다는 호기심). 구문들의 맛

* 장 아누이Jean Anouilh, 프랑스의 극작가다.

을 음미하다. 거칠고, 매듭이 지어져, 색채와 분노로 활활 타오르는, 그 무엇보다 현저하게 입에 달라붙는다는 점. "버팀목이 달린 주철의 용들이 움켜쥐는 곳 눈 폭풍이 불어와 그들의 시체를 사후 경직시키다." 아, 세상에, 커피 한 잔 마시고 나니, 심지어 내 목소리가 그렇게 강인하고 다채로운 색깔로 칠해져 나올 것 같은 느낌이 든다! 오늘은 레너드와 에스더 배스킨과 함께 지냈던 일요일 밤 이야기를 하고 싶다. 돌연, 어쩌다 보니, 우리는 그들을 만나게 되었다. 일요일은 짜증 나는 날로, 시험을 한창 보는 기간인 데다 축축하고 먹구름 낀 날씨로 한기까지 들었다. 저녁을 먹은 후 테드를 데리고 신춘문예와 경선에 제출했던 시를 읽으러 실번즈에 갔다. 폴 로슈가 거기 있었는데, 밝게 인공적으로 빛나는 오렌지색 거무스름한 그 얼굴, 눈은 대리석처럼 푸르고 머리카락은 어쩐지 제멋대로 곱슬곱슬 자라난 밀 같았다 — 나는 그의 간계들이며, 늘 그렇게 공언해온 "풍성한" 편지 교류와 사람들을 만나는 능력이라는 게 참 궁금해졌다.

일요일 5월 11일

어머니의 날. 어젯밤 늦게 어머니가 분홍색 동백과 장미꽃을 보내주어 고맙다는 인사를 하러 전화를 거셨다. 이상한 엄마 — 우리가 보스턴으로 이사 오는 걸 도와줄 때는 그렇게 뻣뻣하더니. 엄마의 의식적인 정신은 항상 분열되어, 무의식과 전쟁을 벌이고 있다. 끔찍한 심리적 불안인, 집을 잃는 꿈 — 우리 시가 출판되었다고 할 때마다 엄마는 경계심 섞인 칭찬을 한다. 마치 시 한 편이 출판될 때마다, 우리가 "안정된" 교수직을 버리고 시인으로서 물에 빠져 죽겠다는 결심의 관棺에 못을 쾅쾅 박아대기라도 하는 것처럼…….

내 책의 새로운 제목, 《다섯 길 바다 저 밑에*Full Fathom Five*》.* 이 비슷한 제목을 가진 책이 여남은 권은 될 것 같지만, 일단 당장은 하나도 생각나지 않는다. 이 제목은 내가 이때껏 꿈꿨던 제목들 중에서 내 인생과 심상에 가장 풍부하게 연관된다. 《폭풍우*Tempest*》와 같은 배경을 지니고 있고, 바다에 대한 연상이 있는데, 이 바다에 대한 연상은 내 어린 시절과, 내 시와 예술가의 무의식, 아버지의 심상 — 우리 아버지와 관련된. 매장당한 남성 뮤즈와 신 / 창조주가 테드의 모습으로 나의 배우자가 되었다는 것, 바다의 아버지 넵튠에 대한 언급과 화려하게 장식된 진주와 산호의 심상, 편재하는 슬픔의 서걱거리는 모래알들과 지루한 일상이 바다의 변화를 겪어 만들어진 진주알들. 나는 〈비둘기의 날개*The Wings of the Dove*〉**를 계속 읽고 있으며 천 페이지 분량의 근사한 세계 민담과 동화 선집을 게걸스럽게 탐독하고 있다. 내 마음에는 또다시 숱한 마술과 괴물 들이 들어와 살게 되었다 — 내가 그들을 꾸역꾸역 밀어 넣는다. 오, 제발 나 혼자 지내도록 내버려두기만 한다면, 혹독하게 스스로를 채찍질해 엄청난 시인이 될 수 있을 텐데. 소재로 쓸 마법의 대상을 스스로에게 정해줘야 할 텐데. 바다의 수염이 달린 물체들 — 그리고 이렇게, 침잠한 내 머리의 한계까지 파헤쳐, "아, 오래고 오래고 오래고 서글프고 오래고 서글프고 지쳤어요. 당신께 나는 돌아가요, 내 차가운 아버지, 내 차갑고 미친 아버지, 내 차갑고 미치고 두려운 아버지……." — 조이스는 그렇게 말하고, 그리하여 강물은 신성神性의 부게 원천으로 흘

* 《폭풍우》에 나오는 구절이기도 하다.

** 헨리 제임스의 소설이다.

러간다.

화요일 아침 5월 13일

글을 쓸 마음이 생기지를 않는다. 피상적인 정신은 그냥 계속 해 나아가야 하지만. 아홉 달이 어느새 아홉 주가 되어버리고, 아홉 주는 어김없이 줄어들어 이제 9일로 줄어들었다. 부분적으로는 이것 때문에, 글을 못 쓰는 셈이지만. (일요일에 따분하고 끈덕지고 보기만 하면 끔찍하게 우울해지는 우리 집주인 여자에 대해 형편없이 지루한 시 한 편을 써보려고 했다 — 이런 시간의 구조 속에서, 다시 시도할 수도 없고, 제멋대로 내던져버리고, 다음 시간에 다시 쓰기 시작할 수도 없다는 걸 알면서 — 수다 떠는 정령들인지 악마들인지가 조지 기비언이나 밴더포일 부인처럼 은근히 걱정하는 듯 잘난 척하는 목소리로 나를 놀리는 소리가 들린다. 여름방학 동안 쓰면 안 돼? 글을 쓸 수 있다거나, 쓰고 싶다거나, 쓰긴 쓸 거라고 생각하는 이유가 도대체 뭐야? 지금까지 보여준 것도 별로 없지만, 앞으로는 그만큼도 못 보여줄지 몰라!)

내 편은 단둘뿐. 테드, 그리고 호젓한 시간. 시간만 있다면 《뉴 월드 라이팅》 지에 보낸 〈매의 우리〉의 거칠고 조잡한 사적 개인성과 피상성과 일반성을 손보고 완벽하게 다듬을 수 있을 텐데.

헨리 제임스는 시시각각 내게 가르침을 준다 — 내 취향이라기엔 지나치게 섬세한 작가 — 하지만 나란 인간은 워낙 조잡하고 시끄럽기에 그의 가르침이 나를 더 섬세하게 만들 순 없을지 몰라도, 덜 조잡한 인간으로 만드는 데 일익을 담당하지 않을 수가 없다. 제임스에게서 나는 삶이 얼마나 에두른 길이며, 풍요로운지를 배우고, 의미와 암시의 보물들을 겹겹이 껴안은 문장과 행위 들을 배운다.

아, 아무튼 이제 〈비둘기의 날개〉를 절반쯤 읽었다. 밀리*는 내가 보기에 너무 지독하게 착하고… 너무 기품 있는 것 같다. 보고, 보고, 또 보면서 움츠러들 줄도 모르고 비열하게 굴 줄도 모르고 위축되지도 않는다. 매기 버버처럼 그녀는 "속된 열기에 달아오르는 잘못"의 응석을 전혀 허락하지 않으나, 나는 그 열기에, 아니 그 열기에 짓눌려 폭발해버릴 것만 같다. "소박함"으로 인해, 그러니까 그들은 소박하다는 그 자질로 말미암아 지극히 정교하게 세공되어 있는 것 아닌가? 아, 나의 도디가 복합적인 인물이 된다면. 도덕성 부재의 문제는 긴장 상황을 전혀 창출하지 않는다는 것이고, 긴장이 있다 해도 원하는 것을 얻을 수 없다는 상당히 간단한 종류의 긴장일 뿐이라는 거다. 일단 원하는 것을 얻게 되면, 갈등은 만사를 포용하는 약간 더러운 홍수 속에 잠겨버리고 마는 것이다. 나의 훌륭한 황소들을 위하여, 가짜가 아니라, 진짜 도자기 가게를 세워주어야만 한다.** 밀리에게는 원인이 규명되지 않은 지병이 있었다고 읽었다. 그런데 나는 펜 하나 들어 올릴 기운도 없다. 일기장에 글을 쓰지 않은 것도, 부분적으로는 그런 이유 때문이다. 집필이라는 생각만 해도 온몸에 힘이 빠지고 지친다. 피상적으로 열이 나는 느낌도 있지만, 체온은 완벽하게 정상이다. 너무 지쳐서 읽을 수도 없고, 글을 쓸 수도 없고, 마지막 남은 세 시간의 강의 준비를 할 수도 없다. 그 정도는 억지로라도 해야 하는데. 목욕가운을 입고 양모 양말을 신은 차림으로 싸늘하고, 가구가 별로 없어 근사하게 널찍한, 깨끗한 아파트 안을 돌

* 〈비둘기의 날개〉에 나오는 여주인공이다.

** "도자기 가게 안의 황소"라는 속담을 빗댄 표현이다.

아다닌다. 청결이 얼마나 내 영혼에 휴식을 주는지. 올여름에는 힘겨운 수련 과정을 시작해야 하는데. 시집을 한 권 써내고, 소설을 쓰는 건, 어떤 의미에서는 정말 사소한 일이다. 다른 일의 양과 질에 비한다면. 그리고 악의에 차 사악하게, 아무것도 내 야망을 확인해주려 하지 않는다. 눈썹이 불길하게 빨갛게 헐어 부풀어 올랐고, 입술에는 이상하게 생긴 빨간 반점이 생겼다 — 그리고 은밀하고 파괴적인 열병처럼 기력을 쇠하게 하는 피로감 — 내가 내 꿈을 마땅히 실현해줄 수 있을까?…… 내게는 정말 집요한 데가 있어서, 겨우 마지막 남은 두 주일마저 참지 못하고 해방을 갈구하고 있다. 강의 준비나 하면서 어쩔 줄 모르고 여기저기 돌아다니지는 않겠다며 거부하는 거다. 어제 하루 종일 여기저기 정신없이 돌아다니며 보냈다. 쇼핑을 하고, 청소를 하고, 줄줄 흐르기는 해도 맛있는 커스터드 머랭 라즈베리 파이를 만들기도 했고. 폴과 클라리사가 놀러 왔다. 클라리사는 임신 5개월째, 검고 느슨한 셔츠 밑에서 몸이 점점 불어가고 있었고, 밝은 천으로 머리카락을 감고 있었다. 폴은, 두 배쯤 몸이 불어 있었고, 아마 상당히 사악한 데가 있는 게 틀림없다(그에게 형과 누나가 있다는 얘기를 처음 들었다. 그의 독특하고 강렬한 외동아들 같은 인상에 비추어보면, 처음에는 적응하기 힘든 사실이었다). 새지너에 있는 클라리사의 저택 장미 정원에서 벌거벗고 누워 있던 이야기를 들려주었다. 열심히 TV를 보면서 크로셰 뜨기를 했다고 했다. 판도라를 위한 하늘색 양털 망토를 떴는데, 하얀 앙고라로 PR이라는 이름 글자를 수놓았고 뒷면에는 토끼 꼬리를 붙였다고 했다. 〔생략〕

테드와 나는 초청받는 일이 눈에 띄게 뜸하다는 걸 알고 있다. 심지어 우리한테 저녁 식사를 빚졌다고 말할 수 있는, 토니 헥트*마저도 소식이 없다. 하지만 이런, 좀 시금털털한 반응은, 어떤 면에서는 마음이 놓이는 반응이다. 나는 저녁 식사 모임에 신물이 난다. 그 식사의 비용은, 자기 자신을 더욱더 낭비하고 써먹어야 겨우 사회적으로 보상되고 돌아올 뿐이다. 하지만 난 이런 짓은 이제 정말 사양이다. 자신의 창작 작업에 가슴이 푹 젖어 침잠해 있지 않다면, 외부의 관계는 내면을 빈곤하게 만들 뿐이라는 사실을 강렬히 절감하게 된다. 이런 점에서 테드가 나와 같다는 건 얼마나 다행인지 모른다. 그리고 다른 훌륭한 사람들을 양념 삼아, 우리의 은둔과 칩거를 요구한다는 사실도. 핸섬하고 재능 있는 시인 남편을 가지는 바람에 안게 된 온갖 문제들이, 이 글을 쓰는 이 순간도 간절히 바라건대, 얼마나 쉽게 안개처럼 사라져버리는지 모른다. 왜냐하면 테드는 그 자신이고, 나 역시, 나 자신이기 때문이다. 길 건너에 있는 블레시드 새크라멘트 교회의 종이 방금 열두 시를 알리는 기괴한 종소리를 울렸다. 나는 이제 오묘한 페이즐리제 검은색, 녹색, 회색 잎새 무늬가 있는 빨간 성탄절 셔츠를 입고, 아주 오묘한 탁한 녹색에 군복처럼 짙은 회녹색이 섞인 치마를 차려입었다. 옷을 입고 나니 기분이 좀 좋아진다. 예이츠의 시가 생각난다. 우리의 불안감에 대한 시. 항상 다음에 올, 다른 계절을 갈망한다는. 그리하여 오늘 밤 나는 침대에 들어가 잠드는 걸 꿈꿀 것이다. 테드의 마녀 같은 숙모 앨리스가 아주 근사하게 표현한 적이 있다. 당신이 계속 침대에 누워 있는 이유라면, 침대에 다시 기어드는 것밖에 할 일이 하나도 없는데 뭐 하러 일어나느냐는 생각 단 하나뿐이라고. 어젯밤에는 내가 아주 근사한 만

* Anthony Hecht, 시인이다. (옮긴이)

찬을 요리했다. 하지만 양고기는 좀 질겼다. 밴 더 포일 부인이 왔다. 검은 머리, 작은 체구, 우아하고, 회색 머리는 맵시 있게 말았고, 구두 굽은 높았고, 모피는 부티가 났다. 그리고 현대 예술에 취미가 있는, 고도의 훈련을 받은 영혼 없는 은색 푸들 강아지 한 마리. 그녀의 이야기를 들으면, 원초적 색채, 여자들이 터보 엔진처럼 보이는 음산한 레거의 도시공간과 연루가 있음을 시사하는 듯했다. 밴 더 포일 부인처럼 적의가 감도는 사람은 처음 봤다. 나 같은 사람마저 덩치 크고, 마음 약하고, 정이 가는 푼수처럼 느껴지게 만든다. 그녀는 불모다. 철저하게 황량한 인간이다. 내 느낌에는, 억지로 온 것 같았다. 처음에는 초청을 거절하면서, "다른 때 다시 한번 꼭 와보고 싶다"고 말했는데, 그 말을 들으니 집요한 의무처럼 느껴졌다. 나중에 다시 올 기회를 꼭 만들어주어야 할 것처럼 말이다. 서너 번 말을 바꾸더니, 내가 그걸 거절로 받아들이지 않자, 그녀는 와서 앉아서 수다를 떨었다. 예술에 대해, 예술가에 대해, 특히 배스킨에 대해 — 그러고는 별 말이 없었다. 우리가 그녀의 지혜에 값하는 청중이 아니라고 생각되었는지, 아니면 기분이 나지 않았던 건지, 아니면 최고의 지혜 같은 게 애초부터 없는 사람이든지. 그녀는 모든 것을 영민하고 깔끔한 단어로 바꾸는 재주가 있는데, 이게 아주 죽을 맛이다. 그녀의 메마르고 영특하고 깔끔하고 깜찍한 목소리는 최악의 혼돈 속에서도 명료한 경구를 찾아낼 수 있을 것만 같다. 그리고 사라져버린 그녀의 남편에 대해 생각하게 된다. 프리실라. 이 이름은 정말 어울린다. 밴 더 포일이라는 성은, 거창하고 고고한 느낌 때문에 버리지 않는 게 아닐까. 테드와 나는 그녀가 레너드 배스킨을 싫어한다는 인상을 강하게 받고 말았다. 어째서? 그녀는 배스킨의 아름답고 거대한 작품 〈목매단 남자*Hanging Man*〉를 소장하고 있고, 자기 강의에 초청해 세 시간 동안 조각에 대해 강의해달라고 청탁하기도 했다. 하지만 그녀는 교수고, 학과장이며, 그는 예술적 건물의 사무실이나 학과회의 등등을 경멸하는 걸로 소문난 창조적 예술가이다. 아무튼 그녀에게서는 혐오감이 풀풀 풍겼다. 어떤 문장인지, 어떤 표현인지 꼭 집어 말할 수는 없었지만, 그건 너무나 분명했다. 나는 방금 초조해하면서, 비생산적으로, 휑하고 깨끗한 아파트를 돌아다니며 버터 바른 토스트에 딸기잼을 먹고 있었는데, 그럴 때면 늘 그렇듯, 목욕탕의 베네치안 블라인드 곁에서 발길을 멈추고 탐욕스럽게 우편배달부의 등장을 살펴보았다. 그런데 그때 예언적인 휘파람 소리가 들리면서, 바로 그 사람이, 무언가 폭발하는 것처럼 하늘색 셔츠 차림에 낡은 가죽 가방을 한쪽 어깨에 둘러메고 내 시야에 등장하는 게 아닌가. 나는 아래층으로 내려갈 채비를 하러 달리다가 그가 발길을 멈추는 느낌이 들어 거실의 박공 창 쪽으로 황급히 달려갔다. 그런데 거기서, 우체부의 등장만큼이나 돌연히 짙은 녹색 코듀로이 상의를 입은 테드가 불쑥 튀어나와 우체부에게 손짓을 하며 우편물을 달라고 하는 게 아닌가. 창문에서 봐도 아무것도 아니라는 걸 알 수 있었고, 정말 별 게 없었다. 편지 쪼가리들. 안내장들, 비누 쿠폰, 시어즈 백화점 세일 안내장, 벌써 전화로 다 들은 낡은 소식들이 들어 있는 어머니의 편지 한 통, 오스카 윌리엄스*가 뉴욕에서 열리는 칵테일 파티에 우리를 초청한다는 편지. 하지만 강의 마지막 날이라서 불가능하다. 새로운 소식은 전혀 없다. 혈관 속에 불안감

* Oscar Williams, 시 비평가다. (옮긴이)

이 소동을 부리고 있다는 느낌이 든다. 그리고 굶주림에 죽을 지경이다 — 여기에 테드의 영향이 두드러진다. 그가 먹지 않으면, 나는 나 자신을 위해 음식을 준비하는 게 너무나 귀찮게 여겨져서 결국 영양 실조 상태로 잠이 들고 만다. 지루하고 쓸모없는 하루, 꿈에 이리저리 끌려다니기만 하고…….

5월 14일 수요일

음침한 밤. 눈까풀에 난 따가운 포진은 사실 더 퍼져서, 상상 속에서 이와 공명하는 신경줄에 의해 온몸으로 번져버렸다 — 두피, 다리, 배. 마치 가려움증은 전염성이라 불을 붙이면 타오르고, 또다시 불을 붙이면 타오르는 것 같다. 긁어서 피부를 다 벗겨버리고 싶다. 그리고 멍한 마비 상태가 이 팽팽한 우울증이 만들어낸 내 마음의 감옥에 나를 격리시켜놓고 있다. 내가 유령을 느끼기 때문일까? 강의실에서 영향력은 줄어들고 있다. 시험을 하나도 보지 않으니, 학생들은 리포트 한 장만 달랑 내고 공부를 하거나 강의를 들으려 하지도 않는다. 이렇게 많은 시간이 흘렀는데도, 교수회의에서 나는 여전히 외톨이라는 사실에 놀라고 말았다. 투명한 껍질이 나를 감싸 내게 사적인 의미가 없는 사람들의 얼굴을 다 차단해버린 것처럼, 더욱더 안으로 침잠해 들어갔을 뿐. 그들은 다음 학기에도 계속하지만, 벌써 내 영혼은 달아나버렸다. 메뚜기처럼 — 근지럽게 — 기어다니는 육체만 남아 있을 뿐. 나병이 발병할 것 같은 기분이다. 불안하고, 계단이 삐걱거리는 소리가 들린다, 비겁함으로 죽어버릴 것만 같다 — 모든 불빛이 신비스럽게 다 나가버리고 괴물의 공포가 나를 사로잡을 것 같다. 악몽에 시달린다. 불길이 느껴질 때의 잔다르크의 얼굴, 그리고 세상이 연기 속에, 공포의 휘장 속에 희미해진다. 나는 테드가 폴이 번역한《오이디푸스》낭독회에서 돌아오기만 기다린다. 가렵다. 두 세계 사이에 끼어 있는 느낌이다. 아놀드가 썼던 것처럼 — "하나는 죽음의 세계, 다른 하나는 태어날 힘이 없는 세계" 모든 게 이렇게도 무익하게 느껴진다 — 강의는 맛을 잃었다. 학생들은 사라지고 다음 학기에 더 생동감 넘치는 강의를 구상하는 선생의 만족감이 내게는 하나도 없다. 반면, 내게는 한 줌의 시들밖에 없다. 엘리엇, 예이츠, 심지어 오든과 랜섬을 공부할 때면, 너무나 불만족스럽고 너무나 한계가 분명하게 느껴지는 시편들 — 그리고 아직 태어나지 않은 글쓰기의 세계에 탯줄로 연결해주는, 봄방학 때의 시작 몇 편 — 글쓰기에서는 겨우 아득한 5년 전, 청소년기의 성공밖에 남아 있지 않다. 괴리. 그 간극을 채우고, 극복할 수 있을까? 할 일이 산더미처럼 남아 있다. 받아야 할 논문들, 고학년 시험, 그리고 아빈의 강의. 눈 때문에 죽을 것만 같다. 도대체 뭐가 잘못된 거지? 우편물은 하나도 오지 않는다 — 뉴욕 얘기를 하는 팻시의 편지 한 통뿐 — 시간의 비전 — 죽은 세계에서 갓 태어난 세계를 이어주는 다리.

이즈음에, 그리고 그 후 몇 달간, 플라스는 걷잡을 수 없는 분노를 느끼게 된다. 이는 그녀 스스로 쉽게 허락하지 않았던 감정이었다. 다음에 이어지는 일기에서 남편에 대한 분노는 사소한 사건에서 시작해 어마어마한 크기로 번져가고, 순식간에 공원에 있는 소녀들 몇 명에게로 옮겨간다. 플라스가 8개월 후 술회하듯이(12월 27일) 분노의 진정한 원천은 그녀의 아버지였다. 그러나 그녀가 그 관계에 대해 어떤 형태로든 천착하게 된 것은, 그로부터 몇 년 후의 일이었다. 분노라는 정서는 플라스의 작품에서 엄청난 중요성을 지닌다. 8월 27일 일기에 플라스는 이렇게 썼다. "분노에 목구멍이 메고, 온몸에 독소가 퍼져나간다. 하지만 글을 쓰기 시작하는 순간 흩어져 글자의 형체 속으로 흘러 들어간다. 글쓰기는 치료법인가?"

5월 19일 월요일

하지만 오늘은 월요일이 아니라는 게 문제다. 지금은 5월 22일 목요일이고, 마지막 강의와 뜨거운 목욕을 마친 후 숱한 이상과 비전과 신념의 미몽에서 깨어난 참이다. 아이러니. 눈물 찔찔 짜는 여성지들을 커버하는 성숙한 태도. 혐오. 그렇다, 그쪽에 더 가깝다. 나라는 인간의 상당 부분에 대한, 그리고 테드의 더 많은 부분에 대한 혐오. 〔생략〕 아이러니. 거의 2년 만에, 나는 무차별한 인류애에 불타던 광적인 완벽주의자에서 염세주의자로, 그것도 치사하고, 심술궂고 악의에 찬 염세주의자로 변해버렸다. 〔생략〕

그래서 나는 우리 둘을 격리된, 오, 무한히 우월한 세계 속에 놓았다. 우리는 착한, 물론, 지나치게 착한 사람들이라고 — "미소 짓는 사람들"이라고. 그래서 우리는 지금 이 사회에서, 비열하고 잔인하고 계산된 이 사회에서 — 아, 물론 처음부터 시비를 거는 건 아니고, 습격을 받으면 받아치는. 더는 용감하고 순진하게 눈이나 깜박이고 있지는 말아야지 — 이와 발톱으로 완전 무장하고. 그리고 아마도 내 평생 처음으로 비열함의 절정에 다다르자마자 — 심술을 공공연하게 업으로 삼았던 적은 한 번도 없었다 — 최후의 통찰을 얻을 수 있었다. 내가 다른 사람들과 똑같이 치사한 인간일 뿐 아니라 테드 또한 그렇다는 걸. 〔생략〕

얼마나 기가 막히게 작동하는 원리인지. 아이러니야말로 진정 삶의 양념이다. 내 소설은 사랑과 결혼으로 끝날 가능성이 거의 없다. 제임스의 소설처럼 조작하는 자와 조작당하는 자, 착취자와 피착취자에 대한 이야기가 될 것이다. 허영과 잔인성에 대한 이야기. 이제는 썩어버린 아름다운 세계에서 거짓말과 학대가 그리는 동그라미에 대한 이야기가. 여기 기록하는 아이러니는 소설을 위한 것일 뿐만 아니라《레이디스 홈 저널》지에 기고할 단편에도 쓸 것이다. 나는 절대 매기 버버*가 못 된다. 속된 열기를 내뿜는 나 자신의 오류를 숨이 턱턱 막히도록 절감하고 있으며, 내가 삼킨 독을 퉤 뱉어버린다. 하지만 나는 매기한테서 단서를 얻을 것이다. 착한 여자. 아이러니는 눈덩이처럼 불어만 간다. 어리석게 사람 좋은 발언을 한 번 할 때마다 나는 어떤 오한을 느꼈다. 시커먼 고무 개구리 같은 얼굴을 한 운명이 아직 모습을 드러내지 않은, 아직 아무도 예측하지 못한 무시무시한 공포를 들고 무르익은 순간 내 앞에 불쑥 나타나리라는 예감이 불쑥 엄습했다. 그런데 그동안 내내 저 멀리 육감의 경계에서는 계속 사태가 진행되고 있었던 거다. 테드에 대해 철석같은 믿음을 품고 있던 나였는데, 어떻게 아내가 남편의 궤양을 남들이 다 알게 될 때까지 까맣게 모르고 있을 수가 있단 말인가? 가장 큰 믿음을 품고 있기 때문에, 세심하게 사랑을 다해 키운 맹목적인 믿

* 헨리 제임스의 소설 〈골든 보울*The Golden Bowl*〉의 여주인공이다.

음으로 아무 질문도 던지지 않고 해바라기를 하기 때문에, 사막에서 들려오는 갈증의 절규에도, 황무지에서 들려오는 저주에도 귀 막기 때문에. 〔생략〕 오, 나는 밝고 낭랑한 목소리로 외쳤다. "교수진 중에서 남편이 있는 여자는 나 하나뿐이야!"라고. 하지만 내 남편은… 교활한 거짓말쟁이였던 거다.

로웰의 첫 번째 책을 집어 든다. 그때는 물론 진 스태퍼드*라는 이름이었지만. 글쎄, 최소한 그 여자는《뉴요커》지에 글을 쓰는 작가다 — 그럴싸한 직함, 그럴싸한 고료 — 하지만 어쩌면 그녀는 내가 지금 이 말을 하는 순간 정신병원에 갇혀 있는지도 모른다. 아니면 이미 오래전부터 알코올에 중독되어 있었는지도 모른다. 테드의 다음 책이 누구한테 헌정될지 그걸 누가 알랴? 그의 배꼽일지. 〔생략〕

글쎄, 배경에서 시작해서 사실로 넘어가보자 — 테드와 나를 제외한 나머지 인류에게 느꼈던 혐오감, 테드와 나에 대한 믿음과 타인 전반에 대한 불신. 어젯밤을 더해보자 — 테드는 폴이 번역한 《오이디푸스》에서 크레온 역할을 낭독했지만 실제로는 나더러 오지 말라는 말을 하다시피 했다. 나는 좋아라 했지만 속으로는 반항했다. 내게는 테드의 낭독은 꼭 듣지 않으면 안 될 것만 같은, 미신 같은 느낌이 있다. 나는 학생들이 제출한 두 번째 보고서 더미를 정신없이 훑어보고 나서(아직도 한 더미가 더 있다) 벌떡 일어나, 마치 개목걸이에 끌려가듯이 달리기 시작해서 계단으로 달음박질쳐 집

* 진 스태퍼드는 로웰이 첫 시집을 헌정한 아내다. 나중에는 이혼했지만. 테드 휴스는 첫 시집을 플라스에게 헌정했다. (옮긴이)

은 라일락 향내가 밴 따뜻한 오월의 어둠 속으로 뛰어나갔다. 초생달이 나무들 너머로 나를 빤히 쳐다보았다 — 흠 잡을 데 없는 그림자가 깨끗이 드리워져 있었다. 나는 달렸다, 내달렸다, 오랜 긴장에 지치고 피로에 찌들어 있었지만, 마치 날아가듯이 달렸다, 가슴속에 박힌 내 심장은 뼈아픈 주먹을 연타하는 덩어리 같았다. 나는 쉬지도 않고 계속 달려, 파라다이스 연못 옆의 울퉁불퉁하고 가파른 언덕을 달려 내려가다가, 보터니 관 뒤쪽 덤불 속에서 보풀이 보드라운 토끼 한 마리가 웅크리고 앉아 있는 모습을 보았다. 나는 계속 달려 세이지 홀의 불이 켜진 콜로니얼풍 현관으로 올라갔는데, 하얀 기둥들만 전기 조명을 받아 빛나고 있을 뿐, 사람은 한 명도 보이지 않았고, 공허하게 메아리치는 포도鋪道만이 존재했다. 홀은 눈부시도록 현란하게 빛나고 있었다. 뚱뚱한 여자애와 못생긴 남자, 두 사람이 한쪽 부스 안에서 레코딩을 위해 음악 테이프를 틀고 있었다. 나는 발끝을 들고 살살 걸어 들어가서, 뒤쪽의 좌석에 앉아 우스꽝스럽게 쾅쾅거리는 심장을 진정시키고 헐떡이는 숨소리를 고르려고 했다. 〔생략〕

내가 들어가는 순간 테드는 알아차렸고, 나는 또 그가 알아차렸다는 것을 알아차렸고, 테드의 목소리가 낭독을 망치고 말았다. 그는 뭔가 부끄러워하고 있었다. 그는 마지막 대사를 젖은 행주 같은 표정으로 읽었고, 나는 어쩐지 희미한 욕지기가, 불길한 예감이 느껴졌다. 그곳에서 테드는 썩어빠진, 하얀 달팽이 같은 얼굴을 한 밴 보리스 옆에 서 있었던 거다. 밴 보리스의 목소리는 단어 하나하나를 호사스럽게 만끽하고 있었다. 허리, 근친상간, 침대, 더러운. 나는 마치 물컹물컹한 벌레들이 꿈틀거리며 기어 다니는 구덩이를 맨

발로 밟은 듯한 느낌에 사로잡혔다. 기침을 하고 가래를 퉤 뱉어내고 싶은 충동에 휩싸였다. 테드는 자기 옆에 선 사람이 누구인지, 누구의 단어들을 읽고 있는지 잘 알고 있었다. 그는 움츠렸고, 비실비실 도망을 갔다. 하지만 훨씬 전에 발을 뺄 수도 있었던 거다, 오래전에. 폴은 기꺼이 필립 휠라이트에게 크레온의 역할을 맡겼을 테니까.

테드는 낭독이 끝난 후에도 나를 보러 오지 않았다. 나는 현관에 서 있다가, 뒷문으로 나가서 수위에게 낭독자들이 어디에 있느냐고 물어보았다. 그 사람은 말해줄 수밖에 없었다. 환하게 불을 밝힌 작은 방에서 빌 밴 보리스가 연체동물처럼 축 늘어진 자세로 꽃무늬 소파에 앉아 다리를 앞으로 쭉 뻗고 있었다. 테드는 어울리지 않는 비열한 표정으로 피아노에 앉아 꾸부정하게 등을 굽히고, 한 손가락으로 귀에 거슬리는 곡조를 쿵쾅쿵쾅 쳐대고 있었다. 나는 생전 처음 들어보는 노래였다. 〔생략〕

아, 그래. 육식동물들, 그걸 내가 어떻게 감당하지. 그는 아무 말도 하지 않았다. 그는 자리를 뜨지 않았다. 나는 주저앉았다. 그리고 우리는… 아무튼 형편없고 한심한 저녁이었다……. 결국 이런 식으로 흘러가고 만. 그러니 우연이었던 거다. 〔생략〕

또한 오늘은 종강하는 날이다. 아니 종강하는 날이었다. 나는 랜섬, 커밍스, 시트웰의 이런저런 시로 무장하고, 나는 강의실로 가서, 정확히 내가 강의를 즐겼던 만큼의 박수갈채를 받았다 — 9호 강의실에서는 산발적인 손뼉 소리, 11호 강의실에서는 우레와 같은 박수갈채, 그리고 3호 강의실에서는 양극단의 중간 정도. 오후 강의를 끝낼 때까지 기다렸다가 같이 차를 타고 올 수 있겠느냐고 의례적으로 테드의 의향을 타진해보았다. 첫 강의를 끝내는 순간 그의 얼굴을 보고 기뻐하고 싶다고. 그래서 우리는 함께 갔다. 오늘의 강의에서는, 주제가 여러 가지였지만, 그중에서도 "속편이 없는 이별"을 논하게 되었다. 얼마나 완벽한 주제인가 — 나는 복수의 기쁨, 증오와 악의라는 위험한 호사에 대해 설교를 했고, 악의와 독기가 "충분히 마땅한" 것이라 해도 이런 정서에 탐닉하게 되면, 아, 안타깝게도 파멸로 치닫을 수밖에 없다는 이야기를 했다. 아, 랜섬. 그 많던 부메랑들. 강의 시작 전에 20분 여유가 있었다. 테드는 책들을 도서관에 반납한 후에 자동차에서 다시 만나자고 했다. 강의가 끝날 때까지 차 안에서 기다리고 있겠다고 했다. 그래서 나는 혼자서 커피숍으로 들어갔는데, 그곳은 거의 인적 없는 폐허처럼 보였다. 여자아이들 몇 명뿐. 그리고 빌 밴 보리스의 뒤통수. 그는 내가 들어오는 것도, 커피를 주문하는 것도 보지 못했다. 시야에 잡힐 법한 거리였는데도. 그들의 이야기를 들으면서, 아니, 들려오는 소리를 어쩔 수 없이 들으면서, 나는 속으로 '하!' 하고 코웃음을 쳤다. 커피를 홀짝거리며 재키*를 생각했다. 밀가루 반죽 같은 피부에 촘촘한 잔주름이 진 얼굴, 쥐색 머리카락에 뿔테 안경 뒤로 보이는 눈동자 색깔이 애매한 여자였다. 모르긴 몰라도 빌의 학생들만큼 세련되게 "지적"인 여자는 아니었다. 나는 빌의 뒷모습도 주의 깊게 살펴보았다. 세련된 취향의 얇은 회색 코듀로이 상의는 넓고 남성적인 어깨에 꼭 맞았고, 밝은 계피색 혹은 담배 색깔의 트위드, 그의 창백하고 듬직한 목, 삐죽삐죽 소용돌이 모양으로 솟아난 바짝 깎은 검은 머리카

* 밴 보리스의 아내다.

락. 그는 자기 식으로 이야기하고 있었다. 어리석게 거드름 피우며, 아, 그래, 얼빠진 듯한 말투. 굳이 막지 않고 열어둔 귀에 여자애가 예쁘장하게 말을 더듬는 소리가 들려왔다. 뭔가 "주인공이… 고전적 영웅과는 달리 코믹한……." "코믹하다구?" 빌의 목소리가 갈라졌다, 속삭임, 아니 어딘지 모르게 씨근거리는 숨소리. "그러니까 네 말은……." 여자아이는 머뭇거리며, 검은 눈동자로 도움을 호소했다. "풍자적이라는 말이겠군." 빌은 흔들림 없는 궁극적 지혜의 말씀을 던졌다. 울컥 충동이 솟았다. 자리에서 일어나 그의 어깨를 툭툭 두들긴 뒤 허리를 굽히고서 잘난 척하지 마시라고, 코믹한 주인공이면 됐다고, 풍자가 독점권을 행사하는 건 아니지 않느냐고 말해주고 싶었다. 하지만 입을 꼭 다물고 있었다. 빌은 금세 왕정복고 시기의 드라마 이야기로 주제를 바꾸었다. 자기 들판에 핀 데이지꽃들을 킁킁 냄새 맡고 즐기면서. "도덕성. 물론이지, 그거야말로 농담의 보고 아니겠어. 음탕한 농담을 낳는 기가 막힌 기회지. 아내들을 버리고 떠나는 남자들, 남자들." 여자아이는 금세 반응을 보였다. 궁극적으로, 강렬한 이해심을 발휘할 채비를 열렬히 갖추고. "아, 그래요, 알아요, 알아요." 강의를 하러 커피숍을 나설 때까지 그들은 여전히 이야기를 나누고 있었다.

나는 목이 쉬도록 강의를 했다. 같은 자리에 앉아 있는 앨 피셔의 모습, 마주 보는 자리에 앉은 내 모습이 눈에 선했다. 공식적인 성적 관계. 앨 피셔와 학생들의 왕조. 애첩이 된 학생들. 아내가 된 학생들. 그리고 이제, 그의 어리석고 백치 같은 헛된 미소. 빌이 종신교수직을 얻으면 — 그때까지는 티가 안 나게 찔끔찔끔 건드리고 다니겠지만 — 그때부터는 스미스여대의 첩들을 만들기 시작할 거다.

아니 어쩌면 재키가 죽을지도 모른다. 길게 뻗은 그녀의 입가에는 죽음과 끔찍한 고통이라고 씌어 있다시피 하니까. 음울하게 꼭 다문 입술과 스스로 감당해온, 앞으로 감당해야만 할, 그리고 기꺼이 감당할 위험 부담을 계산하는 내성적이고 차가운 눈동자. 이런 심상들이 눈덩이처럼 불어나기 시작했다. 나는 강의가 시작되기 전에 도서관에 들러 테드에게 이 재미있는 통찰에 대해 이야기해주고 싶다는 충동에 휩싸였다. 밴 보리스와 유혹하는 스미스 여대생의 한판을 링 바로 옆자리에서 관전한 감상을 들려주고 싶었다. 윌리엄 S.가 또다시 악역을 맡았다. 하지만 나는 강의실로 갔다. 강의실에서 나오자마자 자동차로 달려갔다. 자동차로 가는 길에 테드와 마주치게 되지 않을까 하는 기대가 절반, 하지만 그보다는 그가 자동차 안에 앉아 있는 모습을 보게 될 거라는 확신이 더 컸다. 차창 안을 들여다보았지만 검은 머리는 보이지 않았다. 자동차는 텅 비어 있었고, 그 텅 빈 공간이 기묘하게 느껴졌다. 특히, 28주차 지역을 바라보고 있는 오늘 같은 날. 하지만 빌은 보았다. 한 시간 반은 족히 넘었을 시간인데, 커피숍에서 주차장으로 향하는 길을 뒤덮은 초록색 라일락 덤불 사이에서 학생에게 따뜻하게 미소 지으며 안녕을 고하고 있었다. 그는 나를 향해 걸어왔지만 나는 재빨리 그에게 등을 돌리고 차 속으로 들어가 자동차를 몰고 도서관으로 갔다. 테드가 독서실에서 시간도 잊은 채 에드먼드 윌슨이 《뉴요커》에 기고한 글을 읽고 있을 거라 생각하면서. 그곳에도 그는 없었다. 나는 3시 강의를 듣고 나온 학생들과 계속 마주쳤다. 차를 몰고 집으로 돌아가버리고 싶은 기묘한 충동을 느꼈지만, 아직은 아파트에서 쇼킹한 장면을 마주칠 운명은 아니다. 각오는 되어 있지만.

맨팔에 오한을 느끼며 도서관의 차가운 그늘 밖으로 씩씩하게 걸어 나왔을 때, 나는 육감적으로 미리 알고 있던 비전을 보았다. 나는 내가 무슨 광경을 보게 될지, 필연적으로 무엇을 마주치게 될지 알고 있었다. 첫 만남의 장소나 날짜는 확신할 수 없었지만, 아주 오래전부터 이미 나는 알고 있었던 거다. 테드는 파라다이스 연못에서 이어지는 길로 걸어오고 있었다. 여자애들이 주말에 남자 친구와 애무를 하고 싶을 때 데리고 가는 곳이다. 얼굴에 환하고 강렬한 미소를 띠고 걷고 있는 그의 두 눈은 그를 올려다보는 낯선 소녀의 사슴 같은 두 눈에 고정되어 있었다. 갈색 머리카락에 립스틱을 바른 환한 웃음, 그리고 카키색 버뮤다팬츠를 입은 두꺼운 맨다리. 나는 이 장면을 주먹으로 맞은 듯한 충격 속에서, 몇 번인가 날카로운 섬광처럼 본 적이 있다. 소녀의 눈동자 색깔은 알아볼 수 없었지만, 테드의 눈에는 잘 보였을 것이다. 그리고 그의 미소는, 소녀의 웃음처럼 환하고 호의적이었지만, 앞뒤 맥락 속에서 어쩐지 추해 보였다. 내 머릿속에서 그의 태도가 밴 보리스와 나란히 자리를 잡았고, 그의 미소는 백열로 눈부시게 빛나다 못해 멍청하게 사랑을 갈구하는 표정으로 변했다. 그는 제스처를 취하면서, 뭔가에 대한 의견 피력을, 설명을 마무리 짓고 있는 참이었다. 소녀의 두 눈은 현기증 나는 찬사로 생기를 띠었다. 그때 소녀는 다가오는 내 모습을 보았다. 그녀의 눈빛은 깜짝 놀라더니 죄책감으로 일그러졌고, 작별 인사조차 하지 않고 말 그대로 도망을 가기 시작했다. 테드는 그 여자애를 소개시켜줄 생각도 하지 않았는데, 솔직히 빌이었다면 그러지 않았을 거다. 그녀는 첫 번째 표정에서, 아직 기만을 모른다는 사실을 보여주었지만, 그거야 금세 터득할 것이다. 테드는 여자아이 이름이 쉴

라인 것 같다고 말했다. 그는 한때 내 이름이 셜리라고 생각했다. 오, 숱한 말실수들의 오묘함이라니. 그 미소들. 이상한 일이지만, 내 속의 질투는 모두 혐오로 변해버렸다. 밤늦은 귀가, 머리를 빗는 동안 보았던, 음흉하게 웃음 짓는 검은 뿔 달린 늑대의 환시幻視가 모두 한데 어우러져 선명해졌고, 나는 눈앞에 펼쳐진 광경에 숨이 턱턱 막혀왔다. 나는 더는 미소 짓는 착한 사람이 될 수 없다. 하지만 테드는 여전히 웃고 있다. 여자아이들에게 기운 그의 자세는, 반짝거리며 찬미의 눈을 보내고 있는, 낡아빠진 숭모가 아니라 새롭고 신선하고 오염되지 않은(아니, 이미 더러워졌을까) 숭배의 눈동자들 쪽으로 몸을 기울이고 있는 그의 자세는, 이미 스스로 취하고 있는 미학적 거리를 배반하고 있다. 하얗게 밴 보리스의 얼굴이 보인다. 백합 같은 손. 어째서 나는 이런 부류의 남성적 허영기가 이토록 경멸스러울까? 심지어 리처드한테도 찾아볼 수 있었던 허영기다. 열아홉의 왜소하고 병약한 소년에 불과했던 그에게조차. 하긴 그는 부자였고, 가문이 좋고 그 덕분에 안정을 누릴 수도 있었지만. 실제 자신의 값어치보다 더 나은 여자들을 아내로 살 수 있는 조건을 지닌 가문 좋은 남자들. 조운이 언젠가 "에고와 나르키소스"라고 얘기했던 적이 있지. 바니타스, 바니타툼vanitas, vanitatum,* B 박사가 나보고 뭐라고 할지 알 것 같지만, 이젠 나도 자신 있게 대답할 수 있을 것 같은 기분이다.

아니, 저는 창문 밖으로 뛰어내리거나 워런의 차를 나무에 처박거나 집에서 차고 가득 이산화탄소를 채우거나 손목을 긋고 욕조

* '육체의 덧없음'이라는 뜻의 라틴어다.

에 누워 있는 짓 따위는 하지 않을 거예요. 이미 모든 신념에 환멸했고 이제는 지나치다시피 선명하게 눈이 밝았거든요. 강의를 할 수 있고, 글을 쓸 것이며 또 훌륭한 글을 쓸 거예요. 일 년 정도 그렇게 하다 보면 또 다른 선택들이 따라올 테지요. 게다가 내가 조금은 사랑하고 있는 소수지만 다양한 사람들도 있고. 그리고 내가 반드시 지켜야만 하는, 품위라든가 고결함에 대한 나의 집요하고도 불가해한 집착도 있고. 아아, 나는 너무 오래 신탁을 관리하며 살아왔다. 그 분야로는 이제 파산이다.

그리고 나중에, 한참 뒤의 일이다. 그다음 날 오전이었을까. 가짜 변명들, 이름이며 강좌명에 대한 막연한 혼동. 다 가짜야. 다 거짓이야. 있지 말았어야 할 곳에 내가 있었다는 걸 알고 깜짝 놀란 그가 보여준 죄스러운 표정. 그래서 나는 잠을 이룰 수가 없다. 싸구려 허영에 대해 나 스스로 충격을 받았기 때문이기도 하고. 〔생략〕 해명을 철저하게 거부하는 태도 때문에도.

카진이 그해 봄 했던 말은 진실이었다. 그래서 테드가 그에게 바락바락 달려들었던 거다. 카진이 틀렸던 건 딱 한 가지 점에서였다. 문제는 스미스대학 여학생들이 아니다. 아니, 결코 아니다 — 그 열을 올리며 몸을 기울이던 자세, 활짝 열린 환한 미소, 그리고 이 모습과 함께 떠오른 밴 보리스의 환각 — 나중에는 피셔가 떠올랐지. 부정직함 — 불화와 단층. 나는 철저하게 어리석고 투철하게 솔직했다. 진지하게 사랑을 하다니 그런 바보가 어디 있나. 속이지도 않고. 양다리를 걸치지도 않고. 어디론가 가버리고 싶지만 아무 데도 가고 싶지 않다니, 이런 기분은 참혹하다. 나는 테드가 허영기 있고 종잡을 수 없는 무절제한, 다른 남자들과는 다르다고 믿었는데, 그건 참으로 우스꽝스럽고 아이러니하며 치명적인 실수였던 거다. 나는 목표를 이루기 위해 봉사했고, 그에게 옷을 사 주고, 그에게 반년, 아니 8개월의 글쓰는 시간을 벌어주기 위해 돈을, 그것도 엄마의 돈을, 정말 속상하게도 엄마의 돈을 썼으며, 수백 번에 걸쳐 그의 시를 타이핑해주었다. 좋다, 뭐, 현대 영미 시를 위해 내가 그 정도는 해줄 수 있다고 치자. 내가 용서할 수 없는 건, 기만이다 — 그리고 어쨌든, 아무리 힘겨운 일이라도, 나는 내가 오늘 두 눈으로 똑똑하게 본 그 끔찍한 광경의 진상을 알고 싶다. 그의 입에서 거짓된 회피와 흐릿한 망언과 치사한 신경질이 튀어나오는 걸 듣고 있느니보다는. 나는 여기서 내 생을 마쳐야 할 텐데. 하지만 신뢰가 없는 삶이라니 — 사랑은 거짓이고 희열에 찬 희생은 하나같이 추악한 의무에 불과하다니. 너무 피곤하다. 내 마지막 날인데, 공포스러운 진실에 전율하느라 잠을 이루지 못한다. 그는 욕되고, 너무나 수치스럽고, 또 나는 물론이고 내 신뢰마저 욕을 보였다. 내 믿음은 거짓말쟁이와 사기꾼과 파산하고 허영에 찬 남자들이 가득한 이 세상에서 어떤 호소도 하지 못하고 힘없이 사그라든다. 사랑은 그간 내게 영양을 공급해주던 마르지 않는 샘물이었는데, 이제 나는 목메어 질식한다. 틀렸어, 틀렸어, 사랑의 천박한 열기라니. 넋이 나가 얼빠진 그 모습, 사슴 같은 눈을 굴리며 짓던 그 미소들, 화들짝 진실을 알아버리고, 달아나다 — 모든 걸 부정할 수는 없다. 오직 뚜렷하게 밝혀졌을 뿐. 그 부담스럽고 감상적인 싸구려 미국 속어, 즉 "내가 보상할게"라는 말이 나오기 전에 응당 치러야 할 해명 같은 걸 바라진 않는다. 부담스럽고 지독하게 경박한 농담거리. [생략] 나는 이미 타락의 냄새를 맡았기 때문이다. 이 집 안에 타락의 악취가 풍긴다. 그리고 아, 그래,

맞아, 프랭크 사우자던가, 똑같은 변명을 하며 애매모호하게 늦게 들어오는 일이 잦아졌다는 생각에 내 시야는 흐려진다. 나는 안다. 다 알고 있는데 그이는 내게 말을 하지 않고, 알고 있는 내 마음을 이해해주지도 않기에, 안다는 건 더욱더 힘겹다. 〔생략〕 어째서 난 그의 근심들을 내 것처럼 함께 나누면서 그이가 언제나 최상의 상태로 남아주기를 바라는 걸까?… 그이는 신경도 쓰지 않는데. 그이는 내가 강독회에 나타났을 때 그랬듯이 잔뜩 심술만 부리고 있다. 이 사실을 받아들이면서 계속 그렇게 행동하는 그이의 모습은, 그가 얼마나 타락했는지를 잘 보여준다. 그이는 타락하기를 원하고 있다. 뒤에 남겨진 내가 강의를 마무리하는 이 순간에 그를 쫓아 사냥에 나서게 만들고 싶어 한다. 그리하여 흙이 가라앉은 후 물이 맑아진 웅덩이처럼 본능적으로 깨닫게 된 진실로써 강의한 올 한 해의 막바지를 축하하도록. 오, 진흙이 가라앉은 강바닥에 개구리들이 보인다. 개구리들의 미끈거리고 기름기 낀 까만 등가죽에 난 사마귀들 속에 부패와 타락이 보인다. 자, 그러니 이젠 또 어떻게 나올 테냐.

6월 11일 수요일

비 내리는, 시원한 초록빛의 밤이다. 평화와 조화, 일기를 안 쓴 지 벌써 한 달쯤 되었지만 할 이야기가 참 많다. 일기 쓰기를 피했던 건, 지난번에 쓰다 만 조잡하고 악몽 같은 글에서 시작해야 했기 때문이다. 하지만 지금 나는 그때 그 화두를 다시 잡아 풀어진 올 끝에 매듭을 지으려 한다. 난 엄지손가락을 삐었고, 테드의 빌어먹을 손자국을 일주일 동안 달고 다녔고, 온 힘을 다해 캄캄한 방 저편으로 유리컵을 집어던졌던 기억이 난다. 산산조각으로 깨어지기는커녕,

유리컵은 튕겨 나가더니 그냥 멀쩡하게 남아 있었다. 나는 생전 처음 맞아서 별을 보았다. 으르렁거리고 깨물어대는 캄캄한 허공 속에 눈이 멀 정도로 빨갛고 하얀 별들이 폭발을 했다. 공기가 맑아졌다. 우리는 다친 데 없이 멀쩡하다. 그리고 세상 그 무엇도 — 돈, 아이들, 안정, 심지어 투철한 소유에 대한 갈망마저도 — 내가 지금 가지고 있는 것들을 위험에 처하게 할 만큼 소중하지 않다. 나는 너무도 많은 것을 가져서 천사들이라도 질투를 할 정도니까. 따갑고 가려운 발진들 때문에 빨갛게 된 눈을 하고서, 나는 시무룩하게 졸업 논문들을 교정 보기 시작한다. 그저 교수 클럽의 정원에서 미스 혼빅이 보내는 쓰라린 산성酸性의 눈길을 받으며 시간을 때우기 위해서 — 솔직히 논문들이 전부 "우수"나 "우등"을 받아도 나로선 좋았다 — 한 일일 뿐이다. 그리고 아빈 교수의 시험들. 스미스대학의 여타 요구 사항들과 함께, 열흘 전쯤, 6월 1일 일요일에 시험도 모두 끝났다. 우리는 6월의 절반과 7월, 8월을 온전히 글을 쓸 수 있는 시간으로 확보해두었지만, 색스턴 장학금은 아무래도 테드가 받을 수 없을 것 같다는 예감이 시커멓게 대두하고 있다.

아이러니라면, 하퍼 출판사에서 테드의 책을 맡은 편집자가 색스턴 기금의 고문인데, 테드의 프로젝트가 대단히 뜨거운 호평을 받았건만, 유리하리라 생각했던 바로 그 조건 — 하퍼에서 출간한 책 — 때문에 자격이 없어졌다는 것이다. 그래서 내가 10개월간의 색스턴 연구비에 지원하고 테드는 다음 해 구겐하임 기금에 도전해보려 한다. 그이는 T. S. 엘리엇, W. H. 오든, 매리언 무어 등의 시인들을 뒤로 제치고 달려 나가고 싶어 한다. 새해에는 시골에서 살고 싶지 않다. 대신 보스턴에서, 사람들과 빛과 풍경과 가게들과 강과 케임브리지, 극장, 편집자들, 출판사들 바로 옆에서 살고 싶다. 그곳이라면 차도 필요 없을 테고 스미스대학에서도 충분히 멀리 떨어져 있을 테니까. 그래서 우리는 내기를 걸어야 한다 — 최소한 나에게 색스턴 연구비가 떨어질 거라는데, 그리고 글로 돈을 못 벌면 보스턴에 일자리라도 생길 거라는 데에. 하지만 마지막 대안은 죽지 못해 하는 일일 뿐일 테지. 우리는 유럽 왕복 배표와, 시로 번 신비스러운 돈인 1천 400달러만큼은 손대지 말고 잘 간직해야 한다. 나는 이제야 겨우 평화로운 상태에 익숙해져가나 보다. 사람도 없고, 숙제도 없고, 학생도 없는 이런 평화에. 평화, 최소한 이번 주말 아파트를 찾으러 돌아다니다 집에 돌아왔을 때는 평화로웠지. 나는 하버드에서 녹음을 하게 될 테고, 우리 두 번째 결혼기념일을 축하해야 하고 — 내가 어떻게 이런 말을 차분하게 할 수가 있지? 나의 다른 책에서는 이것이 중대한 문제였는데, 여기서 이렇게 제대로 결혼 문제로 진전되는군. 오늘 있었던 사건 하나 때문에, 스미스의 복잡한 문제들을 깨끗하게 정리해주었던 뉴욕에서의 일련의 추억들을 떠올리기 시작했다. 고단하면서도 다시 생기를 찾아주는 듯하던 기억들. 우리는 황혼 무렵에 녹음이 우거진 공원을 거닐러 갔다. (나는 그때 막 꽤 괜찮은 음절시인 〈아이들의 공원 돌멩이들*Child's Park Stones*〉을 썼던 참이었다. 그 시에서 나는 돌멩이들을 덧없이 사라져버리는 오렌지와 수령초의 진달래빛에 대비시켰고, 미국에서 가장 좋아하는 장소가 이 공원이라고 생각했다.) 그날 저녁은 축축한 안개가 자욱한 침침한 밝은 회색으로, 물속을 유영하는 듯한 녹음으로 가득했다. 나는 장미 정원(돌사자 머리가 있는 샘 옆에 있는)에서 방금 핀, 장미 한 송이를 — 가능하면 노란색으로 — 잘라올 생각으로 우비 주머니에 은도금을 한 가

위를 하나 지니고 갔다. 봉오리가 붉게 벌어지기 시작한 장미 한 송이. 우리 거실에서 방탕한 향을 내뿜고 있는, 거의 검다시피 붉은 장미. 우리는 길을 따라 걷다가 벽토로 치장한 집에 다다라 장미 정원으로 막 내려가려던 참이었다. 바로 그 순간 나뭇가지가 부러지는 듯 뚝 하는 큰 소리가 들렸다. 우리는 아마 공원 저편에서 아까 본 남자가 개구리 연못에서 진달래 덤불을 뚫고 오는 소리일 거라 생각했다. 노란 장미들은 헝클어지고 짓밟혀 봉오리라고는 하나도 보이지 않았다. 나는 꽃잎 하나가 살짝 벌어지고 있는 분홍색 봉오리를 잘라내려고 몸을 기울였는데, 그때 진달래꽃 덤불에서 덩치 큰 여자애들 세 명이 걸어 나오는 것이었다. 연한 마닐라빛의 우비를 입은 여자애들은 수상쩍게 수줍어하고 있었다. 우리는 장미 정원에 자리를 잡고 서서 여자애들을 내려다보고 있었다. 그 애들은 서로 속살거리며 하얀 연꽃과 빨간 제라늄이 만발한 정원으로 비틀비틀 걸어 들어가더니 하얀 정자 밑에서 어디로 가야 할지 모르는 듯 망설였다. "꽃을 몇 송이 훔치고 싶어 하는 게 틀림없어." 테드가 말했다. 그런데 여자아이들은 그냥 가기로 마음을 정한 게 분명해 보였다. 나는 전에 한 번도 본 적이 없는 희한한 오렌지색 꽃봉오리를 발견하고, 여자애들이 시야에서 사라진 후에 그 오렌지색 벨벳 장미 봉오리를 잘라내려 몸을 굽혔다. 회색 하늘이 낮게 깔리고, 천둥이 소나무숲 속에서 우르릉거렸고, 따뜻하고 부드러운 비가 회색 스펀지를 쥐어짠 듯 회색으로 내리기 시작했다. 우리는 여자아이들이 나온 진달래 덤불로 들어가 집으로 향했다. 그런데 진홍빛 진달래꽃이 가득 담긴 신문지가 덤불 뒤쪽에 처박혀 있는 게 눈앞에 나타났다. 다소 예상하긴 했지만, 그래도 충격적인 광경이었다. 나는 화가 나기 시작했다. 우리는 더 멀리 걷다가, 밝은 핑크빛 진달래를 꾹꾹 눌러 담아놓은 신문지를 또다시 보게 되었다. 나는 진홍빛 진달래꽃을 모조리 걷어다가 뿌리 뽑힌 백합들처럼 개구리 연못에 둥둥 띄워 모든 사람들이 볼 수 있도록 물속에 오래오래 보존해서 꽃을 꺾은 죄인들에게 복수를 하고 싶다는 격렬한 충동에 휩싸였다. 아마 그랬다면 피를 갈구하는 내 욕망을 충족시킬 수 있었을 텐데. 나는 진홍빛 꽃다발을 집어 들었지만, 나만큼 화가 난 테드는 손도 대지 않으려 했다. 하지만 연못을 지나쳐 탁 트인 평원으로 나왔을 때, 우리는 마음을 정하기라도 한 듯, 뒤로 돌아 꽃을 연못에 던지려고 했다. 여자아이들이 돌아왔다는 걸, 아마 내가 알아차렸기 때문이 아닐까 — 숨죽인 웃음소리와 부주의하게 부러지는 나뭇가지 소리가 들렸던 것이다. 우리는 악의에 찬 눈빛으로 천천히 다가갔다. 나는 피를 보고 싶다는 욕망을 느꼈다 — 셋 다, 뻔뻔스러운 계집애들 — "아, 여기 큰 게 있네." 짐짓 과장된 몸짓으로 여자애 하나가 말했다. "너희들 왜 꽃을 따고 있니?" 테드가 물었다. "무도회가 있어요. 무도회에 쓰려고 따는 거예요." 그 애들은 우리가 웬만하면 이해해줄 줄 알았나 보다. "그만두는 게 좋겠다고 생각지 않니?" 테드가 물었다. "여기는 여러 사람들이 쓰는 공원이잖니." 그러자 작은 아이가 당돌하게 굴면서 비웃다시피 말했다. "아줌마 공원도 아니잖아요." "그럼 너희 공원이니?" 나는 그 애의 우비를 손톱으로 찢어발기고 얼굴을 철썩 갈긴 다음에 교복에 붙은 교표를 읽은 후 감옥에 보내버리고 싶은 충동에 이상할 정도로 휩싸였다. "차라리 덤불을 뿌리째 뽑지 그러니." 그녀는 나를 노려보았지만, 나도 강렬하게, 돌처럼 차가운 광기 어린 시선으로 맞받아 쏘아 제압해버렸다. 그 여자애는 젠체하며 다른 애를 데리고 다른 진달래꽃을 따러 갔다. 우리는 그 애들을 연못까지 따라갔는데, 그네들은 연못에 서서 의논을 하더니 왔던 길을 되돌아가는 것이었다. 우리는 번개가 번쩍거리는, 대기가 거의 투명한 빨강으로 빛나는 와중에 비를 맞으며 진달래 숲이 끝나는 데까지 따라갔다. 거기서 소녀들은 기다리고 있는 자동차로 가더니 진달래꽃다발들을 열려 있는 차 트렁크에 싣는 것이었다. 우리는 그네들을 가게 내버려두었다. 우리 때문에 마음이 불편했다면 그 정도로 됐다 싶었다. 하지만 우리는 분이 풀리지 않았다. 게다가 나는 내 이중적 윤리 때문에 고민에 빠졌다. 여기 내 주머니에는 오렌지빛과 분홍빛 꽃봉오리가 들어 있고 집에는 만개한 붉은 장미가 향기를 내뿜고 있는데, 무도회에 쓰려고 진달래꽃 한 아름을 훔친 소녀에게 살인 충동을 느끼다니. 일주일에 한 송이씩 갖다 놓는 내 장미는 나와 테드를 위한 미학적 즐거움을 제공하고 다른 사람들에게는 아무 폐도 끼치지 않는다고 생각했다. 게다가 노란 장미들은 다 벌어져 헝클어졌는데. 한 송이 장미꽃이 활짝 피어 만개한 후 벌어져 황폐하게 죽어버릴 때까지 꽃병에 보존했다가 다른 꽃으로 대체한들 뭐가 어떻단 말인가. 장미의 계절이 지속되는 동안 색색으로 빛나는 불멸의 장미 한 송이를 간직하되 정원 가득한 장미들은 남겨두는 건데 — 하지만 이 여자애들은 덤불을 통째로 걷어가려고 했던 게 아닌가 — 그렇게 도매금으로 조잡하게 드러내는 이기주의는 생각만 해도 혐오스럽고 화가 나는 일이다. 내 안에는 죽음 — 피처럼 뜨거운 폭력이 숨어 있다. 나 자신을 죽여버리거나 — 아니면, 이제는 알 것 같다 — 다른 사람을 죽일 수도 있다. 여자를 죽여버리거나, 남자를 상처 입힐 수도 있는 사람이다. 충분히 그럴 수 있다. 이를 악물고 두 손을 통제하려 했지만, 그 여자애들이 걸어가는 모습을 바라보는 내 머릿속에는 핏빛의 별들이 번쩍거렸고, 그 애한테 달려들어 피범벅이 되어 펄떡거리는 살점들로 갈가리 찢어버리고 싶은 욕망이 치솟았던 거다.

3부

보스턴 1958~1959
영국 1960~1962

일 년 동안 함께 창작에 매달리기로 한 플라스 부부는 1958년 여름, 보스턴에 아파트를 구하게 된다. 〈록 하버의 홍합 따는 사람*Mussel Hunter at Rock Harbor*〉과 〈야상곡*Nocturne*〉이 원고료를 많이 주는 저명한 잡지 《뉴요커》에 실리자 플라스는 환희에 들떴다. 그리고 그해 가을, 플라스는 자살 기도 후에 입원했던 병원의 정신병동에서 서무원으로 일하게 되고 이때의 경험은 시 세계에 영향을 크게 끼친다. 글도 마음대로 써지지 않고 아기도 생기지 않자, 플라스는 또다시 짜증이 늘고 우울 증세를 보이기 시작했다. 이때 그녀는 처음 자살 기도를 했을 때 심리 치료를 맡았던 정신과 여의사 닥터 루스 보이셔와 다시금 깊은 유대관계를 맺게 된다. 그리고 또한 자아의 내면에서 발견되는 화두들을 시에서 다루기 시작했고, 이를 위해 처음으로 혼자 아버지의 묘소를 찾아 윈스롭까지 단신으로 여행을 했다. 또한 고백시의 대가인 로버트 로웰의 강의를 수강한 것도 이때의 일이다.

테드와 실비아는 7월과 8월 내내 미국 전역을 여행했다. 캘리포니아의 친척을 찾아가던 길에 들렀던 옐로우 스톤 파크에서는 자동차 안까지 곰이 침입해 잠에서 깬 사건도 있었다. 당시의 중요 사건으로는 작가들의 공동체인 야도에 부부가 함께 초청을 받았던 일이 있다. 12월, 플라스는 임신 사실을 확인했고, 휴스 부부는 함께 영국으로 돌아가기로 한다.

1960년 2월, 휴스 부부는 런던에 자그마한 아파트를 얻어 살림을 차린다. 그리고 바로 그달에, 실비아는 하이네만 출판사와 첫 시집 《거상 외 Colossus and Other Poems》를 출간하기로 계약을 체결한다. 그리고 다음 달 테드 휴스의 두 번째 시집이 평단의 호평을 받으며 출간된다. 4월 1일에는 산파의 도움으로 첫딸 프리다를 순산했다.

5월에 있었던 가장 중요한 사건은, T. S. 엘리엇과 그의 부인을 비롯한 몇몇 친구들과 함께 저녁 식사를 했던 일이다. 이때쯤 테드 휴스는 이미 엘리엇, 오든, 스펜더, 루이스 맥니스 같은 대시인들에 비견되는 명성을 얻고 있었다. 하지만 플라스는 《예일 청년 시인 선집》의 경선에서 탈락했고, 남편의 성공에 열패감을 느끼기 시작했다. 1961년 그녀는 또다시 임신해 기대에 부풀었으나, 결국 유산하는 바람에 큰 좌절을 느끼게 된다. 2월 말, 그녀는 충수염으로 충수 제거 수술을 받게 되었고 병원에서의 경험은 〈튤립Tulips〉 같은 시를 위한 영감을 주었다.

얼마 후 휴스 부부는 아씨아 굿맨과 그녀의 세 번째 남편 데이비드 웨빌에게 런던의 아파트를 세주고 데번의 주택으로 이사했다. 9월에 데번으로 이사하기 직전, 실비아는 또다시 아기를 가졌다는 사실을 알게 된다. 이 당시 실비아의 일기들은 대단히 냉정하고 개인적 목소리를 벗어나 있다. 주로 이웃들을 묘사하는 이 시기의 일기는 감상적이고 불안한 초기 유년기의 시각에서 벗어나, 인생을 관조적으로 성찰하는 태도를 보여주고 있다. 하지만 《거상 외》는 영국과 마찬가지로 미국에서도 별반 성공을 거두지 못했다.

그러던 어느 날, 실비아는 집 안에 들어서다가 전화벨 소리가 울리자 달려가 전화를 받았다. 그녀가 일찍 돌아올 줄 몰랐던 테드는 당황해 달려왔으나, 실비아는 이미 수화기 너머에 있는 여자 목소리를 알아챈 후였다. 바로 런던 아파트에 살고 있는 아씨아 웨빌이었다. 이 사건 이후 휴스 부부의 결혼 생활은 파국으로 치닫는다. 아일랜드에서 화해를 시도했으나 실패한 이들은 결국 이혼하고, 플라스는 아이들을 데리고 런던에 아파트를 얻어 생활하기 시작한다. 당시 플라스는 키츠의 '기적의 해'에 비견될 만한 엄청난 창작력을 과시하게 된다. 모든 걸작이 이 시기에 쏟아져 나왔다 해도 과언은 아니다. 그러나 그해 겨울은 100년 만에 찾아온 혹한이었고, 생활고와 우울증에 시달리던 실비아 플라스는 끝내 자살을 시도한다.

6월 20일 금요일

여기서의 내 모토는 "내 영혼은, 꿈처럼 모조리 묶여 있다" 정도가 되리라. 전에도 그랬고 지금도 나는 우울증과 싸우고 있다. 내 삶은 꼭 마술처럼 두 가지 전류로 조종되는 것 같다. 환희의 낙관과 절망적인 비관 — 그냥 순간순간 흐르는 전류가 내 인생을 장악하고 밀물처럼 덮쳐버린다. 나는 지금 절망의 홍수 속에 허우적거리고 있다. 거의 히스테리에 가깝다. 거대한 근육질의 부엉이가 내 가슴 위를 짓누르고 앉아 발톱으로 심장을 쥐어짜기라도 하는 듯, 질식할 만큼 숨이 막힌다. 이런 새삼스러운 삶이 강의를 하는 것보다 더 힘들 거라는 걸, 훨씬 힘들 거라는 걸 알고 있었다. 하지만 나는 무기들을 완비하고 있었고, 그중에서도 자의식이 가장 최고의 무기였다. 지난가을 일을 시작할 때는, 외압이 음침하게 내 고혈을 요구했기에 나는 두려웠다. 이제는 상황이 딴판으로 달라졌지만, 감정적인 내용에서 보면 마찬가지다. 평생 처음으로 14개월간의 "완전한 자유"와 합리적인 경제적 안정, 그리고 참으로 훌륭한… 거인처럼 거대하고 창조적인 남편이 늘 함께하는 마술 같은 일까지 다 갖고 있다.

그이는 너무나 훌륭해서 혹시 내가 상상으로 꾸며낸 게 아닐까 싶을 정도지만 — 내가 상상치도 못했던 놀라움을 너무나 많이 선사하기 때문에 그이가 실재하며 그 본질에 있어 빙산처럼 깊다는 걸 깨닫곤 한다. 그래서 나는 이 모든 걸 갖고 있는데, 사지四肢가 마비되어 있는 것이다. 내부의 요구가 내 고혈을 끌어내고, 나는 두렵다. 왜냐하면 내가 스스로의 요구 조건을 성취하고 채워 넣어야 하기 때문이다. 세상에 이토록 무거운 책임이 또 있으랴. 좌초하고 실패한들 힘겨운 외부 조건을 탓할 수도 없고, 머리가 쭈뼛 서는 내면의 암초와 맞닥뜨려야 하므로. 나태, 두려움, 허영, 유약함. 시작詩作에 매진하던 지난가을 그러했듯, 이 경험을 정면으로 돌파해 시집이나 단편 소설, 장편 소설을 산출해내고, 독일어를 배우고 셰익스피어와 아스테크 인류학 서적과《종의 기원》을 읽어낸다면 — 강의의 다양한 요구 조건들에 정면으로 맞서 해결했듯이 — 다시는 나 스스로를 두려워하지 않게 될 텐데. 그리고 내가 나 자신을 두려워하지 않게 된다면 — 겁쟁이 같은 두려움이며 질겁하고 움츠러드는 본성을 두려워하지 않게 된다면 — 세상에 겁날 것이 별로 없어진다 — 사고, 질병, 전쟁, 물론 두렵겠지만 — 그래도 이런 사태에 나 자신이 일어서 맞서지 못할까 봐 두렵지는 않을 텐데. 이건, 물론, 암흑 속에서 휘파람을 부는 식이긴 하다. 끈덕진 요구를 해대는 악귀들을 피하고 창작의 결핍에 지속적인 핑계를 대기 위해, 심지어 나는 바로 그, 여성들의 최초이자 최고의 시련 — 아기를 갈망하기까지 했다. 하지만 먼저 내 글과 경험을 제압해야만 한다. 그래야 그다음에 아기를 낳을 자격을 얻을 수 있으리라. 마비. 일단 외부의 압력이 사라지고 나면, 나는 쌀쌀한 회색의 유월 낮에 우울한 잎사귀들의 녹음이 반기는 가운데 앉는다. 그리고 깊이, 깊이, 내 자신 속으로, 추락해 들어간다. 바닥을 긁으며 내 첫 고향을 방문하고자 갈망하며. 웰즐리가 아닌 윈스롭. 심지어 자메이카 플레인까지. 그 이름들은 부적들이 된다. 교회 시계, 아니 안젤루스의 종인가? 아무튼 오묘하게 규칙적으로 연달아 치는 종이 12시를 알린다. 거의 한 달을 그냥 흘려보냈다 — 뉴욕에 가고, 웰즐리에 가고, 아파트를 찾아다니고. 시간을 쓸데없이 쪼개어 낭비하고. 사람들과 어울리고. 내게 필요한 건 사람들이라지만, 사람들이 도대체 나한테 무슨 득이 된단 말인가? 아마, 단편소설을 하나 써보면, 알게 될지도 모르지. 창문에 기대어, 이마를 유리에 대고, 푸른 정복을 입은 우체부가 집 밖으로 나와 원고가 수락되었다는 편지를 남기고 떠나기를 기다린다…….

기계적인 한 해 강의의 피로, 진공 상태, 허공 속에 보류 정지된 채 나는 간다. 그래서 더 시계 초침은 빨리 가는가 보다. 역시 생전 처음으로, 그리고 최고로 오랜 시간 동안… 나는 나의 하루하루를 빠듯하고도 창의력 넘치게 짜야만 한다 — 독서와 창작 프로젝트로 나 자신을 꽉 채워야 한다 — 집 안도 깨끗하게 살림을 잘하고, 나태한 병약함도 끝장을 봐야지. 우리는 이번 주에 "이상적인" 아파트 한 채를 찾아냈다 — 값이 비싼 데다 부엌이 거실 한쪽 벽 좁은 구석에 붙어 있지만 않았어도 미학적으로 이상적이었을 텐데. 아, 하지만 전망이라니, 아, 그래, 전망, 전망. 좁아터진 방 두 개에 월세 115달러, 그리고 빛이 들어오고 조용하고 6층에서 강 쪽으로 비컨힐이 보이는 전망. 퇴창이 두 개 있어 하나는 내가, 하나는 테드가 각각 자리를 잡고 앉아 글을 쓸 만하다. 매리언 무어의 편지만 도착하면, 색스턴 기금에 테드가 아닌 내가 신청서를 보내려 한다. 그러면 일 년 계약 중 10개월은 때울 수 있을 테고, 월세에 대해서도 내 청교도적 양심에 부담이 덜 갈 테니까. 임대한 비컨 힐의 아파트는 우리의 여름에 공짜로 평화를 가져다주리라.

내가 여기서 글을 쓰는 건, 다른 곳에서는 마비가 와서 써지지가 않기 때문이다. 마치 강의로 점철된 지난 학기의 어지러운 무도, 타란텔라 춤에 반동이라도 하듯, 내 마음은 지식과 학문에 문을 꾹 닫아버렸다. 나는 비실비실 쓸데없는 일에 시간을 낭비한다 — 이것저것 손만 대고, 접시를 하나 주워 들어 닦고, 마요네즈를 휘젓다가, 차들이 오가는 소리들 사이로 우체부의 휘파람 소리가 들린다는 상상에 벌떡 일어나 달려가기도 한다. 난 내가 쓰는 시들이 실망스럽다. 완전히 김이 빠졌다. 이제 겨우 스물다섯 편 조금 넘게 썼는데, 마흔 편은 족히 되었으면 좋겠다. 소재도 너무 거리가 있다. 내 경험을 제대로 활짝 열어주지를 못했다. 계속 버리고 또 버리고 있다. 내 마음에선 아이디어가 황폐하게 고갈되어버렸고, 나는 까치처럼 파편적인 테마들을 주워 모아야 한다. 찌꺼기들이며 짝이 맞지 않는 것들. 나는 풍요로움을 갈구하는 초라한 가난뱅이 같은 기분이다. 겁에 질려 있고, 부적절하고, 절망적인. 내 정신이 "덫"에 걸려들어, 꼼짝달싹할 수 없이 얼어붙고 움직일 수도 없게 되어버린 것만 같다. 나는 천천히 내 영토를 정돈해야 한다. 시를 쓰고, 아기들에게 모유를 먹이고, "바스의 아낙네"같이 차분하고, 유머도 있고 성깔도 있는 그런 꿈 같은 나 자신은 시간이 가면서 싹 사라져버리고 말았다. 내 눈앞에는 학교 강의 스케줄이 하나도 없는 일 년이 기다리고 있지만, 모든 선택이 내게 달린 올해는 그 어느 때보다 힘겨워질 것이다. 성취와 지연, 유보와 움츠림, 그리고 온갖 게으름과 나태까지.

6월 25일 수요일☆

아마 이 일기 전체를 통틀어 별표를 한 날은 오늘이 처음일 것이다. 어제 여기 글을 쓰려고 했는데, 우울증에 빠져 눈물에 젖은 상태여서 못했다. 오늘 나는 다시금 활자들을 타이핑하고 송고할 테드의 시와 내 시의 원고를 만들려고 앉았다. 타이프라이터 앞에 앉아 있는데 우체부가 입은 사랑스러운 하늘색 셔츠가 옆집의 백만장자 여자네 집 진입로로 들어가는 모습이 보였다. 그래서 나는 아래층으로 달려 내려갔다. 우체통에서 삐죽 솟아 나와 있는 편지 한 장, 검은 활자로 왼쪽 귀퉁이에 적혀 있는《뉴요커》라는 글자가 보였다. 시야가 하얗게 흐려졌다. 나는 머릿속으로 온갖 경우의 수를 상상해보았다. 지난번 시를 보낼 때는 소인이 찍힌 봉투에 넣어 보냈으니까, 아마 출판사에서 봉투가 소실되어 거절 편지를 자기네 출판사 봉투에 넣어 보냈을 것이다. 아니면 저작권 문제로 테드한테 온 편지일지도 모른다. 나는 우체통에서 편지를 잡아 뽑았다. 봉투는 희망을 갖게 할 만큼 얄팍해서 충격적일 정도였다. 당장 계단에서 커다란 마시멜로를 먹으면서 편지를 뜯어보았다. 웨일런 부인은 푸른 풀밭에 앉아 있고, 새하얀 얼굴에 인위적인 귀여움이 풍기는 그녀의 어린 두 아들은 수영복을 입고 고무로 된 휴대용 수영장에 들어갔다 나왔다 뛰어다니며 화려한 줄무늬 공을 튕기면서 놀고 있다. 하워드 모스의 편지에 박아놓은 까맣고 짙은 활자가 내 뇌 속에 부딪쳐 박혔다. "〈록 하버의 홍합 따는 사람〉은 제가 보기에는 탁월한 수작이라도 생각됩니다. 그리하여 저희는 기쁜 마음으로 이 작품을《뉴요커》에 채택 게재하고자 한다는 말씀을 드립니다……." 십 년간 희망과 동경에 차 기다리고 또 기다린 결과 (또 계속해서 거절당하고) 꿈이 실현되었다는 걸 깨닫고 나는 환호성을 지르며 이층의 테드에게 달려가 멕시코 콩알처럼 팔딱팔딱 뛰어다녔다. 몇 분이 지나서, 조금 진정이 된 후에야 나는 그 문장을 끝까지 읽을 수 있었다. "… 또한 〈야상곡*Nocturn*〉도 게재하고자 합니다. 우리는 이 작품 역시 대단히 탁월하다고 생각합니다." 시가 두 편이나 — 게다가, 이들은 내가 쓴 것들 중 가장 긴 작품이기도 하다. 각각 91행과 45행에 달하니 말이다. 이 두 편을 다 실으려면 전면을 사용해야 할 텐데, 《뉴요커》지에는 하절기 시 작품들이 산더미처럼 쌓여 있는데도 굳이 내 시를 사려 하는 것이다, 그냥 지면을 때우기 위해서가 아니라. 이 기쁨의 한 방이 늙은 용을 쓰러뜨렸으니, 나는 아마 다음 달까지는 창조의 물살을 타고 절정의 기분으로 시작詩作을 할 수 있으리라.

6월 26일 목요일

학교 도서관의 끈적끈적하고 인적 없는 음울한 어둠 속에서 거미들이며 게들이며 부엉이들에 대해 자료를 찾아보았다. 무더운 여름에 도서관이 내 차지라고 느끼는 기분은 아주 좋다. 오늘 아침에는 짧은 시 한 편을 썼다. 〈메인 가 위를 날아간 부엉이*Owl Over main Stree*〉는 음절시 형태다. 다듬으면 더 좋아질 텐데. 시작은 소재에 비해 좀 서정적이고 마지막 운율은 확장할 수도 있을 터이다. 시를 좀 조용히 내버려두고 나중에 가필을 할 필요가 있다. 시집에 끼워 넣으려고 이렇게 안달하지 말고 넉넉히 열다섯 편에서 스무 편이 되면 좋을 텐데. 자정에 동네를 산책할 때 들었던 그 부엉이 소리, 그 새의 거대하고 깃털 달린 몸통의 밑, 거대한 날개가 전선 위에 펼쳐져 있던 — 귀신같이 소름 끼치는 목쉰 울음소리. 또 바위에다 개미들을 매듭지어 달아놓는 스페인의 흑거미. 폭력의 비전. 동물 세계는 알면 알수록 흥미롭다.

기이한 꿈들. 빨간 꼭지가 달린 플라스틱 실린더 병에서 뭔가를 마시다가 그 안에 넣어둔 게 끈적한 독약이라는 걸 깨닫고 공포에 질리다. 배가 꼬이고 뒤틀리기를 기다리다가 해독제를 기억해내고 아이스박스로 달려가서 생달걀을 통째로 삼켜버렸다. 테드는 이 꿈이 수태를 상징적으로 표현하는 꿈이라고 했다. 게다가 어젯밤에는 — 뮤지컬 코미디에 대니 케이즈가 수백 명이나 나왔다. 입술에서 피부를 잡아떼었더니 피가 그렁그렁 고였고, 입술 모양으로 — 내 입 전체의 껍질이 벗겨져 눈부신 빨간 피가 입술 모양 그대로 고였다.

7월 3일 목요일

나는 꾸준히 시를 써오고 있으며 산문을 쓰고 싶다는 욕망의 복된 여명이 밝아오는 느낌이 든다. 경쟁심을 자극하기 위해 문학판《마드모아젤》을 한 권 샀다. 이젠 화가 나지 않는다. 나도 내 나름대로 때가 있으니까. 내 시집에 수록된 시들을 자꾸자꾸 잘라버리고 있다. 시집 제목은 이제 '아버지-바다-신의 뮤즈'에 대해서 쓴 내 작품들 중에서 가장 훌륭하고 묘하게 감동적인 〈다섯 길 바다 저 밑에〉를 따서 지어두었다. 〈점토 두상〉은 빼버렸다. 역시, 영국에서 쓴 시들 중에는 최고였는데. 너무 화려하고 매끈하고 누덕누덕 기운 느낌에 경직되어 있다 — 이제 보니 좀 창피할 정도로 — 다섯 편에 걸쳐 두상에 대해 미사여구로 치장된 경구를 10개나 썼으니. 지금으로서 '스타' 시는 〈록 하버의 홍합 따는 사람〉이라 할 수 있겠다. 작가용 교정쇄가 어제《뉴요커》에서 날아왔다. 그토록 오랫동안 그려왔던《뉴요커》의 복된 활자로 찍혀 있는 3단이나 되는 기나긴 시. 내 다음 야망은《뉴요커》에 단편을 싣는 것이다. 5년, 10년은 더 작업을 해야겠지만. 트럭은 이제 사라졌으니 지금부터는 좀 조용하게 평화가 찾아오기를 바란다. 이 동네의 교통 소통은 규칙적이고, 차 소리가 거의 들리지 않을 정도로 나지막한 편이다. 나는 독일어를 시작했다. 7월 1일부터 하루에 두 시간씩. 그림의 동화들을 번역하기 시작했고, 단어 목록을 만들기도 했지만, 지금은 문법 강의 공부를 더 해야겠다. 동사와 명사, 격 형태를 다 잊어버렸지만 2년이나 건드리지 않았는데 그나마 이야기에 대한 감각을 갖고 있다는 게 놀랍다. 내 삶은 이제 내 손 안에 있다. 아스테카 문명이며 동물들, 인간과 척추동물의 성격에 대한 펭귄 문고를 힘겹게 읽어나가고 있다. 읽을 게 너무나 많은데, 올해는 스케줄을 짜고 목록을 만들 것이다. 그건 도움이 될 테니까. 테드는 내게 시가 될 만한 주제 몇 가지와 숙제를 내주었는데 아주 흥미진진하다. 벌써 그라운드혹*과 지주地主들에 대한 꽤 괜찮은 시 한 편을 썼는데 몇 편을 더 쓰고 싶다는 열망에 차 있다.

7월 4일 금요일

독립기념일이다. 스스로 무엇에서 자유롭고 무엇에 얽매여 있는지 알고 있는 사람들이 얼마나 될까. 시원한 공기, 캐나다의 공기가 밤새 대기를 바꾸어놓았는지 아침에 일어나 보니 싸늘한 날씨가

* 남아메리카산 마못류다.

되어 있었다. 뜨거운 홍차를 마시고 면 스웨터를 걸쳐야 할 정도로 싸늘한. 아침에 일어나서 우리 아기 새에게 먹이를 주었다. 어제는, 이 기묘한, 질식할 것만 같은 히스테리에 휩싸였는데 — 아마 산문, 그러니까 단편이나 소설을 쓰지 않는 탓도 있으리라 — 그래서 나는 테드와 함께 습하고 짙은 공기 속으로 산책을 나갔다. 그이는 어느 가로수 옆에서 발길을 멈추었다. 맨 땅바닥에 발랑 누운 채, 필사적으로 앙상한 날개를 펼치며 누워 있는 아기 새를 한 마리 보았던 것이다. 둥지에서 떨어져서, 죽음의 경련으로 온몸을 떨고 있는 듯했다. 나는 그 상처에 욕지기가 올라와 메스꺼워졌다. 테드가 그걸 손으로 감싸 집으로 가지고 왔고, 새는 테드의 손바닥 속에서 반짝이는 검은 눈으로 밖을 내다보았다. 우리는 작은 마분지 상자에 행주와 보드라운 종이 몇 장을 깔아 둥지 비슷하게 만들어서 새를 집어넣었다. 새는 떨고 또 떨었다. 등을 부딪혀서 균형을 잃은 듯했다. 순간순간 그 앙상한 가슴의 호흡이 당장이라도 멈출 것만 같았다. 하지만 천만의 말씀. 우리는 빵을 우유에 적셨다가 이쑤시개 끝에 찍어 먹여보려 했지만 새는 재채기만 하고 삼키지를 못했다. 그래서 우리는 도심으로 가서 신선한 스테이크 고기를 갈아 왔다. 벌레와 굉장히 비슷한 모양이라는 생각이 들었다. 층계를 올라가자, 새는 불쌍하게 끽끽거리면서 노란, 개구리같이 생긴 부리를 어찌나 활짝 벌렸는지 꼭 포크 끝처럼 생긴 주둥이 뒤에 머리가 가려 잘 보이지도 않을 정도였다. 나는 별 생각 없이 상당한 크기의 고기를 집어다가 새의 목구멍에 밀어 넣었다. 부리가 손가락 끝에서 닫히며 혀가 내 손가락을 쪽쪽 빠는 느낌이 들었다. 그러더니 텅 빈 입이 또다시 열렸다. 지금은 맹렬하게 새에게 빵과 고기를 먹이고 있다. 새도 자주 자주 잘 먹고, 두 시간에 한 번 먹이를 주면 사이사이에 잠을 잔다. 그리고 점점 더 그럴싸한 새 모양을 갖추어가고 있다. 아무리 작아도, 새는 생명과 감수성과 정체성의 연장선이다. 아기를 낳을 준비가 된다면, 정말 근사할 것이다. 하지만 그때까지는 안 된다. 사악하게도 지난 이틀 동안은, 기묘한 도착증과 마비 증세의 주문에 걸려 독일어 공부를 하지 않았다.

어젯밤 테드와 나는 미국에 와서는 처음으로 PAN* 놀이를 했다. 우리는 휴식을 취했고, 일을 하면서도 포근하고 행복했다. 그리고 뒤집어진 브랜디 잔은 아주 훌륭하게, 이상스럽지만 아주 매력적인 유머를 수반해서 대답을 해주었다. 우리들의 뜨거운 무의식이 그런 반응을 억지로 끌어내는 거라고는 하지만(물어보면, 그 자신이 "꼭 우리 같다"고 대답한다), 우리는 영화 구경보다 더 즐거운 시간을 보냈다. 물어보고 싶은 질문이 너무나 많다. 어디까지가 우리 본능의 작용이고 어디까지가 기묘한 우연인지, 그리고 어디까지가 "아버지의 영혼"이 대답하는 것인지 알고 싶다. PAN은 내 시집이 월드 출판사가 아니라 노프 출판사에서 나올 거라고 말해주었다. (월드에 있는 사람들은 "거짓말쟁이"라고 한다 — 이상한 얘기다. 이건 내가 느끼는 건가?) 또한 내 시집에는 오십 편의 시가 수록될 거라고. 우리는 딸아이를 낳기 전에 아들 둘을 가질 것이고, 아들들의 이름은 오웬과 거웬이라고 짓고 딸의 이름은 로잘리라고 지어야 한다고 했다. PAN은 자기가 쓴 〈촉촉한*Moist*〉이라는 시를 낭송했고, 테드의 시 중에서 〈창꼬치*Pike*〉가 제일 좋다고 했다. ("난 생선이 좋거든"이라

* 위자Ouija 판, 심령 전달에 쓰이는 점판이다.

면서) 그리고 내 시들 중에서는 〈홍합 따는 사람〉이 좋단다. ("콜로수스가 그걸 좋아해" 하면서) 콜로수스는 PAN의 "가족 수호신"이다. 그는 나더러 우울할 때는("날이 뜨거워서 그런 거야") 독서에 몰입해 보라고 충고해주었고 내 소설이 사랑에 대한 것이 될 거라고 주장했다. 내가 11월에 소설에 착수할 거라고도 했다. PAN이 말해준 것들 중에, 날카로운 통찰력을 보여준 것이 또 뭐였냐 하면, 내가 '로렐라이'를 주제로 시를 써야 한다는 말이었다. '로렐라이'가 '나와 닮은 꼴'이기 때문이란다. 그래서 오늘 나는 재미 삼아 그렇게 해봤다. 어머니가 재미 삼아 우리에게 불러주던 애처로운 곡조의 독일 노래를 가지고서. 그 노래는 이렇게 시작했다. "Ich weiss nicht was soll es bedeuten……" 이 주제에는 두 배, 세 배로 마음이 끌린다. 라인강 세이렌들의 독일 전설, 바다 — 유년기의 상징, 그리고 노래의 아름다움 속에 깔려 있는 죽음의 충동. 시는 내 하루를 잡아먹어버렸지만, 이건 시집이 될 만한 시라서 기분이 좋다. 괴롭더라도 산문을 시작해야 한다 — 아이러니다. 이런 마비 증세라니. 시를 계속 쓰고 있으며 다른 독서도 하고 있는데 — 그렇지 않으면, 이렇게 어휘 하나 없는 내 마음의 사르가소 바다에 갇혀, 끝내 인간의 언어를 말하지 못할지도 모른다.

7월 7일 월요일

지난가을 강의를 시작하며 두 달 동안 히스테리를 겪었듯이, 글을 쓰기 시작하는 단계에서 비슷한 단계를 거치고 있는 게 틀림없다. 메스꺼움, 만물에 대한 광적인 혐오, 특히 근저에는 나 자신에 대한 혐오. 나는 밤에 잠을 이루지 못하고 말똥말똥 누워 있곤 한다. 면도날로 신경줄을 밀어버린 듯한 느낌에 시달리며. 나는 스스로를 치유하는 의사가 되어야 한다. 이 지독하게 파괴적인 마비 증세를 치유하고 피폐한 상념과 몽상들을 중단해야만 한다. 글을 쓰고 싶다면, 이런 식으로 행동해서는 안 될 말이다. 글쓰기에 겁을 먹고, 얼어붙어 있어서야 되겠나. 태어나지도 않은 소설의 망령은 메두사의 머리다. 재치가 있거나, 아니면 그냥 관조적인 등장인물들의 특징들은 떠오른다. 그러나 어떻게 시작을 해야 할지 도통 모르겠다. 아마, 그냥 시작해버려야 할지도 모른다. 나는 훌륭한 "한 권짜리 시"를 써낼 자질을 어딘가에 지니고 있을 테니까 — 하지만 이건 말도 안 되는 엉터리다 — 한심한 졸작을 열두 행 쓰며 하루를 보내버리면 미쳐버리니까 — 어제 그러했듯이.

위험은, 내가 테드에게 너무 의존적이 되어간다는 사실에도 어느 정도 기인하는 듯하다. 그이는 교훈적이고 집요하다. 특히 나보다 더 균형 잡힌 시각으로 테드를 판단할 수 있는 사람들과 함께 있다 보면, 그이의 광적인 집요함을 더 뚜렷하게 볼 수 있다. 예를 들어 레너드 배스킨 같은 사람 말이다. 내가, 유혹적이면서도 끔찍스러운 재앙을 불러오는 소용돌이에 말려들어버린 느낌이다. 우리 부부 사이에는 장벽이 전혀 없다 — 마치 우리 둘 다 — 특히 내 쪽의 피부가 — 피부가 하나도 없는 것처럼. 살갗이 하나밖에 없어서 항상 서로 부딪치며 심하게 생채기를 내는 것처럼. 테드가 잠시 외출이라도 할라치면 나는 그의 부재를 만끽한다. 그이의 끝없는 "무슨 생각해? 이제 어떻게 할 거야?"라는 질문에 즉각적으로 완고하게 생각과 행동을 중단해버리는 일이 없이, 나 자신의 내면세계를 구축하고 나만의 사고를 쌓아나갈 수 있다. 우리는 기가 막히게 서로 잘 어울린다. 하지만 나는 나 자신이어야만 한다. 내 자아를 스스로 만들어내며, 그이의 손에 의해 만들어지지 않도록 해야 한다. 그이는 명령을 내린다 — 배타적인 명령을. 하루에 한 시간씩 담시譚詩를 읽는다든가, 하루 한 시간씩 셰익스피어를 읽는다든가, 한 시간씩 역사를 읽고, 한 시간은 생각을 하고, 그러고는 말한다. "당신 한 시간 동안 아무것도 읽지 않는군. 글을 찔끔찔끔 읽고 말이야. 책을 잡으면 끝까지 읽어야지." 그이의 광적인 집착 내지 균형 감각과 중용의 철저한 결핍을 잘 보여주는 건 소위 "운동" 덕분에 생긴 목 근육 경직 증세이다. 그것만 해도 보통 사람들은 힘이 들어서 제대로 일하기 힘들 텐데.

… 길에서 우리는 죽은 두더지를 발견했다 — 생전 처음 그런 걸 보았다 — 아주 작은 사람의 발처럼 생긴 판판한 맨발과 핼쑥한 백색의 우아스러운 두 손을 지닌 작은 동물 — 보드라운 주둥이와 소시지처럼 생긴 몸을 탐스러운 청회색의 보드라운 모피가 감싸고 있었다. 우리는 또 죽은 붉은다람쥐도 보았다. 완벽했다. 눈이 죽어 번들거리고 있었고 경직되어 있었다. 나는 어쩐지 실재하지 않는 존재인 것 같은 기분이 들었다 — 기름 범벅이 된 허스키한 청년 정비공과 이야기를 나누며 새삼스레 갑작스러운 기쁨을 느꼈다. 그는 실존하는 것처럼 느껴졌다. 자아가 거대한 구심력을 가지고 있는 게 아니라면, 어느 정도 필요한 일을 하고 다른 사람들을 만나고 그들의 삶과 접촉하는 긴장으로 붙들고 통제해야 한다. 안 그러면 사방으로 흩어져 우주로 날아가버릴 테니까. 하지만 내 시작 스케줄은 외부에서 얻어 오는 게 아니다 — 나의 내면에서부터 우러나와야 한다. 잠깐 시에서 손을 놓고 — 현재 읽고 있는 책들을 (최소한 다섯 권이다!) 끝마쳐야겠다 — 독일어(할 수 있는 일이니까) 공부를 하고 부

엄에 대한 기사(《디 애틀랜틱스》 지의 "삶의 액센트?"라는 기사)를 써야지. 《하퍼스》에 실을 케임브리지 학생들의 삶에 대한 기사도 — 단편 소설 〈귀환*The Return*〉을 쓰고 소설을 한가운데부터 급습해야겠다. 오, 제발 플롯이 잡혀야 하는데.

7월 9일 수요일

상쾌하게 목욕을 갓 하고 나왔다. 오랜만에 이른 시간, 너무 덥지도 않다. 우리는 새와 함께 지낸 지난 일주일의 충격에서 회복되고 있다. 어젯밤 우리는 새를 죽였다. 끔찍했다. 새는 씨근거리며, 옆으로 누워 질질 똥을 싸대고 꼬리 깃털을 끌어 더럽히며, 경련 속에 입만 계속 뻥긋거렸다. 무엇 때문이었을까? 나는 새를 손에 받쳐 들고, 따뜻한 심장박동을 얼러대며 뱃속 깊숙이 메스꺼움을 느꼈다. 테드도 나을 게 하나도 없었다. 그이에게 하루 동안 새를 맡겼는데, 나만큼이나 역겨워했으니까. 우리는 일주일 동안 상자 속에서 할퀴어대는 소리에 잠을 설치고, 푸른 신새벽에 일어나 마분지 벽에 부딪혀대며 파닥거리는 작은 날갯소리를 들어야 했다. 새의 다리 어디가 잘못된 건지 우리는 아무리 봐도 알 수가 없었다. 쓸모없이 접힌 채 배 밑에 깔려 있다는 것뿐. 우리는 공원으로 산책을 나왔고 — 병든 새가 있는 집으로 돌아가고 싶지 않았다. 우리는 그 새를 발견했던 나무로 가서 둥지가 있는지 올려다보았다 — 일주일 전 새를 주웠을 때는 너무 심란해서 올려다볼 생각조차 하지 못했던 거다. 10피트 위의 나뭇등걸에 시커먼 구멍이 뚫려 있었고 갈색이 도는 새의 얼굴이 밖을 살짝 내다보고는 사라졌다. 하얀 똥이 보도 위로 깨끗한 포물선을 그리며 떨어졌다. 그래서 우리 새가 종이 뒤쪽으로 계속 물러서는 버릇이 생겼던 거다. 나는 그 구멍과 나무 속에 사는 멀쩡한 새들이 기분 나빴다. 우리는 집으로 돌아왔다. 새가 힘없이 바깥을 바라보더니, 우리 손을 쪼려고 입을 뻥긋거렸다. 테드는 목욕탕 고무호스를 난로의 가스관에 연결해서 다른 쪽 끝을 마분지 상자에 연결해 붙였다. 나는 쳐다볼 수가 없어 울고 또 울었다. 고통은 폭압적이다. 나는 필사적으로 우리 목에 달라붙은 병든 작은 새를 떨쳐버리고 부담을 덜고 싶었다. 끈질긴 생명력과 다정한 성질을 가지고, 비참하게 괴로워하고 있는 그 새를. 나는 속을 들여다보았다. 테드가 너무 일찍 새를 꺼내는 바람에, 새는 그의 손바닥 위에 벌러덩 누워서 부리를 끔찍하게 열었다 닫았다 하면서 하늘로 치켜든 발을 흔들어대고 있었다. 5분 후, 그는 차분한 표정으로 새를 내게 가지고 왔다. 죽은 새는 완벽하고 아름다웠다. 우리는 어둡고 푸른 빛이 감도는 공원의 밤 속으로 걸어 나가 드루이드교도처럼 경건하게 놓여 있는 돌멩이들 중 하나를 들어, 그 움푹 파인 돌멩이 자리에 구멍을 파고 돌멩이를 도로 밀어 넣었다. 우리는 고사리들과 녹색의 반딧불을 무덤 위에 남겨두었고, 우리 심장을 짓누르던 돌멩이가 굴러 멀어져가는 걸 느꼈다.

산문을 쓴다는 데 이제는 공포마저 느낄 지경이다. 내 마음은 꽉 닫혀버리고 나는 이를 악문다. 플롯을 깔끔하게 끝내지 못할 것이다. 아니 끝내지 않을 것이다. 시를 한편으로 제쳐두고 내일은 단편을 쓰기 시작해야지. 오늘은 전혀 쓸모가 없었다. 새가 죽은 후로는 피로가 덮쳐와서. 항상 핑계만 무성하지. 케임브리지에서 샘이라는 말을 타고 도망가던 일에 대해 소위 "책 한 권이 될 만한" 시를 썼다. 내게는 어려운 소재다. 내게 말은 생소한 소재지만, 샘의 무모한 변화와 도대체 어떻게 됐는지 몰라도 죽도록 매달렸던 내 경험은 뭐랄까, 새로운 깨달음, 현시 같았다. 그건 꽤 효과적이었다. 내 작은, 피범벅된 피카도르 시를 쓰는 건 꽤나 어려웠지만. 하지만 이제 나는 옛날처럼 글을 쓸 수가 없다. "인어의 머리카락을 지닌 암말을 찾아낸 생각들 조류의 녹색 추락 속에 얽혀 있네"와 같이 보편적이고도 철학적으로 쓸 수가 없다. 나의 〈로렐라이*Lorelei*〉를 써야 하는데 — 인어들을 재현하고, 인어들을 초혼해서. 실재實在로 만들어내야 하는데. 좋은 시들은 너무 빨리 써진다. 주제가 아니라 대상들에 대한 것이라, 구체적이고 제한적이다. 충분히 훌륭하지만, 그래도 나는 더 확장해야만 한다…….

7월 12일 토요일

내 인생이 변화하는 걸 느낀다. 리듬과 기대감, 그리고 이제, 오전 11시에, 피곤에 지쳐, 아주, 하지만 어젯밤 나눈 훌륭한 대화 후에는 차분해진 상태로. 전환이 찾아왔다. 지금부터 한 달 후에, 지금부터 일 년 후에 효과가 나타날까? 내 생각에, 출발이 나쁘지는 않았던 것 같다. 하지만 낡고 손해만 입히는 착각을 수정해 든든한 말발굽을 달고 천천히 앞으로 진전하는 상식적인 프로그램으로 변화시켜야 한다. 어제 나는 바닥을 쳤다. 하루 종일 거울과 정체성에 대한 추상적인 시를 쓰느라 앉아 있었다. 끔찍하게 싫었고, 오한이 드는 것만 같았고, 절망적인 기분이었다. 한 달 동안 나를 끌어온 동력(당시에는 열 편도 넘게 썼다)이 바닥나고, 《케니언》 지에서 온 거절 편지가 절망을 확실하게 봉인해버렸다. 이제 알겠다. 시를 쓴다는 건 산문 쓰기를 회피하기 위한 핑계요, 탈출구에 불과했던 거다. 단편을 쓰려고 문장을 메모해놓은 걸 바라보았다. 이 일기의 반대편 장에 휘갈겨놓은 낙서와 아주 비슷한 글. 가장 "유망한" 주제를 집어 들었다 — 유럽에서 배를 타고 돌아오는 비서, 그녀의 꿈은 현실에 부딪혀 무기력하게 부서져버린. 그녀는 화려한 미모를 지닌 것도 아니고, 부유하지도 않으며, 덩치가 작고 땅딸막하다시피 하며 예쁜 구석도 별로 없고 성질도 별로 좋지 못한 여자이다. 통속적인 면이 내 쪽으로 허리를 굽혀 다가왔다. 로맨스, 로맨스를 요구하며. 그녀는 화려하게 예뻐야만 할까? 참으로 정상적이고 성실하고 일곱 아이들한테 너무나 훌륭한 어머니인 올드리치 부인이 길 건너편에 사는 젊고 다정한 크루이크샹크 씨와 불륜을 저질러야 할까? 나는 내 경험을 뒤져 기성품으로 나와 있는 소위 "큼지막한" 테마들을 찾아보았다. 하나도 없었다……. 전부 창백하게 빛바래 관 덮개를 뒤집어쓰고 있었다. 유리 관 뚜껑 때문에 손을 대어 만질 수가 없었다. 너무 극적인 요소가 없다. 아니면 내 세계관 자체가 극적인 데가 너무 없는 건가? 삶은 어디 있었지? 삶은 흩어져, 성긴 공기 속으로 휘발해 사라져버리고, 내 삶은 계량되고 결핍을 선언받은 채 남아 있다. 내 삶에는 기성 소설의 플롯이 하나도 없기 때문에. 그냥 타이프라이터 앞에 앉자마자 순전한 천재성과 의지력을 발휘해 오늘 당장 꽉 짜여지고 매혹적인 소설을 쓰기 시작해서 다음 달에 끝낼 수는 없기 때문이다. 어디서, 어떻게, 뭘 가지고, 그리고 무슨 목적을 지니고 시작한단 말인가? 내 삶에 있었던 사건을 아무리 뒤져봐도 스무 페이지짜리 소설을 만들어낼 만한 거리도 없다. 마비된 채로 덩그러니 앉아, 온 세상에 어디 터놓고 호소할 사람도 없는 기분이다. 스스로가 끌어낸 진공 상태 속에서 인류에게서 철저히 단절된 채. 점점 더 메스꺼워진다. 작가가 아니라 그 무엇이 되어도 행복할 수 없는 나인데, 작가가 될 수 없다니. 심지어 한 문장을 제대로 쓸 수가 없다. 두려움에, 치명적인 히스테리아에 마비되어 꼼짝달싹할 수가 없다. 뜨거운 부엌에 앉아 있는 나는, 시간 부족을 탓할 수도 없고, 무더운 칠월의 날씨를 탓할 수도 없고, 그저 나 자신밖에는, 책망할 대상도 하나 없다. 하얗게 완숙된 달걀들, 양상추의 녹색 꼭지, 매끈한 핑크색 송아지 고기 조각 두 점이 어디 마음대로 해보라고 대들고 있다. 어디 요리를 해보라고, 단일한, 단조로운 정체성을 변화시켜 소화시킬 수 있는 식사감으로 만들어보라고. 나는 '작가라는' 한가로운 꿈에 젖어 살아왔나 보다. 그런데 여길 보라. 백치 같은 주부들과 소아마비에 걸린 사람들이 《새터데이 이브닝 포스트》지에 작품을 발표하고 있지 않은가. 나는 완전히 무너진 채로 테드에게 가서 송아지 고기 요리를 먹으라고 했다. 그러고는 와락 울음을 터뜨렸다. 쓸모없는. 뭐 하나 잘하는 게 없는 나. 우리는 이 문제를 상의하며 끝까지 분석했다. 세상 짐을 혼자 다 진 것 같은 부담감이 덜어지는 느낌이었다. 나는 버릇이 잘못 든 거다. 초창기에 《세븐틴》이며 《하퍼스 바자》며 《마드모아젤》에서 성공을 거두는 바람에 버릇이 너무나 잘못 들어버렸다. 단편을 썼는데 팔리지 않는다거나, 습작을 하나 썼는데 그걸 시장에 내다 팔 수가 없다면 뭔가 잘못된 거라고 생각했던 거다. 나는 재능이 있고, 유망하다 — 오, 모든 편집자들이 그렇게 말해주었다 — 그런데 어째서 글을 쓸 때마다 순간 순간 거창한 보상이 돌아오리라는 예상을 하지 않을 수 있단 말인가? 일주일에 한 편씩 기가 막히게 근사한 작품을 써낸다고? 나는 나 자신과 연루되지 않은, 최고급 소재를 놓고 20페이지짜리 플롯을 만들어낼 것을 스스로 요구했다. 이제, 날마다, 나는 하루에 다섯 페이지씩, 1천 500단어 정도의 작은 소품을 써낼 것이다. 감정과 갈등이 충만한 장면, 하지만 그것뿐이다. 소소한 삶의 편린들을 만들어냈을 뿐. 진중한 "플롯감"이 아니라며 내던졌던 사소한 소재들을. 이렇게 희박한 공기 속에서 — 리듬이라든가, 구체화 같은 부분을 수정할 수는 없는 거다. 나는 글을 쓰며 세 시간은 족히 보냈는데, 앞으로도 계속 글을 써야 할 것 같다. 나쁘거나 사소한 소재들이 하루를 삼켜버리지 못하게 하면서.

7월 17일 목요일

아무 일정이 없이 이틀을 보내다. 간간이 배스킨 부부나 로드맨*을 만나느라 시끄럽긴 했지만… 청명하고 시원하고 햇살 밝은 날 이렇게 앉아 있는 내가 살찌울 거라고는 도무지 사라지질 않는 미끈거리고 병적인 느낌뿐이다. 이런 기분은 왔다가 사라지곤 한다. 날마다 쓰는 습작 노트라든가, 독서와 계획 속에 있으면 — 삶의 광맥들을 쳐서 활짝 열 수 있을 것만 같은 기분이 된다. 내 이 절대주의자의 공포만 떨쳐버릴 수 있다면. 끊임없이, 이 시간은 더할 나위 없이 값지다는 생각을 하면서도, 반대로 내가 옴짝달싹 못하고 마비되어 이 소중한 시간을 사용하지 못한다는 기분에 시달린다. 아니, 시간을 멋대로 낭비하며 맹목적으로 써버리거나. 온 세상의 책들을 다 읽어야 하는데, 겨우 하루에 한 권 정도 읽을까 말까. 내 마음을 다잡아 특정 작가들, 특정 분야에 집중을 하도록 해야 한다. 아무것도 모

* 셀든 로드맨Selden Rodman, 대중적인 시선집을 편찬하던 편집자다. (옮긴이)

르면서 다 아는 척 어정거리는 일이 없도록. 길 건너에서 찰캉거리는 소리가 난다. 망치가 못에 부딪치는 철컹 소리, 망치 끝이 나무에 닿는 소리. 남자들은 교수대 위에 있다. 나는 일자무식도 아니고 보헤미안도 아니지만, 나만의 구석자리를 갖고 싶어 갈구하고, 또 갈구하고 있다. 내가 확실히 파악할 수 있고, 잘 쓸 수 있는 어떤 분야. 내가 이제까지 읽은 것들은 얇아져서 사라져버린다. 나는 축적하고, 기억하질 못한다. 올해에는 꾸준히 조금씩 성장해나가기 위해 노력하리라. 거창한 뭔가를 바라지 않고, 이 공포심을 없애도록 해야지. 유리창이 어딘가에서 소리 없이 폭발이라도 일어났던 것처럼 창틀에서 흔들린다. 테드는 음속 장벽을 돌파하는 소리라고 했다. 나는 어딘가에 비전을 간직하고 있다. 좌절이나 초라함이 아니라, 충만함의 비전. 더 성숙하고 농익은 평온함, 악몽을 이겨낼 수 있는 기질, 차분하게 중심을 잡고 두려워하지 않는, 질서를 잡고 형태를 다듬는 자질. 주부 — 아이들이 있고 글을 쓰고 일을 하면서 독서를 하는. 하지만 충만한. 어떤 의미로든 창조자라 할 수 있는 좋은 친구들이 있는 주부. 더 많이 일할수록, 더 많이 해낼 수 있다. 먼저 배우고 싶은 몇 가지를 골라야 한다. 독일어, 시인들과 시. 소설과 소설가들. 예술과 예술가들. 프랑스 문학도. 그들은 길을 건너 창조하고 장벽을 무너뜨리고 있는 걸까? 모든 두려움은 허구다. 내가 만들어낸 허구.

매리언 무어가 색스턴 기금에 추천서를 써달라고 보낸 내 시편들과 요청에 대한 답변으로 이상할 정도로 모호하고 악의에 찬 편지를 보내왔다. 어찌나 악의가 가득한지 믿기 힘들 정도였다. 의미가 명료하거나 분명히 도움이 되는 논평은 단 하나도 없었고, 굉장한 불쾌감만 풍겨 나올 뿐이었다. "그렇게 섬뜩하게 쓰지는 말 것",

"난 그저 파리들을 손으로 쫓아버릴 뿐인데"(이건 무덤에 대한 내 시들에 대한 논평이었다), "너무 무자비하고 매정하군"(〈홍합 따는 사람〉에 대해서), 그리고 "타이핑이 골칫거리"라는 날카로운 언급. 그래서 그녀는 우리가 보냈던 시들을 돌려보냈다. 내가 복사한 원고를(그녀가 "깨끗하게"라는 말도 했군) 보냈다는 이유만으로, 그렇게 신랄하고 심술궂게 굴 줄은 몰랐는데. 이제야 깨달은 거지만, 이건 내가 저지른 일생일대의 어리석은 실수다. 미국인 여문호에게 복사한 원고를 보내다니. 아마 이 덕분에 나는 색스턴 기금을 받을 가능성을 완전히 날려버렸나 보다.

7월 19일 토요일

마비 증세는 아직도 없어지지 않았다. 내 정신이 딱 멈춰버리고 자연의 현상들 — 빛나는 녹색 장미벌레들과 오렌지색 독버섯과 삐걱거리는 딱따구리들 — 이 탱크처럼 내 몸을 깔고 지나가고 있는 듯하다. 비실존과 절대적 공포의 바닥까지 추락한 후에야 비로소 다시 일어설 수 있으려나 보다. 내 가장 나쁜 버릇은 두려움과 파멸적인 추론이다. 전에는 내 인생이 단기적, 장기적 목표들로 분명하게 규정되는 듯했는데 — 스미스대학 장학금, 스미스대학 학위, 시나 단편 소설 공모에 당선되는 것, 풀브라이트 장학금, 유럽 여행, 연인, 남편 — 별안간 아무것도 없이 공허하다, 아니 공허하게 느껴진다. 막연하게 소설이나 단편이나, 시집 한 권을 쓰고 (아니 벌써 썼기를 바라는 건가?) 싶다. 그리고 두려움에 차, 막연하게, 아이를 갖고 싶기도 하다. 비참하게 중단된 20년 필생의 목표. 시행들이 떠올랐다가는 죽은 듯 꽉 막혀버린다. "참나리의 얼룩진 목구멍The tiger lily's spotted throat." 그러고는 음절과 유음에 맞는 T. S. 엘리엇의 "호랑이 굴의 호랑이The tiger in the tiger pit"가 떠오르는 식이다. 나는 쓴다. "오디 열매들이 잎새 밑에서 빨갛게 물든다The mulberry berries redden under leaves." 그러고는 또 중단. 최악의 상황은 이런 짜증을 밖으로 표현하는 일이니, 입을 꼭 다물고 테드에게 허튼소리를 하지 않게 조심이나 해야겠다. 그이의 공감이 끊임없는 유혹이 된다. 나는 바쁘고 발랄하고 미친 듯이 일하며 소설이며 시 등등 이것저것 닥치는 대로 써내고 아기까지 돌보아야 할 사람인데. 어떻게 하면 나 자신에게 발동을 걸어 이 모든 걸 해낼 수 있을까? 움직임을 멈추면, 다른 생명들과 한 가지 목표만을 바라보고 전진하는 사람들이 나를 그늘 속으로 밀어제쳐버린다. 나는 깔끔한 정돈에 고정되어, 박제되어 있다. 일어나는 일을 그냥 받아들이지도 못하고, 내 마음대로 일이 진행되도록 통제하지도 못한다. 이걸 질병이라고 할 수 있을까? 이 문제에 있어 여자의 시각으로 공정한 충고를 듣고 싶다. 방어적으로, 입으로 나는 아무것도 모른다고 말한다. 마음 위에 뚜껑을 꼬옥 덮고서. 이건 고전적인 거짓말이다. 나는 책임을 질 수가 없어요. 나는 아무것도 모른답니다. 학처럼 허연 오디가 잎새 밑에서 빨갛게 물든다.

강의를 하는 게 내게는 좋았다. 정신의 체계를 잡아주고 강제로라도 생각을 입 밖으로 표현하게 했으니까. 마음속에서 일어나는 동요를 잠재우지 않는다면, 밖에 아무리 행운의 소나기가 쏟아진다한들 푸른 잔디가 자랄 리 없다. 아편과 하시시*에 취한 듯 — 마비 증세로 온몸이 무거운 — 소재들이 전부 감각이 없는 손가락 사이

* 마약의 일종이다.

로 빠져나가는, 악몽 같은 느낌에 시달린다. 타이프라이터 앞에 앉아 있을 때조차도, 내가 쓴 글이 10마일이나 떨어진 곳에 있는 백치가 쓴 글 같다. 지금은 새 부분을 쓰고 있다. 벌써 이틀째 이 부분에 매달려 있으면서, 혼란스럽고 반복적인 관찰적 묘사를 열여덟 페이지나 썼다. 미리암도 이런 걸 느꼈다는 둥, 오웬이 저런 말을 했다는 둥, 새가 이런 짓을 했다는 둥. 새의 질병이 그들의 삶을 장악하게 되고, 결국 그들이 새를 죽여 매장하는 극적인 부분은 미처 쓰지 못했다. 주제가 튼실하다는 건 확신하지만, 이 소설의 감정선과 정서적 고비에 대해서는 그리 자신이 없다. 내일 아침에 일단 끝을 낸 다음에 다시 시작해 이야기의 구조를 끌어내야겠다. 나라는 인간하고 같이 산다는 건 정말 끔찍하기 이를 데 없을 거다. 욕지기가 날 정도로 무능력을 경멸하고 혐오하는 주제에, 정작 나 자신은 실수투성이의 무능력자니 말이다. 어쩌다 보니 잘못된 길을 택해 — 어른들의 세계에서는 거부당하고, 그 무엇에도 소속되지 못하고 — 테드의 대외적 경력에 포함되는 것도 아니고 — 물론 쓸 거리가 탈탈 떨어졌을 경우에는, 내면적 삶의 일부라 할 수는 있겠지만 — 그렇다고 나 나름대로의 경력을 지닌 것도 아니다. 혹은, 친구들의 삶이나, 모성애의 삶을 사는 것도 아니다. 나는 자아를 바라보는 외부적 시각을 갈망하며, 나에게는 그 실체성을 확인시켜줄 나만의 공간이 필요하다. 막연한 목표들 — 글을 써야겠다는 — 실패, 사산死産. 나는 내게 유망한 재능이 있음을 느끼지만, 국한되고 고정된 삶이 나를 숨 막히게 하고 있다. 난 스스로에게 타이른다. 소설을 쓰는 데 "발동이 걸리기만 하면" 지고의 행복을 느낄 수 있으리라고. 아이디어가 두 개나 있다! 다행이지 않은가 — 여름은 충분히 보낼 수 있다! — 새가 고통의 화신이 되어 작고 병든 맥박을 통해 두 사람의 삶을 일그러뜨리고 흐리게 만드는 심각한 새 이야기. 그리고 또 한 가지 이야기는, 케이프의 스폴딩 저택을 방문하게 되었을 때 사실 관계를 고증할 자료들을 취재해올 생각이다. 그녀가 "어떻게" 그 오두막들을 짓고 디자인했는지 알고 싶다. 그녀가 어떻게 자기만의 집을 갖게 되었는지, 그 인간적 문제를 파고들고 또 파고들어야지. 푼돈을 모으고, 골동품을 모으면서 — 레스터의 잦은 병치레도. 겸손한 마음으로, 이런 문제들에 대해 시작할 수 있다. 나를 추동하는 두 가지 현실 속에서 출발하고, 그 깊이와 각도를 세심히 살펴보고 사색하며. 온갖 종류의 사람들을 알고 싶다. 재능을 갈고 닦아 정돈해, 그들을 다 유용하게 사용할 수 있기 위해서. 그들에게 적절한 질문을 던지기 위해. 나는 잊는다. 잊어버려서도 안 되고, 두려움에 질려서도 안 되고, 신문기자처럼 대담하고 호기심에 차 관찰자의 자세를 지니고 다녀야 한다. 달팽이 껍질 속에 들어앉아 있지만 말되, 손해 보지 않고, 나만의 발화 양식을 발전시켜야 한다.

7월 27일 일요일

회색빛, 서늘하고 온후한 오늘. 근심과 히스테리와 마비의 올가미가 기적처럼 사라졌다. 집요하게 버티며 기다렸더니, 끝내 보상을 받은 셈이다. 글은 도무지 번창하며 뻗어나가질 않는다. 나는 오래된 소설, 2년 묵은 소설인 〈귀환〉을 다시 손보고 있는데, 그 풍성하고 난하고 어지러운 수사에 나 스스로 놀라고 있다. 단 한 편도 생산할 수 없는, 짜증이 복받치도록 피폐한 열흘을 겪은 후, 지난 열흘 동안은 상당히 괜찮은 시를 네댓 편 쓸 수 있었다. 이 시들은, 내가 이때까지 쓴 어떤 시보다도 더 깊고, 더 냉철하고, 음울한 (하지만 채색은 잘되어 있다) 것 같다. 나는 베니도름에 대해 두 편의 시를 썼다. 지금까지 내게는 시의 소재로서 베니도름은 굳게 닫혀 있었다. 지금 나는 새로운 주제를 개척해나가고 있으며, 필사적일 정도로 화사하고 밝은 수사 대신 더 평범하고 현실적인 시를 쓰고 있다는 생각이다. 시집을 위해 대충 29편 정도의 시를 써두었는데 — 이 한계를 어떻게 해도 깨뜨릴 수가 없을 것만 같다. 그래도 벌써 정신없던 4월의 휴가 동안 썼던 시들 중 절반을 폐기 처분해버렸고, 그 후에도 몇 편을 썼는데 그중 가장 처음에 쓴 게 〈파우누스*Faunus*〉, 〈매춘부의 노래*Strumpet Song*〉 같은 시들로, 테드를 만난 직후의 작품들이다.

나는 아주 특이하고 기운이 쭉 빠지는 열병을 앓고 있는데, 벌써 며칠째 이렇다. 매일 아침잠에서 깰 때마다 뭔가 기묘한 죽음 같은 상태, 혼수상태에서 깨어난 것처럼 우스꽝스러울 정도로 녹초가 되어버리곤 한다. 그러면 테드가 내게 주스를 갖다주곤 한다. 그것도 아주 늦은 시각에, 열 시간쯤 자고는 아침 10시쯤이 되어서야 일어나는데도. 이게 도대체 뭐지? 나는 삶의 전성기를 누리고 있고, 앞으로도 생애 최고의 몇 년간이 남아 있어 열심히 일을 할 수 있을 테고, 시도 쓰고 아이도 가져야 하는데, 그만 녹초가 되어 늘어져 있으니. 둔탁한, 타는 듯한 전류가 내 두개골을, 혈류를 까맣게 태우고 있다. 한 달쯤 시간이 지나면, 보스턴에 있는 우리의 작은 아파트에서 완벽한 건강을 자랑하며 이 일기장에 글을 쓰고 있게 될까? 그랬으면 좋겠다. 내가 마음을 굳게 먹고 차분하게 내 앞에 놓인 일을 마주하기 시작했다는 느낌이 든다. 작업, 연구, 그리고 헌신적인 노력을 최대한 투자해도 작품은 최소한으로 생산될 거라고 미리 예상하고 들어가야지. 차를 마시며 테드와 하디의 시를 몇 편 읽었다. 하디의 정신은, 감동적이고 또한 나와 몹시 닮은꼴이다. 특히 〈늙은이가 늙은이들에게*An Ancient to Ancients*〉와 〈어리석은 친구에게 남기는 마지막 말*Last Words to a Dumb Friend*〉 같은 시들.

8월 2일 토요일

병세를 처절하게 실감하는 중이다. 난 정말 이 병이 끔찍하게 지겹다. 아무 일도 하지 않는 삶은 죽음이다. 우리의 삶은 안으로 안으로만 파고들며, 그저 꼼짝 않고 앉아만 있다 못해 우스꽝스러울 지경이다. 〔생략〕

얼마 후 : 일요일 아침

내 근성을 발휘하게 만들기 위해서 위기가 필요했던 것만 같다. 오늘 아침에는 만물이 시원하고 맑고, 무슨 일이든지 가능할 것만 같은 기분이다. 미국의 엄청난 오류는 — 이 부분 — 짓누르는 듯한 압박의 분위기다. 순응을 기대하고 강요하는. 도트 숙모와 프랭크 숙부가 테드를 싫어하는 이유가 단순히 "취직을 해서 안정된 일자리를 가질 생각이 없기 때문"이라는 게 나로서는 실감이 안 난다. 사실 나는 내가 가장 숭모하는 부류의 남자와 결혼을 했기 때문이다. 일 년 동안은 미래에 대한 말을 한마디도 하지 않고, 일거리를 회피하지 않고, 테드의 작업을 격려하고자 한다. 그이의 일에 대해서 나는 크나큰 믿음을 지니고 있다. 가정과 아이들이라는 미국의 꿈을 설파하고 있는 나 자신을 발견하면 끔찍스럽지만. 물론 내게 있어 가정이라는 비전은, 완벽하게 사생활이 보호되는 야생의 땅, 메인

주 해안에 자리 잡은 예술가의 장원이지만. 나는 틀림없이 현실 감각 없이 떠도는 엄마이자 아내가 될 것이다. 일종의 망명처럼. 아무리 거친 풍파가 불어와도 견딜 수 있도록, 내면의 평정심과 안정감을 단련해야겠다. 편하게 운전해서 갈 만한 거리에 미국 슈퍼마켓이 자리 잡고 있는 평생의 주소에 연연하지 않는, 차분하고 끈기 있고 낙관적인 철학을 만들어내야 한다. 테드와 함께 영국을 구경하면 얼마나 재미있을까. 이탈리아나 남프랑스에서 살게 되면 얼마나 즐거울까. 올해 미친 듯이 일해서 여성을 주인공으로 한 단편 소설을 딱 하나만이라도 발표하고, 시집을 한 권 끝낼 수만 있다면 기쁘겠다. 또한 독문학과 불문학을 공부하고 리뷰해야지. 아이러니하게도, 내게도 나만의 꿈이 있는데, 그건 미국의 꿈이 아니라 나만의 꿈이다. 웃기면서도 섬세한 여자들의 단편들을 쓰고 싶다. 나 또한 어머니처럼, 웃기고 부드러우면서 절박하지 않은 여자가 되어야 한다. 안정은 내 마음속에, 또 테드의 온기 속에 있다. 〔생략〕

8월 3일 일요일

오늘 아침 갑자기 가톨릭 성당을 조사하고 싶다는 말도 안 되는 웃기는 욕구에 사로잡혔다. — 가톨릭 교리 중 상당 부분을 나는 결코 용납할 수 없을 터이다. 내 논리에 반박을 하려면 개신교도쯤은 되어야 할지도 — 나는 아직 젊고, 강인하다 — 모험을 추구하고 배우자에게 의존하지 말아야 한다. 아이들 문제는 — 먼저 일 년 동안 글을 쓰고, 휴가를 보낸다면 더 좋을 것 같다 — 그 후에 아기 문제에 손을 대는 게 낫겠다. 일단 아기를 가지면, 확고한 기반이 없는 한 글을 계속 쓰기가 힘들 것 같다. 아파트는 작아도 집안일이며 요리를 해야 할 테니까. 평화, 나는 스스로에게 타일러야 한다. 그래서 그건 본능적인 감각이 된다. 평화는 내면적인 것으로, 바깥으로 빛을 발하는 법. 사람들, 장소들을 잊지 않기 위해 — 공책에 메모를 해야 한다. 지금은, 비행기가 웅웅거리고, 자동차가 휙 지나가고, 새들 몇 마리가 지저귀고, 자동차 문이 쿵 닫히고, 테드가 방금 신문지를 바닥에 던졌고, 한숨을 쉬었고, 그이의 펜이 빠른 속도로 사각거린다. 그이와 함께 있으면서도 일거수일투족 그에게 의지하지 않고, 나만의 삶을 꾸려나가는 법을 배워야만 한다…….

8월 8일 금요일

"그분은 임하시는 장소의 투명성 그 자체이며, 그분의 시 속에서 우리는 평화를 찾는다."(스티븐스)

나는 놀라움에 말을 잃고, 흥분에 들뜬 채, 마음속으로 고양이처럼, 크림처럼 부드러운 미소를 짓는다. 하루가 휘발해버렸다, 완전히 사라져버렸다. 복되고 윤이 반질반질 나는 《뉴요커》의 8월 9일호에 〈록 하버의 홍합 따는 사람〉이 게재되는 바람에, 하루 종일 황홀한 상념에 빠져 있었기 때문이다. 8년 동안이나 그 기이하고 꾸불꾸불하고 어쩐지 고전적인 활자로 내 시와 소설의 제목이 인쇄되기를 꿈꿔왔는데. 그중에서도 정말 희한한 것은, 간밤에 시 한 편이 출판되는 꿈을 꾸었다는 사실이다! 테드에게 꿈 얘기를 했던 게 다행이다 — 하워드 모스와 "《뉴요커》에 드디어 시 한 편을 게재하는데 성공한" 어떤 시인에 대한 얘기 때문이리라. 비록 시의 맨 아래쪽에 이탤릭체로 '편집 과정에서 완전히 개작했다'는 주석이 달려 있긴 했지만. 개작을 한 편집자는, 내 생각에, 앤 모로(모스가 내 소문자들을 대문자로 바꾸고, 쉼표를 집어넣고 하이픈을 뺐다는 데 대한 자의식일까?)라는 이름이었던 것 같다 — 꿈속에서, 내 시는 레이아웃용 초교지처럼 무참히 잘려 나가 있었다. 한 페이지 왼쪽을 차지한 칼럼과 광고로 가득 찬 오른쪽 페이지 사이에 끼어서.

플로렌스 술탄*한테 전화로 내 시가 실렸다는 이야기를 듣고 나는 놀라움에 멍해져버렸다. 그 집에 놀러 가서, 같이 포도주를 마시며 아기 소냐가 예쁘다고 한참 칭찬을 하며 시간을 보내다. 소냐는 갑자기 검은 곱슬머리에 푸른 눈을 한 플로렌스의 판박이가 되어버렸다. 다정하고 강인한. 내 시는 정말로 그녀가 산《뉴요커》에 실려 있었다. 잡지에서 제일 처음 나오는 시로 22페이지에 있었는데, 왼쪽 페이지의 공간을 거의 다 차지하고 있었다. 맨 아래 1인치 반 정도 자리에 실린 3단짜리 단편 소설만 제외하고는 한 페이지를 다. 두 단짜리 내 시는 한 단에 45행 정도였는데, 아주 넉넉한《뉴요커》지의 여백이 주위를 감싸고 있었다. 뭐, 이번 주는 머지않아 끝나겠지만. 나이브하게도 나는 전 세계 사람들이 내 시를 읽고 경탄할 거라는 생각을 한다! 물론 어떤 면에서는 이 일 때문에 시를 쓰는 일이 좀 어려워질지 몰라도(도대체 다른 어떤 작품이 이런 영광스러운 업적을 성취할 수 있단 말인가!), 마음속 깊은 곳에서는, 이 일로 인해 산문 작업이 엄청난 힘을 받게 된 게 사실이다. 나 역시, 내 시 바로 옆에, 또 바로 뒤에, 몇 페이지에 걸쳐 그 근사한 지면을 차지하고 있는 작품들에 버금가는 소설을 써내겠다는 게 그리 정신 나간 목표가 아니라는 생각이 들기 때문에.

* 스미스대학의 동료 교수인 스탠리 술탄의 아내다. (옮긴이)

8월 27일 수요일

분노에 목구멍이 메고, 온몸에 독소가 퍼져나간다. 하지만 글을 쓰기 시작하는 순간 흩어져 글자의 형체 속으로 흘러 들어간다. 글쓰기는 치료법인가? 집주인 웨일런 부인과 악에 받쳐 싸우고 말다. 그쪽에서는 정신 나간 비난이, 내 쪽에서는 떨리는 대꾸와 혐오감. 수치스러운 조우 — 우리가 케이프에 머무르는 동안, 그녀는 몰래 청소를 한답시고 거실 카펫을 걷어내고 ("가구가 딸린 집"이니까 바닥재인 그 카펫은 우리 거라고 말을 했는데도) 여기저기 얼룩이 눈에 거슬리는 더러운 여름용 밀짚 매트를 깔아놓았던 것이다. 게다가 커튼들도 전부 걷어갔다. 기만, 모욕, 분노. 우리는 이 사실을 어젯밤 깨달았다 — 아니, 오늘 아침이라고 해야 옳겠다 — 밤새 안개와 차가운 검은 숲을 뚫고 달려왔으니까. 시커먼 숲 한가운데서 나는 공황에 가까운 두려움에 사로잡혔다 — 우리는 사슴 두 마리를 보았다 — 테드가 한 마리, 내가 한 마리. 하얀 머리에 쫑긋한 귀, 자동차 전조등에 못 박혀 녹색으로 번들거리던 두 눈. 워런을 데리러 빗속을 뚫고 뉴욕시까지 하루 만에 기나긴 왕복 여행을 한 참이었는데. 이걸로 남은 힘을 완전히 고갈해버려서 — 겨우 일곱 시간 아쉬운 선잠을 자고 정오에 공허하게 눈을 뜨다 — 마신 건 커피뿐. 그리고 우리는 어리석게도 스미스대학 도서관에서 잡지책을 읽는 일에 붙잡혀버렸는데, 난 늘 이 일이 끔찍하게 싫다. 비평가들, 작가들, 정치가들 사이에 오가는 신랄한 독설들. 《라이프》 지에 나온 방화범은 까맣게 바삭바삭 타버렸는데, 죽기 전 얼마 동안에 검은 페인트가 벗겨져 떨어지듯 피부가 축 늘어져서 말려 올라갔다고. 안네 프랑크의 죽은 눈에서 불타는 화장火葬의 불길. 공포에 공포, 잔혹함에 불의까지 첩첩이 겹쳐 — 이 모든 것들을 쉽사리 읽을 수 있고, 각양각색 한도 끝도 없다 — 그런데 그 영혼이 어찌 격렬하게 산란散亂해 산산조각 난 파편으로 허공에 흩어지지 않을 수 있으랴? 우리는 몇 시간 동안 읽고, 책을 파고 또 팠다 — 먹지도 않고, 어리석은 바보들 같으니 — 그리고 쇼핑을 했다 — 복숭아, 옥수수. 그리고 내 막연한 예감대로, 웨일런 부인이 올라와야만 했던 거다 — 카펫과 커튼 건으로 양심에 찔려서 그랬던 걸까? 그보다는, 우리가 창문을 열어두고 갔다는 사실에 대한 분노였으리라. 그녀는 계단에 그 뚱뚱하고 허연 덩치를 들이밀고, 숨을 씩씩거리며 폭언을 쏟아냈다 — 우리는 하고 싶은 말을 마음대로 하게 내버려두었다 — "아파트를 엉망진창으로 어질러놓고, 끔찍한 몰골로 만들어놨다"는 둥 — 우리가 말꼬리를 잡았다 — "도대체 뭐가, 그렇게 엉망이던가요?" 그녀는 헛기침을 연발하더니 — 부엌 싱크대 벽에 기름기가 꼈다는 둥, 목욕탕의 베네치안 블라인드가 더러웠다는 둥 — 그러더니 남의 집을 엿보고 다녔다는 비난을 회피하려는 뻔히 들여다보이는 심보로 — "방금 달려 들어오면서 다 봤다"고 덧붙였다 — 우리는 아파트를 사과파이처럼 깨끗하게 정리해놓고 나갔다. "침대 밑도 보셨나요?" 나는 피곤하고, 배고프고, 너무나 어리석은 기분이 들고 또 몸이 아파서 똑똑하고 깔끔하게 굴 수가 없었다 — 우리 집을 헐뜯다니, 그녀에게 그럴 권리는 없다 — 그건 내 살림 솜씨를 비판하는 거나 마찬가지 — 그렇다고 집이 다치는 건 아니니까. 말대꾸를 하고도 싶었지만, 카펫 사건 후로는 그 위에 쓰레기라도 붓는 듯한 기분이었다. 나 역시 냉정하지 못하다……. 온통 분노, 방앗간에 밀을 갖다 부어 부추기는. 쉬고, 또 쉬고, 더 많이 쉬고, 온전한 시각을 가져야지.

악마에 빙의되는 현상을 다룬 책을 절반쯤 읽었다 — 극히 다양한 사례들 — 하지만 영감을 주는 소재들이다 — 경험 그 자체뿐 아니라 인간 경험의 다양한 상태에 대한 '은유'로서 — 아프로디테가 정욕과 파괴적 열정의 화신인 것처럼, 이런 악마의 비전들은 다양한 분노, 회한, 공포의 객관화된 비유다.

4년 전 어느 날 퇴근해 집으로 돌아가던 C양은 거리에서 여인의 혼령을 만났고, 혼령은 그녀에게 말을 걸었다. 말하는 와중에 별안간 차가운 바람 같은 것이 그녀의 목구멍을 타고 들어오더니, 금세 벙어리처럼 말을 할 수가 없게 되었다. 목소리는 얼마 후 돌아왔지만, 심하게 쉬고 새된 목소리였다……. 그 후 그녀는 자신의 개성을 의식하지 못하게 되었다.* 파문을 하고 향도 피워보고 했지만 그 어떤 시도도 성공하지 못했다. 여우는 아이러니하게도 자기는 너무 똑똑해서 그따위 시도로는 쫓아낼 수 없다고 말했다. 하지만 그래도 풍성한 만찬을 자신한테 봉헌해준다면, 병에 걸린 굶주린 육체에서 나올 생각이 있다는 것이었다. "어떻게 준비해야 할까요?" 특정한 날 4시에, 12킬로미터 떨어진 곳에 자리한 여우들의 성소인 사원에 음식을 차려놓으라는 것이었다. 특별한 방식으로 요리한 쌀과 콩을 넣어 요리한 치즈 두 주발, 여기에 엄청난 양의 구운 쥐와 생야채를 차려놓으라는 것이었다. 모두 주술적 여우들이 몹시 좋아하는 요리들이라고 했다. 그러면 여우는 정확히 정해진 시간에 처녀의 몸을 떠나겠다는 것이었다.** 비록 환자는 빙의된 것처럼

* 106페이지, 여우에 홀린 경우

** 〈아킬레스에 관하여〉 116페이지, '자넷이 악마에게 최면을 걸다'

보였지만, 그의 질병은 빙의가 아니라 후회의 감정이었다. 이런 경우는 빙의 환자들 상당수에게서 찾아볼 수 있었는데, 이때 악마는 단순히 그들의 회한, 후회, 두려움과 악덕들이 인격화된 것에 불과했다.

《빙의 : 악마적 빙의 및 기타 사례들*Possesion : Demoniacal and Other*》,

오이스터라이히(94페이지)

이 문제를 사색하고, 쓸모 있게 만들고 변화시키고, 체로 받친 것처럼 그냥 흘러 빠져나가버리지 않게 해야 할 텐데…….

8월 28일 목요일

싸늘하고 맑은 아침. 어젯밤의 분노는 더 명료하고 예리한 날을 갖게 되었다. 어제 내가 했던 말보다 더 많은 말들을 훨씬 더 잘할 수도 있었을 텐데, 하지만 나흘만 지나면 우리는 떠난다 — 이곳의 모든 것들이 정서적 긴장감을 잃어버리고, 카멜레온 같은 정신의 손으로 다듬어지고 미화되어 단조로운 기억에 불과한 것이 되어버리겠지. 어젯밤 내가 장편 소설에 착수하는 꿈을 꾸었다 — "거기 뭐 볼 게 있어?" 도디 벤투라가 말했다 — 소설을 시작하는 대화 — 그리고 한 문장, 한 단락, 이렇게 삽입된 글들이 한 장면을 "설정"하게 된다. 죽은 아버지 — 외면의 권위를 찾아나서는 이 모색의 길은, 오히려 내면에서 발전해야만 한다.

자정. 아직도 피로하지만, 이상하게 달뜬 기분. 꼭 질식 직전에 사면된 것 같은 기분 — 둥둥 뜨는 비눗방울처럼 가벼운 기쁨 — 보스턴과 우리 아파트는 미망인 망가다의 지중해 은신처나 파리 레프트 뱅크의 우리 방만큼이나, 아니 그보다 더 멋지게 느껴진다. 별안간 나는 사람들이 좋아진다, 친절하고 자연스럽게 굴 수도 있을 것 같다……. 내가 점차 격식을 차리지 않고 자연스러워진다는 생각이 든다 — 정말 그럴까? 아니면 이건 공황 상태의 암전 속에 빙빙 돌아가는 회전목마가 잠시 휴식 시간에 들어간 걸까? 현재의 모든 걸 흔쾌히 받아들이고 사소한 일에 기뻐하는 것 — 테드가 개에 대한 훌륭한 시 한 편을 쓰다. 에스더 배스킨과 토비아스*와 함께 나무 아래에서 푸르른 오후를 보내다. 사과들이 떨어져 땅바닥에서 썩어가고, 박쥐에 대한 에스더의 수필을 읽고, 테드는 창고기에 대한 시를 교정 보고 — 금발에 분홍 뺨, 천사 같은, 웃고 있는, 까르륵거리는, 기어 다니는, 내 핸드백에서 종이들을 꺼내 사방에 흩날리는 토비아스 — 책들, 시, 목판화와 조상彫像들의 분위기…….

> 수많은 살해 사건… 추적한 결과 어떤 노인이 지목되었다. 그는 강으로 가는 길옆 키가 큰 풀밭 속에 숨어 있다가 혼자 지나가는 사람이 있으면 뛰쳐나와 칼로 찌르고 시체를 훼손하는 버릇이 있었다. 그는 스스로 범죄 사실을 자백했다. 자기 힘으로는 어쩔 수가 없었다는 것이다. 가끔씩 자신이 사자로 변하는 듯한 강렬한 느낌이 들며, 사자가 되면 살해를 하고 시체를 훼손하고자 하는 충동에 사로잡혀 어쩔 수가 없다는 것이었다……. 이 "사자 인간"은 몇 년 동안이나 키롬의 도로를 훌륭한 상태로 유지 보수하는 직업에 종사하며 전적으로 만족스럽게 살았다고 한다.
>
> 《중앙아프리카의 동물 빙의*Animal possession in Central Africa*》(145페이지)

* 그 집 아들을 가리킨다.

9월 2일 화요일

리즈 테일러*는 에디 피셔를 데비 레이놀즈에게서 뺏어가려 한다 — 천사 같은 동그란 얼굴에 핀컬 곱슬머리, 주부의 옷을 입은 그녀, 억울하게 당하는 그녀에게서 — 마이크 토드**의 시체가 채 식지도 않았는데. 이런 사건들에 이렇게 영향을 받다니 얼마나 기이한가. 어째서? 닮은꼴을 발견하기 때문에? 헤어스타일이나 비싼 옷에 돈을 마구 써버리고 싶다. 하지만 권력은 일과 사상에 있음을 안다. 나머지는 기분 좋은 프릴 장식에 불과하다. 영악하게 굴기엔, 내 사랑은 너무 크고, 너무 온전하고, 너무 소박하다. 상상력을 사용해야지. 글을 쓰고 일을 해서 즐거움을 주어야지. 비판이나 짜증은 금물. 〔생략〕 그이는 천재고, 나는 그이의 아내다.

9월 14일 일요일 아침

여기서 2주일이 불가해하게 시들어 사라져버렸다. 어제 우리는 둘 다 시커먼 우울증의 늪에 빠져들어버렸다 — 늦은 밤까지 일하고, 베토벤의 피아노 소나타를 간간이 듣고 — 그러다 아침을 망쳐버리고, 오후의 태양은 피로한 눈에는 지나치게 현란하고, 질책의 빛을 던지고, 끼니는 도무지 제때 때우질 못하고 — 그리고 예의 공포스러운 두려움이 내 등을 또 짓누르고 — 나는 도대체 누구지? 무슨 일을 해야 할까? 일상적 학교생활 속에 보낸 스물다섯 해와 꾸물거리며 딜레탕트처럼 보내는 나날들의 공포 사이, 그 어려운 시간.

* 엘리자베스 테일러를 가리킨다.

** 엘리자베스 테일러의 전남편, 비행기 사고로 사망한다.

도시가 부른다 — 경험과 사람들이 부른다. 그런데 내면에서 정해진 규칙 때문에 철저히 귀를 막아야 한다. 내일, 월요일, 일정이 시작되어야만 하는데 — 규칙적인 식사, 장보기, 빨래 — 아침에는 산문과 시를 쓰고, 오후에는 독어와 프랑스어를 공부하고, 한 시간 동안 큰 소리로 낭독을 하고, 저녁때는 독서를 하고. 그림을 그리고 산책하며 기분 전환도 하고……. 먼저 내 작업 속에서, 목표를 이루기 위한 분투 속에서 행복해야만 한다. 그래야 내 삶이 테드의 삶에 걸려 있지 않을 테니까. 다음 달에 소설에 착수하는 게 최선이다. 《뉴요커》에 내 시를 실은 건 작은 승리에 불과하다. 세상에 내가 함께 살면서 사랑할 수 있는 이가 또 있을까? 아니, 오직 그뿐 아무도 없다. 내가 선택한 길은 어려운 길이다. 혼자서 지리를 다 파악해야 하고, 성가시게 잔소리를 하지 말아야 한다. 〔생략〕… (테드가 싫어하는 일은 절대 하지 말아야지. 이게 잔소리니까) 그이는, 물론 우월한 위치를 점하고 있으니, 대충 식사를 때운다든지, 목 근육이 굳었다든지, 글쓰는 연습을 하라든지 하며, 내게 잔소리를 해댈 수 있다. 전업 작가들의 그 유명한, 치명적인 질투 — 다행히 그이는 나보다 훨씬 앞서 있으니까, 예의 우월감에 치사한 경쟁을 하지는 않아도 된다. 혹시 명성을 얻으면 그이가 참을 수 없는 인간이 되어버릴지도 모르지만. 그렇게 되지 않도록 내가 일을 해야 한다. 일을 해서 마비 상태에서 벗어나야지 — 글을 쓰되 그이한테는 아무것도 보여주지 말아야지. 소설, 단편 그리고 시도. 안개에 젖고 백태가 낀 듯 흐릿한 잿빛 — 맑은 일요일. 마비 상태를 떨쳐버리고 조금씩 글을 써보면서 발동을 걸어야지 — 살아야 하니까 살아야지. 악몽의 연속 — 베토벤 사이로 재즈 음악이 불쑥불쑥 튀어나오고, 아래층에서 틀어대는 드라마가 심오한 작가의 사색을 산산조각으로 부수어놓는다. 우리는, 흡혈귀처럼, 서로의 피를 빨아먹고 사는 걸까? 벽을, 그것도 방음벽을, 우리 사이에 쌓아야겠다. 서재에서는 이방인, 침대에서는 연인. 잠자리에서는 끝내준다. 왜 그럴까? …… 내가 더 좋은 시를 많이 써내면 시집을 만들 수도 있으리라. 하루에 시 한 편씩 써봐야지. 그리고 시집을 카이틀리*에게 보내줘야겠다. 올해 열 편을 다 쓰고 — 오십 편짜리 시집을 한 권 내고 — 그사이 조잡한 스노드그래스 부부가 출판을 하고 명성을 얻는다. 테드는 그의 시집보다 먼저 내려고 안간힘을 썼는데. 결국 그이의 시집은 "열려라, 참깨!"라는 마술 주문이나 마찬가지가 되었다. 온갖 상을 휩쓸고 명성을 얻었으니까. 그리고 지금 나도 싸우고 있다 — 하지만 유월부터 겨우 세 개의 문을 열었을 뿐이다. 《뉴요커》, 《스와니 리뷰》 그리고 《더 네이션》. 한 달에 한 개씩. 오늘 별안간 공포가 사라졌다는 걸 깨달았다 — 느릿느릿하지만 꾸준한 자기 헌신에 대한 자각. 이 시집 덕에 나는 투쟁과 숙련으로 점철된 일 년을 견딜 수 있었다. 아마 내가 지금 시작하려고 하는 책도 비슷한 역할을 해주리라. 미소를 지으며, 은밀하게 글을 써서, 아무에게도 보여주지 말라. 엄청난 양의 작품을 축적해놓아야지. 소설, 시, 단편. 그러고는 여기저기 보내는 거다. 출간을 바라는 티는 전혀 내지 말고 — 그냥 일만 해야지. 먼저 스스로를 움직여야, 남을 움직일 수 있는 법. 여자들 사이에서 유명한 여자.

* 필립 카이틀리Philip keightley, 월드 출판사의 편집자로 일하던 친구다.

9월 15일 월요일

담대하다고 허풍을 떨었더니, 당장 두려움이 찾아들었다. 절대적이고 만사를 잊게 만드는 공황 상태. 여기서 모든 일기는 끝이 난다 — 맞은편 벽돌담의 넝쿨은 구부러진 녹색 뱀처럼 생긴 가지에서 끝이 난다. 이름들, 어휘들은 힘이다. 나는 겁이 난다. 무엇이? 무엇보다, 삶을 살아보지도 못할까 봐 두렵다. 뭐가 중요하지? 방풍막에서 쌩쌩 부는 바람. 이런 감정을 소설에 쏟아부을 수만 있다면, 이 두려움을, 이 공포를 — 내 배 위에 개구리 한 마리가 앉아 있다. 멈춰서서 어째서 씻는지, 어째서 옷을 입는지 물어보니, 미칠 지경이다. 마치 사랑과 즐거움과 기회가 나를 온통 둘러싸고 있는데, 내가 눈멀어 보지 못하는 기분이다. 신경질적으로 말을 하고 — 그렇지 않으면 폭발해버릴 것만 같다. 나는 박제되었다. 어떻게 하면 여기서 탈출할 수 있지? 날마다 조금씩 사소한 외부적 의례를 지낸다면 — 나는 너무 내면으로만 파고들었다 — 테드 말고 다른 사람에게 어떻게 말을 걸어야 하는지 다 잊어버린 것만 같다 — 벽을, 거울을 마주하고 앉아 있었다……. 악순환에 걸려든 거다 — 신선한 외부적 경험이 없이 너무 오래 혼자 지냈다. 그저 주위를 산책하면서 부러워할 만한 것처럼 보이는 — 순전히 그냥, 남이니까 — 사람들을 빤히 쳐다보는 것뿐 — 미래를 책임진다는 부담감이 나를 짓누르고, 공포에 질리게 한다. 어째서 그래야 하지? 어째서 그냥 현실적으로, 평범하게 반응하지 못하는 거지? 하루 강의를 마치고 나면 뭐가 어떻게 뒤집히든, 나는 10달러를 번 셈이었다. 수많은 사람들은 이 정도면 충분한 동기가 된다고 생각할 터이다. 내게 필요한 건 일자리를 갖고 생산적이라는 느낌을 받는 것이다. 나는 쓸모없고, 무지하다는 기분이 든다. 내 영혼이 쩨쩨하고, 산만하고, 초라하다는 느낌이 드는데 글인들 발전할 리가 있나? 어째서 나는 두려움 없이 내가 할 수 있는 일을 만끽할 정도의 배짱이 없는 걸까? 로렌스는 그의 언어 속에 세계를 체현한다. 희망, 경력 — 글쓰기는 내게 너무 버겁다. 글을 쓰면서 행복할 때까지는 일자리를 갖고 싶지 않다 — 하지만 절박하게 취직을 해야겠다는 생각이 든다 — 뭔가 외부적 현실로 내 안을 채워야겠기에 — 전화비 청구서며, 끼니를 때울 때 돈을 버는 것, 아기, 결혼, 이런 일들이 우주의 존재 목적의 일부로서 받아들여지는 세계. 영광을 꿈꾸는 목적 없는 여인. 내가 단 한 가지 바라는바, 내가 즐길 수 있는 일을 하는 것 — 어머니한테 다 털어놓는 일만큼은 무슨 일이 있어도 피해야 한다. 〔생략〕

9월 18일 목요일

오늘은 훨씬 행복하다 — 왜? 생활이 극히 조금이나마 저절로 해결될 기미를 보이기 때문에. 그리고 묘한 충동이 홍수처럼 밀려드는 기쁨을, 삶을 가져다준다 — 이상하게 친절하고 어딘가 약간 불길한 사람들. 문신 새기는 곳에서. 그리고 습한 잿빛 날씨에 보통 때처럼 "늦게까지", 9시 정도까지 자고 일어나 늘 그렇듯 아침 시간의 구역질을 했는데도, "오늘은 뭘 해야 가치로운 일이 될까?", 나는 커피 한 잔을 마시고 당장 작업을 시작해 P. D.*를 분석하는 글을 다섯 페이지나 썼다 — 아주 훌륭하게 잘 나온 문장이 한두 개 있었다. 그리고 앉아서 나의 단편 〈집 안의 새*Bird in the House*〉를 읽었는데, 어찌나

* 〈피터 데이비슨*Peter Davison*〉으로 이 작품은 소실되었다.

둔탁하고 엉망진창인지 그것보다는 낫게 쓸 수 있을 것 같은 기분이 들었다. 꼼꼼하게 5페이지 작업을 했더니 점심때쯤 되니까 기분이 좋아졌다. 비록 나는 윅스*한테서 〈뱀 조련사〉(비록 "복잡성에 매혹되었으나" 기타 등등)를 퇴짜 놓는 불쾌한 편지를 받았지만, 테드에게는 〈딕 스트레이트업*Dick Straightup*〉의 고료로 사랑스러운 150달러짜리 수표가 동봉된 근사한 편지가 날아왔다. 〈생각-여우〉로 받은 상까지 합치면, 이번 구월에 대략 1,000달러를 번 셈이다. 그래서 수표를 예금하러 걸어 나왔는데, 점점 더 문신 가게에 내 마음이 끌리는 거다 — 싸늘하고 금세라도 비가 내릴 것 같았지만 테드는 내 말을 못 이기는 척 들어주었다. 스콜리 광장의 진열장에 가게 이름이 씌어 있는 덕분에 그곳을 찾아낸 우리는, 가게 바깥에 서 있었다. 나는 벽에 걸린 퓨마의 머리, 공작새들, 뱀 등을 손으로 가리켰다. 유리창 안의 문신 새기는 사람은 창백하고 왜소하고 희한한 남자로, 우리를 바라보고 있었다. 그러더니 문신 새기는 사람은 검은 카우보이 장화에 때가 탄 면 셔츠, 그리고 타이트한 검은 치노 면바지 차림으로 걸어 나와 문을 열어주었다. "밖에서는 별로 잘 보이지 않습니다. 들어오세요." 우리는 눈을 동그랗게 뜨고서, 밝은 조명에 허름한 가게 안으로 걸어 들어갔다, 이 일에 대해 글을 쓰며 다음 날 오전 시간을 다 보낼 생각으로. 나는 그 남자에게 말을 시켰다 — 나비 문신들, 장미 문신, 토끼 사냥 문신들 — 밀랍 문신들 — 그는 우리에게 미스 스텔라의 사진을 보여주었다 — 온몸에 문신을 한 — 아름다운 무늬를 넣어 짠 동양적 문직紋織들. 나는 그가 자기 손에 한 줄 상

* 《애틀랜틱 먼슬리》의 에드워드 윅스를 가리킨다. (옮긴이)

처를 새겨 넣고, 어떤 선원의 팔에 검은색, 빨간색, 녹색, 그리고 갈색의 독수리 한 마리와 "일본"이라는 글자를 새겨 넣고, 한 남학생의 팔에 "루스"*라고 새겨 넣는 걸 지켜보았다. 정신을 잃을 뻔하는 바람에, 코에 각성제를 대야 했다. 창백하고, 상당히 탁월한 기술을 지닌 왜소한 전문가는 새 스프링을 기계에 달아 시험해보려 하다가, 그냥 그만두기로 했다. 장미 문신, 독수리 문신들이 내 머릿속에서 빙빙 돈다 — 우리는 다시 그곳을 찾아갈 것이다. 삶이 정당성을 찾아가기 시작하고 — 차츰차츰 — 천천히 나는 삶을 구축하리라.

9월 27일 토요일

우리는 집에 남아 글을 쓰며, 보기 흉하게 벌어진 우리 자아를 다시금 견고하게 추슬렀다. 나도 그렇고 테드도, 내 질병은 의기소침이라고 진단을 했다. 그러자 기분이 나아지면서, 이제 맞서 싸울 수 있을 것 같은 기분이 되었다. 제대한 군인처럼, 20여 년이 넘는 세월 동안 받아온 꾸준한 학교 교육에서 벗어나 민간인의 삶으로 자유롭게 돌아갈 수 있을 것 같다. 나는 학교 개학 소식을 들으면, 뭐, 뿔나팔 소리를 들은 경주마처럼 펄떡 뛰며 놀란다. 하버드나 예일로 달려가서 박사건 석사건 아무 과정이나 좋으니 제발 받아달라고 애원하고 싶다는 이상한 충동에 사로잡히는 거다. 그저 내 서투른 손아귀에서 내 삶을 구출하고 싶다는 일념만으로. 나는 내 페이스대로, 민간인답게, 일 년 내내 집요하게 일할 것이다. 생각하고, 글을 쓰고, 시간이 지날수록 목적의식도 강해지고 점점 더 몰입해 글

* 애인의 이름으로 추정된다.

을 쓰게 되겠지. 그저 내게 얼마나 훌륭한 작가가 될 자질이 있는지, 자존심만 안전하게 지키면서 백일몽이나 꾸는 건 이제 그만. 오늘은 새 단편을 열심히 작업했다 — 어휘들도 잘 뽑히고, 리듬도 여기저기 제대로 잡히고, 그러자 새 삶의 시작 같다.

플라스는 보스턴의 정신병원에서 환자 기록을 정리하는 일을 하게 되었는데, 그녀는 이 일이 그녀 작품에 엄청난 소재를 제공하는 보고가 되리라는 걸 당장 알아챘다. 자신이 동물들을 출산할지도 모른다고 생각하는 여자의 이야기는 〈어두운 집 *Dark House*〉에서 〈어느 생일을 위한 시*Poem for a Birthday*〉에까지 등장한다.

언제라도 나는 강아지 새끼들을 낳든가
망아지를 출산할지 모른다. 배가 움직인다.

10월 14일 화요일

단 한 순간이, 두 주일 반 후, 새 일거리로 눈은 침침하고 등이 쑤시는 채 도서관에서 집으로 돌아오는 테드가 언제라도 먹을 수 있게 오븐 속에 준비해두던 닭과 호박 요리를 앗아가버렸다. 일주일 전 월요일에 세 군데의 직업소개소를 방문하러 외출을 했고, 화요일에는 처음 인터뷰한 곳에서 일자리를 얻었다 — 내 생각보다 근무시간도 길고 봉급도 적었지만 일거리 자체가 흥미롭고 집에서 숙제를 하지 않아도 된다는 장점이 있었다 — 매사추세츠 종합병원의 심리 클리닉에서 기록을 타이핑하고 전화를 받으며 스물다섯 명도 넘는 의료진들을 만나고 필요로 하는 곳에 의사를 보내줘야 하며, 끊임없이 쏟아져 들어오는 환자들을 상대해야 한다 — 일이 낯설어서 지금은 굉장히 힘들지만, 나와 테드의 하루 일과에 객관적인 체계를 부여해준다. "보증수표"라고 믿었던 시들이 《뉴요커》에서 퇴짜 맞았는데, 시간도 에너지도 없어서 깊이 생각할 시간도 — 물론 글을 쓸 시간도! — 없다. 하지만 이 직업은 내게 좋은 것 같다 — 나 자신을 분석하지 못해 안달하던 욕망들이 이제 희미하게 사라져가고 있다 — 가끔 공포심 — 새(鳥, panic - bird)가 다시 찾아들 때가 있긴 하지만. 역설적으로 고통을 받고 있는 환자들을 날마다 기록을 통해 바라보는 내 객관적 시선이 나 자신을 바라보는 시각을 객관화해주고 있다. 이 일정의 틈 속에 글쓰기의 쐐기를 박아 넣으려 애써봐야 한다. 일정의 틈을 넓히기 위해서. 이로 인해 인간에 대한 인식과 이해가 심화되고 풍부해졌음을 느낀다. 소원을 빌었더니 보스턴 사람들의 영혼이 열리고 그들을 깊이 읽을 수 있게 된 듯한 기분이다. 오늘 어느 여자는 — 뚱뚱하고 죽음을 두려워하는 — 세 가지 꿈을 꾸고 있다고 했다. 그녀의 돌아가신 아버지, 죽은 친구(류머티즘열 때문에 출산 중에 죽었다고 했다), 자신의 장례식 — 자기는 관 속에 누워 있기도 하고, 동시에 조객들 사이에 서서 울고 있기도 하다고 했다. 그녀의 아들은 층계에서 떨어져 두개골 골절상을 입었고 독약 DDT을 마셨으며 — 어머니는 폭발하는 집 속에 갇혀 불타 돌아가셨다고 했다. 공포심. 가장 중요한 신. 엘리베이터, 뱀, 외로움에 대한 공포 — 공포의 얼굴들에 대한 시 한 편. 대니얼 드포*의 《페스트

* 《로빈슨 크루소》를 지은 18세기 영국 소설가다.

가 창궐한 해의 일기*Journal of the Plague Year*》에서 이와 관련된 부분을 인용해본다.

> … 또 다른 사람들의 생각은, 유리 조각 위에 숨을 내뿜어보면 알 수 있다는 것이었다. 유리 위에서 숨결이 엉기면, 현미경으로 살아 있는 생물들을 볼 수 있을지도 모른다고 했다. 용들이나 뱀들, 독사들과 악마들처럼 보기에도 끔찍한 괴이하고 무시무시한 형상들 말이다.

또한 병든 마음의 "키메라"*도.

* 그리스 신화에 나오는 사자의 머리와 염소의 몸, 뱀의 꼬리를 한 불을 뿜는 괴물이다. '망상'이라는 뜻이 있다.

병원에서의 단상들

두 번 결혼하고 한 번 이혼한 스물다섯 살짜리 세 아이의 엄마. "난 애들을 증오해요." 어둠을 두려워함. 옷을 다 차려입고 잠을 잔다.

직업 : 가금류를 취급하는 공장. 닭의 내장을 적출하는 일. 일을 사랑하고, 닭을 너무 좋아해서 날것으로도 먹을 수 있다. 마카로니를 좋아한다. 한 번에 건조 마카로니 기준으로 1파운드씩 먹는다. 계속 어머니에게 음식을 더 달라고 조른다.

로라 R. : 화려하게 염색한 오렌지색 머리카락. 휴대품 보관소 여직원. 사진사들에게 누드모델 노릇을 한다. 레즈비언 여자 친구.

도로시 S. : 악몽에 시달림, 자기 목이 절단당해 살갗에 붙어 달랑거리는 걸 보았다.

메리 M. : 꿈. 중년에 가족이 있고 그녀에게 아주 잘해주었던 — 하지만 부적절한 관심은 아니었다고 — 옛 환자를 닮은 남자의 침대 곁에서 일한다. 꿈속에서, 그 침실 옷장에 가서 빨래 가방을 열었더니 머리가 다섯 개 나왔다고 한다. 머리 넷은 그녀가 알아볼 수 없는 아이들의 머리였고, 다섯 번째 머리는 그녀가 어렸을 때의 모습을 한 어머니의 머리였다.

유리 의안을 한 남자와 약혼. 4년 전. 뒷마당의 이웃집 개가 밤새도록 짖었고, 소음은 물론이고 동네의 인구도 늘어나고 있다고. 남편의 노력 덕분에 이제 그 동네에는 개가 한 마리도 없다……. 불면증이 자기 내부의 긴장감 때문이라는 사실을 보지 못하고 계속 이웃의 개들 탓만 한다. (정신분열증 환자를 보고 있다는 느낌이 강렬하게 든다.)

스페로 P. : 34세. 독신의 백인 초등학교 교장. 질식과 죽음을 두려워한다. 결혼을 고려할 경우 여자와 깊은 관계를 유지할 수 없음. 어머니에 대한 증오에 강렬하게 몰입. 어머니가 허영심이 강하고, 비인간적이고, 사악하고, 엄격하고, 완고하고, 더러운 노파로 어렸을 때 자신을 비인간적으로 때렸다고 주장함. 자신의 발기 불능을 두려워함. 무슨 일을 하든 탁월한 능력을 지니고 있으며, 누구한테든지 능력을 입증할 수 있다고 함. 반박하려 하면 누구라도 죽여버리려 한다.

에드워드 C. : 일시적 발작을 일으키면 자기 자신을 느낄 수 없게 됨. 발작 중에는 비현실적인 감각을 지님. TV를 보고 있다가, 자신이 모든 걸 창조하는 사람이라고 생각함. 한 번은 태풍이 덮친 적이 있는데, 태풍이 끝나자 그는 자기가 태풍을 일으켜 그 엄청난 피해를 입힌 장본인이라고 주장했다.

바바라 H. : 배 속에서 뭔가 움직이는 걸 느꼈다고 한다. 짐승으로 변해버리거나 임신을 해서 강아지 새끼들을 낳을지도 모른다고. 노새나 말로 변해버릴지도 모른다. 얼굴에 털이 난다고 생각. 35세. 유부녀. 백인.

필로메나 T. : 모든 게 완벽해야 직성이 풀린다. 케이크를 만들다가 재료 하나를 빠뜨렸다는 걸 발견. 미쳐서, 머리카락을 뽑고, 벽을 주먹으로 쳐대고 손으로 철썩철썩 때리다.

릴리언 J. : 68세의 할머니. 임신을 했다는 매혹적인 강박관념. 지난 30년간 사귄 애인(52세)이 있음. 그와 결혼하지 않으려 함. 섹스의 유희. 남편(첫 번째)은 6년간의 결혼 생활 끝에 TB*로 죽었다. 11개의 방이 있는 대저택.

에드슨 F. : 거대한 음모가 진행 중. 잠을 자고 있는데 강간을 당했다. "그들은 나를 호색한에게 끌고 갔다." 자신의 존재를 증빙하는 수많은 서류들을 제작. 출생증명서. 세금 납입 증명과 귀화 서류 등.

존 M. : 뉴튼 볼 베어링 회사의 기계 기술자. 뉴잉글랜드 시티 얼음 회사의 엔지니어. 해충 박멸 기술자. 악몽, 모래알이 하나 가슴에 들어가, 집채만큼 커져버렸다. 질식해 압사당하는 느낌.

프랭크 S. : "'사회적 악의'를 품고 있어 죄책감을 느낍니다"라고. 카뮈의 《이방인》을 읽고 병이 시작되었다고. 위협적이고 경멸하는 표정으로 감정적으로 상처받은 사람들에게 심각한 위해를 가했다고 한다. 독일에서는 독일인들에게 해를 끼치고 벌을 주고 싶다는 욕구를 느꼈다. 지나가는 행인들에게 위협적인 표정을 지음으로써 실행. 그러는 동안에 자신의 성격이 거개의 다른 사람들보다 더 강인하고 흡인력이 있는 듯한 느낌을 받음.

실비아가 어머니에게 보낸 편지인 〈집으로 보내는 편지*Letters*

* 결핵을 가리킨다.

Home〉의 독자들은 그들이 대단히 친밀하고 깊은 사이였음을 잘 알 것이다. 아우렐리아 플라스가 지적하는 바와 같이, 실비아는 종종 자신의 삶과 어머니의 삶을 뒤섞어 생각하곤 했다. 그들은 공생적이고 서로에게 큰 힘이 되는, 아주 복잡한 연대를 형성했는데, 덕분에 별개의 인간을 느끼고 개성적 자아를 느끼는 일이 항상 쉽지만은 않았을 수도 있다. 실비아는 결혼 후 남편에 대해 유사한 의존성을 보였는데 — "마치 우리 둘 다, 특히 내 경우에 살갗이 하나도 없는 것 같은, 아니 우리 사이에 살갗이 한 장밖에 없는 듯한 느낌이었다"라는 구절에서 잘 드러난다. 그녀가 예술가로서 겪어야 했던 끊임없는 사투는 — 두려움과 공허함의 악마들을 극복하고, 진정한 자아를 느끼고, 자기 자신만의 권력을 획득하기 위한 투쟁 — 그러한 공생 관계를 부수고 나와, 해리解離된 분노의 기억상실증을 거부하고 종처럼 생긴 유리 단지*를 산산조각으로 깨뜨리는 일을 요구했다. 이러한 방향으로 해보았던 이전의 여러 시도들에 대해 실비아가 느꼈던, 몸이 휘청거릴 정도의 죄책감은, 전부터 그녀의 심리치료를 맡았던 루스 보이셔 박사에 의해 마술처럼 사라져버렸다. 그녀는 이 당시 보이셔 박사를 보스턴에서 다시 만나기 시작했는데, 이 사실은 남편과 어머니 모두 알고 있었다. "어머니에 대한 적개심을 표현하고 나면 기분이 날아갈 듯 좋아진다. 내 심장과 타이프라이터를 짓누르고 앉은 공포심의 새로부터 해방되는 기분이지만(왜 그럴

* The Bell Jar, 실비아 플라스의 소설 제목이기도 하다.

까?)…….” 이런 치료의 효과는 놀랄 만큼 탁월했다 — 그 덕분에 몇 달 후 그녀 최초의 대표작, 〈어느 생일을 위한 시〉가 탄생했던 것이다.

“실비아 플라스의 치료와 관련된 이 장의 글들 중 상당수는 물론 제게 대단히 고통스럽습니다. 따라서 출판을 허가하겠다는 결심을 하기까지 대단히 힘이 들었습니다. 틀림없이 수많은 독자들은 이곳에 실비아가 쏟아놓은 부정적 언급들을 무조건 절대적인 진실로 받아들일 것입니다. 좀 더 긍정적인 글 속에서 이러한 언급들이 취소되고 있다 하더라도 말입니다. 아무튼, 실비아 플라스의 작품 세계에서 이 자료들의 중요성은 분명한 것이므로, 그 애의 정서적 상태에 대한 이해를 심화시키기 위한 목적으로 이 자료의 공개를 허가하는 바입니다.”

— 아우렐리아 플라스

12월 12일 금요일

내 삶 & 감정 & 그리고 삶과 감정을 어떻게 할지를 관장해달라는 듯이 그녀의 시간과 두뇌에 대해 돈을 지불한다면, 그러면 나는 미친 듯이 일하고, 질문을 던지고 이 진창 & 쓰레기를 샅샅이 뒤져 최대한 이용을 하고 말 테다.

수요일 이후 줄곧 “새로 태어난 사람” 같은 기분이었다. 브랜디 한 잔이 정곡을 찌른 것처럼, 코카인을 살짝 들이마시는 바람에 완전히 취해버린 것처럼, 생생하게 살아 있다는 실감이 나고 활기가 솟는다. 충격 요법보다 훨씬 낫다. "어머니를 증오해도 된다고 허락해주겠어요."

… 그래서 나는 날아갈 것처럼 기분이 좋다. 끈적거리는 유대를 지닌 모계사회에서 어머니를 증오할 것을 허락받기는 어려운 일이고, 더더구나 믿고 따를 수 있는 허가를 얻기란 더더욱 어렵다. R. B.*는 자신이 하는 일을 잘 아는 똑똑한 여자이기 때문에 난 그녀를 믿는다 & 존경한다. 그녀는 내게 "응석을 받아주는 어머니"와 같은 존재다. 그녀에게는 무슨 말이든 털어놓을 수 있고, 그래도 그녀는 머리카락을 쭈뼛 세우며 야단을 치거나 듣지 않으려 귀를 막지 않는다. 이건 사랑에 대한 기분 좋은 대체물이다.

어머니에 대한 적개심을 표현하고 나면 기분이 날아갈 듯 좋아진다. 내 심장과 타이프라이터를 짓누르고 앉은 공포심의 새로부터 해방되는 기분이지만(왜 그럴까?), 파리에서, 런던에서, 메인주의 황야에서 장거리 전화로 마냥 보이셔 박사를 불러대며 살아갈 수는 없다. 〔생략〕. 삶은 지옥이었다. 어머니는 일을 해야만 하셨다. 일을 하면서 동시에 어머니 노릇도 해야 했다. 그 달콤하고 궤양에 걸려 부패한 한 몸에 남자와 여자가 들어앉아 있어야 했던 거다. 어머니는 인색했다. 아끼고 또 아꼈다. 똑같은 낡은 코트만 닳도록 입으셨다. 하지만 아이들에게는 꼭 맞는 새 교복과 구두를 사주셨다. 피아노 레슨, 비올라 레슨, 프렌치 혼 레슨도 시켰다. 아이들은 스카우트 활동도 했다. 여름 캠프에도 보내고 요트 다루는 법도 가르쳤다. 그중 하나가 사립학교에 장학금을 받고 들어가서 좋은 성적을 받았

* 정신과 의사인 닥터 루스 보이셔의 약자다.

다. 성심을 다해, 그 불행했던 심장을 다 바쳐 어머니는 그 순진한 아이들에게 자신이 한 번도 알지 못했던 기쁨의 세계를 가져다주려 애쓰셨다. 그녀의 세계는 한심했으니까. 하지만 자식들은 장학금을 받고 일을 하고 어머니의 돈도 써가면서 전국 최고의 대학에 진학했고, 치졸한 사업 아이템 같은 걸 연구하지 않아도 되었다. 어느 날 그들은 사랑 사랑 사랑을 외치며 결혼해 돈도 넉넉하게 벌게 될 테고 그러면 만사가 꿀처럼 달콤해지리라. 나이 든 어머니를 부양할 필요조차 없을 터이다.

식구들 가운데 여자들이 득실대는 모퉁이에 있는 작은 하얀 집. 여자들이 너무 많아서, 집 안에서 여자 냄새가 코를 찔렀다. 할아버지는 생존해 계시며 컨트리클럽에서 일을 하시지만, 할머니는 집에 머무르며 할머니답게 요리를 하셨다. 아버지는 제대로 값도 치르지 못한 무덤 속에서 죽어 썩어가고 있었고, 어머니는 어떤 가난한 집안 여자 못지않게 일을 해서 생활비를 벌면서도 훌륭한 어머니 노릇을 했다. 동생은 사립학교에 다니느라 집을 비웠고, 누이는 남자들이 있는 공립학교에 진학하고 싶어 했다(하지만 달콤한 열여섯 나이가 되기 전에는 아무도 그녀를 좋아하지 않았다). 누이는 언제나 하고 싶은 대로 했다. 여자들의 악취 : 라이졸, 향수, 장미수와 글리세린, 젖꼭지가 갈라지지 않도록 바르는 코코아 버터, 세 입술 위에 똑같이 칠한 빨간 립스틱.

나, 나는 한 번도 아버지의 사랑을 알지 못했다. 여덟 살 이후로는 남자 혈육의 꾸준한 사랑을 받아본 적이 없다……. 평생 동안 흔들림 없이 나를 사랑해줄 유일한 남자. 어머니는 어느 날 아침 눈에 눈물을 가득 담고 들어와서… 아버지가 영영 가셨다고 말했다. 그래서 나는 어머니가 밉다.

〔생략〕 아버지는 동화 속의 사람 잡아먹는 도깨비였다. 하지만 그래도 나는 아버지가 그립다. 아버지는 연세가 많으셨지만, 그런 노인이 내 아버지가 되도록 결혼한 건 어머니였다. 어머니 탓이다. 〔생략〕

내 곁에 머무르며 아버지처럼 사랑해주지 않기 때문에 나는 남자들을 증오했다. 남자들을 쿡쿡 찔러보며 & 너희들은 아버지가 될 재목이 아니라고 말해줄 정도였다. 그들로 하여금 청혼하게 만들어 놓고는, 어림도 없다는 걸 보여주기도 했다. 남자들은 여자들처럼 고통을 겪지 않아도 되기 때문에 나는 남자들을 증오했다. 남자들은 죽어버릴 수도 있고, 스페인으로 떠나버릴 수도 있다. 여자가 출산의 진통을 겪고 있는 와중에 재미를 보고 있을 수도 있다. 여자가 빵에 바를 버터조차 아까워 어쩔 줄 모르는 동안, 도박을 할 수도 있다. 남자들, 치사하고 못된 남자들. 남자들은 얻어낼 수 있는 걸 다 얻어내고 나서는, 성깔을 부려대거나 죽어버리거나 누구누구 부인의 남편처럼 욕정에 불타는 입술을 하고 스페인으로 달아나버렸다.

좀 착한, 좀 안전한, 좀 다정한, 좀 정도 많은 작은 남자의 모형을 하나 얻어다가, 아이들이며 빵이며 포근한 지붕이며 푸르른 잔디며 매달 돈 돈 돈 돈을 갖다 달라고 하라. 타협. 똑똑한 여자라도 원하는 걸 다 얻을 수는 없다. 차선을 택하라. 대충 다루기 쉽고 다정하게 통제할 수 있다고 생각되는 괜찮은 남자라면 다 괜찮다. 그가 미쳐버리거나 죽어버리거나 섹시한 비서와 함께 파리로 가지만 못하게 하라. 착하고 착하고 착한 남자여야 한다는 점을 명심하라. 〔생략〕

그런데 〔어머니〕가 사랑에 대해서 뭘 안다고? 아무것도 모른다. 사랑이 있어야 하는 거 아닌가. 사랑이 있어야만 한다. 좋으니까. 하지만 사랑이 뭐지?

글쎄다, 누군가 네게 안정된 기분을 느끼게 해준다면 그런 거지. 집, 돈, 아이들. 낡은 버팀목들 말이다. 안정된 직장. 천재지변이나 미친놈이나 강도나 살인자의 행각, 암과 같은 질병을 보장하는 보험. 어머니의 어머니는 암으로 돌아가셨다. 어머니의 딸은 자살을 하려 했다 〔생략〕… 어머니에게는 보험이 충분치 않았다. 뭔가 잘못됐던 거다. 어머니가 그렇게 고상하고 좋은 사람이라면, 어째서 운명은 어머니를 그렇게 가혹하게 벌했던 걸까?

그건 어느 정도 딸의 탓이기도 했다. 어머니에게는 꿈이 있었다. 어머니의 딸은 외출하려고 야한 옷을 차려입고 있었고, 나가서 코러스 걸이 되거나, 어쩌면 창녀가 되려고 하고 있었다. 〔생략〕 남편은, 꿈속에서 살아와서 옛 분노의 저주를 재현하며, 딸아이가 코러스 걸이 되려고 한다며 분노에 차 현관문을 쾅 닫고 떠나버렸다. 불쌍한 어머니는 발이 푹푹 빠지는 모래사장을 따라 달리는데, 돈가방이 열려 지폐며 동전들이 모래 위에 떨어지더니 모래가 되어버렸다. 아버지는 어머니에게 원한을 품고, 자동차로 다리 난간을 받고 떨어져 시체가 되어 둥둥 떠다녔다. 컨트리클럽 기둥 바로 옆에 있는 더러운 바닷물 속에서 퉁퉁 불어 엎드린 시체가 되어 떠다니고 있었다. 모두가 부두에서 그들을 내려다보고 있었다. 모든 사람들이 사건의 전말을 알고 있었다.

어머니는 딸에게 고상한 여자들이 쓴 《순결을 옹호하며 *The Case for Chastity*》라는 책들을 주었다. 제 몫을 하는 남자라면 누구나 젊은 시절에 아무리 방탕하게 놀았더라도 아내감으로는 처녀를 맞고 싶어 하는 법이라고 말해주었다.

어머니의 딸은 어떻게 했던가? 그녀는… 남자들을 껴안고 키스를 했다. 어머니라면 당장 달려가 결혼을 했을 만한 훌륭한 청년들을 다 거절하고 & 노처녀가 되었는데 여전히 결혼을 하지 않았다. 딸은 너무 예리하고 똑똑하게 쏘아붙이는 말투를 가진 덕에 괜찮은 남자들은 아무도 그녀를 참아주지 못했다. 오, 딸은 어머니가 지고 가야 할 십자가였다.

자, 이게 내가 느끼는 어머니의 심정이다. 나는 어머니의 두려움, 어머니의 공포를 느낀다……. 나는 느낀다……. 오직 사랑이라는 관념만을, 그리고 의무처럼 나를 사랑한다는 걸. 어머니는 나를 위해 무슨 짓이든 하실 분이다, 그렇지 않은가?

어머니는 넌 그런 일을 하고도 행복할 수 있는 아이가 아니라고 하셨지만, 어머니 말씀을 모조리 어기고도 지금 나를 보라, 자아, 거의 행복하다시피 하지 않은가.

하지만 내 생애의 모든 모성적 존재들*의 말씀을 듣지 않았다는 죄책감을 느낄 때면, 그러니 행복해서는 안 된다는 생각이 들 때가 있다. 그럴 때면 그녀들이 미워진다. 다른 사람들이 다 내게 바라는 것, 특히 백발의 저 늙은 어머니들이 노령에 원하시는 바를 못 해드린다는 생각에 아주 서글퍼지곤 한다. 〔생략〕

* 스미스대학과 풀브라이트 장학생 시절에 플라스를 물심양면 도와줬던 메리 엘렌 체이스는 실비아가 결혼을 해서 학문의 길을 포기하겠다고 했을 때 경악했고, 그녀의 그러한 반응은 실비아에게 커다란 부담을 주었다. 체이스는 그녀의 결정을 배신행위로 간주했던 것이다. (옮긴이)

나는 속은 느낌이다. 사랑을 받지도 못했는데, 모든 지표들이 내가 사랑받았다고 증거하고 있다. 세상은 내가 사랑받았다고 말한다. 과거의 권위들은 내가 사랑받았다고 말한다. 우리 어머니는 당신의 인생을 나를 위해 희생하셨다. 내가 원치 않았던 희생이건만……. 나는 어머니에게 다시는 결혼하지 않겠다는 서약서에 서명하실 것을 요구했다고 한다(아홉 살 때의 일이다). 그 약속을 깨뜨리지 않으신 게 정말 유감이다…….

어머니는 나와 내가 결혼한 남자를 걱정하고 계신다. 우리는 얼마나 끔찍한 불효자들인가, 어머니에게 걱정을 끼쳐드리다니. 좋은 직장을 가지고 둘이서 일 년에 6천 달러 정도를 벌어들이고 있었다. 맙소사. 그런데 우리는 고의적으로, 게다가 멀쩡한 제정신으로 이 일자리들을 걷어차고 (그리고 교수로서의 경력도) 손가락 하나 꿈쩍하지 않고 살길을 택하다니. 작가라니. 무슨 일을 하겠나. 당장 내년에, 아니면 20년 후에. 아이들을 낳게 되면? 그러다 교직 제의가 다시 들어왔는데 (대학들이 우리한테 맹렬하게 화를 내고 문을 쾅 닫아버리지 않은 게 천만다행이구나) 우리가 제안을 또다시 거절해버린 것이다! 우리는 아무튼 돌아버린 게 틀림없다. 숙모들과 숙부들은 뭐라고들 하시겠느냐 말이다. 이웃들은 뭐라고 하겠는가? 〔생략〕

그 남자 : R. B.가 말하길, "잘못된 선택을 했다고 시인할 만한 배짱이 있다면 좋겠어요." 남편 문제 말이다. 물론이다. 하지만 이 질문을 받고 겁을 먹거나 걱정할 만한 건 내 속에 하나도 없다. 남편과 있으면 기분이 좋다. 그이의 온기와 거대함과 깊은 관심과 자수성가한 그이의 노력과 농담과 이야기들과 그이가 읽는 책들과 그

이가 좋아하는 낚시며 산책이며 돼지들이며 여우들, 작은 동물들도. 그이는 정직하고 허영에 차거나 명성에 광적으로 집착하지도 않고, 내가 해주는 요리에 얼마나 기뻐하는지. 또 시나 케이크나, 뭔가를 만들어주면 또 얼마나 기뻐하는지. 내가 불행해하면 진심으로 마음을 쓰며 내가 영혼의 사투를 치러내고 성장할 수 있도록, 그 용기와 철학적 안온함으로 만사를 제치고 기꺼이 도와줄 태세를 하고 있다……. 이 남자애 저 남자애 여기저기로 흩어져 있던 조각들에 불과했던, 그래서 내가 그네들의 조각조각인 것처럼 여겨지게 했던 모든 게 내 남편 속에 한덩어리로 뭉쳐 있다. 그래서 난 이제 더는 이리저리 뭔가를 찾아 헤매지 않는다. 〔생략〕

그래, 그이에겐 내가 원하는 모든 게 있다. 돈도 있고 안정된 직업을 가진 남자와 결혼할 수도 있었지만, 그들은 지루하거나 역겹거나 허영심이 많거나 버릇이 없었다. 같이 있다 보면 끝내는 욕지기가 나올 것만 같았다. 내가 원했던 사람은, 사하라 사막에 벌거벗고 함께 있더라도 완벽한 행복을 맛보게 해줄 수 있는 사람이었다. 영혼과 육체가 모두 강인하고 사랑이 넘치는. 소박하고 터프한.

그래서 나는 내가 원하던 걸 보자마자 알아차렸다. 13년이라는 오랜 세월 동안 내 모든 사랑을 받고 꾸준히 흐르는 사랑을 내게 돌려줄 남자를 한 번도 가져보지 못한 내겐, 완벽한 사랑의 회로를 완성하고 다른 모든 걸 나와 함께 만들어나갈 남자가 꼭 필요했다. 그리고 그런 남자를 나는 찾아냈다. 타협을 하고 다정하고 머리가 벗겨진 보험 판매사원이나 발기 부전의 교사나 멍청하고 오만에 찬 의사 따위를 받아들일 필요가 없었단 말이다……. 〔생략〕… 난 유일한 선택이라 느꼈던 일을 했고, 내가 사랑할 수 있고, 보고 싶고, 이 세상에서 그이가 원하는 건 뭐든지 해주고 싶고, 그이를 위해 요리를 해주고 싶고, 그이의 아이를 낳아주고 싶고, 함께 글을 쓰고 싶은 단 한 사람의 남자라고 느꼈던 바로 그 남자와 결혼을 했다. 〔생략〕 그리고 나는, 남들이 어떻게 보건, 그이와 함께 있으면 행복했다. 어머니는 생각하셨다. 〔생략〕 하지만 내가 어떻게 행복할 수 있겠느냐고 어머니는 생각하셨다. 내 감정에 눈이 멀어 어머니의 경험에서 우러나온 충고를 무시하고 메리 엘렌 체이스의 못마땅함과 실용주의적인 미국 사회의 차가운 눈길을 모두 눈감아버리고도 어떻게 행복하겠느냐고. 게다가 저 남자는 뭘 하고 사느냐고? 이봐, 여보세요들, 그이는 삶을 살아가고 있답니다. 그게 바로 그이 직업이에요.

이런 일을 하는 사람은 이제 거의 없다. 너무 위험하니까. 무엇보다, 자기 자신으로 살아간다는 건 엄청나게 무거운 책임을 져야 한다는 뜻이다. 다른 누군가가 되거나 아무도 아닌 존재로 살아가는 편이 훨씬 더 쉽다. 아니면 성 테레사처럼 영혼을 하느님께 바치고 "내가 두려워했던 유일한 일은 내 뜻대로 하는 일이었다"라는 말을 남기든가. 내게도 그렇게 해줘요, 하느님.

여러 가지 문제점과 의문점들이 여기서 표면으로 부상한다.

어머니 : 세상의 모든 어머니상에 대한… 증오를 어떻게 하지? 도와주고 싶은 마음이 지나쳐 하지 말아야 할 일까지 해버리는 당신들의 뜻을 거역해야만 할 때 밀려오는 죄책감을 어떻게 하지?……

… R. B.는 내게 뭘 해야 한다고 말해주지 않으리라. 그녀는 내 속에 있는 것들이 뭔지, 그리고 그걸로 내가 (그녀가 아니라) 뭘 하면 가장 좋을지 스스로 깨닫도록 도와줄 것이다. 〔생략〕

글쓰기 : 두려움 — 논리의 사슬은 다음과 같이 이어진다. 나는 단편과 시와 장편 소설을 쓰고 테드의 아내이자 우리 자식들의 어머니이고 싶다. 테드가 마음껏 글을 쓰고, 살고 싶은 데서 살면서 내 남편이자 우리 자식들의 아버지였으면 좋겠다.

우리는 지금도 그렇거니와 앞으로도 결코 글을 써서 먹고살지는 못할지도 모른다. 우리가 원하는 유일한 직업이 그것인데도. 에너지와 시간을 쓸데없이 낭비하지 않고 글쓰는 작업을 방해하지 않으면서 돈을 벌려면 뭘 해야 할까? 그리고 최악의 문제.

우리 작품이 정말 훌륭한 게 아니라면 어떻게 하지? 거절당하는 작품들도 많지 않은가. 세상이 우리에게 쓸데없이 작가가 되려고 애쓰지 말라고 말하는 건 아닐까? 지금 열심히 노력하며 갈고 닦으면 언젠가 어중간한 작가들 이상이 되리라는 걸, 어떻게 알 수 있지? 쓸데없이 튀는 우리들한테 세상이 이런 식으로 복수를 하는 건 아닐까? 작업을 하고 글을 써보기 전에는 모르는 일이다. '작가 학위'를 받으리라는 보장 같은 건 없다. 어머니들과 사업가들의 말이 결국 옳았던 건 아닐까? 이런 불안한 질문들을 다 회피하고 안정된 직업을 찾아서 아이들에게 훌륭한 미래를 보장해주었어야 하는 건 아닐까?

평생 동안 억울해하며 한에 받쳐 살고 싶지 않다면, 대답은 "아니다"이다. 회한에 차 살아가고 싶지 않다면 "아니다". 기회만 주어졌더라면, 얼마나 훌륭한 작가가 될 수 있었을까, 열심히 노력하고 작업해서, 그 노력과 작업이 내포하는 온갖 불안정성을 극복할 수 있었더라면, 얼마나 좋았을까. 그런 회한을 안고 살아갈 테니까.

글쓰기는 종교적인 행위이다. 이 세상과 인간에게, 또 세상과 인간이 품고 있는 가능성에 질서를 부여하고, 그들을 개선하고, 다시 배우고 다시 사랑하는 일이다. 하루 종일 타이핑을 하거나 강의를 하는 일로 지나쳐버리지 않는, 형성의 작업이다. 글은 영속적으로 남는다. 혼자 남아 이 세상에서 돌아다닌다. 사람들은 글을 읽는다. 사람에, 철학에, 종교에, 꽃에 반응하듯이 반응을 한다. 사람들은 글을 좋아하거나, 좋아하지 않는다. 글은 사람들에게 도움이 되거나, 도움이 되지 않는다. 글은 삶의 밀도를 높인다는 느낌이 든다. 더 많이 주고, 세심히 살피고, 질문하고, 보고, 배우고, 다듬으면, 그럴수록 더 많은 걸 얻게 된다. 괴물들, 해답들, 색채와 형태, 지식. 처음에는 스스로를 위해서 글을 쓴다. 그 일이 돈을 벌어준다면, 얼마나 좋으랴. 처음부터 돈을 벌려고 글을 쓰는 건 아니다. 돈은, 타이프라이터 앞에 앉는 이유가 아니다. 그렇다고 돈이 싫은 건 아니지만. 전문직이 일용할 양식을 벌어주면, 그보다 더 좋은 일이 없다. 하지만 글쓰기의 경우에는, 그럴 수도 있고 아닐 수도 있다. 어떻게 그렇게 불안하게 사느냐고? 더구나 최악의 상황에는, 가끔씩 글쓰기 자체에 대한 믿음이 결핍되거나 아예 사라져버리기도 하는데? 이런 부담을 가지고 어떻게 사느냐고?

최악의 상황은, 이 모든 상황을 다 합친 것보다 더 나쁜 상황은, 글을 쓰지 않고 사는 삶일 터이기 때문이다. 그러니 이런 소소한 악마들을 데리고 어떻게 살아가야 할 것이며, 이 악마들이 계속 하찮은 것으로 남아 있게 하려면 또 어떻게 해야 할 것인가?

잡록 雜錄 : "테드는 당신 상태가 좋아지기를 원하나요?" 그럼. 물론이다. 테드는 내가 B 박사의 상담을 받는 걸 바라고 내 감정과 기쁨이 상승세를 타고 있다는 사실에 함께 들떠 있다. 그이는 내가 최고의 무기들로 중무장을 하고 나를 괴롭히는 악마들과 싸워 이기기를 바란다.

R. B. 가라사대, "자기 자신에 대한 불만족과 분노, 우울은 달라요." 불만이 있으면 뭔가 조치를 취할 수 있다. 독일어를 모르면 배우면 된다. 글을 잘 쓰려고 노력하지 않았다면, 노력하면 된다. 다른 사람한테 화가 났는데 그런 감정을 억누르면, 우울해진다. 내가 누구한테 화가 나 있지? 나 자신. 아니, 당신 자신이 아니예요. 누구지? 그건 〔생략〕… 진심으로, 마음에서 우러나서 되고 싶다고 느끼지 못한 존재가 되기를 바랐던, 내가 이제껏 알아온 모든 어머니상들에 대해, 우리가 우리 마음으로부터 원하지 않은 존재가 되기를 바라는 사회에 대해. 나는 이런 사람들과 심상心象들에 대해 분노하고 있다.

그들의 기대에 부합하며 살아갈 수 있을 것 같지가 않다. 그러기 싫으니까.

그들이 뭘 원하는 것 같지? 돈, 자동차, 좋은 학교, TV, 아이스박스와 식기세척기와 무엇보다도 안정을 가져다줄 안정된 일자리에 대한 걱정. 우리도 이런 것들은 좋지만, 더 중요한 게 있을 뿐이다. 하지만 우리는 겁이 난다. 우리도 먹어야 하고 살 곳이 있어야 하고 아기를 키워야 하니 돈이 필요한데, 글로는 지금도 그렇거니와 앞으로도 결코 넉넉한 돈을 못 벌지도 모르니까. 사회는 '그것 봐라'는 식으로 우리를 향해 혓바닥을 날름거린다.

어째서 우리는 다른 대부분의 작가들처럼, 교수를 겸직하지 않느냐고? 강의는 우리의 시간과 에너지를 다 잡아먹어버리는 것만 같다. 작년에는 강의를 하다가 우리 둘 다 아무것도 쓰질 못했다. 위대한 작품들을 수동적으로 설명하는 데서 오는 만족. 사람을 말려 죽인다. 모든 걸 다 설명할 수 있게 만들어버리니까.

주된 질문들 :

〔생략〕

돈을 벌려면 뭘 해야 하나 & 어디서 살아야 하나 : 실용적인 문제

글 쓰는 일에 대한 두려움을 어찌해야 하나 : 어째서 두려워하지? 성공 못할까 봐 무서운 건가? 세상이 우리 원고를 퇴짜 놓으면서 너희는 틀렸다고 아무렇지도 않게 말할까 봐?

남성성의 개념들 : 창조적 힘의 보존(섹스와 글쓰기)

어째서 나는 두려움에 이렇게 얼어붙을까, 내 마음과 글쓰기가 모두. 자, 봐, 머리도 없고, 머리도 없는 여자애한테서 뭘 기대할 수 있겠어?

어째서 나는 장편 소설을 쓰지 않는 거지? (이미 썼어! 1961년 8월 22일 :《벨 자》*

사회의 심상들 : 작가와 시인은 성공했을 때만 용서를 받을 수 있다. 돈을 버니까.

어째서 박사 학위가 있어야 한다는 느낌이 들까, 박사 학위를 못 따면 목적도 없고 두뇌도 없는 인간이 되는 듯한 기분. 나의 내면이 정체성을 보장해주는 데 필요한 유일한 자격 증명이라는 걸 잘 알고 있으면서도 왜?

NB : 자주 때리지는 않는다. 한 번이나 두 번.

* 이 부분은 훗날 손으로 덧붙여 써 넣었다. (옮긴이)

창조적으로 분노를 표현하는 방법은?

남성성의 토템을 상실할까 봐 두려움 : 어떤 근거?

R. B. : 당신은 언제나 설익은 선택을 해서 다른 선택의 가능성들을 전부 차단해버릴까 봐 두려워해왔죠. 〔생략〕

토요일 아침 12월 13일

그러니 삶을 배우라. 실버 케이크 서버*로 한 조각 듬뿍 잘라 먹으라, 큼직한 파이 한 조각을. 잎사귀들이 어떻게 나무 위에서 자라나는지 배우라. 눈을 뜨라. 가느다란 초승달이 그린 시티즈 서비스의 클로버 잎과 불 밝힌 워터타운의 벽돌 언덕들 위로 등을 기대고 떠 있네. 하느님의 빛나는 손톱, 꼭 감은 천사의 눈까풀. 성탄절 전야 밤서리에 달이 어떻게 지는지 배우라. 콧구멍을 열어라. 눈의 냄새를 맡아라. 삶으로 하여금 살게 하라.

남자와 동침을 하고, 처녀성을 잃고, 피를 울컥울컥 뿜어대며 응급 병동으로 실려가고, 이것저것 가지고 놀아본 일에 죄책감을 느낀 적은 한 번도 없다. 어째서? 어째서? 전혀 몰랐지만, 느낄 수는 있었다. 느낌이 왔고 내가 원하는 걸 찾아냈고 오직 나만 원하는 걸 찾아냈고, 머리가 아니라 열기로, 치즈 속에 들어간 쥐같이, 소금처럼 날카롭고 확실한, 옳다는 열기로 알아차렸던 거다.

생생한 이야기 : 꽃을 따는 일(처녀성을 잃는 일). 어떨까? 고통, 체험을 반기는. 전화 통화. 청구서.

애틀랜틱 애비뉴 거리를 따라 걷다가 본 것 : 주름진 양철 지붕

* 케이크를 잘라 서빙하는 도구다.

아래 잿빛 벽돌로 쌓은 차고 속 커피하우스 옆의 모퉁이를 돌아가는 검은 영구차 한 대. 오페라에서 보는 것 같은 벨벳 커튼, 그리고 바람둥이 로사리오의 무도화처럼 검은 인조 모피. 기차역 옆에 서 있는 10톤 트럭들 사이에, 기름칠하고 잘 단장한 이 미끈한 장의차 세단이 서 있다. 왜, 어디로 가는 걸까? 우리는 걸었고, 트럭들은 우리 옆을 스쳐 지나갈 듯 달려갔다. 장의차는 길 건너에 정지해 있었다. 활짝 열린 뒷문 쪽을 기차역 급행 역사를 향해 바짝 댄 채로. 검은 코트에 중산모를 쓴 남자들이 붉은 삼나무 관을 장의차에서 들어 올려 역사로 들고 들어갔다. 무겁고도 무겁게. 우리는 발길을 멈추고, 빤히 응시했다. 손가락은 장갑 속에서 꽁꽁 얼었고, 숨결은 잿빛의 잔잔한 치명적 공기 위에 인디언들의 담배 연기처럼 뿜어 나왔다. 검은 코트를 입은 남자 한 사람은 얼굴에 돌덩어리처럼 항구적恒久的인 슬픔의 표정을 새기고 있었는데, 그 얼굴은 마치 실직한 배우 같았다. 그것도 화드득 무대로 달려 나가 아름답고 용감하던 군대가 무참히 격파되어 산산조각으로 흩어졌고, 젊은 에욜프는 변절한 아내를 따라 사라졌으며, 그의 젖은 침대를 건너게 해줄 노받이 하나만 물 위에 덜렁 남아 있다는 말을 전해야만 하는 단역을 영원토록 되풀이해야만 하는 그런 실직 배우. 잿빛 머리카락, 혈관이 비쳐 얼룩덜룩한 침통한 얼굴, 푹 꺼진 눈두덩과 못 박힌 듯 고정된 그리스 비극의 분위기를 지닌 눈과 절대적인 불행의 가면을 쓴 것 같은 입. 하지만 얼어붙고 정적인. 그가 도와주고 있는 남자는 붉은 얼굴에 둥근 뺨, 버찌 같은 코를 한 사내다. 그 사내의 얼굴은 지켜보고 있는 군중 앞에서 지켜야 할 직업상 도리 때문에 가까스로 경건한 분위기를 유지하고 있는 중산모와 검은 코트만 아니라면 당장이라도 웃음을 터뜨릴 듯했다. 우리는 구경했다. 빨갛게 물들인 호화로운 목관은 여행 가방이며 트렁크를 옮기는 수레 위에 올려놓은 연한 색 나무 상자 속으로 미끄러져 들어갔다. 목이 들어가고 남은 자리 위를 네모난 나무 뚜껑이 꼭 맞춰 덮고, 빛나는 나비처럼 생긴 구리 집게 나사로 꼭 죄었다. 둥근 얼굴의 사내는 포장용 나무 상자 위로 올라가 연필로 상자 위에 열심히 뭔가 지시 사항을 적었다. 서부에 사는 누군가에게 보내는 성탄절 안부 편지인 것처럼. 깨지기 쉬운 물건. 부패 조심. 조심해서 다루시오. 머리 쪽을 위로. 차갑고 건조한 곳에 보관하시오. 누구의 시체지? 살해된 건가? 누군가의 남편, 아버지, 연인, 창녀? 마지막으로 남은 디킨스*적 인물들. 마지막으로 남은 비탄의 캐리커처, 오만상 찡그린 표정 단 하나뿐 절대 변하는 법이 없는 얼굴들. 그들은 박제된 자아를 마치 엄청난 가치라도 지닌 상품인 양 헤아릴 수 없는 유족들의 대군들에게 판다. 속삭이고, 위로하고, 조문한다. "이런 시기일수록, 오직 최고만을 선택하셔야죠……."

즐거운 침입이 하나 있었다. 우체부를 찾아 창밖을 바라보고 있었는데, 두 잔째 커피를 마실 때 그의 황동 단추들과 푸른색의 둥근 모자, 그리고 푸른 옷으로 감싼 똥배가 보인다. 툭 튀어나온 갈색 가죽의 편지 부대가 보인다. 변덕 심한 보스턴 날씨 때문에 흠이 많이 생기고 얼룩이 진 가죽 부대가. 엘리베이터를 타고 달려 내려갔다. 색스턴 펠로십 탈락 편지, 《하퍼》의 거절 편지, 《인카운터》의 거절, 《애틀랜틱》의 거절, 그리고 월드 출판사에서 온 시집 거절이 우

* Charles John Huffam Dickens, 19세기 영국의 작가다.

수수 떨어지고 난 후에 나온 항공우편 한 장. 정중하고 따스한 찬사가 실린 편지 한 장과 함께 존 레만*에게서 날아온 시 세 편의 수락 소식. 〈로렐라이〉, 〈고요를 깨뜨리는 뮤즈들*The Disquieting Muses*〉, 〈뱀 조련사〉. 모두 내가 쓴 낭만적 서정시들이다. 나는 그 사람의 취향을 안다. 얼마나 근사한지, 얼마나 좋은지. 갑작스럽게 치솟는 용기. 저 디딤돌. 그리고 내가 변화해야만 한다는 자각. 더 무모해지고, 글쓰기 속에 깊이 파묻혀야 한다…….

언젠가 아기를 가지게 될지도 모른다. 그 생각을 하면 미소가 번진다. 예전의 두려움은 다 어디로 갔지? 여전히 진통에 대해서는 깊은 경외감과 두려움을 지니고 있지만. 살다 보면 언젠가는 진통 이야기를 지난 일로 얘기할 때가 올까?

일. 일. 어머니한테서 신경질적이고 눈물이 반짝거리는 전화 한 통… 마음이 아프다, 둔해져서, 얼어붙는다 〔생략〕 … 이렇게 못된 내가 왜 행복해야 하는 거지? 난 행복하다. 어머니는 "기분 전환을 하고 싶다면 제발 우리 집에 와서 한동안 같이 살자꾸나" 하며 애원을 하셨다. 어머니는 우리를 최대한 이용하고 싶어 하신다. 어쨌든 우리가 언제라도 멀리 도망가버릴 수 있다는 걸 당신도 알고 계시고, 두려워하니까.

12월 16일 화요일 아침

9시 30분쯤 되려나. 〈조니 패닉과 꿈의 성경 *Johnny Panic and the Bible of Dreams*〉을 고쳐 쓰고 또 고쳐 쓰고를 반복하고 있었는데, 이제 이

* 《런던 매거진》의 편집장이다. (옮긴이)

것도 여기저기 보내보려 한다. 숱하게 퇴짜를 맞아도 꿋꿋이 버틸 수 있을 것 같다. 그저 논평이라도 해주기를 바랄 뿐. 시가 여기저기 돌아다녔으면 좋겠다. 이 시는 희한하고 상당히 속어가 많이 섞여 있어서, 어딘가에서 알아줄 것 같다. 내 기분이 상하기 전에 열 번쯤은 더 보내봐야지. 그때쯤 되면, 단편 소설을 두세 편은 더 썼을 테니…….

이번 주에는 지난 6개월을 모두 합친 것보다 더 행복했다. 마치 R. B.가 "어머니를 증오해도 좋다고 허락해드리지요"라고 말하면서, "행복해도 좋다고 허락해드리지요"라는 말도 해준 것 같다. 어째서 그렇게 연관 짓는 걸까? 행복하다는 게 위험한가? 〔생략〕 나는 지금 정말 즐겁다. 걱정이나, 나 자신에 대한 불만의 찌꺼기도 한층 줄었고. 더 많이 써야 하는데, 더 열심히 일해야 하는데, 더 열심히 읽어야 하는데, 독일어를 공부해야 하는데 — 모두 내가 마음을 잡고 하려고만 하면 할 수 있는 일들이다. 하지만 내 발목을 잡고 앞길을 막는 건 다 증오, 온몸을 마비시키는 두려움이다. 그 장애물만 치워버리면, 나는 흘러갈 것이다. 내 인생이 드디어 내 글 속에 파고들 것이다. 단편 소설 조니 패닉에서 그러했듯이.

어제 산책을 나갔다가 옛날 《뉴 월드 라이팅》 지, 프랭크 오코너의 단편 소설집, 세 편의 이오네스코 희곡들을 샀다. 오코너의 소설들은 기교적으로 영감을 준다. "눈감고도 할 수 있는 일들." 내 낡은 교과서적 작풍(그녀는 느꼈다, 그녀는 말했다, 새침데기, 새침데기)을 벗어나기 위해서는, 요즘 작가들이 어떤 걸 쓰는지, 좋은 작품들(허브 골드는 훌륭하다)을 읽어보는 일도 대단히 중요하다는 느낌이 든다. 〈에이미디*Amedee*〉를 읽고 큰 소리로 웃어버렸다. 성장하는 시체. 버섯들. 여기다 하찮은 것들에 소비해버린 프티 부르주아적 상투어들까지 합쳐지니. 신문 배달을 하듯 공포와 우스꽝스러운 것들을 심상하게 받아들이게 된다. 이 말은, 진부한 상투적 표현들 덕분에 우리가 진짜 느끼는 공포들의 충격이 둔화된다, 그래서 우리 눈이 멀어 공포스러운 현실도 보지 못하고, 시체와 독버섯도 보지 못하는 거라는 얘길까?

이번 주말에는 트루먼 커포티의 연극을 보러 가다. 철없는 꼬마 남자애, 틀림없이 서른 중반일 텐데. 조산아처럼 커다란 머리, 배아, 커다랗고 하얀 이마, 끈으로 졸라매 묶은 듯 조그만 입매, 푸석하고 숱 많은 금발, 맵시를 한껏 뽐내며 깡충대는 요정 같은 몸에 검은 양복 윗도리를 걸치고 있었지. 우리가 앉은 자리에서는 벨벳인지 코듀로이인지 구분이 가지 않았다……. 남자들은 보통 때보다 더 맹렬하게 분노하며 그의 동성애적 성향을 증오했다. 다른 뭔가가 있다. 그의 성공에 대한 시기심? 그가 성공하지 못했다면, 분노할 일도 없을 텐데. 나는 아주 재미있게 보았고, 상당히 감동도 받았다. 다만 홀리데이 골라이틀리*가 책으로 읽었을 때보다도 감흥이 없었을 뿐…….

12월 17일 월요일 오전

《레이디스 홈 저널》용 단편 〈단추 싸움*The Button Quarrel*〉? B 박사에게 남편과 아내가 서로 싸우고 적개심을 표현해야 할 심리학적 필요성에 대해 물어보라. "진보한" 부부의 이야기. 자식도 없고, 여자

* 트루먼 커포티의 《티파니에서 아침을*Breakfast at Tiffany's*》에 등장하는 주인공이다.

는 직업이 있어 단추를 꿰매거나 요리하는 일 따위는 하지 않으려 한다. 남편은 동의한다고 생각하고 있다. 단추 꿰매는 일을 놓고 싸움. 사실은 단추를 놓고 싸우는 게 아니다. 남편의 사고 근저에 깊이 뿌리 박힌 여성성에 대한 인습적 관념에 대한 싸움. 나머지 남자들이 다 그렇듯, 여자들을 임신시켜서 주방에 처박아놓고 싶어 한다. 공개적인 장소에서 그녀에게 무안을 주고 싶어 한다. 나이 지긋한 현명한 가정부의 관점에서 보는 이야기? 충고? 아, 그게 뭐지.

R. B.가 약속 시간을 내일로 바꾸는 바람에 화가 난다. 말해야 할까? 내가 돈을 안 내서 그러는 게 아닐까 하는 생각. 그런 짓을 하는 건, 상징적으로 발을 빼며 "약속을 깨뜨리는" 것이다. 어머니가 나를 사랑하지 않고, 내가 말을 걸 때마다, 무슨 말을 하려 할 때마다 사랑 넘치는 어머니가 되어주겠다던 "약속"을 파기하는 것처럼. 내가 착하게 순순히 말을 들을 거라는 걸 알기 때문에 마음대로 내 돌리는 게 아닐까. 그 말은 나라는 사람이 편리에 따라 자기 생각대로 움직일 수 있다는 게 아닐까. 그녀에 대해 내가 느끼는 심리적 불안감이, 제멋대로 바뀌는 유동적인 시공간으로 인해 두드러지다. 질문. 그녀는 일부러 이러는 걸까, 내가 어떤 기분이 될지 알고 있을까, 아니면 그냥 사정이 생겨서 약속을 옮긴 걸까?

제인 트러슬로우*를 두고 테드와 격론을 벌이다. "당신 그 여자 알잖아." "어느 여자인지 내가 어떻게 알겠어?" 그리고 단추들, 마샤와 마이크에게 그이가 했다는 얘기. 내가 셔츠를 감추고, 구멍 난 양말들은 찢어버리고, 절대 단추를 달지 않는다는 얘기. 그이의 동기

* 피터 데이비슨과 결혼한 스미스대학의 여학생이다. (옮긴이)

— 그렇게 하면 당신이 그런 일을 할 줄 알았지. 그러니까 그이는 나한테 창피를 주면, 자기 마음대로 할 수 있을 줄 알았다는 얘기. 내 반응. 전보다 더 고집스럽게 구는 것. 내가 그이한테 뭔가 시키려고 하면, 예를 들어 트루먼 커포티를 보러 가서 자리를 바꾸자고 했을 때, 그이가 보여주는 반응 그대로. 자리를 바꿔주면 커포티를 더 잘 볼 수 있었을 텐데, 내가 그이 단추를 달아주고 테드가 셔츠와 코트를 입는다면 좋을 텐데. 두 가지 행위를 다 불가능하게 만들었던 건, 아니 지금도 불가능하게 만드는 건 상대방이 행위 자체보다 결정 자체를 더 중요하게 생각한다는 걸 잘 알고 있기 때문이었다. 이건 극장 자리나 단추에 대한 싸움이 아니라, 상대방을 제압하고 승리를 거두는 것에 관한 문제이다. 이 사실을 나는 직시한다. 잘 알고 있다는 걸 느낀다. 하지만 그이는 아니다. 그이가 나를 자기 마음대로 움직이게 만들고 싶을 때마다("귀찮게" 좀 하지 말라든가, 하지만 그 말은 자기 마음에 들지 않는 얘기는 하지 말라는 말이다), 내가 꼭 자기 어머니 같다고 말하는 것처럼. 그러면, 사실이 아닌데도 꼭 감정적으로 반응하게 된다. 〔생략〕 그이가 나한테 뭔가 시키고 싶을 때, 가장 쉽고도 확실한 길은 이거다. 내가 자기가 원하는 대로 하거나 하지 않을 때, "너 꼭 우리 어머니 같다"고 말하면 되는 거다. 이 싸움이 그런 그이의 태도에 대한 반발이라는 생각도 반쯤은 든다. 그이도 스스로 그걸 인정할까? 나도 그이만큼 나쁘다. 더러운 손, 더러운 손. 〔생략〕

1958년 12월 26일 금요일 아침

B 박사를 만나려 한다. 차가운 성탄절 다음 날 아침. 훌륭한 성

탄절. 왜냐하면 내가 명랑하다고 테드가 말했으니까. 나는 놀고, 장난을 치고, 어머니도 반갑게 맞았다. 내가 어머니를 미워할지도 모르지만, 그게 다는 아니니까. 나는… 또 어머니를 사랑하기도 한다. 결국은 뭐 우리 어머니니까. "당신이 잠식당할 수 없는 사람이라면, 어머니가 어떻게 잠식해오겠어?" 그러니 내 증오와 두려움은 결국 나 자신의 불안정한 심리에서 오는 거다. 그게 뭐지? 어떻게 싸워야 하지? 때 이른 선택을 하는 바람에 다른 가능성들을 차단해버릴까 봐 두려워하는 것. 테드와 결혼하는 건 두렵지 않았다. 그이는 유연해서 나를 가두어버리지 않을 테니까. 문제는 우린 둘 다 글을 쓰고 싶어 한다, 한 해를 쉬고 싶어 한다. 그러고 나면 어떻게 되는 거지? 불안정한 직업은 갖지 않으리라. 꾸준하게 돈을 버는 직업을 선택하고 싶다. 심리학?

내 독립성을 어떻게 가꾸어나가야 할까? 그이에게 전부 털어놓지 말아야지. 어렵다. 그이를 항상 보고 살고, 바깥의 삶이라는 게 없으니까.

두려움. 하버드에서 사람들을 만나고 나서 생긴 두려움. 내가 경주에서 기권했다는 기분. 어째서 글쓰기에 전적으로 투신하지 않는 거지? 왜냐하면 시작하기 전부터 실패가 두렵기 때문에. 어머니에게 성취를 가져다드려야 한다는 해묵은 필요성. 사랑의 보상을 받게 해드려야 하니까.

나는 테드와 싸움을 한다. 두 번이나 혹독하게 싸웠다. 진짜 이유는, 우리 둘 다 돈 걱정을 하기 때문이다. 우리는 9월 1일까지는 충분히 살 돈이 있다. 그다음에는? 어떻게 하면 어렵사리 얻은 우리의 일 년을 돈과 직업에 대한 걱정으로 망치지 않을 수 있을까?

우리 둘 다 영어와 관련된 직업을 갖고 싶은 마음이 없다. 잡지, 출판, 신문 혹은 교직. 교직은, 일단 지금은 아니다.

테드와 미국의 문제. 그이는 미국을 이용하는 법을 아직 모른다. 그이의 우울증이 느껴진다. 그이를 강제하거나 하기 싫어하는 걸 억지로 시키고 싶지는 않다. 하지만 그이도 걱정을 한다. 나처럼 입 밖에 내어 말하지 않을 뿐이다.

우리가 어디서 살고 싶은지 잘 모르겠다. 우리가 어떤 직업을 가져야 할지도. 얼마나 글쓰기에 의존해야 할지도. 시는 수지가 맞지 않는다. 어쩌면 아이들 동화를 써야 할지도.

테드. 꾸준하고, 친절하고, 다정하고, 따뜻하고, 지적이고, 창조적이다. 하지만 우리는 둘 다 지나치게 내면으로만 파고든다. 사람보다 책을 훨씬 더 좋아한다. 안정에 강박적으로 반감을 갖는다…….

내 자아와 내 일을 든든하게 구축할 수만 있다면, 나도 의존적이고 나약한 절반이 아니라 우리 부부에게 큰 힘이 될 수 있을 텐데.

어머니에 대한 증오, 남동생에 대한 질투. 그들이 선호하는 삶의 양식 대신 선택한 생활 방식에 대해 회의가 들 때만 느끼는 감정이지만. 그들도 인정할 테지만, 그러려면 우리에게 확신이 있어야만 한다. 우리에겐 확신이 없다, 내게는 없다, 일에 대해 용기를 잃었기에. 정말로 열심히 글을 써보려고 노력했던 적이 없다. 뚜렷한 목적도 없이 어영부영 지적인 방황을 할까 봐 두렵다. 사람을 피상적인 수준 이상으로 다루는 직업이 필요하다.

남자들에 대한 시기심. 어째서 테드를 질투하는 거지? 어머니는 그이를 빼앗을 수 없다. 다른 여자들은 빼앗아갈 수도 있다. 자아가 없이 희생해서는 안 되겠다. 자아의식을 키워야 한다. 아무도 공격할 수 없는 굳건함을.

1958년 12월 27일 토요일

어제는 R. B.와 상담을 했다. 상당히 오랫동안, 매우 심도 깊게. 나를 아프게 하고 울리는 문제들을 가슴 깊은 곳에서 캐냈다. 어째서 그녀와 함께 있으면 울음이 날까, 왜 그녀하고 있을 때만 울 수 있을까? 나는 어머니의 사랑〔의 상실〕에 대해 슬픔의 반응을 보이는 거라 했다. 어머니의 사랑. 〔생략〕 그렇다면 나는 무엇이 사랑을 가로막을 거라 기대하는가? R. B.를 볼 때 어떤 기대를 하는지 느끼는가? 그래서 나는 울어버리는 걸까? R. B.가 직업상 다정하게 굴면, 그 속에서 내가 어머니한테서 받는 느낌보다는 그녀에게 바라는 바가 더 절실하게 느껴지기 때문일까? 나는 아버지와, 아버지의 사랑을 일찍이 잃어버렸다. 이 때문에 어머니한테 화가 나고, 어머니 당신이 아버지를 죽였다는 느낌을 갖고 있다는 느낌이 든다. (내가 코러스 걸로 나오고 아버지가 차를 몰아 물에 빠져 자살하는 꿈을 꾸셨다고 했다.) 나는 어머니를 잃어버리는 꿈을 자주 꿨고, 이런 어린 시절의 악몽들은 끝내 사라지지 않고 남는다. 간밤에는 어마어마하게 큰 병원에서 테드의 뒤를 쫓아 달려가는 꿈을 꾸었다. 그이가 다른 여자와 함께 있다는 걸 알고, 정신병동으로 들어가, 사방으로 그를 찾아다녔다. 어째서 그게 테드라고 생각하는 거지? 그 얼굴은 테드였지만, 사실 내 아버지였고, 내 어머니였다.

나는 그를 아버지와 동일시할 때가 있는데, 이런 시기는 커다란 중요성을 띠게 된다. 예를 들어 특별한 날, 그이가 있어야 할 자리에 있지 않고 다른 여자와 함께 있다는 걸 발견했던 마지막 학기, 그 때의 다툼처럼. 나는 맹렬하게 분노를 표출했다. 그이는 내가 얼마나 자기를 사랑하는지 알고 있었고 또 느끼고 있었지만, 마음이 다른 데 가 있었다. 아버지가 내게 한 짓이 그런 거라고 느끼고 있는 걸까? 그럴 수도 있다는 생각이 든다. 이런 얘기를 테드와 하지 않은 이유는, 그런 상황이 다시는 벌어지지 않았고 테드가 본래 그런 사람이 아니기 때문이다. 그랬다면 그이를 믿었다는 사실 자체를 억울하게 여겼을 테니까. 그저 단 한 번의 사건이 메아리를 일으켰을 뿐. 나를 영원히 저버린 우리 아버지한테서 완전히 벗어나지 못했다는 뜻. 질문 — 어째서 나중에도 그 이야기를 하지 않았을까? 이게 그럴싸한 해석인가? 그 후 이 문제가 다시 불거졌다면, 비슷한 사건들과 두려움들이 동요하여 다시 기억 속에 떠오르게 했을 텐데. 테드는, 남성적 존재인 이상, 우리 아버지의 대체물이지만, 다른 면으로는 결코 그렇지 않다. 그이가 여자들과 불충실한 짓을 한다는 심상들은 아버지가 어머니나 죽음의 여신과 맺었던 관계에 대한 내 공포심을 반영할 뿐이다.

이 모든 것들이 얼마나 매혹적인가. 어째서 나는 이런 공포심을 정복하고 조종해서 피상성을 털어버리지 못하는가. 피상성이란 공포심을 막기 위해 신중하게 설치한 보호막일 뿐인데.

오늘 아침 테드가 도서관에 간다고 나간 뒤에 프로이트의 《비탄과 우울*Mourning and Melancholia*》을 읽었다. 자살에 대한 내 감정과 이유 들을 거의 정확하게 묘사한 부분. 어머니에게서 나 자신으로 전이된 살인 충동. 프로이트가 사용하는 "흡혈귀"의 은유, "자아를 남김없이 빨아먹어버린다"고. 바로 그게 내 글쓰기를 훼방하는 감정이다. 어머니의 손아귀. 나는 자기 비하(어머니에게서 전이된 증오)를 가장하고 나 자신에 대한 진짜 불만족들을 그 사이에 짜 넣고, 그 결과 사실상 허상에 불과한 비판이 뭐고 정말로 바꿀 수 있는 약점이 뭔지 분간하는 게 아주 어려워지고 마는 것이다. 이런 우울증을 어떻게 하면 털어버릴 수 있을까. 우유와 꿀을 접시에 담아 바쳐야 하는 옛날 마녀들처럼 나를 좌지우지할 수 있는 힘이 당신에게 있다는 걸 고집스럽게 믿지 않으면 된다. 어떻게 그렇게 하지? 말을 하고 사실을 인식하며 연구를 하는 일이 도움이 된다.

B 박사 : 당신은 병행할 수 없는 두 가지 일을 올해에 하려고 하고 있어요. 1) 어머니를 증오하는 일, 2) 글을 쓰는 일. 어머니를 증오하기 위해서는, 글을 쓸 수가 없어요. 왜냐하면 소설을 쓰면 어머니한테 헌납해야 할 거라고 생각하니까. 아니면 어쨌든 어머니가 그걸 차압해갈 거라고 느끼니까(내 아이를 차압해갈까 봐 두려워 근처에 오지 못하게 한 것도 마찬가지. 내 아기가 어머니의 것이 되는 건 싫었다). 그래서 내가 글을 쓸 수가 없는 건가. 그래서 내가 글을 쓰지 않는 일이 어머니의 뜻대로 움직여 당신이 옳다는 걸 증명하게 되기 때문에, 나는 어머니를 증오하는 거다. 강의도 마다하고 안정된 직업도 갖지 않았으면서, 결국 안정을 포기한 대가가 아무것도 없으니 이런 나는 얼마나 어리석은가. 원고 거절에 대한 나의 공포심은, 이로 인해 성공을 못해서 어머니에게 거절당하는 게 아닐까 두려워하는 마음과 얽혀 있다. 아마 그래서 거절당하는 게 그렇게 끔찍한 기분인가 보다. 그나마 다행인 건, 내가 기분 나빠하지 않는 한 테드는 거절에 대해 별로 심각하게 생각지 않는다는 거다. 그러니 나로선 작업을 하면서 즐거워하고 내 작품은 내 거라고 느끼기만 하면 된

다. 어머니가 내 작품을 이용하고, 출판되면 방에다 늘어놓으시겠지만, 그 글을 쓴 건 나고 어머니는 아무 상관이 없다.

나라고 성공을 원하지 않는 건 아니다. 하지만 전처럼 절박하게 성공이 필요하지는 않다. 그때는 성공하지 못하면 어머니에게 인정받을 수 없다는 두려움이 주입되어 그렇게 절박했던 거니까. 그리고 어머니가 인정해주는 것은, 그게 얼마나 진실인지는 몰라도 내겐 사랑과 같은 의미였다.

〔생략〕 … 어머니의 "사랑"에 나는 무엇을 기대하는가? 그걸 얻지 못하면 눈물이 나는 이유가 뭘까? 내 생각에, 항상 어머니가 나를 당신의 일부로서 이용해왔다는 느낌을 받았던 것 같다. 내가 자살했을 때, 아니 자살이 미수에 그쳤을 때, 어머니는 그걸 당신의 "수치"로, 당신에 대한 책망으로 받아들이셨다. 어머니의 사랑에 문제가 있다는 책망. 또한 워런과 경쟁해야 한다는 느낌. 거대하게 솟아 있는 하버드의 이미지는 그 애와 동일시되었으니까. 그런데 어머니는 내 자살 시도를 어떻게 이해했을까? 내가 글을 쓰지 않은 결과라고, 틀림없이 그렇게 이해하셨겠지. 나는 어머니가 차압할까 봐 글을 쓸 수 없다고 느꼈는데. 그게 다일까? 내가 글을 쓰지 않으면 아무도 나를 인간으로 인정해주지 않을 거라고 생각했다. 그렇다면 글쓰기는 나 자신의 대체물이다. 나를 사랑하지 않는다면 내 글을 사랑해주고, 내 글을 좋아한다면 나를 사랑해주세요. 또 그 이상의 의미를 지니기도 한다. 체험의 혼돈에 질서를 부여하고 또 질서를 재정립하는 방법.

마녀 신봉 증세가 다 나으면, 나는 어머니에게 주눅 들지 않고 당당하게 글 이야기를 하면서도 글이 내 것이라 느낄 수 있으리라.

어머니는… 마녀가 아니다. 〔생략〕

심리를 파악하고자 하는 우리 욕망은, B 박사의 권력을 획득해 우리가 휘두르고자 하는 욕망일까? 그건 흥분되고 큰 도움이 되는 권력이다. "그런 힘을 일단 얻으면, 절대 옛날로 돌아갈 수 없어요. 판도라의 상자를 여는 겁니다. 세상에 단순한 게 하나도 없어집니다."

내 글은 내 글은 내 글이다. 그 속에 아무리 어머니의 인정을 받을 만한 자질이 많이 있어도, 절대 그런 목적으로 쓰지는 않으리라. 글을 잘 쓰면 어머니가 나를 사랑해줄 거라 기대해서는 안 된다. 〔생략〕 변화해야 하는 건, 어머니가 아니라 내 쪽이다. 어째서 어머니에게 성공에 대한 말을 하는 게 이토록 불만스러운가. 단 하나의 성공은 결코 충분치 않기 때문이다. 사랑을 한다는 건, 무제한의 기간 동안 장기 대여를 하는 거다. 승인을 한다는 건, 한 가지 행동에 대해서만 승인을 하는 거다. 문제는, 그건 그렇게 끝낸다 해도, 잘된 일이라 해도, 지금, 이제 다음은 뭐냐는 거다.

나는 무슨 일에 죄책감을 느끼지? 남자가 있고, 행복하다는 것. 〔생략〕

영국에 있는 동안 어머니와 내가 편지를 주고받으며 그렇게 만족스러운 펜팔이 되었던 건, 우리 둘 다 말로는 서로의 관계에서 원하는 이미지를 표현할 수 있기 때문이라는 데에도 이유가 있다. 관심과 진지한 사랑, 그리고 이렇게 입으로 표현하는 사랑과 상충되는 정서적 저류를 느끼지 않는 것. 나는 못마땅해하는 어머니의 감정을 느낀다. 하지만 그런 느낌은 몇 나라를 건너가 저 멀리에서도 느껴진다. 〔생략〕 내가 바라는 건… 나 자신에 대해 확신을 가지는 것. 그래서 내 느끼는 바의 일부는 어머니의 감정을 닮았더라도, 그중 어떤 게 정말 내 것인지 알 수 있으면 좋겠다. 이제 나는 실체와 모방의 차이를 구분하기가 힘이 든다. 〔생략〕

하버드에 다니는 학생들이 모두 나를 향한 질책처럼 느껴지고, 어쩐지 질투가 나는 한 가지 이유, 내가 그들을 워런과 동일시하기 때문에? 어떻게 하면 이런 짓을 그만둘 수가 있지.

문제 : 똑같은 행동이라도 정서적 내용에 따라 좋을 수도 있고 나쁠 수도 있다. 성교라든가, 선물을 주는 일이라든가, 직업을 고르는 것도.

어머니를 향한 〔적개심〕을 어떻게 처리하는 게 성숙한 일일까? 성숙한 의식을 갖게 됨에 따라 증오를 표현할 필요성은 천천히 사라지는 건가? 〔생략〕 모든 증오는 결국 사라지나?

테드와 나는 내성적인 사람들이라 사람들과 깊이 접촉하기 위해서는 일자리와 같은 외부적 자극이 필요하다. 기분 좋을 정도의 잡담처럼 피상적인 접촉 정도라도……. 전업 작가라는 직업도 우리를 내면으로 내면으로 향하게 한다. 우리는 취재, 비평, 프리랜스 연구를 하지 않는다. 시는 창조적 예술 중에서도 가장 내성적이고 강렬하다. 돈은 별로 나오지 않고, 그나마 생기면 횡재다. 강의는 또 다른 왜곡이다. 추상적인 주제("정신적, 물리적 현실에 대한" 주제 따위)를 선정해, 과목으로 정리해서, 봇물처럼 흐르는 문학을 시간에 따라, 주제에 따라 문체에 따라 조각조각 나눈다. 그 작은 부분 부분들을 다 잘 정리해두었다가 20년 동안 반복해서 써먹는다.

심리학은, 더 현실적 상황들을 제공할 거라 생각된다. 다뤄야 하는 사람들도 다양한 문제, 사람들, 생각들 때문에 시달리고 있지,

제임스 조이스의 상징 따위만으로 괴로워하는 건 아니다. 직업도 다 다르니, 각자한테 좋은 처방도 다 다를 것이다. 한교실에 모여 삶이라는 시험을 치지는 않는다. 각자가 다 다르다. 누구한테나 쓰이는 보편적 잣대 같은 건 없다. 공통적인 문제점에 시달리는 사람들도 있지만, 정확히 똑같은 사람은 아무도 없다. 타자에 대한 인식을 확장할 필요가 있는 일이다. 테드가 뭘 하든, 나는 이 일에 한번 매달려 보고 싶다. 오랫동안 수련 기간을 거쳐야 할 것이다. 그러나 나 자신 글을 쓰고 있고, 스스로의 즐거움을 위해 글을 쓰고 있으며, 남에게 통찰들을 표현하고 있고, 기술적으로도 발전하고 있다는 확신이 들 때까지는 그런 일을 시작할 수가 없다.

테드와 어제 직업 이야기를 했다. 그 역시 자기 나름대로 나만큼이나 병적이다. 사회에 대해 강박적인 반감을 가지고 있어서 "취직"을 일종의 교도소 복역이라고 상상하는 것이다. 하지만 당시에는 죽음과 다름없다고 여겼던 케임브리지에서의 일자리가 풍부한 경험이었다는 말을 했다. 그이가 좋아하는 일을 찾을 수 있다면 기쁠 텐데. 정규적으로 임금을 받는 게 뭐가 잘못이란 말이냐? 그이도 기분이 좋았다는 사실은 인정했다. 그이는 "이미지"를 두려워하고 있었다. 정규직을 가진 사람들 중에 많은 사람들이 죽었는데, 자신 역시 일 때문에 죽어버리지 않는다는 보장이 어디 있나? 그이가 작가로서 올해 자리를 잡으면, 정규직을 갖는다고 해서 끝장이 날 거라 생각지는 않는다. 하지만 그이도 나와 마찬가지로, 별다른 준비 없이 그냥 쉽사리 시작할 수 있는 일은 원치 않는다. 그러니까 글쓰기와 관련된 직업 말이다.

우리는 금요일에 있었던 폭발에 대해 합의를 봤다. 온갖 문제점들은 물론, 그 외에 칭찬할 점까지도. 이번 주에 있었던 좋은 일들을 헤아려본다. 다음 주를 위해 건설적인 일들을 투사해본다……. 우리는 차를 마시며 한 시간 이상 《리어왕》을 읽었다. 나는 이오네스코의 희곡 네 편을 읽었다. 〈대머리 여가수*The Bald Soprano*〉, 〈잭*Jack*〉, 〈레슨*The Lesson*〉, 〈의자들*The Chairs*〉. 무시무시하면서도 웃긴다. 우리의 낡은 인습과 진부한 관념 들을 갖고 놀면서 극단으로 밀어붙임으로써, 현실과 극단까지 밀어붙인 현실의 괴리를 보여줌으로써, 우리들이 얼마나 웃기는 인간들이며 또 얼마나 제정신이 아닌지 드러내 보여주게 되는 것이다. "우리는 런던의 교외에서 살고 있으며 이름은 스미스이기 때문에 우리는 잘 먹는다." 가족의 위기. 한 소년이 반항하면서 해시브라운 감자요리를 좋아한다는 말을 절대 하려 하지 않는다. 소재의 사소함이 모든 면에서 드러나는 정서의 총체성과 대비된다. 우스꽝스러움, 공포. 이제 내가 할 일은 그저 어머니를 위해서, 어머니의 사랑을 얻기 위해서 글을 쓴다는 생각 없이 글을 쓰기만 하면 되는 거다! 어떻게 그렇게 하지? 내 동기의 순수성은 어디에 있지? 내가 인정을 받기 위해 그이의 글마저 이용하는 게 결코 아닐뿐더러, 나는 나일 뿐 그이가 아니라는 믿음만 가진다면, 테드가 굳이 집 밖으로 자리를 비워줄 필요도 없지 않은가.

R. B.가 먼저 말해주길 바라는 이유? 분석의 책임을 굳이 내가 떠맡고 싶지 않다는 욕구 때문일까? 나는 물어보고 싶은 질문들이 많고, 또 그 질문들을 던질 것이다. 그건 내 일이고, 그 일을 하는 건 내게 유리한 점이다. 오늘은 박사와 상담을 하며 깊은 슬픔을 표출한 후 굉장한 마음의 평화를 찾았다. 슬픔의 표출은 언제 끝날까?

12월 28일 일요일

9시 전. 오트밀을 먹고, 커피 두 잔. 침대 속에서 내 커피의 환상을 보다. 딕 노튼을 또렷하게 기억하기 시작하다. 가능한 주제. 이상주의 속에서 자라난 처녀가 가족들이 순수하다고 열렬하게 칭찬하는 청년에게 동정을 기대한다. 그는 의사가 되어 사회적 명사가 되려 한다. 벌써 그는 인습적인 사고방식에 경도되어 있다. 그녀를 데리고 혈구성 빈혈이며, 유리 단지에 보존된 둥근 얼굴의 태아들, 시체들이며, 갓난아기들에 대한 강의들을 전전하다. 그녀는 움츠러들거나 겁먹지 않는다. 그녀가 움찔하는 부분은, 그가 웨이트리스와 바람을 피웠다는 사실. 그 때문에 그녀는 그를 증오한다. 질투한다. 스스로 처녀성을 지킬 이유를 찾지 못한다. 처녀성을 간직할 이유가 뭔가? 그와의 말다툼. 유머. 그녀는 그와 결혼할 생각이 없다. 그녀의 동기는 무엇? 그는 위선자다. "그래, 그럼 내가 사람들한테 얘기를 퍼뜨리고 돌아다닐까?" 흙에 입 맞추고 용서를 구하라. 아니, 그것만으로는 충분치 않을 것이다. 현대 여성. 그녀들은 현대 남성들과 동등한 체험을 요구한다…….

어제 오후 테드와 함께 도서관에 갔다. 심리학 박사 학위를 받는 데 필요한 자격 조건을 찾아보다. 6년 정도 걸린다고 한다. 대단히 유망한 전망. 기초 필수 학점을 이수하는 데 2년, 석사로 언어학을 하고, 나머지가 4년, 아니 3년이 될 수도 있다. 지원하고, 프로그램을 파악하는 따위. 돈은 말할 것도 없고 버거운 일이다. 이토록 기념비적인 연구 프로그램과 맞닥뜨리다니 굉장한 일이다. 그것도 전부 인간의 체험. 여전히 심리학을 한다는 게 어떤 뜻인지 알아본 건 좋은 일이다. 통계학이 내 힘에 부치지는 않을지 궁금하다.

어쩐지 안심이 되는 기분으로, 기교를 갈고 닦는 일로 다시 돌아오다. 지금은 프랭크 오코너의 단편 소설들을 읽고 있는데, 처음처럼 순진한 기분으로 읽는 게 아니라 그 소설이 나를 덮치도록 내버려두되 그가 어떤 기교를 어떻게 쓰고 있는지 대충 의식하고 읽는 것이다. 그가 가르쳐줄 수 있는 걸 다 써먹었다고 여겨질 때까지 모방을 해야겠다. 그의 단편들은 너무나 "명료하게" 구축되어 있다. 쓸모없는 거라곤 손톱만큼도 찾아볼 수 없다. 유려한 서사의 흐름, 그거야말로 지금 내게 가장 필요한 것이고, 또한 결핍된 것이기도 하다. 나는 이미지를 쓰는, 정적인 산문을 쓴다. 문신 이야기처럼. 내가 민튼 단편을 보냈을 때 어째서 제자로 받아주지 않았는지, 이제 처음으로 알 것 같다. 〈완벽한 덫*The Perfect Setup*〉이나 여학생 클럽 이야기를 보냈어야 하는 거다. 그 단편들에는 플롯과, 변화하고 뭔가를 배우는 사람들이 있었으니까. 조애너 빈 이야기의 문제는 주제가 세 개쯤 되는데 하나도 명료하지 않다는 거다.

두 시간이 족히 됐는데도, 나는 여전히 일을 시작하지 않고 빈둥거리고 있다. '단추'를 달고, 침대 시트를 정리하고, 화분에 물을 주고. 아직도 잠에서 깨어날 때마다 몸이 좋지 않은데 나 자신에 대한 상념에 젖는 대신 소설 쓰는 일이 좀 더 재미있어지지 않는 한 이럴 것 같다.

내가 시부모님께 보내는 편지에 쓴 서명을 테드가 "사랑하는 love" 대신 "괴로워하는 woe"으로 잘못 읽었다. 그이가 옳다. 놀랍게도 그렇게 보였다. 왼손잡이는 오른손잡이들의 글씨를 잘 알아보지 못한다. 그이가 즐겁게 꾸준히 할 수 있는 일거리를 찾는다면 나는 정말 행복할 텐데. 딕 노튼의 어머니가 하셨던 말씀도 그리 틀리지는 않은 것 같다. 남자는 방향을 제시해주고 여자는 믿음과 사랑의 따뜻한 정서적 힘을 준다고 하셨던가. 나는 우리가 아직 방향이 없다는 (사람 사는 사회의 관점에서 봤을 때의 얘기지, 내면적인 의미에서는 아니다 — 우리는 어떤 곳에도 전적으로 몸과 마음을 쏟아 투신한 적이 없기 때문에, 아직 소속이 없는 것이다) 느낌이 든다.

테드는 어제 오후 그리고 저녁 내내 끙끙거리며 아가사의 낡고 다 찢어진 바다표범 가죽으로 늑대 가면을 만드느라 시간을 보냈다. 그 가면은 놀랄 만큼 보송보송하고 늑대 같았다. 오늘 밤의 파티에 대해 — 가고 싶지 않은 기분. 미지의 것, 모두들 훌륭한 옷과 그에 어울리는 장난감을 사고 있는데 나는 빨간 모자나 바구니 하나도 없다. 그것만 있으면 되는데, 달러 한두 장이라도 쓰는 일이 상상이 되질 않는다.

성녀 테레사의 자서전을 읽고 있다. "유골과 화려함을 숭모하는" 모순된 공포, 그리고 순수한 영혼. 예수님은 어디, 어디 계실까? 수녀와 수사들만 그분 가까이 다가갈 수 있지만, 심지어 그들마저도 불행에 대해 끔찍스럽게 자기만족적인 탐욕을 지니고 있는 거다. 본질적으로, 세속적 행복을 갈구하는 욕망만큼이나 도착적인 욕망을. 아버지가 뇌성마비와 광기를 앓게 된 일이 테레사 성녀에게는 "귀중한 은총"인 거다. 너무나 반가운, 십자가인 것이다.

다른 사람들을 질시하는 일을 그만두는 유일한 방법은 기쁨의 자아를 갖는 것이다. 이기적 영혼 속에 세상의 모든 피조물들이 다 들어 있다.

아기를 가진 것 같다. 과연 태동을 느끼게 될지, 그렇다면 언제가 될지 궁금하다.

1959년 1월 3일 토요일

보통 때처럼 B 박사와 한 시간 동안 상담을 했다. 감정을 파헤치며, 내가 그리스극의 한 장면을 구경하고 있거나 공연에 참가하고 있다는 생각을 했다. 정화와 고갈. 깨달음들을, 있는 그대로, 내 마음속에 신선하게 보존할 수 있다면 좋겠다. 박사가 한 시간에 5달러를 제시해서 마음이 놓이다. 내겐 그 정도면 충분하고 또 상당한 부담이기도 하다. 그러나 굉장한 금액은 아니니, 말하자면 벌 받는 기분 정도다. 박사가 더는 나를 봐주지 않거나 다른 의사한테로 넘겨버릴까 봐 잠깐 겁에 질렸다.

나는 평생 동안 내가 가장 사랑하는 사람들에게 정서적으로 "바람을 맞고" 살아왔다. 아버지가 돌아가셔서 나를 떠났고, 결국 어머니도 부재한 셈이니까. 그래서 나는, 내가 사랑하는 다른 사람들이 아주 조금만 늦으면, 예컨대 감정적으로 차갑게 대하면, 내가 그들에게 중요한 사람이 아니라는 증거로 받아들이고 만다. 이 사실을 깨닫고 나니, 그녀가 지각했다는 사실이 그렇게 화가 나거나 신경에 거슬리지 않았다. 작년 오월 마지막 강의를 하던 날 똑같은 일이 벌어졌고, 그건 정말 끔찍스럽게 무서웠다. 특히 그 계집애의 얼굴과 함께 나타나다니. 그런 일이 더 자주 일어나면 성격 문제라고 생각하겠지만, 또 일어나지는 않은 것 같다.

어려운 문제 : T(테드)가 "내" 애정의 증거로 선물을 주는 거라면, 난 달갑지 않다. 뭐가 떠오르느냐고? 포옹. 내 마음에 날마다 우러나는 사랑과 그 애정의 표현을 참고 받아주며, 또한 내가 준 사랑만큼 되돌려주는 사람은, 내 평생 한 번도 만나본 적이 없다. 그녀* 가 정말 잘 말한 거다. 그러면 한 손에 사랑을 들고 팔을 쭉 뻗은 채

로 뒤에 남겨지기가 싫은 거군요. 사랑이 다 받아들여지지 않고, 남을까 봐, 그래서 겁이 난다. 정말 창피하군.

매클린 병원**에서 내 내면의 삶은 지속되고 있었지만, 인정하기가 싫었다. 이 사실을 알고 있었더라면, 주님을 찬양했을 텐데. 내가 살았다는 사실을 시인해도 좋다는 허락을 받고 싶었다. 왜?

"깜짝 놀랄 정도로 짧은" 세 번 정도의 충격 요법을 받은 후, 어째서 내 기분이 그렇게 하늘을 찌를 정도로 좋아졌던 걸까? 어째서 나는 벌을 받고 싶은 욕구, 나 자신을 벌하고 싶은 욕구를 느꼈던 걸까? 어째서 나는 지금 죄책감을 느끼고, 불행해야 한다는 생각을 할까? 그리고 불행하지 않다는 사실에 또 죄책감을 느끼는 걸까? 어째서 나는 B 박사와 이야기를 하고 나면 당장 행복해지는 걸까? 사소한 기쁨 하나하나를 만끽하고, 고기를 사러 쇼핑을 하러 갔다. 내게는 일종의 승리로, 원하는 걸 얻은 것이다. 송아지고기, 닭고기, 햄버거. 나 자신을 벌하고 싶은 욕구는, 끔찍하지만 고의적으로, 또 내 체면을 구기기 위해 T에게 이런저런 식으로 실망을 안겨주는 형태까지 띠곤 한다. 그게 내게는 최악의 형벌일 테니까. T를 실망시키는 일과 글을 못 쓰는 일. 먼저 이 사실을 깨닫는 게, 그런 일을 막는 최초의 방어다.

어머니에게서 나는 무엇을 기대하고 무엇을 바라는가? 포옹, 어머니의 젖? 하지만 이제 이런 건 우리 모두에게 불가능하지 않은가. 어째서 나는 아직도 그런 걸 원하지? 이 갈망을 어떻게 해야 하

* B 박사를 가리킨다.

** 플라스가 자살 기도 후 입원했던 병원이다. (옮긴이)

지? 이 갈망을, 어떻게 하면 내가 얻을 수 있는 대상으로 전이할 수 있을까?

위대하고, 황량하고, 피로 얼룩진 연극이 우리의 일상적 의례가 지닌 밝은 얼굴 배후에서 날마다 반복해서, 또, 또, 되풀이해 공연되고 있다. 탄생, 결혼, 죽음, 부모들과 학교들과 침대들과 음식이 차려진 식탁 뒤에서. 어둡고 잔혹하고 살의에 찬 그늘, 악귀 같은 짐승들, 그리고 굶주림들.

이런저런 일에 대한 태도. 내가 어머니라도 된 것처럼, 다른 사람이 T에 대해 험담하는 걸 참을 수가 없다. 그렇다고 그이가 나태하거나 무능한 것도 아닌데. 그이가 작업을 하고 있고, 그것도 열심히 한다는 걸 알고 있지만, 다른 사람들이 보기에는 잘 드러나지 않는다. 그 사람들 눈에는 글쓰기란 집 안에 들어앉아 커피를 마시며 하찮은 짓을 하는 일에 불과하다.

모성애에 대해 물어보라. 어째서 이런 기분이 들지? 어째서 죄책감이 드는 거지. 마치 섹스가, 합법적으로 허가된 것이라 할지라도 고통의 대가를 치러야만 한다는 듯이? 아마 나는 고통을 심판으로 해석하는 모양이다. 출산의 진통, 심지어 기형아. 어머니가 아이가, 내 아이가 될지도 모른다는 마술 같은 두려움. 늙은 노파 같은 아기라니.

1959년 1월 7일 수요일

추상은 죽이고, 구체는 살린다. (내일은 이 명제의 역을 시도해보자.) 이상적인 현상에 대한 관념, 혹은 지금 이 일을 하지 않거나 해야만 하는 의무의 관념, 이런 것들이 먹고 배설하는 두 발 달린 동물을 얼마나 비참한 상태에 빠뜨리는가. 청소를 한다든가 설거지를 하는 일, 제정신이라서 청소도 하고 설거지도 하고 삶을 느끼는 사람들과 대화를 나누는 게 얼마나 큰 도움이 되는지…….

자궁 속으로 다시 돌아가고 싶어 하기 때문에 아침에 잘 일어나지 못하는 거다. 지금부터는 이렇게 할 수 있는지 시도해봐야겠다. 7시 30분에 알람을 맞춰놓고 그때 일어나는 거다. 피곤하건 안하건 상관없이. 아침을 대충 먹고 청소를 (침대도 정리하고 설거지도 하고, 비질도 하고, 뭐 하여간) 8시 반까지는 마친다. 테드가 오늘 커피와 오트밀을 준비했다. 별로 즐기는 기색은 아니지만, 어쨌든 하긴 한다. 그이한테 저런 일을 시키다니, 난 정말 바보다. 알람을 맞춰놓으면, 9시쯤 어중간한 시간에 일어나는 수고를 덜 수 있겠지.

9시 전부터 글을 쓰리라. 그러면 저주를 떨쳐버릴 수 있을 것이다. 이제 벌써 11시가 다 되어간다. 나는 스웨터 두 장을 빨고, 목욕탕 바닥을 청소하고, 쓸고, 하루치 설거지를 하고, 침대를 정리하고, 빨래를 개고, 내 얼굴을 공포에 질려 바라보았다. 때가 되기 전에 늙어버린 얼굴이다.

코가 터진 소시지처럼 퉁퉁 불었다. 고름과 불결한 오물이 잔뜩 낀 커다란 모공, 빨간 부스럼들, 잘라버리고 싶은 턱 밑의 이상한 갈색 사마귀. 의대에 대해 다룬 영화에 나왔던, 검고 작은 미인점美人點을 찍은 그 여자애의 얼굴이 기억난다. 그 점은 악성이다. 그녀는 일주일 뒤에는 시체가 될 것이다. 다듬지 않은 머리, 그냥 갈색에 어린애처럼 위로 묶은 머리. 달리 어찌 손을 대야 할지도 모르겠다. 골격은 보이지도 않는다. 목욕을 해야 할 상태, 피부는 최악이다. 기후 탓이다. 살갗이 틀 정도로 춥고, 바싹바싹 마를 정도로 덥다. 햇볕에 살을 좀 태워야 한다. 전부 갈색이 되도록. 그러면 내 피부도 맑아지고 괜찮아질 텐데. 소설 한 권, 시집 한 권, 《레이디스 홈 저널》이나 《뉴요커》에 실을 단편을 하나쯤은 썼어야 하는데. 그러면 모공도 사라지고 맑게 빛날 텐데. 내 미인점은 악성 종양이 아니다.

〈말의 입*The Horse's Mouth*〉을 읽고 있다. 몰입하기가 힘들다. 여기서 왜 그렇게 안 팔렸는지 알겠다. 표면은 온갖 철학적인 매듭과 분출들로 화려하기 그지없지만, 단순히 울퉁불퉁하고 다채로운 삶의 표면에서 발현되는 것일 뿐, 삶에 중첩된 표현들이 아니다. 플롯은 빈약하거나 적나라하지 않지만, 가히 일화들의 범람이라 할 수 있다. 퉁퉁하게 살지고 늙은 사라가 이브, 앨리슨, 바스의 아낙네로 영원하다. 이 늙고 쭈글쭈글한 살가죽. 그게 뒤집어쓰고 살 만한 게 되려면 두뇌도 하나 있고 창조적 재능도 있어야 한다. 초라한 오두막에 히터라도 있어야지.

아이누 부족에 관한 민담을 읽다. 원시적. 모두 남성의 성기 페티시, 항문 페티시, 구강 페티시 단계에 머물러 있다. 경이로울 정도로 손을 타지 않은 유머, 원초적. 빵, 빵, 너는 죽었다 식의. 제2의 자신, 즉 분신의 이야기들. 두 사람이 똑같은 짓을 해서 한 사람은 부유해지고, 또 다른 사람은 가난해지고 죽는다는 차이, 사고방식의 차이일 뿐. 우선 해결할 문제는 일찍 일어나는 것이다. 그리고, 테드에게 아무 말도 하지 않는 것. 실천하는 것. 단편 〈그림자*Shadow*〉를, 거의 끝마치다시피 했다. 여기에는 조애너 빈이 한 번도 나오지 않는다. 절망. 아이디어들은 있는데, 어떻게 해야 할지를 모르겠다. 아니 아이디어조차 부족. 얼마나 많은 처녀들이 대학을 마치고 결혼을 하면서 잠드는지. 25년의 세월이 지난 후, 이슬처럼 반짝이던 그녀들의 눈이 얼음으로 변하고, 똑같은 표정, 외부적으로 이것저것 덕지덕지 부착되었을 뿐 하나도 성장하지 않은 모습이 눈에 선하다. 삿갓조개의 껍데기처럼. 조심하라.

1월 8일 목요일

역시 또 빈궁한 하루. 나는 예의 병을 또 시름시름 앓고 있고, 아침은 전화 통화와 1천 달러 이하로 줄어든 돈을 계산하느라 주섬주섬 사라져버렸다. 컬럼비아대학으로 달려가서 박사 학위를 따고 일을 해서 돈을 벌고 싶다는 깊은 소망. 내가 하루 종일 집 안에 앉아서 글을 쓰는 타입의 인간인지 잘 모르겠다. 내면을 측정하는 준거가 되어줄 외부의 벽이 없다면, 흐물흐물 두뇌의 판단력이 흐려질 것 같다. 아니면 인간의 언어를 더는 말하지 않게 되든지.

최근에는 아주 나쁜 꿈들을 꾼다. 지난주 월경이 끝난 직후에는, 한 달 된 내 아기를 잃어버리는 꿈을 꾸었다. 명명백백한 의미. 아기, 아기처럼 생긴, 겨우 손바닥만 한 그 아기가 배 속에서 죽어서 앞으로 툭 떨어졌다. 벌거벗은 내 배를 내려다본 나는 오른쪽 옆구리에 아기의 둥근 머리가 마치 터져버린 맹장처럼 툭 튀어나와 있는 걸 보았다. 진통도 거의 없는 사산死産이었다. 그때 아기 둘이 보였다. 아홉 달을 채운 큰 아기와, 그 애에게 코를 박고 있는 눈먼 하얀 돼지 같은 얼굴을 한 한 달짜리 태아. 물론, 며칠 전 본 로잘린드네 고양이와 새끼들의 전이된 이미지이다. 작은 아기는 털 대신 하얀 피부가 달린 것 같은 우스꽝스러운 모양을 하고 있었다. 하지만 내 아기는 죽었다. 아기는 좋은 의미에서 나 자신을 잊게 해줄 것 같다. 하지만 나는 나 자신부터 찾아야만 한다…….

방어 기제가 제대로 작동하지 않는 걸까. 그렇다면 이렇게 구는 나를 비난할 수는 없는 법. 어째서 나는 수동적일까? 어째서 밖으로 나가 일을 하지 않는 걸까? 나는 천성적으로 게으르다. 이런 부담에 비하면, 강의는 오히려 기쁘게 한숨 돌리는 일처럼 보인다. 아무튼 우리는 외출해서 사람들을 만나지 않는다. 테드는 늘 집 안에 처박혀 있고, 책 말고는 별로 갖고 들어오는 게 없다. 나는 칠칠맞지 못해지고 있다. 오늘 밤에는 머리를 감고 샤워를 해야겠다. 어떻게 하면 내 삶을 한데 모아 강하게 다질 수 있을까? 방황하면서 헛되게 보내버리면 안 되는데. 난 세상을 너무 모른다.

나를 잴 만한 잣대가 하나도 없다. 소속된 사회가 하나도 없다. 테드는 교회라면 질색이다. 그런데 왜 나 혼자서 가지 못하는 거지? 알아보고 혼자 갈 것. 다른 사람들을 만나는 게 구원이다. 나한테 달린 일이다.

어젯밤의 공포. 스티븐 패싯*이 나왔다. 뻣뻣하고 슬픈 모습. 묘석들 옆으로 걸어가면서, 그것들을 밧줄에 묶어 질질 끌고 갔다. 복도가 있는데, 반쯤 썩은 시체들이 수레에 실려 운반되고 있었다. 시체는 얼굴이 썩어 문드러져 바스러지고 있었지만, 코트며 모자를 다 쓰고 있었다. 우리는 강물 속에 버려졌는데, 아, 무서워라, 시체들이 살아 움직이고 있었다. 죽은 시체 하나가, 징그럽게 웃는 얼굴이 온통 썩어 문드러진 죽은 시체 하나가 떠내려가고 있었고, 옆에

* 베이컨 힐에서 녹음 스튜디오를 운영하면서, 하버드의 러몬트 라이브러리를 위해 시 낭송을 녹음하던 사람이다. (옮긴이)

는 못잖게 끔찍한 다른 남자가 서 있었고, 그리고 살점 덩어리, 이지러진, 둥근 살점 위로 잔뜩 검은 정향,* 아니 손톱 같은 것들이 박혀 있었고, 원숭이처럼 흔들어대는 하나밖에 없는 긴 팔이 적선을 해 달라고 손을 뻗었다. 비명을 지르며 잠에서 깨어났다. 기형아와 죽은 사람들에 대한 공포, 나는 살아 있지만, 나도 그들 중의 하나, 오물과 몰려드는 부패한 살점들 중 하나. 나는, 다른 작가들이 다 그러하듯이, 어떤 의미에선 틀림없이 미쳤다는 느낌이다. 어째서 실제로 그렇지 않은 거지? 나는 도시 교외의 부르주아 사회에 너무 가깝다. 내가 아는 사람들과 너무 친밀하다. 그들에게서 나 자신을 단호하게 잘라내거나, 아니면 아예 그 세계의 일원이 되어야 하는데. 이 절반의 타협은 견디기가 힘들다. 테드가 일을 좀 하고 싶어 하기만 하면 좋을 텐데. 즐기며 할 수 있는 일거리를……. 내가 그 부담을 다 져야 한다는 느낌이다. 예의 돈 문제가 우릴 속속들이 적시고 있다. 나와 글쓰기 작업 사이를 가로막고 있는 차가운 시체. 나는 외부적으로 흘러가는 삶이 필요하다. 아이, 일거리, 목사에서 빵집 주인까지 모르는 사람이 없는 사회. 동화 속처럼 이렇게 둥실둥실 떠다니기는 싫다.

1월 10일 토요일

어제 아침에는 울었다. 한 시간 동안 통곡을 하기로 작정한 것처럼. 어째서 울고 나면 이렇게 기분이 좋을까? 울고 나면, 깨끗하게, 맑게 정화된 듯한 기분이 된다. 극복해야 할 슬픔, 깊은 서러움

* 향신료의 일종, 고기에 박아 삶으면 냄새를 제거해준다.

이 있었던 것처럼. 아기를 가진 딸을 한동안 돌봐주러 오신 다른 어머니들 이야기를 듣고 울었다. 어머니가 나를 멋대로 조종하려 한다는 생각을 하지 않을 만큼 "어른"이라면, 어머니 당신의 편협한 즐거움을 방해하려 들지 않을 텐데. 나는 이 문제를 천재적으로 피해 갔다. M. E. 체이스와 동성애자들에 대한 이야기를 나누다. (남자에게서 찾을 수 없는 어떤 자질을 다른 여자들에게서 보는 걸까? 온화함인가?) 나는 또 M. E. C.가 두렵다. 그녀도 미워하고, 두려워하는 게 틀림없다. 나이가 든 여자들은 다 마술을 부리는 마녀들이라고 생각하나 보다.

문제는 조종당하고 싶어 하는 나의 욕망이다. 어디서 오는 걸까, 어떻게 그 감정과 싸워 이길 수 있을까? 어째서 내면적 생명력의 흐름이 이토록 막혀 있는 걸까? 어떻게 하면 그 생명력을 해방시킬 수 있을까? 어떻게 나 자신을 찾고, 정체성에 확신을 가질 수 있을까?

다음번에는, 내가 처음부터 고집스럽게 입을 꾹 다물고 아무 말도 하지 않았던 게, R. B.에게 먼저 말을 시키려는 시도인지, 시간을 주도해야 하는 의무를 떠맡기 싫어서 그런 건지 물어보는 걸로 시작해야겠다. 박사는 절대 먼저 말하지 않고, 나한테 말을 시킨다. 그리고 나는 결국 말을 시작하고 만다. 어떻게 하면 다른 사람들에 대한 두려움을 떨쳐버릴 수 있을까? 내가 누군지 어떻게 알 수 있을까?

어떻게 내게 고유한 의미가 있다는 걸 자각하고, 그 감각을 사람들과 세계에 연결시킬 수 있을까? 어째서 이런 공포감이 나를 덮치는 걸까? 공포? 테드가 긍정적인 프로그램을, 창작 속에서 기쁨을 지니고 있다면 — 그 작품이 사람과, 장소와의 접점을 찾아주는 기능을 하고 도움이 될 수 있을 텐데. 작품 활동에 투신하고 있지는 않지만, 내 앞에는 수많은 가능성들, 장소들, 길들이 마주 보고 있다. 때 이른 선택으로 인한 죽음의 공포, 다른 대안들을 차단해버릴지도 모른다는 두려움. 어떻게 말할까. 나는 이걸 선택하고, 결과를 두려워하지 않는다.

단편 〈조니 패닉〉이 《예일 리뷰》에서 메모 한 장도 없이 퇴짜를 맞고 반송되었다. 〈조니 패닉〉을 출판해보겠다는 내 작은 소망들이 이걸로 끝장나다. 그러니 글쓰기는 여전히 내 정체성의 증거로 유용하다. 다른 사람들의 업적에 대한 쓰디쓴 질시.

어젯밤에는 기쁨의 빛이 희미하게 비치다가 사라져버렸다. 아가사의 꼭대기 층에 있는 방, 저녁의 잿빛 설광雪光이 비쳐 들고, 홍차, 고즈넉하고 아늑한 평화로운 느낌, 낡은 카펫, 낡은 소파, 낡아 반질거리는 의자들. 원고 반송의 슬픔을 테드에게 털어놓지 않다. 그이는 나를 많이 걱정하고, 나는 온갖 문제들을 만들어내니까. 시를 논하고 고양이들을 논하고, 테드가 고양이를 소재로 한 스마트의 시를 읽어주다. 마티네 집에서 마티니를 한잔하고, 그녀가 자기의 프린트 블라우스와 바지를 꿰매는 걸 보고, 나도 저런 걸 만들어 입고 싶다는 진짜 정직한 소망을 품다. 하지만 가끔은 그런 일을 하면서 반항심이 울컥. 아이들 옷을 지어 입히는 일에 관심. 좋아한다면 어째서 예이츠나 홉킨스를 읽지 못하는 거지? 왜 쳐다보지도 않으면서, 나 자신을 벌주는 거지? 영문학으로 박사 학위를 따고 시를 가르쳐야겠다는 생각.

R. B.와 남자들을 두려워하는 빅토리아 시대의 여성들에 대한

이야기도 나누었다. 남자들이 여자를 두뇌가 없는 가재도구 취급한다고. 너무나 많은 로맨스들이 이런 식으로 끝나는 걸 보아왔다고. 여자들이 낭비되는 결말. 그들은 여자들이 하녀, 하인, 간호사 노릇을 하고 두뇌를 다 갖다 버리지 않으면 결혼 생활을 제대로 할 수 없다고 믿는다. 궤양. 의존하고 싶은 욕망 & 의존하는 건 잘못이라는 느낌. 음식(어머니의 젖), 의존을 거부하면서도, 앓아누워 결국 의존을 얻어내고야 만다. 당신이 아니라, 궤양이 잘못이야.

기쁨은 어디 있지? 사람들이 개구리에 대한 내 시를 보고 있다는 생각에 있는 게 아니라, 개구리 그 자체에 있는 기쁨. 어째서 나는 어리석고 아무것도 느끼지 못하는 것처럼 굴면서 스스로를 벌주거나, 구원하려 해야 하는 거지? (빌어먹을 전기공은 톱으로 아예 집을 잘라버리려 드는군) 임신이 일종의 평화를 가져다줄까? 박사 말로는, 지금 우울증을 없애버리지 않으면, 아마 틀림없이 첫아이를 낳고 나서 우울증을 앓게 될 거라고 한다…….

난잡했던 애정 생활. 교활하고 애매모호하게 자아를 기만하는 나의 해명. 상대방이 받아들일 수 있도록, 내 애정을 작은 1회 복용분으로 나누어 여러 사람에게 주었어야 했다고. 한 사람에게 전부 다 주어버리면, 그이가 도저히 받아들일 수가 없으니까. 하지만 아주 이상하다. 이를 반증하는 사실은, R*과의 관계를 제외한 어떤 것에서도 기쁨을 찾을 수 없었다는 점. 그리고 그 관계는, 지속되는 동안은 배타적인 관계였다는 점. 그러니 나는 남자처럼 되어보려고 애쓰는 거다. 이 여자 저 여자와 섹스를 하거나 말거나 상관없는 남자

* 리처드 새순을 가리킨다.

들처럼. 하지만 나는 정말 그런 게 어울리지 않는 사람이다. 노출주의는 어떨까? 창녀, 남자들 같은 타입의 여자? 오는 사람들은 전부 다 환영?

그녀*는 나를 칭찬해주고, 난 칭찬에 굶주려온 듯한 기분이 된다. 철저하게 스스로를 거세해버린다. 정말 엉망진창인 인간이로군.

어머니, 기타 등등에게서 무엇을 기대해야 할지를 깨닫고, 받아들이고, 어떻게 처리해야 할지 알아보고. 그러기 위해서는 독립성과 나 자신의 정체성에 대한 자각이 전제되어야 한다. 하지만 내겐 그런 게 없다. 이것이 주된 문제이다…….

내게 육체적으로 남자들이 필요하다는 느낌 때문에 난 남자들을 증오해왔다. 남자들이 보여주는 태도가 나를 격하하고 깎아내릴 것 같아서 그들을 증오했다. 여자들은 생각해서도 안 되고, 부정을 저질러서도 안 되며(하지만 남편들은 그래도 된다), 집에 머물러야 하고, 요리하고, 빨래를 해야 한다. 여자들이 이렇게 해주어야만 하는 남자들이 너무나 많다. 오로지 약한 남자들만이 이런 여자를 바라지 않는다. 그 때문에 수많은 강인한 여자들이 약한 남자와 결혼해 자식들도 갖고 자기 마음대로 살아가는, 일석이조의 효과를 얻는 것이다. 단 한 번만이라도, 내 잉여의 감정에서 뭔가를 창출해, 소설을, 단편을 쓸 길을 알아낼 수만 있다면, 나는 절망하지 않을 텐데. 글쓰기가 분출구가 될 수 없다면, 또 무엇이 있으랴……?

어제는 기쁨을 느꼈으나, 곧 흐려져버렸다.

* B 박사를 가리킨다.

추신 : 〈욥기〉를 읽고 있다. 그로부터 어마어마한 평화를 얻고 있다. 성경을 읽을 셈이다. 도덕적인 하느님이 창조하신 우주에 대한 믿음은 없지만. 마치 믿음이 있는 것처럼 살아간다? 굉장한 술책.

테드에게는 원고를 퇴짜 맞은 이야기를 하지 않을 셈이다. 우울을 단단하게 구체화하고 싶지 않다. 그게 안일함인가. 그이는 내가 마음을 쓰니까 마음을 쓸 테고, 그이가 마음을 쓰면 내가 속상해하니까 또 속상해질 테고 그런 식으로 계속될 테니까. 조용하게 있다가 월요일에 다시 보내봐야지.

1959년 1월 20일 수요일

오늘 아침에는 특이하게도 평화롭다. 만물은 잿빛이고 물이 뚝뚝 떨어질 정도로 촉촉하다. 우리는 새로 고양이를 한 마리 샀는데, 어찌나 요구가 많고 야옹거리는지 우리 의식의 일부가 되어버렸다. 고양이를 침실에 가둬보려 했지만, 울고 또 울었다. 고양이는 사람 체온을 좋아하고, 우리와 함께 침대에 들겠다고 울어댄다. 우리를 빤히 쳐다보는 조그마한 호랑이 한 마리가 졸린 듯한 푸른 눈을 한 채 동그랗게 몸을 말고 소파에 앉아 있다. 장난기가 많고, 모험심 강하고. '사포'*라는 이름을 지어주었다…….

시인 엘리자베스 하드윅, 로버트 로웰과의 짧은 만남. 그녀는 매력적이었고 예민하고 팽팽한 신경의 소유자로, 정상이라 할 수 없는 자기네 집 아일랜드계 하녀를 흉내 냈다. 로버트 로웰은 떠나기 전에 그녀에게 부드럽게 키스를 하고, 늦을 거라고 전화를 하는 등,

* 그리스의 여성 시인이다.

헌신적인 남편답게 온갖 다정한 행동으로 애정을 과시했다. 로웰은 딜런 토머스에 대한 이야기를 해주었다. 아이오와에 대머리 남자가 둘 있었는데, 토머스가 양손으로 두 사람의 머리를 만지며 말하기를, "난 당신들을 구분할 수 있소이다. 한 사람은 안경을 끼었고, 또 좋은 사람이며, 다른 사람은 마른 똥 같은 놈이니까"라고 했다는. 로웰의 반쯤 속삭이는 목소리와 미끄러지는 듯한 곁눈질. 피터 브룩스, 그의 키 크고 주름지고 부드럽고 친절하고 매력적인 얼굴, 여기저기 선이 무너지고 있다. 뻔뻔스럽다시피 한 배짱. 아이스 블루 빛 눈동자를 하고 뾰로통해 보이는 도톰한 입술을 가진 금발의 발레리나 아내 거타 K., 그녀*에게 말하기를, "케임브리지에서 나만 빼면, 당신이 제일 못돼먹은 여자라면서요." 로웰, "우리 와이프한테 그 말을 해줘야 해요. 지금 자랑하고 있는 거잖소."

이번 주말에 시 한 편을 끝냈다. 〈포인트 셜리, 다시 찾아가다 *Point Shirley, Revisited*〉는 할머니에 대한 시다. 경직되고 딱딱한 구조인데도 내게는 기묘하게 강력하고 감동적으로 느껴진다. 강렬한 기억의 환기. 그렇게 일차원적이지는 않다. 정말 상쾌하고 즐거운 오후를 보냈다. 비가 내렸고, 에스더 배스킨의 책 《밤의 피조물 *night creatures*》에 쓸 시를 위해 도서관에서 쏙독새에 관한 자료를 찾아보았다. 개구리보다 훨씬 많은 자료가 있거니와, 훨씬 더 호감 가는 소재다. 이 새에 대한 소네트를 8행가량 썼는데, 유운이 매우 많고 다채로운 시다. 오늘 아침의 문제는, 2연을 구성할 6행시다.

이상하게 행복한 기분이다. 이때까지 삶을 제대로 살아보지 못

* 하드윅을 말한다.

했고 내일이면 죽을 것처럼 현재를 즐기는. "내일을 꽉꽉 채워라, 어제를 꽉꽉 채워라, 절대 현재는 꽉꽉 채우지 말아라"라는 말과는 달리. 평화의 비결. 이 순간을 열렬하게 숭배하는 것. 아이러니. 대부분의 사람들한테 이런 일은 자연스럽게 되는 것인데…….

… 나는 없는 문제를 만들어낸다, 전부 불필요한 문제들을. 나는 현재를 떠받들지 않는다. 내일. R. B.에게 물을 것. 어째서 나는 꼭 문제를 만들어내야 직성이 풀리는 거냐고. 어째서 지각했느냐고. 나 자신을 보호하기 위해 "다른 사람들"에 대한 사실을 숨기고 있다면 그게 뭐냐고? 어째서 나는 다른 사람들을 이렇게 시기하는 거냐고? 나는 나고, 굴뚝에 부딪치는 비는 사랑스럽다…….

우리는 영국에서 살기로 했다. 내가 진심으로 원하는 바다. 테드는 영국에서 활개를 펼 수 있으리라. 내게는 아이스박스와 좋은 치과 의사가 있어야겠지만, 그래도 너무 좋다. 희망 사항이지만, 런던을 쉽게 오갈 수 있는 시골 어디쯤에 커다랗고 소리가 낭랑하게 울려 퍼지는 집을 구하면, 나도 일할 수 있겠지. 너무나 그러고 싶다. 레싱과 머독*의 소설들을 읽고, 비앙카 반 오든의 작품도 읽을 것이다. 가끔, 삶은 참 하릴없이 기분 좋아 보이기도 한다. 하긴 나는 스스로의 게으름에 자책을 하곤 하지만. 박사 학위 공부를 하지 않는다거나 A. C. R.**처럼 세 번째 시집을 출판하지 못했다거나 자식을 넷이나 낳고 전문직을 갖지 않았다거나, 이런 거, 저런 거. 전부 웃기는 얘기다. 걱정에 휩싸여 있다 보면 아무것도 못한다. 기쁨.

* 도리스 레싱과 아이리스 머독, 여성 작가들이다.

** 에이드리언 세실 리치를 가리킨다.

기쁨을 보여주고 만끽하라. 그러면 다른 사람들도 기뻐할 테니까. 악감정을 품는 건 죄악이다. 그것과 늘 편재하는 나태.

1월 27일 화요일

새해의 한 달이 증발해버렸다. 오늘 아침에는 월버와 리치를 읽다. 월버는 상쾌한 즐거움들이 가득한 온화한 기분 전환. 신선한 말솜씨와 묘사에다 헤아릴 수 없는 품위가 깃들고 하나같이 달콤하고, 순수하고, 맑고, 훌륭하고, 보이지 않는 물결을 지닌 거장이다. 그 후에 로버트 로웰을 읽으니 지나치게 맑고 달콤한 디너 와인, 디저트 와인을 마신 뒤 아주 훌륭하고 강력한, 충격적인 브랜디를 마시는 기분이다.

B 박사에게 내가 마치 난쟁이나 되는 것처럼 작아진 기분에 대해 털어놓았다. 어제 머리를 자르고 퍼머넌트를 하려고 약속을 잡았다가 취소했다. 전문 미용사에게 내 뜻과 소망을 관철시킬 수가 없었다……. 일하는 것도 아니고, 겨우 내 나름대로 글을 쓰기 위해 공부하고 있을 뿐이다. 내 작업에 대한 혐오감. 내 시들이 다 같은 방향으로 흘러가고 있다. 일차원적이고, 놀라게 하거나 충격을 주거나, 심지어 상당한 즐거움조차 주지 못하는 거다. 세상이 완전히 빠져 있다. 세상 사람들의 비판은 일리가 있다. 너무 꿈이 많고, 음침한 지하 세계뿐이라고.

B 박사에게, 수축된 아기 같은 감정들이나 격발하는 질투심으로부터 어른다운 자아를 걸러내려면 어떻게 해야 하느냐고 물어보기. 독일어, 이탈리아어를 배우다. 기쁨. 이 삶에서 얼마나, 그리고 얼마나 많은 사람들이 단순히 "괜찮은 거래"를 원하는가. 플러시

패가 제대로 충분히 많이 나오도록 카드 패를 이기적으로 섞기. 행복할 때는 나태가 걱정이 되고, 뭔가 쓰고 있을 때는 자기기만이 걱정이 된다. 나 자신은 너무 작고 다른 모든 정체성들이 나를 위협한다. 영원한 몽상가. 로버트 로웰 부부와 패싯 부부가 이번 주에 저녁 식사를 하러 오기로 했다. 전부 한 접시에 담아서 대접하려면 뭘 내놓아야 할지 고민 중이다. 도서관에서 하드윅의 단편들을 읽을 것이다. 그들의 영혼도 그들의 노력도 없으면서 그들의 성공을 원한다…….

1월 28일 수요일

맑고 우울한 날, 바짝 자른 하늘금작화 같은 하얀 눈이, 지붕과 그 아래 굴뚝의 삐딱한 각도를 따라 얼어 있고, 강은 희다. 건물 뒤의 태양이 왼편으로, 이름 모를 돔형 탑에서 금화를, 달러를 주조하고 있다. 한 페이지, 아니 반 페이지만이라도 여기 매일 글을 쓰면서 계속 내게 주어진 은총들을 헤아리고 천천히 더 나은 삶을 영위하기 위해 노력한다면 좋을 텐데. 그럴 수만 있다면.

어제는 아침이 좋지 못했는데도, 기이하게 행복했다. 아침에는, 상징적 알레고리라는 미명하에 행해지는 직설적 진술을 허락지 않는, 황소 — 바다에 대한 바보 같은 시 한 편을 쓰다가 아무것도 못했다. 오늘은 A. C. 리치를 읽었는데, 시집 한 권 읽는 데 반 시간도 걸리지 않았다. 그 시들은 나를 자극한다. 수월하고도 전문적이고, 불운들로 가득하고 뭔가를 향해 손짓하는 손길은 곱아 있지만, "철학"을 지닌 본능으로 점철되어 있다. 내게 필요한 것. 갑자기 케임브리지와 베니도름 시절에 썼던 연작시들을 쓰고 싶다. "《뉴요커》류"

라고 말한다면 너무 천박할까? 그건 굉장히 중요한 의미인데.

어제는 셜리와 함께 놀랄 만큼 행복한 오후를 보냈다. 지하철을 탔다. 안개가 자욱한 날, 눈으로 가득한 하늘에 새하얀 안개, 돌아오는 길은 창백한 황혼의 하늘에 비추어 잿빛 — 검은색의 안개. 양모 한 꾸러미를 가져와 땋아서 만드는 깔개를 만들기 시작했다. 훌륭하고 두꺼운 원단을 자르고, 소재와 씨름하면서 땋는 일에서 어마어마한 쾌감을 느꼈다. 아기들, 불임, 놀랄 만큼 솔직하고 기분 좋은 대화였다. 다른 여자들이 바느질을 하고 뜨개질을 하고 수를 놓는 동안 나도 뭔가 "손으로 만들어내고" 싶다는 마음이 항상 있었다. 그리고 이게 나한테 어울리는 일이라는 느낌이 든다. 셜리는 존을 어린이용 높은 의자에 앉혀놓고 먹이고 목욕을 시키고 잠을 재웠는데, 너무나 수월해 보였다. 존은 나를 좋아해서, 안아주고 이마를 내 이마에 대고 비벼주었다. 젊은 여인들의 연대에 소속된 느낌. 얼마나 이상한가. 남자들은 이제 내 관심을 끌지 못한다. 오직 여자들과 여자들끼리의 수다뿐. 마치 테드가 남자들의 세계에서 내 대변인 노릇을 해주었던 것만 같다. 사회학을 좀 읽어야겠다. 스포크 박사의 육아책*도. 모든 질문들에 대한 답이 나와 있으니.

내가 시들을 쓸 수 있을까? 일종의 전염병처럼 번지도록?

집으로 돌아와 행복하게 햄버거로 저녁 준비를 했다. 로웰 부부가 내일 찾아온다고 하니, 청소며 식사 대접 계획 같은 건 오늘 밤까지 미뤄 두리라. 다음 주에는 머리를 잘라야겠다. 상징적이다. 촌스럽고 입술을 물어뜯는 꼬마 여자아이가 되고 싶다는 본능을 극복

* 당시 엄청나게 유행했던 육아법에 관한 서적이다.

하는. 목욕가운과 슬리퍼와 잠옷을 사고 여성성을 계발해야지……. 고양이가 이제 더 많이 물어뜯지만, 오늘 아침 정어리를 먹은 후로는 너무나도 다정스럽게 어깨로 기어올라와 얼굴을 비벼댔다. 시를 쓰려고 애써봐야지. 테드한테는 하나도 보여주지 말 것. 가끔 마비 증세가 덮치는 걸 느낀다. 그이의 의견이 내게 너무나 중요하기 때문에. 황소에 대한 시도 보여주지 않았다. 자그마한 승리랄까. 또한 행복이라는 습관에 익숙해질 것. 그것도 효과가 있으리라. 〈개구리 가을 *Frog Autumn*〉에 대해 《더 네이션》 지에서 10달러의 고료를 보내왔다. 반갑다. 영국에서 살려는 계획 덕분에 행복하다. 해협횡단 배표를 끊어 유럽으로. 진심으로 바라는 일이다. 얼마나 이상한지. 5년, 10년 전이라면 이런 생각에 경악을 했을 텐데. 그리고 기쁘다. R. B.를 철저하게 이용해야지.

1959년 2월 13일 금요일

몇 주 만에 처음으로 여기 글을 쓸 용기를 냈다. 지독하게 지저분한 녹색의 우울한 추위. 어제 예의 바위처럼 깊은 우울에 빠져 R. B. 앞에서 울어댔다. 그렇게 기분이 나쁘면 일을 잘하지 못한다고 했다. 병이 나아도 글을 쓸 수 없을 것 같다. 벌을 받아야만 한다. 열흘이라는 시한 내에 케임브리지에서 일자리라도 잡아야 한다. 나는 서점을 꿈꾸고, 디자인 연구를 꿈꾼다. 얼마나 근사할까……. 우리는 바보 천치들이다. 알람이 울리면, 일어나서 샤워를 한다. 7시에서 12시까지 다섯 시간만 있으면, 우리는 글을 쓸 수 있는데. 박사가 말하기를, 글을 쓰려고 하질 않는군요. 그렇다. 못한다고 말하지만, 못 쓰는 게 아니다. 포크너를 읽고 있었다. 마침내. 〈성역 *Sanctuary*〉을 다 읽고 단편집과 발췌문 들을 읽기 시작했다. 들쭉날쭉 읽어나가야 할 거 같다. 완벽하고 결함이 전혀 없는 묘사체. 그리고 엄청나게 많은 묘사. 개들, 개 냄새, 섹스와 온갖 공포. 야단법석. 창녀촌의 내부. 색채들, 유머, 그리고 무엇보다 아주 빨리 전개되는 플롯. 옥수수 속대를 사용한 강간, 성도착, 총 맞아 죽고 산 채로 불타 죽는 인간들, 그는 충격적인 강타를 날린다. 그런데 내 소소한 사건들은 다 어디 있나. 구두에서 흘린 피는 어디 있나?

2월 19일 목요일

북풍이 분다. 회색, 그리고 눈발이 하얀 종이 조각들처럼 갑자기 불어 닥치곤 한다. 흰색과 까만색의 거세한 얼룩 암코양이 앤 홉킨스는 점점 더 작은 상자를 찾아 자리를 잡으려 하더니, 급기야 성공해서 (아마도) 태내의 고양이 같은 자세를 취하고 머리를 파묻고 있다. 그러더니 빨간 이불 밑으로 기어올라와 침대 한가운데 누워 있다. 무기력한 빨간 살덩어리. 이상하다. 날다람쥐 같은 물갈퀴도 있거니와 발에 엄지발가락이 너무 많이 달려 밖으로 뻗어 나온 것처럼 생겼다.

비참한 일. 순전히 묘사로만 이루어진 그랜체스터의 시를 한 편 썼다. 여기에 철학이 배어나도록 해야 하는데. 그렇지 않으면 영영 에이드리엔 세실 리치한테 뒤처질 것이다. 무시무시한 좌절감, 뭔가 심리적인 금제禁制 때문에 진실한 내 감정을 시로 표현하기 힘들다. 〈에그 록에서의 자살*Suicide off Egg Rock*〉이라는 시를 한 편 쓰기 시작했지만, 그렇게 경직된 운문 형식으로는 힘을 다 잃어버리게 된다. 너무 가까이 코를 처박고 있어서 제대로 볼 수가 없었던 거다. 마취재로 정서를 마비시키는 일. 그 때문에 소설 작업을 할 수가 없다. 일을 쿡쿡 찔러가며 내 존재와 자아의 이유가 되어달라고 조르지 말고, 일을 하며 나를 잊어버려야 하는데.

이번 주 내내 저녁 약속과 파티가 있었다. 이제부터는 다 빼먹을 수 있다면 얼마나 좋을까. 윌버의 낭송을 들었다. 이상한 일이지만, 죽을 것만 같이 지루했다. 나 혼자서 읽을 때가 더 좋았다. 그의 목소리는 따분했고, 관중들에게 시에 대한 농담을 했고, 정신의 동굴, 박쥐와 라마르크에 관한 영악한 시들은 그저 기발한 아이디어에 불과해 보였다. 18세기식 매너. 스탠리 쿠니츠 최고의 시 서너 편이 훨씬, 훨씬 더 훌륭하다. 스탠리는 원하는 장소에서 원하는 글을 쓰는 조건으로 포드 재단에서 1만 5천 달러를 받게 된다. 우리는 구겐하임에서 아무 소식도 없다. 나는, 무뇌아처럼 여기 이렇게 주저앉아서 아기와 직업적 경력을 모두 원하고 있는데, 글쓰기가 아니라면 뭐가 될지 상상도 되지 않는다. 깊고 진실한 목소리를 글 속에서 내고 싶다면, (가끔은 철자법 가지고도 쩔쩔매는데) 그리고 이렇게 마비되고 둔한 어휘 창고의 전면을 막고 있는 유리벽, 화려한 표면 뒤 꽉 막혀버린 정서의 응고 상태를 느끼지 않으려면, 도대체 어떤 내면적 결단을 내려야 하나. 마음으로 어떤 살인을 저지르고 탈옥을 감행해야 할까. 《스펙테이터》 지가 내 소품 두 편을 실어줘서 그나마 마음이 조금 편안해졌다. 이제 성공을 하게 되면 용기를 얻을 수 있을 텐데. 하지만 가장 힘이 나는 건, 내가 유리의 양막을 깨고 나오는 듯한 기분이다. 뭘 두려워하고 있는 거지? 대단한 사람이 한 번 되어보지도 못하고 늙어 죽는 것? 스미스에서의 신동 지위를 버리고 나온 건 잘한 일이다. 이상하게 영국에서 살게 되는 날을 고대하게 된다. 런던에서 주간지에 글을 기고하게 되고, 여성 잡지에 글을 싣고… 그렇게 되면 좋을 텐데. 어쩌면 그럴 수도 있겠지. 여기서 보면 영국은 너무나 작고 쉽게 소화할 수 있을 것처럼 느껴진다…….

2월 25일 수요일

우리가 만난 지 3주년 되는 날이다. 어젯밤 아무 일도 아닌 일로 또 참담하게 지질한 싸움을 하고 말았다. 우리 사이에 일상적으로 드리워지는 우울의 그늘. 난 기꺼이 모두 내 탓으로 돌릴 태세가 되어 있다. 낮은 비난으로 점철되어 있다. 순수하고 맑아 마치 창조의 그날이라 해도 좋을 정도, 지붕마다 하얀 눈이 쌓여 있고 햇빛이 내리비치고 하늘은 드높고 맑은 푸른 유리 항아리 같다. 끔찍한 꿈들. 게리 하웁트가 나왔다. 말 한마디 하지 않고, 뭔가 수상한 냄새를 맡은 것처럼 빳빳하게 굳은 표정으로 나를 질책하듯 노려보며 지나쳐갔다.

지난번에는 제복을 차려입은 남자들이 나왔다. 밝은 빛깔 넓은 허리띠를 하고 승마용 바지에 하얀 블라우스를 입고 있었다. 그들은 벌칙을 받았는데 집행이 유예되었고, 사십 년이 지난 어느 날, 정렬하라는 명령을 받은 것이다. 나는 먼발치에서 구경을 하고 서 있었다. 그런데 장검을 손에 들고 나한테 등을 돌리고 서 있던 한 남자가 줄을 따라 달려가면서 장검으로 그들의 무릎을 싹둑싹둑 자르는 게 아닌가. 남자들은 허벅지까지만 남은 채 볼링 핀처럼 우수수 자빠져 넘어갔고 종아리들은 사방으로 흩어졌다. 허벅지만 남은 남자들은 자기 무덤을 파야만 했던가 뭐 그랬던 거 같다. 꿈이라도 너무 심하다. 세상은 너무 넓다 너무 넓다 너무 넓다. 내 인생에 뭔가 의미와 생산성이 있다는 걸 느낄 필요가 있다.

지난주에는 닥터 B와 상당한 진전을 본 것 같다, 내 생각이지만. 끔찍한 하버드에서의 우드로 윌슨 인터뷰의 부활. 내가 그 무엇보다 두려워하는 것은 바로 실패이고, 이 때문에 글쓰기를 두려워하는 거다. 그래야만 내 실패가 글쓰기에 기인한다고 생각할 필요가 없기 때문에. 이건 일종의 배수진이라 할 수 있지만, 최후의 배수진은 아니다. 최후의 배수진은 단어들이 하얗게 사라지고 글씨들이 기어 달아나는 상황쯤은 되어야 하니까. 이걸 알면서, 어떻게 내가 일을 할 작정을 하겠는가? 내 마음속의 악마들에게 이런 생각을 전이해버리겠는가?

테드의 '생각' 아이디어는 훌륭하다. 나는 다섯 개의 주제를 열거했지만 에그 록* 이상 진전을 보지 못했다. 망측한 시를 한 편 쓰다. 장면은 감정으로 점철되어 있는데도, 아무런 느낌도 없이 꼼꼼하게 행 길이만 다 다르게 만들었다. 그러고 나서 다시 썼더니, 훨씬 낫다. 내가 원하는 시에 조금 근접하다. 그리고 접었다. 깔끔하고 수월한 A. C. R.(에이드리언 세실 리치)스러운 서정주의를 향해, 그래픽한 세계의 묘사를 향해. 지금 내 주된 목표는 실제 사물에서 출발하는 것이다, 실제의 감정에서. 그리고 아기 신들이라든가, 바다의 노인들이라든가, 깡마른 사람들, 기사들, 달 — 어머니들, 미친 감상感想들, 로렐라이, 은둔자들을 배제하고 나, 테드, 친구들, 어머니와 남동생과 아버지와 가족들의 문제로 들어가는 거다. 현실 세계로. 배후에서 위대한 신들이 피와 욕망과 죽음의 드라마를 연출하고 있

* 〈에그 록에서의 자살〉이다.

는 현실의 상황들로.

어제 로웰의 강의는 몹시 실망스러웠다. 나는 완곡하게 몇 가지를 지적했고, 보스턴대학의 몇몇 학생들이 쓸데없는 소리를 지껄였는데, 나라면 스미스여대 신입생들이 저따위 헛소리를 하면 가만 놔두지 않을 테다. 순하고 여성적이고 비효율적인 로웰 나름대로의 방식을 보여주는 그는 훌륭하다. 퇴화를 느꼈다. 중요한 건 다른 학생들의 시를 듣고, 내 말에 대한 그의 반응을 경청하는 것. 내겐 외부 사람이 필요하다. 생명을 구원하는 복음을 전하기 위해 은둔생활을 끝내고 바깥세상으로 나왔는데 그사이 다른 사람들은 모두 새로운 언어를 배워 자기가 하는 말을 하나도 알아듣지 못하게 되어버린 현자가 된 듯한 느낌이다.

내가 처음으로《레이디스 홈 저널》단편 소설을 쓰게 되면, 일보 전진을 하게 되리라. 그렇다고 부르주아 애 엄마가 될 필요는 없다. 그런 글들을 쓰지 않는 이유는, 쓰지 않으면 거절당하지 않아도 되기 때문이다. 그러면 기회를 위험으로 바꿀 필요도 없기 때문이다……. 오, 이 상황을 탈피해 산문을 쓸 수 있다면.

2월 28일 토요일

이번 주 R. B.에게 가기 전 악몽 같은 일이 벌어지다. 지하철에서 열차가 파란 불꽃을 튀기며 불이 나서 서버렸고, 테드와 낡은 차를 운전해 가다가 잘못된 길로 들어서는 바람에 깊은 눈더미로 돌진해 차가 고장나버렸다. 11시도 넘은 시각에 전화가 있는 데까지 겨우겨우 갔는데, R. B.의 하녀가 전화를 받았고, 나는 어쩐지 그녀가 집에 있다는 기분이 들었다. 이런 일이 있을 줄 알고 나오지를 않았든가, 집에 없는 척했든가. 그녀를 만나고 집에 오는 길에 푸른 구두를 한 켤레 샀다. 칼라일 병원에서 겪은 일을 그때의 감정까지 생생하게 다시 체험하다.* 아이가 느끼는 살인적 정서는 이성으로 해결될 수 없지만, 어른의 경우에는 가능하다.

어제는 포크너를 읽었고, 그전에는 톨스토이의 뛰어난 걸작 《이반 일리치의 죽음》을 다 마쳤다. 짐승 같은 인간이 느끼는 죽음에 대한 공포와 두려움을 은근하면서도 절정까지 치닫게 그려낸 수작. 최후의 순간에 섬광처럼 번득이는 깨달음, 자기 삶이 온통 잘못되었고, 자기가 성공이라고 생각했던 순간이 사실은 꾸준한 쇠락의 한 단계에 불과했다는 사실의 깨달음, 그것이 어떤 의미에서건 구원을 예시할 수 있는 걸까? 그는 평화롭게 죽음을 맞는다. 아니, 최소한 두려움이 돌연히 후퇴하고 빛으로 다가가며 죽어가게 된다. 하지만 고통이 애초부터 이러한 결과를 끌어내기 위한 수단이었던 걸까? 내 생각은 다르다. 고통은 고통이기 때문에 존재하는 것이다. 목소리가 대답을 한다…….

3월 9일 월요일

R. B.와 눈물 콧물 짜며 슬픈 상담을 한 후, 훨씬 자유로워진 느낌. 좋은 날씨, 좋은 소식. 내가 울음을 그치지 않으면, 박사가 날 묶어버린다고 했다. 전차를 타고 돌아오다가 시상이 하나 떠올랐다. 황폐해져버린 내 얼굴 덕분에. 제목은 〈황폐한 얼굴*The Ravaged Face*〉.

* 밸리 헤드 병원에서 받은 끔찍한 충격 요법에 대한 언급이다. 《벨 자》에도 이때의 경험이 묘사되어 있다. (옮긴이)

시행도 하나 떠올랐다. 적어두었다가 5행을 덧붙여 6행짜리 소네트의 2연sestet을 만들다. 8행짜리 첫 연octave은 어제 윈스롭에서 멋진 오후를 보내고 돌아와서 썼다. 꽤 마음에 든다 — 〈에그 록에서의 자살〉 같은 직설적인 솔직함이 있다. 또 뢰스케의 예이츠 시들을 본따 《뉴요커》 분위기가 풍기면서도 낭만적인 약강오보격iambic pentameter 시를 한 편 마무리 지었다. 좀 약해서, 내 생각으로는 시집에 쓸 만한 시는 못 되는 것 같지만 《뉴요커》에다 한번 보내보고 그쪽 의견을 들어봐야겠다.

윈스롭에서는 아주 청명하고 푸른 날. 아버지의 무덤에 갔다. 아주 침울해지는 광경. 사이사이 길이 나 떨어져 있는 묘지 셋, 셋 다 생긴 지 50년이 못 되고, 추하고 조잡한 묘석들이 다닥다닥 한데 붙어 있는 모양새가 마치 죽음이란 빈민굴에서 머리를 맞대고 잠을 자는 것에 불과한 것 같았다. 세 번째 묘지에서 줄줄이 늘어선, 황량하고 누르스름한 목조주택들을 마주 보는 평평한 잔디밭 지역, 오솔길 바로 옆에서 "오토 E. 플라스 : 1885~1940"이라고 씌어 있는 판판한 묘석을 발견하다. 자칫 지나치기 십상이다. 사기당한 느낌이 들었다. 아버지의 시신을 파내고 싶은 유혹. 아버지가 존재했고 정말로 죽었다는 사실을 증명하기 위해서. 아버지는 얼마나 썩어 있을까? 나무도 없고, 평화도 없고, 묘석은 반대편 시체와 딱 붙어 있다시피 하고. 금방 그 자리를 떠났다. 그 장소를 똑똑히 기억해두는 건 좋은 일이다…….

글쓰기 이외의 직업을 갖고 싶다는 소망. 유일한 직업으로 작가를 택한다는 건 불가능하다. 너무 메마르고, 너무 자주 고갈이 찾아온다. 비교문학을 공부하고 싶다. 무모한 기분이 되면 박사 학위에 마음이 끌린다. 아니면 주간지 기자라든가, 서평을 쓰는 일이라든가. 집이나 사적인 일들 외에, 바깥세상에서 내 머리를 써야만 한다.

심한 근육 경직, 경련. 지금은 그냥 생리 중일 뿐인데, 심지어 구역질마저 왈칵왈칵 밀려든다. 내가 임신했나? 그러면 한동안 내 일은 엉망이 되겠지. 소설을 시작할 수만 있다면, 최소한《레이디스 홈 저널》식의 단편이라도. 내가 정말 임신했는지 알게 되면, 임신에 대한 꽤 괜찮은 시를 쓸 수도 있다.

3월 20일 금요일

어제 기분이 바닥을 치다시피 하다. 여섯 시쯤 되는 이른 새벽부터 고양이가 애 우는 소리를 내길래 잠이 깨다. 핏덩어리. 임신한 줄 알았는데. 그런 행운은 찾아오지 않았다. 40일간 오랜 희망의 나날을 보내고 난 결과 예의 핏덩어리와 갈라진 다산성. 나 자신을 달래고 달래 비옥한 평온함을 찾았는데, 이건 큰 타격이다……. 네 번 정도 한꺼번에 상담을 하면 좋겠는데. 하루 종일 얼뜨기처럼 멍하다가, 하루 종일 또 경련. 닥터 B와도 아무 차도가 없다. 내가 의도적으로 무력한 자기 연민 상태에 스스로를 빠뜨린 듯한 기분이다. 다음 주. 아버지에 대해 말하는 게 무슨 효과가 있을까? 하루 이틀 정도 지속되는 하찮은 카타르시스는 될지 몰라도, 혼잣말을 한다 해서 통찰력을 얻지는 못한다. 뭘 풀어놓기 위해, 무슨 통찰력을 얻고자 나는 노력하고 있는 걸까? 뒤틀린 내 감정이 내 불행의 근저에 있다면, 난 어떻게 해야 그 정체를 파악하고 문제를 해결할 수 있을까? 정신과 의사가 나한테 글을 쓰게 만들 수도 없거니와, 더더군다나 쓰게 만든다 해도 잘 쓰게 할 수는 없다. 지금 내가 하고 있는 일이라든가 그런 행위의 일반적 목표에 대해 통찰을 주거나 지시를 내릴 수는 있지만. 나는 그 점에서 지독하게 퇴행한다. 마음 깊은 곳에서는 온갖 문제들에 대한 해답을 전부 알고 있지만, 의식으로 부상시키기 위해서는 촉매가 좀 필요하다…….

나는 아무 일에나 울음을 터뜨린다. 순전히 나 자신을 괴롭히고 창피를 주기 위해. 시 두 편을 끝냈다. 장시長詩인 〈진달래 꽃길의 엘렉트라*Electra on Azalea Path*〉와 〈임신한 여인에 대한 은유들*Metaphors for a Pregnant Woman*〉. 이 시는 아이러니에 각 9음절짜리 9행시다. 절대 완벽한 시들은 아니지만, 미덕이 있는 시들이다. 로웰의 강의에서 내 시 네 편을 비평하다. 수사의 비평. 그는 나를 앤 섹스턴*과 동급으로 취급해주었다. 영광이라 해야겠지. 뭐, 그럴 때도 됐다. 그녀는 좋은 걸 많이 가지고 있고, 아직 느슨한 데가 많아도 점점 발전하고 있다.

이 생쥐처럼 얌전하기만 한 포니테일 대신 매력적으로 머리를 자르고 싶다는 욕망. 반드시 예전처럼 사동 같은 커트를 해야지. 돈 때문에 못하고 있는 건가? 꼭 머리를 제대로 고쳐놔야겠다…….

글쓰기를 거부. 그냥 안 쓴다. 그저 시 몇 편뿐. 시에서는 훨씬 더 풍요롭고 나은 작품들이 나온다. 제대로 된 정신 상태는 내 앞에 네버네버랜드처럼 까마득하고 멀기만 하다. 그냥 심상하고 쾌활한, 정력적인 상태 말이다. 나는 회한과 유감만 씹고 있다…….

R. B.와 근저에 있는 깊은 심리 상태에 도달하다. 어둡고 끔찍한 문제들에 직면하다. 흉측한 기형과 죽음에 대한 꿈들 이야기. 내

* Anne Sexton, 플라스와 더불어 로웰의 시 강좌를 수강하고 있었다. (옮긴이)

가 정말로 아버지를 죽여 거세했다고 여긴다면, 불구가 되어 괴로워하는 사람들에 대한 내 꿈들은 전부 아버지에 대한 나의 죄책감 어린 환상 혹은 벌을 받을까 봐 두려워하는 마음의 반영일까? 그렇다면 어떻게 죄책감을 잠재울 수 있을까? 평생 동안 죄책감에 사로잡혀 살지 않으려면? 내가 쓰고 싶어 하면서도 쓰지 않는 시들의 환상을 본다. 시상은 언제 내게 찾아올까……?

4월 23일 목요일

사월과 함께라도 하듯, 봄은 기쁜 소식 속에 모습을 나타내다. 피곤했는지, 일어나서 테드의 작업실에서 나왔을 때가 7시쯤이었다. 두 주간 구겐하임 전후의 권태에 빠져 우리는 딴판으로 달라졌다. 거의 놓칠 뻔했는데, 예산과 여행 장소를 놓고 탐문과 흥정을 거듭한 끝에 우리는 기금을 따냈다. 반올림해서 5천 달러, 우리에겐 제왕과 같은 금액을 얻어낸 것이다. 그것도 9월, 10월 두 달간 야도*에 초청까지 받은 터에. 우리는 처음에 이 초청이 기금을 못 딴 걸 위로하는 의미에서 주는 상인 줄 알았다. 구겐하임의 날 : 4월 10일 금요일.

또한 어제 《뉴요커》에서 두 번째로 내 원고를 수락해주었다. 그것도 기분 좋게 두 편이나. 〈그랜체스터 초원의 수채 *Water Color of Grantchester Meadows*〉. 이건 "그들"을 위해서 목가적으로 쓴 시고, 〈검은 옷을 입은 남자 *Man in Black*〉. 이는 내 시집에서 유일한 "사랑" 시이자, 겨우 한 달 전쯤일까, 결실이 풍부했던 윈스롭 방문 때 썼던 시다. 아

* Yado, 뉴욕 사라토가 스프링스에 있는 예술가촌이다. (옮긴이)

버지의 무덤을 함부로 해서는 안 되지. 시집에서 엘렉트라 시를 빼버렸다. 너무 인위적이고 수사적이다. 앤 섹스턴의 시집에서 한 페이지 정도 빼온다면 이쯤에 잘 써먹을 텐데. 그녀의 시는 나같이 이를 악문 억지가 없고, 수월한 구문에 정직함을 갖췄다. 내게는 도저히 공격할 수 없는 시들이 40편 정도 있다, 내 생각이지만. 그리고 그 시들에는 기쁨이 감돈다. 더 강력한 시들이 있다면 좋겠지만. 스미스대학 시절의 시들은 전부 참담한 죽음의 소망으로 점철되어 있다. 여기서 쓴 시들(〈친구 삼을 만한 질병들*Companionable Ills*〉, 〈올빼미*Owl*〉)은 아무리 우중충해도 활기와 삶의 기쁨을 가지고 있다…….

내 시의 "죽은 흑색dead black"* 은 아버지의 무덤을 방문했던 기억의 전이일지도 모른다.

R. B.와 상담을 하고 또 하며 노력했다. 일주일을 빠진 일이 내게 용기와 추동력을 불어넣어준 것이다. 그동안의 내 경험과 결과를 곰곰이 숙고하느라 전날 밤을 하얗게 새고 상담하러 갔다. 내 자살 기도에 집중했다. 그 매듭에 수많은 것들이 얽혀 있다……. 어떻게 하면 내 작품의 나이브한 면모를 극복할 수 있을까? 다른 이들의 작품을 읽으며 깊이 숙고할 것. 절대 내가 잘 알고 있는, 내 목소리 밖으로 나가지 말 것.

내 생각 : 손쉽게 돈을 좀 벌 수 있도록 《폭풍의 언덕》에 관한 기사를 한 편 쓰면 어떨까. 《크리스천 사이언스 모니터》 지의 시에서 그 단어를 고칠 것. 《침대 책*The Bed Book*》** 에 쓸 시를 한 편 시작할

* "검은 옷을 입은 남자"다.

** 플라스 사후에 출간된 어린이용 동화책이다. (옮긴이)

것. 병원에 대한 단편 하나. 스타벅과 섹스턴의 연애 사건*에 대해서. 이중의 이야기, 〈오거스트 라이트힐과 또 다른 여자*August Lighthill and the Other Woman*〉… 끔찍한 건 이거다. 게다가 그 수많은 세부 사항들이라니. 단편 소설 속에서 분출하는 생명력을 얻으면, 소설도 써질 테지. 한 가지 길. 야도에 갈 때쯤이면, 출판할 만한 괜찮은 소설 세 편과《침대 책》이 끝났으리라!

4월 25일 토요일

청명한 날. 언제나처럼 일찍 지친 몸을 끌고 힘겹게 일어났지만, 녹초가 된 상태. 글을 쓰기엔 너무 피로해서, 위텐스**에 대한 에세이를 다듬다가 제목에서 마지막 타이핑 작업이 막혀버리다. 철자가 Withens인지 Withins인지 몰라서…….

1959년 5월 3일 일요일

하우튼 미플린 출판사에 이번 주 제출할 시집 원고를 몇 장이나 다시 타이핑했다. 구질구질한 일. 하지만 A. S.(앤 섹스턴)가 이미 나보다 훨씬 앞서 있다. 연인인 G. S.(조지 스타벅)는 그녀에게, 또 그들 두 사람 모두에게 바치는 송가를《뉴요커》에 게재하고 있다. 리츠 호텔에서 마티니를 세 잔씩 들이켜며 함께 오후를 보내던 관계가 깨어지는 듯한 느낌이 들었다. 핀크니에 있던 G의 수도승처럼 인색한 방에서 보낸 그 기억에 남는 오후. "우리를 버려두고 떠나버리

* 앤 섹스턴과 조지 스타벅George Starbuck을 말한다. (옮긴이)

** 요크셔를 가리킨다. 브론테 자매가 살던 곳이다.

지 말았어야 했어." 어느 쪽에 책임이 있는 걸까? 나는 떠났지만, 어쩐지 나 자신이 좀 빈약한 촛불의 불꽃에 이끌려, 그 주위를 빙빙 도는 갈색 날개를 가진 나방 같다는 기분이 들었다. 그것도 끝이다, W. D. 스노드그라스의 말투를 빌리면.

어제는 책을 한 권 끝냈다. 아마 다음 달이면 발문을 쓰고 시집을 팔았다고 말할 수 있게 되리라. 그렇다. 반년이나 질질 끌고, 예감도 좋지 않은 데다 마비 상태까지 겪은 끝에 어제 아침 드디어 제대로 쓰기 시작했던 거다. 이마 여기저기에 주름이 잡혔고, 또록또록 윌Wide Awake Will과 밤새기 대장 수Stay Uppity Sue는 아주 현실적으로 다가왔으며, 그러다 마침내 펑! 나는 너무나 화려하고 기발하고 추상적인 침대 목록에서 침대 열 개를 골랐다. 그리고 일단 쓰기 시작하자 완전히 몰입해 단 한 번도 쉬지 않고 단번에 타이핑을 한 후 애틀랜틱 프레스 출판사에 부쳐버렸다.(더블스페이스로 8장밖에 되지 않으니!) 실비아 플라스의《침대 책》. 그 일을 해치우자 얼마나 해방감을 느꼈는지 이상할 정도다. 그 책은 박쥐, 즉 내 머릿속에서 알을 까고 있던 양심의 가책이라는 박쥐였다. 그 일을 끝내지 못하면, 아무 일도 하지 못하는. 언젠가 어떤 편집자가 팔기만 하면 되는 훌륭한 아이디어가 있어 그 아이디어 생각을 떨쳐낼 수 없다는 편지를 보낸 적이 있다. 그래서 나는 해냈다.《애틀랜틱》이 멍청하게 그 책을 거절한다 해도, 다른 출판사에서 가져갈 거라는 생각이 든다. 어쩌면 그쪽이 더 나을지도 모른다. 새 출판사에서 내 책들도 가져간다면……. 갑자기 해방감이 밀려든다. 그리고 테드도. 오늘 아침에는 잡지 판매대에 가서《뉴욕 타임스》,《뉴요커》,《라이터즈 맥*Writer's Mag*》을 한 부씩 사고 질식할 것 같다거나 토할 것 같은 기분을 탈피해야겠다. 나, 나는 내가 일할 만한 나만의 방을 찾으리라. 좀 별나고 조금 좁다 싶어도, 그 속에서 행복할 수 있는 공간과 전망만 있으면 된다…….

1959년 5월 13일 수요일

R. B.에 대해 걱정이 된다. 나는 전부 숨기고, 덮고 싶어 하는 것 같다. 작은 먹잇감들을 모래로 덮어두는 고양이처럼. 어쩌면 캘리포니아로 떠나기 전에?

글쎄, 부담스러운 시점들을 꺼내야만 한다. 자살, 처녀성을 잃던 것, T의 누이, 그리고 지금의 글쓰기까지. 탄탄한 사회생활의 결여, 하지만 별로 신경 쓰지 않았다. 아이들의 부재. 오늘. 또 정신이 나태해질까 봐 걱정스러운 일. 외국어들을 배우는 일.

시집 《벤딜로의 황소*Bull of Bendylaw*》는 훨씬 더 잘 정돈되었다. 《사회 속의 예술》이 〈조각가*The Sculptor*〉 〈찌르기*The Goring*〉(이건 못 파는 시인가 하는 생각이 막 드는 참인) 그리고 〈잔해*Aftermath*〉까지 받아주었으니 이제 45편을 다 출간한다고 해도 13편밖에 남지 않았다. 그리고 남은 시들은 그리 팔기 어려운 시들은 아니니까…….

5월 18일 월요일

영감이 떠올라 시집의 제목을 《계단의 악마*The Devil of the Stairs*》로 바꾸었다. 예전에 이런 제목을 쓴 시집이 한 편도 없었기를 바라는 마음. 《벤딜로의 황소》는 눈에 확 들어오기는 하지만, 에너지 충만한 아이디어가 의례적 형식을 뚫고 나오는, 모호한 지점이 있었다. 하지만 이번의 제목은 내 시집 전체를 포괄하며 절망의 시편들을

"해명"해주는 측면이 있다. 절망은 희망만큼이나 기만적이라는 사실을, 이런 의미가 전달되기를 바란다.

어젯밤에는 슬하에 딸 일곱을 거느린 나이 지긋한 부인이 되는 꿈을 꾸었다. 딸들은 인형 같았고, 나는 그 아이들 전부에게 명도가 다른 장밋빛으로 파티 드레스를 입히려 하고 있었다. 하지만 노란색과 분홍색 드레스들 사이에 파란색과 보랏빛 드레스들이 눈에 띄는 것이었다. 엄청난 혼돈. 애들은 장갑을 끼고, 지갑에 용돈을 잘 챙겨 넣었던가?……

5월 20일 수요일

지금 내게 필요한 건 G. S.나 M. K.*가 예일 기금을 땄고 내 동화책은 퇴짜를 맞았다는 소식을 듣는 것뿐이다. 하우튼 미플린 출판사에서 A. S.의 책 원고를 받아주었고, 오늘 오후에는 샴페인을 마시고 있을 것이다. 또 에세이 하나가 PJHH에 게재되기로 했다, 표절인데. 하지만 내 주제에 더 큰 성공을 거두고 있는 표절 작가를 어떻게 비판하겠는가. 매클린에서 시 낭독회를 갖는 건 언급할 필요도 없다. 그리고 어젯밤 만찬에서 만난 G. S.는 크림을 잔뜩 먹은 고양이처럼 잘난 척 빼기며, 대단히 기분 좋은 표정이었다. 왜냐하면 A. S.는 나에 대한 그의 복수나 마찬가지기 때문이다. 그리고 위텐스에 대한 내 에세이는 PJHH에서 반송될 참이니, 질투에 눈먼 분노 때문에 일을 할 수가 없다. 아니면 동면이라도 하면서 더 일을 많이 하도록 채찍질할지도 모르고. T에게는 아무 말도 하지 않았다. 그이는

* 맥신 큐민Maxin Kumin을 가리킨다. (옮긴이)

PJHH의 메모에 부연 설명을 붙이며, 자기가 읽지도 않은 물쥐에 대한 에세이에 대해 일반론을 폈다. 아, 당신이 쓰는 건 다 그래, 문제는 너무 보편적이라는 거야. 그래서 나는 '스위티 파이'에 대한 단편소설을 아예 보여줄 생각도 하지 않았다. 독사는 집 안에 들어오지 못하게 하고, 나 혼자 그냥 여기저기 보내버렸다. 처음 단편 소설 원고가 실리게 되면, 강렬한 기쁨에 사로잡히겠지. 하지만 원고가 게재되지 못하더라도, 나는 계속 노력하고 또 노력하리라. 지금은 한가롭고 일 년 정도는 일할 필요도 없으니, 또 아직은 아이도 없으니. 어젯밤에 또 다투었다. 그이가 작업을 하면서도 (허? 당신이 일을 했다고? 거의 없잖아) 전부 내 책상 위에 처박혀 쌓여가는 일이 얼마나 참기 힘든 일인지 알아주는 게 귀찮기만 하다. 그래서 나는 눈을 말똥말똥 뜨고 잔뜩 긴장한 채 누워 있고, 공기는 무섭게 습하고 뜨거우며, 이불은 축축하고 무겁다. 마침내 일어나 필립 로스의《콜럼버스여, 안녕*Goodbye Columbus*》의 단편들을 전부 읽었다. 첫 번째 중편만 빼면, 탁월하고 풍부하며 하나같이 매혹적이고 재미있다. 심지어 큰 소리로 웃음을 터뜨리기도 했다. 3시에 잠자리에 들다. 잠을 영 못 자다. 잠에서 깼지만 나를 기다리는 건 여전히 적의에 가득 찬 침묵뿐. 그래도 그이는 커피를 끓여주었다. 쿵쾅쿵쾅하면서. 나는 샤워를 하고 기분이 좀 좋아졌고, 달콤하고 역겨운 텁텁한 공기 속에서 편지를 받고, 거절 편지를 받고, B 박사한테 갈 시간만 기다리다(즉각적인 질투심을 그녀에게 털어놓는 게 아주 부끄럽다 — 직업 외적으로 그녀를 좋아하기 때문에, 더욱더 절제해왔는데). 그러다 보면 술탄 부부가 하루를 정신없이 망쳐놓을 테고, 부스 부부가 저녁 식사를 하러 오겠지. 그를 보면 좀 위안이 될 것 같다. 그는 사람이 참 좋다. 좀 안쓰러울 정도로 진지하고 심각하긴 하지만.

분노를 어떻게 하면 좋으냐고, 박사에게 물어봐야지. 할 말 하나. 그래요, 나는 세상이 나를 칭찬해주기를 바라고, 돈과 사랑을 바랍니다. 그리고 누구든, 특히 내가 아는 사람이, 또 나와 비슷한 경험을 한 사람이 나보다 앞서 나가는 모습을 보면 맹렬하게 분노해요. 이런 기분이 끝없이 반복해서 나를 덮치면 어쩌면 좋죠? 어젯밤에 저는 어머니가 문제가 아니라는 걸 깨달았어요 — 엄마는 물론 내게 전부이지만, 어머니의 이미지를 흩뜨려보았더니 어머니는 편집자, 출판사, 비평가, 그리고 온 세상이 되었어요. 그리고 저는 그곳에서 인정받기를 바라요. 내 작품이 훌륭하고 근사하게 받아들여지기를 바라요. 아이러니하게도 그런 기분 때문에 글 쓰는 작업이 동결되고, '일 자체가 보상이라고' 생각하려는 수녀처럼 청순한 노력을 자꾸만 부패시키고 타락시킨답니다. 이 문제를 오늘 해결해봐요라고.

로스에게서 배워야지. 공부하고, 공부하고. 내면으로 들어가야지. 내면은 순수하니까. 아니, 언젠가는 순수해질 테니까.

샤워, 몸을 깨끗이 하고, 색채와 동물들을 만끽하자. 가능하다면 사람들도. 나는 얼마나 배스킨 부부를 사랑하는가. 그들은 얄밉게 아첨하는 기라곤 단 한 군데도 찾아볼 수 없는, 내가 아는 사람 중에서 유일하게 인품과 고결함을 갖춘 기적적인 사람들이다. 세상사에 대해 글을 쓰면서 번쩍거리게 미화하고 윤색하지 말아야만 한다. 나는 사랑, 증오, 파국에 대해 알 만큼 아는 사람이니 충분히 그럴 수 있다.

버지니아 울프의 《세월》을 읽고 있다. 비가 오면, 그녀는 런던에서, 또 저기 시골에서, 옥스퍼드에서, 식구들과 재회할 수 있다. 하지만 본질적으로 너무 다른 사람들이다. 5년, 11년씩 건너뛰고, 이 사람 저 사람의 시선으로 뛰어넘어가서, 갑자기 작은 소녀가 회색 머리의 50대 여인이 되고, 우리는 시간이 흘러가고 만물은 유전한다는 걸 배우게 된다. 하지만 묘사들, 관찰들, 그리고 정서들은 일순 포착되고 그리고 다시 흘러 사라진다.

기억나는 꿈이 하나 있다. 오늘 아침의 편지에 비추어볼 때 시의적절하고 아이러니한 꿈. J. D. 샐린저의 긴 〈세이무어 : 서문*Seymour : An Introduction*〉을 어젯밤과 오늘에 걸쳐 읽다. 처음에 나오는 카프카, 키르케고르 따위에 대해 격한 비난을 퍼붓길래 조금 뜨악했는데, 갈수록 매혹적이다. 꿈속에서는, 아, 참 재미있게도, 내가 《뉴요커》를 집어 들었는데 세 번째 단편 자리 정도에 ('뒷자리'가 아니라, 오른쪽 페이지 앞면 전체를 차지하고 있다는 점이 중요하다) 〈이 지상-저 집, 저 병원*This Earth-That House, That Hospital*〉이 신경 써서 정성껏 꼼꼼하게 잉크로 쓴 글씨가 아니라 너무나 사랑스러운 《뉴요커》의 제목 활자로 씌어 있는 게 아닌가. 심장이 요동치는 느낌이 들었고 (나의 잠자는 시간은 깨어 있는 시간의 너무나 합리적인 복사판으로 변해가고 있다) '저건 내 시 제목이야. 아니면 내 제목을 변질시킨 거야'라는 생각을 했다. 아, 물론 그건 사실이다. 〈이 지상은 우리의 병원*This Earth Our Hospital*〉이 변형된 제목으로, 아주 훌륭한 개작이거나 아니면 혐오스러운 난도질이거나 둘 중의 하나다. 계속 읽어나가다. 내가 쓴 것이 틀림없는 산문체. 하지만 '스위티 파이' 이야기, 뒷마당 이야기에 샐린저가 되고 싶어 하는 아이가 나온다는 게 다른 점. 닥터 B가 축하해주었다. 어머니가 등을 돌리면서 말씀하셨다. "난 잘 모르겠구나. 거기에 대해서는 아무것도 느끼는 바가 없어서." 결국 이 말은, 닥터 B가 나의 어머니가 되었다는 뜻이리라. 환하게 빛나는 느낌, 《뉴요커》의 광채가 얼굴에서 뿜어져 나오는 느낌. 커누하우스에서 순결을 빼앗기고 난 후, 순결을 앗아가버린 핸섬하고 젊은 소년에게 "이제 내가 좀 달라 보이지 않아?"라고 물었다는 영국의 사교계 소녀, 수잔과 꼭 같은. 오, 나는 정말 모습이 딴판으로 보였다. 전반적으로 땅딸막하고 허여멀건 내 얼굴에서 창백하고 풍요로운 후광이 비쳐 나왔으니.

오늘 아침에 잠에서 깨어보니 고명하신 더들리 피츠* 님께서 보낸 편지가 우체통에 들어 있었다. 무덤덤한 마음으로 해석해보니 《벤딜로의 황소》 원고를 친절하게 거절하는 내용이었다. 그의 말로는 내가 "애석하게" 떨어졌다고 한다. 그래서 차선으로 고려되었지만, 기술적인 마무리(!)가 부족해서 선뜻 선정할 수 없었다고 했다. 내 시가 너무 거칠고, 우유부단하며, 네다섯 편의 시만 빼고 모두 피상적으로 부유하고 있기 때문이란다. 하지만 무엇보다 내 주된 결점을 들자면 기계적인 음절이 치명적인 타격이라고 했다. "불운"이라는 게 정말 실감 난다. 언젠가는 누군가가 정말 제대로 된 이유로 나를 사랑해주는 날이 올까? 내 시집은 더는 마무리할 수 없을 정도로 완성된 상태다. 그리고 《허드슨 리뷰》에서 원고 수락을 받았기 때문에, 나머지 시 46편도 몇 달 내로 게재 수락을 받으리라는 희망을 품고 있다. 그래서 어쩌란 말이냐. 내겐 명예를 위해 싸워줄 기사騎士가 없는 것을. 그들은 이게 부족하고, 저게 부족하다고, 이래저래 헐뜯어댈 터이다. 소위 나보다 낫다는 사람들 중에 내가 존중할 만한

* 《예일 청년 시인 선집 시리즈*The Yale Series of Younger Poets*》의 편집자다. (옮긴이)

견해를 내놓는 사람이 몇이나 될까? 로웰 정도가 되겠지. 내가 어떤 작업을 하고 있고, 무엇을 극복하려 하고 있는지 알아봐줄 만한 이가 도대체 몇이나 되겠는가? 있기나 하면 다행이다. 얼마나 아이러니한가? 수월한 서정주의를 극복하기 위한 작업들을 그들은 단순히 거칠고, 비시적非詩的이고, 반시적反詩的이라는 증거라 믿어버리고 말다니. 세상에…….

… 침대에서 독서하다. 따뜻한 안도감. 오늘 아침부터 《고독한 군중*The Lonely Crowd*》를 읽기 시작했다. 어제 끝낸 버지니아 울프의, 사람을 진 빠지게 만드는 《세월》에 대한 해독제로. 울프는 훌쩍 날아가버리고는, 가늘디가는 그물을 휙 던진다. 로즈는 아홉 살 나이에 밤에 혼자 가게에 숨어들어간다. 그러더니 그녀는 뚱뚱해지고, 회색 머리에, 쉰아홉 살이 된다. 말 한마디, 빛, 색채를 낚아채듯 붙잡아가버린다. 이런 게 삶일 리가 없다. 아무리 진짜 삶이라도 이럴 리는 없다. 여성지에서 볼 수 있는 것처럼 은근한 사랑, 질투, 권태로 들어가는 도입부도 없다. 재창조된 현실은 한 번도 피를 흘려본 적이 없는 지루한 늙은 여자들의 파티에서, 피상적이기 짝이 없는 관찰자의 관점에서 그려진다. 그게 바로 울프에게 아쉬운 점이다. 감자와 소시지 말이다. 그녀가 그리워하는 사랑, 자식이 없는 삶이라는 게 도대체 어떤 거란 말인가? 결국 램지 부인이나 클라리사 댈러웨이 말고는 없지 않은가? 그게 그 지점에서 정말 유효한 거라면, 전 영국의 지리적 국토에 이어지는 섬광 같은 효과 속에 계속 놓쳐서야 되겠는가 말이다. 물론 섬광 같은 효과들도 훌륭하다. 어렵사리 힘겹게 쓴 글이라는 것도 알겠다. 하지만 결국 결과를 놓고 보면, 학교에서 쓰는 에세이 같은 것에 불과하다. 이 파편적인 단상들이 어수선하게

뒤범벅된 것 속에서 최고의 작품들이 떠오른다. 물론 인생은 파편적이다. 귀먹은 사람들이 핵심을 알아듣지 못하고, 연인들은 헛소리를 지껄이며 서로 마주 보고 웃음을 터뜨리는. 하지만 그녀는 그런 농담 아래 흐르는 더 깊은 저류를 보여주지 못한다.

B 박사와 뭘 이야기할까? 일, 의미 있는 작품 활동에 대한 갈망. 독일어를 배우고 싶다. 글을 쓰고 싶고, 르네상스 우먼이 되고 싶다.

5월 31일 일요일

천상처럼 맑고 서늘한 일요일. 일주일 동안 아무 할 일도 없이 깨끗한 달력을 앞에 놓고, 여유와 창조력과 미덕을 자각하는 근사한 기분. 미덕. 미덕. 미덕에 보상이 따르게 될지 궁금하다. 올해만 단편을 여섯 편이나 썼고, 그중에서도 최고의 세 편을 지난 2주일 안에 써냈던 것이다! (순서 : 〈조니 패닉과 꿈의 성경〉, 〈15달러짜리 독수리 *Fifteen Dollar Eagle*〉, 〈그림자〉, 〈스위티 파이와 시궁창의 남자들*Sweetie Pie and the Gutter Men*〉, 〈우각호牛角湖 위에서*Above the Oxbow*〉 그리고 〈이 지상은 우리의 병원〉) 아주 훌륭한 제목들이다. 더 좋은 제목들의 목록도 만들어 두었다. 씨앗을 하나 심었더니 아이디어들이 떼로 몰려 나온다.

이번 달에는 공포 — 새를 정복했다는 느낌이 든다. 나는 차분하고 행복하고 고요한 작가이다. 단편 하나를 더 쓸 때마다 배우며 나아지고 있다는 기분 좋은 자각이 드는가 하면, 동시에 아직 이런 저런 의미에서 한참 기대에 못 미친다는 것을 잘 알고 있어 긴장이 박차를 가하기도 한다. 앞으로 단편 열 편, 스무 편을 더 쓸 수 있으리라 본다.

올해에는 내가 하겠다고 말한 대로 성취했다. 날마다 하얀 백지를 마주해야 한다는 공포심을 극복하고, 나 스스로를 가슴 깊은 곳에 묻어둔 감정까지 인정하고, 무슨 일이 있더라도, 퇴짜를 맞더라도, 예산이 깎인다 해도, 무조건 작가가 되겠다는 결심. 내가 쓴 최고의 단편은 〈이 지상은 우리의 병원〉이다. … 유머로 가득하고, 다채로운 색으로 채색된 등장인물들, 좋은, 운율감 넘치는 대화. 〈조니 패닉〉을 생각해보면 놀라운 진전이라 할 수 있다. 〈조니 패닉〉은 같은 곳을 배경으로 하고 있지만, 수필처럼 전부 이야기가 진전되고 다른 등장인물들은 한두 명밖에 나오지 않는다.

나는 책 한 권, 아니면 단편 소설집을 구상한다. 〈이 지상은 우리의 병원〉이라는 제목으로. 이게 내 책 제목이 될 테니, 그 전에 아무도 선수 치는 일이 없기를. 나는 기쁨에 울음을 터뜨린다.

어젯밤에는 여기서 TV 방송 작가 기금에 신청서를 보냈다. 이상한 일이지만, 당선되면 우리 계획이 아주 복잡하게 꼬일 것이 분명해서, 반쯤은 떨어지길 바라는 마음이다. 하지만 당선되면 수입이, 이래저래 합치면 일 년에 1만 달러는 될 터이다. 나는 놀랄 만큼 흥미진진한 경력을 지녔고, 젊고 유망하다. 다섯 자리 중 한 자리를 내게 주지 않을 이유가 뭐겠는가? 돈, 돈. 게다가 나는 CBS를 좋아하기도 한다. 다른 방송국에 비하면 상당히 혁신적인 편이다. 《마드모아젤》 6월호가 그랬듯 또 한 번의 시험. 이번 시험이 좀 더 위험하다는 게 다를 뿐이다. 나 자신의 품위를 손상시키지 않고 시험에 통과할 것인가? 흥미진진.

〈우각호 위에서〉를 《애틀랜틱》 지에다 보냈다. 지난 7월 '습작' 삼아 썼던 글로 상당히 내 마음을 울린 작품이다. 그리고 〈이 지상은 우리의 병원〉도 보냈다. 아주 훌륭한 대조다. 《애틀랜틱》 지가 〈이

지상은 우리의 병원〉을 받아주지 않으면, 그들 모두는 제정신이 아니다. 미국 최고 단편선에 실릴 만한 작품인데.

재미있게도, 그리고 의미심장하게도, 《애틀랜틱》에 단편 두 개를 보내고 나니 《뉴요커》에 보낸 단편에 지나치게 과한 의미를 부여하고 있던 마음이 풀어지는 기분이다. 그 작품들은, 이제 와 생각하니 어쩐지 퇴짜 맞을 것 같은 느낌이 든다. 《애틀랜틱》 지에서 소식이 올 때쯤이면 두 편 정도 더 나은 단편들을 써냈을 테고, 작품 수도 천천히 쌓여가리라. 내 생애 처음으로 일대 전기轉機를 겪고 드디어 평온하고 창조적인, 바스의 아낙 같은 기질의 '바다'에 도달했다는 느낌이 든다. 전에는 아주 좁고 산호초가 빽빽하게 들어차 있는 해협에서 일별했을 뿐인데. 집은 깨끗하고 반짝반짝 윤이 난다. 숙제는 끝났고, 착수해야 할 일을 열거해 적어둔 목록은 다음과 같다.

〈체제와 나*The System & I*〉 : 의료 사회화 제도에 대한 서너 번의 경험을 살린 유머러스한 에세이.

〈콜로라도의 작은 탄광촌*The Little Mining Town in Colorado*〉 : 젊은 처녀가 소프 오페라의 음습한 세계로 빠져들면서, 류머티즘열로 앓아눕게 된다. 부모와의 관계. 그리고 아주 강인한 간호사 같은 인물과의 관계(스티브 패싯이 설명해준 자신의 간호사와의 관계에 착안한 것이다. 그 간호사는 환자가 병이 낫기를 별로 바라지 않았다고 한다. 그는 15년간 그녀의 인생이었고, 너무나도 향락적인, 아니, 아니, 공생적인 관계를 맺어왔기 때문에, 그녀는 환자가 자기 의사에 반하는 짓을 하는 걸 참을 수 없어했다고 한다), 소프 오페라와 현실 세계가 뒤섞였다 갈라지는 지점…….

마운트 버논 가에 있는 프랜시스 민턴 하워드의 집에서 저녁 식사를 하다. 오래되고 세련된 품위가 풍기는 느낌. 빨간 고급 소파들, 녹슨, 하지만 여전히 번쩍번쩍 빛나는 은빛의 차 거르는 종이가 벽에 진열되어 있었다. 사촌들의 미니어처 유화들, 줄리아 워드 하우*의 가문. 저녁 식사는, 가볍고 맛있었다. 풍부한 지방과 정향이 박힌, 바삭한 껍질에 즙이 많은 햄, 아스파라거스, 그리고 닭고기 국물에 요리해 치즈와 빵가루를 넣고 갈색으로 구운, 실처럼 가는 국수. 바닐라 아이스크림. 싱싱한 딸기와 핑거 젤리롤이 디저트로 나왔다.

그녀의 정원. 시원하게 흰색으로 칠한 우물. 스페인식 철 세공 화분 받침들. 벽돌로 세운 화단. 키 큰 네덜란드 튤립들, 막 절정기를 지나고 시들어가기 시작하고 있었다. 담쟁이 넝쿨, 돌고래 상이 있는 분수. 덤불 속에 개구리 한 마리. 솔로몬의 봉인. 피 흘리는 심장들. 그리고 하얗게 바랜 벽돌 벽 위로 방이 하나 있고, 불빛이 새어 나오고 있어 스페인식 파티오의 분위기가 났다. 네덜란드인의 파이프라는 이름으로 불리는 넝쿨 식물이 뒤편 벽돌 담장 위로 녹색 잎사귀로 된 격자창을 만들고 있었다. 거대한 나무 한 그루, 뭐라고 하더라, 모기 나무, 천국의 나무라고 하던가, 나무들 사이에서 빛을 향해 몸을 던지고 있다. 럼과 레몬주스, 그리고 시원하고 우아하게 풍덩거리는 물소리…….

인도의 자이나교 수사들, 3개월에 걸쳐 지속되는 우기에만 볼 수 있다. 다른 때는 밤마다 이동한다는 서약을 했기 때문이다. 푸나, 아그라, 기타 등등에서 장학금이나 돈을 달라며 미사여구로 장식된

* Julia Ward Howe, 19세기 미국의 여성운동가이자 시인이다.

은유적 요청들이 날아온다. 인도 동화, 위대한 시인들 작품들의 허튼 번역들…….

오늘은 깔개라도 짜고 싶은 기분이다. 이번 주에 그렇게 글을 쓰고 나니, 근사한 섹스를 하고 난 뒤처럼 몹시 졸린다. 내 시들은 지금까지는 배경에 머물러 있다. 이 산문이란, 시의 강렬한 한계에 대한 아주 건전한 해독제이다…….

삶에 대한 조금쯤 더 행복한 인식. 눈코 뜰 새 없이 바쁘지도 않고, 그 어느 때보다도 아주 느릿느릿하고 확실한 기분. 온화하게 햇볕이 내리쬐는, 그런, 차분한 바다. 산호초 가득하고 비좁은 해협들을 거대한 평화의 저수지 속에 받아들이고 수용하는 바다.

6월 13일 토요일

오늘 새벽에는 3시까지 잠을 이루지 못하고 깨어 있었다. 다시금 머리 꼭대기가 터져나갈 것 같은 느낌에 시달리며. 너무 꽉 차 있었다. 앎으로 터져나갈 듯 충만했다. 어제, 조지 스타벅이 예일 기금을 따냈다는 걸 알아냈다. 이걸로 최고의 시인 자리는 따놓은 당상이라 믿는 듯했다. 전화해서는, "오, 내가 말 안 했던가?"라고 하는 것이다. 나보다 나은 책이 당선될 때를 대비해 마음을 단단히 먹고 있었는데, 이건 썩어빠진 모조품이 아닌가…….

B 박사를 위해 : 아기를 언제 가지느냐가 문제가 아니라, 아기를 갖는다는 사실, 그것도 하나 이상 갖는다는 사실 자체가 내게는 지고의 가치를 갖는다. 나는 늘 다음과 같은 죽음의 정의가 참 마음에 들었다. 죽음이란, 경험을 할 수 없는 상태라는 것이다. 제임스적인 관점이지만, 너무나 훌륭하다. 그리고 여자가, 몸으로 참여하고

가꾸어나가도록 만들어진 위대한 경험을 박탈당한다는 건, 엄청나게 소모적인 '죽음'인 것이다. 어쨌건 남자는 아버지가 되려면 보통 때와 다름없이 성교만 하면 된다. 여자는 아홉 달 동안 자신이 아닌 다른 존재가 되었다가, 이 타자적 존재에서 분리되고, 그 존재를 먹여주고 젖과 꿀을 공급하는 원천이 되어주어야 한다. 이런 경험을 박탈당한다는 건 정말 죽음과 같으리라. 그리고 사랑하는 이의 아이를 잉태함으로써 사랑을 완성시키는 일은, 그 어떤 오르가슴이나 지적인 교감보다 훨씬 더 심오하다…….

… 진 스태포드를 읽다. 엘리자베스 하드윅보다 훨씬 더 인간적이다. 하드윅의 등장인물들은 어느 모로 보나 전혀 호감이 가질 않는다. 작가와 독자라는 우월한 처지에 대한 자각 — 심지어, 아가타*가 교묘하게 언급했듯이, 겨우 한 단락 나오는 아기까지도, 도저히 봐줄 수가 없는 치사한 인간쓰레기에 불과하다. 스태포드는 색채와 온기와 유머로 가득하다. 마녀와 어린 도둑 들까지 인간적이고 유머러스하고 세상의 일부이다. 끈적거리는 속눈썹을 단, 종이로 오려낸 작고 판판한 모형이 아니다…….

정신병원 단편들 : 〈라자로의 주제*Lazarus theme*〉, 〈죽은 자에게서 돌아오다*Come back from the dead*〉, 〈체온계를 발로 차버리다*Kiciking off thermometers*〉, 〈폭력적인 병동 라자로의 주제*Violet ward*〉, 〈라자로 내 사랑*Lazarus My Love*〉.

참을 수 없이 조급해서 안달이 난다. 이번 주에는 애틀랜틱 프레스 출판사가 내 《침대 책》을 거절하든 수락하든 결판을 낼 것이다.

* 스티븐 패싯Stephen Fasset의 아내이다. (옮긴이)

나는 개정한 원고를 에밀 매클라우드에게 보냈다. 스타벅이 예일을 따냈다는 우울한 소식 — 피츠의 판단력에 실망하긴 했지만, 이젠 나도 체념했다 — 에 이어, 맥신*이 헨리 홀트(그리고 또 얼마나 많은 여자들이 편지를 받게 될까?)의 편지를 받았다니, 나는 홀트 출판사에서 시집을 내고 싶은 마음에 상당한 회의를 느끼게 된다. 자존심이랄까, 라몬트 시리즈에 올려주지 않으면 나도 싫다는 느낌. 크노프 출판사가 시집을 받아주기만 하면, 라몬트는 엿이나 먹으라고 할 테다. 크노프, 아니면 하코트, 브레이스나 맥밀런(어쩌면) 아니면 바이킹. M. L. 로젠탈이 맥밀런 건으로 편지를 한다고 했다. 하지만 내 시집은, 음침하기 이를 데 없으니, 팔려면 상을 받아야 할 거다.

현재 : 조지, 앤, 그리고 아이들에 대한 단편. 도저히 참아줄 수 없는 여자(물론 나)가 이 별거 가정과 연루되게 된다. 그녀는 G가 자기를 가장 좋아한다고 생각하고, 미친 아내(그녀는 병들었다. 내 말은, 정말로 완전히 환자다)에게 말한다. 그건 물론 앤인데, 그 말을 한 그녀는 자신이 굉장히 똑똑하다는 기분에 젖는다. 그리고 A의 시집 출판이 수락되었다는 걸 알게 되었을 때, 사실은 엄청나게 분노하고 있는 건 A라는 걸 깨닫게 된다. 전화를 걸어… 아니면 사회학자 친구더러 아동 학대 방지 위원회에 전화를 걸게 만들지만, 실제로 전화가 연결되었는지는 끝내 알지 못한다. 공원에서 하루를 보냄. 아이들은 말을 하지 못하고, 나는 비둘기한테 땅콩이나 던지고 어쩌고저쩌고하고 있다. 오리들, 다람쥐들, 멍하게 노려보며 기억조차 못하는 아이들. 고약한 냄새, 소녀가 벤치에서 오줌을 싼다. 내일 신문

* 큐민을 가리킨다.

에 어린 소녀가 그 집 지붕에서 떨어져 죽었다는 기사가 나도 놀라지 않으리라. 물론 그녀는 그 따위는 절대 읽지 않지만. 물론 이 여자의 호의는 도착적이고, G가 자신의 애인일 경우 자기 자신한테서 뽑아낼 연민을 전제로 하고 있다. 그 일이 틀어지자, 이 일은 치사한 참견으로 변한다. 올림푸스의 신들. 리츠 바의 불쌍한 시인 부부…….

앤 페레그린은 청소를 하듯 자살도 치밀하고 용의주도하게 한다.

6월 16일 화요일

발견. 발견은 예전에 했지만, 그게 무슨 뜻인지는 이제까지 파악하지 못했다. 발견, 이름은 세이디 페레그린. 은색 파이 접시 이야기 초반에는 그녀를 무슨 무슨 부인으로 등장시켰다. 별안간 그녀는 나의 소설《매의 우리》의 주인공이 되어버렸다. 오, 이런 아이러니라니. 오, 등장인물이라니. 무엇보다 먼저. S. P., 내 이니셜이다. 갑자기 이 생각이 났다. 그리고 송골매. 오, 오. 아무도 이런 생각을 먼저 해내지 못했기를. 그리고 세이디, 가학적sadistic 방랑자. 이 세이디 페레그린이라는 여자, 그녀는 내가 야도에서 송어를 낚는 동안 소설을 쓰기에 충분하다…….

오늘은 우리 세 번째 결혼기념일. 테드는 우리의 좋은 우산(그이가 처음으로 내게 해준 결혼 선물은 우산이었다. 잃어버린 우산은 다른 우산이다. 우리가 몇 개쯤 잃어버렸으니, 아마 세 번째 우산쯤 될 것이다)을 잃어버렸다. 서로에게 기념물을 선물하느라 서점에 나가다. 윌 그로먼의 책《파울 클레*Paul Klee*》. 훌륭하다.《항해자*The Seafarer*》가 총천연색으로 실려 있다…….

6월 20일 토요일

전부 황폐한 불모성으로 되돌아가버렸다. 나는, 아무것도 자랄 수 없고, 어떤 꽃도 필 수 없으며, 어떤 열매도 맺을 수 없는 세상의 잿더미의 일부로 화해버렸다. 20세기 의학의 사랑스러운 언어를 빌려 말하자면, 나는 배란을 할 수가 없다. 아니면, 배란을 하지 않는다. 이번 달에도 하지 않았고, 지난달에도 하지 않았다. 어쩌면 10년 동안 생리통을 앓았던 게 모두 헛고생이었는지 모른다. 나는 일하고, 피를 흘리고, 머리를 벽에 쾅쾅 찧어가며 지금 여기까지 왔는데. 내게 적합한 유일한 짝이 될 수 있는 한 남자와 함께. 내가 사랑할 수 있는 유일한 이 남자와 함께. 가능하기만 하다면 갱년기가 올 때까지 계속 아기를 낳을 텐데. 내 아이들과 작은 애완동물, 꽃과 야채, 열매 들로 가득 찬 집 한 채를 갖고 싶다. 가장 심오하고 풍요로운 의미에서 만물의 어머니 대지가 되고 싶다. 지식인, 커리어 우먼의 길에서는 등을 돌렸다. 그런 건 전부 내게 잿더미나 마찬가지다. 그런데 내 안에서 마주치게 된 거라곤? 잿더미. 잿더미, 산더미처럼 쌓인 잿더미.

나는 관계를 가질 때마다 기록하는 끔찍한 의학적 사이클로 들어가려 한다. 생리를 하게 되거나, 성관계를 가질 때마다 달려가 분석을 의뢰하는. 이런저런 주사를 맞고, 호르몬이며, 갑상선이며, 내가 아닌 어떤 다른 존재가 되고, 합성체가 되고. 내 몸은 실험용 시험관이 되고. "6개월 내에 아기를 갖지 못하는 사람들은 문제가 있는 거랍니다." 의사가 말했다. 그리고 내 골반에서 작은 면봉을 끄집어내더니 보조 간호사에게 쳐들어 보였다. "아주 새까맣군." 내가 배란을 했다면 녹색이어야 한단다. 아이러니하게도 당뇨병을 검사할 때와 똑같은 검사라고 한다. 녹색은 생명과 난자와 당뇨의 색깔이다. "선생님께서는 제가 배란한 날을 정확하게 알아내셨어요." 간호사가 내게 말해주었다. "훌륭한 검사지요. 값도 더 싸고, 손쉽고." 하.

별안간 내 존재의 깊은 기반이 침식당한 기분이다. 엄청난 고통과 노력을 쏟아, 가까스로 내 욕망과 감정과 사상이 보통 여자들과 비슷한 궤도를 돌도록 했는데, 지금 와서 내가 발견한 것은? 불모성뿐. 별안간 모든 게 불길하고, 아이러니하고 치명적으로 느껴진다. 내가 아이들을 낳을 수 없다면 — 배란도 못하는데 어떻게 아이를 낳는단 말인가? — 어떻게 나한테 아이를 낳게 만든단 말인가? — 나는 죽은 거나 마찬가지다. 내 여성의 육체에 대해 죽음을 맞은 것이다. 성교는 죽어버릴 테고, 막다른 골목이 되리라. 내 쾌락은 쾌락이 아니라 조롱이 되리라. 내 글쓰기는 기분 좋은 잉여 내지 덤으로 찾아온 개화와 결실이 아니라 실제 삶, 실제 감정에 대한 공허한 대체물로 헛수고가 될 것이다. 테드는 가장이 되어야만 한다. 나는 어머니가 되어야만 한다. 그이를 향한 내 사랑, 우리 사랑을, 우리를, 내 몸을 통해, 내 몸의 문들을 통해 표현하려는 시도가 무참하게 전복되고 말다. 내가 비정상적으로 비관적이라고 말한다면, 여자가 배란을 못한다는 사실을 알고도 호탕하게 웃어넘겨야 한다는 말이나 마찬가지다. 혹은 "유머 감각"으로 대처하라거나. 하. 다시 말하지만 웃기고 있네.

우체부는 보이지 않는다. 사랑스럽고 맑은 아침이다. 나는 울고 또 울었다. 어젯밤에도, 오늘도. 어떻게 테드를 임신도 못하는 여자의 남편으로 잡아둘 수 있겠는가? 불임 불임. 그의 마지막 시, 그의 시집의 제목이 된 시는, 불임의 여자를 비옥하게 만드는 의례에 대한 것이다. "생명체의 사슬에서 내던져져, 그녀 속에서 과거는 죽고, 미래는 뽑혀져버렸다." "이 얼어붙은 여자를 만져라." 세상에. 그리고 내가 의사를 찾아가던 바로 그날, 어제, 그이의 동화책은 T. S. 엘리엇에게서 칭찬이 담긴 장문의 편지를 받았다. 〈우리 가족을 만나봐요! *Meet My Folks!*〉라는 제목이다. 그런데 아이도 없고, 헌사를 바칠 아이가 생길 희망도 시작도 보이지 않는 상태라니. 그리고 내 《침대 책》. 아직 출판사에서 수락 의사를 밝히지는 않았지만, 결국 출판될 것이다. 언짢은 매클라우드가 퇴짜를 놓든 말든 말이다. 그러면 나는 마티가 입양한 쌍둥이에게 그 책을 헌정해야 하는 건가. 세상에. 세상에 이 일만은 똑바로 직면해 대처할 수가 없다. 끔찍한 질병보다 더 나쁘다. 에스더는 다발성 경화증을 앓고 있지만, 그녀에게는 자식들이 있다…….

야도에서

여름 동안 휴스 부부는 미국 횡단 여행을 떠났고, 실비아는 임신을 했다. 돌아오는 길에 그들은 뉴욕의 사라토가 스프링스에 있는 예술가들의 공동체 야도에 갔다. 그곳에서 실비아는 첫 시집인《거상*The Colossus*》을 거의 3분의 1가량 써냈다. 영국으로 돌아가서 첫아기의 탄생을 기다리자고 결정해둔 뒤였다.

9월 16일 수요일

따뜻한 꿈에서 깨어나서 테드가 낚시 장비를 챙기느라 부스럭거리며 왔다 갔다 하는 소리를 들었다. 어두워서 잠을 더 청했고, 얼마 후 붉은 태양이 눈을 찔렀다. 시커먼 전나무들 사이로 뚫고 새어 나오는 수평의 햇살. 며칠 동안 나를 괴롭혔던, 희미하게 차오르던 욕지기가 사라졌다. 공기는 천사들이 마셔도 부족함이 없을 만큼 맑다. 촉촉한 이슬들은 발밑에 밟히는 색 바랜 솔잎들 위에서 반짝거리고, 창백한 방울방울로 맺혀 고리처럼 둥글게 생긴 나무줄기 위에서 있다. 커다란 식당은 훌륭하다. 짙은 색 서까래로 된 천장, 조각이 새겨진 높은 의자와 거대한 테이블들, 광택을 잘 낸 목재 주위로 소벽, 그 속에 테라코타 벽토. 벌집에서 벌꿀이 줄줄 배어 나오고, 뜨거운 쟁반 위에서 커피가 김을 뿜고 있다. 삶은 계란과 버터. 납으로 테두리를 두른 유리창 너머로 녹색 언덕들이 녹아 파랗게 변하고, 서리처럼 하얀 대리석 조상들이 정원 분수가에 서 있다. 차고 위로 이사하게 되면, 이런 장엄한 화려함이 그리우리라. 금박 입힌 낡은 벨벳 베개들, 닳아빠진, 그러나 풍요로운 카펫의 광택, 실내 분수, 스테인드글라스, 트래스크가家 아이들의 유화, 꿈결 같은 바다, 조지 워싱턴.

어제는 끔찍한 우울증에 시달리다. 내 삶이 차츰 소멸해 너무 두뇌를 쓰지 않아 생기는 일종의 천치 같은 마비 상태에 빠져드는 환각. 방금 끝낸 17페이지짜리 단편은 역겹다. 곰에 물려 죽은 남자에 대한 딱딱하고 인위적인 이야기인데, 겉보기에는 그 남자의 아내가 원했기 때문에 그렇게 된 것 같지만, 깊은 정서적 저류는 전혀 작품에 나타나지도 않고 진전되지도 않았다. 마치 위생을 위해 투명한 뚜껑을 닫아놓아, 펄펄 끓어오르는 열기와 저 밑에서 펄떡이는 파도 같은 내 체험의 강렬함이 스며들지 못하게 막아놓는 것 같다. 몹시 작위적인 조상彫像들만 세우고. 나 자신 바깥으로 나갈 수가 없다. 문신 이야기에서도 이보다는 잘했는데. 바깥 세계를 포착할 수 있었는데. 시도 아무런 진전이 없다.

창문 밖에 젖은 고사리

어제는 테드의 작업실에 앉아 발바닥을 난로에 그을리면서 아서 밀러를 읽으며 혼잣말을 했다. 내 글이 아무것도 아니고, 결국 하찮은 결과로 끝날 거라는 생각을 하면 무기력해진다. 다른 일이 없지 않은가. 교직이나 출판 일도 하지 않고. 그리고 이 많은 시간들은 다 혼자서 쓴다는 사실에 죄책감이 고개를 든다. 다람쥐가 호두를 저장하듯이 돈을 저축하고 싶다. 하지만 돈이 해줄 수 있는 일이 뭘까? 우리는 여기서 우아한 저녁 식사를 즐길 수 있겠지. 스윗브레드, 소시지, 베이컨과 버섯. 햄과 통통한 오렌지색 고구마. 치킨과 정원에서 기른 콩. 나는 채소밭으로 걸어 들어갔다. 콩깍지들이 덤불에 매달려 있고, 노랑과 주황색 호박이 색색으로 얼룩덜룩한 잎사귀들 사이에서 살이 오르고 있었고, 옥수수, 넝쿨에서 자줏빛으로 익어가는 포도, 파슬리, 대황. 그러면서 튼실하고 자신만만하고 목적의식으로 가득 찼던 내 청춘의 나날들은 어디로 사라져버렸나 생각했다. 어떻게 하면 올바른, 풍요로운, 그리고 성숙한 결실을 맺는 중년의 세계 속으로 들어갈 수 있을까? 작업을 하지 않는다면. 그리고 가시면류관처럼 나를 둘러싸고 비난을 퍼붓고 불만에 가득 찬 신들을 쫓아버리지 않는다면. 나 자신을, 나 자신을 잊어버리자. 세상을 전달하는 도구가, 혀가, 목소리가 되자. 나의 에고를 포기하자…….

아침 햇살 속에서 보면, 모든 일이 가능하다. 심지어 신이 되는 일까지도.

9월 25일 금요일

잠을 깨니 테드가 또 낚시 준비를 하고 있었다. 바보처럼 잠을 깨웠다고 푸념을 늘어놓았다. 이 정도면 남자가 아내를 죽여도 할 말이 없다. 내가 깨어나고 싶어 할 때까지 그이가 잠자리에 쥐죽은 듯 고요하게 누워 있어야 할 이유가 어디 있단 말인가? 말도 안 된다. 게다가 악몽을 꾸고 일어났다. 오, 요즘은 악몽이 꼬리에 꼬리를 문다. 내 마음속에 꼭 쟁여두지 않으면, 온 세상을 음침한 광기로 돌아버리게 만들지도 모른다. 엄청난 진통과 함께 보통 크기의 아기를 낳았는데, 문제는 다섯 달이 채 못 된 미숙아였다는 것이다. 카운터에서 아기가 괜찮으냐고, 뭔가 잘못된 데는 없냐고 물었는데, 간호사가 말했다. "아, 코에 태반이 붙었지만, 심장에는 이상이 없답니다"라고. 어떤가? 자궁에서 질식한 상태에 대한 상징인가? 어머니가 돌아가시고 안구은행이 어머니의 안구를 절개해 가버리는 이미지. 꿈이 아니라, 환각이다. 또다시 자아가 억압되는 느낌이 든다. 옛날 가을에 겪던 질병. 여기 온 이후로 독일어를 공부하지 않았다. 미술 서적도 보지 않았다. 그러려면 선생님 허락이라도 받아야 하는 것처럼.

어제는 한 시간 정도를 야도 도서관에 대해 메모하느라 보냈다. 손님들이 모두 도착하면 이번 주말 이 근사한 저택을 폐쇄할 것이기 때문이다. 그 유명한 상임위. 존 치버, 로버트 펜 워런. 그 사람들한테 나는 할 말이 없다. 풍요로운 내면의 삶 같은 게 있다면 문제가 되지 않겠지만, 내면은 텅텅 비었다. 학위를 얻으면 도움이 될까? 훨씬 더 많은 지식을 얻고, 공부하고, 나의 이해력을 곡예하듯 최대한 가동해야 할 테고……. 왜 나는 혼자서 이런 일을 못하는 거지? 나의 의지력은 어디로 갔나? 삶의 개념이 내 삶을 방해한다. 내가 지닌 영어에 대한 깊은 관심 때문에 다른 부분에서 불구가 된 것처럼. 목적의식을 안정시키기 위한 직업, 일자리를 갖고 싶다는 절박한 욕구가 떠나질 않는다.

어제는, 차고 옆에서 항상 매복하며 우리를 노리는 — 지난번에는 토닥거려줬더니 테드를 물려고 달려들었다 — 거대하고 뚱뚱한 호랑이 같은 고양이가, 맨션 부인의 손을 얼마나 심하게 물었는지 병원까지 가야 했다. 내 생각에, 사람들이 고양이를 죽이기로 한 것 같다. 고양이의 모습은 어디서도 찾아볼 수 없다. 별안간 저녁 식사 때 A 부인도 자기 고양이를 죽이겠다고 선포했다. "내 스타일을 완전히 망쳐놨어요. 고양이는 9년이나 살았으니, 그 정도면 충분히 오래 산 거죠." 별안간 그렇게 희한하고 냉정한 소리를 하다니…….

지금까지 괜찮은 시를 딱 하나 썼다. 죽은 뱀에 대한 이미지스트적 작품이다. 횡설수설하는 회고록이나 코누코피아에 대한 작품을 쓰려고 노력 중이다. 다음에는 소박한 소녀의 관점에서 농장 이야기를 하나 써봐야겠다. 유도라 웰티의 작품을 큰 소리로 읽었다. 유도라 웰티에게서는 왠지 진 스태포드보다 더 다채로운 색채와 세계가 느껴진다.

말벌들이 채광창에 모여들어 떼로 몰리더니, 다시 흩어진다. 피부가 비굴하게 부르르 떨린다. 뾰족한 잎 끝이 반짝거리는 전나무 사이사이로 해맑은 태양빛. 까마귀들이 까악거린다. 새들이 지저귄다. 단편의 소재가 될 만한 사건들을 열거하다. 시 주제가 될 만한 것을 찾아 독서를 하다. 뱀 시 외에는, 내 시집의 시들은 전부 유령과 타계他界의 요기로 점철되어 있다. 물론 R. 프로스트는 받아주지 않겠지만, 최소한 나한테 서둘러 결정된 바를 알려주면 좋겠다.

9월 26일 토요일

어제는 슈와르츠코프가 음악실에서 슈베르트의 가곡을 부르는 걸 들었다. 엄청난 감동을 받다. "Who is Sylvia?"* 와 "Mein ruh ist hin"** 을 알아듣고, 가사가 띄엄띄엄 들리다. 내 과거에 대한 강렬한 인식. 언어에 대한 무지 때문에 과거에서 소외되고 있다는 느낌이 들지만, 이 무지를 타개하기가 참으로 힘들다.

유도라 웰티, 진 스태포드를 많이 읽었으니, 캐서린 앤 포터를 읽어야 한다. 〈낡은 오솔길*A Worn Path*〉, 〈리비*Livvie*〉, 〈휘파람*The Whistle*〉을 큰 소리로 낭독했다. 낭독하면 내가 훌륭하다고 여기는 글을 혀끝으로 음미할 수가 있다. 〈내면의 성*The Interior Castle*〉은 참을 수 없는 고통을 섬뜩하고도 무시무시하게 재현한 작품이다…….

무엇 하나 버릴 체험이 없는 심오한 단편들로 들어가야 한다. 한 사람의 관점에서 이야기해야지. 나한테서 시작해서 바깥으로 뻗어나가도록. 그러면 내 삶은 유리 새장에 갇힌 게 아니라 매혹적인 무언가가 되리라. 단편 하나에서 한계를 깨고 전기를 이룩할 수 있다면. 〈조니 패닉〉은 지나치게 판타지적인 글이다. 현실적으로 만들어낼 길이 없을까.

어젯밤에는 아버지가 사슴의 강철 조상을 만들고 계시는 꿈을 꾸었다. 금속의 주조 형틀에 결함이 있었다. 사슴은 살아 움직이더니 목이 부러져 쓰러져 누웠다. 그래서 총으로 쏘아 죽여야 했다. 불완전한 예술로 사슴을 죽이고 만 아버지를 탓했다. 이 근처에 있는 병든 고양이들과 관련이 있나?

K. A. 포터는 글을 쓸 때 말도 못하고 사람들과 같이 밥을 먹지

*　실비아는 누구인가?

**　평온은 사라지다

도 않는다…….

어제는 저택 뒷문으로 무시무시한 목사 한 사람이 왔다. 당근으로 얼굴을 긁어낸 것처럼 밝은 빨간색 얼굴. 검은 코트, 하얀 목 밴드. 집 새넌을 찾아왔다고 했다. 그가 어디 있는지 알 수가 없었다. 그는 껌 비슷한 걸 씹어대며, 헛기침을 했고, 동전들을 비벼댔다. 나한테 당신과 아내(?)에게 집 구경을 시켜달라고 하다. 나는 쌀쌀맞게 굴면서, 그런 권한은 내게 없다고 했다. 당신 뭐요, 작가요? 혐오스럽게 무지하고 이상하게 역겨운 인간이다…….

… 나는 정말 참을성이 없다. 하지만 한 가지 중요한 건, 훌륭한 업적을 쌓는 일이다. 만일, 만일, 내가 틀을 깨고 나아가 의미 있는 산문을 써낼 수 있다면, 그래서 내 감정을 표현할 수 있다면, 자유로워질 수 있을 텐데. 자유로워져서 기가 막히게 근사한 생애를 보낼 수 있을 텐데. 언어적으로 억압되면 나는 필사적이 된다. 나 자신을 꼬드겨 수없이 많은 달변의 길들로 유도해야만 한다……. 처음 해야 할 일은, 옛 상처처럼 내 실제 체험을 열어젖히는 것. 그리고 그 체험을 확장해, 날개 깃털 한 점에서 색색의 화려한 새 한 마리를 만들어내는 것. 연구할 것. 《뉴요커》에 실린 단편을 한두 편 공부할 것. 이제 왕성한 작품 활동을 하고 있는 메이비스 G.처럼.

9월 29일 화요일

스모그가 낀 비 오는 날. 비몽사몽간에 들려오는 새들의 지저귐. 직업적 이야기꾼들의 산문적 견고함이 내게는 부담으로 다가온다. 나는 근처에도 못 간다. 차고 쪽 방에는 늦은 시간까지 아침 식사가 제공된다. 사립학교 기숙사, 병원, 정신병자 요양소가 생각난다.

왁스를 발라 광택을 낸 리놀륨 바닥, 등이 반듯한 등나무 의자들, 재떨이와 책장 들, 그리고 어마어마하게 큰 푸른 유리로 된 포도들. 어제 쓴 기둥 단편을 두 페이지 살펴보고는, 그 얄팍함에 넌더리가 났다. 또 윤색한 껍데기. 그게 농도 짙은 정서가 배어들지를 못하게 만드는 주범이다. 글을 팔 만한 시장이나 출판사를 너무 심하게 의식한 나머지 진정 정직하고 만족스러운 글은 전혀 쓰지 못한다. 열에 들뜬 나의 꿈들은 그저 허구에 불과하다. 나는 글도 쓰지 않고 일도 하지 않고 공부도 하지 않는다.

물론 나는 세상의 거울에 의존한다. 확신을 갖는 시가 한 편 있기는 하다. 그 뱀에 대한 시. 그 외에는, 소재가 하나도 없다. 세상은 새하얀 백지다. 나는 전나무들의 이름도 제대로 모르고, 더 나쁜 건, 알려고 노력조차 하지 않는다는 거다. 별들도. 꽃들도. 어제는 메이 스웬슨의 책을 읽었다. 마음에 드는 시편들이 꽤 됐다. 〈아침까지 내린 눈*Snow by Morning*〉과 훌륭한 이미지스트 시인 〈아침 식사를 하며*At Breakfast*〉는 달걀에 대한 것이다. 우아하고 기발한 음향 효과, 생생한 이미지들. 하지만 예술가들과 그들의 형태, 질감, 색채에 대한 시에서는, 이것이 별로 뿌리가 없는 장인적 기교에 불과하다는 생각이 든다. 〈연감*Almanac*〉도 좋았다. 달을 기준으로 잰 세상의 역사에 대한 것인데, 간략한 스케치로 만든 망치 같다.

나는 눈 하나가 나를 지켜보고 있는 것처럼 글을 쓴다. 그건 치명적이다. 《뉴요커》는 내 습작 두 편을 거절했다. 마치 정체를 파악하고 있는 것처럼. 크리스마스 시는 "여전히" 고려 중이라지만, 그것들도 퇴짜 맞을 게 분명하다. 실패의 아드레날린. 까만 말벌 한 마리가 스크린 위에 앉아 노란 머리를 긁으며 반들반들하게 문지르고 있다. 비가 다시금 당구대 색깔 지붕 위로 떨어진다.

내 두뇌에서 경쟁의 유령을, 자의식의 에고 센터를 싹 잘라내버릴 수 있다면, 그리하여 그릇이, 타자를, 바깥세상을 담는 그릇이 될 수 있다면 얼마나 좋을까. 다른 사람에 대한 나의 관심은 독창적인 정체성의 개성에 순수하게 매료되는 게 아니라 나와 비교하는 관점에 있는 경우가 너무 많다. 이상적인 상황을 생각하면 이곳에서 나는 외형과 출판, 수표, 성공으로 점철된 바깥세상을 잊어버려야 한다. 그리고 내면의 심장에 충실해야만 한다. 하지만 나는 어리석음, 나르시시즘, 그리고 경쟁에서 상처받을까 봐, 결핍을 남한테 들킬까 봐 둘러친 보호막과 싸워야만 한다.

글쓰기 자체를 위해 글을 쓰고, 그 일 자체의 즐거움을 위해 일하는 것. 그 얼마나 훌륭한 신들의 은총인가.

아가타*를 창조하다. 미친 여자, 열정적인 여자 아가타. 나는 즉시 그녀의 남편이 양봉업자이길 바란다. 하지만 나는 벌에 대해 아는 게 하나도 없다. 우리 아버지가 다 알고 계셨는데.

나는 얼마나 굉장한 삶을 살아왔던가. 사랑, 환멸, 광기, 증오, 살인적인 정열. 어떻게 하면 정직해지나. 시작은 섬광처럼 언뜻언뜻 눈에 보이는데,

어떻게 하면 생각들을 똑똑하게 조직하고, 마무리를 할 것인가, 그게 문제다. 나는 광기의 단편들을 쓸 것이다. 암흑의 어머니를 헐뜯는 10페이지짜리 통렬한 비난을 쓸 것이다. 미라. 그림자와 유령의 어머니.

* 소설 주인공 이름이다.

엘렉트라 콤플렉스에 대한 분석.

9월 30일 수요일

오늘 아침 어둠 속에서 잠을 깨보니 방은 습하고, 사방에서 빗방울이 두드리는 소리가 들렸고, 내 병은 다 나은 것 같았다. 지난 이틀 동안 부들부들 떨릴 정도로 심장이 뛰는 바람에 나는 생각도 제대로 못하고, 손을 심장에 얹고 있느라 책도 제대로 읽을 수 없었다. 야생의 새 한 마리가 그곳에서 뼈다귀로 만든 새장에 갇혀 펄떡거리고 있었다. 막 뛰쳐나올 것만 같이 펄떡거리는 바람에, 펄떡거릴 때마다 내 온몸이 흔들렸다. 내 가슴에서 확 뛰쳐나와서 혼자 세상으로 나가 제 갈 길을 떠나고 싶어 하는 듯한, 이 황당무계한 심장의 박동을 멈출 수만 있다면, 주먹으로 때려서 구멍을 내도 좋다는 생각이 들 정도였다. 나는 따뜻한 자리에 누운 채로, 손을 가슴 사이에 놓고, 잠에서 서서히 떠오르는 순간을 소중하게 만끽하며 안정을 찾은 내 심장의 평화롭고 꾸준하고 잔잔한 박동을 즐기고 있었다. 나는 일어서서, 당장이라도 또 온몸이 흔들릴 정도로 심장이 펄떡거릴까 봐 걱정했지만, 정말로 그런 일은 없었다. 잠을 깬 후로 계속 안정을 찾은 거다…….

바로 어제, 미라에 대한 작품을 두 페이지 정도 시작했다. 이 작품을 정직하게 써낼 수만 있다면. 악몽의 나라에서 20페이지짜리 한 장章을 써내다. 그러고 나면 글을 쌓아두고 이런 글을 받아줄 만한 괴상한 계간지가 있나 생각해봐야겠다. 이 글들은 아무 상품 가치가 없다. 스토리라인도 없고, 폴 엥글이 《미국 최고 단편선》에 뽑아줄 만한 안정된 문법도 없고……. 어머니에 대한 단편에 공포를 집어넣을 수만 있다면 좋을 텐데.

10월 3일 토요일

시를 한 편도 쓰지 못했다. 미라에 대한 단편도 회의적. 단순히 여성적 꾸밈에 불과한가, 그 속에 공포감이 있기나 한가? 좀 더 현실적이라면 뭔가 더 나아질까? 실제적인 외적 배경이 있다면? 지금대로라면, 미친 여자의 독백이다. 〔이 단편의 원고는 소실되었다〕 꿈들. 그저께 밤, 유럽으로 떠나는 배를 타기 위해 이틀 동안 끔찍하게 서둘러야 했다. 여기저기서 테드를 잃어버리고, 한 시간이나 지나고, 나는 아직도 타이프라이터 상자에 이상한 스웨터며 책을 쑤셔넣고 있었다. 어젯밤에는 유대인들 사이에서 살고 있었다. 종교적 의례, 황금의 잔에 담긴 우유를 마시고 이름을 반복해 부르고, 동시에 회중은 작은 컵들에 담긴 우유를 마셨는데, 나는 그들의 잔에 꿀을 탔기를 바라는 마음이었다. 세 명의 임산부들과 함께 앉아 있었다. 어머니는 내가 임신했다고 맹렬하게 화를 내셨다. 내가 얼마나 보기 흉한지 보여주려고 어마어마하게 큰 랩 스커트를 꺼내와서는 놀려대는 것이었다. P. D.*도 나서서 어머니를 거들었다. 나는 식탁 밑에서 다리털을 깎았다. 아버지, 유대인, 머릿속으로는, 시미타르를 식탁으로 가져오지 말아주시겠어요. 정말 이상하다…….

10월 4일 일요일

어젯밤 마릴린 먼로가 마치 요정의 대모 같은 모습으로 내 꿈

* 피터 데이비슨Peter Davison을 가리킨다. (옮긴이)

에 나타났다. 엘리엇과의 만남*처럼 청중들과 함께 "수다를 떠는" 그런 모임이었던 것 같다. 나는 눈물을 글썽거리며, 그녀와 아서 밀러가 우리에게 얼마나 소중한 존재였는지 말해주었다. 물론 그들은 우리를 알 리 없겠지만. 그녀는 내게 기가 막힌 매니큐어를 발라주었다. 나는 머리를 감지 않았기 때문에, 그녀에게 미용사에 대해 조언을 구했다. 어디를 찾아가도 항상 끔찍한 커트만 해준다면서. 그녀는 성탄절 동안 자기를 찾아오라고 초대하면서, 새롭게 개화하는 삶을 약속했다.

미라에 대한 단편을 끝냈다. 끔찍스러운 상징적 망상들에 대한 소박한 해명이라고나 할까. 그런데 오늘 아침 깜짝 놀라서 기절할 뻔했다. 기면 상태에서 헤어나려고 애를 쓰면서, 빨래를 한 더미 하고 머리를 감은 후 융의 히스토리 케이스를 읽다가 그 속에서 내 단편에 나오는 이미지들을 확인할 수 있는 구절들을 발견했기 때문이다. 애정이 넘치는 아름다운 어머니를 꿈속에서는 마녀나 짐승으로 보는 아이. 나중에는 미쳐서, 자기가 늑대로 변했다고 여기며 발작을 해서 돼지처럼 꿀꿀거리고, 개처럼 짖어대고, 곰처럼 으르렁거렸다. "체스판"이라는 단어는 똑같은 상황에서 쓰였다. 소위 자식을 사랑한다는, 야심만만한 어머니가 "이기주의의 체스판"에서 자식을 마음대로 조종하는 상황에 대한 은유로. 나는 "그녀 욕망의 체스판"이라는 표현을 쓴 바 있다. 그리고 먹는 어머니, 혹은 할머니의 이미지도. 동화 《빨간 모자》에 나오는 것처럼 전부 입밖에 없는 이미지. (나는 늑대의 이미지도 사용한 바 있다.) 이 모든 건, 내가 본능적

* T. S. 엘리엇과 약속한 만남을 말한다. (옮긴이)

으로 선택한 심상들을 완벽하게 유효한 심리학적 분석과 극히 의미 있는 방식으로 연결해준다. 그러나 나는 분석자라기보다는 희생자다. 나의 "허구"는 아이로서, 그리고 나중에 어른이 되어서, 내가 느낀 바를 적나라하게 재현한 것이었으니, 진실이 틀림없다.

이제, 팔릴 만한 이야기 따위는 잊어버리자. 분위기를, 사건을 재현하기 위해 글을 쓰자. 색채와 감정을 넣어 그렇게 할 수 있다면, 단편이 되는 거다. 그러니 회상을 해보자……. 체험을 조작하기 위해서가 아니라 체험이 저절로 펼쳐져 스스로 재현되도록. 논리적인 정신이라면 망쳐버릴 만한 박약하고 희한한 연상들까지 하나도 놓치지 않고.

10월 6일 화요일

어제는 아주 끔찍하게 억눌린 기분이었다. 무겁게 드리운 하늘, 잿빛이지만 풀릴 기미가 하나도 보이지 않았다. 하루 종일 폴리*의 나무에 대해 섬세한 음절 습작을 쓰다가 시간을 다 보냈다. 짐짓 부끄럽고 수줍었지만, 꽤 재미있었다. 에즈라 파운드를 큰 소리로 읽고 황홀경에 빠지다. 암기 덕분에 종교적인 힘이 생겼다. 매일 긴 시 하나와 짧은 시 하나를 외우려고 애써야겠다. 아침에 일어나서 제일 먼저 시들을 다시 읽어보는 게 최고다. 점심을 먹으며 되고를 하고, 차를 마시며 반복해서 외워보고. 파운드를 스승으로 삼고 싶다. 반박이 불가능하고, 무자비하고, 계산되지 않은 자연스러운 행. 채찍 같은 언명. 하느님.

* 야도의 스태프, 실비아가 좋아했다. (옮긴이)

물론 헨리 홀트는 세상에서 가장 알쏭달쏭한 편지를 보내 내 시집 출판을 거절했다. 나는 흐느껴 울었지만, 그건 순전히 그 시집을 치워버리고 싶은 마음 때문이었다. 활자로 미라를 만들어버려서, 지금 내가 쓰고 싶은 글들이 괜히 그 시집의 구렁 속에 빠지지 않게 하고 싶었다. 테드가 제안을 했다. 새 시집을 시작해. 좋았어, 뱀 한 마리로 시작해야겠다. 그리고 옛 시집은 보내고 또 보내봐야겠다. 또 맥스 닉스에서도 말 한마디조차, 아니 형태조차 없는 거절이 돌아왔다. 이건 정말 지겹다. 용서할 수 없는 짓…….

… 기억의 한길이 너무나 고통스러워서 나는 그 길을 걷지 않는 걸까? 잿빛에, 슬픔으로 얼룩지고 사라진 아름다움과 꿈들로 점철되어 있어서? 파리의 하늘과 지붕들, 녹색의 센강, 런던 대영박물관의 프리즈 장식 소벽. 일단 한 번만, 한 번만 시작하면 전부 다 괜찮아질 텐데. 소설 한 편, 일 년 기한으로 글을 써야 하나? 그러고 나서 목적을 다 이루지 못하면, 일 년을 더 써야 하나? 이야기 하나만 있으면 발동이 걸릴 텐데. 나는 이제 이 주제 저 주제를 건드리며 펄쩍펄쩍 뛰어다니고 있다. 농장? 메이요들? 스페인? 파리? 하나를 선택해야만 한다. 내가 참고 다시 읽을 수 있는 단편들이라곤 〈소원을 비는 상자*The Wishing Box*〉, 〈조니 패닉*Johnny Panic*〉, 〈미라*The Mummy*〉와 〈문신 새기는 사람*The Tattooist*〉밖에 없다. 다른 것들은 — 우각호라든가 코누코피아, 59번째 곰, 스위티 파이와 병원 — 전부 눈물보다 더 지루하다. 시작하자, 시작하자.

10월 10일 토요일

《뉴요커》가 시 〈겨울 이야기*The Winter's Tale*〉를 실어주기로 했다.

기분이 좋았다. 특히《하퍼스》에서 퇴짜를 맞은 후라 더욱더 그랬다.

이상하게도 황량한 느낌이다. 단어들은 슬금슬금 꽁무니를 빼고, 물리적 세계는 정돈되고 재현되고 재편되고 선택되기를 거부할 때 정말 죽을 것만 같다. 그럴 때 나는 주인이 아니라 희생자가 된다.

엄청난 선망을 품고 엘리자베스 비숍을 읽고 있다. 그녀의 훌륭한 독창성, 항상 놀랍고, 절대 경직되는 법 없고, 흐르는 듯하고, 그녀의 대모인 매리언 무어보다 더 윤기가 흐르고 풍요롭다…….

언제 이 상태를 탈피해 새로운 시행을 써낼 수 있을까? 케케묵은 느낌이 든다. 딱 하나만 근사한 이야기를 얻을 수 있다면. 나는 너무 꿈을 많이 꾸고, 너무 적게 일한다. 밑그림은 엉망이지만, 난 처음에는 항상 밑그림이 엉망이라는 걸 기억해야 한다.

독일어와 프랑스어는 내게 자긍심을 심어준다. 이 분야에서 좀 더 노력하는 건 어떨까?

10월 13일 화요일

오늘은 아주 우울하다. 한 글자도 쓸 수가 없다. 악의에 찬 신들. 냉담한 별을 타고 추방된 느낌이다. 아무것도 느끼지 못하고, 그저 끔찍하게 무기력한 마비 상태뿐. 흙으로 뒤덮인 따뜻한 세상을 내려다본다. 연인들의 보금자리, 아기들의 요람, 식탁, 지상의 실체적인 생활들을 내려다보면서 격리당한 느낌, 유리벽에 갇힌 느낌을 받는다. 작업의 희망과 약속 — 뭔가 의미를 포착한 듯한 단편 한두 편, 단어로 채색된 작은 섬을 건설하는 시 한두 편 — 그리고 그 약속과 다른 사람의 시며 단편들이며 소설들이 만들어내는 현실 세계와의 엄청난 괴리, 그 두 가지 사이에 갇힌 상태. 형상을 다듬는 상상력의 힘은 내게서 멀리 떨어져 있다. 최소한 나는 독일어 공부를 다시 시작했다. "두뇌의 일부가 잘려 나가는 것처럼" 고통스럽다. 물론 내 잘못이다. 나 스스로를 마취시키고, 그 자리에 아무것도 없는 척하는 거다. 이 허영이라는 저주가 문제다. 등장인물과 상황 속에서 나를 잊을 수 있는 능력이 내게 없기 때문에. 항상 나 자신, 나 자신일 뿐. 아무것도 생산하지 못하는 마당에, 작품이 출판된다는 게 무슨 의미가 있단 말인가? 소설의 개념보다 한 무리의 사람들이 내게 더 중요해지기만 한다면, 소설을 시작할 수 있을 텐데. 감정은 고사하고 심지어 삶 그 자체의 드라마마저 전혀 포착해내지 못하는 인위적인 소품일 뿐인 단편 소설들. 삶보다 더 실감나고, 더 강렬해야 할 판인데. 그리고 나는 다른 준비는 하나도 되어 있지 않다. 나는 벌써 죽은 거나 마찬가지다. 천문학, 식물학에 대한 관심을 가장해보지만, 끝내 마무리를 하지 못한다. 집에 돌아가면, 타로 카드, 점성술, 독일어 회화를 배워봐야지. 공부할 대상에 프랑스어를 추가해야겠다. 이런 일을 자연스럽게 하는 사람들도 있건만. 테드는 나의 구원이다. 그이는 너무나 희귀하고, 너무나 특별하다. 그이 말고 다른 사람이라면, 어떻게 나 같은 여자를 참아낼 수 있을까? 물론 안 그러면 나는 박사 학위를 따든지, 뉴욕에서 강의를 하든지, 직업적으로 글을 쓰든지 할 테지. 계획에도 없던 유랑을 하게 되었으니, 이런 식으로 작업을 많이 하는 건 힘들다.

또 한 가지 나를 겁에 질리게 만드는 건, 나의 기억력 감퇴다. 한때는 플라톤, 제임스 조이스, 기타 등등에 대해 잘 알고 있었는데. 지식을 적용하고, 재검토하고, 관리하지 않으면, 지식은 사가르소 바다로 변해 삿갓조개들로 뒤덮여 딱딱하게 굳어버릴 것이다. 다른 사람들의 삶에 나를 내던져줄 직업이 있다면 도움이 될 텐데. 기자, 사회학자, 뭐든지 좋다. 어쩌면 영국에 가면 좀 더 운이 좋을 수도 있다. 어떤 면에서, 영국인들은 미국보다 덜 "전문적"이니까. 아마추어에게도 좀 더 개방적이다. 최소한 내 생각은 그렇다.

도무지 자투리 시간에 나를 맞출 수가 없다. 《크리스천 사이언스 모니터》에 시며 스케치를 팔고 여기저기서 10달러씩 받는 건 얼마나 쉬운 일인가. 오늘 아침 시 두 편이 게재된다는 말을 들었다. 야도와 매그놀리아 숄즈에 대한 습작들이다. 하지만 나는 성공이라는 모호한 비전에 굶주리고 있다. 내 시집, 내 동화책의 출간. 마치 어린 시절 온갖 상들을 휩쓸어오며 뒤를 좇아다니던 그 옛날 사랑의 신이 더 거대해지고 더 탐욕스럽게 자라난 것 같다. 이런 짓은 그만두어야 한다. 주황색 독버섯, 푸른 산에 반해버렸다. 그들이 든든한 실체로 느껴지는데, 그들에게서 뭔가 만들어낼 것 같다. 편집자니 작가니 하는 부류와 어울리지 말 것. 내가 일하는 분야에 있는 전문가들의 세계 바깥에서 내 삶을 꾸려나갈 수 있어야 한다.

… 테드에게서 교훈을 얻을 것. 그는 부단히도 작업을 한다. 고쳐 쓰고, 고민하고, 자신을 잊고 몰입한다. 독립성을 기르기 위해 노력해야지. 그이가 자랑스러워할 수 있도록. 내 설움과 절망은 내 맘에 혼자 담아둘 거야. 자긍심을 갖게 될 때까지 일하고 또 일해야지. 언어를 공부하고, 수많은 책을 탐독하고, 일하면서. 서둘러 써낸 졸작 다음에 기적이 일어나리라 기대하지도 않으리라.

1959년 10월 19일 월요일

내 문제의 대부분은 옛 뻔뻔스러움, 자의식 없는 당돌함이 사라진 데 있다. 용기와 정력의 자기 최면 상태가 청승맞게 머리에서 쥐어짜내는 문제들을 싹 없애주니까. 테드의 "운동"을 한 번 해보았다. 심호흡을 하고, 의식의 흐름이 건드리는 대상에 집중하고, 지난 며칠간, 내 마음에 드는 시를 두 편 썼다. 하나는 니콜라스*에게 바치는 시, 그리고 또 한 편은 예의 아버지 — 숭배라는 주제에 대한 것. 하지만 전에 쓰던 것과는 다르고. 더 기괴하다. 이 시들 속에서는 그림을, 날씨를 볼 수가 있다……. 중요한 건 내가 지금 쓰는 시들은 지난번 시집에 쓸 게 아니라는 생각을 지워버리는 거다. 그 지분지분하는 책. 그래서 새로 쓰는 시집, 임시로 '거상 외'라고 이름 붙인 시집에 들어갈 시는 세 편이 되었다.

메이비스 갤런트와 연루되다. 딸과 어머니의 관계에 대한 소설, 딸이 자살을 하는 뻔뻔스럽고 당돌한 소설 한 편을 쓰면, 일 년의 삶, 내 나날에 대한 해결책이 될지도 모른다. 글을 쓰는 순간부터 아예 판결을 내려버리고, 입도 열기 전에 거절할 마음을 먹고 있어, 주된 문제, 내가 아닌 등장인물 — 전부 청승맞고 자기애에 젖은 전형이 되어버린다.

아름다운 푸르른 날. 맑은 영혼의 날씨. 서리가 끼고 내 하코트 신청서는 거절당했다. 테드의 말, 당신은 너무 부정적이야. 삐치고, 필사적으로 굴어. 나는 내 자신의 주인이다. 유령들을 시기하는 건 바보짓이다. 나 혼자 길을 찾으며 방황해야 하는데. 새로 쓴 시 세 편은 고무적이다. 어제는 그리 좋지 않았다 — 미라 단편에 나오는 정

* 실비아의 태중에 있는 아기 이름. 실비아가 낳은 아이는 알고 보니 딸 프리다였다. 니콜라스는 2년 후에 태어났다. (옮긴이)

원의 산문적 비전에 지나치게 연루되어 있어서. 편지를 기다리는 일은 그만두어야겠다. 하루를 망쳐버리고 마니까. 세상의 판단이 어떻든 신경 쓰지 말고 일하자. 아직은 그렇게 못하고 있는 나.

또 한 가지. 세상에서 나 자신의 "위상"에 대해서만 걱정하는 건 그만두기. 또 다른 유령에 불과하다. 나는 나다. 그걸로 충분하다. 내게는 세상을 보는 훌륭한 시선이 있으니, 청중을 망각하기만 하면 발전할 수 있다.

테드는 이상적이다. 유일하게 가능한 사람이다.

이틀 동안 독일어 공부를 했다. 그러다가 시를 쓰게 되면서 누그러졌다. 계속해야겠다. 어렵다. 하지만 할 값어치가 있는 대개의 일들은 어렵기 마련이다.

등장인물들, 다른 사람들의 감정에 몰입해 자아를 잊다 — 유리판을 통해 그들을 관조하기만 해서는 안 된다. 기만들, 감정들의 밑바닥에 도달해야 한다.

센존 퍼스의 화사하고 계피 향 풍기는 유채화의 세계.

제거를 통해 보상을 받고 싶어 하는 낡은 소망. 이건 분명하다. 남동생과의 오래된 경쟁 관계. 모든 남자들은 내 남동생이다. 그리고 경쟁은 세계에 뿌리 깊이 배어들어 있다. 아기와 시를 타락과 부패에서 분리하라. 그들은 창조되고, 살아 있으며, 그 자체로 선하고 오래도록 간직할 수 있다. 자식을 낳으면 내가 더욱 인간적이 될지도 모른다. 하지만 어떤 면에서든 그들에게 의존해서는 안 된다. 아이들이 존재와 성격을 바꾼다는 우화는 결혼이 변화한다는 우화만큼이나 부조리하다. 여기 내가 있다. 전과 다름없는 삐딱한 불평불만 덩어리. 서른다섯 살이 되려면 8년이 남았다. 그사이에 일을 해야 한다. 단편, 《뉴요커》건 어디건. 소설 한 편. 동화책 한 권. 기쁨과 르네상스적 열정으로. 가능하다. 해낼 수 있다.

10월 22일 목요일

오늘은 아침 식사를 하고 글쓰기 전에 산책을 했다. 나무의 순전한 색채들. 노란색 동물, 빨강 깃털. 고요하고 서리가 낀 공기를 심호흡. 정화, 세례. 가끔 세계에 밀착하도록 다가서서 세상을 사랑하는 일이 가능하다는 생각이 든다. 테드와 함께 따뜻한 침대에 누워 있으면 동물 같은 위안을 얻는다. 삶이 뭐지? 내게 있어 삶은 생각이 아주 적은 걸 의미한다. 생각은 내게 폭군과도 같다. 질투심 많고 여왕벌처럼 군림하고자 하는 초자아의 생각들. 내가 해야 할 일, 내 의무.

서로 다른 영역들로 나뉜 장시長時의 야심만만한 씨앗들 : 생일에 관한 시. 정신병원의 집 한 채가 된다는 것, 자연. 연장, 온실, 꽃집, 터널의 의미들, 생생하고 분절된 의미들. 모험. 절대 끝나지 않는. 발전하는. 재탄생. 절망. 늙은 노파들. 막아버리다.

이 단락은 플라스의 시 〈푸른 두더지들*Blue Moles*〉의 시발점이 된다.

길에 죽은 두더지 두 마리. 한 놈은 다른 놈에게서 10야드 정도 떨어져 있다. 죽어, 액즙이 다 씹혀나가, 형체 없는 회청색 털로 된 관들, 하얀 발톱 같은 손들, 사람의 손바닥, 그리고 작고 뾰족한 코르크스크루 코를 하늘로 치켜들고. 그들은 죽을 때까지 싸운다고 한다. 테드가 말하길 그러고 나서 여우 한 마리가 그들을 씹어 먹었다고.

양수기가 있는 헛간. 검고, 축축한 습기로 번들거린다. 엉기고 덩어리진 물. 그리고 거미집들, 고리와 빛나는 끈들, 서까래에 거미집을 받치고 있다. 물리학의 법칙들을 거스르는 요술.

우편물은 없다. 나는 누구인가? 어째서 시인이, 소설가가 되어야 하는가? 어째서 되면 안 되는가?

꿈, 파편만 남아 기억이 난다. 아버지가 또 살아났다. 어머니는 어린 아들을 낳았다. 혼란. 나의 이 아들은 어머니 아들과 쌍둥이다. 조카와 같은 나이의 삼촌. 내 아이와 같은 나이의 남동생. 오, 그 낡은 잠자리의 얽히고설킨 사연이라니.

어제 온실 난로와 몇 개의 화분에 대한 정밀한 도해를 그렸다. 놀랄 만큼 마음이 편해지다. 좀 더 이런 일과 친숙해져야 한다. 그 온실은 주제의 보고다. 물 주는 깡통, 호리병박과 애호박과 단호박. 목이 잘린 양배추들이 서까래에 거꾸로 매달려 있고, 벌레 같은 자줏빛의 바깥 잎새들. 연장들 : 갈퀴, 호미, 빗자루, 삽. 훌륭한 정체성, 사물들의 자아라니.

내가 아는 것과 그간 알고 있던 것에 대해 정직해지기. 나 자신의 기괴한 성향에 진실할 것. 기록. 전에는 청춘의 감정과 장면들을 전달할 수 있었는데. 삶은 이제 너무 복잡해졌다. 그 문제를 파고들 것.

10월 23일 금요일

어제, 우울한 기분으로 습작을 시작했는데, 훌륭하고 새로운 것으로 변화해갔다. 정신병원 연작시의 첫 편. 연장 헛간에서의 시월. 뢰스케의 영향, 내 건 아니다. 테드의 비평은 절대적으로 옳다. 어젯밤 〔말콤〕 카울리에게 시 출판에 대한 얘기를 했다. 그의 짓궂고 비극적인 찡그림 덕분에 깨달았다. 그는 내 시집을 보았거나 이야기를 들었고, 거절하거나 앞으로 거절할 예정이라는 것을. 루크의 그림에 대해 꿈꾸다. 은청색과 녹색으로 그린 코르시카 농촌풍의 예수 탄생화, 아담과 이브가 키 큰 풀밭에서 몸을 밖으로 내밀고 구경하고 있는 모습. 화사하고 우아한 민화의 풍경. 부채꼴 모양에 부드러운 잎사귀들 위로 분홍빛 감도는 새하얀 빛이 떨어지고, 연한 청색 그늘이 진 둥근 동굴들. 하이네만 출판사 편집부 스태프들에게 《런던 매거진》 서두를 장식한 내 시들을 보았다는 내용의 근사한 환대 편지를 받았다. 희망이 샘솟는다. 영국은 새로운 마음의 안식을 제공한다. 그곳에서라면 소설을 쓸 수도 있다. 그렇게 믿는다, 그렇게 믿는다. 이런 상업적, 미국적 초자아 없이. 나의 템포는 영국적이다. 테드와 함께 축축 젖은, 축축 젖은 산책을 하다. 뚝뚝 듣는 파란 빗방울, 둔탁해진 녹색의 호수들, 흐릿한 노란색의 반영反影들.

11월 1일 일요일

촉촉이 젖은 신선한 공기, 회색 하늘. 지난주의 그리도 다채롭던 색채들은 흐릿해져 탁한 자줏빛과 무뚝뚝한 암갈색으로 변해버렸다. 몇 밤 전에 데니스라는 이름의 다섯 달짜리(다섯 달이 되어서 태어났던가?) 금발의 남자아기를 낳는 꿈을 꾸었다. 나를, 내 엉덩이를 마주 보고, 내 몸을 타 오르고, 묵직하고 단내가 나는 아기. 두 배로 놀랄 일. 그 애가 너무나 아름답고 건강하며 하나도 귀찮지 않았다는 사실. 테드는 이것이 내 깊은 영혼의 재탄생이라고 주장한다,

길조라고. 어젯밤에는 두 청소년, 청소년 범죄자들에 대한 혼란스러운 꿈을 꾸었다. 옛날에 살던 윈스롭 집 앞의 어두운 잔디밭에서, 우유 소스 팬을 바깥으로 던지고 있었다. 격하게 분노한 나는 한 아이에게 달려들어 이와 손으로 그를 갈기갈기 찢어발기기 시작했다. 다른 아이가 집 안으로 들어가겠다고 말했는데, 나는 그가 집을 망치고 어머니에게 해를 끼칠 거라는 생각을 했다. (어젯밤 할로윈 축제에서 아이들을 본 것 때문에 촉발된 꿈일까? 떼 지어 몰려다니는 청소년들 말이다.)

지금 쓰고 있는 시들이 알쏭달쏭하다. 감동적이고 흥미진진한 것 같기는 한데, 얼마나 깊이가 있는지 모르겠다. 타이트한 인과 관계와 리듬의 논리가 없다는 게 영 거슬린다. 하지만 해방되는 느낌이기도…….

오늘은 아무것도 쓰고 싶은 기분이 아니다. 마음속 깊은 곳에서는 정말로 다른 사람들에게 관심이 없을지도 모른다는 공포. 내가 소설을 쓰지 않는 이유. 심리학적 판타지아는 몇 편뿐. 다른 사람의 삶에 대해서는 거의 아는 바가 없다. 폴리의 유령. 보름달이 환히 비추는 밤, 이전의 학장이 아기를 안고 서 있는 것. 그녀는 나중에 똑같은 자세로 양을 안고 있는 그 남자의 사진을 찾게 된다.

집에서 거대한 식물학책을 꺼내다. 무기력증이 나를 사로잡다. 일종의 숙명 같은 느낌. 학교 밖에서 공부한다는 일의 어려움. 짐승을 죽이는 테드의 꿈. 곰들, 당나귀들, 고양이 새끼들. 나 아니면 아기? 그이의 희곡을 타이핑하기 시작하다. 분별없게도, 어제는 좀 더 리얼리스틱하면 좋겠다는 생각을 했다. 물론 나의 얄팍한 싸구려 정신세계는 브로드웨이의 히트작을 원한다. 수월한 길. 그이는 아이들

책인《우리 가족을 만나봐요!》를 퇴고해서 정말 훌륭하게 고쳐놓았다. 여기서 출판사를 반드시 찾아봐야 한다는 생각을 하지만, 그 섬뜩함이란 우리의 전통과 너무나 맞지 않는다. 그런가 하면 현실 세계는 틀림없이 그런 경이를 낳을 것이다. 내《침대 책》은 십중팔구 실패할 것이다. 사람도, 아이도, 관심도 — 플롯도 없으니까.

11월 4일 수요일

또다시 마비. 나날을 얼마나 낭비하는지. 무시무시한 장벽과 오한이 마취제처럼 나를 훑고 지나가는 느낌이 든다. 〈조니 패닉〉을 떨쳐버릴 날이 오기는 올까, 궁금해진다.《세븐틴》에 성공적으로 글을 게재한 지 십 년, 그리고 차가운 목소리가 이렇게 말한다. 넌 뭘 했니, 무슨 짓을 했니? 똑같이 차가운 표정으로 맞받으며, 나는 공부했고, 생각했고, 어찌 됐든 일 년 강의를 한 것 말고는 아무것도 한 게 없다는 걸 깨닫는다. 내 마음은 휴경 중이다. 스승도 학생도 없이 나 혼자 읽고 또 읽는 삶을 갈망하지는 않는다. 나는 한두 편 정도 불쾌한 심리 단편을 써냈다. 〈조니 패닉〉과 〈미라〉, 두 편은 출판을 정당화할 수 있을 테고, 문신 새기는 사람에 대한 가벼운 역작 하나. 그 정도가 7년 전에 발표한《민튼 씨네 집에서 보낸 일요일》* 이후로 전부다. 그 훌륭하던, 자유롭고 오만하고 무신경한 황홀경은 어디로 갔는가? 소설감이 될 만한 이야기를 생각만 해도 차가운 절망의 보슬비가 내 머리 위에 내린다.

나는 기적적으로 〈생일을 위한 시〉 연작 중 일곱 편의 시를 썼

* 플라스의 초기 수상작이다. (옮긴이)

다. 그리고 그 전에 두 편의 소품 〈장원*The Manor Garden*〉과 〈거상〉. 이 시들은 다채롭고 재미있다고 생각된다. 하지만 내 시집의 원고는 죽은 것처럼 보인다. 너무 아득하고, 너무 과하다. 이 시집은, 출판사를 찾을 가망이 거의 없어 보인다. 일곱 번째로 보냈다. 더들리 피츠가 올해 마음을 누그러뜨리고 작년에 내가 아깝게 놓쳤던 예일 상을 주지 않는다면, 아무 희망이 없지만 나는 영국에서 출판하고 상 따위는 잊어버리기로 해야겠다. 그게 차라리 더 나을 수도 있다. 예일 상에 더 도전해봐야 한다고 생각한다. 라몬트 상 후보로 받아들여지지 않기를 바란다. 라몬트 상은 내가 탈 가능성이 더 없으니 — 그렇게 되면 둘 다 취소될 것이다. 그 시집을 〔필립〕 부스, 〔네드〕 오고먼의 시집 등과 스타벅의 시집과 비교해보면, 내 시들도 장점이 없는 건 아니라는 생각이 든다.

오직 나 자신에 대해서만 글을 쓸 수 있다면 난 파멸하고 말 테다. 지난날 내가 주위의 세계에 대해 품었던 흥미와 방탕하다시피 했던 활력은 어디로 갔는가? 이런 금욕적인 수녀 생활이 내겐 애초부터 맞지 않는다. 언제나 수동적 의존성의 흔적들이 발견되곤 하는 것이다. 테드에 대한, 주위의 다른 사람들에 대한 의존…, 그 의존성을 주제로 시를 쓰고 있을 때조차, 누군가 다른 사람이 내 인생을 결정해주고, 무슨 무슨 일을 하라고 말해주고, 잘했다고 칭찬해주길 바라는 마음이 불쑥불쑥 솟는다. 이건 정말 말도 안 되는 얘기라는 걸 잘 알고 있지만. 하지만 나라고 어쩌겠는가?

내 자신 속에 즐거움을 축적할 수만 있다면 그림, 고대 문명, 새들, 나무들, 꽃들, 프랑스어, 독일어를 보고 배우고 — 어떻게 해야 하나? 책들을 쓰고 싶다는 갈망이 오히려, 시행착오를 두려워하지 않고 용감하게 글을 쓰게 만드는 원초적 충동을 꺾어버리는 것이다. 조니 패닉이 내 마음을 짓누르고 있는 한, 나는 재치를 부릴 수도 없고 독창적이거나 창조적이 될 수도 없다.

… 글쓰기가 나의 건강이다. 차가운 자의식에서 벗어나 만사를 그 자체로 즐길 수만 있다면. 내게 어떤 의미인가, 내가 뭘 얻을 수 있나를 따지지 않을 수 있다면. B 박사가 옳다. 행하지 않으면 실패했다는 말을 듣지 않아도 되기 때문에, 아예 행하지 않는다는 말. 겁쟁이의 커스터드…….

런던으로 돌아가는 기분 좋은 꿈. 수선화 꽃밭에 침대가 있는 방을 빌리고, 눈을 뜨면 흙냄새와 밝은 노란색 꽃들이 반기는.

1959년 11월 7일

절망. 막다른 골목. 어젯밤에는, 우리가 솔트레이크에서 수영을 하는 장면을 환각으로 보았다. 너무나 실감 나고 아름다운 광경. 생각하기를, 이 빛, 이 감각은 어떤 이야기의 일부분이 아니야. 그 자체로 존재하는 것이고, 언어로 표현할 가치가 있는 것이야. 그렇게 할 수만 있다면, 예전의 기쁨을 되찾을 수만 있다면, 결과가 어떻든 상관없을 텐데. 문제는 나의 성공이 아니라 나의 기쁨인 것이다. 죽어버린 내 기쁨.

단편 〈미라〉는 《뉴월드 라이팅》 지에서 등사기로 인쇄된 거절 편지와 함께 반송되어 돌아왔다. 그건 아주 모질고 독하며 종종 멜로드라마적인 단편으로, 한낱 해명에 불과하다. 옛날에 남동생과 경쟁적으로 칭찬을 추구하던 충동에서 거대한 돌로 된 신 — 장벽을 만들어낸 것이다. 처음 세상에 내 재능을 폭발적으로 알린 후

십 년, 그때는 손만 대면 모든 것이 고분고분 말을 들었건만. 7년 전 《민튼》을 쓸 수 있었던 건, 내가 글쓰기 속에서 자신을 잊었기 때문이다.

밤낮을 가리지 않고 테드와 이렇게 가까이 붙어 지내는 건 위험하다. 그이의 삶과 분리된 나만의 삶은 하나도 없이 단순한 부속품이 되어버릴 것 같다. 독일어 강좌를 듣고, 혼자 외출하고, 나 혼자 생각하고 작업하는 일이 중요하다. 별개의 삶을 살아야 한다. 내 내면의 삶을 지탱시켜줄 수 있는 삶을 가져야만 한다. 이 장소는 내게 마치 끔찍한 수녀원 같다. 우리 방이 끔찍하게 싫다. 살균한 흰색이 싫고, 침대가 방 전체를 꽉 메우고 있는 것도 싫다. 난 보스턴에 있는 우리의 복작복작한 작은 아파트가 좋았다. 물론 그곳에서 조니 패닉이 날 찾아오긴 했지만.

내게 가장 무서운 건 쓸모없는 존재라는 느낌이다. 훌륭한 교육을 받고 창창한 미래가 펼쳐져 있었는데, 아무도 알아주지 않는 무심한 중년으로 스러져가고 있다는 느낌. 글을 잘 쓰기 위해 노력하기보다는, 꿈속에서 얼어붙어버리고, 거절이라는 환멸을 받아들이지 못한다. 말도 안 돼. 나는 수동적으로 변해, 테드를 나의 사회적 자아로 내세우려 한다. 우리가 떨어지지 못한다는 이유로. 자, 예를 들어보자. 그이 없이도 내가 할 수 있는 일 몇 가지. 독일어를 공부하고, 글을 쓰고, 책을 읽고, 혼자 숲을 산책하거나 도심으로 나가는 일. 얼마나 많은 부부가 그렇게 오랫동안 함께 있는 걸 견뎌낼 수 있을까? 런던에 도착하자마자 나는 혼자서 살 길을 찾아야 한다. 일 년에 어중간한 시 몇 편, 자기중심적이고 제정신이 아닌 단편 몇 편을 써내는 것보다는 차라리 강의를 하는 편이 낫겠다. 책을 읽고, 공부하고, 혼자서 "정신세계를 만들어나가는" 건 나한테 최선의 길이 아니다. 나를 충만하게 완성해나가려면 다른 사람들의 현실이 필요하다. 절대로 어머니와 주부라는 자리에 가만히 머물러서는 안 된다. 작가로서 형태도 덜 잡히고 이렇게 비생산적일 때 아기라는 도전이라니. 내 인생의 의미와 목적에 대한 두려움. 나 자신의 목표를 아기가 대체하게 되면 그 애를 미워할 것이다. 그러니 꼭 내 인생의 목표를 만들어가야 한다. 테드는 점성술이니 타로 카드니 배우고 싶다는 욕구 따위에 대해서 말만 하고 혼자 무언가를 해내지는 않는 나를 지겨워하고 있다. 나도 물론 지겹다. 그리고 거창하게 떠돌아다니는 우리 삶의 불확실성이 지겹다. 이건, 그이의 시각에서 보면 전혀 불확실한 게 아니겠지만. 글쓰기가 천직이라는 그이의 믿음은 나보다 훨씬 더 강인하니까.

내 시들은 김이 빠지고 신물이 난다. 어치 한 마리가 젖은 현관 앞에서 내가 뿌려놓은 빵가루를 쪼아 먹는다. 내 머리는 고정관념들의 대군이 차지하고 있다. 나는 하다못해 예이츠, 엘리엇 — 그 옛날 신선한 기쁨이던 — 을 펼칠 엄두도 못 내고 있다. 우리의 찬란하던 첫 만남을 기억하며 느끼게 될 고통이 겁나서. 나 자신을 망각하고 몰입하기가 더 힘들다. 그리고 나 자신은 빨리 잃어버릴수록 좋은데.

독립적이고, 자신만만한 M. S., 나이를 초월한. 아침 식사 전에 새들을 바라보다. 그녀 자신을 위해서는 무엇을 얻는가? 체스 게임. 레즈비언이라 해도 강인한 여자를 숭모하는 옛 버릇. 한계라는 위안은 균형과 확신을 얻는 대가로 치르는 희생…….

11월 11일 수요일

더는 어쩔 줄을 모르게 되었을 때, 막다른 골목에 다다랐을 때, 그제야 나는 이곳에 글을 쓴다. 내가 행복할 때는 절대 쓰지 않다가. 오늘처럼…….

기분 좋게 복부를 톡톡히 댄 트위드 옷을 입고 따뜻하다는 느낌이 들었다. 아기를 꿈꾸는 건 크나큰 즐거움이다. 공포는 아주 가끔 찾아올 뿐이다. 믿을 수 있는 의사를 찾을 수만 있다면, 확고하고 능력 있고 친절한 의사를. 그리고 돌아가는 사정을 파악할 수 있는 병원을 찾는다면 걱정 없을 텐데. 스물네 시간 이상 지속될 리가 없다. 그리고 아기가 건강하고 튼튼하기만 하다면…….

장작더미. 잘라낸 사지, 연어 같은 분홍빛의 목재심, 너덜너덜해진 커다란 나무 껍질 잔해. 거칠고 매끄러운 질감.

나는 이곳을 떠나고 싶어 안달하고 있다. 11주는 너무 길다. 하지만 테드는 이곳을 사랑한다. 내가 지금 소설을 쓰고 있다면 괜찮을 텐데. 하지만 그렇다 해도 나는 평범한 삶의 귀찮은 일거리들, 자극, 친구, 연극, 거리를 산책하는 일 따위를 좋아한다. 마른풀들과 푸른 나무 태우는 연기가 창밖으로 향해한다. 런던에서 일을 하고 싶다. 소설, 소설. 먼저 영국 출판사에 보내봐야지. 제아무리 한계가 있다 해도, 내 첫 시집 역시 출판되어야 한다는 느낌. 이번 주에는 일요일에 불타버린 온천의 폐허로 산책을 갔다가 좋은 시를 한 편 썼다. 두 번째 시집을 위한 시다. 얼마나 위안이 되는지 모른다. 새 시들을 두 번째 시집에 쓸 수 있다는 생각이. 〈장원〉, 〈거상〉, 〈불타버린 온천*The Burnt-out Spa*〉, 생일 시 일곱 편과 어쩌면 〈커다란 메달*Medallion*〉까지 지금의 시집에다 억지로 끼워 넣지 않는다면. 라몬트 문학선집에서 발간 허락을 받았다면, 시집을 뒷받침하기 위해 새 시들을 전부 다 던져 넣어야 한다는 필요성에 시달렸으리라. 예일 문학상에는 그런 필요성을 느끼지 못한다. 뭐, 예일 문학상이 원고를 받기 시작하려면 아직 석 달이나 남았으니까.

짐을 싸고 여행을 하고 사람들을 만나는 현실적인 일을 생각하니 들뜬다. 이곳의 우리 방이 진저리가 난다. 하얗고, 외과적인, 병원 같은. 두 달 후면, 단편을 세 편 써냈을 테고, 물론 별로 대단히 마음에 들지는 않겠지만, 열 편에서 열두 편 정도의 꽤 괜찮은 새 시들을 써냈을 테고, 아주 형편없는, 말도 안 되는 어린이용 동화책을 한 권 써내게 될 것 같다. 혼자 떨어져 있으면, 나는 더 비인간적으로 변한다. 폭넓은 관심사, 자극들, 요구들이 필요하다. 기분 전환이 되어줄 만한 것도, 역시. 여기서 괜찮은 영화 두 편을 보려면 얼마나 안간힘을 써야 하는지, 기가 막힌다. 생전 쓰지 않는 커다란 스테이션왜건 한 대가 있는데. 도시에서 살 것이냐 시골에서 살 것이냐. 나는 영국에 갈 생각에 흥분했다. 미국에서 산다는 생각을 하면, 도대체 어디서 살아야 할지 모르겠다. 교외는 끔찍하게 싫고, 시골은 너무 외롭고, 도시는 너무 비싼 데다 개똥 천지이고. 런던에 사는 건 상상이 간다. 조용한 광장에 살면서, 아이들을 데리고 훌륭한 공원으로 산책을 나가고. 도시 외곽의 시골로 이사를 가도, 여전히 가까울 터이다. 일상 생활이 새롭게 시작된다.

11월 12일 목요일

그냥 긁적거리는 메모. 낙관주의가 부상한다. 나는 더는 불가능한 일을 요구하지 않는다. 작은 일에 더 행복해하고, 어쩌면 이게 어떤 징조, 어떤 단서인지 모른다……. 어젯밤에는 레만 출판사가 내 단편 소설 〈이 지상은 우리의 병원〉의 게재를 수락했다는 전갈을 받았다. 제목을 〈블러섬 가의 딸들*The Daughters of Blossom Street*〉로 바꾸었다. 훨씬 낫다. 이건 만족스럽다. 단편은 여러모로 아마추어 같지만, 질감이 지나치게 얄팍하거나 하지는 않다. 옛날 작품들, 얄팍한 것들은 출판 목록에서 빼기로 했다. 솜털이 보송보송한 달의 파란빛을 받으며 깡충깡충 뛰어 차고에서 돌아왔다. 따뜻하고, 바람이 부는 밤. 어제 푸른 두더지에 대한 시를 끝냈는데 만족스럽다. 하느님은 존재하시며, 날마다 새로운 힘과 명료한 의식을 가지고 나를 찾아오신다는 기도가 날마다 새롭다. 사람들에 대해서, 역동하는 상황에 대해서 글을 쓰고 싶다. 최근 출간 허락을 받은 시 두 편의 유머러스한 활력에 단편 민튼의 진지한 산문체를 결합할 수만 있다면, 기쁠 텐데……. 뭔가 단언하는 문장을 만들려 하면 마비 상태로, 차갑게 입만 조잘거리는 상태로 전락해버리는 이 상태를 탈피해야만 한다. 색채를 더하고, 더 두껍게 덧칠하고.

… 실제 사건들을 적는 공책을 만들다. 문신 새기는 가게에 갔던 일과 병원에서 했던 일 덕분에 훌륭한 단편 두 개를 얻었다. 보스턴에서의 체험 역시 그러해야 한다. 충분히 깊이 파 들어갈 수만 있다면. 아가타 네 집에서의 파티, 스타벅의 아내. 정원들. 오, 이런, 그 모든 걸 포착할 수만 있다면 얼마나 좋을까. 천천히, 천천히 원숭이를 잡아야 한다. 작품이 조금이라도 받아들여진다면 도움이 될 텐데. 아마 아이들에게 이야기를 해주면 책을 몇 권 쓰는 데 도움이 될 수도 있는데…….

… 어젯밤… 여자아이들. 큰아이는 나이를 가늠할 수가 없었

고, 노처녀처럼 하나로 묶은 검은 머리, 깡마르고 납작한 가슴, 키가 작고, 납작한 검은 구두에 특징 없는 베이지색 원피스에 밤색 벨벳 허리띠… 안경, 환하고 밝은 얼굴, 연설 강사라고 했다. "오, 빈커드 씨, 음악이 정말 분위기 있고 근사한 음악이에요!" 또 다른 소녀, 더 어리고, 예술가연하고, 가냘프고 푸른 하이힐에 꽤 예쁜 얼굴, 느슨하게 푼 패셔너블한 헤어스타일, 푸른 그늘이 진 눈동자, 역시 안경을 끼고, 세련된 회청색 스웨터와 스커트, 멕시코풍의 은목걸이, 장식이 화려한, 취향이 근사한, 관능적인 매너, 뜨개질과 보석 공예를 가르친다고. 메이 스웬슨이 다른 방에 있다. 주근깨, 자기 속에 침잠한, 진짜배기, 가까이하기 힘든 괴짜. 두 레즈비언의 상황을 상상했다. 겉보기에 행복한 결혼 생활을 하는 임신한 유부녀를 유혹하는. 어째서 여성 동성애를 해결책이나 동기로 상상하지 않으면, 중년의 두 여자가 함께 사는 모습을 생각하는 게 불가능할까?

11월 14일 토요일

오늘 아침에는 근사한 산책을 했다. 8시 아침 식사 시간에 딱 맞춰 일어났고, 우리한테 상이라도 주려는 것처럼 오늘은 우편물도 일찍 왔다. 따스하게 바람이 산들거리는 회색 날씨. 이상한 희열. 주목할 만한 일. 우리가 이사를 가려 할 때마다, 이렇게 마음을 일렁이게 만드는 흥분감이 찾아온다. 마치 옛 환경이 내 자아의 찌꺼기와 무기력을 모조리 간직하고, 벌거벗은 새 자아가 빛나는 모습으로 더 나은 삶으로 진입하는 것처럼…….

우리는 모래가 깔린 온화한 길을 걸어 나왔다. 연자줏빛과 푸른빛 도는 언덕들이 잿빛의 아득한 곳에서 녹아내렸다. 벌거벗은 나무 꼭대기에 검은 잔가지가 뭉쳐 있었다. 나무 잎새가 바람에 사각거렸다. 까만 새 한 마리가 꼭대기로 날아올랐다. 불탄 옥수수 속대, 낡은 옥수수 줄기. 퍼덕거리는 검은 허수아비가 십자로 묶은 막대기 위에 얹혀 있다. 누더기가 된 남자 코트와 하얗게 빛바랜 작업복 바지로 만든 허수아비. 텅 빈 팔을 흔들어댔다.

개들을 보았다. 두 마리. 혓바닥을 축 늘어뜨리고, 어린나무들과 고사리들의 덤불숲을 뒤지며 돌아다니고 있었다. 황갈색, 땅의 색깔. 탄피들을 발견하다. 여우의 흔적들, 부드러운 모래에 남아 있는 사슴 발자국. 녹색, 빛나는 호수 바닥. 야도의 풀밭을 거미줄처럼 누비는 작은 언덕들과 터널들. 손가락으로 양쪽 구멍을 만져보다, 터널로 빠졌다.

어제는 버섯에 대해 습작을 한 편 썼는데 테드가 좋아했다. 그리고 나도 좋다. 뭔가 써냈을 때 내게는 판단력이 전혀 없다. 쓰레기든 천재적 작품이든.

며칠 동안 늦게까지 깨어 있었더니, 오늘은 많이 피곤하다. 뭘 쓸 만한 상태가 아니다. 어젯밤에는 꿈자리가 사나웠다. 어머니와 워런이 청교도적이고 잔인하고 참견하는 듯한 자세를 하고 있었다. 나는 어머니의 팔을 깨물었고(그 불량 청소년을 물어뜯었던 것처럼) 어머니는 늙고 깡마른 채 끝도 없이 감시의 눈초리를 하고 있었다. 나는《파르티잔 리뷰》*라는 이름을 가진 어떤 남자와 동침하려다가 워런에게 들켰다. 오랜 수치심과 죄책감 들.

하지만 영국에서 살게 된다는 데 대한 기쁨과 열망이 느껴진

* 유명한 문학 계간지의 이름이다.

다. 최근 그쪽에서 어느 정도는 나의 시와 나의 단편 들을 환대해주고 있다는 데 이유가 있다. 내 마음에 훨씬 가깝게 느껴지는 것이다.

11월 15일 일요일

며칠 동안 계속 끔찍하게 잠을 설치는 밤을 보냈다. 다가오는 불안 때문에? 그 결과 지치고, 힘도 없고, 시디신 권태에 시달리고 있다. 어제는 늦은 밤에 커피를 마시는 실수를 저질렀다. 영화를 보는 시간 동안 잠을 쫓으려고. 우리는 영화 보러 가지 않았고, 나는 끔찍한 신경 항진증에 괴로워하며 새벽의 공허한 어둠이 찾아올 때까지, 낯선 병원에서 테드의 얼굴도 보지 못하고 아이를 낳다가 죽는 악몽에 시달렸다. 아니면 파란 아기를 낳거나, 기형아를 낳는 꿈. 하지만 그들은 아기를 보여주지도 않았다.

내게 있어 유일한 구원은 이야기 속의 다른 등장인물 속에 들어가는 것뿐이다. 출판되는 걸 볼 준비가 된 단편 세 편은 모두 일인칭 시점으로 씌어졌다. 문제는, 다른 일인칭을 개발해야 한다. 나의 베거즈 단편은 졸렬한 모작이다. 감상적이고, 딱딱하고, 아무런 흥밋거리도 없는. 하지만 무시무시한 사실은, 그 이야기에 위험이, 흥밋거리가 있었다는 점이다. 속어를 써보면 응접실의 금제를 타파하는 데 도움이 될지도 모른다. 대학 때 글을 긁적거릴 때에 비추어보면 뭘 배우기는 배웠는가? 시에서는 발전이 있었는지 모르지. 그건 그렇다.

테드는 근사한 단편 하나를 다듬고 있다. 아주 섬세하고, 아주 난해하다. 그이는 세상이 그이에게 어떤 허위적 이미지를 기대하든 개의치 않고 전진한다. 어젯밤 위로를 하며 나를 안아주었다. 사랑

덕분에 신경이 누그러져 잠에서 깼다. 끔찍한 감정적 위기를 겪은 직후처럼, 기운이 쭉 빠져 잠을 깨었다. 오늘은 아무짝에도 쓸모가 없는 느낌이다. 산더미 같은 서평 속에 침잠한 기분. 다른 사람의 글을 읽는 게 얼마나 좋은 일이지? 다른 사람이 쓴 글을? 그들의 단편들을 읽고, 시를 읽지만 서평은 읽지 말아라. 비평가들과 교수들의 세계에서는 충분히 멀리 떨어져 있지 않나. 삶 그 자체에 뿌리박아야만 한다. 하지만 아이리스 머독은 작품 속에서 현란한 교수의 지성을 발하고 있다. 밖에서 대기하고 있는 세사를 잊도록 스스로 최면을 걸어야지. 생각을 하면, 작품의 자그마한 녹색 싹들을 죽여버릴 테니까. 사랑, 슬픔, 광기를 모두 경험해보았으니, 이 경험들을 의미 있게 만들지 못한다면, 아무리 새로운 경험을 한들 도움이 되지 못한다.

엉망진창인 하루. 엉망진창인 시간들. 정신 상태는 일하는 데 무엇보다 중요하다. 시 자체, 단편 자체가 지고지상의 목표가 되는, 활기차고 근질거리는 열정이 필요하다.

입원환자

휴스 부부는 12월에 영국으로 떠났다. 그곳에 도착한 그들은 런던에서 살 계획을 세운다. 첫딸인 프리다 레베카가 1960년 4월 런던의 집에서 태어났다. 플라스는 하이네만 출판사와 첫 시집《거상》출간을 계약했고, 시집은 10월에 출판되었다. 1961년 초, 그녀는 유산을 했고 얼마 후 맹장 수술을 받았다. 병원에 입원해 있던 시절의 메모들이 다음과 같이 〈입원환자 *The inmate*〉라는 제목으로 남아 있다.

1961년 2월 27일 월요일

병원에서. 아직도 멀쩡하지만 나는 그 누구의 관심도 끌지 못한다. 붕대를 둘둘 감고 명랑한 웃음을 짓고 있는 사람들 사이에도 끼지 못하고, 유리와 분홍색 나무로 만든 칸막이 뒤에서 힘차게 울어대는 사람들 사이에도 끼지 못한다. 슬픈 얼굴에 콧수염을 기른 의사와 하얀색 풀 먹인, 빛나는 가운을 입은 학생들이 내 곁을 지나친다. 이건 종교 시설이라, 엄청나게 청소를 해댄다. 모두들 비밀을 간직하고 있다. 나는 벌써 기진맥진해서 베개에 기대 그들을 바라본다. 안경을 쓴 뚱뚱한 여자애가 지나치면서, 새 다리를 시험해보고 있다. 코가 없는 노파는 "견인기"에 발을 매달고 있고, 시큼씁쓸한 표정을 한 부인은 가슴과 팔에 깁스를 하고 있고, 그 속의 몸을 막대기로 긁고 있다. "피부가 다 칼칼해졌어." 목요일에 그들의 깁스를 잘라주기로 했다고 한다. 빨간 양모 목욕가운을 입은 착한 입원환자가 다시 꽃들을 가지고 온다. 아이들처럼 달콤한 입술을 하고 있다. 꽃들은 밤마다 복도에서 숨을 쉬고, 꽃가루를 떨어뜨리고 있었다. 수선화, 핑크색과 빨간색 튤립들, 뜨거운 자줏빛에 빨간 눈을 한 아네모네. 고참들에게는 화분들이 있다. 아무도 불평하거나 칭얼거리지 않는다. 내 은색 침대 기둥에 걸린 검은 이어폰에서 작은 목소리가 말 좀 들어달라고 귀찮게 군다. 여기서는 그 이어폰을 빼려하질 않는다. 엄청나게 명랑한 핑크색, 파랑색, 그리고 노란색의 새들이 꽃들 사이에 여기저기 흩어져 있다. 대체로 분홍색인데, 억지웃음을 띤 녹색 식물들을 하얀 침대 커튼들 위에 그려놓았다. 커튼을 닫으면 마치 꽃 정자 같다. 어젯밤에는 일요일의 축축하고 시커먼 캠든 타운 거리에서 길을 잃어버렸다. 그러고는 잘못된 방향으로 단호하게 걸어갔다. 세인트 팬크라스 종합병원이 어디 있느냐고 자동차에서 내리던 할머니께 여쭤보았다. 그녀는 남편인 할아버지에게 다시 물어보았다. 할아버지께서 말씀하시기를 "이거 좀 복잡한데. 차라리 거기까지 차로 데려다 드리지요." 나는 낡고 편안한 자동차 뒷자리에 올라타 울음을 터뜨렸다. "차라리 아기를 갖고 싶어요. 그러면 뭔가 보상이 있잖아요." "모두들 하는 말이지요." 할머니가 말씀하셨다. 할아버지께서는 흐릿하고 검게 번들거리는 거리를 따라 차를 몰아서 병원에 도착했다. 나는 빗속에 휘청거렸고, 곱슬거리는 앞머리는 물에 젖어 이마에 달라붙었다. 접수 사무실 문은 닫혀 있었다. 밝은 조명이 달린 기나긴 복도를 따라 걸어갔고, 갈색 옷을 입은 소년이 엘리베이터로 제1병동까지 데려다 주었다. 간호사는 내게 이런저런 질문을 하며 양식을 작성했다. 더 많은 질문에 대답하고 싶다. 나는 질문을 사랑한다. 양식을 보면, 상자 속으로 푹 빠져드는 듯한 행복한 느낌에 사로잡힌다. 내 옆의 부인은 목 밑에 붕대를 감고 있다. 가슴 엑스레이에서 갑상선이 폐까지 자라났다는 걸 발견하고 절제했다고 한다. 이제 그녀의 침대 주위에 커튼이 쳐지고, 전문 치료사가 그녀를 때리고 있는 듯한 소리가 난다. 철썩철썩 철썩. 온갖 종류의 기기들을 옆에서 나르고 있다. 진공청소기들, 사다리들, 침대 한쪽 끝을 들어 올리는 기구, 벽에 플러그가 꽂힌 바퀴 달린 커다란 알루미늄 상자 — 아마 뜨겁게 데운 점심 식사를 넣어두는 보온 기구 같다. 어젯밤에는 너무 아파서 저녁을 먹지도 못했다 — 환자식만 한 컵 겨우 먹고, 꽃무늬 커튼 뒤에서 잠옷으로 갈아입었다. 젊고 매력적이고 늘씬한 닥터 "카스트"가 와서 증상을 물어보았다. 내가 또 임신을 했을지도 모른다는 얘기를 하고는 감탄사를 내뱉었다. 차가운 공기가 머리 위 높은 창에서 들어온다. 갑상선을 앓는 여자는 커튼 뒤에서 메마른 기침을 한다. 어젯밤에는 로즈라는 이름의 젊고 붙임성 있는 예쁜 처녀가 와서 나와 이런저런 얘기로 수다를 떨었고, 전에 "보스턴"에 살았다는 "버니"라는, 속이 다 비치는 연하늘색 잠옷을 입은 생기발랄한 부인을 소개해주었다, 남편이 아프리카에서 메뚜기를 연구했다는 또 다른 총명한 여인과 함께. 그녀 둘 다 말라리아에 걸렸다. 남편은 사우스 데번에 있는 동물원을 소유하고 있으며, 동물들을 쌍쌍으로 짝지어 그곳에 보냈다고 한다. 멍하니 《파리스 리뷰》를 읽으려 했다. 천천히 빨간색과 흰색 알약이 나를 안개 속으로 질질 끌고 들어갔다. 9시에 "소등". 둥근 공 모양의 병동 조명은 빨갛게 변했다 — 어스름에 빨갛게 종이로 오려낸 듯한 둥근 공 여덟 개 — 빛이 어딘가에서 어슴푸레 비쳤다. 잘 자요, 잘 자요, 같은 방의 환자들이 인사를 나누고는 웅크린 몸뚱어리에 불과한 존재로 변해갔다. 내 커튼은 열어젖혀달라고 부탁할까 생각해보다가 눈을 감았는데, 내 마음대로 여닫을 수 있는 커튼이 있다는 사실에 놀랄 만큼 만족하는 나 자신을 발견했다. 새벽 5시쯤 바스락거리는 소리, 끽끽거리는 소리, 물 흐르는 소리, 양동이 철컹거리는 소리에 선잠을 깼다. 6시에는, 병약하고 축축한 회색빛 속에 새하얀 빛이 들어왔다. 홍차, 체온 재기, 맥박 재기. 나는 씻고, 푸른 항생제로 음부를 닦고, 순하게 유리 단지에 소변을 보았다. 나중에 그들은 "상처를 감염시킬 만한 세균이 있는지" 보겠다며 나의 코를 닦았다. 7시 30분경에 아침 식사. 버터(혹은 그 비슷한 것)가 인색하게 발린 얇은 갈색 빵은 살짝 윤이 나서 어느 쪽에 오렌지 마멀레이드를 발라야 할지 겨우 구분할 수 있을 정도였다. 홍차, 나지막한 그릇에 깔린 탁하고 소금기 없는 죽, 베이컨과 토마토(아주 훌륭했다) 그리고 또 홍차. 오전에는 찌꺼기가 잔뜩 끼고 곰팡내가 나는 형편없는 커피. 신문 배달 소년, 초콜릿과 담배를 파는 수레. 침대 발치마다 달려 있는 윤나게 닦아놓은 알루미늄 클립보드에 그려진 녹색의 그래프들.

2월 28일 화요일

오늘이 바로 그날이다. 다른 환자들이 수다를 떨며 아침 식사를 하는 동안, 나는 혼자서 조용히 앉아 먹지도 않고 있다. 하지만 이상하게 전기 치료를 받는 것보다 맹장을 잃는 게 덜 두렵다. 오른편 침대에 고분고분한 말씨를 쓰는 회색 머리카락의 부인이 한 분 계시는데, "공작부인" 혹은 "맥 부인"이라고 불리는 이분은 오늘 집에 가신다. 앰뷸런스로 해로우까지 간다고 한다. 지금 그녀는 연약한 몸을 하얀 크로셰 레이스 숄로 감싸고 콘플레이크 그릇 위에 푹 수그리고 있다. 이렇게 내내 기다리고만 있으니 기분이 좋진 않지만, 모두 호의적인 미소를 짓고 상냥하게 대해주는 이곳에서는 울적해하거나 자기 연민에 빠져 있는 게 불가능하다. 아주 좋은 일이다. 어젯밤에는 젊은 간호사가 아주 거칠게 긁어대며 면도를 했다. 그랬더니 임신을 했을 때 왼쪽에 생긴 사마귀가 드러났다. 오늘 수면제를 먹고 잠에 빠져 있다가 간호사가 체온과 맥박을 잴 때 일어났다. 6시 30분에 차와 버터 바른 토스트를 먹었다. 그리고 그들은 내 물과 우유를 가져가버렸다. "버니", "데이지", 제인, 로즈. 내 왼편의, 갑상선종이 생긴 여자분은 (그녀의 갑상선은 폐까지 자랐다고 한다) 어제 "안마"를 받았다고 했다. 발치의 침대를 들어 올리고 "굳은 담痰을 느슨하게 하기 위해 몸을 두들겼다"고 데이지가 흥미롭다는 듯 말했다. 나 역시 최근 수술을 받은 터라 다들 관심을 가지고 있다. 내가 털을 깎았는지, 관장을 하게 될 건지, 기타 등등.

어젯밤에 테드가 찾아왔다. 7시 30분에서 정확히 1분이 지난 후, 허름하고 키 작고 다정하게 흘금흘금 구경하고 다니는 군중들이 병동에 입장 허가를 받고 들어왔다. 그들은 익숙한 방향으로 몰려다녔는데, 그 덕분에 검은 코트를 입은 핸섬한 형체가 그들보다 두 배는 더 커 보였다. 우리가 처음 연애를 하던 시절만큼이나, 나는 마음이 들떴고 무한히 행복했다. 내가 날마다 함께 사는 그의 얼굴은 세상에서 가장 친절하고 아름다운 얼굴처럼 보였다. 그는 일 년 동안 내 시들을 무조건 "처음 검토"하는 조건으로 100달러짜리 계약을 맺자는《뉴요커》의 편지를 들고 왔다! 편지의 날짜는 5년 전 우리가 처음 보톨프의 파티에서 만났던 그날과 꼭 같았다. 그는 스테이크 샌드위치와 살구 타르트와 우유와 갓 짠 오렌지 주스를 가지고 왔다 — 그가 가고 난 후 나는 "그를 위해서 — 그가 저 건너편에 있어요"라는 말을 한다면, 무슨 일이든지 용기를 내어 — 아니, 최소한 분별 있는 인내심으로 해낼 수 있을 것만 같은 기분이 되었다.

얼마 후 — 오전 10시 — 이제 나는 정말로 학살에 맞설 준비가 되었다 — 분홍색과 밤색 줄무늬가 있는 수술용 가운을 느슨하게 걸치고, 가제 터번을 두르고 반창고를 붙였더니 우리 결혼반지가 보이질 않았다. 나긋나긋한 간호사는 수술이 얼마나 걸리겠느냐는 물음에 딱딱거렸다. 망각이 다가온다. 이제 충분히 가까워져서, 나는 팔을 벌린다. 꽃무늬가 있는 커튼은 그냥 드리운 채로 내버려두라고 말했다 — 사형수의 특권 — 호기심에 찬 수다스럽고 사람 좋은 아주머니들이 두려움, 마비, 아니 뭐든 내 표정의 흔적을 찾아 헤매는 게 싫다. 몇 분 전 한 숙녀가 이동 침대에 실려 나간 게 틀림없었다 — "그 여자 자고 있었어요?" "보기에는 잠들어 있는 것 같았는데, 그냥 누워 있었던 거 같아요." 이제 그들은 첫 번째 주사를 놓는다 — "침을 마르게 하고, 술 취한 기분이 들게 해서 뭐가 어떻게 되든 상관없다는 마음이 되게" 만드는 주사라고 했다. 잘생긴 여자 마취의가 들어와서 '그' 약의 구체적인 세부 사항을 설명해주었다. 내 팔은 — 오른쪽 윗부분 — 부풀어 올랐고, 벌에 쏘인 것 같았고, 만져보자 빨갛고 딱딱하다. 부글부글 거품이 이는 졸음이 내 심장을 붙잡는다. 그러니 이제 수술이 끝난 뒤에야 여기 글을 쓸 수 있을 것 같다 — 테드에게서 온 편지가 내게 도착했다 — 내 소중한, 소중한 사랑.

3월 3일 금요일

수술이 끝난 후 3일이 지났고, 이제야 나 자신으로 돌아왔다. 오래도록 되찾지 못했던 터프하고, 수다스럽고 호기심 많은 매혹적인 존재로. 이곳의 삶은 세부 사항으로 점철되어 있다. 소소한 기쁨들과 소소한 짜증들. 화요일에는 너무 약에 취해서 아무것도 몰랐고 무슨 일에도 신경이 쓰이지 않았다. 수요일에는 약 기운이 가셨고 병동의 활발한 건강이 역겹고 기분 나빴다. 어제는 피곤하고 그저 그런 기분이었다. 오늘은 족쇄를 다 집어던져버렸고 — 일어나서 씻고 처음으로 힘겹게 염소똥을 누었고, 엉덩이가 드러나게 두었던 분홍색과 빨간색 병원용 가운을 벗고 프릴이 달린 분홍색과 흰색 빅토리아식 나이트가운으로 갈아입었다. 그들은 새로운 여자 환자를 한 사람 들것에 싣고 데리고 왔다 — 남자 같은 라임그린 빛 운반자가 그녀를 이동 침대에 뉘었다 — 마취당한 육체의 기이하게 판판한 형상 — 하얀 터번, 녹색 담요, 멍하게 위를 쳐다보고 있는 눈. 그러더니 며칠 전 밤, 사람들이 말한다. "델마가 죽었어." 막연하지만, 노란 가운을 입고 있던 여자가 생각이 난다. 젊어 보였고, 홍차를 돌리곤 했다. "수술을 받고 나서 죽었대." 야외에서는, 해가 빛나고 있고, 축축하고 달콤한 흙냄새가 난다. 길을 잃은 바깥바람들 몇 점이 창문에서 걸러진다. 하루 종일 잠을 자고 난 첫날 밤, 여전히 약 기운에 심하게 취하고 천하무적처럼 느껴지던 때, 눈을 말똥말똥 뜨고 누워 있으면서 이렇게 산들거리는 바람을 호사스럽게 만끽하던 기억이 난다. 바람은 잠든 형체들 위로 달콤하게 불면서 커튼을 흔들었다.

짜증과 서러움. 내 침대 바로 위에 있는 창문은 고장이 났다. 금이 갔다. 처음에, 수술을 하기 전에, 차갑고 축축한 공기가 마치 고약한 찜질약처럼 머리 위를 짓누르고 앉아 있었다. 그러더니, 수술을 하고 난 다음 날, 두 남자가 와서 창문을 고쳤다. 내 침대는 복도 중간으로 밀려 나갔다. 나는 불안하고, 노출된 기분에 시달렸다. 사람들이 와서 쿵쿵 부딪치는 바람에 옆구리가 아팠다. 휠체어를 타고 있던 뚱뚱한 여자애는 내 서랍장에 어찌나 심하게 부딪쳤는지 침대까지 다 흔들렸다. 옆구리가 아팠다. 나는 베개 속에 더 깊이 얼굴을 파묻었다. 병동 저 끝에 있는 낯선 구경꾼들한테까지 전부 노출되어 있었다. 나는 생각했다. "지나가는 사람들마다 치고 지나갈 거야." 그래서 한 시간 후에 간호사에게 말했다. "차라리 외풍이 나아요. 변기도 써야 하고요." 유감스럽게 생각했지만, 그들은 내 침대를 도로 밀어붙여주었다. 작업하던 사람들이 돌아오자 1시에 다시 오라고 돌려보냈다. 그들은 면회 시간에 맞추어 와서 나를 밀어냈지만, 테드가 와 있었기 때문에 신경 쓰지 않았다.

진공청소. 그들은 하루 종일 진공청소기로 청소를 한다. 작고 푸석푸석한 머리칼을 한, 맛깔스럽고 뚱뚱하고 청승맞은 여자들이 밤새 쌓인 먼지를 빨아들이는 거다. 윙윙. 그러고 나면 수레들이 쿵쿵거리고 철컹거리는 소리들이 들린다. 변기 수레, 마우스워시 수레, 아침 식사 수레, 홍차 수레, 약을 담은 수레 등등. 그들은 마룻바닥에 부딪쳐 쿵쿵거리며 딸랑거린다.

그러고 나서는 '타이프라이터' 등장. 구부러진 지팡이 두 자루와 녹색 드레싱 가운을 입은 매부리코 마녀가 커다랗고 까만 구식 괴물 타이프라이터를 내 침대 앞에 있는 탁자 위에 꺼내 올려놓는다. 붕 — 쾅 — 철컥 — 철컥, 최악의 저주 — 불안한 타이피스트. "난 아직 사무실로 돌아갈 준비가 되지 않았어요"라고 나는 말했다.

코 고는 소리. 무시무시한 공포 중의 공포. 나는 병동에 소문난 코골이 환자 바로 옆 침대에 있다. 그녀가 처음 온 날 밤에는 내가 약기운에 너무 취해 있어서 아무 소리도 듣지 못했는데, 수요일 아침에 어느 간호사가 웃으면서 그 이야기를 했다. 그날 밤, 나는 누워서 몸을 뒤척이며 자정이 될 때까지 고통에 시달렸다. 나팔벌레 소리 같은 포효는 메아리치며 증폭되었다. 간호사가 손전등을 갖고 오더니 그렇게 빨리 수면제를 더 먹으면 안 된다고 했다. 그러고는 꽃무늬 커튼을 치고, 코 고는 여자를 깨워서 뒤집어 눕혀주고는 뜨거운 오벌틴 차를 만들어주었다. 그러더니 밤 근무 간호사가 와서 두 번째로 커다란 파란 알약을 주었고, 그 알약 덕분에 온갖 소소한 바스락거리는 소리와 시끄러운 소리를 뚫고 오전 5시에서 10시까지 따뜻한 축복 속에 잠들 수 있었다. (이제 녹색 베개 두 개가 놓여 있는 들것이 다시 들어와 9번 침대의 첫 번째 여자 옆 사람을 데리고 갔다. 녹색 담요들. 그녀는 꼭 그 옆의 다른 여자처럼 생겼다 — 멍하니 천장을 쳐다보고 있던 눈) 어젯밤에는 할머니가 코를 골기 시작하기 전에 잠이 들었지만, 새벽 3시도 못 된 시간에 또 그 포효를 듣고 잠에서 깨고 말았다. 멍한 상태로 화장실에 가서 끙끙거렸다. 하지만 아무것도 나오지 않았다. 결국 간호사들은 내게 오벌틴을 좀 만들어주고 코데인 두 알을 처방해줌으로써 흉터의 날카로운 통증과 총알처럼 위장 속을 스쳐 지나가는 통풍을 차단해주었다. 베개를 머리 위에 덮고 시끄러운 소리를 막아보려고 했고, 그래서 7시에 일어날 수 있었다. 또 한 가지 불만은 간호사들을 부를 때 울릴 초인종 같은 게 하나도 없다는 거다 — 한쪽 팔꿈치로 몸을 받치고 일어나서 — 내 팔꿈치는 몸을 떠받치고 일으키느라 분홍색이 되어 벗겨졌다. 쉰 목소리로 "간호사"라고 외쳐야 한다. 진짜 아픈 사람이 어떻게 그럴 수 있는지, 알 수가 없다.

3월 5일 일요일

수술이 끝난 지 닷새째 되는 날이다. 여기 글을 쓰는 걸 게을리했다. 이제는 기분이 괜찮다. 고참 군인이 된 기분. 아직도 실밥을 뜯지 않았고 할 얘기가 있다. 꿰맨 자리가 당기고 씰룩거리지만("나의 파손 부위가 가렵다") 나는 코데인을 요구한다. 파란 가운을 입은 로즈와 끔찍하게 충혈된 눈을 한 백발의 "할머니" — 내가 처음 들어왔을 때 요오드니 뭐 그런 것 때문에 감명 깊을 정도로 시커먼 낯빛이었다 — 가 오늘 퇴원한다. 로즈는 치마를 잊고 와서 가운을 그냥 입고 있다 — "우리들의 일원"이고 싶다는 욕망을 표현하는 일종의 상징이다. 우울한 사람, 외출복을 입고 있는 사람은 여기서는 환영받지 못한다 — "우리들 중 한 사람"이 아니라, 뭐랄까 가면을 쓴 위선자 비슷하기 때문이다. 로즈는 꽃병들이 있는 수레를 밀고 다니면서 환자들에게 나누어준다 — 유리 꽃병이나 도자기 주전자 하나하나에 환자의 침대 번호가 반창고로 붙어 있다. 방금 간호사가 네모반듯한 마분지로 된 침받이를 들고 지나갔다. 이 경험을 가지고 단편을 하나 써내리라. 첫 문장은 "오늘 밤에는 파란빛을 받을 자격이 있다. 그들 중 한 사람이 되었으니까." — 괴짜스럽고 고도로 리드미

컬하며 질서정연한 사회에 이방인, 외부자로 들어와서 "입회 의례"를 치르며 병동의 진동에 적응하게 되는 충격을 그리는 소설 — 정말로 핵심적이고 흔하지만 사적인 경험으로, 조화롭게 회복해가는 과정. 병이 나으면, 너무 나아버리면, "인기가 떨어지고" 소외당한다 — 바로 내 옆 침대에 있는, 바이올렛 가운을 입은 미스 스태플튼은 병이 재발했다. 그녀의 갑상선, 갑상선종 수술 흉터는 나았지만, 그녀는 입을 벌리고 눈을 꼭 감은 채 누워 있다. 다리는 부어올라 아프고, 정맥염이 생겼다. 퇴원하면 회복 환자 요양원으로 간다고 한다. 그리하여 침대 세 개 건너 저 밑에 있던 황달 걸린 여자분이 바로 내 왼쪽, 그랜 옆으로 오게 되었다. 그녀의 살빛은 밝은 노랑색이었고, 헤아릴 수도 없이 "배를 열었다"고 한다. 그리고 클랙튼온더씨로 가서 — 수녀들이 직접 빵을 구워주고 맛있는 요리를 만들어주는 수녀원의 요양원에 들어간다고 했다. "소금기 있는 공기가 몸에 좋대요." 내가 말한다. 눈앞에 헬가*의 튤립 화분과 찰스**의 죽어가는 붓꽃과 수선화 들이 보인다. "저 노란 물건은 아주 오래가네." 데이지가 미스 스태플튼의 화환을 두고 하는 말. "포—사이—티아"라고, 고통이 자리 잡은 얼굴에 입이 매운 모리가 또박또박 말한다. 그녀는 앞으로도 절대 팔은 움직이지 못할 거라고, 손가락만 까딱할 수 있다고 내게 말해주었다. 이제 오후 1시 40분이다. 일요일 오후. 필사적으로 목욕을 하고, 누렇게 뜨고 붕대를 감은 몸에 분칠을 하고 기름기가 낀 머리카락을 빗었다 — 머리를 못 감았더니 기분이 찜

* 헬가 휴스Helga Huws, 테드의 케임브리지대학 친구인 대니얼 휴스Daniel Huws의 아내다. (옮긴이)

** 찰스 몬티스Charles Montieth, 파버 앤 파버 출판사의 편집자다. (옮긴이)

찜하다. 버니와 조운이 “검은 아프리카인”과 “하얀 아프리카인”의 차이에 대해 이야기를 하고 있다. 간호사들은 면회 시간이 되기 전에 침대 “정리”를 하고 있다. 어제 하루 종일 그랬던 것처럼, 밖에 나가서 테드와 푸커*와 함께 공원 벤치에서 해를 쬐도 된다고 해서 나도 깜짝 놀라고 말았다. 나는 검은색과 흰색 핀 스트라이프 무늬 드레스에 하얀 앞치마를 두르고 하얀 모자를 쓰고 까만 구두와 스타킹을 신은 간호사들이 전부 아주 말할 수 없이 마음에 든다. 그들에게서 가장 아름다운 점은 젊음이다 — 젊음, 완벽하게 풀 먹인 청결함과 마음이 편해지는 청소와 근심 걱정을 없애고 미간을 펴주는 분위기. 아주 짧은 밤 수면 시간(재수가 좋으면 10시에서 6시 정도 — 그나마 존 부인의 코 고는 소리를 헤치고 허우적거려야 하고 아침에 간호사들이 부산 떠는 소리와 유리가 짤랑거리는 소리를 이를 악물고 참아야 한다)에도 아랑곳없이 이런 일상적 절차는 몇 달간 느꼈던 것보다 훨씬 더 상쾌하고 휴식을 주는 것처럼 느껴진다. 나는 이곳의 “병세 평균” 이상의 환자이기 때문에 더 유리한 입지를 차지하고 있다 — 비록 침대 옆으로 찾아와서 수다를 떨어대는 것 때문에 그런 조건을 약간 상쇄하고 있긴 하지만. 지금은 너무나 상쾌하고 평화로운 기분이다. 실밥을 뜯을 생각을 하면 약간 소름이 끼치긴 하지만 말이다. 이건 마치 여흥이 있는 휴일 같다 — 아기가 거의 일 년 전에 태어났으니, 그때 이후 처음이다. 아주 힘이 난다. 아침 내내 건너편에 있는 제이 윈과 그녀의 직장이며 사생활이며 신경쇠약 증세 얘기를 했다. 이런 자신감을 대단히 자축할 수는 없는 게, 나 자신의 신경쇠약과

* 프리다를 가리킨다.

오진으로 적용된 충격 요법 얘기를 나도 그만 다 털어놓았기 때문이다. 오늘 밤부터 그녀가 한 얘기의 윤곽을 잡아야겠다. 테드는 사실 나보다 더 힘든 시간을 보내고 있다. 어제는 불쌍한 내 사랑이 아주 완전히 녹초가 된 것처럼 보였다. "당신은 어떻게 그걸 다 해? … 우리 푸커가 어찌나 요강을 더럽히는지 엄청나게 씻어대야 해……. 오줌도 굉장히 많이 싸." 그러더니 그는 "나는 주로 빵만 먹고 사는 거 같아!"라고 하는 것이었다. 내가 꼭 필요한 사람이라는 생각이 들어 아주 행복하고 운 좋은 사람인 것 같았다. 내 삶 — 내 주위 병동에 있는 다른 사람들과 비교해보면 — 내 인생은 너무나 훌륭하다. 돈과 집이 없을 뿐 모든 게 있으니까 — 사랑과 모든 것이. 태양이 빛나는 날. 무덥다. 등 뒤의 라디에이터 때문에 땀이 난다. 짜증나는 일 목록에 이것도 포함시켰어야 하는데. 창문들 — 병동 저 끝의 퇴창 세 개 — 은 햇빛으로 하얗고 눈부시다. 짙은 녹색 블라인드들, 무뎌진 달 — 전구들.

p.m. 7:45 황혼. 낮은 목소리, 잠에 취해 숨쉬는 사람들. 약 먹는 시간까지 잠을 잘 생각이었는데, 할머니의 손이… 이상할 정도로 무거운 철로 된 "감옥 사슬"이 달린… 활 모양의… 붙잡고 일어나는 지지대를 움켜쥐는 광경에 그만 번쩍 잠이 깨고 말았다. 그 마디가 있는 하얀 뿌리 같은 손. 프라이 부인은 금요일인가 언젠가 차에 치인 게 틀림없었다. 최근 들은 소식은 이 병원으로 옮겨달라고 우겼다는 것이다. 다른 병원보다 집에 더 가까워서……. 그녀는 신음을 하고, 소리를 지르고, 욕을 해댄다. "이 악마 같은 놈, 네 이놈! 나를 죽이려고 하는구나!" … 약 기운에, 아니면 침대에 옮겨지거나 할 때마다. "어머니, 어머니… 아, 내가 얼마나 고생을 했는지 몰라

요.” 그녀는 약을 거부하고, 끊임없이 간호사를 불러댄다. 나는 오늘 밤에는 (이제 5시에서 9시까지가 되었다) 킬킬거리는 왕립 연극학교 여학생과 같이 밤을 샜다. 짧게 자른 빨강 머리, 환한 아기 같은 분홍색 피부와 심지어 하얀 이와 샴페인 거품 같은 킬킬거리는 웃음소리를 가진 아가씨로, 뇌 수술을 해서, 코에 튜브를 끼우고 두개골 모자를 쓰고 엄청나게 코를 골아댄다. 그녀는 내게 프라이 부인의 다리가(둘 다 부러졌다) 거의 다 나았다고 했다. 또 어떤 이야기에 따르면, 다리가 그냥 부러졌다고도 한다. 그녀를 차로 친 남자와 그의 아내가 꽃다발을 들고 발끝으로 살금살금 걸어 들어왔다. “좀 어떠세요?” “아주 나빠요, 아주 나빠.” 그녀는 한껏 감정을 잡아가며 말한다. 종종, 간호사들이 온데간데없이 사라지곤 한다. 침대 왼쪽 줄 끝에 부러진 다리를 견인기에 매달고 있는 여든두 살 된 코가 없는 할머니는 아까 나를 바라보고는 변기를 달라고 소리를 질러댔다. “간호사.” — 뚱뚱하고 쾌활한 검은 머리의 이탈리아 소녀 얼굴 위로 그녀의 희극적인 얼굴을 한껏 앞으로 내밀고. 나는 그 얼굴이 차츰차츰 침대를 하나씩 하나씩 건너뛰어 간호사를 찾으며 나한테까지 넘어올 것만 같다. “간호사.” 할머니가 또 소리를 질렀다. 오늘 아침에는 할머니께, 당신보다 적어도 열 살은 연세가 많아 보이는 할머니가 두 다리가 모두 부러져 옆 병동에 입원해 계신다고 말씀드리면서 기운을 북돋워보려 했다. “좋으신 하느님이지.” 꼬부랑 할머니가 하신 말씀이다. 이곳에선 동료애가 대단하다. 나는 “한 바퀴 돌아보기에는” 아주 훌륭한 처지에 있다. 간호사들은 정말 천사라고 할 수밖에 없다.

3월 6일 월요일

p.m. 4:20 공원에서 따뜻한 해를 받으며 파스테르나크의 최근 시를 한 시간 동안 혼자 읽다가 침대로 들어왔다. 그 시들을 읽으니 엄청나게 흥분되었다. 자유롭고, 서정적인 음조와 간결하게 끊어지는(가끔은 너무 죽어가는 듯하지만) 어법, 느낌. 이 시들을 통해 새로운 시작을 할 수 있겠다는 기분. 이게 다시 음악으로 돌아가는 길이다. 나는 새로 찾은 나의 강인한 산문성을 상실하고 비탄에 빠져 있다. 소름 끼치는 밤을 보낸 후라 피곤하다. 하얀 뿌리 같은 두 손을 지닌 여자(프라이 부인)가 엄청난 소동을 피웠다 — 경찰을 부르겠다고 난리를 쳤던 것이다. "경찰, 경찰관님, 나 좀 여기서 나가게 해줘요." "오, 내가 얼마나 말 못할 고생을 당하는지 몰라." 연극적으로 구애하는 듯한 신음 소리. "내일 아침에 주치의를 불러서, 네가 변덕을 부려서 나를 밤새도록 여기 내버려둔다는 걸 보여주겠어. 네 엄마들한테 한 짓을 다 고자질하겠어." 수간호사가 들어와 그녀에게 다가갔다. "왜 약을 안 드세요?" 보아하니 알약 때문에 하루 종일 설사를 했던 모양이다. 그래서 이런 식으로 자기를 죽이려 한다고 생각하게 된 게 틀림없었다. 욕을 한참 더 하고 난 후에, 나는 간호사와 수간호사가 밝게 불이 켜진 사무실에서 즐겁게 피하주사를 준비하는 모습을 보았다. 가끔 그 여자의 말투는 조증 환자 같다. "와아, 내 주위에 이게 다 뭐지? 벽들, 벽들, 벽들……." "저것들은 창문이에요." 수간호사가 단호하게 말한다. "저 의자에 걸린 상의들은 뭔가요?" "저건 베개 커버들이잖아요." 3시쯤 되었을 때 쿵 하는 소리와 함께 칭얼거리는 소리가 나서 또 잠이 깼다. 그 여자가 약이 든 유리잔을 던져버렸다. 처음 입원하던 날 지갑으로 의사를 때린 게 틀림

없었다. 꿰맨 자리가 당기고 따갑다. 피곤하다.

• 메모 : 침대마다 놓인 분홍색 "꽃봉오리 화병"인지, 항생제인지. 아무튼 그 속에는 우리의 체온계들이 보관되어 있다.

• 창문턱에 놓인 꽃 수반들, 용감하지만 죽어가는 꽃들의 이동 침대들.

• 그 할머니의 탁자 위에 잉여의 머리처럼 놓인 플라스틱으로 된 살색 목지 지대 — 공기 구멍이 있는 복숭앗빛, 하얀 끈과 은빛 징이 박혀 있고, 노란색 스펀지로 테두리가 달려 있고 분홍색 꽃이 달린 나이트가운의 실크. 그녀의 과일 그릇, C. P. 스노우의 〈새 사람 *New Man*〉, 완고한 고집 — 딸이 가져다주는 깡통에서 음식을 꺼내 먹는다.

• 어젯밤 한 번은 늙은 프라이 할머니가 소리를 질렀다. "너도 웃을 수 있어. 나도 웃을 수 있고. 마지막에 웃는 자가 가장 크게 웃는 법이야." 나도 모르게 코웃음을 치고는 베개에 코를 박고 참고 있었기 때문이었다. 하지만 간호사들도 웃었다.

• 머리와 코에 튜브를 낀 여자분은 뇌에 물이 찼다고 한다 — 호흡관과 침, 멍한 눈. 남자답고 효율적인 지역 간호사였다고 한다 — 지금은, "죽거나, 정신적으로 문제가 생기거나, 둘 중 하나다."

• 침대 1 : 발끝에서 가슴까지 넉 달 동안 석고 깁스를 하고 있는 조운은 짙은 녹색 울을 뜨고 있었다. 사우스 데번의 바닷가에 집이 한 채 있다고 한다. 누가 봐도 겉으로는 용감한 척하고 있다. 잡지 《말과 사냥개들》을 읽는다. 두 아들이 있는데 열여섯 살과 열네 살이라고 한다. 여섯 살에 공립학교에 보냈다고 했다. "그럴 수밖에 없지." 그녀의 곤충학자 남편, 아프리카에서 메뚜기를 연구하며 살았

던 그들의 삶.

• 침대 2 : 어디서나 인기 만점인 로즈. 캠든 타운에서 태어나서 어린 나이에 동네 청년과 결혼했다. 네덜란드 혈통으로 15년 동안 똑같은 인쇄 회사에서 근무했는데 — 지금은 세상에 없다.

• 침대 3 : 존스 부인 — 목에 지지대를 댄 그 여자 — 학교 선생님이 책을 읽는 것처럼 똑바로 앉아 있다. 그녀에 대한 추측은 옳았다 — 자기가 다른 사람들보다 "낫다고" 생각한다. 학교 선생답게 지독히 속내를 털어놓지 않다가 어제 나한테 이런저런 이야기를 했다. 그녀는 초등학교 교장의 아내로, 시골 학교 선생님들의 딸이자 학교 선생님들의 손주였다. 딸도 수다스러운 여장부 학교 선생으로 — 별로 놀랄 일은 아니지만 — 첫 번째 아기가 태어나기 전에 아프리카에서 이혼을 했고, 현재는 런던대학에서 강의를 하고 있다고 한다, 학교 선생들을 가르치면서. 그녀는 거의 눈물을 글썽거리며, 어젯밤에 내가 없는 동안 그녀의 딸이 내 책들을 보고는 "바로 옆에 지식인이 있다"고 했다는 말을 들려주었다. 말을 하지 않는 자기가 너무 "비우호적으로" 군다고 생각했지만, 사실은 늘 통증이 있었고, 척추에 TB 농양이 생겼다고 말했다. 신경염인 줄 알고 "잘못" 치료를 해서, 운동을 하는 바람에 이제는 아주 악화되었다는 거다. 그녀는 스스로 괴로움에 집착하면서 의사들과 간호사들에게 목이 뻣뻣하게 반항을 했던 모양이다. 밤에 코를 고는 버릇과 하루 종일 자는 것으로도, 우리 모두의 동정심을 싹 가시게 하는 데 충분했다.

오늘은 파프라스 부인의 정체를 알아냈다. 그녀의 합자회사 양식이 계속 우리 집으로 날아오고 있는데, 알고 보니 그녀는 우리 집의 죽은 여주인이다. 아니, 여주인이었다고 한다. 여기 입원한 한 여자가 그녀를 알고 있었던 것이다! 나는 머리를 말리면서 가운데 창문 쪽에 있는 새침하고 깔끔한 노스 아이리시 넬리와 이야기를 하게 되었는데, 그러다가 한때 그녀가 우리 동네에 살았다는 걸 알았다. 혹시 챌컷 스퀘어를 아느냐고 물어보았더니 말하기를 "한때 3번지의 여주인을 알고 지냈지요" 하는 것이다. 그녀는 프랑스 가발 제조업자와 결혼을 했다. 틀림없이 전후에는 남자 가발의 수요가 대단히 많았을 것이다. 많은 군인들이 머리카락이 빠졌을 테고, 이런저런 이유로 대머리가 되었을 테니까.

데이지는 정말 괴짜다. 그 여자의 사연을 엿들을 수 있다면 좋겠다. "그 여자가 유대인일 줄 알았어." 그녀는 제멋대로 날뛰는 프라이 부인에 대해 의기양양하게 말했다. "'벌써'라고 말하거든요. 유대인들은 본래 그렇게 말해요." "나도 '벌써'라는 말을 하는걸요." 제이가 부드럽게 말했지만, 그렇다고 주춤할 데이지가 아니다. "우리는 전부 작은 짐승들 같아요." 그녀가 말했다. "저녁 식사만 기다리고."

라벤더빛 침대용 스웨터를 입은 해크니 출신의 백발 유대인 여자는, 창백하고 열심히 일하는 선생 — 딸과 훌륭한 손주들 이야기를 해주었다. 아주 똑똑해서, 하나는 옥스퍼드대 지리학과에 들어갔다고 한다. 필사적으로 파고들어 공부하는 모양. 그녀는 잘못 맞춘 의족을 좀 개선해보려고 금요일에 나갔다가 다른 쪽 발이 "나빠지는" 바람에 다시 들어왔다. 당뇨병 환자 — 우리 아버지가 전형적인 케이스다 — 녹색 비소 같은 드레싱 가운을 입은 마녀처럼 보이는 유대인 여자가 산책을 할 때 말했다. 같이 가겠다고 마구 우겼지만, 곧장 들어가버렸다.

크리스펜스의 플럼 부인

1961년 봄과 여름, 플라스는 유진 F. 색스턴 재단의 후원을 받아《벨 자》를 집필하고 있었다. 일기장 가장자리에 씌어 있는 메모로 미루어보아, 그녀는 이 시점에서 초창기의 일기를 다시 읽고 있었던 것 같다. 아마 소설의 재료로 쓰기 위해서였을 것이다. 1961년 늦은 여름에 휴스 부부는 데번으로 이사를 갔고, 1962년 1월에 그곳에서 두 번째 아이 니콜라스가 태어났다. 다음에 이어지는 데번에 있는 이웃들의 성격에 관한 스케치는 1962년에 이루어진 것이다. 이 글들은 보통 때 쓰던 일기장에 있는 것과는 별개였고, 그녀가 두 번째 소설을 작업하고 있었는데도 그 당시에 남아 있는 유일한 산문이다.

아까 뒷문에서 본 키가 크고 위압적인 백발의 여자 — 그녀가 자로 재고, 판단하고 있다는 느낌. 프리다*와 함께 커피 마시러 오라고 나를 초대했다. 그녀는 대각선으로 건너편 오른쪽에 있는, 검

* 플라스의 딸이다.

은 테두리가 있는 근사한 하얀 집에 살고 있다. 그리고 욋가지 울타리가, 은퇴한 정원사가 아름답게 가꾸어놓은 정원을 보호하고 있다. 그녀의 늙어빠진 닥스훈트 픽시… 전쟁 중에 그녀의 딸 카밀라(내 소설 속 다이도의 이름을 여기서 땄다)가 그녀와 함께 머물렀다고 한다. 그들은 뒤편에 빅토리 가든을 지니고 있었다. 플럼 부인은 사랑스러운, 탁월한 여인이다. 나는 갈수록 점점 더 그녀가 좋아진다. 당시에 여자도 교육을 받았더라면, 아마 "의사가 되었을" 게 틀림없다. 알고 보니, 그녀의 손녀딸(카밀라의 딸일 거라고 생각된다)이 에든버러대학에서 의학을 공부하고 있다고 한다. 버지니아(내 생각에)는 올겨울에 스물한 살 생일을 맞았다 — 카밀라가 40명이 넘는 사람들을 위해 점심 식사를 준비했다고 한다. 버지니아는 수백 파운드의 돈과 레코드, 보석 따위를 받았다고 한다. 나는 플럼 부인에게 케임브리지를 다녔다고 말할 수 있어서 기뻤다. 그분은 그런 일에 기뻐하는 사람이다. 처음에는 아주 말소리를 못 알아듣는 것 같아서, 목소리를 높이는 걸 싫어하는 나는 그녀를 만나는 게 두려웠다. 그러면 부자연스러운 강조 때문에 하는 말마다 멍청하게 들린다.

P 부인 댁의 인테리어 : 나는 가을에 갔다. 프랑스식 창문이 잘 다듬어진 잔디밭과 꽃으로 된 테두리를 내다보는 기다란 거실은 꽃으로 꽉꽉 채워져 있었다. 커다란 국화꽃과 달리아들이 전혀 기교를 부리지 않은 채 뭉텅뭉텅 노란색, 분홍색, 그리고 황갈색 오렌지와 빨간색 다발로 꽂혀 있었다. P 부인은 프리다와 함께 있을 때 놀라울 정도다. 다른 많은 어른들처럼 어색하게 거리를 두거나 바보처럼 굴지 않는다. 한참을 걸어가게 하고, 속에 6펜스가 들어 있는 상자를 흔들어 보이며 놀라고 주었다. 프리다는 아주 착하게 굴었다.

잘생긴 스태퍼드셔(내 생각이지만) 도자기 개가 협탁에 놓여 있었다 — 훌륭한 빨간색, 오렌지색과 흰색. 픽시는 꼭 누덕누덕 기운 소시지처럼, 벽난로에서 꾸벅꾸벅 졸았다. 석탄불, 완벽하게 쌓여 있는 석탄들이 무슨 인공적인 조형물처럼 불타올랐다 — 그 불에서 재나 그을음이 나온다고는 상상할 수 없을 거다 — 너무나 높고 충만하게, 장밋빛으로 타올랐으니까. 잘생긴 벽돌 난로. 청동 석탄 그릇, 잘 짜인 납작한 나무 바구니, 빛나는 구리 불쏘시개와 솔. P 부인에게는 아들도 하나 있다. 브룩 본드 티에 살고 있다. 그녀는 인도에서 살았던 적이 있는데, 남편이 커피를 플랜트 수출했기 때문이다. 그녀의 자그마하고 순결하고 창백하고 푸르른 모리스 담배. 그녀 뒤로 영광과 확장의 기운이 느껴진다. 원하는 게 뭔지, 어떻게 하면 그걸 얻을 수 있는지 정확하게 알고 있는 데서 오는 위안과 행복. 아주 분별 있는.

그러더니 그녀는 우리 앞으로 왔다. 거실에서 차를 마시면서 옛날, 우리 이전 시대에 그곳이 어떠했는지 말해주었다. 정원을 모두 관리하던 정원사, 돌로 된 부엌 마루를 가졌던 늙은 부인의 엄격함, 전기도 없고 전화도 없었다고. 테드의 글쓰기에 대해 물어보았다. 아주 호기심이 많지만 우호적인 느낌. 니콜라스를 가졌을 때 노란 미모사 꽃다발을 한 아름 가져다주었다.

1962년 2월 6일

니콜라스의 첫 외출 때, 니콜라스를 P 부인 댁에 데려갔다. ("P 부인이 니콜라스가 보고 싶어 죽겠다고 하네요"라고 아침에 찾아왔던 산파가 말했다.) 들어가기가 어색해서, 차가운 겨울 햇살을 받으며 현관 앞 정자에서 장보러 간 P 부인이 돌아오기를 한참 기다렸다. 그녀는 니콜라스를 진심으로 예뻐했다. 머리 생김새를 보게 하얀 모자를 벗기라고 하더니, 뒤통수가 짱구라서 머리가 좋을 거라고 하셨다. 그 애가 아들이라서 얼마나 기뻐하시던지. 프리다가 질투하지 않느냐고 물으신다. 또 딸이 아니라서 테드가 좀 거리끼는 것 같다고 했더니, 프리다를 생각해서 그러는 거라고 하신다. 그녀의 묘하게 훌륭한 "들어주는" 자질. 예를 들어 N. T.* 출신에게는 전혀 없는 자질. 색깔과 천 들을 주의 깊게 살펴보려고 애를 썼다. 전부 아주아주 풍요로워 보인다. 깊은 파란색 벨벳이 층층이 쌓인 커튼들, 깊은 파랑과 흰색의 오리엔탈, 낡고 기품 있다. 윤을 낸 마루 널빤지. 책장에는 놀랍게도 《반지의 제왕》이 있고, 별로 놀라운 일은 아니었지만, 전쟁과 영국인에 대한 윈스턴 처칠의 책들이 있다. 낡은 원예와 여행책이 아주 많다. 언젠가 얄팍한 책들의 제목을 보려면, 다시 더 가까이서 봐야 할 것 같다. P 부인은 네스카페를 아주 맛있게 타 주신다. "북쪽에는, 아기들이 처음 찾아올 때 관례적으로 해주는 게 있죠." 그녀는 부엌으로 가더니 부스럭거리며 성냥(좋은 짝을 찾으라는 의미, match는 '성냥'이라는 뜻과 '배우자'라는 뜻을 모두 가진다)과 석탄(불길을 지피라는 의미), 건강을 위한 소금, 부를 위한 6펜스, 그리고 무엇 때문인지 잘 모르겠지만 계란 하나를 넣은 종이봉투를 가지고 왔다. 친구와 함께 2주일 동안 근동 지방으로 여행을 간다고 했다.

* 아마도 데번에 있는 작은 시골 마을인 노스 타톤North Tawton을 가리키는 것으로 보인다. (옮긴이)

2월 21일

오늘 아침 P 부인이 갑자기 내 서재 밖에 나타났다. 테드와 나 사이에 엄청난 불화의 씨앗이 되다. 기습 침범에 대한 내 느낌. 이건 나의 상징적인 성소다. 넋이 나간 채로, 나는 그녀를 집으로 들어오시라 했다. 테드가 의자를 가져왔고, 나와 그녀는 둘 다 민망한 상황을 의식했다. 그녀는 2주일 동안 베이루트, 로마 등지를 둘러보러 여행을 하기 전에 작별 인사를 하고 아기를 보러 왔다고 했다. 나는 부인을 모시고 니콜라스를 보여주러 갔지만, 그 전에 이미 부인은 서재를 다 살펴보고 이런 자질구레한 사실을 가르쳐주었다. "여기가 남자애들 방이었어요."(어떤 남자애들?) P 부인이 뒷방의 우리 살림살이를 보고 싶어 한다는 느낌이 들었다. 그녀는 길게 땋은 머리를 푼 머리카락을 마음에 담아두고, 마지막 인치까지 샅샅이 살펴본 후 판단을 내리려는 것처럼 살펴보았다. 나는 아주 기분이 나쁘고, 화가 났다. 우리가 너무 예의 바르기에 싫다든가, 아뇨, 아내는 지금 일하고 있습니다 같은 소리를 못한다는 이유만으로, 마음 내킬 때마다 관찰하고 검사할 수 있는 사람들인 것처럼. 아니, 제발 여기서 기다리세요 같은 소리를 왜 못하는 거지. 사실, 내 분노는 P 부인 때문이라기보다 테드가 그렇게 만만하게 구는 태도 때문이다.

5월 12일

플럼 부인을 석 달이나 보지 못했다. 테드가 시내에서 부인을 만났는데, 토요일인 오늘 오후에 자기 집에 놀러 오라고 했다고 한다. 문간에서 꼬까옷을 입힌 아기와 프리다를 데리고 서서 초인종을 누르고 또 눌렀다. 짖어대는 픽시 소리도 전혀 들리지 않았다. 기분이 나빠지고 아무 일도 아닌데 깨끗하게 차려입었다는 후회가 들었다. 그런데 그때 위층에서 쿵쿵대는 소리가 들리길래, 아주 시끄럽게 문을 두들겼다. 드디어 P 부인이 문을 열어주었다. P 부인은 먼저 정원부터 구경시켜주었다. 불길처럼 타오르는 색깔들, 작은 자갈길들, 높이 올린 돌벽들. 정원 벤치 위로 짙은 분홍빛인 벚나무가 한 그루 서 있었다. 빨강, 노랑의 불이 난 듯한 계란풀들, 호박. 이렇게 흔하고 인기 있는 정원의 생물들이 지니는 미덕을 이제 알 것 같았다. 커다란 주황색 잉어들이 살고 있는 장식적인 웅덩이. 베고니아, 모란, 루핀꽃, 엄청나게 많은 튤립들, 거대한 팬지꽃들. 순결하게 잡초 하나 없는 화단. 우리는 차를 마셨다. 프리다는 기분이 좋지 않아 징징거리며 응석을 부려댔다. 사람을 자극하는 못된 표정을 짓고는 유리 재떨이를 들고 다녔다. 작은 탁자를 들고 밖으로 뛰어나가 풀밭에 놓다. P 부인은 이탈리아에서 오싹했다고 한다. 피라미드도 보셨단다. 로즈가 너무나 좋았다고. 월요일에는 2주일 동안 딸네 집에 다니러 가신다고 했다. 니콜라스의 머리가 잘생겼다고 칭찬을 하셨다. "남자애가 틀림없어요"라면서. 프리다는 시계의 음악 소리가 울리자 울음을 터뜨렸다. 니콜라스한테 경쟁심을 느끼고 시선을 끌고 싶어 하는 마음이 느껴졌다. 실내에서는, 벚꽃과 튤립으로 만든 커다란 화환. 픽시는 어디 갔지? 그 개는 P 부인이 안 계시는 동안 죽었다고 한다. 숨죽인 슬픔의 목소리. 우리 집 튤립들을 다 파서 태워버리라고 하셨다. 내가 묘사한 증세라면 불치병에 걸린 게 틀림없다면서.

밀포드 씨 부부

3월 1일 목요일

동네 모퉁이의 목제 주택으로 밀포드 식구들을 처음 방문하는 날. 메리 스미스네 옆집, 불구가 된 몰리네 집(높은 검은색 부츠, 곱사등 그리고 마룻바닥 유리 밑에 박제한 여우가 있는) 앞집이다. 니콜라스를 낳고 난 후에 분홍 화분에 담긴 프리뮬러, 커다랗고 잘생긴 국화꽃을 세 송이나 — 하나는 노랗고 하나는 모브색*이다 — 받았기 때문에 이 불구의 부부들에게 뭔가 보답을 하고 싶었다. 그래서 나는 계란 한 개가 들어가는 컵케이크를 좀 만들어서 설탕을 발랐다. 프리다와 함께 초인종을 눌렀다. (내 생각에) 눈이 먼 밀포드 씨가 문을 열어주었고, 나는 내가 누구라고 소개를 했다. 그 하얀 눈을 쳐다볼 수가 없었다. 그는 암갈색 합판으로 만든 물건들이 여기저기 서 있는 무시무시하고 시커먼 마루로 나를 안내했는데, 노인 특유의 우울한 악취가 온몸에서 풍겼다. 신나와 썩은 가구 냄새. 문을 하나 열고 들어가 식탁과 창문들이 집보다 한 층 위에 있는 듯한 정원을

* 연자주색을 말한다.

내려다보고(아니 올려다본다고 해야 하나) 있었다. 정원과 집 사이에는 우물이 하나 있었다. "섭섭하네요. 우리가 방금 차를 마시지 않았으면, 한잔하시면 좋을 텐데." 나는 프리다를 무릎에 앉히고 자리에 앉았다. 그 애는 금방이라도 울어버릴 것 같은 표정으로 나를 바라보았다 — 어둠과 슬픈 냄새 때문에 겁에 질린 작은 짐승처럼.

밀포드 부인이 나와서 케이크를 받았다. 식탁 위 홍차 잔을 치운 자리에, 4분의 1 정도 잘라 먹은 아주 잘생긴 과일 케이크가 놓여 있다는 걸 눈치챌 수 있었다. 노란 케이크 단면의 아래쪽에 점점이 박혀 있는 초록, 노랑, 빨강의 과일들이 보였고, 부풀어 오른 위쪽은 갈색 왕관 모양이었다. 또 그녀가 직접 담근 블랙 쿠란트 잼이 담긴 단지도 있었다. 나는 이런저런 대화를 했다.

밀포드 부부는 폭격 당시 런던(윔블던)에 살고 있었다고 한다. 창문은 다 깨져버렸다. 밀포드 부인은 공습이 시작되면 이웃(선술집 주인의 아내)과 꼭 껴안고 층계 밑에 앉아 있곤 했다고 한다. "아마 우리가 그때 죽었으면, 서로를 꼭 껴안고 같이 죽었을 거예요." 그들은 군대에 있는 아들 벤 때문에 런던에 머물렀다. 부상을 당하거나 집에 돌아올지도 모르기에, 아들을 기다리며 집을 지키고 있고 싶었다고 한다. 혹시나 죽었을까 봐, 벤은 지금 어디 있느냐는 질문은 차마 할 용기가 없었다.

그리고 그들은 브로드우드켈리(노스 토튼에서 몇 마일 떨어진 곳)으로 옮겼다. 그곳의 토양은 척박했다고 한다. 이곳의 붉고 비옥한 토양과는 비교가 되지 않았다. 정원 일 하는 게 너무 힘들어서 4분의 3에이커 정도 되는 땅이 버거워졌고, 그래서 이 오두막으로 이사를 왔다고 한다. 그들은 실내장식업자인 델브 씨라는 사람이 와서 거실을 도배해주기를 기다리고 있다고 했다. 그래서 언제 차를 마셔야 하는지 시간을 잘 몰랐다고 했다.(그 두 가지가 무슨 연관이 있지?) 델브 씨가 벽을 고쳐줘야 한단다. 지금은 어쩐지 식당에 있는 무거운 거울이 눈에 띄었다. 거실 벽에서 떨어져 나온 것처럼 보이기도 하고 벽의 흠집을 가리려고 놓아둔 것처럼 보이기도 했다. 알 수가 없다… 그들은 도서관으로 간다… 책을 보러. 하지만 흔한 일은 아니다. 도서관 열람실로 올라가는 층계는 밀포드 부인에게는 너무 버겁고, 밀포드 씨는 눈이 멀어서 간다 해도 제목도 못 읽을 터였다. "우리는 그냥 쓸모없는 늙은이들일 뿐이지요." 그들은 또한 가톨릭 신자들이었다. 끔찍스럽게 신선한 공기 속으로 탈출하고 싶은 마음이 앞서, 나는 프리다와 함께 그 집을 나섰다. 노년과 불구의 악취는 내게 진짜 고통을 안겨다 주었다. 참을 수가 없다.

밀포드 부인이 내 접시에서 조심스럽게 케이크를 받아서, 접시를 씻어 말리더니 다시 내게 돌려주었다. 정원에 있는 커다란 줄기에 잎새가 무성한 식물은, 다름 아닌 "녹음"이라고 밀포드 씨가 말해주었다.

낸시 액스워디와 잡다한 지식

4월 25일

낸시는 이번 주 내내 청소를 하러 오지 않았다. 지난 화요일 시어머니가 또다시 앓아누우셨다고 한다. 낸시의 남편인 월터는 그전 주말에 데번의 종지기 경선대회에 참가하러 갔다고 한다. 그런데 어머니께서 앓아누우신 것이다. 거리 끝에 있는 작은 오두막에서 박제한 여우와 함께 살고 있는 낸시의 친구, 곱사등이 몰리를 만났는데, 그녀 말이 낸시가 밤을 꼬박 새우면서 노모의 변이 묻은 시트를 하루에 네 번이나 빨아야 한다는 것이었다. 노모는 침대 시트에 변을 보고 구토까지 한다고 했다. 그리고 테드와 내가 금요일의 이른 황혼 녘에 일주일에 한 번씩 짐*한테 갖다주는 커다란 수선화 꽃다발을 전해주러 갔을 때, 몰리가 정형외과에서 처방한 높다란 검은 부츠를 신고 쿵쿵거리며 뛰어와서 "휴스 부인, 휴스 씨" 하고 불렀다. 낸시의 시어머니가 그날 오후 심장마비로 돌아가셨다. 나는 어마어마한 안도감을 느꼈다. 너무나 소중하고 커다란 도움이 되는 낸

* 식료품점을 가리킨다. (옮긴이)

시를 병들고 유약한 시어머니를 간병하는 일에 빼앗길까 봐 걱정했던 거다. 난 그렇게 이기적인 인간이다. 하지만 그 할머니께서는 정말 끔찍하게 나쁜 환자였던 게 분명하다. 절대 의사의 말을 듣지 않았다고 한다. 그리고 몰리가 자기 입으로 직접 말하기를, 월터도 어차피 돌아가실 거면 오래 고생하시지 않는 편이 잘된 거라고 했다고 한다.

장례식은 오늘 오후 2시 30분에 열린다. 몰리가 어제 아침 쿵쿵거리며 와서 수선화 4실링어치를 살 수 있겠느냐고 했다. 물론 안 된다고 거절했다. 우리가 직접 커다란 꽃다발을 가져다줄 생각이라고. 우리는 전부터 한 다발 갖다줄 생각이었다. 그래서 어젯밤 우리는 수선화 150송이 정도를 꺾었고, 나는 맑은 분홍빛 석양 속을 걸어가 그 집 문을 두드렸다. 몰리는 집에 없었다. 하지만 오늘 아침에는 그녀의 네덜란드식 문 위쪽이 반쯤 열려 있었고, 그녀는 기다리고 있었다. "제가 얼마나 빚을 졌나요?" 아, 하나도 없어요, 내가 말했다. 그녀는 일주일 후에 장애인을 위한 행사인 (옥스포드셔에 있는 장애인들까지 온다고 한다.) 〈서쪽으로 호! *Westward Ho!*〉를 보러 간다고 했다. 그들은 매년 2주 동안 와서 순회공연을 한다. 로터리 클럽이 그들을 데리고 나가 점심을 대접한다. 그들은 커다란 연회장이 딸린 엄청나게 넓은 곳에 사는 아주 높은 사람들이라고 했다. 그녀의 침대에 누우면 런디 섬이 보인다. 사랑을 담아 수선화를 보낸다고 말했다. 몰리가 말했다. 낸시는 내일쯤 되면 일어나서 나를 보러 올 거예요.

낸시의 남편 월터는 덩치가 아주 크고 웃음 짓는, 금발의 사내로 짐 베넷 밑에서 일한다. 그는 천장을 고치다가 목을 삐었다. 마저리 타이러 말로는, 자기네 집 욕조를 고치러 왔을 때는 체중계 위에 올라갔다가 고장 낸 적이 있다고 한다. 그는 종지기다. 7번 종, 아주 큰 종이다. 그는 노스 토튼 소방서 서장(매주 수요일 아침 7시에 훈련을 한다)이며 근처 학교에서 목수 일을 가르친다. 다가오는 가을에는 나도 목공 일을 배우고 싶다.

윌리스 씨

7월 4일

산파 말로는 윌리스 씨네 집에 피아노가 있다고 한다. 보기에는 한심해 보이지만, 소리는 좋을 거라고 했다. 우리는 오후의 찌는 듯한 열기 속에서 돌아다녔다. 처음에는 집을 잘못 찾아갔다. 미소를 띤 백발 할머니가 가파른 언덕길 위에 있는 옆집을 가르쳐주었다. 그녀의 집 문간에는 괴상하게 생긴 늙은 좀비 개가 있었는데, 깎은 털 사이로 분홍, 회색 살점이 드러나 보였다. 내 개는 아니고, 언덕에 사는 농부의 개예요. 전에 쓰던 오래된 양치기 개의 일종이랍니다. 우리 집에 와서 음식 찌꺼기를 얻어먹곤 하죠. 우리는 초인종을 울렸다. 묵묵부답. 아까의 할머니가 귀를 기울이고 있다가 이쪽으로 걸어오셨다. 라디오에 귀를 기울이느라, 듣지를 못하는 모양이다. 할머니는 문을 쾅쾅 두들기다가 안으로 들어갔다. 여기 젊은 사람들이 댁을 찾아왔어요. 아주 늙어빠지고 까다로운, 하지만 그래도 기운찬 백발 남자가 우리를 맞았다. 그는 라디오 앞에 앉아 있었고, 거실에는 조립 침대 위에 쿠란트 빵이 담긴 차 쟁반이 놓여 있었다. 어둡고 우둘투둘한 부엌을 지나 우리를 뒤편으로 안내하더니, 양동이 같은 걸 치우고는(오줌인가?) 합판이 벗겨지고 곰팡내 나는 피아노를 우리에게 보여주었다. 우리는 희망을 버리고 건반 뚜껑을 들어 올렸다. 4년 전 일흔넷의 연세로 세상을 떠난 아내 것이라고 했다. 그 후로는 한 번도 열어본 적이 없다. 우리는 몇몇 음을 쳐보았다. 건반이 하나 걸러 하나씩 움직임 없이 굳어 있었고, 내부가 썩은 건지, 응고된 먼지인지 아무튼 그런 내용물이 건반들 사이로 배어 나왔다.

그러더니 그 남자가 말을 하기 시작했다. 내가 물었다. "창문에 있는 글씨는 직접 쓰신 건가요?" "세기의 스캔들"이라든가 "그가 남을 의향이 없었다면 유모차를 떠났어야 하는 걸까?"라든가 "물 상임위"라든가 "국민연금위원회" 같은 글들이 커다랗고 소박한 아이 같은 필체로 씌어 있는 기괴한 플래카드들이 눈에 띄었다. 알아볼 수 없는, 시위 구호 같은 게, 처음에는 연필로 썼다가 똑같은 카드 위에 잉크로 씌어 있었다. 어떤 플래카드는 거꾸로 뒤집혀 걸려 있었다. 아마 이게 그가 품고 있는 불만이 틀림없다. 그는 형제자매에게 논밭 일곱을 박탈당했다. 재산이 형과 그의 상속자(그게 나 아뇨, 안 그래요, 형님의 상속자?)들에게 넘어가 팔려버렸던 것이다. 웨일즈의 의사가 하루에 주사를 두 번 맞도록 처방해서 간호사들이 주사를 놓는 바람에 왼쪽 몸을 마비시켰다면서, 중풍이 왔다고 말했다. 아내가 세상을 떠났는데 — 불치병이라며 병원에 데리고 가려고도 않았다는 것이다. 그 여자는 무엇 때문에 죽었을까 — 상심 때문에? 사위는 오크햄튼의 프리메이슨 결사 조직원이라고 말한다. 프리메이슨은 권력을 쥐고 있고, 그들이 그의 재산을 강탈하고 사기를 쳤다고 했다. 국민연금 역시 자기 돈을 강탈한다고 했다. 여왕한테 편지도 썼다. 신문에 누군가가 분홍색 유약 자기는 수백 파운드 가치가 있다는 기사를 썼단다. 그는 우리에게, 찬장에 있는 분홍색 유약 자기로 된 찻잔받침 네 개와 잔 세 개를 꺼내 보여주었다. 그 남자는 동네에 한 번 들러서 보고 가치 평가를 해주겠다고 했지만, 물론 결코 들르지 않았다. 그의 아내는 침대에서 떨어졌는데, 꼭 도살장 같은 꼬락서니가 된 상황에서도 아무도 오지 않았다. 딸내미도 찾아오지 않아 그녀는 실망으로 크게 상심했다고 한다. 목요일 밤에는 간호사가 들어올 수 있게 문을 잠가두지 않는데, 누가 들어와서 찻잔들을 훔쳐갈까 봐 걱정이라고 했다. 그는 차이나 도자기도 갖고 있었다. 디너 세트와 아름다운 홍차 세트였다. 윤기 나는 청동 촛대들과 청동 종이 두 개 놓여 있는 탁자가 하나 있었다. 윈스턴 처칠이 중풍으로 쓰러졌을 때 얼마나 극진한 대접을 받았는지 생각해보라. 윌리스 씨가 쓰러졌을 때는, 한 시간이 지나서야 혼자서 몸을 일으킬 수 있었다. 부당함이 홍수처럼 밀어닥쳤고, 사실은 사소한 불만들, 사사로운 사건들이 한데 합쳐져 거대한 묵시록적인 현실로 융합된다. 경찰이 거리 건너편에서 걸어가고 있다. 코를 허공으로 치켜들고 걸어가는 경찰관은, 남들이 다 보라고 창문에 써놓은 윌리스 씨의 플래카드를 읽지 않았다. 우리는 괴로움에 휩싸여, 간호사한테 말해보라고, 친절한 사람이라고 말하고는 겨우 빠져나왔다. 그렇다, 간호사들은 다 친절하다, 그는 인정했다. 나도 여러 사람 겪어봤다우… 그리고 우리는 떠났다.

크럼프 소령 부부

6월 10일

성령강림절. 찰리 폴라드의 친목회에서 크럼프 부부를 만났고 티타임에 초대를 받았다. 우리는 엑스포드 로드에 있는 그 집이 "우표처럼 작다"는 느낌을 받았다……. 아주 작고, 속이 꽉꽉 들어찬 벽돌 집으로 마치 휴가 때의 캠프처럼 단층으로 지어진 집이었다. 유리로 된 포도 넝쿨 정자가 전면을 따라 주욱 늘어선 채 세워져 있었고, 다트 무어까지 흘러가는 푸르른 농경지를 내려다보게 되어 있었고, 부엌은 뒤편에 지어져 있었다. 흠잡을 데 없이 깔끔하게 깎은 잔디밭이 앞뒤에 있다. 분홍과 흰색으로 페인트칠한 벌통들이 앞면의 잔디밭 바닥에서 그물코 모양 테두리 속에 들어 있었고, 커다랗고 파란 옥수수꽃("벌들이 그걸 아주 좋아한다우.")과 빨갛고 노란 금작화("한 번 잘랐다 하면 3파운드 6실링이 나와요.")가 주위에 널려 있었다. 그리고 새로 지은 헛간 하나, 직접 조립해 세울 수 있는 깨끗한 자갈 바닥으로 된 헛간이었는데, 속에는 양봉 도구들과 망을 보기 위한 물건들이 들어 있었다. 한없이 잘 가꾸어진 훌륭한 야채밭 — 두껍고 무성한 딸기들이 줄줄이 늘어서 있었는데, 어떤 건 하얀 꽃을 피우고, 어떤 건 갓 맺힌 녹색 열매들의 몽우리를 피우고 있었다. 나무를 기어오르고 있는 스위트피, 대황, 잡초가 자란 아스파라거스 밭(유일하게 지저분한 곳이었다), 속성 양배추, 구즈베리, 둥글게 반투명으로 빛나는 녹색의 털 많은 셀러리, 잠두들. 훌륭하게 김을 매어놓은 야채밭. 그리고 줄지어 늘어서 있는 계사鷄舍 속에 한덩어리로 엉켜 있는 암탉들. 오크햄튼 사람(계란 씻는다고 너무 법석을 피워서)이 아니라 첨레이 남자들이 주워 모은 달걀들. 헤아릴 수 없는 양철 깡통 속에 넣어둔 묘목들.

올리브 크럼프 부인은 굉장한 여장부다. 짤막한 백발, 키가 크고, 날카로운 푸른 눈에 분홍색 뺨. 덩치는 약간 뚱뚱한 편이지만 아주 식욕이 왕성해서, 티타임에 어마어마하게 많은 스콘과 크림과 잼을 먹었다. 그녀는 일 년에 200온스나 되는 잼을 통조림(아니 병조림인가)으로 만든다고 한다. 그리고 먹을 꿀을 직접 추출하기도 하고. 그녀는 시골에서 공화당 비서를 지냈다고 한다. 오후가 끝날 때쯤, 그녀는 영국령 가이아나에서 살았던 시절의 스크랩북을 가지고 나왔다. 놀랄 만한 기록이었다. 3인용 복엽기에서 폭포들을 찍은 공중사진이 아주 많았다. 그녀 검은 공단 비행복을 입은 모습은 마치 아멜리아 에어하트* 같았다. 그녀, 핸섬한 파일럿. 구사일생의 순간들. 짧은 머리를 한 그녀의 사진들. 바지를 입고 있고, 아주 잘생긴 얼굴. 말을 탄 채 굽실거리는 흑인 한 명에게 먼지를 좀 닦으라고 명령을 내리고 있는 모습이다. 그녀와 엔지니어가 함께 지은 증기 기관차를 몰며, 목재를 강까지 실어 나르기 위해 직접 설치한 7마일 길이의

* 미국의 유명한 여류 비행사다.

철도를 반듯하게 정리하고 있었다. 처음에 그들은 너무 가난해서 고기를 살 돈도 없었다. 그러나 끝에는 그 부지가 18만 파운드에 팔렸다. 소령이 그녀의 첫 번째 남편인지, 두 번째 남편인지 알 수가 없었다. 아니, 그녀와 그녀의 아버지가 함께 목재 플랜테이션을 지었는지, 아니면 그녀와 남편이 함께 지었는지도 알 수가 없었다. 그녀는 자식은 없지만 아이들에 대한 관심이 많아서 어머니 모임에도 나갔다고 했다. 그러더니, 아이들 사진과 연회장에서 열린 결혼식 사진들을 보여주면서 "그이의 자식들이에요"라고 말하는 것 같았는데, 그건 소령의 자식들이라는 뜻일까? 그녀의 아버지는… 여든아홉 살의 놀라운 인물로 하얀 리넨 상의에 군인 같은 푸른 눈을 하고 있었고, 이렇게 정정한 이유가 평생 동안 하루에 한 쿼트씩 럼주를 마셨기 때문이라고 생각하는 사람이었다. 그녀는 재규어 때문에 골치를 썩일 때, 그녀가 개들을 모두 우리에 가둬놓고 재규어를 직접 총으로 쏴버리겠다고 작정했다는 얘기를 했다. 그런데 어둠 속 창문에서 시끄러운 소리, 긁는 소리가 들려왔다고 한다. 소총을 가지고 아래층으로 내려가 밖으로 나갔다. 창문에서 시커먼 형체가 떨어져 내리는 걸 보고, 그녀는 재규어가 내버린 개라고 생각했다고 한다. 내가 구해내겠어. 그녀는 달려가서 시커먼 형체를 팔로 받았는데, 알고 보니 그게 바로 재규어였다. 재규어는 놀라서 꽁무니를 뺐고, 양계장 속에 숨었다. 그녀는 달려가서 양계장 안에다가 총을 쏘고 그제야 도망을 쳤다. 다음 날 아침 원주민들이 그 안에서, 폐에 총을 맞고 죽은 재규어의 시체를 발견했다는 거다. 그러니 이 여자는 자기 의견이 무척이나 확고한, 대단한 여장부다. 요즘 여자들은 하느님이 보내준 대로 만족하며 살지 않고 남편의 좋지 못한 건강을 걱정하다

다발성 경화증 따위에 걸린다고 말했다!

시드니 크럼프 소령은 이상하게도 사람들과 어울리지 못한다. 항상 아내의 전문적 지식(벌에 대한)과 지배력에 대해 농담처럼 언급하곤 한다. "마누라는 내 모가지를 손가락으로 꿰고 있지요." 실천하는 사람. 도무지 가만히 서 있지를 못한다. 아버지는 술주정뱅이 기자이자 삼류 대중작가였다. 자신도 기병 계급에서 시작해 영국령 가이아나에서 제국 방어군 수뇌까지 올라섰다고 한다. 빈정거리면서 변호사들이 엄청나게 존경스럽다고 했다. 진실과 지식인들을 원숭이로 만드는 재주가 어찌나 탁월한지 모르겠다면서. 그는 겨우내 글을 쓴다. 리포트. 가만히 서서 얘기하지를 못한다. 기수들 특유의 갈지자걸음을 걸으며, 계속 잔디밭을 빙빙 돌면서 말한다. 또한 그의 파란 눈, 또, 깔끔하게 다듬은 은색 콧수염. 장인인 노인은, 그의 나이 많은 복제판 같다. 내 세 가지 얘기를 해드리지, 그가 말했다. 장사에는 감정이 끼어들면 안 돼. 정치에는 정직함이 끼어들 자리가 없다네. 그리고 이기심이 세상을 돌게 만드는 게야. 좋습니다, 내가 말했다. 그건 인정해드리지요. 테드에게 양철 깡통에 심은 작은 속성 양배추 묘종 상자와, 아주 괴상하게 생긴 원통 모양의 녹색 셀러리를 한두 다발 주었다("수프 만들어 드세요.")

… 딸의 말에 의하면 노인은 별별 희한하고 근사하고 괴상한 자질들을 모아놓은 잡탕 같은 사람이었다. 그는 자기 말을 들어주는 사람에 끔찍하게 굶주려 있는 것 같았다. 그는 직접 찍은, 상을 받은 사진들이 들어 있는 사진첩을 들고 나왔다. 므두셀라*처럼 쪼글쪼

* Methuselah, 창세기에 나오는 인물로 나이 많은 노인의 대명사로 쓰인다.

글한 백발의 늙은 매 조련사, 흙을 먹고 있는 통통하고 조그만 원주민 아기, 철조망에 쌓인 눈("이건 벌통이로군요." 누군가 때려 맞췄더니, 그가 몹시 기뻐했다), 화려한 접시처럼 생긴 손으로 칠한 백합 지지대, 그리고 커다란 폭포에 떨어지는 달빛(카이어투어 폭포인가?), 영국령 가이아나에 있는 세계에서 가장 높은 폭포라고 한다. 〔그녀는〕 아버지가 1등 사수로, 세계 챔피언이라고 했다. 그리고 왕과 왕비(어느?)와 함께한 사냥 파티에서 여흥을 담당했다고 했다. 그는 끝내 테드를 자기 침실로 데려가서, 색채가 있는 라인스톤과 틀로 직접 만들어 친구들한테 선사했던 보석류를 구경시켜주었다. 사진 작업을 하기 위한 수채화들도 보여주고, 당신의 아버지와 어머니도 보여주었다. 어둡고 억눌린 듯한 작은 여자와 수염을 기르고 미소를 띤 가부장적 남자(그녀의 부모들은 해상 반란에서 목숨을 잃었고, 그녀는 열네 살에 시집을 갔다고 한다)의 타원형으로 된 흑백 초상이었다. 그는 아기를 웃게 만드는 재주를 스스로 몹시 자랑스럽게 생각하고 있었다. 프리다의 파슬리를 먹는 척하다가 다시 주곤 했는데, 그러는 동안 프리다는 눈꺼풀 밑에서 눈을 살짝 굴리는 특유의 묘하게 "수줍은" 표정을 짓곤 했다. 바퀴벌레 이야기를 해주기로 약속하다. 떠날 때 내게 "잊지 말라는 기억의 로즈메리"를 한 줄기 주었다. 《캡틴 혼블로워*Captain Hornblower*》*를 들고 나왔는데, 작가인 C. S. 포레스터가 그를 위해 친필 사인을 해준 책이었다. 그는 커다란 폭포 꼭대기에서 C. S. 포레스터의 사진을 찍었다고 한다.

마거릿, 금발에 조용하고 통통한 얼굴에 다정한 표정을 한 열

* 영웅적인 해군의 행적을 그린, 대단한 인기를 끈 항해 소설이다.

세 살짜리 소녀가 할아버지 내외와 함께 지내기 위해 기숙사에서 휴가를 맞아 집에 와 있었다. 그녀는 장난감들과 개 한 마리, 인형을 가지고 나와 프리다를 즐겁게 해주고 같이 놀아주었다. 나중에는 아기 니콜라스를 안아주고 얼러주었다.

거창한 티타임 테이블이 차려졌다. 스콘들, 크림, 체리 젤리, 풍부하고 짙은 크림을 바른 초콜릿 케이크, 작게 자른 샌드위치들. 벽장이며 식탁들이 비좁게 들어찬 조그만 식당에서 티타임을 치르자니 약간 어색하고, 외풍이 좀 불어왔다. 침실 두 개, 목욕탕 하나, 그리고 TV가 있는 작은 거실이 저택 내부의 전부였다.

노인이 사진들을 보여주면서 한 말, "저 여자의 두 아이들은 뉴질랜드에 살고 있어, 저이가 올리브가 다음 주에 찾아갈 목소리 좋은 사람, 저 사람은 죽은 청년이고, 저 사람은 그 애들을 낳은 어미고……." 그리고 25년 전에 죽은 아내의 사진 한 장. 그녀의 무릎 위에는 히틀러에 대한 헤드라인이 박힌 신문이 놓여 있었다.

산파 위니프레드 데이비스

처음 만나게 된 건 지난가을 첫 검사를 받을 때 웹 선생님의 진료실에서였다. 자그맣고 둥글둥글하지만 절대 뚱뚱하지는 않은, 아주 유능한 잿빛 머리 여자로, 현명하고 교훈적인 얼굴을 하고 있고, 둥근 챙이 달린 파란 모자에 파란 제복을 입고 있다. 사람을 꼼꼼히 따지는 타입이고, 친절하되, 별로 봐줄 것 같지 않은 느낌이 들었다. 나를 찾아와 새로 이런저런 버릇이며 새로 온 사람들의 집안 살림을 살펴볼 훌륭한 기회가 생긴 셈이다. 우리가 뭐라 꼬집어 말할 수 없는 "예술가"라는 점을 굉장히 의식했다. 딱히 입증하거나 겉치레로 내세우거나 그럴싸한 직업도 없거니와, 심지어 나는 미국인(응석받이 부자의 전형)이기까지 하니, 당연히 영국의 성실한 시골 아주머니가 내게 안 좋은 편견을 가질 수밖에. 처음 나를 호의적으로 평가해준 건, 진료실에서 처음 만났을 때였다. 내가 프리다를 열 달 동안 직접 보살폈고 테드가 "집에서 도와주었다"고 했더니, 그 말을 듣고 "우리한테도 희망이 있다"고 생각하셨단다.

D 간호사는 내가 아직 모르는, 이런저런 연분이 있는 플럼 부인의 조카라고 한다. 그들은 두 개의 기둥이다. 모르는 게 없다. 아니

거의 모르는 게 없다고 해야 할까. D 간호사는 공부를 하느라 집안 일을 한창 소홀히 할 때, 혹시 찾아오지 않을까 하는 육감이 들면 어김없이 찾아오곤 했다. 테드가 아무리 뭐라고 해도 그녀를 말릴 수가 없었다. 계단을 성큼성큼 올라가는 그녀 앞에서 테드가 필사적으로 내게 경고를 하려 하지만, 결국은 서재 문간을 막아선 그이의 어깨 너머로 그녀의 하얀 머리를 보게 되는 거다. 그럴 때면 나는 분홍색 복슬복슬한 목욕가운(임신복을 층층이 껴입고, 그 위에 따뜻하라고 또 덧입은 것이다)을 입고 있는 몰골이기 십상이고, 그녀는 "'예술가의 옷'이로군요" 하고 말하며 침실로 들어가, 엉망진창으로 흐트러진 침대를 보고야 말고, 그제야 나는 미처 치우지 못한 요강에 남아 있는 눈에 번쩍 띄게 노란 오줌 위에 황급히 신문지를 덮는 것이다. 내 원칙은 집안일은 무조건 오후까지 미뤄놓는다는 거니까. 그녀는 우리 집 안의 장식이 얼마나 대단한 것인지, 어떤 종류인지 살펴보고는 상당히 즐거워하는 것 같았다 — 우리 침실의 인디언 카펫이 "자기네 집 것과 아주 비슷하다"(궁극적인 찬사가 아닐 수 없다)고 했다. 어느 날 아침 그녀는 새로운 소식을 들고 반짝반짝하며 들어와서는, 차마 기다리지 못하고 "우리 아들의 학교 친구가 애기 엄마 신랑의 팬이래요"라고 말해주는 것이었다. 뭔가 놀라운 우연의 일치로, D 간호사의 외동아들인 가넷(북부에 있는 가문의 이름)에게 런던에 있는 머천트 테일러즈 스쿨에 다니는 친구가 있는데, 그 친구가 테드한테 시집에 대한 편지를 보냈고 "노스 토튼"이라는 주소가 적힌 답장을 받았다는 것이었다. 그래서 그 친구가 가넷에게 테드 휴스라는 사람을 아느냐고 물었다는 것이다. 우리는 드디어 "자리를 잡았다." 나는 아주 기뻤다.

D 간호사의 남편은 미스터리다. 전쟁에서 사망한 걸까? 가넷은 대충 열아홉 살 정도고, 그녀는 "전쟁 중에 결혼"을 했다고 했다. 하지만 아들은 혼자서 키워야 했다. 〔생략〕 그녀는 족보를 가진 발바리 강아지들을 키운다. 죽고 못살게 이뻐하던 강아지가 한 마리 있었는데, 잘못해서 밟는 바람에 죽였다고 한다. 그놈을 어디든지 데리고 다녔다고 한다. 끔찍한 얘기다. 아기를 낳을 때가 되어가자, D 간호사의 태도도 점점 친절해지고, 상냥해지고, 더 사랑스러워졌다. 나는 그녀가 내 산파가 되어주어 아주 기뻤고, 그녀가 쉬는 날이 아니라 사우스 토튼의 호텔에서 병든 아버지를 간병하러 "휴가"를 신청하기 바로 전에 아기가 나와주어서 정말 다행이라고 생각했다. (그녀의 아버지는 연세가 여든이 넘었고, 두 번 폐렴이 발병했으며, 집을 짓는 동안 아내와 함께 호텔에서 살고 있었다.)

D 간호사는 랭커스터(요크셔가 아니라 랭커스터였던 것 같다) 출신이고, 아주 훌륭한 대가족(일곱 명인가?)을 가졌으며, 어머니는 아주 큰 도움을 받았다고 한다. 그녀의 어린 시절은 행복했으며, 유모도 있었다. 안타깝게도 지금은 그녀가 묘사해주었던 광경들을 다 잊어버렸다. 형제자매들은 여기저기 흩어져 살고 있다 — 이곳의 유명한 남자 기숙학교 교장이었던 오빠는 지금 오스트레일리아의 기숙학교 교장으로 가 있다. 그리고 캐나다에도 누이가 한 사람 있다. 대충 개가 열 마리 정도 있는데, 그중 세 마리는 돌아가며 우리 집에 같이 온다. 그녀는 정원을 가꾸기도 하며 한두 에이커 정도 텃밭이 있다. 거위를 기르다가 팔고 양을 사고, 양을 팔고 소를 사고 싶다고 한다…….

5월 16일

우리 사이에 쐐기를 박는 두 번째 분열의 원인. D 부인이 타이러 부부를 싫어해서 그들이 갈 때까지 기다렸던 걸까? 아무튼 그녀는 쉬는 날 우리를 티타임에 초대해서 맥나마라 부인이라는 사람과 만나게 해주었다. 우리는 D 부인의 새 집이 다트머스의 자줏빛 돔 지붕들을 향해 구릉져 있는 녹음을 바라보면서 하얀빛을 내며 서 있는, 한길 건너 가파른 언덕길을 걸어 올라갔다. 번쩍이는 파란 차가 간호사의 차분하고 연한 자동차 옆에 주차되어 있었다. 그녀의 집은 벽이 온통 흰색이고, 햇빛이 가득했으며, 커다란 창문들이 짧게 잘 깎은 너른 잔디밭과 좀 성긴 꽃밭을 내다보고 있었다. 헤더, 튤립, 아네모네 등등. 상당히 많은 발바리들이 철망을 쳐놓은 우리 안에서 털이 복실거리는 쥐들처럼 컹컹거린다. 맥나마라 부인은 아주 잘생긴 백발 여인으로(아일랜드 농부들을 조상으로 두었다), 빨간 립스틱을 바르고 여성적인 파란 몸매가 드러나는 블라우스와 은빛 도는 정장을 입고 있었다. 부유함, 여유를 온몸으로 풍겼다. 처음에는 발바리 한 마리를 사러 들렀다고 한다. 한때 크레디션 너머에 있는 캐드버리 하우스에서 살았던 적이 있고. D 부인 말로는, 그녀의 남편은 ITV의 거물이었는데, 맥나마라 부인이 런던으로 돌아가는 걸 참을 수 없어 해서, 은퇴할 때까지 런던의 아파트에서 살았다는 것이다. 그녀는 그 저택과 사랑에 빠졌다고 했다. 9에이커 되는 땅이 달려 있는데, 현재 수리 중이란다. 고양이들을 아주 많이 기르는데, 그 중 한 마리는 싸우다가 눈이 튀어나오고 가죽이 찢어져서 집에 가서 면봉으로 약을 발라주어야 한다고 했다. 워싱턴주에 사는 딸 하나는 의사인데, 의사와 결혼을 했고, 세무서 직원에 따르면 워싱턴 주에서 "돈을 제일 많이 버는 여자"라는 것이다. 또 그 딸한테는 딸이 둘이 있고, 입양한 아이가 하나 있다. 아기를 낳기 전에 세 번이나 유산을 했고, 아기 때 아들을 잃었다. 아들은 시암쌍둥이로 태어났는데, 그 뱃속에는 또 다른 쌍둥이의 배아가 있었단다. 아기가 겨우 여덟 시간밖에 살지 못하는 이유가 뭔지를 우겨서 알아냈고, 죽어가는 아기를 싸매고 200마일을 기차로 여행한 끝에 친구한테 수술을 받게 했다고 한다. 그러고는 그 아기가 3개월도 살지 못한다는 걸 알면서도 ("그 애는 완전히 눈이 멀고, 소리도 듣지 못했고, 손으로 움켜쥐지도 못했어요. 그냥 똑바로 누워 있기만 했지요.") 젖을 먹여 아기를 키웠다. 그리고 아기는 정말로 3개월도 못 되어 세상을 떠나버렸다. 딸이 막무가내로 굴거나 못된 짓을 하면, 남편은 딸을 집에 들어오지 못하게 했다. 아이러니하게도 그녀는 이제 소아과 전문의가 되어 여기저기 불려 다니며 처방을 하고 진료를 하게 되었다. 그 딸한테는 입양한 배다른 누이가 있는데, 딸이 열두 살 때 입양을 했고 소아마비가 있다. 나이는 동갑이라고 한다. 자매는 서로에게 헌신적이다.

우리는 테이블에서 홍차를 마셨고, 체리를 곁들이고 노란 크림을 바른 바나나 케이크와 아주 훌륭한 쿠란트 빵과 맛깔스러운 홍차를 곁들여 요리를 먹었다. 부엌은 벽으로 반쯤 가려진 구역으로, 빨간 카운터가 있고, 커다란 창문이 무어를 내다보고 있었다. 좁다란 검은 액자에 표구된 풍경 사진이 하얀 벽에 걸려 있었다. 은색 장식이 있는 오리엔탈 차양이 거실에 걸려 있었고, 아프리칸 바이올렛 화분 하나, 이른 백합들이 꽂혀 있는 작은 꽃병 하나, 해가 잘 드는 창가 자리, 외국 방송까지 나오는 근사한 라디오 하나. 데이비스 부인은 회색 옷을 입고 은귀걸이를 하고 있었다. 맥나마라 부인이 떠난 후, 그녀는 우리에게 바람이 많은 정원을 보여주었고, 그다음에는 2층의 깔끔한 하얀 방들, 커다란 붙박이 천장들, 맥주병으로 만든 램프와 술집에서 얻어온 트로피가 있는 가넷의 방, 잘 어울리는 커버에 싸여 있는 문학 작품 세트를 보여주었다. 뚱뚱하고 수줍은 소년과 발바리 한 마리의 사진이 있는 액자들이 걸려 있고, 침대 옆에 가스풍로 하나, 전화기가 한 대 놓여 있는 그녀의 방. 현대적인 화장실. 철조망으로 둘러친 발바리 우리에서는, 맥줏빛을 띤 회색의 통통한 새끼들이 뛰어오르고, 애원하고, 사랑스럽게 아장아장 걸어다녔다. 덤불에서는 방금 알을 깨고 나온 찌르레기들을 발견했는데, 빛나는 화성인 같은 녹색으로, 심장처럼 펄떡거리고 있었다. 맥나마라 부인네에서 2주 후에 점심 약속을 잡았다.

일기의 이 마지막 부분부터는 오직 작업을 위한 메모만이 남아 있어, 플라스가 1963년 2월 11일, 서른 살이 되던 해 실제로 자신의 목숨을 끊게 되기 전, 이미 아주 오래전에 죽어버린 게 아닐까 하는 인상마저 풍긴다. 1962년 가을, 결혼 생활이 파국을 맞은 직후, 플라스는 그녀의 위대한 작품,《에어리얼》에 실린 시들을 쓰게 된다. 그 시들은 눈부신 백열의 에너지가 홍수처럼 흐르는 가운데 씌어졌다. 한 달에 서른 편의 시를 써낸 것이다. 첫 번째 초고는 단번에 쏟아져 나왔지만 그녀는 나중에 하나씩 하나씩 신중하게 다시 퇴고를 했다. 아무도 이 시들을 보지 못했지만, 그녀는 스스로 자신이 비약적 발전을 했다는 걸 믿어 의심치 않았다. 1962년 10월 16일, 믿을 수 없는 기적의 한 달이 한창 흘러가는 와중에 어머니에게 보낸 편지에서, 플라스는 이렇게 말하고 있다. "저는 천재 작가예요. 제 안에는 굉장한 자질이 있어요. 저는 제 생애 최고의 시들을 쓰고 있어요. 이 시들로 저는 유명해질 거예요……."

실비아 플라스의 일기,
신화의 베일에 갇힌 그녀를 향하여

실비아 플라스만큼 "신화"라는 말이 어울리는 존재가 또 있을까. 충격적인 죽음 이후 그 이름은 수많은 맥락을 타고 중층의 신화로 재창조되었다. 여신처럼 아름답던 금발의 유망한 미국 여성 시인이 핸섬한 당대 최고의 천재 영국 시인과 결혼하면서 시작된 현대 영미문학계 최고의 황금빛 로맨스는, 플라스가 남편의 외도와 잇따른 별거 이후 100년 만에 찾아온 런던의 혹한 속에서 우울증과 생활고에 홀로 시달리다가, 옆방에서 노는 두 아이가 배고프지 않도록 우유와 빵을 놓아두고 가스가 아이 방으로 새어 들어가지 않게 꼼꼼하게 문틈에 테이프를 바른 후, 가스 오븐에 서른 살의 젊디젊은 머리를 처박고 자살을 한 바로 그 순간 완벽한 악몽이 되어 참혹한 비극으로 막을 내렸다.

하지만 이 순간은, 끝이 아니라 거대한 시작이었다. 있는 그대로 아무런 의미도 투사하지 않고, 그냥 평범한 개인적 비극으로 내버려두기에는 너무나도 상징적이었기에 이 사건은 일약 전설의 반열에 올라 한없이 재생산되고 소비되기 시작했던 것이다. 수많은 사람들이 여러 가지 다른 이유들로 실비아 플라스의 시에, 삶에, 죽음에 강박적으로 매혹되었고, 그녀의 신화는 평단과 대중의 매혹에 반사되고 증폭되어, 자연인 실비아 플라스의 진실과는 무관하게, 추상적이고 원형적인 거대한 상징적 존재로서 계속 부풀고 또 부풀어만 갔다.

실비아 플라스의 신화화를 그 무엇보다 열렬하게 부추긴 것은, 당시, 즉 1960년대 초반 꿈틀거리며 태동하던 본격 페미니즘의 시류였다. 이 강력한 시대적 조류를 타고 실비아 플라스의 삶과 작품은 엄청난 반향을 불러일으켰고(베티 프리단의 《여성성의 신화 *The Feminine Mystique*》가 실비아 플라스가 사망한 1963년 출간되었다), 크게 주목받지 못하던 시인 실비아 플라스는 당장 남성의 세계에 희생된 여성 시인의 전형, 페미니즘의 기치를 든 피 흘리는 여신으로 등극했다. 여성의 야망과 성적인 생명력을 용서하지 않은 남성의 세계, 여성적 감성을 난도질한 남성적 이성, 나아가 남편 테드 휴스의 외도로 상징되는 폭압적 남성성 그 자체에 희생된 신화적인 순교자로 추앙된 것이다. 페미니스트들은 활활 끓어오르는 분노로 반응했다. 엘리자베스 2세의 계관시인까지 지냈던 20세기의 대문호 테드 휴스였지만, 추상적이고 원형적 '여성' 그 자체를 대변하게 된 '실비아 플라스'의 살인자라는 오명만큼은 평생 낙인처럼 달고 다녀야 했고, 강연이나 시낭독회마다 시위대를 무슨 팬클럽처럼 몰고 다녀야 했다. 실비아 플라스의 무덤 묘비명에 새겨진 남편의 성인 '휴스 Hughes'라는 글자들은 새로 새기고 또 새겨도 분노한 실비아의 추종자들에 의해 지워지고 또 지워졌다. 실비아 플라스는 1960년대와 1970년대에 폭풍처럼 흥성한 페미니즘의 조류를 예고하고 체현하며, 자기도 모르게 여성해방운동의 신화적 순교자라는 아이콘이 되고 말았다.

그런가 하면 다른 한편으로 실비아 플라스와 테드 휴스의 폭풍 같은 러브스토리와 비극적인 파국은 대중에게는 끊임없는 매혹을 제공하는 궁극의 대중 연애 신화로 소비된다. 《가디언》 지의 주말판 편집자인 캐서린 바이너의 적나라한 표현을 빌리자면 두 사람의 이야기에는 진정 "고급 연속극 같은 매혹"이 있다. 그리고 그 대중적 매혹의 일부는 "테드 휴스가 다른 여자와 바람을 피워 떠난 직후, 플라스가 자살을 했다"는 극적인 사실에 기인한다. 이 대중적 드라마 속에서 실비아 플라스는 배신당한 희생자라는 역할에 갇혔고, 그 역할은 엄청난 연민을 자아내는 극적 매혹이 있었다. 혹자는 플라스의 이야기는 "해피엔딩만 빼고 모든 요소를 갖춘 동화童話"라고 말했다.

사실 실비아 플라스 자신이 의도적으로 드라마틱한 멜로드라마로 자기 삶을 디자인한 건 아닐까 싶을 정도로, 그녀의 삶을 규정하는 몇 가지 유명한 일화들은 극적이다 못해 작위적인 느낌이 들 정도다. 세계적인 땅벌 권위자이자 보스턴대학 생물학 교수였던 아버지 오토 플라스의 때 이른 죽음이 남긴, 평생 동안 지워지지 않는 심리적 트라우마는, 실비아 플라스를 동화 속의 원형적인 '고아'로, 찬탈당한 공주로 자리 매겼다. 그런가 하면 '쿵' 하고 무섭게 부딪는 맹렬한 키스 끝에 실비아 플라스가 테드 휴스의 뺨을 피가 철철 나도록 물어뜯어 평생 사라지지 않는 흉터를 만들어놓았다는, 그 유명한 첫 만남의 일화는 또 어떤가. 게다가 이 잔혹하고 흥미진진한 드라마는 실비아 플라스의 죽음만으로 끝나지 않았다. 살아남은 캐릭터들은 관객을 실망시키지 않고 이 극을 끝까지 센세이셔널하게 끌어나가기로 작정한 사람들처럼 보인다.

놀랍게도, 휴스와 플라스 부부의 결별 원인이었던 휴스의 두 번째 아내 아씨아 웨빌마저 딸 슐라를 데리고 동반자살을 선택했던 것이다. 이로써, 테드 휴스를 바라보는 외부의 시각은 더욱더 복잡해졌고, 그는 불행한 운명의 희생자에서 냉혈의 살인마까지 다양한 스펙트럼을 충족시키는 완벽하게 신비스러운 남자주인공으로 화려하게 등극했다. 이로써 실비아 플라스와 테드 휴스의 스토리는《잠자는 숲속의 미녀》에서《푸른 수염》까지, 운명의 사랑 이야기에서 잔혹극까지를 아우르는 원형적 서사의 매혹을 완성하게 된 셈이다.

이러한 실비아 플라스의 신화적 위상이 그녀의 죽음, 특히 "자살"이라는 죽음의 형태로 완벽하게 완성되었다는 점 또한 주목할 만하다. 영원한 죽음에 대한 매혹, 미학적 자기 파괴 욕망의 완벽한 현현顯現이라는 점에서 실비아 플라스의 자살은 어마어마한 컬트를 불러일으켰다.《자살의 연구》의 저자 A. 알바레즈의 표현을 빌면, 그것은 "시인을 하나의 희생 제물로 보는 신화"의 전통에 서 있다. 말하자면 뮤즈의 손에 의해 갖가지 괴로움을 거친 뒤 그 최후의 제단으로 끌려가 자신의 예술을 위해 스스로를 바치는 신화 말이다.

이렇게 보면 자살 자체가 그녀의 시를 확인시켜주고 흥미를 더해주고 그녀의 진지함을 입증해주는 궁극적 행위가 된다. 실비아 플라스의 시와 삶 모두가 '죽음'의 형식에 의해 규정되는 결과가 발생한 셈이다. 게다가 이 죽음의 형식 덕분에, 존 키츠나 토머스 채터튼에게 씌워진, 불행하게 요절한 천재 시인이라는 면류관이 실비아 플라스의 이름에도 똑같은 낭만적인 아우라를 둘러주었다. 실비아 플라스를 시의 제단에 몸을 바친 '낭만적' 시인의 원형으로 비치게 하는 디테일들은 자살 말고 한두 가지가 아니다. 예컨대 그녀는 테드 휴스와 헤어진 후 자살을 감행하기 직전까지 몇 달 동안, 마음속에 품고 있던 시의 원자들이 융합해 폭발을 일으킨 것처럼 무시무시한 기세로 시를 썼다. 그 결과는 가히 존 키츠의 '기적의 해'에 비견할 만했다. 실비아 플라스가 이 시를 써낸 환경 또한 신화적인 이미지로 각인되어 마땅하다. 집안일에 시달리던 그녀는, 낮에는 평범한 일상에 시달리는 주부로 살아가다가 새벽 네 시에 잠을 깨어 일상이 시작되기 전까지 신들린 듯 글을 써댔다. 한 달 동안 무려 서른 편. "새벽 4시경, 아기 울음소리도 아직, 우유병을 정리하는 우유 배달부의 유리 음악도 아직 시작되기 이전, 여전히 푸르스름한, 영원에 가까운 그 시각에 씌어진"《에어리얼》의 신들린 듯한 시들은, 시인이 상상력과 '영감'에 반응해 온몸으로 울어대는 리라와 같은, 시인의 '영매'적 자질을 상찬한 낭만주의적 이상의 신화와 꼭 맞아떨어졌다. 이 시들은 분명 걸작이었다. 그러나 이 시들을 확인하고 입증한 최후의 절차는 바로 그녀의 자살이었다.

자아, 이렇게 실비아 플라스의 삶과 죽음과 작품은 겹겹의 신화로 완벽하게 덧칠되었다. 순교와 희생의 이미지로 점철된 그 신화들의 위력은 가히 강력한 것이었다. 테드 휴스가 조롱조로 "플라시아나Plathiana"라고 불렀던 그녀의 컬트적 매혹은 '죽은 영화 스타와 같은 음침한 섹스어필'을 지니고 있었다. 실제로 어떤 면에서 본다면 전 세계 대중에게 실비아 플라스의 신화는 마릴린 먼로나 제임스 딘의 신화와 비슷한 맥락에서 소비되었다 해도 지나친 말은 아니다.

그러나 실비아 플라스를 뒤덮은 이 신화들은 매혹적이고 강렬한 만큼이나, 세상의 모든 '신화'가 그러하듯 일방적이고 왜곡되고 폭압적이며, 또한 허구적이었을지 모른다. 총체적이고 삼차원적인 진실 그 자체보다는 그 진실을 읽거나 읽고 싶어 하는 여러 가지 다양한 시각들에 대해 더 많은 걸 알려준다는 의미에서 진정 '신화'다운 것이었는지도 모른다. 거대한 소용돌이 같은 죽음과 순교의 신화화 과정에서 상실된 것은, 바로 어머니였고 아내였고 또 투쟁하는 생활인이었던 자연인 실비아 플라스의 피와 살이 덧붙여진 개별성과 인간성이기 때문에. 신화 속에 부재하는 것은 바로 실비아 플라스 자신의 육성이요, 삶이요, 자아이기 때문에.

신화를 극복하는 육성, 공감의 접점을 찾아

이러한 맥락에서 《실비아 플라스의 일기》는 아주 특별한 기록이 될 수밖에 없다. 천재 시인들의 사생활에 숨어 있는 비밀스러운 멜로드라마에 매혹되는 대중에게도, 가부장제에 희생된 여성 시인의 흔적을 찾으려는 사람들에게도, 플라스의 시학을 연구하는 비평가들에게도, 이 사적이고 내밀한 한 여성의 사적 기록은 저항할 수 없는 매혹을 지니고 있다. 그리하여 1986년 플라스 작품의 판권을 지닌 테드 휴스가 프랜시스 매컬로와 공동 편집해 '일기'라는 사적 기록을 책으로 출판하게 된 일은, 실비아 플라스의 경우 대중과 학계 모두에게 하나의 문학적 '사건'이었다. 결국 플라스에 대한 사람들의 관심은, 누가 뭐래도, 어쨌든 애초부터 문학적일 뿐 아니라 지극히 사적인 성격의 것이었고, 작품을 주목하면서도 늘 그녀의 삶, 그녀라는 인간 자체에게 있었기 때문이다. 하지만 이러한 관심은 단순한 대중적 관음주의나 가십 취향을 넘어서 플라스의 작품 성향을 비평적으로 이해하는 해석 행위에서도 역시 중요한 의미를 갖는다.

왜냐하면, 플라스에게 궁극의 소재이자 주제는 그녀 자신의 삶, 즉 지독하게 주관적인 그녀만의 시선으로 재해석된 세계였고, 그런 의미에서, 그녀는 언제나 근본적으로 자전적인 작가였기 때문이다.

하지만 무엇보다 중요한 것은, 이 일기들에서 만나게 되는 실비아 플라스의 육성과 그녀의 '진실'이, 그녀를 둘러싼 신화들에서 그려진 창백한 희생자의 초상을 생각하고 읽어 내려가다 보면 그만 깜짝 놀라버리게 될 정도로, 역동적이고 다면적이고 발칙하고 냉철하고 잔혹할 정도로 정직하며 또한 자기모순에 가득 차 있다는 점일 것이다. 요컨대 독자가 처음에 어떤 종류의 관심을 가지고 이 책을 읽기 시작했든 간에, 실비아 플라스의 육성은 자기도 모르게 독자를 사로잡아버리는 흔치 않은 힘을 지닌 대단히 강력한 내러티브라는 말이다. 그 강력한 내러티브의 리얼리티 속에서 다시 부활하는 인간 실비아 플라스는, 그 어떤 신화도 포착해내지 못한, 결코 포착해낼 수 없는, 복잡다단하고 입체적이며 통절한 '사람'임은 두말할 것도 없다. 따라서 자신의 성적 매력에 눈을 뜨기 시작하는 아름다운 사춘기 소녀의 치기 어린 감상이나 발칙한 욕망에서부터 시작해서, 일기의 끝부분에 이르러 타인을 냉철하고도 예리한 시각으로 해부하는 데번에서의 성숙하고 어른스러운 인물 묘사와 날카롭고 어른다운 통찰에 이르기까지, 이 일기라는 파편적 기록이 추적하고 재현하는 인간 실비아 플라스의 삶은, 속속들이 뼛속까지 '인간적'이요, 그 '인간적'이라는 단어가 의미하는 모든 역설을 체화하고 있어서 독자는 어쨌든 그 삶에 대해 성찰하고 그에 대해 정서적으로 반응하지 않을 수 없다는 말이다. 진정 훌륭한 소설에 온 가슴으로 반응하게 되는 것과 마찬가지로. 실화라는 점이 아이러니하기는 하지만.

예를 들어보자. 마치 콜드웰의 단편 〈딸기의 계절*The Strawberry Season*〉을 연상시키는 한 일화에서, 그녀는 바야흐로 성적 매력이 꽃피기 시작하는 사춘기, 자신의 여성성을 경계와 감시의 시선으로 지켜보는 사람들, 그리고 그 속에서 마주친 짧고 폭력적인 성적 경험을 그려내고 있다. 자신의 여성적 성욕을 만끽하면서도 수치스럽게 인식하고, 타인들의 비판적 시선에 움츠러드는가 하면 당돌한 반감을 가지는, 1950년대의 이중적 성 모럴과 그에 눈뜨는 결정적 사건, 그리고 그러한 사건 전체를 재현함에 있어 멜로드라마적 클리쉐(cliches, 상투성)의 틀 속에 끼워 넣고 또한 그 클리쉐를 뛰어넘는 십대 소녀의 복잡다단한 반응은, 훗날 꽃피게 될 플라스의 전형적인 작품 세계를 예시한다. 자신의 내면과 자신을 둘러싼 세상에 대해 가차 없이 메스를 들이대는 그녀의 매서운 시적 상상력은 단차원의 현실 인식을 용납하지 않았다. 이중성과 모순, 역설은 플라스 그 자체였다. 삶에 대한 눈부신 매혹과 동시에 끝없는 자기 파괴의 충동, 아름다운 육체와 그 힘에 대한 허영기 넘치는 자각, 그런가 하면 육체의 성적 본능에 대한 청교도적 증오, 시의 가장 순수한 본질에 대한 믿음, 또 한편으로는 잡지에 시를 게재하고 출판하는 일에 강박적으로 매달리는 속물스러운 성공에 대한 갈망, 온갖 대중적인 야망에 대한 냉소적인 무시, 엄청난 자존심 한편으로 이상과 욕망과 기대에 못 미쳐 허우적거리는 절망, 남성에 대한 끝없는 매혹과 지독한 의존성, 그 이면에는 그들의 영향력에서 탈피해 독립적인 자아를 주장하고자 하는 증오에 가까운 절박한 욕구. 결혼과 행복한 가정생활에 대해 이상적인 꿈을 버리지 못하면서도, 사회적 야망과 시로 자신의 존재를 표현하고 싶다는 욕구에 짓눌리는 이중성. 이 일기들에서 실비아 플라스는 수많은 가면을 덮어쓰고, 위장과 거짓 자아를 꾸며내는가 하면, 솔직하다 못해 징그럽게까지 느껴지는 발칙한 정직함을 — 이 신랄한 정직함(혹은 과장스럽게 부풀려진 냉소적 증오) 때문에 사후 플라스의 가까운 사람들은 심한 상처를 받기도 했다 — 의기양양하게 과시하기도 한다. 하지만 그 숱한 가면들 속에서, 기이할 정도의 진정성이 탄생한다. 그리고 그 진정성으로 인해, 우리는 이 일기들에 대해 방관자적인 자세를 견지하기가 힘들어진다.

따라서 이 일기들을 읽어나가는 건 가끔씩 정말로 고통스럽다. 그녀는 냉혹할 정도로 정직했고, 그 적나라한 솔직함과 무서운 신랄함 때문에 이 일기들에서 드러나는 실비아 플라스는 결코 쉽게 정을 붙일 만한 사람이 아니다. 어쩌면 독자들은 이 일기에 드러나는 플라스의 치사하고 범속한 욕망들에 당혹감을 느낄 수도 있으리라. 모순덩어리에다 끔찍스러운 이기주의자. 끝내 소통과 공감에 실패하고 악에 받친 외로운 모래알. 심지어 폭력적으로까지 드러나는 자기혐오와 타자에 대한 공격성. 하지만 결국 그러한 치부는 실비아만의 것이 아니요, 우리 모두가 직시할 용기가 없었던 치부에 잇닿아 있다. 그러니 우리가 느끼는 고통은 바로 그 직시의 고통일지 모른다.

결국 독자들은 책장을 덮으며 페미니즘의 순교자를 만나거나 나와는 상관없는 거대한 멜로드라마의 주인공을 만나게 되는 게 아니라, 우리네 삶이 그러하듯 눈부신 순간들도 있었지만, 때로는 추하고 때로는 불쌍하고 때로는 표독스럽던, 그러면서도 끝없이 '도와달라'고 손을 뻗쳤던 한 '사람'의 너무나 사람다운 인생에 연민과 공감을 느낄 수밖에 없게 되어버린다. 그리하여 어쩔 수 없이 천천히 파국으로 달려가는 열차에 타고 죽음을 향한 질주를 무기력하게 바라보는 것과 같은 서글픈 페이소스에 젖을 수밖에 없다. 그리고 결국은 그녀의 말대로, "하느님, 이것이 전부인가요? 웃음과 눈물의 회랑 한가운데를 쏜살같이 스쳐 달리는 것이? 자기 숭배와 자기혐오, 영예와 오욕 사이를 이렇게 위험하게 질주하는 것이?"라고 되묻고 싶어지는 것이다. 그렇다면 이 일기들을 읽으며 결국 우리네 삶의 조건들을 성찰하게 되고, 그로써 그녀가 맞닥뜨렸던 문제, 그녀의 고민에 대한 성찰이 보편적인 인간적(여성적) 경험의 진실과 맞닿는 순간, 플라스라는 특수한 개인의 고뇌가 독자의 가슴을 진정한 이해와 공감으로 열어젖히는 순간, 어쩌면 그녀를 둘러싼 평면적 신화들, 건강치 못한 관음주의를 극복할 길이 열리는지 모른다.

이 일기장들을 넘기다 보면 절실히 다가오는 것은, 어찌 보면 그녀의 비범함만큼이나 그녀의 평범함이다. 플라스는 버지니아 울프의 《작가의 일기》를 읽고, 《하퍼스》 지에 원고가 실리지 못해 우울한 마음을 달래려고 요리를 하는 작가의 모습에 매료되었다고 한다. 그런가 하면 우리는 잡지에 보낸 시가 반송되지 않을까, 원고 수락 편지가 오지 않을까, 하루 종일 유리창에 매달려 우체부를 강박적으로 기다리는 플라스의 평범한, 너무나 평범한 모습에 매료된다. 유리창에서 눈발 속으로 걸어가는 남편의 뒷모습을 보며 한없는 행복을 느끼는 그녀의 모습에 매료된다. 코를 파는 희열을 논하는 의외의 재기와 유머 감각에 매료된다.

하지만 실비아 플라스의 일기가 범인凡人들의 소소한 일상 기록과 결정적으로 갈라지는 지점은 아마, 일기 전편을 지배하는 '시'에 대한 강박적 헌신에 있으리라. 이 일기에서 반복적으로 드러나듯이, 실비아의 온 존재를 지배한 것은, 시로 자신을 표현하고, 시로 자아를 완성하고, 시로 명성과 불멸을 쟁취하고자 하는 부단하고도 일관된 욕망이었다. 그리고 이 욕망만큼은 결코 평범하지 않았다. 그녀에게는 이 욕망 이외의 모든 것이, 심지어 삶과 생활마저도 부차적인 문제로 치부되었다. 결혼 전, 그녀의 삶에서 중요한 문제는, 수많은 여성들과 마찬가지로 '사랑'이었다. 하지만 지나치게 냉소적인 태도나 치기 어린 낭만적 이상으로 점철된 사랑'들'은 일기 속에 드러나는 플라스의 경험들이 대개 그러하듯 언제나 글쓰기를 위한 '소재'의 발굴을 위한 실험 같은 느낌이 들곤 한다. 그러다가 결혼을 하게 되면서부터는, 스스로 위대한 시인이라 믿었던 남편의 그늘을 벗어나 주체적인 정신세계를 구축하는 일에 온몸과 마음을 바쳐 매달렸다. 글을 쓰지 못한다는 것은, 그녀에게 죽음이나 마찬가지였고, 그녀는 항상 글쓰기에 끊임없이 온 존재를 투영할 수 있는 그 어떤 시간, 그 어떤 조건을 갈구하고 있었다. "강의를 그만두어야지, 육아에 이렇게 매달리지 말아야지, 이번 여름에는 책을 얼마쯤 읽어야지……." 마치 자기 계발 지침서처럼 이어지는 '좋은 시'를 쓰기 위한 수많은 다짐들. "할 일은 너무나 많고, 쓸 것은 너무나 많은데, 시간은 너무나 짧고……." 인생은 흘러간다. 그녀의 삶이. 그러나 '시'를 위한 온전한 시간은 현실과 일상의 뒷전으로 처져 영영 주어지지 않았고, 그녀는 죽음에 가까워져서야 '푸르른 영원에 가까운 새벽'에 '시'와 존재의 순수한 접점을 발견하고 그 접점에 온 존재를 쏟아부을 수 있었다. 그렇다면 어쩌면 말 그대로 실비아 플라스는 정말 시를 위해 삶을 희생했는지도 모르겠다. 테드 휴스마저도, 이 일기의 본질은, 그녀가 '연금술'처럼 마음의 불순물을 정제해나가 '참된 자아'의 목소리를 찾아내는 탐구의 과정이라고 하지 않았던

가. 과연 시란 것이, 그럴 만한 가치가 있는 것이었을까? 나는 모른다. 정말로 모르겠다. 하지만 그 질문 자체가 시의 의미를 참으로 경시하는 우리 시대에 던져주는 물음의 반향만큼은 너무나도 크다. 이 책의 마지막을 장식하는 플라스의 일갈은 읽는 이의 가슴을 뜨끈하게 만든다. 아니, 선득 시리게 만든다. "저는 생애 최고의 시들을 쓰고 있어요. 이 시들로 인해 저는 유명해질 거예요"라고. 그녀가 헨리 제임스의 작품을 읽으며 죽은 그에게 해주고 싶었다던 말을 나는 오돌오돌 떨며 차가운 세상을 떠난 그녀에게 해주고 싶다. 그녀가 죽음 뒤에 이룩한 성공을 말해주고 마음을 토닥거려주고 싶다. 그대는 결국 불멸을 성취했노라고. 그렇다면 그녀의 삶은 다시금 범속을 초월해 신화에 한 발 가까워지려나.

그리고 아직, 끝나지 않은 이야기

20세기가 끝나고 21세기가 시작하던 무렵, 실비아 플라스는 또다시 문학계의 지축을 뒤흔드는 화두로 대두된다. 실비아 플라스의 끝나지 않은 이야기는 1998년, 테드 휴스의 시집 《생일 편지 *Birthday Letters*》가 출간되면서부터 새삼스럽게 재개되었다. 플라스 사망 이후, 휴스는 그들의 삶 일체에 대해 입을 꾹 다물어버렸다.

이 책의 '서언'에서 그는 당시 "망각"은 "생존의 필수 조건"이었다고 짤막하게 스쳐 지나가는 말처럼, 그러한 침묵의 고통스러운 심리적 배경을 언뜻 드러내고 있다. 하지만 휴스는 실비아의 죽음에 대해서 그 이상 어떤 논평도 하지 않았으며, 마녀사냥에 가까운 페미니스트들의 맹렬한 집중포화 속에서도 전혀 스스로를 방어하거나 변호하려 들지 않고 경건한 무심함으로 일관했다. 그러다가

1998년, 암으로 세상을 떠나기 직전에 혹독할 정도로 냉정하고 예리한 특유의 화법을 버리고, 죽어버린 아내와의 삶과 사랑을 놀랄 만큼 사적으로 토로하는 88편의 시를 출간했다. 아름답고 고통스럽고 서정적인 시집《생일 편지》는 문학계에 강렬한 파문을 던진 충격적 사건이었다.《생일 편지》는 당장 장기 베스트셀러 목록에 올랐을 뿐 아니라, "윗브레드Wheatbread"와 "포워드Forward" 등 유력한 문학상을 모조리 휩쓸었다. 이 시집 속에서 테드 휴스는 냉혈한이며 유능한 살인자의 오명을 써왔던 자신이 실비아 플라스의 죽음을 알바트로스의 시체처럼 무겁게 지니고 살아왔음을 고백했고, 아내를 향해 다가오는 죽음의 그림자를 무기력하게 바라보고 서서 아무것도 하지 못한 통한을 술회했다. 테드 휴스에 대한 공감대가 형성되고, 또 한 번 두 사람의 문학과 삶에 대한 논란으로 세상이 떠들썩해졌으며, 플라스와 휴스를 바라보던 단선적 시각은 조금쯤 허물어지는 듯했다.

그런가 하면 2000년에는《실비아 플라스의 일기》가 발췌되지 않은 채로 세상에 다시 한번 출간되어 초판 1만 6천 부가 하루 만에 팔려나가는 대성공을 거두어, 실비아 플라스의 대중적 매혹이 아직도 빛바래지 않았음을 입증했다. 이 책의 원본인 '1986년판' 일기는 매컬로가 서문에서 밝히고 있듯, 프랜시스 매컬로와 테드 휴스가 임의로 원고의 3분의 2 분량을 생략하고 편집한 판본이다. '생존한 사람들의 마음을 상하지 않기 위해' 지나치게 과격하거나 심한 표현은 싣지 않겠다는 것이 편집의 원칙이었다. 덕분에 이 판본은 감질나는 '생략' 문구가 중간중간 들어 있는 기묘하게 파편적인 텍스트가 되었다. 그 검열의 흔적은 물론이고 편집자 매컬로의 서문, 묘하게 냉담하면서도 정서적으로 깊이 연루되어 있는 테드 휴스의 서언까지 합쳐진 이 판본은 결과적으로 상당히 흥미진진해졌고 증후가 담긴 텍스트로서 대단히 의미심장해졌다.

아무튼 테드 휴스는 이 일기를 검열하고 생략했다는 이유로, 평생에 걸쳐 비난을 감수해야 했다. 자신과 관련된 지문들을 삭제했을 뿐 아니라, 결정적으로 실비아의 죽음에 대한 개인적 책임을 회피하기 위해 실비아 플라스의 마지막 일기 한 권을 파기했다고 스스로 밝혔기 때문이었다. '망각이 생존의 조건'이었다는 게 그의 변이었다. 하지만 휴스는 결국 세상을 떠나기 전, 스미스대학에 보관한 실비아 플라스의 일기 원고 전체를 가감 없이 출판하는 데 동의했고, 그로 인해 2000년《완판 실비아 플라스의 일기 *The Unabridged Journals of Sylvia Plath*》가 세상의 빛을 보게 되었다. 그러나 완판본에서도, 기대와 달리 대단히 새로운 사실이 밝혀지지는 않았다. 테드 휴스를 "케임브리지 최고의 유혹자"라고 부른 부분이라든가, 냉소적으로 테드의 허영기를 꼬집으면서 "그의 시집이 다음에 누구한테 헌정될지 누가 알랴. 자기의 페니스?"라고 쓴 부분들이 있기는 했지만 말이다. 그리고 사라진 일기에 대한 논쟁은 여전히 계속된다.

최근 다시 실비아 플라스의 신화가 재삼 첨예한 화두로 대두된 것은 바로 대중의 촉각에 민감한 영화계의 움직임 때문이었다. 테드 휴스가 세상을 떠나고 나자, 두 사람의 스토리에 눈독을 들여온 할리우드의 영화사들이 앞다투어 영화화 계획을 발표하고 나섰다. 휴스와 플라스는 생전에 할리우드의 접근을 극도로 꺼렸다. 하지만 결국 2003년, 영국의 BBC는 미국 자본과 손을 잡고 미국의 스타 기네스 펠트로를 캐스팅해 두 사람에 대한 영화를 만들었다. 그러나 휴스 부부의 딸인 시인 프리다 휴스는 이에 발끈해, 시로 분노한 심경을 토로함으로써 BBC를 정면으로 공격하고 나섰다.

이제 그들은 영화를 만들고 싶어 한다
아이들을 고아로 만들면서
오븐 속에 처박은 머리를
상상할 능력이 없는 사람들을 위해
땅콩을 주워 먹으면서
내 어머니의 죽음을 보고 즐긴 사람들은
그녀의 추억을 각자 하나씩 들고 집으로 가겠지
생명이 없는 — 기념품
아마 그들은 비디오를 살지도 모른다

Now they want to make a film
For anyone lacking the ability
To imagine the body, head in oven
Orphaning children.
The peanut eaters, entertained
At my mother's death, will go home,
Each carrying their memory of her,
Lifeless - a souvenir.
Maybe they'll buy the video.

결국 프리다가 무엇보다 견딜 수 없어하는 것은, 바로 실체를 무시한 실비아 플라스의 신화가 그녀를 '자살 인형'의 생명 없는 페티시로 만들어버리는 것이다. 그것은 바로 '그들'이 만들어낸 '그들의 괴물'이다.

> 그들은 내가 내 어머니의 말들을 순순히 내놓아야 한다고 믿는다
> 그들이 만들어낸 괴물의 주둥아리를 채우기 위해
> 그들의 자살 인형 실비아라는 괴물.

> They think I should give them my mother's words
> To fill the mouth of their monster
> Their Sylvia Suicide Doll.

그렇다. 실비아 플라스의 이야기는 끝나지 않았고, 그녀의 신화는 여전히 강력한 매혹을 발산하고 있다. 그러나 독자 앞에는 선택이 남아 있다. 그녀의 신화를 '자살 인형'의 페티시로 일회용으로 소비할 것인가, 복잡다단하고 입체적이고 치열했던, 살아 있던 '사람'이자 시인으로서 그 모든 이중성과 모순을 부여안고서 공감하고 이해하고 연민할 것인가.《실비아 플라스의 일기》가 전해주는 실비아의 육성은, 무엇보다 독자의 선택이 내포한 중차대한 의미를 절실하게 주장하고 있다.

연대기

1932년 10월 27일	매사추세츠 자메이카 플레인에서 오토 에밀 플라스와 아우렐리아 쇼버의 딸로 태어난다.
1935년	남동생 워런이 태어난다.
1937년	가족 모두가 매사추세츠 윈스롭으로 이사한다.
1940년	아버지 오토 플라스가 당뇨로 다리 절단 수술을 받은 후 사망한다.
1942년	가족 모두가 매사추세츠 웰즐리로 이사한다.
1950년	스미스대학에 장학금을 받고 입학한다.
1952년 8월	《마드모아젤》 공모전에 단편 〈민튼 씨네 집에서 보낸 일요일〉이 입상하여 잡지에 작품이 실린다.
1953년 여름	뉴욕시 《마드모아젤》에서 객원 편집기자로 일한다.
1953년 8월 24일	매사추세츠 웰즐리의 집에서 자살을 기도한다.
1954년 봄	두 번째 학기를 시작하기 위해 스미스대학에 복학한다.
1954년 여름	하버드 서머스쿨을 수료한다.
1955년 5월	스미스대학에서 시로 상을 휩쓸면서 졸업한다.
1955년 10월	케임브리지대학 뉴넘 칼리지에서 풀브라이트 교환학생 프로그램에 참가한다.
1956년 2월 25일	테드 휴스를 만난다.
1956년 4월	고든 러마이어와 함께 독일과 이탈리아를 여행한다.
1956년 6월 16일	테드 휴스와 결혼한다.
1956년 여름	스페인 베니도름에서 긴 신혼여행을 즐긴다.

1956~1957년	풀브라이트 프로그램에 2년째 참가한다. 케임브리지에 머무른다.
1957년 6월	테드 휴스와 함께 미국으로 돌아온다. 매사추세츠 케이프 코드에서 휴가를 보낸다.
1957~1958년	스미스대학에서 영문학 강사로 일한다.
1958~1959년	글쓰기를 하면서 보스턴에서 병원 서기로 일한다(치료에도 깊이 관여한다). 로버트 로웰의 시 강좌를 수강한다.
1959년 여름	미국 횡단 관광을 한다.
1959년 가을	사라토가 스프링스의 야도에서 시를 쓴다.
1959년 12월	영국으로 떠난다.
1960년 4월 1일	런던의 자택에서 딸 프리다 레베카가 태어난다.
1960년 10월	《거상》을 영국에서 출판한다.
1961년 2월	아이를 유산한다.
1961년 3월	충수 절제 수술을 받는다.
1961년 8월	데번으로 이사한다.
1962년 1월 17일	아들 니콜라스 패러가 태어난다.
1962년 5월	《거상 외》 미국판이 출간된다.
1962년 10월	테드 휴스와 별거한다.
1963년 1월	빅토리아 루카스라는 필명으로 《벨 자》를 영국에서 출간한다.
1963년 2월 11일	런던에서 자살로 생을 접는다.

실비아 플라스의 일기

1판 1쇄 발행 2004년 3월 15일
2판 1쇄 발행 2010년 2월 1일
3판 1쇄 발행 2024년 8월 30일

지은이 실비아 플라스
옮긴이 김선형
펴낸곳 (주)문예출판사
펴낸이 전준배

기획·편집 백수미 이효미 박해민
디자인 최혜진
영업·마케팅 하지승
경영관리 강단아 김영순

출판등록 2004.02.11. 제 2013 - 000357호 (1966.12.2. 제 1 - 134호)
주소 04001 서울시 마포구 월드컵북로 21
전화 393 - 5681
팩스 393 - 5685
홈페이지 www.moonye.com
블로그 blog.naver.com/imoonye
페이스북 www.facebook.com/moonyepublishing
이메일 info@moonye.com
ISBN 978-89-310-2371-8 03840

• 잘못 만든 책은 구입하신 서점에서 바꿔드립니다.

문예출판사® 상표등록 제 40-0833187호, 제 41-0200044호